1984

KB192387

지은이 **조지 오웰** George Orwell

에릭 아서 블레어(Eric Arthur Blair, 1903~1950)는 영국의 소설가이자 에세이스트, 기자 및 비평가로 조지 오웰이라는 필명으로 더 잘 알려져 있다. 그의 작품은 명쾌한 서사 속에 날카로운 사회 비평과 전체주의에 대한 반대, 민주 사회주의에 대한 지지가 녹아 있는 것이 특징이다. 작가로서 오웰은 문학 비평 및 논쟁적인 저널리즘이 담긴 시와 소설을 창작했다. 대표작으로 우화적 소설인 『동물농장』(1945)과 디스토피아 소설 『1984』(1949)가 있다. 비소설 작품으로는 영국 북부에서의 노동 계급 생활을 기록한 『위건 부두로 가는 길』(1937)과 스페인내전(1936~1939)에서 공화당 인민군으로 복무한 경험을 담은 『카탈루냐 찬가』(1938) 등이 있으며, 정치와 문학, 언어, 문화에 관한 에세이만큼이나 비평가들 사이에서 찬사를 받고 있다. 2008년 『타임스』(*The Times*)는 조지 오웰을 「1945년 이후 가장 위대한 영국 작가 50인」 중 2위로 선정했다.

옮긴이 **배지혜**

뉴욕시립대학교 버룩칼리지 경제학과를 졸업했다. 유학 시절 재미있게 읽던 작품을 한국어로 옮기고 싶다는 욕심이 생겼고, 글밥아카데미를 수료한 뒤 바른번역 소속으로 활동 중이다. 옮긴 책으로는 『미키 7』, 『그녀가 테이블 너머로 건너갈 때』, 『시체와 폐허의 땅』, 『경제학의 아버지, 신화가 된 사상가 애덤 스미스』 등이 있다.

도슨트 **고병권**

노들장애인야학 철학 교사. 읽기의 집 집사. 생의 최소 단위는 혼자가 아니라 '함께'임을 잊지 않으며 아픈 사람, 싸우는 사람의 삶의 의지를 지켜보고 세상에 들리지 않는 목소리가 더 멀리 전달되도록 작은 앰프가 되기를 소망한다.

니체에 이르는 길이자 자신의 철학적 사유를 섬세히 펼쳐 낸 『언더그라운드 니체』, 『다이너마이트 니체』, 『니체의 위험한 책, 차라투스트라는 이렇게 말했다』, 마르크스의 『자본』을 철저하고 깊이 있게 읽어 낸 〈북클럽 『자본』〉 시리즈(전 12권), 우리 사회의 현재를 그의 '눈'으로 바라보고 해석한 『고추장, 책으로 세상을 말하다』, 『묵묵』, 『사람을 목격한 사람』, 현장의 운동과 사건과 사람을 담아낸 『"살아가겠다"』, 『점거, 새로운 거번먼트』, 『추방과 탈주』 등을 썼다.

1984

조지 오웰 지음

배지혜 옮김·고병권 해설

그린비

차례

도슨트 고병권과 함께 읽는 『1984』

일러두기

1 이 책은 George Orwell, *1984*, 1949를 번역한 것이다.

2 소괄호( )와 대괄호[ ] 안에 표기된 내용은 모두 저자가 설명을 위해 덧붙인 것이며, 옮긴이 주는 (— 옮긴이)로 표시했다.

3 외국어 고유명사는 2017년 국립국어원에서 펴낸 외래어표기법을 따르되, 관례가 굳어서 쓰이는 것들은 그것을 따랐다.

1부

1장

    화창하지만 아직은 쌀쌀한 4월의 어느 날이었다. 시계 종이 열세 번 울렸다. 윈스턴 스미스는 턱을 가슴팍 깊이 파묻고 매서운 칼바람을 피해 빅토리 맨션의 유리문 안으로 재빨리 몸을 숨겼다. 미처 닫히지 않은 문틈으로 먼지 소용돌이가 거칠게 빨려 들어갔다.

    복도에서는 삶은 양배추와 낡은 카펫 냄새가 났다. 복도 끝 벽면에 실내 장식용이라기엔 너무 큰 컬러 포스터 한 장이 붙어 있었다. 포스터 속에는 폭이 1미터는 족히 될 만큼 거대한 얼굴이 그려져 있었다. 45살쯤 돼 보이는, 콧수염이 무성하고 다부지게 잘생긴 얼굴의 남자였다. 윈스턴은 계단으로 향했다. 엘리베이터는 어차피 소용없었다. 경기가 좋을 때도 제대로 작동하지 않았는데 주간 전력 사용량을 제한하고 있는 지금 엘리베이터가 작동될 리 없었다. '증오 주간'을 준비하기 위한 소비 억제 운동의 일환이었다. 그의 집은 7층에 있었고 서른아홉에 오른 발목 위로 정맥류 궤양을 앓고 있는 윈스턴은 가는 길에 몇 번씩 멈추며 천천히 계단을 올랐다. 매 층계참의 엘리베이터 문 맞은편에 붙은 포스터 속 얼굴이 강렬한 눈빛으로 그를 쏘아보았다. 포스터를 보는 이의 움직임을 따라 눈동자가 움직이도록 정교하게 고안된 포스터였다. 포스터 아래쪽에는 '빅 브라더가 지켜보고 있다'라는 문구가 적혀 있었다.

집 안에는 무쇠 생산과 관련된 숫자 목록을 읊는 낭랑한 목소리가 울려 퍼지고 있었다. 오른쪽 벽 한편을 차지한 뿌연 거울 같은 길쭉한 금속판에서 흘러나오는 목소리였다. 윈스턴이 스위치를 조절하자 목소리는 한층 작아졌지만 여전히 내용은 알아들을 수 있었다. (텔레스크린이라고 부르는) 장치는 소리를 줄일 수는 있었지만, 완전히 끌 수는 없었다. 그는 창가로 걸어갔다. 왜소하고 가냘픈 몸에서 풍기는 병약함이 당의 제복인 푸른색 작업복 아래 더욱 도드라져 보였다. 밝은 금발 머리에 낙천적인 얼굴이었지만 조악한 비누와 무딘 면도날 그리고 이제 막 가신 늦겨울 추위에 혹사당한 피부는 까칠해져 있었다.

닫힌 창문을 통해 보더라도 바깥세상은 추워 보였다. 저 아래 길가에는 회오리바람이 소용돌이치며 먼지와 종이 쪼가리들을 끌어올리고 있었고, 눈부시게 푸른 하늘에 해도 화창하게 빛나고 있었지만 여기저기 나붙은 포스터를 제외하고 세상 모든 것들은 색을 잃은 듯했다. 목 좋은 길모퉁이마다 검은 콧수염이 무성하게 자란 얼굴이 매서운 눈빛을 쏘고 있었다. 바로 맞은편 건물의 전면에도 포스터 한 장이 붙어 있었다. '빅 브라더가 지켜보고 있다'라는 문구에 걸맞게 짙은 눈동자가 윈스턴의 눈을 꿰뚫어 보았다. 보행자의 눈높이에 맞춰 포스터 한 장이 더 붙어 있었는데, 한쪽 귀퉁이가 찢어진 채 바람에 요란스레 나부끼며 '영사'(INGSOC; 영국 사회주의English Socialism의 준말 — 옮긴이)라는 단어를 가렸다 드러냈다 하고 있었다. 멀리 건물 지붕 사이를 스쳐 지나던 헬리콥터 한 대가 금파리처럼 한곳에 멈춰 맴돌더니 이내 곡선을 그리며 날아갔다. 창문을 기웃거리며 사람들을 감시하는 경찰 순찰대였다. 하지만 순찰대는 그다지 문제될 게 없었다. 문제는 사상경찰이었다.

　텔레스크린은 윈스턴의 등 뒤에서 여전히 무쇠와 제9차 3개년 계획의 조기 달성에 관해 떠들고 있었다. 텔레스크린은 송수신이 동시에 가능했다. 금속판은 윈스턴이 내는 작은 속삭임을 제외한 모든 소리를 들었고, 가시범위 안에 있으면 소리뿐만 아니라 행동거지도 감시당할 수 있었다. 물론 어떤 순간에 자신이 감시당하는지는 알 길이 없었다. 사상경찰이 얼마나 자주, 어떤 체계로 개인 텔레스크린에 접속하는지는 추측만 할 뿐이었다. 어쩌면 매 순간 모두를 감시하는지도 몰랐다. 어쨌거나 그들이 원할 때 누구의 것이든 접속할 수 있는 것만은 확실했다. 사람들은 자신이 내는 모든 소리를 누군가 듣고 있으며 어둠 밖에서의 모든 행동을 감시당하고 있다는 가정을 받아들여야 했고 받아들였으며, 이런 생각은 익숙해지다 못해 본능처럼 몸에 배었다.

윈스턴은 텔레스크린을 계속 등지고 있었다. 등마저도 의심받을 수 있다는 사실을 모르지 않았지만, 어쨌든 그렇게 하는 편이 더 안전했다. 1킬로미터 밖에 그의 일터인 희고 거대한 진리부 건물이 음울한 풍경을 내려다보고 있었다. 알 수 없는 혐오감이 드는 풍경이었다. 이런 곳이 에어스트립 원의 중심도시이자 오세아니아에서 세 번째로 인구가 많은 도시 런던이라니. 그는 런던이 언제나 이런 모습이었는지 떠올리려 어린 시절 기억을 쥐어짰다. 벽은 나무판자로, 창은 판지로 덧대고 지붕에는 슬레이트를 얹은, 정원 울타리가 허물어지다 못해 주저앉아 버린 19세기식 주택들이 항상 있었던가? 회반죽 가루가 소용돌이처럼 휘몰아치고 건물 잔해 더미 위에 분홍바늘꽃잎이 흩날리는 폭격 현장은 어떻고? 폭격이 남긴 넓은 공터 위에 닭장처럼 다닥다닥 붙은 집들이 지어진 지저분한 판자촌은? 하지만 아무리 기억하려 해도 소용이 없었다. 맥락도 없고 이해하기도 힘든, 환한 빛에 가린 몇 장면을 제외하고 어린 시절의 기억은 아무것도 남아 있지 않았다.

새말[새말은 오세아니아의 공식 언어다. 구조와 어원에 관해서는 부록을 참고하길 바란다]로는 '진부'라고 불리는 진리부는 시야에 들어오는 구조물들 가운데 확연히 눈에 띄었다. 건물은 광이 날 만큼 흰 콘크리트를 계단식으로 300미터 높이까지 층층이 쌓은 거대한 피라미드 형태였다. 윈스턴이 선 자리에서도 건물의 흰 벽에 고풍스러운 글씨체로 적힌 당의 3대 표어를 읽을 수 있었다.

전쟁은 평화
자유는 속박
무지는 힘

진리부 건물은 지상에만 사무실이 3천 개가 있고 지하에도 관련 업무 공간이 그만큼 있다고 알려져 있었다. 이와 비슷한 규모의 건물은 런던 내에 딱 세 개 더 있었다. 거대한 건물들은 주변 건축물들을 압도했고 빅토리 맨션의 꼭대기에 서면 건물 네 개가 한눈에 들어왔다. 정부를 구성하는 네 개의 부처가 각각 차지하고 있는 건물들이었다. 진리부는 뉴스, 유흥, 교육 및 순수 미술을, 평화부는 전쟁을 담당했고 자애부는 법과 질서를, 풍요부는 경제 문제를 담당했다. 새말로 이들 부처는 진부, 평부, 자부, 풍부라고 불렸다.

자애부 건물은 실로 두려움을 자아냈다. 건물에는 창문이 하나도 나 있지 않았다. 윈스턴은 자애부에 발을 들이거나 반경 500미터 이내로 들어간 적이 없었다. 공무를 보기 위해 방문하는 것이 아니면 들어갈 수 없는 건물이기도 했고, 들어간다 해도 미로처럼 둘러진 가시철조망과 철문, 눈에 띄지 않게 감춰진 기관총좌를 통과해야만 했다. 바깥쪽 담장까지 이어진 길에는 검은 제복을 입고 마디진 경찰봉으로 무장한 위압적인 표정의 경비대가 서성이고 있었다.

윈스턴은 몸을 홱 틀었다. 얼굴에는 텔레스크린을 마주하기에 알맞은 낙관적인 표정을 짓고 있었다. 그는 방을 가로질러 작은 부엌으로 향했다. 이 시간에 일터를 떠나려고 구내식당에서 제공되는 점심도 건너뛰긴 했지만 부엌에 가 봐야 내일 아침 식사로 남겨 둔 거무죽죽한 빵 한 덩이 말고는 먹을 것이 없다는 사실을 알고 있었다. 그는 선반에서 밋밋한 흰 바탕에 '빅토리 진'이라고 적힌 상표가 붙은 투명한 술 한 병을 꺼냈다. 쌀로 빚은 중국식 증류주에서 날 법한 느글느글하고 기름진 냄새가 훅 끼쳤다. 윈스턴은 찻잔 가득 술을 따랐고, 독한 알코올을 받아들일 마음의 준비를 마친 후 약을 넘기듯 술을 삼켰다.

그의 얼굴이 곧 시뻘겋게 달아오르고 눈가에 눈물이 맺혀 흘렀다. 질산이나 다름없는 그 액체를 삼키면 고무 곤봉으로 뒤통수를 맞은 것처럼 머리가 찡했다. 하지만 배 속이 타들어 가는 듯한 느낌이 지나고 나면 세상이 한결 유쾌하게 느껴졌다. 그는 '빅토리 담배'라고 적힌 구겨진 담뱃갑에서 담배 한 개비를 꺼내다가 부주의하게도 담배 개비를 곧추세워 드는 바람에 바닥에 연초를 쏟고 말았다. 다행히 뒤이어 잡은 담배는 제대로 꺼낼 수 있었다. 그는 거실로 돌아가 텔레스크린 왼쪽에 놓인 작은 책상에 앉았다. 책상 서랍에서 연필꽂이, 잉크와 함께 붉은색 앞표지와 대리석 모양의 뒤표지로 싸인 두꺼운 4절판 공책을 꺼냈다.

어쩐 일인지 거실 텔레스크린 위치가 달라져 있었다. 방 안 전체를 감시할 수 있는 끝 쪽 벽에 걸려 있어야 할 텔레스크린이 지금은 창문 맞은편에 있는 긴 벽에 걸려 있었다. 긴 벽에는 건물을 지을 때부터 책장을 놓을 자리로 설계되었을 얕은 벽감이 파여 있었고 윈스턴은 그 안에 자리를 잡고 앉았다. 바깥쪽으로 등을 보이고 벽감 안에 앉아 있으면 텔레스크린의 감시 범위 밖에 있을 수 있었다. 소리는 어쩔 수 없겠지만 지금처럼 앉아 있으면 적어도 눈에 띄지는 않을 수 있었다. 지금 윈스턴이 하려는 일은 평범하지 않은 방 구조 덕분에 시작될 수 있었다고도 할 수 있다.

그가 서랍에서 막 꺼낸 공책도 마찬가지였다. 이 공책에서는 어딘가 특별한 아름다움이 느껴졌다. 세월이 묻어 누리끼리해진 보드라운 크림색 종이는 지난 40년간 생산된 적 없는 품질이었다. 하지만 그는 공책이 40년보다 훨씬 더 오래되었다는 사실을 알았다. (지금은 어디인지 기억도 나지 않는) 빈민촌의 지저분한 작은 고물상 창틀 위에 놓인 공책을 보자마자 그는 가지고 싶다는 열망에 사로잡혔었다. 당원들은 일반 상점(이런 상점을 이용하는 것은 '자유 시장에서의 거래'라 불렀다)에 들어갈 수 없게 되어 있었지만 구두끈이나 면도날처럼 달리 구할 방법이 없는 물건들이 많아서 단속이 엄격하게 이루어지지는 않았다. 그는 길 양쪽을 재빨리 살핀 다음 얼른 고물상 안으로 들어가 2달러 50센트를 주고 공책을 샀다. 딱히 뭔가를 하겠다는 뚜렷한 의지가 있어서 공책을 산 것은 아니었다. 그는 공책을 넣은 서류 가방과 함께 죄책감을 짊어진 채 집으로 돌아왔다. 공책에 아무것도 적혀 있지 않더라도 가지고 있는 것만으로도 의심을 사기에 충분한 품목이었다.

그가 하려던 일은 일기를 쓰는 것이었다. 불법은 아니었지만 (법이 없으므로 무슨 일을 저지르든 불법은 아니었지만) 들켰다가는 사형을 선고받거나 25년 이상 노동 캠프에 보내질 수도 있었다. 윈스턴은 펜 홀더에 펜촉을 끼우고 굳은 기름을 빼내기 위해 입으로 한 번 빨았다. 만년필은 이제 서명할 때조차 쓰는 이가 거의 없는 구식 물건이었지만 윈스턴은 어려움을 무릅쓰고 남들 눈을 피해 어렵게 하나를 공수했다. 아름다운 크림색 종이를 잉크 펜으로 긁어 대는 대신 진짜 펜촉으로 글자를 수놓아야 마땅하다고 생각했기 때문이다. 사실 그는 손으로 필기하는 데 익숙하지 않았다. 아주 짧은 메모가 아니면 모든 글은 스피크라이트(이 작품에서 음성을 글로 기록하는 기능을 하는 장치를 부르는 이름 ─ 옮긴이)를 통해 기록되게끔 되어 있었는데, 당연히 지금 그가 하려는 일에는 사용할 수 없었다. 그는 만년필을 잉크에 담근 채 약간 머뭇거렸다. 떨림이 배 속까지 느껴졌다. 그는 결심한 듯 펜을 종이 위로 옮겼다. 서툴고 작은 글씨체로 그는 이렇게 적었다.

1984년 4월 4일

그는 등을 기대고 앉았다. 문득 완전히 무력한 기분이 들었다. 우선 그는 지금이 1984년이라는 확신이 없었다. 그는 자신이 1944년이나 1945년에 태어났다고 생각했고 나이가 서른아홉 살인 것은 거의 확실했으니 그 즈음이 맞긴 할 것이다. 하지만 1~2년 안에서 정확한 날짜를 특정할 수는 없었다.

누구를 위해 일기를 쓰고 있는 거지? 그는 갑자기 궁금해졌다. 미래를 위해서일 수도, 태어나지 않은 세대를 위해서일 수도 있었다. 그는 확실하지 않은 날짜를 바라보며 잠시 생각에 빠졌다가 새말인 이중사고라는 단어를 떠올렸다. 그가 하기로 한 일의 무게가 처음으로 뼈저리게 느껴졌다. 미래와 어떻게 소통한단 말인가? 애초에 불가능한 일이었다. 미래가 현재와 닮았다면 그가 무슨 말을 하든 주목하지 않을 것이고, 현재와 닮지 않았다면 지금 그의 곤경은 아무 의미도 없을 테니까.

한동안 그는 멍하니 종이를 바라보았다. 텔레스크린에서 흘러나오던 소리가 시끄러운 군악으로 바뀌었다. 그는 자신을 표현하는 능력을 잃었을 뿐 아니라 원래 무슨 말을 하고 싶었는지조차 잊은 것 같아 기분이 묘했다. 지난 몇 주 동안 이 순간을 위해 준비하면서 용기 말고 다른 것이 필요하리라고는 생각하지 못했었다. 글을 쓰는 것 자체는 어렵지 않을 것 같았다. 지난 몇 년간 머릿속에 지칠 줄 모르고 끝없이 떠오르던 혼잣말을 종이에 옮겨 쓰기만 하면 된다고 생각했었다. 하지만 지금 이 순간 그의 머릿속에는 혼잣말조차 말라 버렸다. 게다가 정맥류 궤양 부위가 참을 수 없이 간지러워지기 시작했다. 긁으면 늘 염증이 생기는 터라 감히 긁을 엄두는 내지 못했다. 시간은 무심히 흘러갔다. 그의 앞에 놓인 빈 공책과 발목 위쪽 피부에서 느껴지는 간질간질한 느낌, 요란한 음악과 진이 몸에 퍼지며 느껴지는 취기 말고는 아무것도 의식할 수 없었다.

그러다 갑자기 정신을 놓고 자신이 무슨 일을 하려는지도 인식하지 못한 채 무언가를 쓰기 시작했다. 작고 어린아이 같은 글씨체가 빈 종이 위에서 어지럽게 오르락내리락하더니 처음엔 대문자가, 그다음엔 마침표까지 사라졌다.

1984년 4월 4일. 어젯밤에 영화를 보러 갔었다. 다 전쟁영화다. 그중 재밌던 영화는 지중해 어딘가에서 난민들을 가득 태운 배가 폭격을 당하는 장면을 담은 거였다. 관객들은 뚱뚱한 남자가 헬기에 쫓기면서 헤엄쳐 도망가는 장면에 환호했다. 물속에서 돌고래처럼 헤엄치는 남자의 모습이 헬기 조준경 안에 들어왔고, 총에 맞아 온몸에 구멍이 났다, 주변이 핑크색으로 변하더니 바닷속으로 가라앉았다, 마치 그 구멍들에 물이 찬 것처럼, 관객들은 그가 가라앉는 장면에서 깔깔거리며 함성을 질렀다. 다음 장면에서는 어린아이들을 가득 태운 구명보트가 보이고, 그 위를 헬기가 맴돌았다. 구명보트의 앞쪽에는 유대인으로 보이는 중년 여성이 세 살 정도 되어 보이는 남자아이를 품에 안고 있었다. 아이는 공포에 질려 소리 지르며 여자의 가슴 사이로 고개를 파묻었다. 여자는 자기도 새파랗게 질린 상태였지만 그 와중에도 마치 자신의 팔로 총알을 막을 수 있기라도 한 것처럼 아이를 감싸 안아 달래면서 최대한 품속 깊이 숨겼다. 그때 헬기가 20킬로그램짜리 폭탄을 떨어뜨렸고 엄청난 섬광과 함께 보트가 완전히 산산이 조각났다. 그 뒤에 어린아이의 팔이 하늘로 높이 높이 솟아오르는 멋진 장면이 있었는데 헬기의 앞코에 달린 카메라로 찍은 게 분명하다 당원석에서는 박수갈채가 쏟아졌지만 극장의 프롤 계급 좌석에 있던 한 여자가 갑자기 시끄럽게 난동을 부리며 아이들 앞에서 보여서는 안 될 장면이다 이건 옳지 않다 고 함을 질렀다 그녀는 경찰에게 내쫓겨질 때까지 외쳤다 그녀에게 무슨 일이 일어나지는 않을 거다 프롤들이 뭐라고 하든 신경 쓰는 사람은 없으니까 아마 전형적으로 프롤 계급이 할 만한 반응이라면서 그들은 절대 ─

경련이 오는 듯해 윈스턴은 글을 멈췄다. 무엇 때문에 이렇게 쓰레기 같은 글을 쏟아 냈는지는 알 수 없었다. 하지만 이상하게도 글을 쓰는 동안 전혀 다른 기억이 그의 마음속에 또렷이 나타나 이것을 옮겨 적을 수 있을 것 같다는 느낌이 들었다. 지금와 생각해 보니 오늘 집에 돌아와 갑자기 일기를 쓰려고 결심한 이유가 바로 그 사건 때문이었다.

만약 이토록 모호한 사건이라도 발생했다는 말을 쓸 수 있다면, 사건은 그날 아침 진리부에서 발생했다.

11시가 가까워 오자 윈스턴이 일하는 기록 부서 사람들은 각자의 칸막이에서 의자들을 끌어내 방 한가운데 있는 커다란 텔레스크린의 맞은편으로 모으기 시작했다. '2분 증오'를 준비하기 위해서였다. 윈스턴이 가운뎃줄에 자리를 잡고 앉으려는데 갑자기 방 안으로 낯은 익지만 한 번도 말을 섞어 본 적은 없는 두 사람이 들어왔다. 한 명은 복도에서 종종 마주치는 여자였다. 이름은 모르지만 창작 부서에서 일한다는 것 정도는 알고 있었다. 기름 묻은 손에 스패너를 들고 있는 모습을 가끔 본 적이 있었기 때문에 아마도 소설 쓰는 기계 중 하나를 다루는 일을 할 것이라 짐작했다. 스물일곱 살 정도 돼 보이는 그녀는 대범한 인상에 머리숱이 많았고, 주근깨가 있는 얼굴에 빠르고 민첩한 움직임을 가진 여자였다. 청년반성동맹의 상징인 얇은 진홍색 띠가 작업복 허리에 딱 맞게 여러 번 감겨 매끈한 엉덩이가 드러나 보였다. 윈스턴은 처음 본 순간부터 그녀가 싫었다. 그는 그 이유를 잘 알고 있었다. 그녀에게는 하키장과 냉수마찰, 공동체 하이킹, 순결한 마음가짐을 떠올리게 하는 분위기가 따라다녔기 때문이다. 그는 거의 모든 여성을 싫어했는데, 젊고 예쁜 여성들을 특히 싫어했다. 그들은 당의 가장 완고한 지지자이며 슬로건을 몸소 실천하는 이들이었고, 이단을 축출하는 아마추어 스파이나 참견쟁이들은 언제나 여성들, 특히 젊은 여성들이었다. 하지만 그 여자는 다른 사람들보다도 특히 더 위험해 보였다. 한번은 복도를 지나가던 그녀가 그를 꿰뚫어 보는 듯한 시선으로 흘긋 보는 바람에 잠시 동안 그는 공포에 휩싸이기도 했다. 그녀가 사상경찰이 아닐까 하는 생각도 했었다. 물론 그럴 가능성은 매우 희박했다. 하지만 그럼에도 불구하고 그녀가 주변에 있을 때면 적대감과 두려움이 뒤엉켜 묘하게 불안감에 휩싸이곤 했다.

방에 들어온 다른 한 명은 오브라이언이라는 남자였는데 내부 당원이었고, 윈스턴으로서는 그가 무슨 일을 하는지 짐작만할 수 있는 매우 중요하고 높은 지위를 가진 사람이었다. 검은색 작업복을 입은 내부 당원들이 다가오는 모습을 지켜보며 의자에 둘러앉은 사람들은 일제히 입을 다물었다. 건장한 체격의 오브라이언은 두툼한 목에 익살스러우면서도 거칠고 사나운 인상을 풍겼다. 무시무시한 외모에도 불구하고 그의 행동거지에는 뭔가 특별한 매력이 있었다. 그가 콧등 위의 안경을 고쳐 쓰는 모습은 ─ 설명하기 어렵긴 한데 ─ 이상하리만치 문명화되어 보였고, 어쩐지 마음을 무장해제시켜 버렸다. 아직도 이런 단어를 쓰는 사람이 있다면, 그것은 코담배상자를 건네는 18세기 귀족의 모습을 떠올리게 하는 몸짓이었다. 윈스턴이 지난 몇 년 동안 오브라이언을 마주친 건 열두어 번쯤이다. 그는 오브라이언의 도시적인 태도와 권투선수 같은 체격 사이의 간극이 흥미롭다고 생각했지만, 그가 오브라이언에게 깊이 끌린 이유는 그의 정치적 정통성이 완벽하지 않으리라는 은밀한 믿음, 어쩌면 믿음도 아닌 단순한 희망에 불과할지도 모르는 생각 때문이었다. 그의 얼굴에는 윈스턴 자신도 어쩔 수 없는 무언가가 있었다. 어쩌면 그의 얼굴에서 읽히는 무언가는 이단이 아니라 그저 지성일 수도 있다. 하지만 그는 만약 텔레스크린을 따돌리고 단둘이 남을 수 있다면 말이 통할 사람처럼 보였다. 윈스턴이 자신의 추측을 증명하기 위해 어떤 노력을 한 것은 아니었다. 사실 그럴 방법도 없었다. 지금 이 순간 오브라이언은 손목시계를 흘깃 보더니 거의 11:00시가 다 되었다는 것을 확인하고는 2분 증오가 끝날 때까지 기록 부서에 남아 있기로 결정한 듯 보였다. 그는 윈스턴과 같은 줄에 의자 두세 개 건너 자리에 앉았다. 두 사람 사이에는 윈스턴의 옆자리에서 일하는 체구가 자그마하고 연갈색 머리를 한 여자가 앉아 있었다. 바로 그 뒤에는 갈색 머리 여자가 앉았다.

곧바로 방 끝 쪽에 달린 텔레스크린에서 윤활유 없이 돌아가는 거대한 기계 소리 같은 끔찍한 연설이 시작되었다. 목덜미의 솜털이 바짝 설 정도로 거슬리는 소음이었다. '증오'가 시작된 것이다.

언제나처럼 인민의 적이라는 이매뉴얼 골드스타인의 얼굴이 화면에 나타났다. 사람들 사이에서 야유가 들려왔다. 연갈색 머리에 체구가 작은 여자는 두려움과 혐오가 뒤섞인 신음을 뱉었다. 골드스타인은 오래전(얼마나 오래전인지는 아무도 기억하지 못하지만) 빅브라더에 필적할 만한 힘이 있었던 당의 주요 인물 중 한 명으로, 훗날 반혁명 활동에 참여해 사형 선고를 받은 뒤 아무도 모르게 탈출해서는 홀연히 자취를 감춰 버린 변절자이자 배신자였다. '2분 증오'는 매일 다르게 구성되었지만 골드스타인을 중요 인물로 다루지 않은 적은 단 한 번도 없었다. 그는 최초의 반역자이자 가장 먼저 당의 순수성을 더럽힌 사람이었다. 그 후 이어진 당에 대한 모든 범죄와 배반, 사보타주, 이단적 행위, 탈선 등은 모두 그의 가르침에 대한 직접적인 결과였다. 그는 어딘가에 숨어 여전히 음모를 꾸미고 있었다. 어쩌면 해외 정보원의 비호를 받으며 바다 건너에 살아 있을 수도 있고, 간간이 도는 소문처럼 오세아니아 내 어딘가에서 숨어 있을 수도 있었다.

윈스턴의 횡격막이 조여 왔다. 골드스타인의 얼굴을 보고 있으면 고통스러울 정도로 감정이 휘몰아쳤다. 그의 호리호리한 유대계 얼굴 뒤로 흰 머리칼이 후광처럼 붕 떠 있었고, 턱에는 작은 염소수염이 있었다. 영리하지만 어쩐지 태생적으로 야비해 보이는 인상이었고, 끄트머리에 안경을 걸친 길고 가느다란 코에서는 노망 든 노인의 우둔함이 엿보였다. 그의 얼굴은 양을 닮았는데 그의 목소리도 양 같은 데가 있었다. 골드스타인은 평소처럼 당의 교리에 대해 악의가 담긴 공격을 퍼부었다. 어린아이도 뻔히 알 만큼 너무나 과장되고 편파적이었지만 분별력이 없는 사람이라면 혹할지도 모른다는 경각심을 가지게 하는 그럴듯한 공격이었다. 그는 빅브라더를 욕보이고 당의 독재에 비난을 퍼부었으며 유라시아와 즉각적으로 평화 조약을 체결해야 한다고 주장했다. 언론, 출판, 집회, 사상의 자유를 옹호했으며 혁명이 배반당했다며 처절하게 울부짖었다. 그의 모든 발언은 다음절 단어들이 빠르게 쏟아지는 듯했는데, 이는 당 대변인들의 습관을 풍자한 것이었다. 게다가 심지어 새말까지 사용하고 있었는데, 그 어떤 당원도 일상에서 새말을 그렇게 많이 쓰지는 않는다. 그러면서도 골드스타인의 허울뿐인 장광설로 현실에 의심을 품는 사람이 없도록 텔레스크린에 비친 그의 머리 뒤로는 유라시아 군대의 끝없는 행렬이 이어지고 있었다. 단단하고 속을 알 수 없는 아시아인 얼굴들이 줄지어 행군하며 화면 앞까지 가까워졌다가 화면 밖으로 사라지고 비슷한 얼굴을 한 다른 병사들이 화면을 채우기를 반복했다. 병사들이 신은 군화가 내는 리드미컬한 발걸음 소리가 울부짖는 골드스타인의 배경으로 깔렸다.

증오가 시작된 지 30초도 되지 않아 방 안에 있던 사람들 절반은 분노를 참지 못하고 절규했다. 화면 속 자만심에 가득 찬 양을 닮은 얼굴과 그 뒤에 등장한 유라시아 군대의 무시무시한 위력은 마음에만 담고 있기에 너무 벅찼다. 게다가 골드스타인을 보고 있으면, 혹은 그를 생각하기만 해도 자연스럽게 두려움과 화가 치밀었다. 오세아니아는 유라시아나 동아시아 한쪽과 전쟁을 벌일 때 다른 쪽과는 평화를 유지했으므로, 골드스타인은 이들보다 더 꾸준하게 미움을 받아 온 셈이었다. 하지만 이상하게도 모든 사람이 그를 그토록 미워하고 경멸하는데도, 매일 수천 번씩 연단이나 텔레스크린, 신문이나 책에서 그의 이론을 반박하고 박살 내고 조롱하며 대중들은 그의 이론을 한심한 쓰레기 보듯 하는데도, 이 모든 노력에도 불구하고 그의 영향력은 좀처럼 줄어들지 않는 것 같았다. 그에게 속아 넘어가는 얼간이들은 언제나 있었다. 그의 지시를 받아 행동하는 스파이나 공작원들이 사상경찰에게 발각되지 않고 넘어가는 날은 하루도 없었다. 그는 국가를 전복시키려는 음모 가담자들의 지하 네트워크인 거대한 그림자 군대의 사령관이었다. 이 조직의 이름은 형제단이었다. 이단 사상의 개론서라는 끔찍한 책에 대해서도 수군대는 소리가 들렸는데, 골드스타인이 썼다는 이 책은 비밀리에 도처에서 유통되었다. 책을 부르는 이름은 따로 없었다. 책을 언급해야 하는 상황이 있으면 '그 책'으로 불렀다. 하지만 이런 정보들도 전부 소문을 통해서만 전해질 뿐이었다. 평범한 당원이라면 형제단이나 '그 책'에 관한 이야기는 피할 수 있는 한 절대 입 밖으로 꺼내지 않을 주제였다.

2분째에 접어들자 '증오'에 점점 광기가 더해졌다. 사람들은 각자 자리에서 쿵쿵 뛰며 목청껏 소리를 질러 화면에서 흘러나오는 광분에 찬 울부짖음을 막아 보려 애썼다. 키 작은 연갈색 머리 여자는 벌겋게 달아오른 얼굴로 마치 뭍에 나온 물고기마냥 입을 뻐끔거렸다. 오브라이언의 진지한 얼굴도 상기되어 있었다. 밀려오는 파도의 공격에 맞서듯 꼿꼿하게 앉은 오브라이언의 단단한 가슴이 부풀어 올라 들썩였다. 윈스턴 뒤에 있던 갈색 머리 여자는 '돼지 새끼, 돼지 새끼, 돼지 새끼'라며 울부짖기 시작했다. 그러고는 갑자기 새말 사전을 집어 들더니 화면을 향해 던졌다. 사전은 골드스타인의 코 부분에 맞고 튕겨져 나왔다. 그의 목소리는 여전히 거침없이 울려 퍼지고 있었다. 윈스턴은 다른 사람들과 함께 소리를 지르며 의자 받침대를 발꿈치로 세게 차고 있다가 문득 정신을 차렸다. 2분 증오가 끔찍한 이유는 의무적으로 해야 할 역할이 있어서가 아니라 자신도 모르게 동참하게 되기 때문이었다. 증오가 시작되고 30초만 지나도 어떤 시늉도 할 필요가 없어진다. 두려움과 복수심, 살인을 저지르거나 고문을 하거나 커다란 망치로 얼굴을 으스러뜨리고 싶은 욕구가 뒤섞인 섬뜩한 황홀감이 마치 전류처럼 사람들 사이를 흐르면 사람들은 자기도 모르게 인상을 찌푸리고 광분에 찬 비명을 지르게 되는 것이다. 하지만 사람들이 느끼는 분노란 것은 추상적이고 방향이 불분명한 감정이어서 용접기 불꽃처럼 그 대상을 한곳에서 다른 곳으로 옮길 수 있었다. 잠시 동안 윈스턴의 증오는 골드스타인이 아니라 빅브라더와 당 그리고 사상경찰을 향해 있었다. 그러다 문득 윈스턴의 마음은 화면 속에서 외로이 조롱받고 있는, 거짓으로 가득 찬 세상 속에서 유일하게 진실과 분별력을 수호하는 인물에게로 쏠렸다. 하지만 곧 그는 주변 사람들과 하나가 되어 골드스타인에 관한 이야기를 모두 진실로 받아들였다. 그럴 때면 빅브라더를 남몰래 혐오하던 마음도 흠모로 바뀔 뿐만 아니라 그를 우러러봐야 할 대상이자 용감한 보호자로, 아시아 군대를 막아 주는 든든한 방어막으로 여기게 된다. 반면 무력한 상태로 고립된 채 존재마저 의혹투성이인 골드스타인은 입김 한 번에 문명의 뼈대를 으스러뜨릴 수 있는 사악한 마법사로 보이는 것이었다.

때로는 증오의 대상을 자기 의지로 바꾸는 것도 가능했다. 가위에 눌린 채 베개 위에서 고개를 돌릴 때처럼 억지로 애를 쓴 끝에 윈스턴은 화면 속 얼굴에 향했던 그의 증오를 자신 뒤에 있는 갈색 머리 여자에게로 돌리는 데 성공했다. 생생하고 아름다운 환영이 그의 머릿속을 스쳐 지나갔다. 그는 고무 곤봉으로 그녀를 때려죽일 것이다. 그녀를 발가벗겨 기둥에 묶고 성 세바스찬처럼 그녀에게 화살을 잔뜩 쏠 것이다. 그녀를 범한 다음 절정의 순간에 그녀의 목을 베어 버릴 것이다. 그는 자신이 그녀를 '왜' 그렇게도 미워하는지 이제야 이해할 수 있었다. 그는 그녀가 젊고 예쁘장하면서도 성욕 같은 건 없어 보이기 때문에, 그녀와 함께 밤을 보내고 싶지만 결코 그런 일은 일어나지 않을 것이기 때문에, 감싸안아 달라고 애원하는 듯한 그녀의 잘록하고 낭창한 허리에는 공격적 순결의 상징인 꼴 보기 싫은 주홍 띠가 매달려 있었기 때문이다.

증오는 절정으로 치달았다. 골드스타인의 목소리는 진짜 양 울음소리로 바뀌었고 그의 얼굴도 양으로 변했다. 곧 양의 얼굴이 사라지더니 거대하고 무시무시한 유라시안 병사의 형체로 변했고, 그 병사는 기관 단총을 미친 듯이 갈겨 대며 마치 화면을 뚫고 나올 듯이 전진했다. 이 광경에 앞줄 몇몇 사람들은 자리에 앉은 채 움찔했다. 하지만 바로 그 순간, 무시무시한 얼굴이 사라지고 검은 머리에 검은 콧수염을 기른, 기이할 정도로 침착한 표정으로 위엄을 풍기는 빅브라더의 얼굴이 화면을 가득 채우자 모두가 안도의 한숨을 깊이 내쉬었다. 빅브라더가 무슨 말을 하는지는 아무도 듣는 사람이 없었다. 그는 시끄러운 전쟁터에서 할 법한 격려의 말 몇 마디를 건넸고, 제대로 들리지 않는데도 그가 이야기하고 있다는 사실만으로 사람들의 사기가 회복되었다. 그 후 빅브라더의 얼굴이 다시 한번 서서히 화면에서 사라지고 굵은 글씨체로 당의 3대 슬로건이 나타났다.

전쟁은 평화
자유는 속박
무지는 힘

하지만 모든 이들의 눈에 빅브라더의 모습은 엄청나게 생생한 충격이어서 그 뒤로도 잔상은 사라지지 않고 화면에 몇 초 동안 남아 있는 듯했다. 연갈색 머리의 작은 여자는 자기 앞쪽

의자 등받이로 몸을 내던지다시피 했다. 그녀는 떨리는 목소리로 '나의 구세주시여!' 비슷한 말을 중얼거리며 화면을 향해 팔을 뻗었다. 그런 다음 두 손에 얼굴을 묻었다. 기도를 하고 있는 게 틀림없었다.

이제 사람들은 일제히 낮은 목소리로 느릿느릿 리드미컬하게 'B-B!…B-B!'를 외쳤다. 아주 천천히, 'B'와 'B' 사이에 긴 공백을 둔 읊조림은 계속되었다. 묘하게 야만적인 느낌이 드는 무거운 속삭임의 저 밑바닥에서 맨발로 구르는 소리와 둥둥 울리는 탐탐북 소리가 들려오는 듯했다. 사람들의 외침이 30초쯤 계속되었다. 감정이 북받치는 순간이면 심심치 않게 듣게 되는 구호였다. 빅브라더의 지혜와 위엄에 대한 일종의 찬가라고도 할 수 있었지만, 리드미컬한 소음 속에 의도적으로 의식을 잠식시키는 자기 최면 행위에 가까웠다. 윈스턴은 내장이 차가워지는 느낌이 들었다. '2분 증오' 동안 다른 사람들과 마찬가지로 착란 상태에 빠진다 할지라도 'B-B!…B-B!'를 외치는 이런 인간답지 못한 행위에 대해서는 숨 막히는 공포를 느꼈다. 물론 그 역시 구호를 외치기는 했다. 달리 어쩔 도리가 없기 때문이었다. 그는 본능에 따라 자신의 감정을 숨기고 표정을 통제하고 다른 사람들이 하는 대로 행동했다. 그러나 그의 눈빛이 몇 초간 그의 의식을 배신했다. 바로 그 순간, 중요한 일이 일어났다. 물론 그 일이 실제로 일어났다고 할 수 있다면 말이다.

잠깐 동안 그는 오브라이언과 눈이 마주쳤다. 오브라이언은 자리에서 일어서 있었다. 특유의 몸짓으로 안경을 벗었다가 코

위에 다시 얹고 있는 중이었다. 그러나 아주 찰나의 순간 윈스턴과 눈이 마주쳤고, 윈스턴은 알았다.—그는 '알고 있었다'—그가 자신과 같은 생각을 하고 있다는 사실을. 달리 오해되기 어려운 메시지가 오갔다. 마치 두 사람의 머릿속이 활짝 열리고 그들의 생각이 두 눈을 통해 한쪽에서 다른 쪽으로 옮겨 가는 기분이었다. 오브라이언의 눈은 '나도 당신과 같은 생각이야'라고 말하는 듯했다. '당신이 무엇을 느끼고 있는지 똑똑히 알아. 당신은 경멸, 증오, 혐오를 느끼고 있지. 하지만 걱정하지 않아도 돼. 나는 당신 편이니까!' 곧 그의 눈에서 총기가 사라졌고, 그의 표정은 다른 사람들과 마찬가지로 읽을 수 없게 변했다.

그게 전부였다. 이미 그런 일이 일어났는지조차 가물가물해졌다. 그런 사건은 연이어 일어나지 않는 법이다. 하지만 방금 전 두 사람의 교감을 통해 윈스턴은 자신 외에 당에 적대적인 마음을 품은 사람들이 있다는 믿음 또는 희망을 살려 둘 수 있었다. 거대한 지하 음모에 대한 소문은 결국 사실이었을지도 모른다. 어쩌면 형제단이 실제로 존재할 수도 있다! 체포와 자백, 처형이 끊이지 않기는 했지만, 형제단이 단순한 신화가 아니라고 확신할 수는 없었다. 그렇게 믿기는 날이 있고 그렇지 않은 날도 있었다. 증거는 없었고, 의미가 있을 수도 아무것도 아닐 수도 있는 것들을 슬쩍 본 게 다다. 다른 사람들의 대화를 우연히 엿듣거나 화장실 벽에 남겨진 희미한 낙서를 발견한달지, 모르는 사람 둘이서 서로를 식별하는 방법인 것 같은 손동작을 취하는 모습을 목격하기도 했다. 하지만 모두 추측일 뿐이었고 모든 것이 그의 상상이었을 수도 있다. 그는 오브라이언에게 눈길을 주지 않은 채 자기 자리로 돌아갔다. 그와 마음이 맞았다고 느낀 이후 더 이상 무언가를 해 볼 생각은 좀처럼 들지 않았다. 방법을 안다 한들 상상조차 할 수 없는 위험이 따를 것이다. 일이 초 동안 두 사람은 모호한 눈빛을 교환했고, 그게 다였다. 하지만 외로움에 갇혀 사는 그에게는 그나마도 기억에 남을 만한 사건이었다.

윈스턴은 허리를 세워 바른 자세로 앉았다. 그러고는 트림을 했다. 배 속에 있던 진이 위로 솟구치는 것 같았다.

그는 다시 집중하며 공책을 바라보았다. 무기력하게 앉아 생각에 잠긴 동안 그의 손이 제멋대로 글을 쓰고 있다는 사실을 깨달았다. 글씨체도 더 이상 엉망이거나 서툴러 보이지 않았다. 그의 펜은 매끄러운 종이 위에 유려하게 미끄러지며 큼지막하고 깔끔한 글씨로 다음과 같은 문구를 썼다. 빅브라더를 타도하라 빅브라더를 타도하라 빅브라더를 타도하라 빅브라더를 타도하라 빅브라더를 타도하라

반복되는 같은 문구가 페이지의 반을 채웠다.

불안감이 엄습했다. 그 문구를 쓴 것이 일기장을 펼친 것보다 더 위험한 행위도 아니었기에 이제 와서 불안함을 느끼는 것이 터무니없었지만, 어쩐지 그는 그 불순한 페이지를 찢어 버리고 하려던 일을 완전히 포기하고 싶은 충동을 느꼈다.

하지만 그는 그렇게 하지 않았다. 그래 봐야 달라질 게 없다는 사실을 알기 때문이었다. 그가 '빅브라더를 타도하라'라는 문장을

썼는지 쓰지 않았는지는 상관없었다. 그가 일기를 계속 쓰든, 쓰지 않든 별다를 게 없었다. 어차피 둘 다 사상경찰에게 추궁당할 만한 일이었다. 설령 종이에 펜을 대지 않았더라도 어차피 그는 다른 모든 범죄를 모두 아우르는 본질적인 범죄를 저지른 셈이었다. 사상범죄라는 거였다. 사상범죄는 절대 영원히 은폐될 수 없었다. 한동안, 심지어 몇 년 동안 용케 감춘다 하더라도 결국에는 들통이 날 수밖에 없다.

언제나 밤이었다. 체포는 어김없이 밤에 이루어졌다. 어깨를 흔드는 거친 손길에 화들짝 놀라 잠에서 깨면 번쩍이는 불빛이 눈에 들어오고 굳은 표정의 사람들이 침대 주변을 빙 둘러싸고 있겠지. 대부분의 경우 재판도, 체포 영장도 없었다. 사람들은 그저 캄캄한 밤에 소리 소문 없이 사라졌다. 그들의 이름은 기록에서 삭제되고, 그간의 행적도 모두 지워지며, 존재했다는 사실조차 부정되고 잊혔다. 철저히 소멸되어 세상에서 사라지는 셈이었다. 사람들은 그들이 증발되었다고 말하곤 했다.

그는 잠시 광적인 흥분에 사로잡혔다. 그리고 엉망인 글씨체로 급히 휘갈겨 쓰기 시작했다.

그들이 나를 총으로 쏴도 상관없다 그들이 내 목뒤에 총을 쏠지라도 상관하지 않는다 빅브라더를 타도하라 그들은 항상 당신의 목뒤에 총을 쏜다 나는 상관하지 않는다 빅브라더를 타도하라 ─

그는 약간 수치스러운 기분으로 의자 등받이에 몸을 기대며 펜을 내려놓았다. 다음 순간 그는 화들짝 놀라며 몸을 움찔했다. 문을 두드리는 소리가 들린 것이다.

아니 벌써! 그는 문 밖에 누가 있든 어쩌면 발걸음을 돌릴지도 모른다는 헛된 희망을 품고 궁지에 몰린 생쥐처럼 숨을 죽였다. 하지만 그의 생각은 틀렸고, 문 두드리는 소리는 계속되었다. 시간을 더 지체하는 것만큼 어리석은 일은 없었다. 그의 심장은 북처럼 쿵쾅거렸지만, 오랜 습관 덕에 무표정한 얼굴이었을 것이다. 그는 자리에서 일어나 문 쪽으로 무거운 발걸음을 옮겼다.

2장

    문손잡이에 손을 대는 순간 윈스턴은 책상 위에 일기장을 펼쳐 두었다는 사실이 생각났다. 빅브라더를 타도하라라는 문구가 한 페이지 가득, 방 건너편에서도 읽을 수 있을 정도로 커다랗게 쓰여 있었다. 터무니없이 어리석은 일이었다. 그러나 그는 당황한 상태에서도 자신이 잉크가 아직 덜 마른 상태에서 공책을 덮어 크림색 종이에 얼룩을 남기고 싶어하지 않는다는 사실을 깨달았다.

    그는 숨을 한 번 들이쉰 다음 문을 열었다. 그리고 즉시 따뜻한 안도감이 몸 전체에 퍼졌다. 숱 없는 머리에 핏기 없이 주름진 얼굴의 여자가 침울한 표정으로 현관 밖에 서 있었다.

    "오, 동지." 그녀는 음침하면서도 징징대는 듯한 목소리로 입을 열었다. "들어오는 소리를 들은 것 같아서요. 혹시 우리 부엌

싱크대 좀 봐줄 수 있을까요? 싱크대가 막혀서는…."

같은 층에 사는 이웃 파슨스 부인이었다. ('부인'은 당에서 권장하지 않는 단어였다. 모든 사람을 '동지'라고 불러야 했지만 본능적으로 부인이라 부르게 되는 여성들이 있었다.) 서른 살 정도였지만 원래 나이보다 훨씬 더 들어 보였다. 얼굴 주름에 먼지가 끼어 있을 것 같은 인상이었다. 윈스턴은 그녀를 따라 복도를 내려갔다. 이런 아마추어 수리 작업이 매일같이 그를 성가시게 했다. 빅토리 맨션은 1930년경 지어진 오래된 아파트였고, 거의 허물어지고 있었다. 회반죽 칠을 한 천장과 벽에서는 끊임없이 부스러기가 떨어졌고, 서리가 내리는 겨울이면 배관이 터지곤 했다. 눈이 오면 지붕에서는 어김없이 물이 새고, 난방 시설은 재정적인 이유로 완전히 폐쇄되거나 최대 화력의 절반만을 사용해 가동되었다. 개인이 알아서 고칠 수 없는 수리는 원격 위원회의 승인을 받아야 했는데, 위원회에서는 창문 유리를 고치는 작업도 2년 정도는 가뿐히 보류시키곤 했다.

"톰이 집에 없어서 이렇게 부탁드리네요." 파슨스 부인이 들릴 듯 말 듯한 목소리로 말했다.

파슨스 씨네 아파트는 윈스턴의 아파트보다 컸고, 그의 집과는 다른 느낌으로 우중충했다. 거대한 맹수라도 들어왔다 나간 듯, 물건들은 하나같이 찌그러지고 짓밟힌 듯한 모습이었다. 하키스틱, 권투 글러브, 터진 축구공, 땀에 젖은 채 뒤집힌 반바지 같은 것들이 바닥에 널브러져 있었고, 테이블 위도 더러운 접시들과 모서리가 접힌 연습장으로 어지러웠다. 벽에는 청년동맹과 스파이단을 상징하는 진홍색 깃발과 빅브라더 대형 포스터가 붙어 있었다. 평소 건물 전체에서 맡을 수 있는 삶은 양배추 냄새가 이 집에서도 났지만, 코를 찌르는 땀 냄새에 가려져 있었다. 누구든 첫 숨에 알아챌 만한 땀 냄새였지만 도대체 어떻게 같은 공간에 있지 않는 이의 체취가 그렇게 진동할 수 있는지는 알 수 없는 노릇이었다. 저쪽 방에서는 누군가가 빗과 휴지를 든 채 텔레스크린에서 계속 흘러나오는 군악에 맞춰 목청을 쥐어짜고 있었다.

"애들이에요." 불안함이 담긴 눈길로 문 쪽을 바라보며 파슨스 부인이 말했다. "오늘 밖에 안 나갔거든요. 물론…."

그녀는 말을 하다 마는 버릇이 있었다. 부엌 싱크대에는 녹색의 구정물 같은 게 넘치다시피 가득 차 있었는데 양배추 냄새보다 더 지독한 악취를 풍겼다. 윈스턴은 무릎을 꿇고 파이프의 각진 이음매를 살폈다. 그는 손을 사용하는 것도 몸을 굽히는 것도 싫었다. 그럴 때마다 기침이 나왔기 때문이다. 파슨스 부인은 그를 무력하게 바라보았다.

"톰이 집에 있었다면 당연히 그이가 제때 고쳐 놓았을 거예요." 그녀가 말했다. "이런 걸 좋아하거든요. 톰은 손으로 하는 건 뭐든 잘 하니까."

파슨스는 윈스턴처럼 진리부에서 일하는 동료였다. 뚱뚱한 편이지만 기가 질릴 정도로 활달하며 바보천치같이 열정적인 사람이었다. 묻지도 따지지도 않고 무조건 당에 충성하는 그야말로 당의 존속을 위해 사상경찰보다 더 필요한 존재였다. 35세가 되어 강제로 쫓겨날 때까지 그는 청년동맹에 있었고, 학교를 졸업한 후 청년동맹에 들어가기 전에는 법정연령을 넘긴 상태로 1년간 스파이 소속으로 남아 있기도 했다. 진리부에서는 지적 능력이 그다지 필요 없는 하위 직책 중 하나를 맡고 있는 그였지만 스포츠 위원회를 비롯해 하이킹 모임, 자발적인 시위, 저축 캠페인, 봉사활동을 조직하는 일과 관련된 다른 모든 위원회에서는 주요 인물로 꼽혔다. 그는 담배 파이프를 물고 지난 4년 동안 시민 회관 행사에 하루도 참석하지 않은 날이 없다며 자부심을 드러내곤 했다. 그의 고된 삶을 무의식적으로 증명하는 압도적인 땀 냄새는 가는 곳마다 그를 따라다녔고, 그가 떠난 후에도 그 자리에 머물렀다.

"스패너 있습니까?" 윈스턴이 파이프 이음매의 너트를 만지작거리며 말했다.

"스패너요?" 파슨스 부인이 기운이 쭉 빠진 목소리로 대꾸했다. "모르겠는데, 있을 거예요. 아마도 아이들이…."

아이들이 거실로 돌진하면서 쿵쿵거리는 발자국 소리와 함께 빗으로 만든 피리 소리가 다시 한번 울려 퍼졌다. 파슨스 부인이 스패너를 가져왔다. 윈스턴은 물을 빼내고 진저리 치며 파이프를 막고 있던 머리카락 뭉치를 제거했다. 그는 수도에서 찬물을 틀어 손가락을 하나하나 박박 닦은 다음 주방을 나섰다.

"손 들어!" 사나운 목소리가 외쳤다.

잘생기고 인상이 강해 보이는 아홉 살 남자아이가 탁자 뒤에서 나타나 그에게 장난감 권총을 겨눴고, 그보다 두 살쯤 어려

보이는 여자아이도 나무 조각을 들고 같은 자세를 취했다. 두 아이 모두 스파이단 유니폼인 파란색 반바지와 회색 셔츠를 입고 빨간 손수건을 목에 두르고 있었다. 윈스턴은 손을 머리 위로 들어 올렸지만 놀이라기에는 너무 흉포한 소년의 태도가 못내 불편했다.

"반역자!" 남자아이가 외쳤다. "사상범! 유라시아인 스파이가 틀림없어! 쏴 버릴 거야. 증발시켜 소금 광산으로 보내 버릴 줄 알아!"

아이들은 갑자기 그를 둘러싸고 폴짝폴짝 뛰며 '반역자다!', '사상범이다!'라며 소리치기 시작했고, 여자아이는 오빠가 하는 행동을 그대로 따라 했다. 머지않아 사람을 먹어 치울 짐승으로 성장할 새끼 호랑이들이 뛰어다니는 모습이 떠올라 윈스턴은 조금은 무서운 생각이 들었다. 남자아이의 눈에는 계산된 맹렬함 같은 것이 엿보였는데, 윈스턴을 한 대 치거나 걷어차고 싶다는 욕망과 또 자신이 그럴 수 있을 만큼 컸다는 사실을 알고 있다는 게 뻔히 보였다. 그가 들고 있는 물건이 진짜 권총이 아니어서 정말 다행이라고 윈스턴은 생각했다.

파슨스 부인의 초조한 시선이 윈스턴에서 아이들에게로 다급히 옮겨 갔다가 다시 그에게 돌아왔다. 밝은 거실 조명 아래서 보니 흥미롭게도 그녀의 얼굴 주름에는 실제로 먼지가 끼어 있었다.

"아이들이 소란스러워질 때가 있어요." 그녀가 말했다. "교수형을 보러 가지 못해 실망해서 그래요. 전 너무 바빠서 데려갈 시간이 없고 톰은 제시간에 퇴근을 못 하고요."

"왜 교수형을 보러 갈 수 없는 거야?" 남자아이가 우렁찬 목소리로 외쳤다.

"교수형 보고 싶어! 교수형 보고 싶어!" 여자아이가 여전히 깡충깡충 뛰어다니며 외쳤다.

윈스턴은 전쟁범죄를 저지른 유라시아 포로 중 몇몇이 그날 저녁 공원에서 교수형을 당할 예정이었다는 사실을 기억해 냈다. 교수형은 한 달에 한 번밖에 볼 수 없는 인기 있는 볼거리였고, 아이들은 늘 형장에 데려가 달라고 아우성이었다. 그는 파슨스 부인에게 인사를 하고 문으로 향했다. 하지만 복도를 여섯 걸음도 채 걷지 않았을 때 무언가가 그의 목 뒤를 있는 힘껏 때렸다. 시뻘겋게 달아오른 쇠꼬챙이에 찔린 듯한 통증이 느껴졌다. 그는 곧바로 뒤를 돌아보았고 파슨스 부인이 새총을 주머니에 쑤셔 넣고 있는 아들을 문간으로 질질 끌고 가는 모습이 보였다.

"골드스타인!" 문이 완전히 닫히기 전 아이가 소리를 질렀다. 하지만 윈스턴을 더욱 놀라게 한 것은 잿빛이 된 여자의 얼굴에 서린 처절한 두려움이었다.

자신의 아파트로 돌아온 윈스턴은 종종걸음으로 텔레스크린을 지나쳐 다시 책상에 앉은 다음 뒷목을 문질렀다. 텔레스크린에서 흘러나오던 음악은 더 이상 들리지 않았다. 대신 한 군인이 딱딱한 발음으로 아이슬란드와 페로스 제도 사이에 새롭게 놓인 해상 요새의 무기에 관한 설명을 읽고 있었다.

그는 그런 아이들을 보살펴야 하는 가여운 옆집 여자의 삶이 얼마나 공포스러울지 생각했다. 일이 년 후면 아이들은 그녀가 이단적인 행동을 하는지 밤낮으로 감시할 게 뻔했다. 요즘 아이들은 하나같이 구제불능이었다. 가장 끔찍한 것은 이들이 스파이단 같은 조직을 발판 삼아 조직적으로 통제불능의 조그만 야만인들로 변해 가고 있는데, 그런 그들이 당의 가르침에는 어떤 식으로라도 반항하려는 생각조차 하지 못한다는 점이었다. 하물며 이들은 당과 당에 관련된 모든 것들을 숭배했다. 노래, 행렬, 깃발, 하이킹, 모의 소총을 이용한 훈련은 물론 구호를 부르짖으며 빅브라더를 숭배하는 행동 모두가 그들에게는 일종의 영광스러운 놀이였다. 이들의 적개심은 언제나 국가의 적, 외국인, 반역자, 공작원, 사상범 같은 외부의 적에게 향해 있었다. 서른 살이 넘은 사람들이 자기 자식을 두려워하는 상황이 예삿일이 되었다고 해도 과언이 아니었다. 게다가 『타임스』에서는 엿듣기 좋아하는 고자질쟁이 꼬마들이 불순한 언사를 쓰는 자신의 부모들의 이야기를 엿듣고 사상경찰에 고발하게 된 과정을 일부러 한 주도 빼놓지 않고 싣고 있었다. 이들은 대부분 '꼬마영웅'이라고 불렸다.

새총에 맞은 자리에서 찌릿함이 잦아들었다. 그는 일기에 더 쓸 내용이 과연 있을까 생각하면서도 무심코 펜을 집어 들었다. 갑자기 머릿속에 오브라이언이 떠올랐다.

얼마나 오래됐는지 기억은 나지 않지만 아마 7년쯤 전이었을 것이다. 그는 칠흑같이 어두운 방을 걷는 꿈을 꾼 적이 있었다. 한쪽에 앉아 있던 누군가가 걷고 있는 그를 향해 말했다. '어둠이 없는 곳에서 만나세.' 명령이라기보다는 나직한 목소리로 무심코 뱉은 말이었다. 그는 멈추지 않고 계속 걸어갔다. 이상하게도 당시 꿈에서는 그 말이 별로 깊은 인상을 남기지 않았었다. 나중에야 비로소 그 말에 어떤 의미가 있었을지도 모른다는 생각이 들었다. 그는 오브라이언을 처음 만난 것이 그 꿈을 꾸기 전이었는지 후였는지 생각이 나지 않았고, 꿈속 남자의 목소리가 오브라이언의 것이었다는 사실을 처음 깨달은 때가 언제였는지도 알 수 없었다. 하지만 어쨌든 윈스턴은 알아보았다. 어둠 속에서 그에게 말을 건 남자는 오브라이언이었다.

윈스턴은 아직까지도 확신이 들지 않았다. 오늘 아침 눈이 마주치기는 했지만 여전히 오브라이언이 친구인지 적인지 확신할 수 없었다. 그것을 밝혀내는 것이 크게 중요한 것 같지도 않았다. 그들은 그 어떤 연민이나 당파심보다도 중요한 이해라는 연결고리로 이어져 있었다. '어둠이 없는 곳에서 만나세.' 그는 말했었다. 윈스턴은 그 말이 무슨 뜻인지 알 수 없었지만 어떤 식으로든 실현될 것이라는 생각이 들었다.

텔레스크린에서 흘러나오던 목소리가 잠시 멈췄다. 청아하고 맑은 트럼펫 소리가 정적이 감도는 공기를 가르며 울려 퍼졌다. 그리고 거슬리는 목소리가 다시 들려왔다.

'주목! 주목하십시오! 방금 말라바의 전선에서 뉴스 속보가 도착했습니다. 남인도에서 우리 군대가 영광스러운 승리를 거두었다고 합니다. 지금 이 소식으로 곧 전쟁이 종식되리라고 말할 수 있

게 되었습니다. 뉴스 속보입니다….'

윈스턴은 곧 나쁜 소식이 이어지리라 생각했다. 아니나 다를까 유라시아 군대가 전멸한 과정이 잔혹하게 묘사되며 사망자와 포로들에 대한 소식이 전해졌고, 다음 주부터 초콜릿 배급량이 30그램에서 20그램으로 줄어들 것이라는 발표가 이어졌다.

윈스턴은 다시 한번 트림을 했다. 진이 증발하면서 위가 쪼그라드는 느낌이 들었다. 승리를 축하하기 위해서인지 줄어든 초콜릿 배급량을 기억하지 못하게 하려는 것인지 텔레스크린에서는 「그대들을 위한 오세아니아」가 흘러나오기 시작했다. 차렷 자세로 있어야 했지만 그가 앉은 자리는 감시망 밖에 있었다.

「그대들을 위한 오세아니아」가 잦아들고 좀 더 가벼운 음악이 흘러나왔다. 윈스턴은 계속 텔레스크린을 등진 채 창가로 다가갔다. 날은 여전히 청명하고 쌀쌀했다. 저 먼 곳에서 로켓 미사일이 터지는 굉음이 먹먹하게 들려왔다. 매주 스무 개에서 서른 개쯤 되는 포가 런던에 떨어지고 있었다.

길 아래쪽 벽에 붙은 찢어진 포스터가 바람에 앞뒤로 나부끼자 '영사'라는 글자가 보이다 말다 했다. 영사. 영사의 신성한 신조. 새말, 이중사고, 덧없는 과거. 그는 마치 그가 바다 저 밑에 있는 괴상한 나라에 사는 괴물이 되어 해저에서 숲을 떠도는 기분이 들었다. 그는 혼자였다. 과거는 이미 죽었고 미래는 가늠할 수 없었다. 지금 이 순간 단 한 명이라도 자신의 편이 있다고 어떻게 확신할 수 있을까? 당의 지배가 영원히 지속되지 않으리라는 것을 어떻게 알 수 있을까? 마치 그의 질문에 대한 답처럼 진리부의 하얀 벽면에 적힌 슬로건 세 문장이 그의 눈에 들어왔다.

전쟁은 평화
자유는 속박
무지는 힘

그는 주머니에서 25센트짜리 동전을 하나 꺼냈다. 동전에도 작고 선명한 글자로 똑같은 슬로건이 새겨져 있었고 반대쪽 면에는 빅브라더의 머리가 각인되어 있었다. 동전 속 눈에게마저 감시를 당하는 느낌이 들었다. 그 눈은 동전, 우표, 책 표지, 깃발, 포스터, 담뱃갑 포장 등 모든 곳에 있었다. 언제나 그 눈에 감시를 당하고 그의 목소리에 둘러싸여 있어야 했다. 잠을 잘 때나 깨어 있을 때나, 일을 할 때나 밥을 먹을 때나, 실내에서나 실외에서나, 욕실에서나 침대에서나, 벗어날 수 없었다. 두개골 안에 있는 아주 작은 공간 말고는 그 어느 곳도 자신의 것이라 할 수 없었다.

해가 저편으로 기울자 더 이상 빛이 비치지 않는 빽빽한 창문들 때문에 진리부 건물은 요새에 난 구멍처럼 암울해 보였다. 그는 그 거대한 피라미드 건물 앞에 서면 심장이 떨렸다. 폭풍우가 몰아쳐도 흠집 하나 나지 않을 것처럼 위용이 넘치는 건물이었다. 로켓 미사일 수천 개로도 무너뜨릴 수 없을 것 같았다. 그는 자신이 대체 누구를 위해 일기를 쓰고 있는 것인지 다시금 궁금해졌다. 미래를 위해서일까, 과거를 위해서일까, 상상 속에서만 올 시대를 위해서일까. 하지만 지금 그의 앞에 놓인 것은 단순한 죽음도 아닌 멸망이었다. 일기장은 재가 되고 그 자신도 수증기처럼 사라질 것이다. 그가 쓴 글을 읽는 것은 그의 글을 세상에서 없애 버릴 사상경찰뿐이며 결국은 그의 기억 속에서도 지워질 것이다. 자신이 존재했다는 흔적도, 심지어 종이에 휘갈긴 단어조차도 물리적으로 남지 않는데 어떻게 미래에 호소할 수 있을까?

텔레스크린이 열네 시를 알렸다. 10분 안에 집을 나서야 했다. 14시 30분까지는 직장에 돌아가야 했기 때문이었다.

신기하게도 시간을 알리는 종소리 덕분에 생각이 전환된 기분이 들었다. 그는 자신이 누구도 듣지 못할 진실을 말하는 외로운 유령이 된 것 같았다. 그러나 그가 진실을 계속 전하는 한, 희미하게나마 진실의 끈은 끊어지지 않을 것이다. 인류의 정신을 잇기 위해서는 사람들이 자신의 이야기를 듣게 만드는 것보다 올바른 정신을 유지하는 것이 중요했다. 그는 책상으로 돌아가서 펜촉에 잉크를 묻혀 이렇게 썼다.

미래 또는 과거로, 생각이 자유로운 시대로, 모든 사람이 서로 다르고 외롭지 않은 시대로, 진실이 존재하고 한 번 행한 일은 되돌릴 수 없는 시대로. 획일화의 시대에서, 고독의 시대에서, 빅브라더의 시대에서, 이중사고의 시대에서 씀. 모두들 안녕하십니까!

자신은 이미 죽은 목숨이라고, 윈스턴은 생각했다. 자신의 생각을 정리할 수 있게 된 지금, 결정적인 한 걸음을 내딛은 것 같은 느낌이었다. 모든 행위는 그 행위의 결과를 포함한다. 그는 이렇게 썼다.

사상범죄의 결과는 죽음이 아니다. 사상범죄가 곧 죽음이다.

자신을 죽은 사람으로 인식하자 가능한 오랫동안 살아 있어야 한다는 생각이 들었다. 오른손 두 손가락에 잉크 자국이 배었다. 이런 사소한 흔적이 그에게 치명적일 수 있었다. 고자질하기 좋아하는 열성분자 동료(아마도 여자일 것이다. 창작부에서 일하는 연갈색 머리 또는 갈색 머리 여자겠지)는 그가 점심시간 동안 왜 글을 쓰는지, 왜 구식 펜을 사용하는지, 무엇을 쓰는지 궁금해할 테고 적당한 사람들에게 슬쩍 말을 흘릴 것이다. 그는 욕실로 가서 거친 진갈색 비누로 잉크 자국을 조심스레 벗겨 냈다. 비누의 사포 같은 질감은 이런 용도로 사용하기에 매우 적합했다.

그는 일기장을 서랍 안에 넣었다. 숨기려고 해 봐야 아무 소용이 없지만 이렇게 하면 일기장의 존재가 발각되었는지는 알 수 있었다. 페이지 끝 부분에 머리카락을 끼워 놓는 방법은 너무 뻔했다. 그는 손가락 끝으로 눈에 보일 듯 말 듯한 흰 먼지 한 톨을 집어 책이 움직이면 먼지가 떨어질 수밖에 없도록 표지 모서리에 놓았다.

3장

윈스턴은 어머니 꿈을 꾸고 있었다.

어머니가 사라졌을 때, 그는 열 살 혹은 열한 살쯤이었다. 어머니는 키가 크고 조각상 같은 몸매를 가졌었고 느릿느릿 움직이며 조용한 말씨를 쓰는, 눈이 부시게 밝은 머리칼을 가진 여성이었다. 아버지에 대한 기억은 좀 더 희미했는데, 아버지는 까무잡잡하고 마른 체격으로 언제나 어두운 색 옷을 깔끔하게 차려입고(아버지 신발 밑창이 매우 얇았던 것이 특히 기억에 남는다) 안경을 썼었다. 두 사람은 50년대에 있었던 첫 대숙청에서 유명을 달리한 듯했다.

꿈에서 그의 어머니는 여동생을 품에 안은 채 그의 시선보다 한참 낮은 곳에 앉아 있었다. 그는 여동생이 작고 연약하고 늘 조용한 아기였다는 것, 크고 경계하는 듯한 눈망울을 가지고 있었다는 것 외에는 여동생에 대한 기억이 전혀 없었다. 엄마와 여동생은 그를 올려다보고 있었다. 그들은 지하 어딘가, 우물 바닥이나 깊은 무덤 같은 땅속에 있었는데 그렇지 않아도 그에게서 먼 그곳은 점점 더 아래로 꺼져 내려가고 있는 것 같았다. 그들은 침몰하는 배의 선실에 앉아 점점 더 캄캄해지는 물 위로 그를 올려다보고 있었다. 선실에는 여전히 공기가 있고 그들은 서로를 볼 수 있었지만, 어머니와 여동생은 계속 가라앉고 있었다. 그들은 곧 푸른 바닷속으로 자취를 감췄다. 그들이 죽음으로 빨려 내려가는 동안 그는 빛과 공기가 있는 곳에 있었다. 그가 여기에 있어서 그들이 저 아래에 있는 것 같았다. 그는 그 사실을 알았고 표정을 보니 분명 그들도 알고 있었다. 두 사람에게서 원망의 기색은 없었고 다만 그가 목숨을 부지하려면 자신들이 죽어야 하며 그것이 어쩔 수 없는 이치라는 걸 알고 있는 모습이었다.

무슨 일이 있었는지는 기억할 수 없었지만 꿈을 통해 그는 자신을 살리기 위해 어머니와 여동생의 목숨이 희생되었다는 사실을 알 수 있었다. 그 꿈은 완연히 꿈으로 느껴지면서도 지적 활동의 연속이어서, 깨어난 후에도 꿈에서 생각한 것을 여전히 새롭고 가치 있게 느끼게 했다. 지금 윈스턴이 충격을 받은 이유는 거의 30년 전에 일어난 어머니의 죽음이 이제 더 이상 일어날 수 없는 종류의 애통한 비극이라는 걸 깨달았기 때문이다. 비극이란 개인의 삶과 사랑, 우정이 존재하고 특별한 이유 없이도 곁에 있어 주는 가족이 존재했던 구시대에만 존재할 수 있다고 윈스턴은 생각했다. 어머니에 대한 기억이 떠오르자 그는 마음이 찢어지는 듯했다. 그녀는 그에 대한 애정으로 목숨을 버렸지만 그는 당시 너무 어리고 이기적이어서 그 사랑에 보답할 수 없었다. 게다가 과정은 기억나지 않지만, 어머니는 지극히 개인적이며 대체할 수 없는 충성심으로 자신을 희생했다. 그는 그러한 일이 오늘날에는 일어날 수 없다고 생각했다. 오늘날에도 두려움, 증오, 고통은 남아 있지만 존엄성이나 깊고 복잡한 애도 같은 감정은 존재하지 않는다. 푸른 바닷속 수백 길 아래로 가라앉으며 자신을 올려다보는 어머니와 여동생의 커다란 눈망울 속에서 그는 이 모든 감정을 읽을 수 있었다.

갑자기 그는 여름날 저녁 비스듬히 내린 태양에 금빛으로 물든 푹신한 잔디밭 위에 서 있었다. 이 풍경은 그의 꿈에 하도 자주 등장해서 현실 세계에서도 본 적이 있나 싶을 정도였다. 깨어 있는 동안 그는 그곳을 황금의 나라라고 불렀다. 토끼가 풀을 뜯는 낡은 초원 이곳저곳에는 두더지가 파 놓은 언덕들과 길을 따라 헤맨 발자국이 있었다. 초원 저편 들쑥날쑥한 울타리 위로 솟아 있는 느릅나무가 산들바람에 희미하게 흔들렸다. 빽빽한 잎사귀들이 휘날리는 모습은 꼭 여인의 머리칼 같았다. 보이지는 않지만 가까운 곳 어딘가에 유유히 흐르는 맑은 시내가 있고 버드나무 아래 못에서는 황어가 헤엄치고 있을 것이었다.

초원 저편에서 갈색 머리 소녀가 그를 향해 다가오고 있었다. 그녀는 단번에 옷을 벗고는 무심하게 옆에 내던졌다. 희고 매끄러운 그녀의 몸을 보면서도 윈스턴에게는 어떤 욕망도 일지 않았다. 사실 그는 그녀의 몸은 보는 둥 마는 둥했다. 그가 압도된 것은 옆으로 옷을 던지는 그녀의 몸짓이었다. 그녀의 우아하고 무심한 몸짓은 문화 전체, 사고 체계 전체를 소멸시킬 수 있을 것 같았다. 그 팔을 한 번 휘두르면 빅브라더와 당과 사상경찰을 소탕할 수 있을 것 같았다. 그 몸짓 역시 구시대의 것이었다. 윈스턴은 '셰익스피어'라는 단어를 웅얼거리며 잠에서 깨어났다.

텔레스크린에서 귀청이 찢어질 듯한 호각 소리가 30초 동안 일정하게 울려 퍼지고 있었다. 7시 15분, 직장인들이 잠에서 깨는 시간이었다. 윈스턴은 알몸으로 침대에서 몸을 뒤틀며 일어났다. ─ 외부당원은 매년 의복 배급표 3,000장을 받는데 잠옷 한 벌을 사려면 600장이 필요했기에 그는 알몸으로 잤다. ─ 그는 맞은편 의자에 걸려 있는 꾀죄죄한 러닝셔츠와 반바지 한 벌을 집어 들었다. 3분 안에 체조가 시작될 예정이었다. 다음 순간 그는 잠에서 깰 때면 늘 그를 괴롭히는 격렬한 기침을 발작적으로 토해 냈다. 기침 때문에 폐에 찬 공기가 다 빠졌는지 그는 등을 대고 누워 한참 헐떡거리고 난 후에야 다시 제대로 숨을 쉴 수 있었다. 기침을 하느라 정맥이 확장되는 바람에 정맥류 궤양이 있는 자리가 가려워지기 시작했다.

"30대부터 40대까지!" 여자의 목소리가 날카롭게 들려왔다. "30대부터 40대! 위치로 가십시오! 30대부터 40대까지!"

윈스턴은 서둘러 텔레스크린 앞으로 가서 차렷 자세를 취했다. 빼빼 마른 근육질 체형에 몸에 딱 붙는 제복 재킷을 입고 운동화 차림을 한 젊은 여자는 진즉부터 화면에서 대기 중이었다.

"팔을 구부렸다가 쭉 폅니다!" 여자가 외쳤다. "천천히 저를 따라 하세요. 헛, 둘, 셋, 넷! 헛, 둘, 셋, 넷! 자, 동지들 좀 더 활력 있게 따라 합니다! 헛, 둘, 셋, 넷! 헛, 둘, 셋, 넷!⋯"

고통스러운 기침 발작도 윈스턴의 마음에서 꿈의 여운을 완전히 몰아내지 못했고 운동을 하며 리듬에 맞춰 움직이자 꿈이 더욱 생생해지는 기분이었다. 팔을 앞뒤로 기계적으로 뻗으면서 운동을 할 때 어울릴 법한 즐거운 표정을 어색하게 지어 보이는 동안 그는 어렴풋한 어린 시절의 기억을 되살릴 방법을 생각해 내려 애썼다. 매우 어려운 일이었다. 50년대 말 이전의 모든 기억은 희미해졌다. 참조할 만한 외부 기록마저 없으면 자신이 살았던 삶의 기억조차 흐릿해져 갔다. 일어났는지 확실하지도 않은 사건이 기억나기도 하고, 사건의 세세한 내용까지 기억나지만 분위기는 가물가물할 때가 있는가 하면, 무엇으로도 채울 수 없는 공백으로 남은 기간도 있었다. 그때는 모든 것이 지금과 달랐다. 나라 이름도, 지도의 생김새도 달랐다. 예를 들어 그때는 에어스트립 원도 잉글랜드 또는 영국으로 불렸다. 하지만 런던은 늘 런던이었다고 그는 꽤 확신했다.

윈스턴은 오세아니아가 전쟁을 치르지 않았던 시절을 확실히 기억하지는 못했지만 어린 시절 꽤 긴 시간 동안 평화가 유지되었다는 사실만은 분명한 것이, 그의 어린 시절에 공습이 있었는데 그때 사람들 모두가 깜짝 놀랐던 기억이 있기 때문이다. 콜체스터에 원자폭탄이 떨어졌을 때였을 것이다. 그는 공습 자체를 기억하지는 못했지만 아버지의 손을 꼭 붙잡고 땅속 깊은 곳에 있는 피난처로 급히 내려가던 것과 그의 발밑에서 끝도 없이 이어지던 나선형 계단을 기억했다. 가도 가도 끝이 없어서 그는 다리가 후들거려 훌쩍이기 시작했고 그의 가족은 멈춰서 쉬어야만 했었다. 어머니는 느리고 몽환적인 걸음으로 한참 뒤처져 따라오고 있었다. 그녀는 그의 여동생을 안고 있었다. 어쩌면 그냥 담요 뭉치였을 수도 있었다. 그때가 여동생이 태어난 이후였는지는 확실치 않다. 마침내 가족은 시끄럽고 붐비는 장소에 도착했고, 그는 그곳이 지하철역이라는 사실을 깨달았다.

돌이 깔린 바닥 곳곳에 사람들이 앉아 있었고, 철제 이층 침대에 다닥다닥 붙어 앉아 있는 사람들도 보였다. 윈스턴과 그의 어머니 그리고 아버지는 바닥에 자리를 잡았고 그들과 가까이 놓인 침대 위에 나이 든 남자와 여자가 나란히 앉아 있었다. 나이 든 남자는 말쑥한 검은 양복을 입고 있었는데, 눌러쓴 검은색 천 모자 아래로 새하얀 머리칼이 삐져나와 있었다. 그의 얼굴은 벌겋게 상기되어 있었고 파란 눈에는 눈물이 가득 고여 있었다. 그에게서 진 냄새가 났다. 피부 밖으로 땀 대신 진이 밀려 나오는 듯했다. 그의 눈에서 흘러나오는 액체가 진이라고 착각할 수도 있을 정도였다. 약간 취한 탓도 있었지만, 나이 든 남자는 애가 끊어지는 슬픔에 빠져 있었다. 아직 어린아이였지만 윈스턴은 그 노인에게 용서할 수도, 결코 치유될 수도 없는 끔찍한 일이 방금 일어났다는 사실을 알 수 있었다. 그 일이 어떤 일인지도 알 것 같았다. 노인이 사랑하는 누군가, 아마도 어린 손녀가 죽은 것이다. 노인은 몇 분마다 같은 말을 반복했다.

'그들을 믿어선 안 됐는데. 여보 내가 그랬잖아, 안 그래? 그놈들 믿은 꼴이 이거야. 내가 계속 말했었지. 그 깡패 놈들은 믿을 게 못 된다고.'

그러나 믿어서는 안 된다던 깡패가 누구였는지 윈스턴은 기억할 수 없었다.

그 이후로 전쟁은 문자 그대로 끝없이 계속되었다. 하지만 엄밀히 말하면 모두 같은 전쟁은 아니었다. 그가 어렸을 때 런던 내에서 몇 달 동안 혼란스러운 시가전이 벌어졌는데, 그는 그날들을 생생하게 기억했다. 하지만 그 시절이 어떻게 흘러갔는지 전부 기억하거나 어떤 순간에 누가 누구와 싸우고 있었는지까지는 설명할 수 없었다. 왜냐하면 어떤 기록이나 이야기도 지금 당장의 연합 체제 말고는 언급하지 않기 때문이었다. 예를 들어 지금 이 순간, 1984년(1984년이 맞다면), 오세아니아는 유라시아와 전쟁 중이고 동아시아와 동맹을 맺고 있다. 공식적으로든 비공식적으로든 어떤 발언에서도 세 권력이 각자의 노선에 따라 때때로 다른 동맹을 맺었다고 인정된 적이 없었다. 불과 4년 전만 해도 오세아니아는 동아시아와 전쟁을 벌이고 유라시아와는 동맹을 맺고 있었다는 사실을 윈스턴은 잘 알고 있었다. 하지만 이러한 사실은 그의 기억이 완전히 통제되지 않은 덕분에 우연히 머릿속에 남게 된 비밀스러운 지식에 불과했다. 공식적으로 동맹국이 변한 적은 한 번도 없었다. 오세아니아는 유라시아와 전쟁 중이었고, 따라서 오세아니아는 항상 유라시아와 전쟁을 벌였다. 순간의 적은 항상 절대적인 악이었으므로 과거에도 미래에도 그와 어떤 합의를 이뤄 낼 수는 없었다.

고통을 참고 어깨를 뒤로 젖히는 동안(엉덩이에 손을 얹은 채 허리를 돌리는 동작이었는데, 등 근육에 좋다고 했다) 그는 그들의 말이 모두 사실일 수도 있다는 무서운 생각을 만 번째 반복하고 있었다. 당이 과거에 손을 대 이런저런 사건에 대해 말하면서 그런 일은 결코 일어나지 않았다고 한다면, 그것은 확실히 단순한 고문과 죽음보다 더 무서운 일이 아닐까?

당은 오세아니아가 유라시아와 동맹을 맺은 적이 없다고 말했다. 윈스턴 스미스 자신은 불과 4년 전만 해도 오세아니아가 유라시아와 동맹이었다는 사실을 알고 있었다. 하지만 그 지식이 어디에 존재하는가? 어떤 경우에도 곧 소멸될 윈스턴의 의식 속에서만 존재했다. 만약 다른 모든 사람들이 당이 떠벌리는 거짓말을 받아들인다면, 즉 모든 기록이 같은 이야기를 한다면, 그 거짓말은 역사 속에 남아 진실이 될 것이었다. '과거를 지배하는 자, 미래를 지배하게 되리라. 현재를 지배하는 자, 과거를 지배하리라.' 당의 슬로건이었다. 그러나 본질적으로 바뀔 수 있는 과거는 결코 한 번도 바뀐 적이 없었다. 지금 사실인 것은 무엇이든 영원히 사실이었다. 아주 단순한 이치였다. 그러기 위해서는 자신의 기억을 상대로 계속해서 승리를 거두기만 하면 됐다. 이런 기술은 '현실 통제'라고 불렸다. 새말로는 '이중사고'였다.

"편히 쉬십시오!" 체조 강사가 약간 상냥해진 목소리로 외쳤다.

윈스턴은 팔을 옆구리에 떨구고 가슴 깊이 공기를 들이마셨다. 그의 생각이 미로 같은 이중사고의 세계로 빠져들었다. 아는 것과 모르는 것, 신중하게 거짓말을 꾸며 내면서 완전한 진실성을 의식하는 것, 상충되는 두 가지 의견을 동시에 갖고 있는 것, 그 두 의견이 모순된다는 것을 알면서도 믿는 것, 논리와 상반되는 논리를 사용하는 것, 도덕성을 주장하면서 부인하는 것, 민주주의는 불가능하다고 믿으면서 당이 민주주의의 수호자라고 믿는 것, 잊어버릴 필요가 있는 것은 무엇이든 잊어버리고, 필요한 순간에 다시 기억 속으로 끌어들이는 것, 그러고는 곧 다시 잊어버리는 것, 무엇보다도 동일한 프로세스를 프로세스 자체에 적용하는 것. 이중사고는 그야말로 교묘함의 극치였다. 의식적으로 의식하지 못하도록 만든 다음 이러한 최면 행위조차 곧바로 의식에서 밀어내는 기술이었다. '이중사고'라는 단어를 이해하는 것조차 이중사고를 사용하는 행위 중 하나라 할 수 있었다.

체조 강사는 다시 주목을 끌었다. "자 이제 손가락이 발가락에 닿는지 볼까요?" 그녀는 열정적으로 외쳤다. "엉덩이 아래로 내려갑니다. 동지 여러분, 헛-둘! 헛-둘!"

윈스턴은 발꿈치부터 엉덩이까지 찌르는 듯한 통증을 느끼게 하고 결국 기침 발작까지 불러일으키는 이 동작을 혐오했다. 그 바람에 사색으로 인해 기분 좋던 감정이 사라졌다. 과거는 거의 바뀌지 않은 것이 아니라 파괴되었다고 그는 생각했다. 아무리 명백한 사실이라도 자신의 기억 외에 아무런 기록이 존재하지 않는다면 과연 사실을 입증할 수 있을까? 그는 빅브라더라는 단어를 처음 들었을 때가 몇 년도였는지 기억해 내려고 애썼다. 아마도 60년대 언젠가라는 생각이 들었지만 확실하지는 않았다. 당이 들려주는 역사에서는 물론 아주 초창기부터 빅브라더를 지도자이자 혁명의 수호자로 묘사했다. 그가 공적을 세웠다는 시기는 점점 과거로 거슬러 올라갔고, 기이하게 생긴 원통형 모자를 쓴 자본주의자들이 번쩍거리는 자동차나 유리창이 달린 마차를 타고 런던 거리를 달리던 찬란했던 40년대와 30년대까지 거슬러 올라갔다. 이러한 전설이 어디까지 진실이고 어디까지 꾸며 낸 이야기인지는 알 길이 없었다. 당이 언제부터 존재하게 되었는지 정확한 날짜도 기억나지 않았다. '영사'라는 단어를 1960년대 이전에는 들어 본 기억이 없는 것 같았지만 만약 '영국 사회주의'라는 옛말 형태도 고려한다면 그 전부터 통용되었을 수도 있었다. 모든 것들이 안개 속에 가려져 있었다. 때로는 거짓말을 단번에 알아챌 수 있을 때도 있었다. 예를 들어 당에서는 비행기를 발명했다고 주장하지만 이는 사실이 아니었다. 그가 아주 어린 시절에도 비행기는 있었다. 하지만 증명할 방법이 없었다. 증거는 어디에도 존재하지 않았다. 그의 삶 전체를 통틀어 딱 한 번 역사적 사실을 조작했다는 빼도 박도 못할 증거 서류를 찾은 적이 있었다. 그 당시….

"스미스!" 텔레스크린 속 목소리가 심술궂게 외쳤다. "6079 스미스 W.! 네, 당신이요! 몸을 숙이시죠! 지금보다 잘 하실 수 있습니다. 노력하지 않고 계시네요. 더 낮추세요! 훨씬 낫네요, 동지. 이제 바로 서세요. 여러분 모두 저를 보세요!"

갑자기 뜨거운 땀이 윈스턴의 몸 전체를 타고 흘러내렸다. 하지만 표정은 전혀 읽을 수 없는 상태를 유지하고 있었다. 당황한 모습을 절대 보이면 안 된다! 분노를 표출해서는 안 된다! 눈 한 번만 잘못 깜빡여도 꼬투리를 잡힐 수 있었다. 그는 체조 강사가 우아하다고는 할 수 없지만 놀라울 정도로 간결하고 효율적으로 팔을 머리 위로 들어 올린 뒤 몸을 굽혀 손가락 끝마디로 발가락을 잡는 모습을 지켜보고 있었다.

"거기, 동지! 이제 좀 제대로 하시네요. 저는 39살이고 아이가 넷이랍니다. 하지만 보세요." 그녀는 다시 몸을 숙였다. "무릎이 구부러지지 않죠. 하고자 하면 누구나 할 수 있습니다." 그녀는 이렇게 덧붙인 뒤 몸을 일으켰다. "40살 미만이라면 누구나 손끝으로 발가락을 만질 수 있습니다. 전선에 나가 싸울 수 있는 특권은 없지만 몸은 건강하게 유지해야죠. 말라바 전선에 나가 있는 소년병들을 생각하세요! 해상 요새의 선원들을 떠올리세요! 그들이 무엇을 감내하는지 생각해 보세요. 다시 한번 해 보죠. 훨씬 낫네요, 동지. 훨씬 나아요." 화면 속 여자의 격려를 들으며 윈스턴은 이를 악물고 몸을 구부려 몇 넌 만에 처음으로 무릎을 굽히지 않고 발가락에 손끝을 가져다 대는 데 성공했다.

4장

    하루 일과가 시작되자 윈스턴은 텔레스크린이 가까이 있는 것도 잊은 채 무의식적으로 깊은 한숨을 뱉었다. 그는 스피크라이트를 끌어당겨 송화구에서 먼지를 불어 낸 다음 안경을 썼다. 그러고는 책상 오른쪽에 있는 기송관(압축 공기로 서신을 보내는 관 ― 옮긴이)에서 튀어나온 돌돌 말린 종이쪽지 4개를 풀어서 차곡차곡 쌓았다.

    그의 자리를 둘러싼 칸막이벽에는 구멍 세 개가 나 있었다. 스피크라이트 오른쪽으로 서면 메시지용 기송관, 왼쪽으로 약간 더 큰 신문 수송용 관이 있었다. 그리고 팔을 뻗으면 쉽게 닿을 수 있는 옆쪽 벽에는 철망으로 막힌 커다란 직사각형 틈이 있었다. 파지를 처리하기 위한 구멍이었다. 이와 비슷한 구멍들이 건물 안에 있는 모든 방뿐만 아니라 모든 복도에 짧은 간격을 두고 수천, 수만 개가 있었다. 왜인지 알 수 없지만 이 구멍들은 '기억 구멍'이라는 별명으로 불렸다. 파기되어야 할 문서나 널브러져 있는 폐지 조각을 발견하면 누구나 거의 반사적으로 가장 가까운 기억 구멍의 뚜껑을 열고 그 안에 종잇조각을 밀어 넣었다. 종잇조각은 따뜻한 공기 흐름을 타고 건물 깊숙한 곳 어딘가에 숨겨진 거대한 용광로로 빨려 들어갔다.

윈스턴은 펼쳐 놓은 종이쪽지 네 개를 살폈다. 각각의 종이에는 부서의 내부 문건에 사용하는 (완전히 새말은 아니지만 대부분 새말인) 축약된 전문용어로 메시지 한두 줄이 적혀 있었다. 메시지는 다음과 같았다.

타임스 17.3.84 B.B. 연설 아프리카 오보 교정

타임스 19.12.83 예측 3개계 4분기 83 오식 현호 교정

타임스 14.2.84 풍부 초콜릿 오견적 교정

타임스 3.12.83 B.B. 일일 조례에서 비인간에 대한 참조 더더 나쁨. 완전히 다시 작성하여 선 보고 후 게시

윈스턴은 약간의 만족감을 느끼며 네 번째 메시지를 옆으로 치워 두었다. 그 메시지는 복잡하고 책임감이 필요한 작업이어서 마지막에 처리하는 편이 좋았다. 나머지 세 개는 일상적인 작

업이었지만 두 번째 메시지를 해결하려면 숫자 목록을 뒤지는 따분한 수고가 따라야 할 듯싶었다.

윈스턴은 텔레스크린의 '회신번호'에 전화를 걸어 문제가 있는 『타임스』호를 요청했고 단 몇 분 만에 해당 호가 기송관에서 튀어나왔다. 그가 받은 메시지는 이유를 막론하고 고칠 거리가 있는, 또는 공식적으로 '교정'이 필요한 기사나 뉴스 꼭지에 관한 것들이었다. 예를 들면 3월 17일자 『타임스』에는 빅브라더가 전날 연설에서 남인도 전선은 평화로울 예정인 반면 곧 북아프리카에서 유라시아의 공세가 시작될 것이라 예측한 내용이 실려 있었다. 공교롭게도 유라시아의 고등 사령부는 남인도에서 공세를 시작했으며 북아프리카는 건드리지 않았다. 따라서 빅브라더가 실제로 일어날 일을 예측한 것처럼 연설문을 다시 작성해야 했다. 그런가 하면 12월 19일자 『타임스』에서는 9차 3개년 계획의 여섯 번째 분기이기도 한 1983년 4분기의 각종 소비재 생산량에 관한 공식 전망을 발표했었다. 오늘자 호에 실제 결과가 실렸는데, 예측이 하나도 빠짐없이 어긋난 것으로 드러났다. 윈스턴의 임무는 전에 추정했던 수치를 최신 수치와 일치하도록 수정하는 것이었다. 세 번째 메시지는 몇 분 안에 바로잡을 수 있는 아주 간단한 오류였다. 불과 올해 2월에 풍요부는 1984년에 안에 초콜릿 배급량을 줄이지 않겠다는 공약(공식 용어는 '절대적 서약')을 발표했었다. 그런데 윈스턴이 잘 알고 있듯 초콜릿 배급량은 이번 주말에 30그램에서 20그램으로 줄어들 예정이었다. 윈스턴이 할 일은 원래의 공약을 4월 즈음까지 배급량을 줄여야 할지도 모른다는 경고로 바꾸는 것이었다.

윈스턴은 스피크라이트로 각 메시지를 처리한 다음 곧바로 『타임스』의 해당 호에 수정한 내용을 붙여 기송관에 밀어 넣었다. 그런 다음 거의 무의식에 가까운 동작으로 원본 메시지와 자신이 작성한 모든 메모를 구긴 다음 기억 구멍에 밀어 넣어 불구덩이 속으로 보냈다.

기송관을 타고 이어지는 보이지 않는 미궁 속에서 무슨 일이 일어나는지 자세히는 아니어도 대략적으로는 알고 있었다. 필요에 따라 수정된 『타임스』 특정 호가 수집되어 대조를 거치고 나면 해당 호는 재인쇄되고 원본은 파기되며 원본 대신 수정된 사본이 보관되었다. 이러한 지속적인 편집 과정은 신문뿐만 아니라 책, 정기 간행물, 팸플릿, 포스터, 전단지, 영화, 사운드 트랙, 만화, 사진 등 정치적 또는 이념적 의미를 담을 수 있는 모든 종류의 문학이나 문서에 적용됐다. 매일 거의 분 단위로 과거가 최신 상태로 업데이트되었다. 이런 식으로 당이 내놓은 모든 예측이 정확하다는 사실을 입증할 문서를 마련하는 한편, 특정 시점에 필요한 내용과 상충하는 뉴스 꼭지나 의견이 기록으로 남지 않도록 할 수 있었다. 모든 역사는 고쳐 쓴 흔적이 남은 양피지처럼 필요할 때마다 깨끗하게 긁어내고 다시 기록할 수 있었다. 작업을 마치고 나면 어떠한 경우에도 문서가 위조되었다는 사실을 증명할 길이 없었다. 기록부에서 가장 규모가 큰, 윈스턴이 일하는 부서보다 훨씬 큰 부서는 이미 수정을 마치고 파기될 예정인 책, 신문, 기타 문서의 모든 사본을 찾아내 수집하는 임무를 맡은 사람들로만 구성되었다. 정치적 성향이 변하거나 빅 브라더가 잘못된 예측을 하는 바람에 수십 번 고쳐졌을 『타임스』들은 원래 날짜가 적힌 것으로 보관되며 이와 상충하는 다른 사본은 존재할 수 없었다. 책들도 마찬가지로 회수를 거듭하며 고쳐 쓰였고, 수정되었음을 알리는 그 어떤 안내도 없이 어김없이 재발행되었다. 작업을 처리하자마자 즉시 파기하는 윈스턴이 받은 서면 지시에도 위조 행위를 언급하거나 암시하는 부분은 없었다. 단지 정확성을 위해 바로잡아야 하는 실수나 오류, 오식 또는 잘못된 인용이 제시되어 있을 뿐이었다.

하지만 사실 윈스턴은 풍요부의 수치를 조정하면서 자신이 하는 일은 위조라고 할 수도 없다고 생각했다. 단지 하나의 헛소리를 다른 헛소리로 대체하는 작업에 불과할 뿐이었다. 그가 다루는 대부분의 자료는 현실 세계와는 아무런 관련이 없었을 뿐만 아니라 대놓고 하는 거짓말만큼의 연관성도 없었다. 원본의 통계도 수정된 통계와 다를 바 없이 허무맹랑하기는 마찬가지였다. 통계를 꾸며 낼 때는 머리를 잘 굴려야 했다. 예를 들어 풍요부에서는 해당 분기의 장화 생산량을 1억 4,500만 켤레로 추정했었다. 실제 측정된 생산량은 6,200만 켤레였다. 윈스턴은 예측을 다시 작성하면서 할당량을 초과 충족했다는 뻔한 주장이 말이 되도록 예측치를 5,700만 켤레로 줄여야 했다. 6,200만이라는 숫자 역시 5,700만이나 1억 4,500만이라는 숫자보다 진실되지 않았다. 장화는 아마 전혀 생산되지 않았을 것이다. 더욱이 예상보다 얼마나 많이 생산되었는지는 아무도 몰랐고 관심을 가지는 사람도 없었다. 사람들이 아는 사실은 서류상으로는 매 분기마다 장화가 엄청나게 생산되고 있지만 오세아니아 인구의 절반이 맨발로 살고 있다는 것뿐이었다. 대단하든 사소하든 기록된 사실들은 모두 이런 지경이었다. 모든 진실이 어둠에 가려진 탓에 심지어는 오늘이 몇 월 며칠인지조차 확실하지 않게 되었다.

윈스턴은 복도 건너편을 보았다. 반대편 칸막이에는 꼼꼼한 인상에 턱수염 자국이 거뭇거뭇한 틸롯슨이라는 왜소한 남자가 접힌 신문을 무릎 위에 올린 채 스피크라이트의 송화기에 입을 바짝 붙이고 작업에 열중하고 있었다. 그는 자신이 말하는 내용을 자신과 텔레스크린 화면 사이의 비밀로 유지하려고 노력하는 것처럼 보였다. 그가 고개를 들자 그의 안경이 윈스턴을 바라보며 적대적인 광선을 내뿜었다.

윈스턴은 틸롯슨과 거의 모르는 사이였고 그가 어떤 일을 하는지도 몰랐다. 기록부 직원들은 자신들이 무슨 일을 하는지 쉽사리 이야기하지 않았다. 칸막이 책상이 두 줄로 놓인 창문 없는 긴 방 안에서는 종이가 바스락대는 소리와 스피크라이트에 대고 중얼거리는 소리가 끊임없이 들려왔고, 매일같이 잰걸음으로 복도를 다니거나 2분 증오에서 손을 흔들어 대는 모습을 봐왔지만 윈스턴이 이름조차 모르는 사무실 사람들이 많았다. 그는 옆 칸막이에 앉은 연갈색 머리에 체구가 작은 여자가 매일 열심히 작업하고 있다는 사실을 알았다. 그녀가 하는 일은 증발되어 존재한 적이 없는 것으로 간주된 사람들의 이름을 추적해 언론에서 삭제하는 단순한 작업이었다. 그녀의 남편이 몇 년 전에 증발했다는 사실을 고려하면 그녀에게 딱 맞는 작업이었다. 몇 칸 떨어진 곳에는 무능하고 온순한 몽상가인 앰플 포스라는 사람이 일하고 있었다. 귀에 털이 무성하게 난 그는 운율과 음보를 자유자재로 다룰 수 있는 놀라운 재능을 가졌는데, 이념을 거스르지만 문집에 남아야 할 이유가 있다고 판단된 시들을 왜곡해 다듬는 일 — 이것은 '결정판'이라고 불렸다 — 을 하고 있었다. 이 사무실 안에 있는 50명 가까이 되는 직원들은 기록부라는 엄청나게 복잡한 조직에서 일개 하위 부서, 즉 하나의 세포에 불과했다. 위층, 아래층에도 상상할 수 없을 정도로 다양한 일에 종사하는 직원들이 있었다. 보조 편집자와 타이포그래피 전문가, 정교한 사진 위조 장비를 보유한 스튜디오를 갖춘 거대한 인쇄소가 있는가 하면 엔지니어, 프로듀서, 목소리를 모방하는 기술로 특별히 선발된 배우들로 이루어진 텔레프로그램 부서도 있었다. 그런가 하면 수거가 예정된 도서와 정기 간행물의 목록을 작성하는 단순 작업을 맡는 조회 전담 사무원들도 있었다. 수정된 문서를 보관하는 거대한 보관소와 원본을 파기하는 숨겨진 용광로도 있었다. 그리고 어딘가에는 전체 조직의 작업을 조율하고 과거의 조각들이 보존되어야 할 이유와 왜곡되어야 할 이유, 존재의 흔적조차 없어져야 할 이유를 뒷받침할 정책을 수립하는 익명의 수뇌부가 존재했다.

그러나 기록부 역시 진실부에 속한 많은 부서 중 하나의 부서에 불과했다. 진실부의 주 임무는 과거를 재구성하는 것이 아니라 오세아니아 시민들에게 신문, 영화, 교과서, 텔레스크린 프로그램, 연극, 소설을 공급하는 것이었다. 동상에서 슬로건까지, 서정시에서 생물학 논문까지, 어린이용 철자법 책에서 새말 사전까지 상상할 수 있는 모든 종류의 정보와 지침, 오락을 주관하는 곳이었다. 진실부는 당의 다양한 요구를 충족시켜야 할 뿐만 아니라 프롤레타리아 계급을 위해 저급한 수준으로 모든 작업을 반복해야 했다. 이를 위해 프롤레타리아 문학, 음악, 연극, 오락 전반을 다루는 일련의 부서들이 독립적으로 존재했다. 여기서는 스포츠와 범죄 소식, 점성술 말고는 아무 내용이 없는 쓰레기 신문과 선정적인 내용의 5센트짜리 중편 소설, 섹스만 가득한 영화, 작시기라고 부르는 만화경 비슷한 도구로 기계적으로 작곡된 감상적인 노래들이 생산되었다. 심지어 가장 저급한 음란물을 제작하는 하위 부서(새말로는 포르노부라고 불림)도 있었다. 이러한 음란물은 봉인된 채 출고되었으며 작업자를 제외한 당원에게는 시청이 허용되지 않았다.

윈스턴이 작업하는 동안 기송관을 통해 메시지 세 개가 더 들어와 있었지만 역시 단순한 작업이어서 2분 증오로 자리를 비우기 전까지 모두 처리할 수 있었다. 2분 증오가 끝나고 그는 자신의 칸막이로 돌아와 선반에서 새말 사전을 꺼낸 다음 스피크라이트를 한쪽으로 밀어 두고 안경을 닦은 뒤 오전 작업에 다시 몰두했다.

윈스턴의 직장은 그의 인생에서 가장 큰 즐거움이었다. 작업 대부분은 지루했지만, 마치 수학 문제처럼 그를 빨아들이는 어렵고 복잡한 작업도 있었는데, 영사의 원칙에 대한 자신의 지식과 당이 말하고자 하는 내용에 대한 판단 외에는 아무 지침도 없는 섬세한 위조 작업이었다. 윈스턴은 이런 일에 능숙했다. 때때로 완전히 새말로 작성된 『타임스』의 머리기사를 수정하는 작업을 맡기도 했다. 그는 아까 따로 보관해 두었던 메시지를 펼쳤다. 다음과 같은 메시지가 적혀 있었다.

타임스 3.12.83 B.B 일일 조례에서 비인간에 대한 참조 더더 나쁨. 완전히 다시 작성하여 선 보고 후 게시

옛말(표준 영어)로 바꾸면 다음과 같은 메시지였다.

1983년 12월 3일자 『타임스』에 실린 빅브라더의 오늘의 명령에 대한 보도는 몹시 불만족스러움. 존재하지 않는 인물이 언급되어 있음. 전체 내용 다시 작성한 후 게시 전 초안을 상위 기관에 제출할 것.

윈스턴은 문제의 기사를 읽었다. 빅브라더의 일일 조례에서 해상 요새의 선원들에게 담배 및 기타 편의 시설을 공급하는 FFCC라는 조직의 활동을 칭찬하고 있었다. 저명한 내부당원인 위더스 동지가 특별 표창 대상으로 선정되어 2급 특별 훈장을 받았다.

3개월 후 FFCC는 아무런 이유도 없이 갑자기 해산되었다. 위

더스와 그의 동료들이 불명예스러운 처지에 놓였으리라고 추측은 할 수 있었지만 언론이나 텔레스크린에서는 이 문제에 대해 어떤 보도도 하지 않았다. 정치범이 재판을 받거나 공개적으로 질책을 당하는 일은 거의 없었으므로 당연한 일이었다. 반역자와 사상범들이 공개재판에 회부되어 수천 명의 구경꾼들 앞에서 비참한 모습으로 자신의 범죄를 자백한 뒤 결국 처형되는 대숙청은 몇 년에 한 번 열릴까 말까 한 특별한 구경거리였다. 그보다 당의 눈 밖에 난 이들이 쥐도 새도 모르게 사라져 다시는 소식을 들을 수 없게 되는 경우가 더 일반적이었다. 그들에게 무슨 일이 일어났는지는 전혀 알 수 없었다. 어쩌면 죽지 않았을 수도 있었다. 부모님을 제외하고도 윈스턴이 개인적으로 알고 지낸 사람 중 사라진 사람이 30명이 넘었다.

윈스턴은 클립으로 자신의 코를 부드럽게 톡톡 두드렸다. 건너편 칸막이에서는 틸롯슨 동지가 여전히 비밀스럽게 스피크라이트 앞에 몸을 한껏 굽히고 있었다. 그가 잠시 고개를 들자 다시 매서운 섬광이 번쩍였다. 윈스턴은 틸롯슨 동지가 자신과 같은 일을 하고 있는지 궁금해졌다. 그럴 수도 있었다. 그런 까다로운 작업을 결코 한 사람에게만 맡기지는 않을 테니까. 하지만 위원회에 넘기는 것은 조작 행위가 일어나고 있음을 공개적으로 인정하는 꼴이었다. 아마 열댓 명쯤 되는 사람들이 빅브라더의 입에서 나온 말들을 저마다 경쟁적으로 고치고 있을 가능성이 매우 높았다. 그리고 내부당 수뇌부에는 지금 여러 버전 중 하나를 선택해 이를 재편집한 다음 교차 검증이라는 복잡한 프로세스를 필요한 만큼 수행할 것이다. 여기에서 선택된 거짓말은 영구 기록으로 남아 곧 진실이 된다.

윈스턴은 위더스가 왜 실각했는지 알 수 없었다. 아마도 변절자가 되었거나 토사구팽 당했을 터였다. 어쩌면 빅브라더가 인기가 너무 많아진 부하를 제거해 버린 것일 수도 있었다. 혹은 위더스나 그와 가까운 누군가가 이단적 사상을 품었다는 의심을 받았을 가능성도 있었다. 하지만 가장 가능성이 높은 것은 숙청과 증발이 정부가 작동하기 위한 필수적인 과정의 일부이기 때문에 일어난 일이라는 추측이었다. 메시지에서 유일하게 확실한 단서는 위더스가 이미 죽었음을 나타내는 '비인간에 대한 참조'라는 표현이었다. 체포된 사람들에게 반드시 이런 일이 일어난다고 가정할 수는 없었다. 가끔 석방되어 처형되기 전까지 1~2년 정도 자유를 누리는 사람들도 있었다. 오래전부터 죽었다고 믿었던 인물이 유령처럼 공개재판에 다시 나타나 다른 인물 수백 명을 연루시킬 만한 증언을 한 뒤 영원히 사라지기도 했다. 그러나 위더스는 이미 비인간이 되었다. 그는 존재하지 않는 사람이었다. 존재한 적조차 없었다. 윈스턴은 단순히 빅브라더가 했던 연설의 뉘앙스만 바꿔서는 충분하지 않다고 판단했다. 원래의 연설 주제와는 전혀 관련이 없는 내용을 다룬 것처럼 하는 편이 나을 것 같았다. 반역자와 사상범에 대해 일반적인 비난을 한 것처럼 연설을 고치는 것은 너무 뻔한 방식이었고 전선에서 승리했다거나 9차 3개년 계획에서 초과 생산을 달성했다고 꾸며 낸다면 기록이 너무 복잡해질 수 있었다. 이럴 때 필요한 건 완전한 허구의 이야기였다. 그 순간 마치 준비되어 있던 것처럼 그의 마음속에 오길비라는 동지가 떠올랐고 최근 전투에서 영웅적으로 사망했다는 이야기가 만들어졌다. 빅브라더는 일일 조례에서 모두에게 모범이 될 만한 삶과 죽음을 보여 준 겸허한 일반 당원을 기념한 적이 여러 번 있었다. 오늘 그는 오길비 동지를 기념할 것이다. 오길비 동지는 세상에 존재하지 않는 인물이지만, 인쇄된 몇 줄의 글과 위조 사진 두어 장이면 그를 존재하는 인물로 탈바꿈할 수 있을 것이었다.

윈스턴은 잠시 생각에 잠겼다가 스피크라이트를 가져와서 군인스러우면서 현학적인 말투로 질문을 던진 다음 곧장 스스로 답하는 빅브라더의 낯익은 연설 스타일로 받아 적기를 시작했다. 예를 들면 '동지들, 이 사실에서 우리는 어떤 교훈(교훈은 영사의 기본 원칙 중 하나이기도 했다)을 얻을 수 있습니까? 여기에서 얻을 수 있는 교훈은 바로…' 하는 식이어서 모방하기는 식은 죽 먹기였다.

오길비 동지는 이미 세 살 때부터 드럼, 기관단총, 모형 헬리콥터를 제외한 모든 장난감을 거부했다. 입단 규칙이 특별히 완화된 덕분에 그는 한 해 이른 여섯 살에 스파이단에 들어갔고 아홉 살에는 부대 대장을 맡았다. 열한 살 때는 우연히 엿들은 대화에서 범죄 위험을 감지하고 삼촌을 사상경찰에 고발했다. 열일곱 살 때 그는 청년반성동맹의 지역 조직책이 되었다. 19세에는 그가 설계한 수류탄이 평화부에서 채택되었는데, 첫 시범 사용에서 폭발 한 번으로 31명의 유라시아 포로를 죽였다. 그는

23세의 나이로 전투 중에 사망했다. 중요한 급보를 싣고 인도양 상공을 비행하다 적기에 쫓기게 된 그는 기관총을 둘러매 체중을 더한 뒤 헬리콥터에서 뛰어내려 깊은 바다로 몸을 던졌고, 그가 운반하던 급보를 비롯해 모든 것이 사라졌다. 빅브라더는 질투심을 품지 않고는 못 배길 죽음이라고 말했다. 그는 오길비 동지의 일생이 얼마나 순수하고 한결같았는지에 관해 몇 마디를 덧붙였다. 그는 철저한 금욕주의자로 담배마저 멀리했으며, 매일 체육관에서 한 시간을 보내는 것 외에는 유흥을 즐기지 않았다. 또한 결혼을 하고 가족을 부양하게 되면 하루 24시간 노동에 전념할 수 없다고 믿어 독신주의자가 되었다. 대화 주제는 늘 영사의 신조뿐이었고, 유라시아의 적을 물리치고 스파이, 파괴 공작원, 사상범, 반역자들을 처단하는 것 외에는 삶의 목표도 없었다.

윈스턴은 오길비 동지에게 공로 훈장을 수여할지 고심했다. 하지만 그렇게 되면 번거로운 교차 검증 과정이 따라야 했으므로 끝내 공로 훈장은 수여하지 않기로 결정했다.

그는 건너편 칸막이에 앉아 있는 자신의 라이벌을 다시 한번 쳐다보았다. 틸롯슨이 자신과 같은 작업을 하느라 바쁘다는 확신이 짙어지는 것 같았다. 최종적으로 누구의 작품이 채택될지는 알 수 없었지만 그는 자신의 작품이 채택될 것이라고 확신할 수 있었다. 한 시간 전에는 상상 속에도 존재하지 않던 오길비 동지는 이제 실존 인물이 되었다. 죽은 사람은 만들어 낼 수 있지만 살아 있는 사람은 만들 수 없다는 사실이 참 아이러니했다.

현재에 존재하지 않는 오길비 동지는 이제 과거에 존재하게 되었고, 그가 위조된 인물이라는 사실이 잊히고 나면 그는 샤를마뉴 대제나 율리우스 카이사르와 마찬가지로 확실한 증거를 바탕으로 존재하게 될 것이었다.

5장

  지하 깊숙한 곳에 자리한 천장이 낮은 구내식당 안에 늘어선 줄이 천천히 앞으로 나아갔다. 식당은 이미 사람들로 꽉 차 있었고 귀가 먹먹할 정도로 시끄러웠다. 스튜에서 올라온 김이 급식대 창살 사이로 뭉게뭉게 뿜어져 나왔다. 스튜의 시큼한 금속 냄새도 빅토리 진의 독한 향을 가리지는 못했다. 식당 반대편에 진한 모금을 10센트에 살 수 있는, 벽에 구멍만 하나 뚫어 만든 작은 바가 마련되어 있었다.

  "여기 있었네." 윈스턴의 뒤에서 목소리가 들렸다.

  그가 돌아섰다. 연구부에서 일했던 친구 사임이었다. '친구'라는 단어는 적절한 호칭이 아닐지도 모른다. 요즘에는 친구는 사라지고 동지들만 남아 있었다. 하지만 함께 있으면 더 즐거운 동지들은 있기 마련이었다. 사임은 언어학자이자 새말 전문가였다. 현재 그는 새말 사전 제11판 편찬에 참여하고 있는 대규모 전문가 조직에 속해 있었다. 윈스턴보다도 체구가 작고 왜소한 그는 어두운 색 머리칼에 크고 불룩 튀어나온 눈을 가지고 있었는데 음침하고 조롱하는 듯한 눈빛 때문에 말할 때 상대를 자세히 뜯어보는 것처럼 보였다.

"면도칼 남은 게 있는지 물어보려고." 그가 말했다.

"한 개도 없어!" 윈스턴은 죄책감을 느끼며 서둘러 답했다. "나도 안 찾아본 곳이 없어. 더 이상 없는 모양이야."

다들 면도날을 구하지 못해 안달이었다. 사실 윈스턴은 아껴 두고 사용하지 않은 면도날 두 개를 가지고 있었다. 지난 몇 달 동안 면도날 기근이 계속되었다. 때때로 당의 상점에서 공급하지 못하는 필수품이 생기곤 했다. 그 물품이 단추일 때도 있었고 덧대기용 옷감이거나 신발끈일 때도 있었지만 지금은 면도날이었다. 이런 물건을 찾으려면 '자유' 시장을 은밀하게 뒤지는 수밖에 없었다.

"벌써 6주 동안 같은 면도날을 쓰고 있어." 그는 거짓말을 둘러댔다.

줄이 다시 한번 훅 짧아졌다. 걸음을 멈췄을 때 그는 뒤로 돌아 다시 사임을 바라보았다. 두 사람은 급식대 가장자리에서 기름기로 번들거리는 금속 쟁반을 집어 들었다.

"어제 포로 교수형은 보러 갔었어?" 사임이 말했다.

"일했지." 윈스턴이 무심히 답했다. "극장에서 보게 될 텐데 뭐."

"영화로는 대체 불가야." 사임이 말했다.

사임은 비웃는 듯한 시선으로 윈스턴의 얼굴을 스윽 훑었다. 그의 눈은 '나는 다 알지. 너를 꿰뚫어 볼 수 있거든. 네가 왜 교수형장에 구경을 가지 않았는지 너무 잘 알지'라고 말하는 듯했다. 지적인 측면에서 사임은 표독스러울 정도로 정통파였다. 그는 헬리콥터로 적국의 민가를 습격하는 문제나 사상범을 재판하고 자백을 받아 내는 문제, 애정부의 지하실에서 발생하는 처형에 관해 이야기하면서 불쾌할 정도로 흡족해하곤 했다. 그와 대화를 하려면 그런 주제에서 벗어나는 것이 관건이었는데, 가능하다면 그가 권위도 있는 데다 흥미까지 있는 새말의 학술적인 성질 같은 주제로 주의를 돌리는 게 좋았다. 윈스턴은 사임의 크고 검은 눈동자에 취조를 당하지 않기 위해 고개를 살짝 옆으로 돌렸다.

"멋진 교수형이었어." 사임이 어제를 회상하며 말했다. "포로들 발을 묶는 바람에 재미가 덜했던 것 같아. 죄수들이 버둥거리는 모습을 보는 게 좋은데 말이지. 무엇보다 마지막에 퍼렇게 질린 혀가 늘어지는 모습이 일품이야. 혀가 밝은 파란색으로 질리는데, 그게 가장 마음에 든단 말이야."

"다음!" 흰 앞치마를 입은 프롤이 국자를 든 채 소리쳤다.

윈스턴과 사임은 급식판을 창살 아래로 밀어 넣었다. 급식판에는 정규 점심메뉴 — 작은 금속 그릇에 담긴 불그죽죽한 스튜와 빵 한 덩어리, 치즈 한 조각, 우유를 넣지 않은 빅토리 커피 한 잔, 사카린 한 톨 — 가 재빨리 놓였다.

"저쪽 텔레스크린 밑에 자리가 있네." 사임이 말했다. "가는 길에 진도 한 잔 받아 가자고."

손잡이가 없는 도자기 잔에 진이 담겨 나왔다. 그들은 북적이는 식당을 가로질러 금속 상판 탁자 위에 급식판을 놓았다. 한쪽 구석에 누군가 쏟아 놓고 치우지 않은 더러운 스튜 국물이 꼭 토사물처럼 보였다. 윈스턴은 진이 담긴 잔을 들고 잠시 멈춰 마음의 준비를 한 다음 미끄덩한 맛이 나는 진을 꿀꺽 삼켰다. 눈을 깜빡이며 눈물을 짜내자 갑자기 허기가 밀려왔다. 그는 스튜를 한 숟가락씩 떠넘기기 시작했다. 늘 그렇듯 질척한 스튜에는 아마도 고기인 듯한 분홍빛 스펀지 같은 건더기가 들어 있었다. 두 사람 모두 스튜가 든 그릇을 싹싹 비울 때까지 아무 말도 하지 않았다. 윈스턴의 왼쪽 약간 뒤편에 있는 테이블에서 누군가 속사포처럼 쉬지 않고 떠들고 있었는데, 오리가 꽥꽥대는 것 같은 거친 목소리가 식당의 소란을 뚫고 울려 퍼졌다.

"사전은 잘돼 가?" 윈스턴은 소음에 목소리가 묻히지 않도록 목청을 높여 말했다.

"천천히 작업 중이야." 사임이 말했다. "내가 맡은 건 형용사 부분인데, 엄청나게 흥미로워."

새말에 관한 이야기를 꺼내자마자 그의 표정이 밝아졌다. 그는 스튜 그릇을 옆으로 밀고 한 손에는 빵 덩어리를, 다른 한 손에는 치즈를 들고 소리를 지르지 않고 대화할 수 있도록 테이블 쪽으로 몸을 기울였다.

"제11판이 결정판이야." 그가 말했다. "언어의 최종적인 형태에 근접한 것 같아 ─ 새말 외에 다른 언어를 쓰는 사람이 아무도 없을 때의 형태 말이지. 이 작업을 마치면, 자네 같은 사람들은 아마 처음부터 새말을 다시 배워야 할 거야. 아마 자네는 우리의 주된 임무가 새로운 단어를 만드는 것이라 생각하겠지. 하지만 절대 그렇지 않아! 우리는 매일 단어 수십, 수백 개를 없애고 있어. 언어의 뼈대만 남기고 군살을 발라내는 작업이지. 제11판에는 2050년이 되기 전에 사라질 단어는 단 하나도 포함되지 않을걸."

그는 빵을 허겁지겁 베어 물고 몇 입을 삼킨 뒤 현학적인 열정을 드러내며 말을 이었다. 그의 마르고 칙칙한 얼굴에는 생기가 넘쳤고, 조소가 사라진 눈빛은 몽환적으로 변했다.

"단어를 없앤다는 것은 참 아름다운 일이야. 가장 많이 없어지는 건 동사와 형용사지만 명사도 수백 개는 거뜬히 없앨 수 있지. 동의어뿐만이 아니야, 반의어도 있으니까. 다른 단어와 단순히 반대될 뿐인 단어가 존재해야 할 정당성이 어디 있나? 단어는 그 자체에 반대되는 내용을 포함한다고 할 수 있지. 예를 들어 '좋다'를 생각해 봐. '좋다'라는 단어가 있는데 '나쁘다' 같은 단어가 왜 필요하냐는 말이야. '안 좋다'라고만 해도 충분하잖아. 오히려 낫지. 왜냐하면 '나쁘다'와는 달리 정확히 반대의 의미를 가지니까. 게다가 '좋음'보다 더 강한 단어를 원할 때 '훌륭함'이나 '우수함' 같은 단어들처럼 막연하고 쓸모없는 단어들을 줄줄이 쓰는 게 무슨 의미가 있겠어? '더 좋음'이면 의미가 통하고 그보다 더 강한 표현을 원하면 '더 더 좋음'을 쓰면 되잖아. 물론 우리는 이미 그런 형태의 말들을 쓰고 있지만 새말의 최종 버전에는 다른 단어가 존재하지 않을 거란 말이지. 결국 좋고 나쁜 개념을 단 여섯 단어로 표현할 수 있게 되는 거야. 아니지, 실제로는 한 단어겠지. 아름답지 않아, 윈스턴? 물론 모두 B.B의 아이디어지만." 그가 뒤늦게 생각났다는 듯이 덧붙였다.

빅브라더의 이름이 들리자 윈스턴이 얼굴에 억지 열정을 그려 냈다. 하지만 사임은 그의 부족한 열정을 바로 알아차렸다.

"자네는 새말의 진가를 모르고 있군, 윈스턴." 그는 거의 슬픔에 잠겨 말했다. "새말로 글을 쓰면서도 여전히 옛말을 생각할 테지. 자네가 『타임스』에 쓴 글을 읽은 적이 몇 번 있어. 훌륭하지만 번역에 불과하던걸. 내심 옛말을 더 쓰고 싶어하는 것 같아, 그 모호하고 쓸모없이 의미의 결이 많은 그 말을 말이야. 단어를 파괴하는 행위에서 아름다움을 찾지 못한 거지. 전 세계에서 매년 단어 수가 줄어드는 유일한 언어가 새말이라는 사실을 알고 있나?"

윈스턴은 물론 그 사실을 알고 있었다. 그는 말을 시작하지 않는 편이 낫다고 생각하며 최대한 동감하는 듯한 미소를 지어 보였다. 사임은 칙칙한 빵을 한 입 더 베어 물고 잠깐 우물거린 뒤 말을 이었다.

"새말의 목표가 생각의 범위를 좁히는 것이란 걸 모르겠어? 결국 사상범죄는 문자 그대로 불가능해지는 거지. 표현할 말이 없을 테니 말이야. 필요한 개념은 모두 의미가 엄격하게 정의된 한 단어로 표현되고 모든 부수적인 의미는 지워지고 잊힐 거야. 제11판에서 이미 그 목표에 거의 도달했거든. 하지만 그 과정은 우리가 죽은 후에도 오랫동안 계속되겠지. 해마다 단어 수가 줄어들면, 그만큼 의식의 범위도 조금씩 좁아질 거야. 물론 지금도 사상범죄를 저지를 이유도, 변명의 여지도 없지만. 단지 자제력과 현실 통제력의 문제일 뿐이지. 하지만 결국에는 그럴 필요조차 없게 될걸? 언어가 완벽해질 때 혁명이 완성될 거야. 새말이 영사이고 영사가 새말이지." 그는 알 수 없는 만족감을 드러내며 덧붙였다. "윈스턴, 늦어도 2050년에는 지금 우리의 대화를 이해할 수 있는 인간이 한 명도 없을 거라는 생각해 본 적 있어?"

"다만…" 윈스턴은 스스로도 미심쩍어하며 말을 시작했다가 곧 멈췄다. 그는 '프롤들은 제외하고'라고 말하고 싶었지만 이 말이 어떤 의미에서 정통 의견이 아니라는 확신이 없어 스스로 입을 단속했다. 하지만 사임은 윈스턴이 무슨 말을 하려던 것인지 알아챘다.

"프롤은 인간이 아니지." 사임은 무심코 말했다. "2050년이 되면, 아마 그보다 더 이르겠지만. 옛말에 대한 실질적인 지식은 모두 사라질 거야. 과거의 모든 문학이 파괴되겠지. 초서, 셰익스피어, 밀턴, 바이런 같은 이들의 작품은 새말 버전으로만 존재할 테니 단순히 내용만 바뀌는 게 아니라 이전과는 모순되도록 고쳐지는 거야. 심지어 당에서 만든 책자들도 고쳐지겠지. 슬로건도 바뀔 거야. 자유라는 개념이 없어졌는데 어떻게 '자유는 속박'이라는 슬로건이 나오겠어? 사고의 풍토가 달라지는 거지. 사실 지금 우리가 아는 개념에서의 사상은 아예 존재하지 않을 거야. 생각하지 않는, 생각할 필요가 없는 게 정통성이지. 정통은 무의식이야."

윈스턴은 갑자기 언젠가 사임이 증발할 것 같다는 확신이 들었다. 그는 너무 똑똑했다. 너무 명확하게 보고 분명하게 말했다. 당은 그런 사람을 좋아하지 않았다. 그는 어느 날 사라질 것이다. 그의 이마에 적혀 있는 듯했다.

윈스턴은 빵과 치즈를 다 먹었다. 그는 커피를 마시려고 의자에서 살짝 옆으로 몸을 틀었다. 왼쪽 테이블에서는 여전히 거슬리는 목소리의 남자가 거침없이 떠들어 대고 있었다. 그의 비서인 듯한 젊은 여자가 윈스턴을 등지고 앉아 남자의 이야기를 듣고 있었는데, 그가 하는 모든 말에 열정적으로 동조하고 있는 것 같았다. 윈스턴의 귀에 '정말 맞는 말씀이라 생각해요. 그 말씀에 완전히 동의해요' 같은 이야기를 하는 젊고 다소 철없어 보이는 여자의 목소리가 간간이 들려왔다. 하지만 다른 목소리는 젊은 여자가 맞장구를 치는 순간조차 쉬지 않고 떠들어 댔다. 낯익은 얼굴이었지만 윈스턴은 그가 소설부에서 중요한 직책을 맡고 있다는 것 외에는 아는 게 없었다. 서른 살 정도 된 그는 목덜미가 두껍고 목청이 좋은 떠버리였다. 그는 머리를 약간 뒤로 젖힌 자세로 앉아 있었는데, 빛을 반사해 빈 디스크 한 쌍이 된 안경 렌즈 때문에 그의 눈은 보이지 않았다. 애석하게도 그의 입에서 쏟아져 나오는 말 중 단어 하나도 알아듣기가 힘들었다. 한번 '골드스타인주의의 완전하고 최종적인 제거'라는 문구가 들렸는데 매우 빠르게 튀어나온 그 말은 마치 활자판에 한 덩어리로 주조되어 분리할 수 없는 문구 같았다. 나머지 말들은 꽥꽥거리는 소음일 뿐이었다. 그러나 그가 정확히 무슨 말을 하는지 알아들을 수 없더라도 어떤 뉘앙스의 이야기를 하는지는 확실히 알 수 있었다. 골드스타인을 비난하며 사상범죄자 및 방해 공작원에 대해 보다 엄격한 조치를 취해야 한다고 하거나, 유라시아 군대가 저지르는 잔혹행위에 대해 격분하면서 빅브라더나 말라바 전선의 영웅들에 대해서는 찬양을 늘어놓고 있겠지. 뭐가 됐든 별 차이는 없을 것이다. 그게 무슨 말이든 그가 사용하는 모든 단어에 순수한 영사의 정통성이 담겨 있다는 사실을 알 수 있었다. 윈스턴은 눈도 없이 턱만 빠르게 열렸다 닫혔다 하는 얼굴이 진짜 인간이 아니라 인형 같다는 기이한 생각이 들었다. 뇌가 아니라 후두가 말을 하고 있는 것 같았다. 그는 단어들을 뱉어 내고 있지만, 그 단어들은 진정한 의미가 담긴 말이 아니라 오리가 꽥꽥거리는 소리처럼 무의식적으로 삐져나오는 소음이었다.

사임은 잠시 입을 다문 채 먼젓사람이 쏟고 간 스튜에 숟가락으로 그림을 그리고 있었다. 옆 테이블에서 꽥꽥거리는 목소리가 주변 소음을 뚫고 계속 들려왔다.

"새말에 이런 단어가 있지." 사임이 말했다. "알지 모르겠지만, 오리처럼 꽥꽥거린다는 뜻의 오리말이라는 단어가 있어. 상반된 두 의미를 담을 수 있는 흥미로운 단어이지. 적대 관계에 있는 사람에게는 욕으로, 생각이 같은 누군가에게는 칭찬으로 쓰이거든."

사임은 분명 증발하게 되리라고 윈스턴은 다시 한번 확신했다. 그는 사임이 자신을 업신여기며 약간 싫어할 뿐만 아니라 그럴 만한 이유가 생기면 그를 사상범으로 고발까지 할 수 있다는 사실을 알고 있었지만 그가 증발한다고 생각하자 어쩐지 슬퍼졌다. 사임에게는 미묘하게 잘못된 구석이 있었다. 그에게는 분별력, 초연함, 눈치껏 어리숙하게 구는 능력 같은 것들이 부족했다. 그가 정통이 아니라고는 할 수 없었다. 그는 성실함은 물론 끝없는 열정과 일반 당원들은 얻을 수 없는 최신 정보를 바탕으로 영사의 신조를 신봉하고 빅브라더를 존경했으며 승리에 기뻐하고 이단자들을 미워했다. 하지만 늘 미묘하게 안 좋은 평판이 그를 따라다녔다. 하지 않는 게 나을 말들을 하는가 하면, 책을 너무 많이 읽었고, 화가와 음악가들의 아지트인 밤나무 카페에도 자주 드나들었다. 밤나무 카페에 가는 것이 불법도 아니고 암묵적으로 금기시된 것도 아니지만 그곳에는 어쩐지 불길한 기운이 감돌았다. 나이 들고 당에서 내쳐진 옛 지도자들은 숙청되기 전 그곳에 모이곤 했다. 골드스타인 역시 몇 년 전 혹은 수십 년 전에 그곳에서 목격되었다는 이야기가 있었다. 사임의 운명을 내다보기는 어렵지 않았다. 그럼에도 사임이 만약 아주 잠깐이라도 윈스턴이 비밀스럽게 무슨 생각을 하는지 눈치챘다면 그 즉시 윈스턴을 사상경찰에 넘길 것이다. 누구라도 마찬가지겠지만 사임은 그 누구보다 더 할 것이다. 열정만으로는 충분하지 않다. 정통은 무의식이니까.

사임이 고개를 들었다. "파슨스가 오는군." 그가 말했다.

그 말 앞에 '천하에 멍청이'라는 말이 생략된 것 같은 목소리였다. 윈스턴이 사는 빅토리 맨션의 이웃인 파슨스는 중간 키에 통통한 몸집, 금발에 개구리 같은 얼굴을 가진 남자였다. 그가 식당을 가로질러 걸어오는 모습이 보였다. 나이 서른다섯에 벌써부터 목과 허리에 투실투실 살이 오르기는 했지만 동작은 잽싸고 소년 같은 데가 있었다. 그에게는 어쩐지 몸만 훌쩍 커 버린 소년 같은 느낌이 있어서, 정규 작업복을 입고 있는데도 스파이단의 파란 반바지, 회색 셔츠, 빨간 머플러가 자동으로 떠올랐다. 그를 생각하면 살이 쪄 쏙 들어간 무릎과 소매를 걷어올려 드러난 통통한 팔뚝이 떠올랐다. 실제로 파슨스는 공동체 하이킹이나 다른 신체 활동이 있을 때마다 항상 반바지를 입곤 했다. 그는 두 사람에게 "안녕들 하신가!"라며 명랑하게 인사를 건네고는 지독한 땀 냄새를 풍기며 자리에 앉았다. 분홍빛 얼굴 전체에 땀방울이 맺혀 있었다. 땀을 흘리는 그의 능력은 대단했다. 시민 회관에서 탁구채 손잡이가 축축하게 젖어 있다면 그가 탁구를 치고 간 것이었다. 사임은 쪽지에 긴 단어들을 줄줄이 적고는 손가락 사이에 펜을 끼운 채 뚫어져라 쳐다보고 있었다.

"저 친구, 점심시간에도 일하는 것 좀 보게." 파슨스는 윈스턴을 쿡 찌르며 말했다. "아주 열심인데? 여보게, 뭘 하고 있나? 내가 이해 못 할 어려운 작업일 테지. 스미스, 내가 왜 자네를 찾았는지 말해 주지. 자네가 잊어버린 기금 때문이야."

"무슨 기금?" 윈스턴이 자동적으로 돈을 찾으며 말했다. 월급의 4분의 1정도는 강제로 기금에 할당되는데, 종류가 너무 많아서 때에 맞춰 내기가 쉽지 않았다.

"증오 주간을 위해 집집마다 기금을 모으고 있잖나. 내가 우리 구역 총무고. 우리는 엄청난 쇼를 준비하려고 총력을 기울이고 있어. 낡은 빅토리 맨션에 거리 전체에서 가장 큰 깃발을 못 달게 돼도 그게 내 잘못은 아닐 테지. 어서 2달러 내놓게나."

윈스턴은 꼬깃꼬깃하고 더러운 지폐 두 장을 찾아 건넸고 파슨스는 글을 모르는 사람이 쓰는 것같이 또박또박한 글씨체로 작은 공책에 그의 회비를 기록했다.

"이보게, 그건 그렇고." 그가 말했다. "어제 우리 집 녀석이 자네한테 새총을 날렸다고 들었네. 그래서 내 정신 교육을 단단히 시켰지. 다시 한번 그런 짓을 했다간 새총을 압수하겠다고까지 했어."

"어제 교수형을 보러 가지 못해서 골이 난 모양이던데." 윈스턴이 말했다.

"아, 그래, 그러니까, 녀석들이 올바른 정신을 가졌다는 걸 보여 주는 게 아니겠나? 둘 다 장난꾸러기 꼬마들이지만 그 열정만큼은 알아줘야 한다니! 두 녀석 모두 스파이단과 전쟁 생각뿐이거든. 지난 토요일에 딸아이 분대가 버크햄스테드 방향으로 하이킹을 갔을 때 우리 딸이 무엇을 했는지 아나? 하이킹 대열에서 이탈해서는 다른 여자아이 두 명이랑 오후 내내 웬 남자하나를 뒤쫓았어. 숲속을 가로질러 두 시간이나 그의 뒤를 밟다가 아머샴에 도착하자마자 그를 순찰대에 넘겼지."

"왜 그랬던 건데?" 윈스턴은 약간 놀라며 말했다. 파슨스는 의기양양하게 말을 이었다.

"딸아이는 그 남자가 적군의 첩자라고 확신했다네. 낙하산을 타고 내려왔나 보다 한 거지. 그런데 중요한 건 이거야. 우리 딸이 무엇 때문에 그를 쫓아가게 됐는지 아나? 그가 생전 본 적이 없는 요상한 신발을 신고 있는 걸 봤다더군. 그래서 그 남자가 외국인일 거라고 생각한 거지. 일곱 살치고 꽤 똑똑하지 않나?"

"그래서 그 남자는 어떻게 되었대?" 윈스턴이 물었다.

"아, 물론 알 수 없지. 하지만 이렇게 되었다고 해도 놀랄 것 뭐 있겠어." 파슨스는 소총을 겨누는 동작을 취하더니 총성을 대신해 혀로 딸깍하며 총소리를 냈다.

"잘됐군." 사임은 종이쪽지에 멍하니 시선을 고정한 채 말했다.

"위험을 감수할 수는 없지." 윈스턴은 의무적으로 동의했다.

"내가 하려던 말은 우리가 전쟁 중이라는 거야." 파슨스가 말했다.

그의 말에 확신을 더하듯 그들 머리 바로 위에 있던 텔레스크린에서 트럼펫 소리가 흘러나왔다. 하지만 이번에는 군대가 승리했다는 소식이 아니라 풍요부의 발표였다.

"동지들!" 젊은 목소리가 열정적으로 외쳤다. "주목하십시오, 동지들! 영광스러운 소식이 있습니다. 우리가 생산 전투에서 승리했습니다! 현재 모든 종류의 소비재 생산량에 대한 최종 결과가 나왔고, 지난 1년 동안 생활 수준이 20퍼센트 이상 상승된 것으로 확인되었습니다. 오늘 아침 오세아니아 전역에서 억누를 수 없는 자발적인 집회가 있었습니다. 노동자들이 공장과 사무실을 박차고 나와 깃발을 흔들며 거리를 행진하면서 빅브라더의 현명한 지도력 덕분에 우리에게 주어진 새롭고 행복한 삶에 감사를 표했습니다. 보고된 수치는 다음과 같습니다. 식료품—"

'새롭고 행복한 삶'이라는 말이 여러 번 반복됐다. 최근 풍요부에서 가장 즐겨 사용하는 표현이었다. 파슨스는 트럼펫 소리에 이끌려 입을 벌린 채 나름 엄숙한 표정으로 교화된 당원답게 지루함을 견디며 앉아 있었다. 그는 생산량 수치를 다 이해하지는 못했지만 생산량이 만족할 만한 수준이라는 것 정도는 알아들었다. 그는 이미 탄 담뱃잎이 반쯤 채워진 크고 더러운 파이프를 꺼냈다. 담배는 일주일에 100그램밖에 배급되지 않아 파이프를 가득 채워 피울 수 없었다. 윈스턴은 수평을 조심스럽게 유지하며 빅토리 담배를 피우고 있었다. 다음 배급은 내일인데 남은 담배는 네 개비뿐이었다. 그는 잠시 멀리 들리는 소음에 귀를 닫고 텔레스크린에서 흘러나오는 말에 귀를 기울였다. 초콜릿 배급량을 일주일에 20그램으로 인상해 준 빅브라더에게 감사를 표하는 집회가 있었던 듯했다. 어제만 해도 배급량이 일주일에 20그램으로 줄어들 예정이라는 발표가 있었다는 사실이 떠올랐다. 어떻게 단 24시간 만에 저 말을 냉큼 받아들인단 말인가? 물론 그들은 받아들였다. 짐승처럼 우둔한 파슨스는 쉽게 받아들였다. 옆 테이블에 있던 눈이 없는 남자는 지난주에 배급량이 30그램이었다고 주장하는 사람이 있으면 그를 추적하고, 비난하고, 증발시키리라는 격렬한 열망을 느끼며 광적이고 열정적으로 새로운 발표를 받아들였다. 사임도 마찬가지였다. 그는 이중사고에 따라 좀 더 복잡한 방식으로 발언을 받아들였다. 그렇다면 기억을 가진 사람은 자기 혼자뿐이라는 걸까?

텔레스크린에서는 계속해서 놀랄 만한 통계가 쏟아져 나왔다. 음식, 옷, 집, 가구, 냄비, 연료, 선박, 헬리콥터, 책, 심지어 신생아 숫자까지 — 질병, 범죄 및 광기를 제외한 모든 것이 작년보다 더 많아졌다. 매 해, 매 분마다 사람을 비롯한 모든 것들이 빠르게 증가하고 있었다. 조금 전 사임이 했던 것처럼 윈스턴은 숟가락을 들고 테이블 위에 쏟아진 잿빛 스튜 국물을 첨벙거리며 긴 줄 모양으로 점을 찍었다. 그는 자신의 삶을 이루는 물리적인 요소에 분개하며 생각에 잠겼다. 원래부터 이런 식이었던가? 음식이 원래 이런 맛이었나? 그는 식당 안을 둘러보았다. 천장이 낮은 식당에는 사람들로 가득했고 벽에는 수많은 사람들의 손때가 묻어 있었다. 옆 사람 팔꿈치에 닿을 정도로 다닥다닥 놓인 의자하며, 휜 숟가락, 움푹 팬 쟁반, 희끄무레하고 조잡한 머그잔에는 하나같이 기름기가 묻어 있었고, 금이 간 부분에는 때가 끼어 있었다. 그리고 질 나쁜 진과 커피, 쇠 맛이 나는 스튜와 더러운 옷 냄새가 한데 섞여 시큼한 악취가 되어 풍겼다. 위장과 피부는 마땅한 권리를 속아서 빼앗기기라도 한 것처럼 늘 시위를 했다. 사실 기억도 현실과 크게 다르지 않았다. 그가 또렷이 기억하는 어떤 시절에도 먹을 것은 충분하지 않았고, 구멍이 뚫리지 않은 양말이나 속옷을 입어 본 적도 없었다. 가구는 항상 낡아 빠져 부서질 듯했고, 방에는 난방이 들어오지 않았다. 지하철은 늘 만원이었고, 집들은 허물어져 갔다. 빵은 검고 차는 구하기 힘들었다. 커피 맛은 지독했고 담배는 충분하지 않았으며 합성 진 말고는 싼값에 넉넉하게 구할 수 있는 물건이 없었다. 몸이 늙어 가면서 더 견디기 심해지는 건 당연할지 모르지만, 불편함과 더러움, 궁핍함, 끝없이 이어지는 겨울, 찝찝한 양말, 작동하지 않는 엘리베이터, 찬물, 거친 비누, 쉽게 바스라지는 담배, 고약하고 낯선 맛이 나는 음식들에 넌더리가 난다면 이것이 자연의 순리가 아니라는 증거가 아닐까? 지금과는 상황이 달랐던 옛 기억이 없다면 이런 것들을 참을 수 없다고 느낄 이유가 있을까?

그는 다시 한번 식당을 둘러보았다. 모든 사람이 추레한 모습이었고 유니폼인 파란색 작업복이 아니라 다른 옷을 입었더라도 마찬가지였을 것 같았다. 식당 저편 테이블에 호기심이 많아 보이는 땅딸막한 딱정벌레 같은 남자가 혼자 앉아 의심이 가득 담긴 작은 눈을 이쪽저쪽으로 휙휙 굴리며 커피를 마시고 있었다. 주변을 둘러보지만 않는다면 당에서 이상적이라고 생각하는 키 큰 근육질 체형의 남자와 풍만한 가슴의 여자, 금발에 그을린 피부를 가진 활기차고 근심걱정 없는 사람들이 실제로 존재할 뿐만 아니라 대부분의 사람들이 그렇다고 믿기가 얼마나 쉬운지 윈스턴은 생각했다. 하지만 적어도 그가 판단한 바로는 에어스트립 원에 있는 대부분의 사람들이 작고, 까무잡잡하며 추레했다. 부서에 작고 땅딸막한 딱정벌레 같은 체형이 어떻게 그렇게 많아졌는지 신기할 따름이었다. 그들은 아주 어린 시절부터 통통한 체격을 유지하며 짧은 다리로 날래게 움직였고, 표정을 읽을 수 없는 뚱뚱한 얼굴에 단추구멍만 한 눈이 뚫려 있었다. 당의 지배하에서 가장 잘 번성하는 유형이었다.

트럼펫 소리가 다시 한번 울리며 풍요부의 발표가 끝나고 양철통을 두드리는 것 같은 음악이 울려 퍼졌다. 숫자 공세에 막연한 열정을 느낀 파슨스는 입에서 파이프를 뗐다.

"올해 풍요부 실적이 확실히 좋군." 파슨스가 다 안다는 듯 고개를 끄덕이며 말했다. "그건 그렇고 스미스, 면도날 남는 거 하나 있나?"

"하나도 없네." 윈스턴이 말했다. "나도 6주 동안 면도날 하나로 쓰고 있어서."

"아, 혹시나 하고 물어봤지."

"미안하게 됐군." 윈스턴이 말했다.

풍요부의 발표 동안 잠시 조용해졌던 옆 테이블의 꽥꽥거리는 소리가 다시 커지기 시작했다. 어떤 이유에서인지 윈스턴의 머릿속에 머리숱이 듬성듬성하고 얼굴 주름에 먼지가 끼어 있던 파슨스 부인이 떠올랐다. 파슨스네 아이들은 2년 안에 그녀를 사상경찰에 고발할 것이다. 파슨스 부인은 증발할 것이다. 사임은 증발할 것이다. 윈스턴은 증발할 것이다. 오브라이언은 증발할 것이다. 하지만 파슨스만큼은 결코 증발하지 않을 것이다. 꽥꽥거리며 이야기하는 눈이 보이지 않는 남자도 결코 증발하지 않을 것이다. 정부 부처의 미로 같은 복도를 민첩하게 오가는 작은 딱정벌레 같은 남자들 역시 결코 증발하지 않을 것이다. 그리고 소설부의 갈색 머리 여자도 증발하지 않을 것이다. 그는 생존의 조건이 무엇인지는 확실히 말할 수는 없었지만 누가 살아 남고 누가 사라질지는 본능적으로 알 것 같았다.

그 순간 그는 갑자기 움찔하며 공상에서 빠져나왔다. 옆 테이블에 앉아 있던 여자가 반쯤 돌아서서 그를 바라보고 있었다. 갈색 머리 여자였다. 그녀는 그를 향해 곁눈질을 하고 있었는데, 묘한 강렬함이 느껴졌다. 그와 눈이 마주치자 그녀는 다시 시선을 돌렸다.

윈스턴의 등에서 식은땀이 흐르기 시작했다. 끔찍한 공포가 몸 전체에 퍼졌다. 공포는 금방 가셨지만 그 후에도 불편한 감정은 계속되었다. 그녀가 왜 자신을 쳐다보고 있었을까? 그녀는 왜 그를 계속 따라다니는 걸까? 안타깝게도 그는 자신이 자리를 잡을 때 그녀가 벌써 그 자리에 있었는지 아니면 나중에 왔는지 기억하지 못했다. 하지만 어쨌든 어제 2분 증오 동안 그녀는 그럴 필요가 없는데도 굳이 그의 바로 뒤에 앉았었다. 아마도 그녀의 진짜 목적은 그를 감시하며 그가 충분히 큰 소리로 외치고 있는지 확인하는 것이었을지 모른다.

그는 전에 했던 생각을 다시 떠올렸다. 사상경찰은 아니더라도 그녀는 어쩌면 그보다 더 큰 위협이라 할 수 있는 아마추어 스파이일 수 있었다. 그녀가 얼마나 오랫동안 자신을 지켜보고 있었는지는 알 수 없지만 적어도 5분은 되었을 테고 그동안 표정이 완벽하게 통제되지 않은 순간이 있었을 수도 있다. 공공장소에 있을 때나 텔레스크린의 가시 범위 안에 있을 때 딴생각을 했다간 매우 위험해질 수 있다. 사소한 것들로 덜미가 잡히기도 한다. 신경성 틱이나 무의식적으로 불안해하는 표정, 혼잣말로 중얼거리는 습관 등 모든 행동은 생각이 정상적이지 않거나 뭔가 숨기고 있다는 의심의 씨앗이 될 수 있는 것이다. 어쨌든 적절하지 않은 표정을 짓는 것(예를 들어 전투에서 승리했다는 소식이 발표되었을 때 믿을 수 없다는 표정을 짓는 것)은 그 자체로 처벌이 가능한 위법 행위였다. 새말로 이런 범죄는 표정범죄라고 불렸다.

여자는 다시 그에게 등을 돌리고 앉았다. 사실 그녀가 진짜 그를 따라다니는 것이 아닐 수도 있고, 이틀 동안 그와 가까이 앉은 것 역시 우연일지도 모른다. 담뱃불이 꺼지자 그는 조심스럽게 파이프를 테이블 가장자리에 놓았다. 남은 담배를 잘 간수한다면 퇴근 후에 마저 피울 수 있을 터였다. 어쩌면 옆 테이블에 앉은 남자가 사상경찰의 스파이여서 자신이 사흘 안에 자애부의 지하 감옥에 들어갈 수도 있겠지만 그렇다 하더라도 담배꽁초를 낭비할 순 없었다. 사임은 가느다란 종이를 접어서 주머니 안에 잘 넣었다. 파슨스는 다시 떠들기 시작했다.

"이보게, 내가 말한 적이 있던가." 그가 파이프를 문 채 빙긋 웃으며 말했다. "우리 집 꼬맹이들이 시장에서 B.B. 포스터로 소시지를 싸는 여자를 보고 그 치마에 불을 붙였다네. 등 뒤로 몰래 따라붙어서 성냥 한 갑으로 치마에 불을 붙였지. 꽤 심한 화상을 입었을 거야. 째깐한 녀석들이 열정은 겨자보다 맵다니까! 요즘 스파이단에서 시키는 일급 트레이닝인가 보더군. 나 어릴 때보다 낫지 뭐야. 가장 최근에 제공된 보급품이 뭔지 아나? 열쇠 구멍으로 도청할 수 있는 보청기라네! 우리 딸이 요전날 집에 하나를 가져와서 거실 문에다 대고 시험을 했거든. 맨 귀로 들을 때보다 두 배 더 크게 들린다면서 말이지. 물론 장난감이긴 하지만 어쨌든 올바른 생각을 심어 주는 것 같아. 안 그래?"

그 순간 텔레스크린에서 날카로운 호각 소리가 울려 퍼졌다. 일터로 복귀하라는 신호였다. 세 사람 모두 벌떡 일어나 엘리베이터 자리를 차지하려는 전투에 동참했고, 그 바람에 윈스턴의 담배에 남아 있던 담배 가루가 쏟아지고 말았다.

6장

윈스턴은 일기를 쓰고 있었다.

3년 전이었다. 어둑어둑한 저녁, 큰 기차역 근처의 좁은 골목에
서였다. 그녀는 침침한 가로등불이 비춰진 출입구 쪽 벽에 서 있
었다. 어려 보이는 얼굴에 화장은 두꺼웠다. 내가 매력적이라고
생각한 건 바로 그 화장이었다 ─ 가면처럼 흰 얼굴에 새빨간 입
술. 여성 당원들은 결코 화장을 하지 않는다. 거리에는 사람도 텔
레스크린도 없었다. 그녀는 2달러를 불렀다. 나는 ─

일기를 계속 쓰기가 너무 힘들었다. 그는 눈을 감고 자꾸 아른
거리는 잔상을 없애려고 손가락으로 눈두덩이를 꾹꾹 눌렀다.
목이 터져라 한껏 욕을 퍼붓고 싶은 욕구가 주체할 수 없이 치

밀었다. 아니면 벽에 머리를 박거나 테이블을 발로 걷어차거나 창문 밖으로 잉크병을 내던지고 싶었다. 뭐가 됐든 폭력적이거나 소란스럽거나 고통이 따르는 일을 벌여 그를 괴롭히는 기억을 머릿속에서 몰아내고 싶었다.

가장 큰 적은 자신의 신경계라고 그는 생각했다. 마음속 긴장은 언제든 눈에 보이는 증상으로 변할 수 있었다. 그는 몇 주 전 거리에서 마주쳤던 한 남자를 떠올렸다. 그는 평범한 외모에 서른다섯에서 마흔 정도 돼 보이는 당원이었는데 키가 크고 마른 편이었고 서류 가방을 들고 있었다. 남자의 왼쪽 얼굴이 갑자기 일종의 경련을 일으키며 일그러졌을 때 두 사람은 불과 몇 미터 거리에 있었다. 그들이 서로 지나쳐 갈 때 남자의 얼굴은 다시 한번 일그러졌다. 카메라 셔터가 찰칵하는 것처럼 아주 잠깐 미세하게 얼굴을 찡그렸을 뿐이지만 분명 습관인 것 같았다. 그는 당시 이렇게 생각했었다. 저 불쌍한 인간은 이제 끝났구나. 진짜 무서운 점은 그의 행동이 무의식적일 거라는 사실이었다. 가장 치명적인 위험은 잠꼬대였다. 그가 아는 한, 잠꼬대는 어떤 방법으로도 막을 수 없었다.

그는 계속 글을 써 내려갔다.

나는 그녀와 함께 출입구를 지나 뒷마당을 가로질러 지하에 있는 부엌으로 향했다. 침대가 벽에 나란히 놓여 있었고 테이블 위에는 아주 어둡게 켜 둔 램프가 있었다. 그녀는 ─

그는 신경질이 났다. 침을 뱉고 싶었다. 지하 부엌에 있는 여자를 떠올리자 그의 아내 캐서린이 생각났다. 윈스턴은 결혼했었다. 아니, 결혼했다. 아내가 죽지 않았다는 사실을 아는 한 그는 늘 결혼한 상태일 것이다. 그는 지하 부엌의 후끈하고 텁텁한 냄새를 다시 맡고 있는 느낌이었다. 벌레와 더러운 옷가지, 불쾌한 싸구려 향수 냄새가 뒤섞인 악취였다. 향수 냄새는 불쾌하긴 해도 여전히 매혹적이었다. 여자 당원들은 향수를 사용하지 않았고, 그들이 향수를 사용한다는 상상조차 할 수 없었다. 향수는 오직 프롤들만 사용하는 물건이었다. 그의 마음속에서 그 냄새는 간음의 냄새였다.

그 여자를 따라간 것은 2년여 만에 처음으로 한 일탈이었다. 매춘부와 만나는 것은 당연히 금지되었지만 가끔 용기를 내 깨뜨릴 수 있는 규칙 중 하나였다. 위험하기는 해도 생사가 달린 정도는 아니었다. 매춘부와 있다 걸리면 강제 노동 수용소에 5년쯤 있어야 하는데, 다른 범죄 전력이 없으면 그보다 중한 처벌을 받지는 않았다. 게다가 현장에서 걸리지 않도록 조심하는 게 어려운 일도 아니었다. 가난한 동네에는 언제든 몸을 팔 준비가 된 여성들이 넘쳐 났다. 프롤들은 구경하기 힘든 진 한 병으로 하룻밤을 살 수 있을 때도 있었다. 완전히 억제될 수 없는 본능을 해소하는 출구가 되므로 심지어 당에서는 암묵적으로 매춘을 장려하는 입장이었다. 이 만남이 천하고 멸시받는 계급의 여성들과 은밀하게, 즐거움 없이 이루어지기만 한다면 그다지 문제시되지 않았다. 용서받을 수 없는 범죄가 있다면 당원들끼리의 문란한 관계였다. 대숙청 당시 고발당한 이들이 이러한 문란한 관계를 자백했음에도 실제로 그런 일이 일어나고 있다는 상상은 하기 어려웠다.

당의 목적은 남성과 여성 간에 통제하기 힘든 충성도 높은 관계를 쌓지 못하도록 막는 것만이 아니었다. 공식적으로 언급된 적은 없지만 그들의 진짜 목적은 성행위에서 얻을 수 있는 모든 쾌락을 억제하는 것이었다. 혼인 관계에서든 다른 관계에서든 사랑보다는 성욕이야말로 당의 적이었다. 당원끼리 결혼을 하려면 이를 전담하는 위원회의 승인이 필요했고, 원칙으로 명시된 적은 없지만 서로 육체적으로 끌리는 듯 보이는 남녀의 결혼은 예외 없이 허가가 나지 않았다. 유일하게 인정받을 수 있는 결혼의 목적은 당에 봉사할 자녀를 낳는 것이었다. 성교는 관장처럼 다소 역겹고 부차적인 작업으로 여겨졌다. 이러한 풍조 역시 공식적으로 이야기된 적은 없지만 당원들이 어릴 때부터 간접적인 방식으로 세뇌된 결과였다. 심지어 남녀 모두 완전히 독신으로 남아야 한다고 주장하는 청년반성동맹 같은 조직도 있었다. 모든 아이들은 인공수정(새말로는 인수라고 불림)을 통해 태어나 공공기관에서 양육되어야 한다는 것이 그들의 주장이었다. 진지하게 추진할 생각으로 내놓은 주장은 아니었지만 어느 정도 당의 기본 이념과 들어맞는다는 사실을 윈스턴은 알고 있었다. 당은 성적 본능을 제거하려 했고, 그럴 수 없다면 왜곡하고 더럽히고자 했다. 이유는 알 수 없었지만 그렇게 하는 게 자연스럽게 보였다. 그리고 여성들에게는 당의 노력이 대체로 성과를 거두고 있었다.

그는 다시 캐서린을 생각했다. 두 사람이 헤어진 지는 9년이나 10년, 아니 거의 11년은 되었을 것이다. 그녀를 거의 떠올리지 않는다는 사실이 의아했다. 그는 때로 자신이 결혼했다는 사실을 며칠씩 잊어버리기도 했다. 그들이 함께 산 건 고작 15개월 정도였다. 당에서는 이혼을 허용하지 않았지만 자녀가 없는 부부에게는 오히려 별거를 장려했다.

캐서린은 금발에 키가 크고 곧은 체형이었고 모든 움직임이 근사한 여자였다. 매부리코와 선이 굵은 얼굴 덕분에 귀족적인 인상이었다. 그 머릿속엔 거의 든 게 없다는 걸 알기 전까지 말이다. 그는 — 다른 사람들보다 친밀한 관계를 맺은 사람이어서 그런 생각이 들었는지도 모르지만 — 결혼 생활 초기에 이미 캐서린이 그가 만난 사람 중 가장 어리석고 저속하며 얼이 빠진 인간이라는 결론을 내렸다. 그녀는 당의 슬로건이 아닌 생각은 조금도 할 줄 몰랐고, 당에서 하는 말이라면 그 아무리 허무맹랑한 헛소리라도 다 받아들였다. 그는 마음속으로 그녀를 '인간 녹음기'라고 불렀다. 하지만 섹스만 아니었다면 그녀와 계속 함께 살 수 있었을지도 모를 일이었다.

그가 손을 갖다 대기만 해도 그녀는 움찔하며 몸이 굳어졌다. 그녀를 안으면 나무로 만든 관절 인형을 안는 느낌이었다. 이상하게도 그를 꼭 끌어안을 때조차 그녀가 온 힘을 다해 그를 밀어내고 있는 것 같았다. 아마도 그녀의 근육이 잔뜩 굳어 있었기 때문이었을 것이다. 그녀는 눈을 꼭 감고 누운 채 저항도, 어떤 반응도 없이 그 행위를 견뎠다. 그런 상황이 처음에는 무척 당혹스러웠다가 곧 끔찍해졌다. 하지만 서로 금욕을 유지하기로 합의만 했어도 그녀와 함께 살 수 있었을 것이다. 기이하게도 금욕을 거부한 쪽은 캐서린이었다. 그녀는 가능하다면 반드시 아이를 낳아야 한다고 주장했다. 그래서 그들은 별일이 없는 한 일주일에 한 번씩 정기적으로 관계를 가졌다. 심지어 그녀는 저녁에 잊지 않고 해야 할 일이라며 아침부터 일러 주기도 했다. 그녀는 두 가지 방식으로 섹스를 표현했는데, 하나는 '아이를 만드는 것'이었고, 다른 하나는 '당에 대한 의무'였다(사실이다. 그녀는 실제로 이 표현을 사용했다). 점차 그는 약속된 날이 다가오면 두려워지기 시작했다. 다행히 아이는 생기지 않았다. 결국 그녀는 아이 만들기를 포기했고 그들은 곧 헤어졌다.

윈스턴은 소리가 나지 않게 한숨을 쉬었다. 그러고는 다시 펜을 들어 써 내려갔다.

그녀는 침대 위에 누워 아무런 준비도 없이 상상할 수 있는 가장 우악스럽고 끔찍한 손놀림으로 치마를 들쳐 올렸다. 나는—

윈스턴은 희미한 등불 아래 선 자신이 보이는 듯했다. 벌레 냄새와 싸구려 향수 냄새를 들이켜며 패배감과 분노를 느끼는 와중에도 당의 최면에 걸려 얼어붙어 버린 캐서린의 하얀 몸이 아른거렸다. 왜 늘 이래야만 하는 것일까? 몇 년마다 이렇게 난잡한 실랑이를 벌이는 대신 자신만의 여자를 가질 수 없는 것일까? 그러나 진짜 연애를 한다는 건 상상조차 할 수 없는 사건이었다. 여성 당원들은 모두 똑같았다. 그들 마음속에는 당에 대한 충성만큼이나 순결해야 한다는 강박이 깊이 뿌리박혀 있었다. 치밀하게 짜인 조기 훈련, 놀이와 비난, 학교와 스파이단과 청년 동맹에서 가르치는 헛소리, 강의, 퍼레이드, 노래, 구호, 군악을 통해 자연스러운 감정은 그들의 머릿속에서 제거되었다. 그의 이성은 예외가 있을 거라 말했지만 그의 마음은 믿지 않았다. 당의 의도대로 여성들은 난공불락의 존재가 되었다. 그는 사랑을 받고 싶다는 마음보다 일생에 단 한 번이라도 좋으니 그 순결의 벽을 무너뜨리고 싶다는 마음이 더 간절했다. 성공적으로 끝나는 성행위는 그 자체로 반역이었다. 욕망은 사상범죄였다. 만약 그가 캐서린의 욕망을 깨울 수 있었고 실제로 그렇게 했다면 그조차도 유혹으로 간주되었을 것이다. 그녀가 그의 아내라 할지라도.

어쨌든 나머지 이야기도 기록되어야 했다. 그는 계속 썼다.

나는 전등을 밝혔다. 환한 빛 아래서 그녀를 보니 ㅡ

방 안이 어두웠던지라 등유 램프의 희미한 빛이 매우 밝게 느껴졌었다. 그제야 그는 여자를 제대로 볼 수 있었다. 그는 그녀를 향해 한 걸음 다가섰고 곧 욕정과 공포가 뒤섞인 감정에 휩싸여 자리에 멈춰 섰다. 그곳에 오기 위해 감수해야 했던 위험을 뼈저리게 깨달은 것이었다. 나가는 길에 순찰대에 붙잡힐 수도 있었다. 어쩌면 벌써 문 밖에서 기다리고 있는지도 모를 일이었다. 만약 그가 하려던 일을 하지 않고 나간다면…!

이건 글로 써야만 했다, 고백하지 않으면 안 되었다. 등불 속에서 그는 불현듯 그 여자가 늙었다는 사실을 깨달았다. 마분지로 만든 가면처럼 굳어 버린 두꺼운 화장이 얼굴에서 곧 뜯어질 것 같았다. 머리카락에도 듬성듬성 흰 줄무늬가 보였다. 가장 무서웠던 것은 약간 벌어진 입 속에 동굴 같은 암흑 말고는 아무것도 없었다는 것이다. 그녀는 치아가 한 개도 남아 있지 않았다.

그는 서둘러 다음과 같이 휘갈겨 썼다.

환한 빛 아래서 여자를 보니 그녀는 꽤 나이 들어 보였다. 적어도 오십 살은 된 것 같았다. 하지만 나는 그녀에게로 다가가 하려던 일을 했다.

그는 다시 손가락으로 눈두덩이를 눌렀다. 마침내 글로 써냈지만 달라지는 건 없었다. 글쓰기 치료는 효과가 없었다. 목청껏 저속한 말들을 쏟아 내고 싶은 욕구가 그 어느 때보다 강렬하게 치밀었다.

7장

'희망이 있다면, 그것은 프롤들에게 있다.' 윈스턴은 적었다.

희망이 있다면 반드시 프롤들에게서 찾을 수 있을 것이다. 왜냐하면 오세아니아 인구의 85퍼센트를 차지하면서도 외면당하는 대중만이 당을 파괴할 힘을 발휘할 수 있기 때문이다. 당이 내부에서부터 전복될 일은 없을 것이다. 당에게 적이 있다 한들 그들이 한데 모일 방법은 없었고, 심지어 서로를 알아보기도 쉽지 않았다. 전설 속 형제단이 실제로 존재한다 하더라도, 물론 존재할 가능성이 크지만, 두세 명 이상의 대규모 모임은 불가능할 것이다. 반란이라고 해 봐야 눈빛, 목소리 톤의 변화, 가끔 조용히 수군대는 말들에 불과했을 것이다. 하지만 프롤들은 어떻게든 자신의 힘을 의식할 수만 있다면 음모를 꾸밀 필요조차 없다. 말이 갈기에서 파리를 털어 내듯 그저 일어서서 한 번 움찔하는 것만으로 충분할 테니 말이다. 그들이 원한다면 당장 내일 아침에 당을 산산조각 낼 수도 있다. 분명 조만간 그들에게 그런 날이 오지 않을까? 하지만…!

그는 언젠가 사람들로 북적이는 거리를 걷다가 사람들 수백 명이 고함을 지르는 소리를 들은 적이 있었다. 가까운 골목에서 여자들의 함성 소리가 터져 나오고 있었다. 분노와 절망이 가득 담긴 '오-오오오-오!' 하는 엄청난 포효가 종소리의 반향처럼 길거리를 메웠다. 시작이군! 그는 생각했다. 폭동이야! 프롤들이 마침내 들고일어난 거야! 소리가 난 쪽으로 가 보니 침몰하는 배에 탄 승객들마냥 비참한 얼굴을 하고 시장 좌판 주위에 모여 있는 이삼백 명 정도 되는 여자들이 보였다. 하지만 곧 그들이 공유하던 하나의 절망은 개별적인 다툼으로 분열되었다. 작은 양철 냄비를 파는 좌판에서 일어난 일이었다. 물건들은 형편없고 조잡했지만 품질이 좋든 나쁘든 냄비는 늘 구하기 어려웠다. 공급이 예기치 않게 중단된 탓이었다. 서로 부딪치고 밀치는 여자들 가운데 냄비를 잡는 데 성공한 여자들은 냄비를 사수하려고 애쓰고 있었고, 그러지 못한 여자들 수십 명은 노점 주위를 둘러싸고 가게 주인의 판매 방식이 공정하지 않다는 둥 어딘가에 냄비를 더 숨겼을 거라는 둥 야단스럽게 소리를 지르고 있었다. 다시 한번 고성이 들렸다. 퉁퉁한 여자 둘이서 냄비 하나를 놓고 옥신각신하며 서로 빼앗으려고 난리를 피우고 있었다. 그중 한 명은 머리가 풀어져 내려왔는데도 아랑곳하지 않았다. 두 사람은 한 치의 양보도 없이 냄비를 자기 쪽으로 잡아당겼고 결국 냄비 손잡이가 떨어지고 말았다. 윈스턴은 넌덜머리가 난 표정으로 그들을 바라보았다. 그러나 조금 전, 불과 한순간이었지만 수백 명의 목청에서 터져 나온 함성에는 분명 무서운 힘이 실려 있었다. 왜 더 중요한 일을 위해 그렇게 소리칠 수 없는 것일까?

그는 썼다.

의식이 깨어나기 전까지 그들은 절대 반란을 일으키지 않을 것이며 반란을 일으키기 전에는 그들의 의식이 절대 깨어나지 않을 것이다.

마치 당의 교과서에서 베낀 듯한 문구였다. 물론 당은 자신들이 프롤들을 속박에서 해방시켰다고 주장했다. 혁명 이전 그들은 자본가들에게 극심한 탄압을 받았다. 늘 굶주리는 한편 채찍질을 당했으며 여성들은 탄광에서 일하도록 강요당했고(사실 여성들은 여전히 탄광에서 일하고 있었다) 아이들은 여섯 살이면 공장으로 팔려 가곤 했다. 하지만 당은 이중사고의 원칙에 충실하게도, 프롤들이 마치 짐승처럼 간단한 규칙 몇 가지로 통제해야 하는 열등한 존재라고도 가르쳤다. 사실 프롤들에 관해서는 별로 알려진 것이 없었다. 많이 알 필요도 없었다. 노동을 하고 번식을 계속하는 한, 그들이 무엇을 하든 중요하지 않았다. 자기들끼리 내버려두면 그들은 마치 아르헨티나 초원에 방목된 소처럼 자신들에게 자연스러운 삶의 방식, 즉 예로부터 내려오는 방식으로 되돌아갔다. 그들은 시궁창 같은 곳에서 나고 자라 열두 살에 노동을 시작해 아름다움과 성적 욕망이 꽃피는 짧은 시기를 지나 스무 살에 결혼을 하고, 서른 살에는 중년이 되며 대부분 예순 살에 죽는다. 힘든 육체노동, 가사와 양육, 이웃과의 사소한 다툼, 영화, 축구, 맥주 그리고 무엇보다 도박이 그들이 아는 전부다. 그들을 통제하는 것은 어렵지 않았다. 사상경찰 요원들이 그들 사이를 오가며 거짓 소문을 퍼뜨리는 한편, 위험해질 가능성이 있다고 판단되는 인물들은 점찍어 제거했다. 그러나 그들에게 당의 이념을 주입하려 한 적은 없었다. 프롤들이 강한 정치적 성향을 지니는 것이 바람직하지 않기 때문이었다. 그들에게 필요한 것은 노동 시간을 연장하거나 배급을 감축할 때 수월하게 받아들이도록 하기 위한 원시적인 애국심뿐이었다. 그들도 물론 불만을 가질 때가 있다. 하지만 가끔 그럴 때조차 그들은 지금 무슨 일이 벌어지는 건지 파악할 수 없기 때문에 그저 사소한 불평들에만 연연했다. 더 큰 악은 절대 볼 수 없었다. 프롤의 집에는 대부분 텔레스크린이 없었다. 심지어 민간 경찰도 그들의 삶에 거의 간섭하지 않았다. 런던에는 도둑, 강도, 매춘부, 마약상, 온갖 종류의 사기꾼이 뒤섞여 수많은 범죄가 일어나는 작은 세계가 존재했지만 모든 범죄는 프롤들 사이에서 일어났기 때문에 결코 중요하지 않았다. 도덕적 문제에서 그들은 옛 시대의 규율을 따를 수 있었다. 당의 청교도적 금욕주의도 그들에게는 해당사항이 없었다. 성적으로 문란한 이들도 처벌되지 않았으며 이혼도 할 수 있었다. 그런 점에서 프롤들이 필요하다거나 조금이라도 원한다는 표시를 했다면 심지어 종교적인 예배도 허용되었을 것이다. 그들은 의심할 가치조차 없었다. 당 슬로건 말마따나 '프롤과 짐승은 자유롭다'.

윈스턴은 손을 뻗어 정맥류 궤양이 있는 자리를 조심스럽게 긁었다. 가려움증이 도졌다. 혁명 이전의 삶이 실제로 어땠는지 알 수 없다는 생각이 머릿속에 계속 떠올랐다. 그는 서랍에서 파 슨스 부인에게서 빌린 어린이용 역사 교과서 한 권을 꺼내 그중 한 구절을 일기장에 베끼기 시작했다.

영광스러운 혁명이 일어나기 전 과거 런던은 (교과서에 따르면) 오늘날 우리가 아는 아름다운 도시가 아니었습니다. 도시는 어 둡고, 더럽고, 비참하며 먹을 것도 거의 없었고 수없이 많은 가난 한 사람들은 신발도 없이 맨발로 다녔으며 비바람을 막아 줄 지 붕조차 없었지요. 여러분 또래의 아이들은 매일 12시간 동안 노 동을 해야 했습니다. 아이들을 노예로 부리는 주인들은 일 속도 가 느리면 채찍질을 했고, 말라붙은 빵 껍질과 맹물 외에는 먹을 것도 주지 않았어요. 하지만 이 지독한 빈곤 속에도 부자들은 크 고 아름다운 저택에서 하인을 서른 명쯤 거느리고 살았습니다. 이 부자들은 자본가라고 불렸지요. 그들은 옆 페이지의 그림처럼 사악한 얼굴을 가진 뚱뚱하고 추하게 생긴 남자들이었습니다. 프 록코트라는 검은색 긴 코트를 입고 탑햇이라고 부르는 난로연통 모양의 괴상하고 반짝이는 모자를 쓰고 다녔지요. 이것은 자본가 들의 제복이었고, 자본가가 아닌 사람은 그러한 차림을 하는 것이 허용되지 않았습니다. 자본가들은 세상의 모든 것을 소유했고, 자본가가 아닌 사람들은 모두 그들의 노예였습니다. 그들은 모든 땅과 집, 공장과 돈을 소유했습니다. 복종하지 않는 사람은 누구든 감옥에 가두거나 직장을 빼앗아 굶어 죽게 할 수도 있었습니다. 평범한 사람이 자본가에게 말을 걸기 위해서는 몸을 굽신거리며 절을 하고 모자를 벗은 뒤 '선생님'이라고 불러야 했어요. 이런 자본가들의 우두머리는 왕이라고 불렀는데 —

그러나 그는 이야기의 나머지 내용을 알고 있었다. 곧 예복을 입은 주교들, 담비털로 장식한 법복을 입은 판사들, 형틀, 족쇄, 징벌 바퀴, 아홉 가닥짜리 채찍, 런던 시장이 베푸는 연회, 그리고 교황의 발에 키스하는 풍습에 대한 이야기가 나올 참이었다. 초야권이라는 풍습은 아마도 어린이 교과서에서는 언급되지 않을 것이었다. 초야권이란 모든 자본가가 자신의 공장에서 일하는 여성과 동침할 권리를 갖는다는 법이었다.

이 중 얼만큼이 거짓말인지 과연 알 수 있을까? 보통 사람의 형편이 혁명 이전보다 나아졌다는 말은 사실일지도 모른다. 그게 아니라는 유일한 증거는 뼛속부터 느껴지는 소리 없는 반항심, 지금의 삶은 도무지 견디기 힘들고 과거에는 분명 상황이 달랐으리라는 본능적인 직감뿐이었다. 문득 그는 현대적인 삶의 진정한 특징이 잔인함과 불안함이 아니라 헐벗음, 우중충함, 무기력함이라는 생각이 들었다. 주위를 둘러보면 인생은 텔레스크린에서 흘러나오는 거짓말과는 조금도 비슷하지 않았고 당이 이루고자 하는 이상에도 완전히 어긋나 있었다. 당원들의 삶조차 우중충하고 정치와 무관한 순간들이 많았다. 따분한 일을 견디며 지하철 자리를 놓고 싸우고 구멍 난 양말을 꿰매고 사카린 한 톨에 목숨을 걸며 담배꽁초를 아끼는 문제들이 삶의 대부분을 차지했다. 당은 거대하고 끔찍하며 빛나는 이상을 세웠다. 강철과 콘크리트로 이루어져 괴물 같은 기계와 무시무시한 무기를 보유한 세계, 전사와 광신자들이 완벽하게 단결하여 같은 생각을 하고 같은 슬로건을 부르짖으며 끊임없이 일하고 싸우고 승리하고 약자를 핍박하는 세계, 3억 명의 인구가 모두 같은 얼굴을 한 세계가 그들의 이상이었다. 하지만 현실에서는 굶주린 사람들이 다 떨어진 신발을 신고 썩은 양배추의 큼큼한 냄새와 역겨운 화장실 냄새가 진동하는 누덕누덕 기운 19세기식 주택을 발을 끌며 다녔다. 그의 눈앞에 쓰레기통 수백만 개를 품은 거대하고 황폐한 런던이, 주름진 얼굴과 부스스한 머리칼, 막힌 배수관을 만지작거리며 어쩔 줄 몰라 하는 파슨스 부인의 모습과 겹쳐 보였다.

그는 다시 손을 뻗어 발목을 긁었다. 텔레스크린에서는 밤이고 낮이고 오늘날 사람들이 더 많은 음식과 옷, 집, 여가 생활을 누리고 있다는 통계를 귀에 딱지가 앉도록 떠들어 댔다. 통계상으로 50년 전과 비교해 사람들의 수명이 늘었고 노동 시간은 짧아졌으며 체격이 더 좋고 더 건강하고 힘도 센 데다 더 행복하고 지적이며 질이 더 좋은 교육을 받는다는 거였다. 이 중 어떤 통계도 입증하거나 반박할 수 없었다. 예를 들어, 당은 오늘날 성인 프롤의 40퍼센트가 글을 읽을 줄 아는 데 반해 혁명 이전에는 그 숫자가 15퍼센트에 불과했다고 주장했다. 뿐만 아니라 현재 유아 사망률은 천 명당 160명에 불과하지만 혁명 이전에는 천 명당 300명에 육박했다고도 했다. 이런 통계는 수도 없이 많았다. 이것은 마치 두 개의 미지수가 있는 단일 방정식 같았다. 역사책에 나온 모든 말들, 심지어 아무런 의심 없이 받아들였던 사실들조차 문자 그대로 온전히 지어낸 것일 수도 있었다. 어쩌면 초야권 같은 풍습이나 자본가라는 존재들, 탑햇과 같은 의복은 존재하지 않았을지도 모른다.

모든 것이 안개 속으로 사라졌다. 과거는 지워졌고, 지워진 것은 잊혔고, 거짓말은 진실이 되었다. 그는 인생에서 딱 한 번 사건이 일어난 후(이 점이 중요했다) 모든 것이 위조되었다는 구체적이고 틀림없는 증거를 소유한 적이 있었다. 그는 그 증거를 거의 30초 동안 손가락 사이에 쥐고 있었다. 그와 캐서린이 헤어질 무렵이었으니 1973년이 맞을 것이다. 하지만 실제로 사건이 일어난 건 그보다 7년인가 8년쯤 전이다.

이야기의 시작은 최초의 혁명 지도자들이 완전히 제거되었던 대숙청 시기인 60년대 중반으로 거슬러 올라간다. 1970년이 되자 빅브라더를 제외하고는 아무도 남지 않게 되었다. 나머지 인사들이 모두 반역자와 반혁명분자로 밝혀졌기 때문이었다. 골드스타인은 탈주해서는 아무도 모르는 곳에 은신해 있었고, 몇몇은 그냥 사라졌다. 그리고 대다수는 떠들썩한 공개재판에서 자신의 죄를 고백한 후 처형되었다. 마지막 생존자 중 존스, 애런슨, 러더퍼드가 있었는데 이 세 사람은 1965년에 체포되었다고 알려졌다. 늘 그렇듯 생사를 알 길 없이 한 일이 넌쯤 사라졌다가는 뜬금없이 대중 앞으로 끌려 나와 의례적으로 자신들의 죄를 고백했다. 그들은 자신들이 적(당시에도 적은 유라시아였다)과 내통했으며 공금을 횡령했고, 신임받는 당원들을 살해했으며 혁명이 일어나기 훨씬 전부터 빅브라더의 영도력에 대항할 음모를 꾸몄고, 수백만 명이 사망한 파괴 공작을 자행했다고 했다. 자백 이후 그들은 죄를 사면받고 당에 복귀해 실제로는 한직이지만 이름은 그럴듯한 직책을 맡았다. 세 사람 모두 자신들이 변절하게 된 구구절절하고 비참한 이유를 밝히고 속죄할 것을 약속하는 반성문을 『타임스』에 기고했다.

이들이 출소하고 얼마 후 윈스턴은 밤나무카페에서 세 사람을 직접 목격했다. 그는 곁눈질로 그들을 지켜보며 두려운 매력을 느꼈던 것이 기억났다. 그들은 윈스턴 자신보다 나이가 훨씬 많았고, 고대의 유물이었고, 당의 영광스러운 시절로부터 남은 거의 마지막 위인들이었다. 그들에게서는 여전히 지하투쟁과 시민전쟁의 영예를 희미하게나마 느낄 수 있었다. 당시, 이미 사실이나 날짜들이 모호해지고 있었지만 그는 빅브라더보다 그들을 몇 년 더 일찍 알았던 것 같은 느낌이 들었다. 하지만 그들은 무법자이자 적이며, 최하층민이었고 한두 해 안에 사라질 인물들이었다. 한번 사상경찰의 손에 넘어간 적이 있는 사람은 결코 그들의 손아귀에서 벗어날 수 없었다. 그들은 다시 무덤으로 돌아갈 날을 기다리는 시체나 다름없었다.

그들과 가까운 테이블에는 아무도 앉지 않았다. 그런 인물들 근처에서 목격되는 것조차 현명한 처신이 아니었다. 그들은 카페의 특별 메뉴인 정향으로 맛을 낸 진을 앞에 놓고 말없이 앉아 있었다. 세 사람 중 가장 인상적인 사람은 러더퍼드였다. 러더퍼드는 한때 유명한 풍자만화가였고, 혁명이 일어나기 전부터 진행될 때까지 대중의 여론을 선동하는 데 그의 저돌적인 만화가 큰 역할을 했다. 『타임스』에는 지금도 아주 가끔 그의 만화가 실리고 있었다. 하지만 그의 이전 그림체를 흉내 낸 모방작에 불과했고 이상하리만치 생기도 설득력도 없었다. 주제도 늘예전 작품을 재탕해 빈민가 공동주택, 굶주린 아이들, 거리의 전투, 모자를 쓴 자본가들과 같은 내용을 다뤘는데, 만화 속 자본가들은 바리케이드 위에서조차 탑햇 모자를 놓지 못한 채 과거로 돌아가기 위해 절망적으로 노력하는 것처럼 보였다. 러더퍼드는 갈기 같은 기름진 회색 머리, 늘어지고 주름이 가득한 얼굴에 흑인같이 두꺼운 입술을 가진, 괴물처럼 거대한 남자였다. 한때는 힘이 장사였을 테지만 이제 그의 거대한 몸은 처지고, 삐딱해지고, 지방이 끼어 사방으로 무너지고 있었다. 마치 눈앞에서 산사태처럼 무너져 내리는 모습을 보는 듯했다.

쓸쓸함이 느껴지는 15시였다. 윈스턴은 자신이 어쩌다 그 시간에 카페에 갔었는지 기억할 수 없었다. 카페는 거의 비어 있었다. 텔레스크린에서는 날카로운 음악이 작게 흘러나오고 있었다. 세 사람은 구석에 앉아 미동도 없이 침묵을 지켰다. 웨이터는 주문을 하지 않았는데도 그들의 잔에 진을 새로 채웠다. 그들

옆 테이블 위에 체스판이 놓여 있었는데, 말은 놓여 있었지만 대국이 시작되지는 않은 상태였다. 그 후 30초쯤 되는 아주 짧은 시간 동안 텔레스크린에 어떤 일이 일어났다. 흘러나오던 음악과 분위기가 바뀌고 설명하기 어려운 무언가가 시작되었다. 기이하고 갈라지는, 울부짖음이나 야유 같은 음이 흘러나왔는데, 윈스턴은 속으로 그 음색을 황색선율이라 불렀다. 곧 텔레스크린에서 노랫소리가 들렸다.

아름드리 밤나무 아래
나는 널 팔고 너는 날 팔았네
그들은 그곳에 눕고, 우리는 이곳에 눕고
아름드리 밤나무 아래

세 사람은 조금도 동요하지 않았다. 하지만 윈스턴이 러더퍼드의 수척한 얼굴을 다시 흘끗 보았을 때 그의 눈에는 눈물이 가득 고여 있었다. 그는 애런슨과 러더퍼드의 코가 모두 부러져 있다는 사실을 발견하고 마음속에서부터 퍼지는 전율을 느꼈지만 그 전율이 무엇 때문인지는 알지 못했다.

얼마 후 세 사람은 다시 체포되었다. 그들이 석방된 순간부터 새로운 음모를 꾸몄다는 사실이 밝혀졌다고 했다. 두 번째 재판에서 그들은 새로운 범죄와 함께 이전의 모든 범죄를 다시 한 번 자백했다. 그들은 처형되었고, 그들의 일생은 당 역사에 기록되어 후손들에게 본보기로 남겨졌다. 그로부터 약 5년 후인

1973년, 윈스턴은 기송관에서 막 튀어나온 서류 뭉치를 책상 위에 펼치다가 다른 서류 틈에 끼어 있다 잊힌 것이 틀림없는 종잇조각을 발견했다. 종이를 펼치는 순간 그는 그것이 얼마나 중요한 것인지를 깨달았다. 약 10년 전에 발행된 『타임스』에서 반 페이지를 찢어낸 것이었다. 신문의 위쪽 절반이었던 덕분에 발행된 날짜를 알 수 있었고, 날짜 아래 지면에는 뉴욕에서 열린 당 행사에 참석한 대표단의 사진이 실려 있었다. 존스, 애런슨, 러더퍼드가 한눈에 들어왔다. 착각일 가능성은 없었다. 그들 이름이 사진 하단 설명란에 실려 있었기 때문이다.

문제는, 두 번의 재판에서 세 사람 모두 그날 자신들이 유라시아 대륙에 있었다고 자백했다는 것이었다. 그들은 캐나다의 비밀 비행장을 통해 시베리아 어딘가의 집결지로 날아갔고, 유라시아 참모진과의 회담에서 중요한 군사기밀을 넘겼다고 했다. 날짜가 마침 하지였어서 윈스턴은 똑똑히 기억하고 있었다. 그러나 이 모든 이야기는 다른 수많은 기록에도 남아 있을 것이었다. 가능한 결론은 단 하나뿐이었다. 그들의 자백은 거짓말이었다.

물론 이 자체가 새로운 발견이라 할 수는 없었다. 당시에도 윈스턴은 숙청으로 사라진 사람들이 공소장에 명시된 범죄를 실제로 저질렀다고 상상할 수 없었으니까. 하지만 이제 그는 구체적인 증거를 가지게 된 셈이었다. 폐기된 과거의 한 조각인 이 증거는 엉뚱한 지층에서 발견되어 기존의 지질학 이론을 뒤집어엎는 화석 뼈나 마찬가지였다. 어떤 식으로든 세상에 드러나 중요성이 알려진다면, 당을 흔적도 없이 날려 버리고도 남을 만큼 강력했다.

그는 곧바로 작업에 착수했다. 그는 그 사진이 무엇이고 어떤 의미인지 깨닫자마자 얼른 다른 서류로 덮었다. 운 좋게도 그가 종이를 펼쳤을 때는 텔레스크린 쪽에서는 뒷면만 보였다.

그는 연습장을 무릎 위에 올리고 텔레스크린에서 최대한 멀리 떨어지기 위해 의자를 뒤로 밀었다. 얼굴을 무표정하게 유지하기는 어렵지 않았고 노력하면 호흡도 조절할 수 있었다. 하지만 심장이 뛰는 것만큼은 조절할 수 없었는데, 텔레스크린은 매우 섬세해서 그 변화를 놓치지 않고 포착할 것이었다. 그는 속으로 10분을 재며 가만히 기다렸고, 그동안 혹시 갑자기 바람이 불어온다거나 하는 뜻밖의 일이 일어나 곤경에 처할지도 모른다는 두려움에 신경이 잔뜩 곤두섰다. 그는 다시 사진이 보이지 않도록 조심하면서 다른 폐지 몇 장과 함께 기억 구멍에 떨어뜨렸다. 아마 1분도 되지 않아 사진은 재가 되어 사라질 것이다.

10년 전 혹은 11년 전에 일어난 일이었다. 지금 같으면 아마 그 사진을 보관했을 것이다. 사진뿐만 아니라 그 사진이 기록한 사건도 기억일 뿐인데, 그 사진을 손에 쥐었었다는 사실 때문에 무언가 다르다고 믿는 자신이 의아했다. 더 이상 존재하지 않는 존재했었던 증거 때문에 과거에 대한 당의 통제력이 전보다 약해졌다고 생각해도 되는 것일까?

그러나 만약 사진이 잿더미에서 부활한다고 해도 이제는 증거조차 되지 못할 것이다. 그가 그 사진을 발견했을 때 이미 오세아니아는 더 이상 유라시아와 전쟁을 하고 있지 않았고, 죽은 세 사람이 조국의 기밀을 누설한 대상도 동아시아의 첩보원이었을 것이다. 그 후로도 여러 사실이 달라졌는데, 두 개, 세 개, 아니 몇 개나 되었는지도 기억할 수 없었다. 원래의 사실과 날짜가 더 이상 어떤 의미도 갖지 않을 때까지 그들의 자백은 수정되고 다시 작성되었을 터였다. 과거는 변했고 계속해서 변하고 있었다. 악몽처럼 그를 가장 괴롭힌 것은 그 엄청난 사기극이 왜 벌어졌는지 이해할 수 없다는 것이었다. 과거를 위조해서 당장 얻을 수 있는 이점은 확실했지만 궁극적인 동기는 도무지 알 수 없었다. 그는 다시 펜을 들고 썼다.

'방법'은 이해하지만, '이유'를 이해할 수 없다.

이전에도 여러 번 가진 의문이지만, 그는 자신이 미친 건 아닌지 궁금했다. 아마도 미치광이는 그저 소수 의견을 가진 누군가일 수도 있을 것이다. 한때 지구가 태양 주위를 돈다고 믿는 사람은 미치광이 취급을 받았다. 오늘날에는 과거는 바꿀 수 없다고 믿는 사람들이 그 부류일지 모른다. 그러한 믿음을 간직한 사람이 윈스턴 자신뿐일 수 있었고 그렇다면 그는 미치광이였다. 그러나 그는 미치광이가 되는 것이 딱히 괴롭지 않았다. 그가 정말로 두려운 것은 자신이 틀렸을지도 모른다는 생각이었다.

그는 어린이 역사책을 집어 들고 표지에 인쇄된 빅브라더의 초상화를 바라보았다. 그의 눈이 최면을 걸듯 윈스턴을 바라보고 있었다. 마치 어떤 거대한 힘에 압도당하는 기분이었다. 어떤 힘이 두개골을 뚫고 들어와 뇌를 강타하고, 믿음을 버리도록 겁을 주고, 감각으로 얻어지는 증거들을 묵살하도록 설득하는 것 같았다. 당에서 2 더하기 2가 5라고 발표하더라도 그것을 믿어야 했다. 그들은 조만간 그런 주장을 할 수밖에 없을 것이다. 그들의 위치에서는 그렇게 하는 것이 논리적이었다. 당의 철학은 개인의 경험뿐만 아니라 바깥 세계의 현실 자체도 암묵적으로 부인하고 있었다. 이단 중의 이단은 상식이었다. 생각이 다르다는 이유로 죽을 수도 있다는 사실보다 그들이 옳을 수도 있다는 사실이 진정한 공포였다. 2 더하기 2가 4라는 것을 어떻게 확신할 수 있을까? 중력은 실제로 작용하는 힘일까? 과거는 바꿀 수 없는 것일까? 과거와 외부 세계가 모두 마음속에만 존재하고, 마음을 통제할 수 있다면 어떻게 되는 것일까?

하지만 아니다! 갑자기 저절로 용기가 불끈 솟아오르는 느낌이 들었다. 뜬금없이 오브라이언의 얼굴이 머릿속에 떠올랐다. 그는 전보다 더 확실히 오브라이언이 자기편이라는 생각이 들었다. 그는 오브라이언을 위해, 아니, 오브라이언에게 일기를 쓰고 있었다. 그의 일기는 아무도 읽을 수 없는, 그러나 받는 사람이 특정된 긴 편지였으며 그러한 사실 덕분에 고유한 색채를 띠게 될 것이다.

당에서는 눈과 귀로 얻은 증거를 거부하라고 한다. 이것이 그들에게는 가장 최종적이고 본질적인 명령이었다. 윈스턴은 자신에게 반대하는 막강한 권력, 답을 하기는커녕 이해할 수도 없는 교묘한 주장으로 논쟁에서 쉽게 자신을 무너뜨릴 수 있을 당

지식인들을 생각하자 심장이 철렁 내려앉았다. 그럼에도 불구하고 그는 옳았다! 그들이 틀리고 그가 옳았다. 그는 명백하고 단순하고 진실한 것들을 옹호해야 했다. 진리가 진실이며 진실은 고수해야 한다! 견고한 세계는 존재하며 그러한 세계의 법칙은 변하지 않는다. 돌은 단단하고 물은 축축하며, 아무런 지지가 없는 물체는 지구 중심을 향해 떨어진다. 그는 오브라이언에게 말하는 느낌으로, 또한 자신이 중요한 원칙을 제시하고 있다는 느낌으로 이렇게 썼다.

2 더하기 2는 4라고 말할 수 있는 것이 자유다. 그러한 자유가 허용된다면 다른 모든 것들은 저절로 따라온다.

8장

빅토리 커피가 아닌 진짜 커피를 볶는 냄새가 길가 저 끝에서 부터 퍼져 나오고 있었다. 윈스턴은 무의식적으로 잠시 걸음을 멈췄다. 약 2초 동안 그는 반쯤 잊고 살았던 어린 시절로 돌아간 듯했다. 곧 쾅 하고 문이 닫혔고, 커피향은 마치 소리이기라도 했던 것처럼 사라져 버렸다.

보도를 따라 수 킬로미터를 걸은 탓에 정맥류 궤양이 욱신거 렸다. 시민 회관의 저녁 행사에 참여하지 않은 것이 지난 3주 동 안 이번이 벌써 두 번째였다. 행사에 참석한 일수가 꼼꼼하게 기 록되는 것을 잘 알면서 저지른 경솔한 행동이었다. 원칙적으로 당원은 여가 시간을 가질 수 없었고 침대에 누워 있는 시간을 제외하고는 혼자 있을 수도 없었다. 일하거나 먹거나 자지 않을 때는 공동체가 함께하는 취미 활동을 해야 했다. 고독을 느끼게 하는 모든 활동, 하다못해 혼자 산책을 하는 것조차도 약간 위험이 따랐다. 새말에는 자기삶이라는 단어가 있는데, 개인주의와 그에 따른 기이한 행동을 의미했다. 하지만 오늘 저녁 일을 마치고 나오는데, 향긋한 4월의 공기가 그를 유혹했다. 하늘은 그해에 본 어떤 하늘보다 더 푸르고 포근하게 느껴졌고, 갑자기 그는 시민 회관에서 보낼 시끄럽고 긴 저녁 시간과 지루하고 맥 빠지는 게임, 강의, 진으로 기름칠 될 삐걱거리는 동지애를 견딜 수 없었다. 그는 충동적으로 버스 정류장에서 걸음을 돌려 미로 같은 런던의 거리를 따라 처음에는 남쪽으로, 다음에는 동쪽으로, 그 다음에는 북쪽으로 자신이 어디로 향하고 있는지 신경도 쓰지 않은 채 정처 없이 걸었다.

'희망이 있다면' 그는 일기에 적었다. '그것은 프롤들에게 있다.' 신비한 진실과 명백한 부조리인 그 문구가 계속해서 그의 머릿속을 맴돌았다. 그는 한때 세인트판크라스역이 있던 자리의 북동쪽에 있는 어둑어둑하고 침울한 빈민가 어딘가에 있었다. 작은 이층집들 사이에 난 자갈길을 따라 걷는데, 인도와 바로 맞닿은 집들의 낡아 빠진 현관들을 보니 어쩐지 쥐구멍이 떠올랐다. 자갈길 여기저기에 구정물이 고여 있었다. 어두운 현관 안팎과 양쪽으로 갈라진 좁은 골목길에는 놀라울 정도로 사람들이 많이 모여 있었다. 입술에 서툰 솜씨로 립스틱을 칠한 생기 넘치는 소녀들, 소녀들을 쫓는 청년들, 소녀들의 10년 후 모습을 미리 보여 주는 것 같은 뒤뚱거리는 뚱뚱한 여인네들. 팔자걸음을 질질 끄는 등이 굽은 노인들과 웅덩이에서 놀다 엄마의 화난 고함 소리에 흩어지는 맨발에 누더기를 걸친 아이들. 거리 쪽으로 난 창문의 4분의 1 정도는 부서지고 판자가 덧대어져 있었다. 호기심 가득한 눈으로 조심스럽게 그를 쳐다보는 사람도 있었지만 대부분은 윈스턴에게 관심이 없었다. 무시무시한 인상의 여자 두 명이 벽돌처럼 붉게 그을린 팔뚝을 앞치마 위로 꼰 채 문가에 서서 이야기를 나누고 있었다. 점차 거리가 가까워지자 그들의 이야기가 귀에 들어왔다.

"그 여자한테 내가 그랬지. 알겠다, 그건 괜찮다 치자. 근데 당신이 내 입장이면 똑같이 했을 거다. 뭐라고 하는 건 쉽지. 근데 내가 무슨 문제가 있는지 당신은 모르잖냐고."

"아." 다른 여자가 대꾸했다. "그치, 내 말도 그거야."

떽떽거리던 목소리가 갑자기 멈췄다. 그가 지나가자 여자들은 아무 말도 없이 적대적인 눈빛으로 그를 살폈다. 그러나 정확히 말하자면 적대감은 아니었다. 낯선 동물이 지나갈 때 경계하며 순간적으로 몸이 굳는 것과 같은 반응이었다. 이런 거리에서 당의 파란색 작업복은 흔히 보는 게 아니었다. 확실한 용무가 있지 않는 한 그러한 장소에 나타나서 좋을 게 없었다. 우연히 순찰대원과 마주친다면 검문을 당하고도 남았다. "신분증 좀 보여주시죠, 동지. 여기서 뭘 하고 있습니까? 일은 몇 시에 끝났습니까? 평소 이 길로 집에 갑니까?" 같은 질문을 받게 될 것이다. 평범하지 않은 길로 걸어서 퇴근하는 것을 금지하는 규칙은 없었지만, 사상경찰의 관심을 끌기에는 충분한 행동이었다.

갑자기 거리 전체가 소란스러워졌다. 사방에서 경계의 외침이 들려왔다. 사람들은 토끼처럼 현관 안으로 뛰어들었다. 한 젊은 여자가 윈스턴보다 약간 앞 쪽에 있던 현관에서 튀어나와 엉덩이에서 놀고 있던 작은 아이를 앞치마에 싸매 안고 현관 안으로 뛰어 들어갔다. 모든 움직임이 마치 한 동작인 듯 순식간에 일어났다. 그와 동시에, 옆 골목에서 나타난 아코디언 같은 검은 양복을 입은 남자 하나가 흥분한 표정으로 하늘을 가리키며 윈스턴을 향해 달려왔다.

"스티머예요!" 그가 소리쳤다. "조심해요, 공무원 양반! 머리 바로 위요! 빨리 엎드려요!"

'스티머'는 어떤 이유에선지 프롤들이 로켓 미사일에 붙인 별명이었다. 윈스턴은 재빨리 바닥으로 몸을 던져 얼굴을 묻었다. 프롤들이 이런 종류의 경고를 할 때는 거의 항상 옳았다. 그들은 소리보다 더 빠르게 움직인다는 로켓 미사일이 다가오기 몇 초 전에 미리 알아챌 수 있는 일종의 본능을 갖고 있는 듯했다. 윈스턴은 팔뚝으로 이마를 감쌌다. 보도가 들썩일 정도의 굉음이 들려오고, 그의 등 위로 가벼운 파편이 후드득 쏟아졌다. 자리에서 일어서 보니 그는 근처 창문에서 떨어진 유리 파편에 덮여 있었다.

그는 계속 걸었다. 폭격으로 200미터 반경의 집들이 파괴되었다. 하늘에는 검은 연기가 기둥이 되어 올라가고 있었고, 석회먼지 구름은 폐허 주위로 모여든 사람들을 둘러싸고 있었다. 그의 앞에 작은 석고 더미가 놓여 있었는데, 그 가운데에 밝은 빨간색 줄이 보였다. 가까이 다가가 보니 그것은 손목 부위에서 잘

려나간 인간의 손이었다. 피 묻은 절단면을 제외하면 그 손은 완벽하게 새하얘서, 마치 석고 모형처럼 보였다.

그는 그것을 도랑으로 걷어찬 다음 사람들을 피해 오른쪽 옆길로 접어들었다. 3, 4분 만에 그는 폭탄이 떨어진 지역에서 벗어났고 그곳은 마치 아무 일도 없었던 것처럼 떠들썩하고 지저분한 거리의 일상이 계속되고 있었다. 거의 20시가 다 되었고, 프롤들이 '펍'이라 부르며 자주 드나드는 술집은 손님들로 붐볐다. 쉴 새 없이 열리고 닫히는 꾀죄한 여닫이문 사이로 오줌 냄새와 톱밥 냄새, 시큼한 맥주 냄새가 섞여 나왔다. 건물의 돌출된 부분 때문에 만들어진 구석 공간에 남자 셋이 옹기종기 붙어 서 있었다. 가운데 선 사람은 접힌 신문을 들고 있었고 나머지 두 사람은 그의 어깨 너머로 신문을 뚫어져라 보는 중이었다. 표정을 읽을 수 있을 정도로 가까이 가지 않더라도 윈스턴은 그들의 몸의 형태만으로 그들이 무언가에 완전히 몰입하고 있다는 것을 알 수 있었다. 틀림없이 심각한 기사를 읽고 있는 것 같았다. 윈스턴이 불과 몇 걸음 떨어진 곳까지 다가갔을 때 그들은 갑자기 서로에게서 떨어졌고, 그중 두 사람이 거칠게 실랑이를 벌이기 시작했다. 당장 주먹이라도 날릴 듯한 기세였다.

"내 말을 듣기는 한 거냐? 7로 끝나는 번호는 14개월 동안 당첨된 적이 없다고 했지!"

"있거든!"

"아니, 없다고. 내가 2년 동안 당첨된 번호를 전부 종이에 적어뒀어. 시곗바늘처럼 꼬박꼬박 기록한다고. 장담하는데 7번으로 끝나는 번호는….”

“7번이 당첨된 적 있다니까! 그 빌어먹을 당첨 번호를 말해 줄 수도 있어. 4, 0, 7로 끝나는 번호였다고. 2월, 2월… 둘째 주에!”

“2월 같은 소리 하네. 내가 똑똑히 적어 놨어. 장담하는데, 그런 번호는….”

“집어치워.” 세 번째 남자가 말했다.

그들은 복권에 대해 얘기하고 있었다. 윈스턴은 30미터쯤 걸어가다가 다시 뒤를 돌아봤다. 그들은 활력 넘치고 열정적인 얼굴로 아직도 말싸움을 하고 있었다. 매주 거한 상금을 거머쥘 기회를 제공하는 복권은 프롤들이 진지하게 관심을 보이는 유일한 공공 행사였다. 복권을 삶의 이유까지는 아니어도 큰 낙으로 여기는 노동자가 수백만 명은 될 것이었다. 복권은 그들의 기쁨이자 죄악이었고, 진통제이자 지적 자극제였다. 간신히 읽고 쓸 줄 아는 사람도 복권에 관한 한 복잡한 계산을 하거나 놀라운 기억력을 발휘할 수 있는 것 같았다. 복권을 체계적으로 분석하거나 당첨 번호를 예측하거나 행운의 부적 따위를 팔아 생계를 유지하는 청년들도 있었다. 윈스턴은 풍요부에서 주관하는 복권 운영에 관해서는 아는 것이 없었지만 복권 상금이 대부분 상상에 불과하다는 사실쯤은 알고 있었다(당원이라면 누구나 알고 있었다). 액수가 적은 상금만 당첨자에게 지급되었고, 액수가 큰 상금의 당첨자는 존재하지도 않는 사람이었다. 오세아니아의 지역들 간에 서로 실질적인 교류가 없는 덕분에 이렇게 손을 쓰기는 어렵지 않았다.

그러나 희망이 있다면 그것은 프롤들에게 있을 것이다. 그 생각을 고수해야만 했다. 이 문구를 글로 적고 나면 그럴듯해 보였지만 인도를 걸어가는 사람들을 바라보면 그 말은 믿음을 요하는 일이 되었다. 그가 방향을 바꿔 들어선 거리는 내리막길이었다. 그는 전에 이 동네에 와 본 적이 있는 것 같은 느낌이 들었고, 그렇다면 멀지 않은 곳에 큰 길이 있을 것 같았다. 앞쪽 어딘가에서 요란한 고함 소리가 들려왔다. 길이 급격하게 꺾이더니 계단이 나왔다. 그 아래 낮은 골목길에 있는 노점에선 시들시들해 보이는 야채를 팔고 있었다. 윈스턴은 자신이 어디에 있는지 알 것 같았다. 골목은 큰 거리로 이어져 있었고, 다음 모퉁이에서 5분도 채 안 되는 거리에 그가 지금 일기장으로 쓰고 있는 빈 공책을 샀던 고물상이 있었다. 거기서 멀지 않은 작은 문방구에서 그는 펜 꽂이와 잉크병을 샀었다.

그는 계단 꼭대기에서 잠시 멈춰 섰다. 반대편 골목에는 어두침침한 작은 술집들이 있었다. 창문은 성에가 낀 듯 뿌옇게 보였지만 실상은 먼지가 잔뜩 낀 것이었다. 흰 콧수염을 새우 수염처럼 빳빳하게 기른 나이 많은 남자가 굽은 몸을 민첩하게 놀리며 술집 여닫이문을 밀고 안으로 들어갔다. 윈스턴은 자리에 서서 적어도 여든은 되어 보이는 그 노인을 지켜보며 혁명이 일어났을 때 그가 이미 중년이었으리라는 생각을 했다. 그를 비롯해 그 또래의 몇몇 사람들만이 사라진 자본주의 세계와 이 세계를 잇는 마지막 연결고리였다. 당 내부에는 혁명 이전에 신념이 만들어진 사람이 거의 남아 있지 않았다. 기성세대는 50년대와 60년대에 벌어진 대숙청 때 대부분 전멸되었고, 그때 살아남은 몇 안 되는 사람들은 겁에 질려 오랜 시간 동안 사상적으로 굴복한 채 살고 있었다. 세기 초반의 삶이 어땠는지 정직하게 설명을 해 줄 수 있는 사람이 살아 있다면 아마도 프롤밖에 없을 것이다. 윈스턴의 머릿속에 일기에 베꼈던 역사책의 한 구절이 갑자기 떠올랐고, 그는 강렬한 충동에 사로잡혔다. 술집에 들어가서 그 노인과 안면을 트고 질문을 하는 거다. 이를테면 이런 질문들. "어르신의 소년 시절이 어땠는지 말해 주십시오. 당시 세상은 어땠습니까? 상황이 지금보다 나았나요, 아니면 더 나빴나요?"

꾸물거리다가는 두려움을 느낄까 봐 그는 서둘러 계단을 내려가 좁은 길을 건넜다. 그의 행동은 두말할 것도 없이 미친 짓이었다. 늘 그렇듯, 프롤들과 이야기를 나누거나 그들 술집에 들락거리는 것을 금지하는 법은 없지만, 그런 평범하지 않은 행동은 의심을 불러일으키기에는 충분한 법이다. 순찰대가 나타나면 길을 가다 갑자기 어지러워져서 쉴 곳이 필요했다고 둘러댈 수 있겠지만 그들이 그 말을 믿어 줄지는 의문이었다. 술집 문을 밀고 들어가는 순간 고약한 싸구려 맥주 냄새가 얼굴에 훅 끼쳤다. 그가 안으로 들어서자 사람들의 소음이 반 이상 줄었다. 등 뒤로 그의 파란색 작업복을 쳐다보는 사람들의 시선이 느껴졌다. 술집 저편에서 벌어지고 있던 다트 게임마저 약 30초 정도 중단되었다. 그가 쫓아온 노인은 바 앞에 서서 덩치가 크고 우람한 팔뚝을 가진 매부리코 청년 바텐더와 옥신각신하고 있었다. 다른 사람들은 손에 잔을 든 채 그들을 둘러싸고 말싸움을 지켜보고 있었다.

"이 정도면 내가 충분히 정중하게 묻지 않았나?" 노인이 어깨를 펴며 위협적으로 말했다. "이 빌어먹을 바에서는 맥주를 파인트로 안 판다는 겐가?"

"도대체 파인트가 뭔데요?" 바텐더가 손가락 끝으로 카운터를 짚은 채 몸을 앞으로 숙이며 말했다.

"이 친구 좀 보게! 바텐더라는 작자가 파인트가 뭔지도 모른다니! 파인트는 쿼터의 반이고 갤런의 4분의 1이 쿼터 아닌가. 다음엔 알파벳을 알려줘야 할 판이군."

"평생 듣도 보도 못했네요." 바텐더가 짤막하게 대꾸했다. "우린 술을 리터나 반 리터로만 팝니다. 어르신 앞에 보시면 잔들이 있습니다만."

"난 파인트로 주게." 늙은 남자가 고집을 부렸다. "파인트만큼 따라 주면 될 게 아닌가. 나 때는 리터니 뭐니 하는 게 없었다구."

"어르신 젊을 때는 다들 나무 위에서 살았다던데요." 바텐더가 다른 손님들을 쳐다보며 말했다.

웃음이 터져 나왔고, 그 덕에 윈스턴이 술집에 들어간 후 감돌던 불편한 분위기가 누그러졌다. 흰 수염이 듬성듬성 난 남자의 얼굴이 붉은빛으로 달아올랐다. 혼잣말을 중얼거리며 돌아선 그는 윈스턴과 부딪치고 말았다. 윈스턴은 그의 팔을 가볍게 붙잡았다.

"한 잔 대접해도 될까요?" 그가 말했다.

"신사시구먼." 노인이 다시 어깨를 곧게 펴며 말했다. 그는 윈스턴의 파란색 작업복을 보지 못한 듯했다. "파인트로!" 그가 보란듯이 바텐더에게 외쳤다. "윌롭 파인트로."

바텐더는 카운터 밑에 있는 양동이에서 헹군 두꺼운 반 리터 짜리 유리잔 두 개에 거친 동작으로 짙은 갈색 맥주를 따랐다. 맥주는 프롤들의 펍에서 마실 수 있는 유일한 음료였다. 프롤들은 진을 마실 수 없었지만 사실 마음만 먹으면 쉽게 구할 수 있었다. 다트 게임이 다시 시작됐고, 바에 모인 남자들은 복권에 대해 떠들어 대기 시작했다. 윈스턴의 존재는 잠시 잊혔다. 창가 쪽 나무 탁자라면 다른 사람이 엿들을까 염려하지 않고 이야기를 나눌 수 있을 것이다. 치명적인 위험이 따르겠지만, 어쨌든 그가 술집에 들어오자마자 확인했을 때 바 안에 텔레스크린은 없었다.

"파인트로 주면 뭐가 좀 어때서." 노인은 유리잔을 앞에 놓고 자리에 앉으며 툴툴거렸다. "반 리터로는 충분치가 않아. 간에 기별도 안 가거든. 하지만 1리터를 다 마시기에는 너무 많고. 오줌보 터지기 딱 좋지. 비싸기도 하고 말일세."

"어르신 젊었을 때와 많이 다르지요." 윈스턴이 머뭇거리며 말했다.

윈스턴의 말을 술집이 달라졌다는 뜻으로 받아들였는지 노인의 푸른 눈이 다트 판에서 바 테이블로 옮겨졌다가 화장실 문으로 향했다.

"맥주가 더 맛있기는 했지." 그가 마침내 입을 열었다. "더 싸기도 했고! 젊었을 때는 맥주를 윌롭이라고 불렀는데, 맥주 한 파인트에 4펜스였지. 물론 전쟁이 일어나기 전 이야기지만."

"무슨 전쟁 말씀이신가요?" 윈스턴이 말했다.

"모든 전쟁 말일세." 노인이 애매모호하게 답했다. 그는 잔을 들었고 다시 어깨를 활짝 폈다. "자네 건강을 위해 건배하세나!"

그의 가느다란 목에 튀어나온 뾰족한 목젖이 엄청나게 빠르게 위아래로 움직이더니 금세 잔이 비었다. 윈스턴은 카운터로 가서 반 리터짜리 맥주 두 잔을 더 가지고 돌아왔다. 1리터가 너무 많다던 노인은 자신의 편견을 잊어버린 듯했다.

"저보다 훨씬 나이가 많으시죠." 윈스턴이 말했다. "제가 태어나기도 전에 이미 성인이셨을 테니까요. 혁명이 일어나기 전 옛날이 어땠는지 기억하시겠어요. 제 또래 사람들은 그 시절에 대해 아무것도 몰라요. 책으로만 알 뿐인데 책에 있는 게 전부 사실이 아닐 수도 있잖아요. 어르신은 어떻게 생각하시는지 궁금합니다. 역사책에서는 혁명 전의 세상이 지금과는 완전히 달랐다고 하더라고요. 끔찍할 정도로 통제되고 정의롭지 못하고 상상도 못할 만큼 가난했다던데. 런던에 사는 사람들 대부분 태어나서 죽을 때까지 배불리 먹지 못했다고 들었습니다. 인구 절반이 신발도 신지 못했고요. 하루에 12시간씩 노동을 하고 아홉 살이면 학교를 떠나야 하고 한 방에 10명씩 자기도 하고요. 그런가 하면 부유하고 권력을 가진 자본가라고 불리던 사람들이 아주 소수, 몇천 명쯤 있었다더군요. 가질 수 있는 모든 걸 가진 사람들이라던데, 하인을 수십 명씩 거느리며 궁궐 같은 집에 살면서 말 네 필이 끄는 마차나 자동차로 드라이브를 하거나 샴페인을 마시고 머리에는 탑햇을 쓰고—"

노인의 얼굴이 갑자기 밝아졌다.

"탑햇!" 그가 말했다. "그 얘길 꺼내다니 재밌구먼. 왜인지 모르지만 나도 어제 뜬금없이 탑햇이 떠올랐거든. 탑햇을 본 지도 벌써 몇 년이 됐다는 생각을 했지. 맞아, 그땐 탑햇을 썼었지. 마지막으로 썼던 게 처제 장례식이었고. 날짜는 기억나지 않지만 아마 50년은 되었을 걸세. 물론 장례식에 참석하기 전에 빌린 물건이었지."

"탑햇은 그리 중요하지 않습니다." 윈스턴이 참을성 있게 말했다. "요점은 자본가와 자본가 덕분에 먹고살던 변호사나 성직자들이 이 땅을 지배했었다는 거죠. 모든 것은 그들의 이익을 위해 존재했고요. 어르신처럼 평범한 노동자들은 그들의 노예였다고 들었습니다. 사람들을 마음대로 부렸다던데, 가축처럼 배에 실어 캐나다로 보내 버리기도 하고요. 원한다면 다른 집 딸들을 겁탈하기도 하지 않았나요? 아홉 가닥짜리 채찍으로 매질을 당하도록 명령할 수도 있었다죠. 그들이 지나갈 때는 모자도 벗어야 했고요. 자본가들은 모두 종복을 데리고 다녔는데—"

노인의 얼굴이 다시 한번 밝아졌다.

"종복!" 그가 말했다. "들어 본 지 무척 오래된 단어구만. 종복이라니! 그 말을 들으니 정말이지 옛날 생각이 나네. 아주 오래 전 일일세. 일요일 오후에 하이드파크에 사람들이 연설하는 걸 들으러 가곤 했었지. 구세군, 로마가톨릭 교도들, 유대인들, 인도인들까지 모든 사람들이 다 모이곤 했다네. 그중 한 녀석이,

그러니까 이름은 모르네만, 아무튼 타고난 연설가였지. 그 녀석이 맹비난을 퍼부었었지! '종복들! 부르주아의 종복들! 지배 계급의 하수인들!' 기생충이라고도 했고, 하이에나라고도 했어. 물론 그는 노동당원을 두고 한 말이었지."

윈스턴은 그와 자신이 서로 동문서답을 하고 있다는 생각이 들었다.

"정말 알고 싶었던 것이 있습니다." 윈스턴이 말했다. "그때보다 지금이 더 자유롭다고 생각하시나요? 더 인간다운 대우를 받고 있다고 생각하시나요? 옛날에는 부자나 계층의 꼭대기에 있는 사람들이 ─ "

"상원의원들 말이지." 과거를 추억하듯 노인이 말했다.

"그렇죠, 상원의원도 포함해서요. 제가 여쭙고 싶은 건 그런 사람들이 단지 자기들은 부자고 여러분은 가난하다는 이유로 여러분을 열등한 존재로 대했냐는 겁니다. 예를 들면 그들과 마주쳤을 때 모자를 벗고 '선생님'이라 칭해야 했다는 게 사실입니까?"

노인은 깊이 생각에 잠긴 듯했다. 그는 답을 하기 전 잔에 있던 맥주 4분의 1을 마셨다.

"그랬지." 그가 말했다. "손으로 만지는 시늉이라도 해야 했지. 존중의 표시랄까. 나는 동의하지 않지만 자주 그렇게 했었다네. 그렇게 해야 했다고 해도 틀린 말은 아니지."

"역사책에서 읽은 내용을 그대로 이야기해 보자면, 그들과 그 종복들이 어르신 같은 사람들을 인도에서 도랑으로 밀쳐 내는 게 예사였다던데요?"

"나도 당한 적이 한 번 있었지." 노인이 말했다. "마치 어제 일처럼 기억하네. 그날 밤에는 보트 경주가 있을 예정이었지. 몹시 소란스러웠다네. 섀프트베리가에서 한 젊은 남자를 만났는데 꽤 신사 같아 보였다네. 드레스 셔츠 상의와 검은색 외투를 입고 탑햇을 썼더군. 놈이 보도를 갈지자로 걷다가 어쩌다 나와 부딪혔지. 다짜고짜 '눈을 어디다 달고 다니냐'고 하더군. 나는 '당신이 도로를 전세라도 냈소?'라고 대꾸했지. 놈은 '버릇없이 굴면 대갈통을 날려 주겠다'고 했고 나는 '취한 것 같은데 경찰을 부르겠다'고 했지. 그랬더니 이놈이 내 가슴팍을 손으로 밀어서 나를 넘어뜨리는 바람에 버스 바퀴에 깔릴 뻔했지 않나. 뭐, 당시에는 나도 어렸으니 쫓아가서 잡을 수도 있었네만, 그게…."

윈스턴은 무력감에 사로잡혔다. 노인의 기억은 쓸데없는 잡동사니가 모인 쓰레기 더미에 불과했다. 하루 종일 그에게 질문을 해 봐야 쓸 만한 정보를 얻을 수 없을 것 같았다. 당이 주장하는 역사는 어느 정도 사실일지도 모른다. 혹은 완전히 사실일 수도 있었다. 그는 마지막으로 한 번만 더 시도해 보기로 했다.

"제 질문이 명확하지 않았던 것 같네요." 윈스턴이 말했다. "제가 하려던 말은 이겁니다. 어르신은 아주 오랫동안 살아 계셨지요. 혁명 전에 인생의 반 이상을 보내셨고요. 그러니까, 1925년에 어르신은 이미 성인이셨다고요. 어르신이 기억하시기에 1925년의 삶이 지금보다 더 좋았나요, 아니면 더 나빴나요? 선택할 수 있다면 그때 삶과 현재의 삶 중에서 어떤 것을 선택하시겠습니까?"

노인은 명상하듯 다트 판을 바라보았다. 그는 좀 전보다 천천히 맥주를 들이켜 잔을 비웠다. 맥주를 마셔 느긋해진 덕분인지 다시 입을 열었을 때 그에게서는 관대하면서 달관한 듯한 분위기가 풍겼다.

"나에게서 어떤 답을 기대하는지 알고 있네." 노인이 말했다. "젊은 날로 돌아가고 싶다고 말하길 바라겠지. 대부분의 사람들에게 물어보면 젊어지고 싶다고 말할 거요. 젊을 때가 건강하고 힘도 있으니까. 내 나이쯤 되면 하루도 멀쩡한 날이 없지. 발에도 뭔가 이상이 생겼고, 오줌보도 구실을 못한다네. 하룻밤에도 예닐곱 번 잠에서 깨곤 하지. 하지만 노인으로 사는 큰 장점도 있다네. 예전만큼 걱정을 하지 않는다는 걸세. 여자랑 얽힐 일이 없고 그건 반길 일이 아닌가. 믿을지 모르지만 나는 30년 동안 여자 없이 살았다네. 원한 적도 없으니 더 바랄 게 있겠나."

윈스턴은 창틀에 몸을 기댔다. 질문을 더 해 봐야 소용이 없었다. 그는 맥주를 더 살 생각이었지만 노인이 갑자기 일어나더니 빠른 걸음으로 비틀거리며 냄새나는 화장실로 들어가 버렸다. 두 번째 잔이 벌써 효력을 발휘하는 모양이었다. 윈스턴은 빈 잔을 바라보며 1, 2분 동안 앉아 있다가 자신도 모르게 다시 거리로 나와 발걸음을 옮겼다. 길게 잡아 20년쯤 후면 '혁명 이전의 삶이 지금보다 더 나았는가?'라는 단순하지만 중대한 질문에 대한 답을 영원히 찾을 수 없게 되리라고 그는 생각했다. 하지만 사실상 지금도 그 질문에 답할 수 없기는 마찬가지였다. 옛 세대로부터 살아남은 몇 명 되지 않는 생존자들이 두 시대를 비교할 줄 모르기 때문이었다. 그들은 직장 동료와 말다툼했던 일, 잃어버린 자전거 바퀴 펌프를 찾으러 다닌 일이나 오래전에 세상을 떠난 자매의 얼굴 표정, 먼지가 소용돌이치도록 바람이 불던 70년 전 어느 날의 아침 등 오만가지 쓸데없는 일들을 기억하면서도 정작 유의미한 사실들은 그들의 관심 밖이었다. 그들은 작은 물체는 볼 수 있지만 큰 물체는 볼 수 없는 개미나 마찬가지였다. 기억은 흐려지고 기록이 위조되고 나면 과거보다 삶의 질을 개선했다는 당의 주장이 받아들여질 수밖에 없다. 비교할 수 있는 기준이 존재하지 않고, 다시는 존재할 수도 없기 때문이다.

꼬리를 물고 떠오르던 생각이 돌연 멈췄다. 그는 자리에 서서 위를 올려다보았다. 그는 어두침침한 작은 상점들이 드문드문 보이는 주택가의 좁은 거리에 있었다. 그의 머리 바로 위에는 한때 도금이 되었으나 이제는 칠이 다 벗겨진 금속 공 세 개가 매달려 있었다. 어쩐지 낯이 익은 장소였다. 그렇지! 그가 일기장을 샀던 고물상 앞이었다.

두려움이 찌릿찌릿하게 그의 몸속 깊이 퍼졌다. 처음에 공책을 산 것만 해도 충분히 경솔한 행동이었고, 그는 다시는 그 근처에 얼씬도 하지 않겠다고 맹세했었다. 하지만 그가 생각의 흐름을 자유롭게 두자마자 발걸음은 저절로 이곳으로 향했다. 그가 일기를 쓰기 시작한 것도 이런 위험한 충동에 맞서 자신을 지키고 싶었기 때문이었다. 21시가 지난 시간인데도 가게가 아직 열려 있다는 사실을 알아차렸다. 길 위에서 서성거리는 것보다는 실내가 눈에 덜 띌 것 같아 그는 문 안으로 들어섰다. 의심하는 사람이 있으면 면도날을 사려고 했다는 그럴듯한 변명을 하기로 했다.

가게 주인이 매달려 있는 등에 막 불을 밝혔는지 매캐하지만 익숙한 냄새가 풍겼다. 그는 예순 살 정도의 남자로, 마른 체형에 등이 굽었으며 인자해 보이는 긴 코와 두꺼운 안경 때문에 일그러져 보이는 순한 눈을 가지고 있었다. 그의 머리칼은 거의 백발이었지만 숱 많은 눈썹은 여전히 검었다. 그의 안경과 섬세하고 까다로운 움직임, 그리고 그가 입고 있는 낡은 검은 벨벳 재킷 때문에 그에게서는 마치 문학가나 음악가 같은 지적인 분위기가 희미하게 풍겼다. 들릴 듯 말 듯한 부드러운 목소리를 가진 그는 억양도 다른 프롤들보다 덜 거칠었다.

"밖에 서 계실 때부터 알아봤습니다." 그를 보자마자 주인이 말을 건넸다. "젊은 아가씨의 유품인 수첩을 사 가셨던 신사분이시지요. 정말 고급스러운 종이였죠 — 크림색 필기용지라고 불렸던 것이지 말입니다. 그런 종이 또 없습니다. 마지막으로 만들어진 게 그러니까… 한 50년 전이려나요." 그는 안경 너머로 윈스턴을 바라보았다. "뭐 필요하신 거라도? 아니면 그냥 둘러보시렵니까?"

"지나가던 길이었습니다." 윈스턴이 얼버무리며 말했다. "그냥 들러 본 거지요. 따로 뭘 살 건 아니고요."

"괜찮습니다." 주인이 말했다. "마땅히 만족하실 만한 물건도 없으니까요." 그는 사과하듯 부드러운 손바닥을 서로 맞댔다. "보이실 테지요. 가게가 텅 비었답니다. 신사분께만 말씀드리자면 골동품 업계는 이제 끝났답니다. 더 이상 수요가 없는 데다 이제 팔 물건도 없네요. 가구, 도자기, 유리잔 같이 부서지는 물건들은 서서히 자취를 감췄습니다. 금속으로 만든 물건은 당연히 거의 다 녹아 없어졌고요. 황동 촛대를 본 지가 벌써 몇 년은 됐어요.”

가게의 좁은 내부는 사실 불편할 정도로 꽉 차 있었지만 조금이라도 가치가 있는 물건은 거의 없었다. 벽을 따라서는 먼지 쌓인 액자들이 빼곡하게 쌓여 있어서 걸어 다닐 공간도 거의 없을 지경이었다. 창가에는 너트와 볼트, 끝이 닳은 끌, 칼날이 부러진 주머니칼, 작동할 생각조차 없어 보이는 빛바랜 시계와 각종 잡동사니들이 놓인 쟁반이 있었다. 그나마 괜찮아 보이는 물건은 한쪽 구석에 놓인 작은 테이블에 놓여 있었다. 옻칠한 담뱃갑, 마노 브로치 같은 것들이었다. 테이블을 향해 다가가는 윈스턴의 눈에 등불 아래 은은하게 빛나고 있는 둥글고 매끄러운 물체가 들어왔고, 그는 그 물건을 집어 들었다.

한쪽은 둥글고 다른 쪽은 편평한 반구형에 가까운 무거운 유리 덩어리였다. 물건의 색상과 질감은 마치 빗물 같은 독특한 부드러움을 자아냈다. 중심에 들어 있는 요상한 소용돌이 모양의 분홍색 물체가 볼록한 유리에 확대되어 보였는데, 장미나 말미잘을 떠올리게 했다.

“이건 뭐요?” 물건에 매혹된 윈스턴이 물었다.

“산호입니다.” 나이 든 주인이 말했다. “인도양에서 난 물건일 겁니다. 유리에 넣어 간직하곤 했지요. 만들어진 지 백 년이 좀

안 된 것 같긴 한데 모양으로 봐선 더 오래됐을 수도 있고요."

"아름다운 물건이군요." 윈스턴이 말했다.

"아름다운 물건이지요." 주인이 황송하다는 듯 말했다. "하지만 요즘에는 그렇게 말하는 사람이 많지 않습니다." 그는 기침을 했다. "원하신다면 4달러에 드리지요. 한때는 8파운드에 팔렸던 물건입니다. 8파운드는… 음, 계산할 수는 없지만 엄청난 돈이었어요. 하지만 요즘 누가 골동품에 관심을 가지겠습니까? 얼마 남지도 않은 물건에 관심이 있을 리가요."

윈스턴은 얼른 4달러를 내고 탐내던 물건을 주머니에 넣었다. 그가 그 물건에 매력을 느낀 이유는 아름다웠기 때문이라기보다 현재와는 전혀 다른 시간대에 속한 듯한 분위기 때문이었다. 빗방울같이 생긴 매끈한 유리는 그가 지금까지 본 어떤 유리와도 달랐다. 쓸모없어 보이는 점 때문에 매력이 배가 되었지만, 한때는 문진으로 쓰려고 만든 물건이 틀림없었다. 주머니가 아주 묵직해졌지만 다행히 눈에 띄게 불룩해지지는 않았다. 당원이 소유하기에 이상한, 보기에 따라 수상하기까지 한 물건이었다. 오래된 물건이나 아름다운 물건은 늘 막연한 의심을 샀다. 나이 든 주인은 4달러를 받고 눈에 띄게 환해졌다. 윈스턴은 자신이 물건 값으로 3달러를 불렀어도, 어쩌면 2달러만 불렀어도 그가 제안을 받아들였으리라는 것을 깨달았다.

"위층에 살펴보실 만한 물건들이 더 있습니다." 가게 주인이 말했다. "많지는 않아요. 그저 이것저것 조금 있습니다. 올라가신다면 등을 밝혀드리지요."

그는 등 하나를 더 밝히더니 굽은 등을 보이며 윈스턴을 안내했다. 낡고 가파른 계단을 천천히 올라가 좁은 복도를 지나면 길에서는 보이지 않는 방이 나왔다. 방에서는 자갈이 깔린 마당과 빽빽이 솟은 가정집 굴뚝들이 보였다. 윈스턴은 방 안의 가구들이 여전히 사람이 살고 있기라도 한 것처럼 배치되어 있다는 사실을 알아차렸다. 바닥에는 카펫 한 장이 깔려 있고 벽에는 그림 한두 점이 걸려 있었으며 벽난로 앞으로 깊고 지저분한 안락의자가 놓여 있었다. 옛날식으로 12시까지만 표시된 유리 시계가 벽난로 위에서 째깍거렸다. 창문 아래에는 거의 방의 4분의 1을 차지하는 큼직한 침대가 매트리스까지 깔린 채 놓여 있었다.

"아내가 세상을 떠날 때까지 여기서 살았지요." 나이 든 주인이 송구스럽다는 듯 말했다. "가구를 조금씩 팔고 있습니다. 이건 정말 멋진 마호가니 침대지요. 벌레만 좀 제거한다면 말입니다. 그건 아무래도 좀 번거로우시겠지요?"

그는 방 전체를 밝히기 위해 등불을 높이 들었고, 따뜻하고 희미한 빛이 비춰진 방 안은 묘한 매력을 풍겼다. 위험을 감수할 용기만 있다면 일주일에 몇 달러로 방을 빌릴 수도 있겠다는 생각이 윈스턴의 머리를 스쳤다. 물론 이런 건 떠오르는 동시에 떨쳐 버려야 할, 위험하고 불가능한 생각이었다. 하지만 그 방은 그에게 향수를 불러일으켜 옛 기억을 떠올리게 했다. 그는 이런 방에 앉아 있는 기분을 정확히 알 것 같았다. 따뜻한 벽난로 옆 선반에 주전자를 올려놓고 난로망에 발을 걸친 채 안락의자에 앉아 있는 기분, 지켜보는 이도 따라다니는 목소리도 없는, 주전

자의 쉭쉭거리는 소리와 시계가 째깍거리는 낯익은 소리 말고
는 아무 소리도 들리지 않는 완벽하게 안전한 곳에서 오롯이 혼
자인 기분이 어떤지 알 것 같았다.

"여기에는 텔레스크린이 없군요!" 그는 자신도 모르게 중얼거
렸다.

"아." 가게 주인이 말했다. "우리 집에 그런 물건이 있던 적은
한 번도 없었습니다. 너무 비싸서요. 그리고 필요하다고 생각한
적도 없는 것 같군요. 저 구석에 있는 근사한 접이식 테이블은
어떤가요. 물론 접었다 폈다 하려면 새 경첩을 달아야 하지만요."

반대편 구석에 작은 책장이 있었고, 윈스턴은 홀린 듯 그쪽으
로 걸어갔다. 책장 안에는 잡동사니뿐이었다. 서적을 수색해 파
기하는 작업은 다른 모든 곳과 마찬가지로 프롤 주거 구역에서
도 철저하게 이루어졌다. 오세아니아 어디에도 1960년 이전에
인쇄된 책이 존재할 가능성은 없었다. 주인은 여전히 등불을 든
채 침대 반대편이자 벽난로가 놓인 벽 저편에 걸린 자단나무 액
자 앞에 서 있었다.

"혹시 오래된 판화에 관심이 있으시다면…." 그는 조심스럽게
말을 꺼냈다.

윈스턴은 그림을 자세히 보기 위해 가까이 다가갔다. 직사각
형 창문이 달린 타원형 건물과 그 앞의 작은 탑이 그려진 금속
판화였다. 건물 주위에는 울타리가 둘러져 있었고, 뒤쪽 끝에 동
상 같은 물체가 보였다. 윈스턴은 잠시 판화를 바라보았다. 동상
을 알아볼 수는 없었지만 어쩐지 낯이 익은 풍경이었다.

"액자가 벽에 고정되어 있지만 손님이 원하신다면 나사를 풀어드리지요." 가게 주인이 말했다.

"아는 건물이네요." 윈스턴은 마침내 입을 열었다. "지금은 다 망가졌지만요. 정의 재판소 바깥 길 한복판에 있죠."

"맞습니다. 법원 바깥이죠. 예전에 폭격을 당했는데… 아주 오래전이네요. 한때는 교회였는데, 이름이 세인트 클레멘트 데인즈였지요." 그는 자신이 얼토당토않은 소리를 한다고 생각하는지 사과하는 듯한 미소를 지으며 덧붙였다. "오렌지야, 레몬아, 세인트 클레멘트의 종소리를 울려라!"

"그건 뭡니까?" 윈스턴이 말했다.

"아, '오렌지야, 레몬아, 세인트 클레멘트의 종소리를 울려라!'는 우리가 어릴 때 부르던 노래죠. 전부 기억나지는 않지만 마지막에는 '침대에 데려가 줄 촛불이 오네. 머리를 날려 버릴 도끼가 오네', 뭐 이렇게 끝났던 것 같아요. 율동도 같이 하는 거였죠. 아이들이 서로 팔을 뻗어서 그 밑으로 다른 아이들을 지나가게 하다가 '머리를 날려 버릴 도끼가 오네' 부분에서 팔을 내려 지나가던 아이를 붙잡는 거예요. 그냥 교회 이름들이 다 들어간 노래였지요. 런던에 있는 큰 교회 이름은 모두 들어가 있답니다."

윈스턴은 교회라는 것이 몇 세기에 존재했는지 막연하게 궁금해졌다. 런던의 건물이 얼마나 오래되었는지 가늠하기는 늘 어려웠다. 크고 인상적인 건물들의 경우, 그게 꽤 최신 건축물이라 하면 자동적으로 혁명 이후에 지어졌다고 하는 반면, 누가 봐도 오래된 건물들은 중세라는 모호한 시기의 건물들로 치부되었다. 수 세기에 걸쳐 이어진 자본주의 시대에는 가치 있는 게 아무것도 생산되지 않았다는 말이다. 책에서 역사를 배울 수 없듯 건축에서도 역사를 배울 수 없었다. 동상, 비문, 기념비, 거리 이름 등 과거를 떠올리게 하는 모든 것들을 체계적으로 바꾼 결과였다.

"그 건물이 교회였는 줄은 전혀 몰랐습니다." 윈스턴이 말했다.

"용도가 바뀌기는 했지만 아직 남아 있는 건물은 많지요. 그나저나 그 노래를 어떻게 불렀더라? 아, 생각났어요!

'오렌지야 레몬아, 세인트 클레멘트의 종소리를 울려라, 내게 3파딩을 빚졌으니 세인트 마틴의 종소리를 울려라…'

여기까지밖에 기억이 안 나네요. 파딩은 구리로 만든 작은 동전이에요. 1센트 동전처럼 생겼죠."

"세인트 마틴 교회는 어디에 있었습니까?" 윈스턴이 말했다.

"세인트 마틴 교회요? 아직 있습니다. 빅토리 광장에 있는 미술관과 나란히 있지요. 세모난 지붕에 기둥 여러 개와 높은 계단이 있는 건물이요." 윈스턴도 잘 아는 장소였다. 그 건물은 로켓 미사일과 해상 요새의 축소 모형, 극악무도한 적군을 묘사한 밀랍 세공품 등 선전용 작품들이 전시되는 박물관이었다.

"'들판의 세인트 마틴'이라고 불렀었죠." 나이 든 주인이 설명을 덧붙였다. "그 부근에 들판이 있었던 기억은 없지만 말이죠."

윈스턴은 그림을 사지 않았다. 그림은 유리 문진보다 훨씬 더 수상한 소유물인 데다가, 틀에서 꺼내지 않고는 집으로 가져갈 방법이 없었기 때문이었다. 하지만 그는 방에 몇 분 더 머물며 나이 든 가게 주인과 이야기를 나누었는데, 그 노인의 이름이 상점 앞의 간판을 보고 짐작했던 윅스가 아니라 채링턴이라는 사실을 알게 되었다. 아내를 잃고 홀아비가 된 채링턴 씨는 63세로, 이 가게에서 30년을 살았다고 했다. 그동안 내내 창문에 있는 가게 이름을 바꾸려고 했으나 결국 실행에 옮기지 못했다고 했다. 그와 대화하는 동안, 그가 알려 준 동요가 머릿속에 반쯤 각인된 채 계속 맴돌았다. 오렌지야 레몬아 세인트 클레멘트의 종소리를 울려라. 내게 3파딩을 빚졌으니 세인트 마틴의 종소리를 울려라! 이상한 가사였지만 속으로 따라 부르고 있으면 실제로 종소리가 들려오는 듯했다. 감춰지고 잊힌 채 어딘가에 아직 존재하는, 사라진 런던의 종소리였다. 유령 같은 교회의 첨탑 하나하나에서 우렁차게 울려 퍼지는 종소리가 그의 귓가에 맴돌고 있었다. 하지만 그가 기억하는 한 그는 진짜 교회 종소리를 들어 본 적이 없었다.

그는 가게를 나오기 전 창밖으로 몰래 길거리를 내다보는 모습을 들키지 않으려고 혼자 채링턴 씨의 방에서 나와 계단을 내려갔다. 그는 시간이 적당히 흐른 후, 이를테면 한 달쯤 있다가 다시 가게를 방문하기로 마음 먹었다. 어차피 시민 회관 저녁 행사를 빠지는 것보다 더 위험할 것도 없으니. 애초에 가게 주인이 믿을 수 있는 사람인지도 모르면서 일기장을 산 이후 이 장소를 다시 찾은 것은 미친 짓이라 할 만했다. 하지만…!

그랬다. 그는 다시 돌아올 생각이었다. 아름다운 잡동사니들을 더 사고 싶었다. 세인트 클레멘트 데인즈 교회가 담긴 판화를 사서 액자에서 꺼낸 다음 작업복 윗도리 안에 숨겨 집으로 가져 갈 것이다. 그리고 동요의 나머지 부분도 채링턴 씨의 기억 속에서 다시 불러낼 것이다. 위층 방을 빌리겠다는 미친 아이디어도 잠깐 동안 다시 머릿속을 스쳐 지나갔다. 잠시나마 뭐든 할 수 있을 것 같은 생각이 들자 대담해진 그는 창문 밖을 내다보지도 않고 도로로 나섰다. 그는 심지어 즉흥적으로 떠오른 곡조에 맞춰 흥얼거리기까지 했다.

오렌지야 레몬아 세인트 클레멘트의 종소리를 울려라. 내게 3파딩을 빚졌으니 세인트 마틴의…

갑자기 그의 심장이 얼어붙고 내장이 녹아내리는 듯한 느낌이 들었다. 파란색 작업복을 입은 형체가 이쪽으로 걸어오고 있었고 두 사람의 거리는 10미터가 채 안 됐다. 창작부 소속 갈색 머리 여자였다. 빛은 거의 없었지만 그녀를 어렵지 않게 알아볼 수 있었다. 그녀는 윈스턴의 얼굴을 똑똑히 보고서도 마치 그를 보지 못한 것처럼 빠른 속도로 걸음을 옮겼다.

윈스턴은 몇 초 동안 몸이 완전히 얼어붙어 움직일 수 없었다. 잠시 후 그는 오른쪽으로 방향을 틀었고, 자신이 잘못된 방향으로 가고 있다는 사실도 잊은 채 무거운 발걸음을 옮겼다. 어쨌든 한 가지 의문은 해결된 셈이었다. 그 여자가 자신을 염탐하고 있다는 사실은 더 이상 의심할 여지가 없었다. 그녀는 틀림없이 여기까지 그를 따라왔을 것이다. 같은 날 저녁에 두 사람이 당원들이 사는 구역에서 수 킬로미터 떨어진 곳에 있는 어두침침한 골목길을 걷게 된 것이 순전한 우연일 리는 없기 때문이다. 만약 아니라면 정말 대단한 우연이었다. 그녀가 진짜 사상경찰 요원인지, 아니면 비공식 아마추어 스파이인지는 별로 중요하지 않았다. 그녀가 그를 지켜본다는 사실만으로도 충분했다. 아마 그녀는 그가 술집에 들어가는 모습도 봤을 터였다.

걷기가 힘들었다. 발걸음을 옮길 때마다 주머니 안에 있는 유리 덩어리가 허벅지를 세차게 때렸고, 그 물건을 주머니에서 꺼내 던져 버리고 싶은 생각이 들기도 했다. 더 심각한 문제는 배가 아프다는 것이었다. 당장 변기에 앉지 못하면 죽을 것 같은 느낌이 몇 분 동안 계속되었다. 하지만 이런 동네에 공중화장실이 있을 리 만무했다. 발작적인 경련은 곧 잦아들었지만 무딘 통증은 남았다.

윈스턴은 막다른 골목에 다다랐다. 그는 멈춰 서서 몇 초 동안 어떻게 해야 할지 멍하니 생각하다가 뒤로 돌아서서 왔던 길을 되돌아갔다. 그는 뒤로 돌면서 그녀와 마주친 지 불과 3분밖에 되지 않았으니 뛰어간다면 그녀를 따라잡을 수 있을 것 같다는 생각을 했다. 조용한 장소에 다다를 때까지 뒤를 쫓다가 돌멩이로 그녀의 머리를 박살내면 어떨까. 주머니 안에 있는 유리 문진도 충분히 무거워서 돌멩이 대신 쓸 수 있을 것 같았다. 하지만 육체적인 에너지를 소비해야 한다는 생각만으로도 진절머리가 난 그는 곧 그 생각을 떨쳐 버렸다. 그는 달릴 수도, 돌멩이로 머리를 찍을 수도 없었다. 게다가 젊고 튼튼한 그녀는 자신을 지키려고 온 힘을 다해 그를 막을 것이었다. 오늘 저녁에 무엇을 했는지 둘러댈 때 쓸 수 있는 반쪽짜리 알리바이라도 만들 수 있도록 서둘러 시민 회관으로 가서 폐관 시간까지 머물까도 생각해보았다. 하지만 역시 불가능했다. 참을 수 없는 나른함이 몰려오고 있었다. 그의 머릿속에는 그저 빨리 집에 가서 조용히 앉아 쉬고 싶은 생각뿐이었다.

그는 22시가 넘어 집에 돌아왔다. 23시 30분이면 중앙의 통제에 따라 전등이 꺼진다. 그는 부엌으로 가서 빅토리 진을 찻잔 한가득 따라 입에 털어 넣었다. 그러고는 벽장 자리에 놓인 테이블에 앉은 다음 서랍에서 일기장을 꺼냈다. 하지만 곧바로 일기장을 펼치지는 않았다. 텔레스크린에서 거슬리는 여자 목소리가 애국적인 노래를 부르고 있었다. 그는 자리에 앉은 채 일기장의 대리석 무늬 표지를 바라보며 의식 속에서 목소리를 몰아내려고 노력했지만 뜻대로 되지 않았다.

그들은 늘 밤에 찾아온다. 언제나 밤이었다. 할 수 있는 일이 있다면 그들이 잡으러 오기 전에 자살하는 것이었다. 그렇게 하는 사람들도 물론 있었다. 실종자 중 상당수는 자살로 생을 마감한 사람들이었다. 하지만 효과가 빠르고 확실한 독약이나 총기를 구할 수 없는 세상에서 자살하려면 처절한 용기가 필요했다. 그는 고통과 두려움이라는 생물학적 특성이 쓸모가 없다는 사실에 새삼 놀랐다. 우리 몸은 특별한 노력이 필요한 순간에 항상 무기력하게 얼어붙어 우리를 배신하곤 했다. 그가 빨리 대처했더라면 갈색 머리 여자가 입을 열지 않도록 할 수도 있었겠지만 그에 따르는 위험이 너무 컸던 탓에 차마 행동으로 옮길 수 없었다. 그는 위기의 순간에 맞서야 할 상대가 외부의 적이 아니라 언제나 자기 자신이라는 사실을 깨달았다. 지금 이 순간에도 진을 마셨는데도 불구하고 배에 둔한 통증이 계속되는 바람에 생각을 지속할 수가 없었다. 그리고 그는 영웅적인 상황이나 비극적인 상황에서도 마찬가지로 자신과 싸워야 한다고 생각했다. 전쟁터나 고문실, 침몰하는 배 위에서는 그런 상황에 처하게 만든 문제들을 잊게 되는데, 자신의 몸뚱이가 온 우주에서 가장 중요해지기 때문이다. 공포에 사로잡혀 몸이 얼어붙거나 고통으로 비명을 지르는 순간이 아니더라도 삶은 배고픔, 추위, 불면증, 배앓이, 시린 치아와 맞서는 순간순간의 투쟁으로 채워져 있었다.

그는 일기장을 펼쳤다. 뭐라도 적어야 했다. 텔레스크린 속 여자는 새로운 노래를 시작했다. 그녀의 목소리가 뾰족뾰족한 유리 파편처럼 그의 뇌에 박히는 기분이었다. 그는 일기를 쓰는 대상이자 목적인 오브라이언을 생각하려고 노력했지만, 대신 사상경찰에게 끌려간 후 그에게 어떤 일들이 일어날지만 떠올랐다. 그들이 체포하자마자 그를 죽인다면 문제될 게 없었다. 죽음은 예상했던 일이었다. 하지만 죽기 전에는 (이런 이야기를 하는 사람은 없지만 모두가 알다시피) 반드시 자백의 시간을 거쳐야 했다. 바닥에 엎드려 비명을 지르며 자비를 구하고, 뼈가 부러지고, 이빨이 깨지고, 피 묻은 머리카락 뭉치가 나뒹구는 자백의 시간.

끝이 어차피 같다면 그런 고통을 겪어야 할 이유가 있을까? 인생을 며칠 또는 몇 주 일찍 끝낼 수 없는 이유는 무엇일까? 누구도 그들의 감시를 벗어나지 못했고 자백하지 않은 사람도 없었다. 일단 사상범죄를 저질렀다면, 때가 되면 죽게 되어 있었다. 그렇다면 아무것도 바꾸지 못하는 공포는 왜 미래의 시간에 묻혀 있어야만 하는 것일까?

오브라이언의 모습이 조금 더 선명히 떠올랐다. 오브라이언은 그에게 '어둠이 없는 곳에서 만나세'라고 했었다. 그는 그 말이 무엇을 의미하는지 알았거나 알고 있다고 생각했었다. 어둠이 없는 곳은 상상 속 미래였고, 결코 눈에 보이지는 않지만 예지를 통해 정신적으로 공감할 수 있는 곳이었다. 하지만 텔레스크린의 목소리가 그의 귓가를 계속 때리는 통에 생각의 흐름을 쫓아갈 수가 없었다. 그는 담배를 입에 물었다. 담뱃잎 절반이 그의 혀에 떨어졌고, 쓴 가루는 도통 다시 뱉어내기가 힘들었다. 오브라이언의 얼굴 대신 빅브라더의 얼굴이 그의 머릿속을 비집고 들어왔다. 그는 며칠 전처럼 주머니에서 동전을 꺼내 바라보았다. 그를 올려다보는 빅브라더의 표정은 무겁고 차분하며 방어적이었다. 검은 콧수염 아래에 어떤 미소가 숨겨져 있을까? 육중한 종소리처럼 그의 머릿속을 울리는 말들이 있었다.

전쟁은 평화
자유는 속박
무지는 힘

2부

1장

오전 근무가 절반쯤 끝났을 무렵 윈스턴은 화장실에 가려고 자리에서 일어났다.

밝게 불이 켜진 긴 복도 반대편에서 그를 향해 다가오는 형체가 보였다. 갈색 머리 여자였다. 고물상 밖에서 그녀를 만난 저녁 이후 나흘이 지났다. 그녀와의 거리가 좁혀지자 그녀가 오른팔에 팔걸이를 하고 있는 게 눈에 들어왔다. 삼각건이 작업복과 같은 색이어서 멀리서는 눈에 띄지 않았던 것이다. 아마 소설의 줄거리가 '대략적으로 구성된' 커다란 만화경을 돌리다가 손이 끼인 듯했다. 창작부에서는 흔히 있는 사고였다.

그녀가 비틀거리다 바닥에 얼굴을 박고 철퍼덕 쓰러졌을 때 그들은 4미터쯤 떨어져 있었다. 그녀는 고통스러워하며 날카로운 비명을 내질렀다. 다친 팔 위로 쓰러진 듯했다. 윈스턴은 잠시 걸음을 멈췄다. 그녀가 무릎을 꿇으며 일어섰다. 창백하고 누렇게 뜬 안색 때문에 그 어느 때보다 붉은 입술이 돋보였다. 그녀는 고통보다는 두려움이 섞인 동정심을 불러일으키는 표정으로 그에게 시선을 고정했다.

윈스턴의 마음속에 묘한 감정이 휘몰아쳤다. 그의 앞에 서 있는 사람은 그를 죽이려고 하는 원수였다. 하지만 뼈가 부러진 듯 고통스러워하는 인간 피조물이기도 했다. 그는 자기도 모르게 본능적으로 그녀를 돕기 위해 다가가고 있었다. 그녀가 붕대를 감은 팔 위로 쓰러지는 모습을 본 순간, 그는 마치 자신이 넘어진 것 같은 통증을 느꼈다.

"다쳤습니까?" 그가 말했다.

"아무것도 아니에요. 팔을 다쳐서요. 좀만 있으면 괜찮아질 거예요."

그녀는 떨리는 듯 말을 이었다. 그녀의 안색은 눈에 띄게 창백해져 있었다.

"부러지진 않았나요?"

"아니에요. 괜찮아요. 잠시 아팠을 뿐입니다."

그녀는 그에게 다치지 않은 쪽 손을 내밀었고 그는 그녀를 일으켜 세웠다. 평소 안색을 되찾은 그녀의 얼굴은 훨씬 편안해 보였다.

"아무것도 아닙니다." 그녀는 다시 한번 짤막하게 말했다. "손목에 약간 힘이 들어갔을 뿐이에요. 고맙습니다. 동지!"

그리고 그녀는 마치 아무 일도 없었다는 듯 원래 가던 방향으로 빠르게 걸어갔다. 모든 일은 30초도 채 안 되는 시간 동안 일어났다. 자신의 감정을 얼굴에 드러내지 않는 것은 본능적으로 몸에 밴 습관이었고, 그들은 내내 텔레스크린 바로 앞에 서 있었다. 그럼에도 불구하고 놀라움을 완벽하게 감추기 어려운 순간이 있었다. 그가 그녀를 일으켜 세웠던 2, 3초 사이에 그녀가 그의 손에 무언가를 밀어 넣은 것이었다. 그녀가 일부러 넘어졌다는 건 분명했다. 그의 손에 쥐여 준 건 작고 납작한 무언가였다. 그는 화장실 문을 지나면서 그 물건을 주머니에 넣고 손가락 끝으로 만지작거렸다. 정사각형으로 접힌 종잇조각이었다.

그는 소변기 앞에 서 있는 동안 손가락을 조금 더 움직여 쪽지를 펼쳤다. 틀림없이 어떤 메시지가 적혀 있을 것 같았다. 잠깐 동안 그는 당장 변기 칸으로 들어가서 쪽지를 읽을까 생각했다. 하지만 그런 행동이 매우 어리석은 짓이라는 사실을 그는 잘 알았다. 화장실만큼 지속적으로 텔레스크린에 감시당하는 장소는 없었다.

그는 자리로 돌아가 책상에 앉아서 다른 서류들 사이에 종잇조각을 무심하게 던진 다음, 안경을 쓰고 스피크라이트를 끌어당겼다. 그는 속으로 '5분, 5분만'이라고 중얼거렸다. 그의 심장은 고막이 터질 듯한 소리를 내며 갈비뼈를 뚫고 나올 것처럼 뛰고 있었다. 다행히 그는 긴 숫자 목록을 고치는 단순하고 일상적인 작업을 하는 중이어서 세심하게 주의를 기울일 필요는 없었다.

종이에 쓰인 내용에는 분명 정치적인 내용이 담겨 있을 터였다. 그가 생각할 수 있는 가능성은 두 가지였다. 좀 더 가능성이 높은 쪽은 그가 두려워했던 대로 그 여자가 사상경찰 요원일 가능성이었다. 사상경찰이 왜 그런 방식으로 메시지를 전달했는지는 몰라도 그럴 만한 이유가 있으리라 생각했다. 종이에 위협적인 내용이 적혀 있을 수도 있고, 소환 명령이거나 자살 명령, 어떤 함정일 수도 있었다. 한편 아무리 억누르려 해도 다시 고개를 드는 말도 안 되는 가능성도 있었다. 그가 받은 메시지가 사상경찰이 아니라 지하 조직으로부터 왔을 가능성이었다. 어쩌면 형제단이 실제로 존재하는지도 모른다! 그녀가 형제단의 단원인 것이다! 코웃음이 날 정도로 말이 안 되기는 했지만 손끝에서 종이쪽지의 감촉이 느껴진 순간 그의 머릿속을 스친 생각이었다. 더 가능성이 높은 설명이 떠오른 것은 그로부터 몇 분 후였다. 지금도 그의 이성은 그 메시지가 죽음을 의미한다고 이야기하고 있었지만, 그는 그렇게 믿기보다 비이성적인 희망을 간직하는 쪽을 택했다. 그의 가슴이 쿵쾅거렸고, 스피크라이트에 대고 연설문에서 고친 숫자를 읊는 동안 떨리는 목소리를 감추기가 몹시 힘들었다.

그는 작업을 마친 문서를 묶음으로 만들어서 기송관 튜브에 밀어 넣었다. 8분이 지나 있었다. 그는 코 위에서 안경을 고쳐 쓰고는 숨을 한 번 내쉰 뒤 그녀가 건넨 종이쪽지가 맨 위에 올려져 있는 다음 일거리를 가까이 끌어당겼다. 그는 쪽지를 펼쳤다. 그 위에는 큼직하고 삐뚤빼뚤한 글씨체로 이렇게 적혀 있었다.

사랑해요.

　몇 초 동안 그는 범죄 증거인 쪽지를 기억 구멍에 던지지도 못할 만큼 놀랐다. 흥미로워 하는 표정을 보였다간 위험에 처할 수도 있다는 사실을 잘 알면서도 그는 자신이 읽은 문구가 환영이 아니라는 것을 확인하기 위해 기억 구멍에 넣기 전에 쪽지를 다시 한번 읽을 수밖에 없었다.

　오전 내내 그는 일에 집중할 수 없었다. 하찮은 잡무에 집중하는 것보다 더 힘든 일은 휘몰아치는 감정을 텔레스크린이 알아채지 못하도록 숨기는 것이었다. 마치 배 속이 타들어 가는 듯한 느낌이었다. 덥고, 붐비고, 시끄러운 구내식당에서의 점심시간은 고문이었다. 그는 점심시간 동안이라도 잠시 혼자 있길 바랐지만, 안타깝게도 눈치 없는 파슨스가 그의 옆에 앉아 스튜 냄새가 가려질 정도로 톡 쏘는 땀 냄새를 풍기며 증오 주간을 준비하는 과정에 관해 계속 떠들어 댔다. 특히 자기 딸의 스파이단 부대가 행사를 위해 종이 반죽으로 폭 2미터짜리 빅브라더 두상을 만들었다며 열변을 토했다. 시끌벅적한 목소리들 가운데 파슨스의 목소리가 잘 들리지 않아서 말 같지도 않은 소리를 다시해 달라고 부탁하느라 윈스턴은 짜증이 치밀었다. 그는 아주 잠깐 갈색 머리 여자가 식당 저편 끝에 있는 테이블에 다른 두 여자와 함께 앉아 있는 모습을 보았다. 그녀는 그를 보지 못한 것같았고, 그는 다시는 그쪽으로 눈길을 주지 않았다.

　오후 시간은 한결 견딜 만했다. 점심시간이 끝나고 난 직후 다른 모든 작업을 제쳐 두고 몇 시간은 집중해야 하는 까다롭고 힘든 작업이 그에게 할당되었다. 지금은 눈 밖에 난 저명한 내부 당원이 신망을 잃도록 2년 전의 생산 보고서를 고치는 일이었다. 잘하는 일을 맡은 윈스턴은 두 시간 이상 그녀를 마음에서 지울 수 있었다. 그러다 그녀의 얼굴이 다시 머릿속에 떠오르자 혼자 있고 싶은 참을 수 없는 욕망이 치밀었다. 혼자 시간을 보내기 전까지는 사건의 새로운 국면을 깊게 생각할 수가 없었다. 하필 오늘은 저녁 시간도 시민 회관에서 보내야 했다. 그는 구내 식당에서 맛없는 식사를 다시 한번 마친 뒤 서둘러 회관으로 가서 '토론 그룹'의 바보짓에 진지하게 참여했고, 탁구 두 게임을 치고, 진 몇 잔을 마시고, 30분 동안 앉아 '체스와 영사의 관련성'이라는 제목의 강의를 들었다. 그의 영혼은 지루함에 몸부림치고 있었지만 오늘만큼은 회관에서 보내는 저녁 시간을 피하고 싶은 마음이 전혀 생기지 않았다. 사랑해요라는 글귀를 보자마자 그의 마음속에 살아 있고 싶다는 열망이 솟구쳤고, 갑자기 사소한 위험을 감수하는 것조차 어리석게 느껴졌다. 그는 23시가 되어 집으로 돌아가 침대에 눕고 나서야 아무런 방해를 받지 않고 생각할 수 있었다. 어둠 속에 있으면 소리를 내지 않는 한 텔레스크린의 감시에서 벗어날 수 있기 때문이었다.

물리적인 문제를 해결해야 했다. 어떻게 하면 그녀에게 연락해서 만날 약속을 잡을 수 있을까? 그는 더 이상 그녀가 함정을 파 놓았을 가능성을 생각하지 않았다. 그렇지 않다고 판단한 이유는 그에게 쪽지를 건네던 그녀가 분명 동요하고 있었기 때문이었다. 확실히 그녀는 자신의 결정에 겁을 먹고 있었고, 그럴 만했다. 다가오는 그녀를 막아설 생각은 아예 없었다. 불과 닷새 전만 해도 돌로 그녀의 두개골을 박살내는 상상을 했던 그였지만, 상관없었다. 그는 꿈에서 본 그녀의 벌거벗은 젊은 육체를 생각했다. 그는 그녀가 다른 사람들처럼 머릿속은 거짓말과 증오로 가득 차 있는 바보이고, 뱃속에는 얼음이 가득하리라고 상상했었다. 그녀를 잃을 수도 있다는, 하얗고 젊은 몸이 그에게서 멀어질지도 모른다는 생각이 들자 그는 일종의 열병에 사로잡혔다. 무엇보다도 빨리 연락하지 않으면 그녀의 마음이 바뀔까 두려웠다. 하지만 만나기 위해 극복해야 하는 물리적인 어려움이 너무 컸다. 체크메이트 상태에서 말을 옮기는 거나 마찬가지였다. 어디를 가든 텔레스크린에 쫓길 것이기 때문이었다. 사실 그녀와 의사소통할 수 있는 방법들은 쪽지를 읽은 지 5분도 안 돼서 머릿속에 떠올랐었다. 하지만 생각할 시간이 생긴 지금, 그는 탁자 위에 공구들을 한 줄로 늘어놓듯 생각했던 방법들을 하나씩 곱씹어 보았다.

확실히 오늘 아침처럼 다시 만날 가능성은 없었다. 그녀가 기록부에서 일했다면 좀 더 수월했을지 모르지만, 그는 창작부 건물이 어디에 있는지도 어렴풋하게만 알고 있는 데다 방문할 구실도 없었다. 그녀가 어디에 사는지, 언제 퇴근하는지라도 알았다면 집으로 가는 길에 만나려고 해봤을 것이다. 하지만 그녀의 집까지 따라가는 것은 안전하지 않았다. 그러려면 진리부 밖을 돌아다녀야 했고, 결국 눈에 띌 수밖에 없기 때문이다. 우편으로 편지를 보낼 수는 없었다. 비밀이랄 것도 없는 일상적인 절차에 따라 모든 편지는 배송 중 검열되었다. 사실 편지를 쓰는 사람도 거의 없었다. 반드시 보내야 할 메시지가 생기면 여러 가지 문구가 인쇄된 엽서에서 해당되지 않는 문구를 삭제한 뒤 보냈다. 어차피 그는 그녀의 주소는커녕 이름도 몰랐다. 마침내 그는 가장 안전한 장소가 구내식당이라는 결정을 내렸다. 만약 텔레스크린과 너무 가깝지 않은 식당 중앙 어딘가, 충분히 떠들썩한 대화에 둘러싸인 테이블에 그녀가 혼자 앉아 있다면, 그 상태로 30초만 견딜 수 있다면 몇 마디를 나눌 수도 있었다.

그 후 일주일 동안 삶은 마치 불안한 꿈 같았다. 다음 날 그녀는 그가 식당을 떠날 때가 돼서야 나타났는데, 이미 점심시간이 끝나는 것을 알리는 호각이 울린 뒤였다. 아마도 그녀는 오후에 작업을 하게 된 듯했다. 두 사람은 서로 눈길도 주지 않은 채 지나쳤다. 다음날 그녀는 평소와 같은 시간에 나타났지만 여자들 세 명과 함께 텔레스크린 바로 아래에 앉아 있었다. 그 후로 끔찍하게 느껴진 사흘 동안 그녀는 코빼기도 보이지 않았다. 그는 몸과 마음이 속이 빤히 보일 정도로, 견딜 수 없이 민감하게 반응하는 통에 모든 움직임과 모든 소리, 마주치는 모든 사람들, 말하거나 듣는 모든 이야기가 고통스럽게 느껴졌다. 그는 잠을 자는 순간에도 그녀의 얼굴을 완전히 떨쳐낼 수 없었다. 그동안 그는 일기장에 손도 대지 않았다. 조금이라도 마음이 안정되는 순간은 일터에서였는데, 일을 하는 동안에는 10분 정도 완전히 몰두할 수 있었다. 그는 그녀에게 무슨 일이 일어났는지 전혀 알 수 없었다. 어디다 물어볼 수도 없었다. 그녀는 증발되었을 수도, 자살을 했을 수도 있고, 오세아니아 반대편으로 보내졌을 수도 있다. 최악이지만 가장 가능성이 높은 경우의 수는 그녀가 단순히 마음을 바꿔 그를 피하기로 결심한 것이었다.

다음날 그녀가 다시 나타났다. 그녀의 팔에 감겨 있던 붕대가 사라지고 손목에 반창고만 붙어 있었다. 그녀를 보자 마음이 푹 놓인 그는 몇 초 동안 그녀를 뚫어지게 쳐다볼 수밖에 없었다. 다음 날에는 그녀와 거의 대화에 성공할 뻔했다. 그가 구내식당에 들어갔을 때 그녀는 벽에서 멀리 떨어진 테이블에 앉아 있었고, 오롯이 혼자였다. 이른 시간이라 식당이 꽉 차 있지는 않았다. 윈스턴이 급식대에 거의 다다를 때까지 줄이 점점 짧아지다가 앞에 있던 누군가가 사카린 정제를 못 받았다고 불평하는 바람에 2분 정도 정체되고 말았다. 다행히 윈스턴이 급식판을 들고 그녀의 테이블로 향할 때까지 그녀는 여전히 혼자였다. 그는 아무렇지도 않게 그녀를 향해 걸어가면서 눈으로는 그녀 뒤에 있는 테이블에 빈자리가 있는지 살폈다. 두 사람 사이의 거리는 3미터 정도였다. 2초만 더 있으면 된다. 그때 뒤에서 "스미스!"라고 부르는 목소리가 들렸다. 그는 못 들은 척했다. "스미스!" 이번에는 목소리가 더 커졌다. 무시해 봐야 소용이 없을 것 같았다. 그는 돌아섰다. 평소 잘 알지도 못했던, 금발에 약간 모자라게 생긴 윌셔라는 남자가 그에게 미소를 지으며 자기 테이블의 빈자리를 권하고 있었다. 거절한다면 수상해 보일 터였다. 사람들의 눈에 띈 마당에 굳이 혼자 있는 여자의 테이블에 가서 같이 앉을 수는 없었다. 너무 눈에 띄는 행동이었다. 그는 얼굴에 친절한 미소를 지어 보이며 자리에 앉았다. 멍청한 얼굴의 금발 남자도 환히 웃었다. 윈스턴은 곡괭이로 그의 얼굴 한가운데를 내리찍는 상상을 했다. 얼마 지나지 않아 여자가 앉은 테이블은 사람들로 가득 채워졌다.

하지만 그녀는 그가 자신에게 다가오는 것을 분명 보았을 것이고 힌트도 알아챘을 터였다. 다음 날 그는 신경을 써서 일찍 구내식당에 도착했다. 그녀 역시 전날과 비슷한 위치에 있는 테이블에 또 혼자 앉아 있었다. 그의 바로 앞에 줄을 서 있던 사람은 체구가 작고 움직임이 민첩한 딱정벌레 같은 남자였는데, 납작한 얼굴에 작고 의심이 가득 담긴 눈을 하고 있었다. 윈스턴이 급식판을 들고 급식대에서 몸을 돌렸을 때 그 작은 남자가 여자의 테이블을 향해 곧장 걸어가는 모습이 보였다. 그의 마음속에서 또 한 번 희망의 불씨가 사그라들었다. 더 멀리 있는 테이블에 빈자리가 있었지만, 그 작은 남자의 생김새로 보아 그는 조금이라도 더 편하게 앉기 위해 세심한 주의를 기울여 제일 덜 붐비는 테이블을 찾을 인물처럼 보였다. 윈스턴은 냉정을 찾고 남자의 뒤를 따라갔다. 여자가 테이블에 혼자 앉아 있지 않으면 아무 소용이 없었다. 그 순간 큰 충돌이 일어났다. 앞서 가던 작은 남자가 바닥에 대자로 엎어졌고, 급식판이 날아가는 바람에 수프와 커피가 바닥을 가로질러 두 줄로 흐르고 있었다. 그는 윈스턴이 자신을 넘어뜨렸다고 생각했는지 그를 노려보며 바닥에서 일어섰다. 하지만 상관없었다. 5초 후, 윈스턴은 벅찬 가슴을 안고 그녀와 같은 테이블에 마주 앉아 있었다.

그는 그녀에게 눈길 한 번 주지 않고 급식판을 테이블 위에 놓자마자 식사를 시작했다. 다른 사람이 오기 전에 말을 꺼내야 했지만 그는 끔찍한 두려움에 휩싸이고 말았다. 그녀가 처음 그에게 손을 내민 지 일주일이 지나 있었다. 그동안 그녀가 마음을 바꿨을 수도 있었다. 분명 마음을 바꿨을 것이다! 두 사람의 만남이 성공적으로 끝날 수는 없었다. 현실에서 일어날 수 없는 일이었다. 만약 귀에 털이 자란 시인 앰플포스가 급식판을 들고 앉을 자리를 찾아 식당 안을 절뚝거리며 돌아다니는 모습을 발견하지 못했다면 그는 아예 입을 떼지 않았을 수도 있었다. 앰플포스는 그만의 모호한 방식으로 윈스턴에게 애착을 보이곤 했고 그를 발견한다면 틀림없이 윈스턴의 테이블에 앉을 터였다. 행동할 수 있는 시간이 그리 길지 않았다. 윈스턴과 그녀는 둘 다 말없이 식사만 하고 있었다. 그들은 강낭콩으로 만든 수프나 다름없는 묽은 스튜를 먹고 있었다. 윈스턴이 낮은 목소리로 중얼거리듯 입을 열었다. 두 사람 모두 고개는 들지 않았다. 그들은 계속 국물을 떠서 입에 넣었고, 숟가락질 사이에 낮고 감정 없는 목소리로 필요한 단어 몇 마디를 나눴다.

"일은 몇 시에 마칩니까?"

"18시 30분."

"어디서 만날까요?"

"빅토리 광장, 기념비 근처."

"텔레스크린이 너무 많은데요."

"사람들이 많으면 괜찮아요."

"신호는?"

"아니요. 사람들이 많이 몰리기 전엔 가까이 오지 마세요. 쳐다보지도 말고. 근처에만 계세요."

"몇 시에?"

"19시."

"좋아요."

앰플포스는 윈스턴을 발견하지 못한 채 다른 테이블에 앉았다. 두 사람은 다시 입을 닫았고, 같은 테이블에 마주 앉게 된 두 사람이 으레 그렇게 하듯, 서로에게 눈길도 주지 않았다. 여자는 빠르게 점심 식사를 끝낸 뒤 자리를 떴고, 윈스턴은 담배를 피우기 위해 좀 더 머물렀다.

윈스턴은 약속 시간 전에 빅토리 광장에 도착해 있었다. 그는 세로로 홈이 팬 거대한 기둥이 올려진 단상 주변을 배회하고 있었다. 기둥 꼭대기에는 빅브라더 동상이 에어스트립 원 전투에서 유라시아 항공부대(몇 년 전에는 동아시아 항공부대라고들 알고 있었지만)를 물리친 남쪽 하늘을 바라보고 있었다. 그 앞으로 난 거리에는 말을 탄 남자의 동상이 있었는데, 아마 올리버 크롬웰일 것이다. 약속 시간 5분이 지나도록 그녀는 나타나지 않았다. 다시 한번 끔찍한 두려움이 윈스턴을 덮쳤다. 그녀는 오지 않을 거야, 마음을 바꾼 것이 틀림없어! 그는 천천히 광장 북쪽으로 걸어가다가 아직 종이 있던 시절 '내게 3파딩을 빚졌다'는 종소리가 울렸다는 세인트 마틴 교회를 알아보고 옅은 기쁨을 느꼈다. 그리고 기념비 밑단에 서 있는 여자를 발견했다. 그녀는 기념비 바닥에서 기둥을 타고 나선형으로 이어지는 벽보를 읽고 있거나 읽는 척하고 있었다. 사람들이 더 많이 모이기 전에 그녀에게 다가가는 것은 안전하지 않았다. 삼각형 지붕 아래쪽 벽 전체에 텔레스크린이 설치되어 있었다. 그러나 그 순간, 함성 소리가 들리더니 왼쪽 어딘가에서 커다란 차량들이 붕붕 소리를 내며 달려오는 소리가 들렸다. 갑자기 광장에 있던 사람들 모두 광장을 가로질러 달리기 시작했다. 여자는 민첩하게 기념비 단상에 있는 사자상으로 빠르게 다가가 사람들 무리에 합류했다. 윈스턴도 사람들을 따라갔다. 달리는 동안 그는 유라시아 포로 호송대가 지나가고 있다고 외치는 소리를 들었다.

광장의 남쪽은 이미 몰려든 군중에 막혀 있었다. 보통 때의 윈스턴이라면 난리가 벌어졌을 때 근처에도 안 갔겠지만 이번만큼은 밀치고 부딪히면서 군중 가운데로 나아갔다. 그는 곧 팔을 뻗으면 닿을 수 있을 만큼 그녀와 가까워졌지만, 덩치가 큰 프롤과 그의 아내인 듯한 만만치 않은 덩치의 여자가 이룬 뚫을 수 없는 살색의 장벽에 가로막히고 말았다. 윈스턴은 옆으로 꿈틀거리며 그들 사이에 어깨를 힘껏 밀어 넣는 데 성공했다. 잠깐 동안 두 근육질 엉덩이 사이에 낀 내장이 으깨지는 듯한 느낌이 들었고, 곧 그는 땀을 삐질 흘리며 두 사람 사이에서 빠져나올 수 있었다. 그리고 마침내 여자의 옆에 섰다. 앞을 바라보고 선 두 사람의 어깨가 맞닿았다.

딱딱한 표정으로 꼿꼿이 선 채 기관단총으로 무장한 경비병들을 짐칸에 태운 트럭들이 느린 속도로 줄지어 거리를 지나가고 있었다. 트럭 안에는 추레한 녹색 유니폼을 입은 작은 체구의 아시아인들이 쪼그리고 앉아 있었다. 몽골인처럼 생긴 그들은 호기심이라고는 하나도 없는 슬픈 얼굴로 트럭 바깥을 바라보고 있었다. 가끔 트럭이 덜컹거릴 때면 금속이 부딪치는 찰강거리는 소리가 들렸다. 포로들은 모두 다리에 쇠고랑을 차고 있었던 거다. 슬픈 얼굴들을 실은 트럭이 계속해서 지나갔다. 윈스턴은 그들이 지나간다는 사실을 알면서도 집중할 수가 없었다. 여자의 어깨와 팔뚝이 그의 몸이 맞닿아 있었다. 그녀의 뺨도 온기가 느껴질 정도로 가까이에 있었다. 그녀는 구내식당에서처럼 상황을 주도했다. 그때와 마찬가지로 입술을 거의 움직이지 않으면서 감정 없는 목소리로 말을 걸어왔고, 중얼거림이나 마찬가지인 그녀의 말은 사람들이 시끄럽게 떠드는 소리와 트럭의 우르릉거리는 소리에 묻혀 버렸다.

"들리세요?"

"네."

"일요일 오후에 시간 내실 수 있나요?"

"네."

"그럼 잘 들으세요. 기억하셔야 해요. 패딩턴 역으로 가서…."

그녀는 마치 군인 같은 놀라운 꼼꼼함으로 그들이 만날 장소로 가는 길을 설명했다. 30분 동안 기차를 탄 다음 역에서 나와 왼쪽으로 꺾고, 길을 따라 2킬로미터를 걸으면 지붕이 없는 게이트가 나오는데, 들판을 가로지르는 길을 따라가다 보면 풀이

자란 차도가 나오고 곧 이끼가 덮인 죽은 나무가 보일 것이라고
했다. 그녀의 머릿속에 지도가 들어 있는 듯했다. "다 기억할 수
있겠어요?" 설명을 마친 뒤 그녀가 중얼거렸다.

"네."

"좌회전, 그리고 우회전, 그리고 좌회전이에요. 게이트는 지붕
이 없고요."

"네. 몇 시로 할까요?"

"15시 정도요. 기다리셔야 해요. 저는 다른 길로 갈 테니까요.
확실히 다 기억할 수 있어요?"

"네."

"그럼 이제 최대한 빨리 저한테서 떨어져요."

그녀는 그런 말을 할 필요가 없었다. 하지만 그들은 잠시 동안
사람들 틈에 끼여 빠져나갈 수가 없었다. 트럭들은 여전히 줄지
어 지나가고 있었고, 사람들은 여전히 만족스럽지 않다는 듯 입
을 벌린 채 그 광경을 지켜보고 있었다. 처음에는 야유와 쉭쉭
거리는 소리가 몇 차례 들렸지만 소리를 내는 사람은 군중 속에
있던 당원들뿐이었고, 그마저도 곧 잠잠해졌다. 사람들을 끌어
모은 것은 단순한 호기심이었다. 유라시아 출신이든 동아시아
출신이든 외국인은 이상한 동물쯤으로 여겨졌다. 포로의 행색
이 아닌 외국인의 모습은 본 적이 없었고, 포로들도 아주 잠깐,
얼핏 보는 게 전부였다. 전쟁 범죄로 교수형을 당한 몇 명을 제
외하고는 그들이 어떻게 되었는지 아는 사람도 없었다. 다른 이
들은 아마도 강제 노동 수용소로 보내졌을 것이었다. 둥근 얼굴

의 몽골인 포로들이 지나가고 좀 더 유럽인 같은 얼굴들이 보이기 시작했다. 더럽고 수염이 많고 지친 얼굴이었다. 지저분한 광대뼈 위로 보이는 눈들이 때때로 이상하리만치 강렬한 시선으로 윈스턴을 바라보다가 번쩍이며 사라졌다. 호송이 끝나가고 있었다. 마지막 트럭에는 얼굴이 희끗희끗한 수염으로 덮인 노인이 손목이 묶인 상태가 익숙한 듯 손목을 앞으로 뻗은 채 똑바로 서 있었다. 윈스턴과 그녀가 헤어질 시간이 가까워지고 있었다. 하지만 마지막 순간, 그들이 아직 군중에 에워싸여 있을 때 그녀가 손을 더듬어 그의 손을 잠깐 움켜쥐었다.

10초도 되지 않은 시간이었지만 꽤 오랫동안 손을 잡고 있었던 것 같은 느낌이었다. 그동안 그는 그녀의 손의 특징들을 자세히 음미했다. 긴 손가락, 매끈한 손톱, 열심히 일하느라 줄줄이 굳은살이 배긴 손바닥, 손목 아래의 매끈한 살결을 느꼈다. 만지기만 하는데도 눈으로 본 것 같았다. 그 순간 그는 그녀의 눈 색깔을 모르고 있다는 사실을 깨달았다. 아마도 갈색이겠지만 갈색 머리를 가진 사람들 중에 파란 눈을 가진 사람도 있었다. 고개를 돌려 그녀를 바라보는 것은 두말할 것 없이 어리석은 일일 터였다. 인파 속에 숨어 손을 꼭 맞잡은 두 사람은 계속 앞을 바라보았고, 그녀의 눈동자 대신 나이 든 포로의 눈이 헝클어진 머리카락 사이로 윈스턴을 애절하게 바라보고 있었다.

2장

윈스턴은 빛과 그림자로 어룽진 길을 따라 걸었다. 나뭇가지 그림자가 갈라지는 곳마다 금빛 웅덩이가 만들어져 있었다. 그의 왼편 나무 아래에는 블루벨이 가득 피어 안개처럼 보였다. 공기가 살갗에 부드럽게 스쳤다. 5월 2일이었다. 숲속 깊은 곳에서 고리비둘기의 울음소리가 들려왔다.

그는 조금 빨리 도착해 있었다. 오는 길은 어렵지 않았고, 확실히 이런 일에 능숙해 보이는 그녀 덕분에 평소보다 두려움도 덜했다. 그녀가 어련히 안전한 곳을 찾았으리라는 믿음이 있었다. 일반적으로 런던보다 시골이 훨씬 더 안전하다고는 할 수 없었다. 물론 텔레스크린은 없었지만, 목소리를 도청하고 인식할 수 있는 숨겨진 마이크가 있을 수도 있었다. 게다가 눈길을 끌지 않고 혼자서 시골에 다녀오기도 쉽지 않았다. 100킬로미터보다 가까운 거리를 다닐 때는 여권을 가지고 다니지 않아도 괜찮았지만 기차역 주변에 순찰대가 대기하고 있다가 당원의 신분을 검사하고 곤란한 질문을 던지곤 했다. 하지만 오늘 순찰대는 보이지 않았고, 역에서 나와 걷는 동안 조심스럽게 뒤를 살피며 미행을 당하고 있지 않은지도 확실히 해 두었다. 여름 같은 날씨 탓에 기차 안은 휴가 기분에 들뜬 프롤들로 가득 차 있었다. 그가 탄 나무 좌석 칸은 친척들과 주말 오후를 함께 보내러 가는 대가족이 타고 있어 매우 붐볐다. 이가 다 빠진 꼬부랑 할머니부터 태어난 지 한 달 된 아기까지 몇 대가 함께인지 모를 그 가족은 시골에 있는 사돈댁에 가는 길이라면서, 암시장에서 버터도 구할 생각이라고 윈스턴에게 거리낌 없이 말했다.

길이 넓어졌고, 잠시 후 그녀가 말했던 오솔길이 나왔다. 덤불 사이로 나 있는 소나 다닐 만한 길이었다. 시계는 없었지만 아직 15시는 되지 않았을 터였다. 블루벨이 너무 빽빽이 피어 밟지 않고는 걸을 수가 없을 정도였다. 그는 시간을 때울 겸 무릎을 꿇고 꽃을 따기 시작했는데, 그녀를 만났을 때 꽃다발을 선물하고 싶다는 막연한 생각도 있었다. 꽃을 한 다발 모아 희미한 향을 맡고 있던 그는 몸이 얼어붙었다. 등 뒤에서 분명 나뭇가지가 밟히는 딱딱거리는 소리가 들려온 것이다. 그는 계속해서 블루벨을 땄다. 그가 할 수 있는 최선이었다. 등 뒤에 있는 사람이 그녀일 수도, 그를 미행한 누군가일 수도 있었다. 주위를 둘러본다면 뭔가 켕기는 게 있다는 의미로 받아들여질 수 있었다. 그는 계속 꽃을 꺾었다. 누군가가 그의 어깨에 가볍게 손을 얹었다.

그는 고개를 들었다. 그녀였다. 그녀는 아무 말도 하지 말라고 경고하듯 고개를 젓더니 덤불을 지나쳐 잰 걸음으로 좁은 길을 따라 숲속으로 들어갔다. 몸에 밴 것 같은 동작으로 움푹 팬 쪽을 피해 걷는 것을 보니 전에 그 길을 걸어 본 게 틀림없었다. 윈스턴은 여전히 손에 꽃다발을 꼭 쥔 채 그녀를 따라갔다. 처음에 그는 안도감을 느꼈지만, 곧 엉덩이의 곡선이 돋보이도록 진홍색 허리띠가 딱 맞게 둘러진, 탄탄하고 날씬한 몸이 눈앞에서 움직이는 모습을 보고 있자니 열등감에 무겁게 짓눌리는 기분이었다. 당장 그녀가 돌아서서 그를 바라보면 다 그만둬 버릴 것 같았다. 달콤한 공기와 푸르른 나뭇잎에도 기가 죽는 기분이었다. 역에서 나와 5월의 햇살을 느끼자마자 그는 모공에 런던의 검은 먼지가 잔뜩 낀 채 실내에서만 사는 더럽고 창백한 생물이 된 느낌이 들었었다. 지금까지 그녀가 대낮 햇살 아래서 그를 본 적이 없을 거라는 생각이 들었다. 두 사람은 여자가 말했던 쓰러진 나무에 다다랐다. 그녀가 나무 위로 뛰어올라 틈이 없어 보이는 덤불을 밀쳐 냈다. 그녀를 따라가다 보니 그들은 어느새 자연적으로 만들어진 공터에 도착해 있었다. 짧은 풀이 무성한 작은 언덕을 키 큰 묘목들이 틈 없이 둘러싸고 있었다. 그녀가 걸음을 멈추고 돌아섰다.

"다 왔네요." 그녀가 말했다.

그는 몇 걸음 떨어진 거리에서 그녀를 마주 보고 서 있었다. 아직은 도저히 그녀에게 다가설 수 없었다.

"길에서는 아무 말도 하고 싶지 않았어요." 그녀가 말을 이었다. "마이크가 숨겨져 있을지 몰라서요. 진짜 있을 것 같지는 않지만 그럴 수도 있잖아요. 놈들이 목소리를 알아챌 가능성은 늘 있으니까요. 하지만 여기에서는 괜찮아요."

그는 여전히 그녀에게 다가갈 용기가 생기지 않았다. "여기에선 괜찮습니까?" 그는 바보같이 그녀의 말을 되풀이했다.

"네. 나무들을 보세요." 주위를 둘러싼 물푸레나무들은 어릴 때 잘렸다가 다시 움이 터서 장대처럼 자라난 듯했고 굵기는 전부 손목보다 가늘었다. "마이크를 숨길 수 있을 정도로 굵지 않잖아요. 그리고 전에도 이곳에 와 본 적이 있거든요."

그들은 그저 대화만 나누고 있었다. 그는 가까스로 그녀에게 가까이 다가갔다. 그녀는 그의 앞에 아주 꼿꼿이 서서 그의 느린 행동을 이해할 수 없다는 듯 살짝 어이없어하는 미소를 지었다. 블루벨 다발이 땅으로 쏟아졌다. 마치 꽃들이 알아서 떨어져 준 것 같았다. 그는 그녀의 손을 잡았다.

"믿겨지십니까?" 그가 말했다. "지금까지 당신의 눈이 어떤 색인지 몰랐네요." 그녀의 눈동자는 옅은 갈색이었고 속눈썹은 검었다.

"이제 제 진짜 모습을 보신 건데 계속 저를 볼 수 있겠어요?"

"네. 그럼요."

"저는 서른아홉 살입니다. 떼어 내 버릴 수 없는 아내가 있고요. 정맥류 궤양에 의치가 다섯 개 있습니다."

"전혀 상관없어요." 여자가 말했다.

그리고 다음 순간 누가 먼저랄 것도 없이 서로를 안았고, 그녀는 그의 품에 안겨 있었다. 처음에 그는 그저 얼떨떨할 뿐 아무런 감정도 느끼지 못했다. 젊은 육체가 그의 몸에 딱 붙어 있었고, 풍성한 갈색 머리칼이 그의 얼굴에 닿았다. 그리고 마침내! 그녀가 고개를 들었고, 그는 그녀의 붉고 탐스러운 입술에 자신의 입술을 갖다 댔다. 그녀는 그의 목에 팔을 두른 채 그를 자기야, 소중한 사람, 내 사랑이라고 불렀다. 그는 그녀를 바닥으로 끌어내렸고 그녀는 아무런 저항도 없이 그가 원하는 대로 몸을 맡겼다. 사실 그는 몸이 닿아 있는 느낌 말고는 아무런 육체적인 흥분도 느끼지 못하고 있었다. 그저 이 현실을 믿을 수 없다는 생각과 뿌듯함뿐. 그는 자신에게 이런 일이 일어났다는 사실이 기뻤지만 육체적인 욕망이 일지는 않았다. 너무 이르기도 했고, 그녀의 젊음과 아름다움에 겁이 나기도 했다. 여자 없이 살아가는 데 너무 익숙하기도 해서 욕망을 느껴야 할 이유조차 느끼지 못했다. 그녀는 몸을 일으키더니 머리에 붙은 블루벨 꽃을 떼어냈다. 그러고는 그의 허리에 팔을 두른 채 그와 마주 앉았다.

"괜찮아요, 자기. 서두를 필요 없어요. 오후 내내 같이 있을 수 있는걸요. 정말 멋진 은신처 아닌가요? 단체 하이킹을 왔다가 길을 잃었을 때 발견했어요. 누군가 다가오면 100미터밖에서부터 소리가 들려요."

"이름이 뭐예요?" 윈스턴이 말했다.

"줄리아. 당신 이름은 알아요. 윈스턴. 윈스턴 스미스."

"어떻게 알았습니까?"

"뭔가를 찾아내는 능력은 제가 당신보다 훨씬 나을걸요? 자,

말해 봐요. 쪽지를 받기 전에 나에 대해 어떻게 생각했어요?"

그는 거짓말을 하고 싶지는 않았다. 게다가 최악을 처음부터 털어놓는 것도 사랑에 대한 일종의 보답이라고 생각했다.

"꼴도 보기 싫었죠." 윈스턴이 말했다. "당신을 덮친 다음 죽여 버리고 싶었습니다. 이 주 전에는 진짜 돌멩이로 머리를 찍어 죽일까 진지하게 고민도 했고요. 사실대로 얘기하자면 당신이 사상경찰과 뭔가 연관이 있다고 생각했거든요."

그녀는 재미있다는 듯 웃음을 터뜨렸다. 자신의 위장 실력에 대한 찬사로 받아들인 듯했다.

"사상경찰이라뇨! 진짜로 그렇게 생각한 건 아니죠?"

"음, 정확하게 말하면 아닐지도요. 하지만 당신은 전반적으로 모습이 ― 젊고 생기 있고 건강하니까, 무슨 말인지 알겠어요? ― 그래서 어쩌면 그럴지도 모른다고 ― "

"제가 신실한 당원이라고 생각하셨군요. 곧이곧대로 믿고 따르는. 깃발, 행렬, 슬로건, 게임, 공동체 하이킹 그런 것들도 다 참여하고요. 내가 조금이라도 기회가 있으면 당신을 사상범으로 고발해서 죽일 거라고 생각했나요?"

"네, 비슷해요. 젊은 여성들 대부분이 그렇지 않습니까."

"이 빌어먹을 물건 때문이에요." 그녀는 청년반성동맹의 진홍색 띠를 풀어 나뭇가지를 향해 던지며 말했다. 그러더니 허리를 만지다 뭔가가 생각난 듯 작업복 주머니를 더듬어 작은 초콜릿 조각을 꺼냈다. 그녀는 초콜릿을 반으로 나누어 한 조각을 윈스턴에게 건넸다. 그는 초콜릿을 받기 전부터 냄새로 그 초콜릿이 보통이 아닌 물건이라는 사실을 알아챘다. 어둡고 윤이 나는 초콜릿은 은색 종이에 싸여 있었다. 보통 초콜릿이라 함은 칙칙한 갈색의 잘 부서지는 물질이었고, 맛을 묘사하자면 쓰레기를 때울 때 나는 연기 맛이 났다. 하지만 그는 언젠가 그녀가 준 것과 같은 초콜릿을 맛본 적이 있었다. 초콜릿 냄새를 처음 맡았을 때 정확히 뭐라 말할 수는 없지만 강하고 괴로운 기억이 그의 머릿속에 소용돌이치는 기분이었다.

"이런 물건을 어디서 구했습니까?" 그가 물었다.

"암시장이요." 그녀는 무심하게 말했다. "사실 제가 겉으로 보기에 그런 사람이에요. 게임을 잘하죠. 스파이단에 있을 때는 부대장이었어요. 일주일에 세 번, 저녁에 청년반성동맹에서 자원봉사 활동을 나가기도 해요. 런던 전역에 빌어먹을 헛소리를 도배하는 데 몇 시간을 보내죠. 행렬에서는 항상 깃발의 한쪽을 들어요. 늘 쾌활한 표정을 짓고, 아무것도 회피하지 않죠. 언제나 군중들과 함께 함성을 지르자, 그게 내 신조예요. 안전하려면 그 방법밖에 없으니까."

첫 번째 초콜릿 조각이 윈스턴의 혀에서 녹았다. 황홀한 맛이었다. 하지만 여전히 의식의 가장자리에 머무는 기억이 있었다. 분명 강렬한 기억이었지만 마치 곁눈질로 본 물체처럼 명확한 형태를 인식할 수가 없었다. 되돌리고 싶지만 되돌릴 수 없는 어떤 행동에 관한 기억이라는 것을 깨달은 그는 기억을 머릿속에서 밀어냈다.

"당신은 아주 젊네요." 그가 말했다. "나보다 열 살이나 열다섯 살은 더 어린 것 같은데, 나 같은 남자에게 무슨 매력이 있었던 건가요?"

"당신 얼굴에서 뭔가가 느껴졌어요. 모험을 해 보자, 생각했죠. 나는 당을 겉도는 사람들을 잘 찾아내요. 당신을 보자마자 그들 반대편에 있는 사람이라는 것을 알았고요."

그들이란 당, 무엇보다도 내부당을 의미하는 것 같았다. 윈스턴은 그들이 그 어느 곳보다 안전한 장소에 있다는 사실을 알면서도 그녀의 노골적인 비난을 들으며 마음이 불편해졌다. 그는 그녀의 거침없는 발언에 놀랐다. 당원들은 욕을 할 수 없었고, 윈스턴 자신조차도 큰 소리로 욕하는 일은 거의 없었다. 하지만 줄리아는 뒷골목 담벼락에나 쓰여 있을 법한 단어를 사용하지 않고는 당, 특히 내부당을 언급할 수 없는 것 같았다. 그는 그게 싫지 않았다. 그것은 그녀가 당과 당의 모든 방식을 혐오하는 하나의 징후일 뿐이었고, 질 나쁜 건초 냄새를 맡은 말이 재채기를 하는 게 당연한 것처럼 그녀의 방식 역시 자연스럽고 건강해 보였다. 두 사람은 공터를 떠나 나무 그림자가 드리운 그늘 속을 걸었고, 나란히 걸을 수 있을 만큼 넓은 길이 나올 때마다 서로의 허리에 팔을 둘렀다. 진홍색 띠가 없는 그녀의 허리는 훨씬 부드러웠다. 그들은 속삭이는 것보다 큰 소리로는 이야기하지 않았다. 줄리아는 공터 밖에서는 조용히 하는 편이 좋을 것 같다고 제안했다. 그들은 곧 아담한 숲의 가장자리에 다다랐다. 그녀는 그를 막아섰다.

"트인 곳으로 나가지 마세요. 보는 눈이 있을 수도 있어요. 나무들 뒤에 있어야 안전해요.”

그들은 개암나무 그늘에 서 있었다. 풍성한 나뭇잎 사이로 얼굴에 와닿는 햇볕은 여전히 뜨거웠다. 윈스턴은 들판을 내다보다가 이곳을 아는 것 같다는 기이한 느낌에 서서히 사로잡혔다. 그는 눈앞의 광경을 본 적이 있었다. 가축이 바싹 풀을 뜯어먹은 목초지와 그 위를 가로지르는 오솔길과 여기저기에 두더지가 만든 언덕. 반대편에 있는 허물어진 울타리 위로는 느릅나무 가지가 산들바람에 흔들리면서 빽빽한 잎사귀들이 여인의 머리칼처럼 희미하게 살랑거리고 있었다. 눈에 보이지는 않지만 분명 근처 어딘가에 황어가 헤엄치는 옥색 연못을 품은 시내가 흐르고 있을 것 같았다.

“이 근처에 냇가가 있지 않나요?” 그가 속삭였다.

“맞아요. 냇가가 있어요. 저 너머 들판 가장자리에요. 엄청 커다란 물고기들도 있어요. 버드나무 아래 웅덩이에서 꼬리를 흔들며 헤엄치는 물고기들을 볼 수 있죠.”

“황금의 나라 같군.” 그가 중얼거렸다.

“황금의 나라요?”

“아무것도 아니에요. 꿈에서 몇 번 본 풍경 같아서요.”

“보세요!” 줄리아가 속삭였다.

지빠귀 한 마리가 5미터도 안 되는 거리에 있는 그들 얼굴 높이의 나뭇가지에 내려앉았다. 새는 아마도 그들을 보지 못한 듯했다. 지빠귀는 햇살 속에 있었고 그들은 그늘에 있었다. 지빠귀는 날개를 펼쳤다가 다시 잘 접더니 태양에게 절이라도 하듯 잠시 머리를 숙이고는 곧 시끄러운 노래를 폭포수처럼 쏟아 냈다. 오후 내내 속삭이고 있던 그들은 커다란 노랫소리에 깜짝 놀랐다. 윈스턴과 줄리아는 지빠귀에 홀린 듯 서로에게 꼭 붙어 서서 노래를 들었다. 지빠귀는 자신의 기량을 뽐내려는 듯 신중하게 한 순간도 반복되지 않는 흥미로운 변주를 계속했다. 지빠귀는 때때로 몇 초 동안 노래를 멈추고 날개를 펼쳤다 다시 접은 다음 얼룩덜룩한 가슴을 부풀리며 다시 노래를 부르기 시작했다. 윈스턴은 어떤 막연한 존경심을 가지고 그 모습을 지켜보았다. 저 새는 누구를 위해, 무엇을 위해 노래하는 것일까? 지켜보는 친구도, 라이벌도 없이 과연 무엇이 저 새를 외로운 숲 가장자리에 앉아 허공에 노래를 쏟아 내도록 만들었을까? 그는 근처 어딘가에 마이크가 숨겨져 있는 것은 아닌지 궁금해졌다. 그와 줄리아는 낮은 속삭임으로만 이야기했으니 무슨 이야기를 했는지는 들을 수 없겠지만 지빠귀의 소리는 들릴 것이었다. 어쩌면 마이크의 반대편에서는 딱정벌레처럼 생긴 작은 남자가 열심히 귀를 기울이고 있을 수도 있었다. 하지만 오감을 가득 채우는 음조는 점차 그의 마음에서 모든 의심을 몰아냈다. 마치 그 음악이 액체로 된 어떤 물질이어서 그를 흠뻑 적신 뒤 나뭇잎 사이로 내리쬐는 햇살과 뒤섞이는 듯한 느낌이었다. 그는 생각을 멈추고 그저 느꼈다. 팔꿈치에 닿은 여자의 허리는 부드럽고 따뜻했다. 그는 서로의 가슴이 맞닿도록 그녀를 끌어당겼다. 그녀의 몸이 그의 몸속으로 녹아드는 느낌이었다. 그의 손이 닿는 모든 부위가 유연하게 그의 손에 감겨들었다. 두 사람의 입술이 포개졌다. 좀 전에 나누었던 격한 키스와는 사뭇 다른 입맞춤이었다. 서로에게서 얼굴을 떼어 내면서 두 사람은 깊은 한숨을 쉬었다. 깜짝 놀란 새가 날개를 퍼드덕거리며 멀어졌다.

윈스턴은 그녀의 귀에 입술을 갖다 댔다. "지금 하죠." 그가 속삭였다.

"여기서는 안 돼요." 그녀가 속삭였다. "은신처로 다시 가요. 그게 더 안전해요."

그들은 이따금 나뭇가지가 딱딱거리는 소리 말고는 아무 소리도 내지 않으면서 공터로 돌아갔다. 어린나무들에 둘러싸인 공터에 다다르자 그녀는 몸을 돌려 그를 바라보았다. 두 사람 모두 가쁜 숨을 쉬고 있었지만 입가에는 다시 미소가 떠올랐다. 그녀는 잠시 그를 바라보며 서 있다가 입고 있던 작업복의 지퍼를 만지작거렸다. 그리고 마침내! 꿈에서 봤던 것과 거의 똑같았다. 그녀는 그가 상상했던 것만큼이나 재빠르게 옷을 벗었고, 문명 전체를 말살할 수도 있을 것 같은 장엄한 몸짓으로 옷을 옆으로 내던졌다. 볕을 받은 여자의 몸이 하얗게 빛났다. 하지만 그는 그녀의 몸을 바라보기보다는 희미하지만 대담한 미소를 띤, 주근깨가 있는 얼굴에 한동안 시선을 고정했다. 그는 그녀 앞에 무릎을 꿇고 그녀의 손을 잡았다.

"전에도 해 본 적 있나요?"

"물론이죠. 수백 번 — 아무튼, 꽤 많이 해 봤어요."

"당원들과요?"

"네. 항상 당원들이었죠."

"내부당원들과도요?"

"그 돼지들이랑은 안 하죠. 하지만 기회가 있으면 하려는 사람은 넘쳐 나죠. 놈들도 보이는 것만큼 경건하지 않거든요."

그의 심장이 뛰었다. 그녀는 꽤 많이 해 본 적이 있다고 했다. 그는 그것이 수백 번, 수천 번이길 바랐다. 부패를 암시하는 것은 무엇이든 항상 그를 격렬한 희망으로 가득 채웠다. 혹시 당의 내부가 썩어 있을 수도 있고, 헌신과 자기부정에 대한 예찬도 단순히 죄악을 숨기기 위한 위장책일 수도 있다. 만일 당원 모두를 나병이나 매독에 감염시킬 수 있다면 그는 기쁜 마음으로 그렇게 할 것이다! 당을 썩게 만들고 약화시키고 침식시킬 수 있는 거라면 무엇이든지! 그는 그녀를 끌어내려 얼굴을 마주보며 무릎을 꿇고 앉았다.

"당신이 남자를 더 많이 만나 봤을수록 당신을 더 사랑할 겁니다. 무슨 뜻인지 아십니까?"

"네. 그럼요."

"나는 순결을 싫어합니다. 착한 것도 싫어합니다. 나는 미덕이 그 어디에도 존재하길 원치 않아요. 나는 모든 사람이 뼛속까지 부패하길 바랍니다."

"좋아요, 그럼. 제가 딱이네요. 저는 뼛속까지 썩었거든요."

"좋아합니까? 저 말고 이 행위 자체 말입니다."

"좋아 죽죠."

무엇보다 듣고 싶던 말이었다. 단순히 한 사람이 품은 사랑뿐만이 아닌 동물적 본능, 단순하고 무분별한 욕망이야말로 당을 산산조각 낼 수 있는 힘이다. 그는 블루벨이 흩뿌려진 잔디밭에 그녀를 눕혔다. 이번에는 어렵지 않았다. 가슴팍이 오르락내리락하는 속도가 점차 느려져 평상시처럼 돌아오자 그들은 기분 좋은 무기력함을 느끼며 서로에게서 떨어졌다. 태양이 더 뜨거워진 것 같았다. 둘 다 졸음이 쏟아졌다. 그는 손을 뻗어 내동댕이쳐진 작업복을 끌어당겨서 그녀의 몸을 덮어 주었다. 곧바로 잠이 든 두 사람은 30분쯤 낮잠을 잤다.

윈스턴이 먼저 잠에서 깼다. 그는 일어나 앉아 손바닥을 베고 평화롭게 잠든 주근깨 가득한 얼굴을 바라보았다. 입술을 빼면 아름답다고는 할 수 없는 얼굴이었다. 자세히 보니 눈 주위에 주름이 한두 개 있었다. 짧은 갈색 머리칼은 보기 드물게 굵고 부드러웠다. 그는 그녀의 성은 무엇이고, 사는 곳은 어디인지 아직도 모르고 있다는 사실을 깨달았다.

무방비 상태로 잠에 빠져 있는 그녀의 젊고 탄탄한 몸이 그에게 연민과 보호 본능을 일깨웠다. 하지만 개암나무 아래서 지빠귀가 노래하는 동안 느꼈던 맹목적인 애정은 돌아오지 않았다. 그는 작업복을 한쪽으로 치우고 그녀의 하얗고 매끈한 옆구리를 바라보았다. 옛날에는 남자가 여자의 몸을 보고 욕정을 느끼면 그게 이야기의 끝이었을 것이다. 하지만 요즘 세상은 순수한 사랑이나 순수한 욕정을 가질 수 없는 곳이다. 모든 것들에 두려움과 증오가 뒤섞여 있어 순수한 감정이라는 것 자체가 없었다. 두 사람의 포옹은 전투였고, 절정은 승리였다. 당에 한 방 먹인 셈이었다. 그것은 정치적 행위였다.

3장

"다음에 한 번 더 와요." 줄리아가 말했다. "어떤 은신처라도 두 번 정도는 보통 안전해요. 물론 한 달이나 두 달 뒤에나 와야 겠지만."

그녀는 잠에서 깨어나자마자 태도가 달라졌다. 민첩하고 사무적인 사람으로 돌아온 그녀는 옷을 입고 허리에 진홍색 띠를 묶은 다음 집으로 가는 길을 자세히 설명하기 시작했다. 돌아가는 길을 그녀에게 맡기는 것이 당연하게 느껴졌다. 확실히 그녀는 윈스턴에게는 부족한 실용적인 능력이 있었고, 수많은 공동체 하이킹으로 축적된 런던 교외의 시골에 대한 지식이 방대했다. 그녀는 올 때 이용했던 기차역과는 다른 역으로 이어지는 전혀 다른 길을 그에게 알려 주었다. "올 때와 같은 길로 가면 절대 안 돼요." 마치 중요한 원칙을 선언하듯 그녀가 말했다. 그녀가 먼저 떠나고, 윈스턴은 30분을 기다렸다가 그녀의 뒤를 따르기로 했다.

그녀는 그에게 나흘 뒤 저녁, 일을 마친 후 만날 장소를 일러 주었다. 그곳은 빈민가에 있는 한 거리로, 장터가 열리는 곳이어서 늘 사람이 많고 시끄러운 장소였다. 그녀가 신발 끈이나 바느질실을 찾는 척하면서 노점 사이를 어슬렁거리다가 주변이 안전하다고 판단하면 코를 풀어 그에게 신호를 보내기로 했다. 그렇지 않으면 그는 그녀를 모르는 척 지나가면 된다. 하지만 운이 좋다면 사람들 가운데 안전한 상태에서 15분쯤 이야기를 나누고 또 다른 만남을 계획할 수 있을 것이었다.

"이제 가야겠어요." 일러준 내용을 그가 다 익히자 그녀가 말했다. "19시 30분까지 돌아가야 해요. 청년반성동맹에서 두 시간 정도 전단지를 나눠 주거나 다른 잡일을 해야 하거든요. 웃기지 않나요? 옷 좀 털어 줘요. 머리에 잔가지가 붙어 있는지 좀 봐 줄래요? 없는 거 확실해요? 그럼 잘 가요, 내 사랑, 안녕!"

그녀는 그의 품 안에 몸을 던져 그에게 격정적으로 키스하더니, 잠시 후 작은 나무들 사이로 들어가 거의 소리도 내지 않고 숲속으로 사라졌다. 그는 여전히 그녀의 성과 주소를 알지 못했다. 하지만 상관없었다. 어차피 그들이 실내에서 만나거나 편지를 써서 연락하는 일은 상상 속에서도 불가능했기 때문이다.

결국 그들은 숲속 공터로 돌아가지 못했다. 5월 동안 두 사람이 만나 사랑을 나눈 것은 겨우 한 번뿐이었다. 줄리아가 알고 있던 또 다른 은신처에서였는데, 30년 전에 원자폭탄이 떨어져 지금은 폐허가 된 시골 지역의 교회 종탑이었다. 그곳은 일단 도착하기만 하면 좋은 비밀 장소였지만, 가는 길이 무척 위험했다. 나머지 날들은 거리에서 만날 수밖에 없었고, 매번 다른 장소에서 만나 절대 30분 이상 함께 보내지 않았다. 거리에서는 아주 자유롭게는 아니었지만 이야기를 나눌 수는 있었다. 그들은 붐비는 거리를 떠돌며 나란히 서지도, 서로 쳐다보지도 않은 채 등대 불빛처럼 띄엄띄엄한 알아들을 수 없는 대화를 나눴다. 당 제복이 보이거나 텔레스크린이 가까이에 있을 때는 대화를 멈췄다가 몇 분 후 끊어졌던 문장을 다시 이어 이야기하기도 했고, 약속된 작별 장소에서 갑자기 끊긴 대화를 다음 날 아무런 인사도 없이 다시 이어 가기도 했다. 줄리아는 그런 대화에 꽤 익숙한 듯 보였다. 그녀는 이를 '할부 대화'라고 불렀다. 그녀는 입술을 움직이지 않고 말하는 데도 놀랍도록 능숙했다. 그들은 거의 한 달 동안 매일 밤 만났지만 입을 맞춘 것은 겨우 한 번뿐이었다. 어느 날 그들은 아무 말 없이 골목을 지나가고 있었는데(줄리아는 대로에서 멀리 떨어지면 말을 하지 않았다), 귀청이 터질 듯한 굉음이 들리더니 땅이 흔들리고 하늘이 어두워졌다. 정신을 차렸을 때, 윈스턴은 상처가 난 채 옆으로 누워 있었다. 로켓 미사일이 아주 가까이에 떨어진 것 같았다. 그는 곧 자신의 얼굴에서 몇 센티미터도 떨어지지 않은 곳에 분필처럼 새하얗게 질린 채 쓰러져 있는 줄리아를 발견했다. 심지어 입술마저도 하얗게 질려 있었다. 그녀는 죽은 것이다! 그는 그녀를 꼭 끌어안았고, 곧 자신이 온기가 느껴지는 살아 있는 사람의 얼굴에 입을 맞추고 있다는 사실을 깨달았다. 하지만 그의 입술에 가루 같은 것이 그를 방해했다. 두 사람의 얼굴은 석횟가루로 범벅이 되어 있었던 것이다.

만나기로 한 장소까지 갔다가도 순찰대가 모퉁이를 돌고 있거나 머리 위에 헬리콥터가 맴돌고 있어 눈도 마주치지 못하고 지나치는 날들도 있었다. 하지만 그렇게까지 위험하지 않았더라도 만날 시간을 내기는 여전히 어려웠을 터였다. 윈스턴은 일주일에 60시간을 일했고, 줄리아의 근무 시간은 그보다 더 길었다. 휴무마저 얼마나 힘든 작업을 하느냐에 따라 달라졌기 때문에 두 사람의 휴무가 자주 겹치지는 않았다. 어찌 됐건 줄리아의 저녁 시간이 완전히 비어 있는 경우는 거의 없었다. 그녀는 강연과 시위에 참석하고, 청년반성동맹원들을 위한 서적을 배포하고, 증오 주간을 위한 현수막을 준비하고, 절약 캠페인에 필요한 물품을 수집하는 등의 활동을 하는 데 엄청난 시간을 쏟았다. 효과는 좋으니까요, 그녀는 말했다. 위장용이었다. 작은 규칙을 지키면 큰 규칙을 깨뜨릴 수 있다고 했다. 그녀는 윈스턴을 열성적인 당원들이 자발적으로 참여하는 군수품 제조 작업에 시간제로 참여하게 해 하루 저녁을 더 저당잡히게 했다. 그래서 매주 하루 저녁 윈스턴은 환기도 잘 되지 않는 어두운 작업장에서 텔레스크린 음악과 망치 두드리는 소리가 음울하게 울려 퍼지는 가운데 폭탄 퓨즈의 일부인 듯 보이는 작은 금속 조각들을 조이며 진저리 나도록 지루한 네 시간을 보냈다.

두 사람이 교회 종탑에서 만나는 날이면 대화 조각들 사이의 공백이 메워졌다. 볕이 뜨거운 오후였다. 종탑 꼭대기에 있는 작고 네모난 방의 공기가 한껏 데워져 방 안은 뜨겁고 답답했고 비둘기 똥 냄새까지 지독하게 배어 있었다. 두 사람은 먼지와 잔나무가지가 깔려 있는 바닥에 앉아 몇 시간 동안 이야기를 나눴고, 때때로 한 사람이 자리에서 일어나 화살 구멍 사이로 슬쩍 밖을 내다보며 다가오는 사람이 없는지 확인했다.

줄리아는 스물여섯 살이었다. 여자들 30명과 함께 호스텔에서 살았고(그녀는 '여자들 냄새가 진동을 해요. 여자들 정말 참을 수 없어!'라고 강조했다), 그가 추측했던 대로 창작부의 소설 집필 기계를 다루는 일을 하고 있었다. 그녀가 맡은 일은 대개 성능은 좋지만 다루기 까다로운 전기 모터를 작동시키고 정비하는 것으로, 자기 일을 즐긴다고 했다. 그녀는 '머리가 비상'하지는 않았지만 손으로 하는 일을 좋아했고 기계를 다루며 편안함을 느꼈다. 그녀는 기획위원회에서 전반적인 지시를 내린 순간부터 재작성팀이 최종 수정을 하기까지 소설이 창작되는 전체 과정을 설명할 수 있었지만 완성된 작품에는 관심이 없었다. 그녀는 '독서에는 별로 관심이 없다'고 했다. 그녀에게 책은 빵에 바르는 잼이나 신발끈처럼 생산되어야만 하는 필수품일 뿐이었다.

그녀는 60년대 초반 이전에 대한 기억이 전혀 없었고, 그녀가 아는 사람 중 혁명이 일어나기 전 시대에 대해 자주 이야기하던 유일한 사람은 여덟 살 때 실종된 할아버지뿐이라고 했다. 학교에서 그녀는 하키 팀의 주장이었고, 체조 선수로 2년 연속 트로피도 받았다. 청년반성동맹에 가입하기 전에는 스파이단의 부대장이자 청년동맹의 지부장이었다. 그녀는 늘 평판이 좋기로 유명했다. 심지어 프롤들에게 배포할 싸구려 포르노를 제작하는 창작부의 하위 부서인 포르노과 작업자로 발탁되기도 했다(평판이 좋다는 확실한 표시였다). 그곳에서 일하는 사람들은 자신의 일터를 '똥통'이라는 별명으로 부른다고 그녀는 말했다. 그녀는 포르노과에서 1년 동안 일하면서 '때려 주세요'나 '여학교에서의 하룻밤'과 같은 제목으로 묶인 소책자들을 만들고 봉인하는 일을 했다. 프롤레타리아 청소년들은 마치 불법서적이라도 구하듯이 그런 책을 몰래 사 본다고 했다.

"그 책들은 무슨 내용이에요?" 윈스턴이 궁금해하며 물었다.

"아, 한심한 쓰레기예요. 지루하기 짝이 없죠. 줄거리는 여섯 개밖에 없는데 그걸 조금씩 수정해서 만들어요. 물론 나는 만화경 작업만 했지만요. 재작성팀 일에는 참여한 적이 없어요. 나는 문학가도 아니니까요, 뭐, 문학가까지 필요한 일인가 싶지만 말이죠."

그는 부서장을 제외한 포르노과의 모든 직원이 여자라는 사실을 알고 놀랐다. 여성에 비해 성적 본능을 통제하기 어려운 남성은 자신이 만든 쓰레기로 인해 타락할 위험이 더 크다고 여겨지기 때문이었다.

"부서에 기혼 여성이 있는 것도 좋아하지 않아요." 그녀가 덧붙였다. 여자는 항상 순수해야 했다. 그런데 순수하지 않은 사람이 바로 여기 있다고, 줄리아는 말했다.

그녀가 처음으로 관계를 해 본 건 열여섯 살 때로, 상대는 예순 먹은 당원이었는데, 훗날 체포당하지 않으려고 자살을 했다. "잘됐죠. 안 그랬으면 자백할 때 제 이름도 불었을 테니까요." 줄리아가 말했다. 그 이후로도 그녀는 여러 명의 상대와 연애를 했다. 그녀가 생각하는 삶은 아주 단순했다. 사람들은 즐겁게 살고 싶어 하고 '그들', 그러니까 당은 그렇게 살지 못하도록 막으려 한다. 그러므로 최선을 다해 규칙을 어기면 된다는 것이었다. 그녀는 '그들'이 사람들의 즐거움을 빼앗고 싶어 하는 것은 사람들이 즐거움을 들키고 싶지 않아 하는 것만큼이나 당연하다고 생각하는 듯했다. 그녀는 당을 혐오했고 아주 거친 욕을 하기도 했지만 당에 대해 전반적으로 비판하지는 않았다. 자신의 생활에 영향을 미치는 부분을 제외하고는 당의 신조에도 전혀 관심이 없었다. 일상적으로 사용하는 단어 외에는 새말도 전혀 사용하지 않았다. 그녀는 형제단에 대해 들어 본 적도 없으며, 그 존재를 믿으려 하지도 않았다. 그녀는 어차피 실패할 수밖에 없는 당에 대한 조직적인 반란을 도모하는 것 자체가 어리석다고 생각했다. 똑똑한 사람이라면 규칙을 어기고 계속 살아남아야 한다는 것이었다. 그는 젊은 세대 중에 그녀처럼 생각하는 이들이 얼마나 더 있을지 막연하게 궁금해졌다. 혁명 이후의 세상에서 자라 다른 건 아무것도 모른 채 당을 하늘처럼 떠받들며 불변의 진리로 받아들이고, 당의 권위에 반기를 들기보다는 사냥개를 피하는 토끼처럼 당을 피하기만 하는 그런 사람들 말이다.

그들은 결혼에 대해서는 이야기하지 않았다. 생각할 가치가 없을 정도로 너무 먼 이야기였기 때문이다. 윈스턴이 어떤 식으로든 아내 캐서린과 관계를 정리할 수 있다고 하더라도 세상에 있는 어떤 위원회도 두 사람의 결혼을 승인하지 않을 터였다. 공상이나 다름없는 가망 없는 이야기였다.

"아내는 어떤 사람이었어요?" 줄리아가 물었다.

"그 여자는… 새말로 좋은생각한이라는 말을 압니까? 태생적으로 정통적이어서 나쁜 생각을 할 수 없다는 뜻이에요."

그는 그녀에게 자신의 결혼 생활이 어땠는지 이야기하기 시작했는데, 이상하게도 그녀는 그의 결혼 생활의 핵심을 이미 알고 있는 것 같았다. 그의 손이 닿기만 해도 그녀의 몸이 굳어졌을 것이라고, 그래서 그를 꼭 안고 있는데도 마치 온 힘을 다해 그를 밀어내는 것 같지 않았느냐고 마치 그 장면을 직접 보고 느낀 것처럼 이야기했다. 그는 줄리아와 그런 이야기를 나누는 데 아무런 거리낌이 없었다. 어차피 캐서린은 이미 오래전부터 그를 아프게 하는 기억이 아니라 그저 불쾌한 기억이 되어 있었기 때문이다.

'딱 한 가지만 아니었다면 참을 만했을 것'이라고 그는 말했다. 그는 캐서린이 매주 같은 요일 저녁 그에게 감정이라곤 없는 짧은 의식을 치르게 했다고 이야기했다. "그녀는 그걸 싫어했지만 누구도 그녀를 막을 수는 없었어요. 캐서린이 그걸 뭐라고 불렀는지 상상조차 하지 못할 겁니다."

"당에 대한 우리의 의무." 그의 말이 끝나기 무섭게 줄리아가 답했다.

"어떻게 알았습니까?"

"저도 학교에 다녔으니까요. 열여섯 살이 넘으면 한 달에 한 번 성교육을 듣죠. 청년운동에서도요. 몇 년 동안이나 세뇌를 시킨다고요. 꽤 많은 여자들에게 먹히고 있다고 생각해요. 하지만 누가 알겠어요. 사람들은 다 위선자니까."

그녀는 그 주제에 대해 더 이야기하기 시작했다. 줄리아에겐 모든 문제가 자신의 섹슈얼리티로 수렴되었다. 성과 어떻게든 관련된 주제가 나오면 그녀는 매우 예리해졌다. 윈스턴과 달리 그녀는 성적 청교도주의를 내세우는 당의 저의를 파악하고 있었다. 성적 본능이 당의 통제 밖에 있는, 그래서 파괴되어야 하는 새로운 세계를 창조하기 때문만은 아니었다. 그보다는 성적 결핍이 히스테리를 유발시키는데, 이러한 히스테리를 전쟁에 열광하며 지도자를 숭배하는 바람직한 욕구로 전환할 수 있다는 이유가 더 컸다. 그녀는 다음과 같이 설명했다.

"사랑을 나눌 때 에너지를 소모하죠. 그러면 행복함을 느끼고 세상 일 그 무엇도 다 상관없다는 생각이 들게 돼요. 그들은 우리가 그렇게 되도록 놔둘 수 없는 거예요. 사람들이 늘 에너지로 가득 차 있길 바라거든요. 이리저리 행진하고 환호하고 깃발을 흔드는 모든 행동들은 김빠진 섹스 같은 거예요. 마음이 온전히 행복한데 왜 빅브라더나 3개년 계획, 2분 증오 같은 엿 같은 수작에 열광하겠어요?"

정말 맞는 말이라고 윈스턴은 생각했다. 순결과 정치적 정통성은 직접적이고 긴밀하게 연결되어 있었다. 강력한 본능을 억눌러 그 결핍을 원동력으로 사용하지 않고서는 당이 당원들에게 요구하는 두려움, 증오, 광적인 맹신을 그들이 원하는 수준으로 유지할 수 없었다. 성적 충동은 당에게 위험했고, 당은 이를 이용했다. 그들은 부성이나 모성에도 비슷한 속임수를 썼다. 실질적으로 가족이라는 제도를 폐지할 수는 없었으므로 부모들은 거의 구시대와 다름없는 방식으로 자녀를 사랑하도록 장려되었다. 반면 아이들은 체계적으로 부모에게 등을 돌리도록, 자신의 부모를 염탐하고 그들의 일탈을 보고하도록 배웠다. 가족이 사상경찰의 연장선이 된 셈이었다. 이런 방식으로 사람들은 누구나 자신과 친밀한 관계인 밀고자들에게 밤낮으로 감시당하게 되는 것이다.

갑자기 그의 머릿속에 다시 캐서린이 떠올랐다. 캐서린이 멍청해서 그가 이단적인 사상을 품고 있다는 사실을 알아채지 못했기에 망정이지, 안 그랬으면 의심할 여지 없이 그녀는 그를 사상경찰에 고발했을 것이다. 그러나 지금 이 순간 그가 캐서린을 떠올린 진짜 이유는 이마에서 땀이 비 오듯 흐르는 오후의 숨막히는 더위 때문이었다. 그는 11년 전 어느 무더운 여름날 오후에 일어났던 일, 어쩌면 일어나지 않았다고 해야 할 그 일을 줄리아에게 털어놓기 시작했다.

결혼한 지 서너 달쯤 지난 어느 날이었다. 그들은 켄트 지역 어딘가에서 공동체 하이킹을 하던 중 길을 잃었다. 다른 사람들보다 고작 몇 분쯤 뒤처져 있었는데, 잘못된 길로 들어서는 바람에 오래된 채석장 막다른 끝에 이르게 되었다. 그들이 걸음을 멈춘 곳은 바위로 된 바닥이 내려다보이는 10에서 20미터 정도 높이의 가파른 낭떠러지였다. 길을 물어볼 사람은 아무도 없었고, 길을 잃었다는 사실을 깨닫자마자 캐서린은 매우 불안해했다. 그녀는 소란스러운 하이킹 그룹에서 잠시라도 멀어지면 나쁜 짓이라도 저지른 것처럼 죄책감을 느끼곤 했다. 그녀는 왔던 길로 서둘러 되돌아가서 다른 길을 찾고 싶어 했다. 하지만 그 순간 윈스턴은 절벽 아래 갈라진 틈에서 자라난 좁쌀풀 덤불들을 발견했다. 그중 한 다발은 같은 뿌리에서 올라온 게 분명한데도 자홍색과 벽돌색 두 가지 색으로 자라고 있었다. 그런 광경을 처음 본 윈스턴은 캐서린을 불러 한번 보라고 권했다.

"캐서린, 이것 좀 봐! 꽃들이 피었어. 바닥 근처에 무리 지어 있어. 색이 두 가지로 자란 거 보여?"

그녀는 이미 돌아가려고 마음을 먹고 등을 돌린 상태였지만, 약간 짜증을 내며 절벽 끝으로 되돌아왔다. 그러고는 그가 가리키는 곳을 보려고 절벽 밖으로 몸을 내밀었다. 그는 그녀의 약간 뒤에 서서 그녀가 안심할 수 있도록 그녀의 허리에 손을 얹었다. 그 순간 그는 그들이 완전히 혼자라는 생각이 문득 떠올랐다. 인간은 물론 흔들리는 나뭇잎도, 지저귀는 새 한 마리조차도 보이지 않았다. 숨겨진 마이크가 있을 위험도 아주 적었을 뿐만 아니라 마이크가 있다 하더라도 영상은 없이 소리만 들릴 것이었다. 오후 중 가장 볕이 뜨거운 시간이었다. 태양이 내리쬐고, 흐르는 땀이 그의 얼굴을 간지럽혔다. 그리고 그의 머릿속에 떠오른 생각은….

"확 밀어 버리지 그랬어요?" 줄리아가 말했다. "나라면 그랬을 텐데."

"그래요. 당신이라면 그랬을 거예요. 지금의 나였다면 그랬을 지도. 아니면 그녀를… 글쎄 잘 모르겠네요."

"그러지 않은 걸 후회하나요?"

"네. 전반적으로는 후회가 되네요."

그들은 먼지가 가득한 바닥에 나란히 앉아 있었다. 그는 그녀를 더 가까이 끌어당겼다. 그녀가 그의 어깨에 머리를 기댔고, 그녀의 머리카락에서 나는 기분 좋은 향기에 비둘기 똥 냄새가 가려졌다. 그녀가 아직 젊다고 그는 생각했다. 그녀는 여전히 인생에서 무언가를 기대하고 있으며, 불편한 사람을 절벽 위로 밀어 봐야 아무것도 해결할 수 없다는 사실을 이해하지 못했다.

"사실 그렇게 했어도 아무것도 달라지지 않았을 거예요." 그가 말했다.

"그럼 왜 후회된다는 거죠?"

"안 하는 것보다는 하는 게 나으니까요. 이 게임에서 어차피 우리는 이길 수 없어요. 좀 더 나은 실패가 있을 뿐, 그게 다예요."

그녀의 어깨가 꿈틀거리며 그에게서 멀어졌다. 그가 이런 말을 할 때면 그녀는 늘 반대했다. 그녀는 개인이 항상 패배하는 것이 자연의 순리라고 받아들이지 않았다. 그녀는 자신이 얼마 못 가 사상경찰에게 붙잡혀 죽게 되리라는 사실을 알면서도 한편으로는 자신의 선택에 따라 살아갈 수 있는 비밀 세계를 건설할 방법이 있을지도 모른다고 믿었다. 필요한 것은 행운과 기지와 대담함뿐이었다. 그녀는 행복이 존재하지 않는다거나 우리가 죽고 오랜 시간이 지난 뒤 먼 미래에 유일한 승리를 거머쥘 수 있다거나 당에 전쟁을 선포하는 순간부터 자신을 시체로 생각해야 한다거나 하는 생각들을 이해하지 못했다.

"우린 죽은 목숨이에요." 그가 말했다.

"아직 죽지 않았어요." 줄리아가 무미건조하게 말했다.

"육체적으로는 아니죠. 6개월, 1년, 어쩌면 5년 안에 육체가 죽지는 않을 겁니다. 나는 죽는 게 무서워요. 당신은 젊으니까 나보다 더 두려울 테죠. 물론 미룰 수 있는 만큼 미루기야 하겠지만 어차피 별 차이는 없어요. 우리가 인간인 이상, 죽음과 삶은 같은 거니까."

"말도 안 되는 소리! 나와 해골 중에 누구랑 자고 싶은데요? 살아 있는 게 즐겁지 않아요? 이 느낌, 좋아하잖아요. 나라는 사람, 내 손, 내 다리, 난 진짜라고요. 만질 수 있고, 살아 있다고요! 이게 좋지 않단 말이에요?"

그녀는 자신의 가슴이 윈스턴에게 닿도록 몸을 틀었다. 그녀의 작업복 너머 풍만하고 탄탄한 젖가슴이 느껴졌다. 그녀의 몸에 가득한 젊음과 활력이 그의 몸으로 쏟아지는 것 같았다.

"물론 좋아해요." 그가 말했다.

"그럼 죽는다는 소리 하지 말아요. 그리고 잘 들으세요, 내 사랑. 다음에 어디서 어떻게 만날지를 정해야죠. 숲속 그 장소에 다시 가도 괜찮아요. 한동안 가지 않았으니까. 하지만 이번에는 다른 길로 가야 해요. 생각해 둔 길이 있어요. 우선 기차를 타고… 그냥 그려서 보여 주는 게 더 낫겠네요."

그녀는 능숙하게 먼지를 긁어모아 작은 사각형을 만든 다음 비둘기 둥지에서 나뭇가지 하나를 뽑아 바닥에 지도를 그리기 시작했다.

4장

윈스턴은 채링턴 씨 가게 위에 있는 허름한 작은 방을 둘러보았다. 창가에 놓인 거대한 침대 위에는 낡은 담요와 커버를 씌우지 않은 베개 받침이 올려져 있었다. 12까지만 표시된 구식 시계가 벽난로 위에서 똑딱거렸다. 구석에 있는 접이식 테이블 위에는 그가 지난번 방문했을 때 샀던 유리 문진이 어슴푸레한 조명을 받아 은은하게 빛나고 있었다.

벽난로 난로망 안쪽에 채링턴 씨가 준비해 둔 찌그러진 양철석유난로와 작은 냄비, 컵 두 개가 놓여 있었다. 윈스턴은 난로에 불을 붙이고 냄비에 물을 올렸다. 그는 빅토리 커피와 사카린 정제가 가득 담긴 봉투를 챙겨 왔다. 시곗바늘은 17시 20분을 가리키고 있었는데 실제로는 19시 20분이었다. 그녀는 19시 30분에 올 것이다.

미쳤지, 미쳤어. 그는 계속 속으로 되뇌었다. 이렇게 미친 짓을 쓸데없이 굳이 벌이다니. 그의 행동은 당원이 저지를 수 있는 범죄 중에서 가장 숨기기 힘든 범죄였다. 사실 그 아이디어는 접이식 테이블의 표면에 비친 유리 문진의 반영처럼 처음부터 그의 머릿속에 떠올랐다. 예상했던 대로, 채링턴 씨는 어렵지 않게 방을 내어 주었다. 그는 그 대가로 얻게 될 몇 달러가 매우 반가운 눈치였다. 윈스턴이 연애 사업을 위해 방을 빌리고자 한다는 사실을 알게 되었을 때도 충격을 받거나 불쾌해하는 기색이 없었다. 대신 그는 먼 산을 보며 일반적인 이야기를 늘어놓았는데, 어찌나 힘없이 말하는지, 거의 보이지 않게 된 느낌마저 들었다. 그는 사생활이 매우 귀중하다고, 누구나 가끔은 혼자 있을 수 있는 장소를 원한다고 했다. 그리고 누군가 그러한 장소를 찾았을 때, 그것을 알게 된 사람이 침묵을 지켜 주는 것은 당연한 예의라고도 했다. 이에 덧붙여 그는 자신의 집으로 들어가는 입구가 두 개 있으며, 그중 하나는 뒷마당으로 통하는 골목으로 이어진다고 일러주었는데, 그 이야기를 하는 동안 그는 세상에서 사라져 버릴 것처럼 보였다.

창문 아래에서 누군가 노래를 부르고 있었다. 윈스턴은 얇은 모슬린 커튼 뒤에 몸을 숨긴 채 창문 밖을 내다보았다. 6월의 태양이 아직 하늘 높이 떠 있었고, 햇살을 가득 머금은 마당에 노르만 양식 기둥처럼 우악스럽게 생긴 여인이 붉게 달아오른 건장한 팔뚝을 드러낸 채 거친 마포로 만든 앞치마를 허리에 두르고 빨래통과 빨랫줄 사이를 쿵쿵 오가며 아기 기저귀인 듯한 흰색의 네모진 옷감들을 널고 있었다. 입에 빨래집게를 물고 있지 않을 때면 여자는 힘찬 저음으로 노래를 불렀다.

희망이 없는 환상일 뿐이었네.
4월의 어느 날처럼 지나갔지만
한 번의 눈빛과 한마디의 말, 그리고 그들이 깨운 꿈
내 마음은 그들의 것이 되었다네.

지난 몇 주 동안 런던을 떠들썩하게 한 노래였다. 그것은 음악부의 하위 부서에서 프롤들을 위해 작곡된 수많은 양산형 노래 중 하나로, 노래 가사는 작시기라고 부르는 기계를 사용하여 인간의 손을 거치지 않고 만들어진 것이었다. 하지만 여자가 어찌나 노래를 잘 부르는지 그 끔찍한 쓰레기가 듣기 좋은 노래로 들릴 정도였다. 여자가 노래하는 소리, 바닥 판석 위를 걷는 신발 소리, 거리에서 아이들이 지르는 고함 소리, 그리고 저 멀리 어딘가에서 자동차 소리도 희미하게 들려왔지만 텔레스크린이 없는 방안은 이상하리만치 조용하게 느껴졌다.

미쳤지, 미쳤지. 미쳤어! 윈스턴은 다시 생각했다. 이 장소에 들락날락하면서 꼬리가 밟히지 않을 수 있는 기간은 단 몇 주도 되지 않을 것이다. 하지만 두 사람은 가까운 곳에 지붕과 벽이 있는 둘만의 은신처를 갖고 싶다는 유혹을 억누를 수가 없었다. 교회 종탑을 방문한 후 두 사람은 한동안 만날 수 없었다. 증오 주간을 앞두고 근무시간이 대폭 늘어났기 때문이었다. 증오 주간까지는 아직 한 달도 더 남아 있었지만 행사 준비 규모가 크고 과정도 복잡해서 추가 작업을 하지 않는 사람이 없었다. 그러다 마침내 두 사람은 같은 날 오후 시간을 빼는 데 성공했다. 그들은 숲속 공터를 다시 찾기로 했다. 전날 저녁 두 사람은 거리에서 잠시 만났다. 늘 그렇듯 사람들 무리에 섞인 채 서로를 향해 표류하는 동안 윈스턴은 줄리아를 거의 쳐다보지 않았는데, 아주 잠깐 그녀를 흘깃 보았을 때 그녀의 안색이 평소보다 창백했다.

"안 되겠어요." 대화를 나눠도 위험하지 않다는 판단이 서자 그녀가 웅얼거리듯 말했다. "내일 말이에요."

"네?"

"내일 오후요. 못 가요."

"왜요?"

"통상적인 이유요. 이번 달엔 조금 일찍 시작했네요."

잠시 그는 분노가 치밀었다. 그녀를 한 달 알고 지내는 동안 그녀에 대한 그의 욕망은 점차 그 성격이 변해 갔다. 처음에는 감각적인 전율 따위는 거의 없었다. 그들의 첫 섹스는 섹스를 하겠다는 의지의 행위였다. 하지만 두 번째 이후로 달라졌다. 그녀의 머리카락에서 나는 향기, 입술의 맛, 피부의 감촉이 그를 흠뻑 적시고 그의 주변 공기에 스며들어 온몸을 휘감는 느낌이었다. 그는 그녀의 육체가 꼭 필요해졌다. 그녀의 몸을 원할 뿐만 아니라 자신에게 그럴 권리가 있다고 느끼기까지 했다. 그녀가 올 수 없다 했을 때 그는 그녀가 자신을 속이고 있다는 생각까지 들었다. 하지만 바로 그때 군중에 떠밀린 두 사람이 서로의 몸에 딱 붙게 되면서 손과 손이 맞닿았다. 그녀가 그의 손가락 끝을 빠르게 쥐자 그의 마음에서 욕망이 아닌 애정이 깨어나는 듯했다. 그는 여자와 함께하는 이상 이런 실망이 일상적으로 반복되리라는 생각이 들었다. 그리고 갑자기 이전에는 느껴 본 적 없는 그녀에 대한 배려가 마음속 깊은 곳에서 샘솟았다. 그는 그들이 결혼한 지 10년쯤 된 부부였으면 했다. 지금처럼 그녀와 거리를 걸으며 거리낌 없이 공개적으로 잡담을 나누고 자질구레한 생활용품들을 살 수 있었으면 좋겠다고 생각했다. 무엇보다도 만날 때마다 사랑을 나눠야 한다는 의무감 없이 단둘이 함께 있을 수 있는 장소가 간절했다. 그가 채링턴 씨의 방을 빌려야겠다는 생각을 한 것은 그 순간이 아니라 다음날이었다. 줄리아에게 자신의 생각을 이야기하자 뜻밖에도 그녀는 흔쾌히 그의 의견에 동의했다. 그의 제안이 미친 짓이라는 것은 두 사람 모두 잘 알았다. 스스로 무덤을 파는 짓이었다. 그는 침대 가장자리에 앉아 줄리아를 기다리면서 자애부 지하실을 다시 머릿속에 떠올렸다. 예정된 공포가 어떻게 사람의 의식 속에 들어왔다 나갔다 하는 것인지 참 신기했다. 99 다음에 100이 오는 것만큼이나 의심할 여지 없이, 다가올 미래에는 죽음이 그들을 기다리고 있었다. 피할 수는 없지만 미룰 수는 있을 터였다. 하지만 언제든 의식적이고 고의적인 행동을 통해 최후의 그날을 앞당길 수도 있었다.

그 순간 계단을 오르는 빠른 발걸음 소리가 들렸다. 곧 줄리아가 방으로 뛰어들어 왔다. 그녀는 거친 갈색 캔버스 천으로 만든 공구가방을 들고 있었는데, 그녀가 그 가방을 들고 진리부 이곳저곳을 다니는 모습을 윈스턴도 몇 번 본 적이 있었다. 그가 다가가 그녀를 품에 안았지만, 아직 공구 가방을 손에 든 그녀는 황급히 그에게서 떨어졌다.

"기다려 봐요." 그녀가 말했다. "내가 뭘 가져왔는지 봐요. 혹시 맛대가리 없는 빅토리 커피를 가져왔어요? 그럴 줄 알았죠. 없애 버려요, 필요 없을 것 같으니까. 이것 좀 봐요."

그녀는 무릎을 꿇고 가방을 열더니 가방 윗부분에 채워져 있던 스패너 몇 개와 드라이버를 바닥에 내팽개쳤다. 그 아래에는 깨끗한 종이봉투 여러 개가 들어 있었다. 그녀가 건넨 첫 번째 봉투에는 낯설지만 한편으로는 꽤 친숙한 물건이 들어 있었다. 모래알 같은 무언가가 가득 든 묵직한 봉투는 만지는 곳마다 푹푹 꺼지는 느낌이 들었다.

"설탕 아닙니까?" 그가 물었다.

"진짜 설탕이요. 사카린 아니에요. 그리고 빵도 한 덩이 가져왔어요. 우리가 먹는 조잡한 빵이 아니라 진짜 흰 빵이요. 그리고 잼 한 병도요. 이 병에는 우유가 담겨 있고요. 그리고 보세요! 이걸 구하다니 너무 뿌듯해요. 천으로 꽁꽁 감싸야 했어요, 왜냐하면…."

그녀는 왜 그 물건을 포장해야 했는지 말할 필요가 없었다. 이미 방 안은 어린 시절의 기억을 비집고 나온 것 같은 그 풍부하고 뜨거운 향기로 가득했다. 지금은 어느 뒷골목에 문이 쾅 닫히는 소리가 들리기 전까지만 잠시 머무르거나 사람들로 가득 찬 거리 어딘가에서 희미하게 풍겨 오다가 잠깐 코끝을 스친 뒤 사라지곤 하는, 가끔씩만 느낄 수 있는 냄새였다.

"커피군요." 그가 중얼거렸다. "진짜 커피요."

"내부당에서 나온 거예요. 1킬로나 가져왔어요."

"이런 물건들은 다 어떻게 구했어요?"

"다 내부당원용이에요. 그놈들은 없는 게 없죠. 웨이터나 심부름꾼들이 조금씩 빼돌려요. 보세요. 차도 한 봉지 가져왔어요."

윈스턴은 그녀 옆에 쪼그리고 앉았다. 그는 포장 귀퉁이를 조금 찢었다.

"진짜 차네요. 블랙베리잎이 아니라."

"요즘 차는 꽤 자주 보여요. 인도인지 어딘지를 점령했대요." 그녀가 애매하게 말했다. "하지만 자기. 3분만 뒤로 돌아 있어 줘요. 침대 저쪽에 가서 앉아 계세요. 창문에 너무 가까이 가지는 말고요. 그리고 내가 됐다고 할 때까지 돌아보면 안 돼요."

윈스턴은 모슬린 커튼 너머를 멍하니 바라보았다. 창문 아래 마당에서는 팔뚝이 붉게 그을린 여자가 여전히 빨래통과 빨랫줄 사이를 왔다 갔다 하고 있었다. 입에 물고 있던 빨래집게 두 개가 빠지자 그녀는 감정을 듬뿍 담아 노래했다.

시간이 모든 것을 해결한다지만
언제든 잊을 수 있다지만
몇 년이 흐르도록 미소와 눈물에

놀아나는 내 심장이여!

그녀는 그 실없는 노래 전체를 외우고 있는 것 같았다. 기분 좋은 애절함이 담긴 아름다운 선율을 노래하는 그녀의 목소리가 달콤한 여름 공기를 타고 울려 퍼졌다. 6월의 저녁이 영원히 계속되고 빨랫감이 줄지 않아서 천년만년 기저귀를 널며 쓰레기 같은 노래를 부르게 되더라도 그녀는 충분히 행복해하지 않을까 하는 생각이 들었다. 그는 즉흥적으로 혼자 노래하는 당원을 본 적이 없다는 사실이 이상하게 느껴졌다. 아마 그런 사람을 봤다면 혼잣말처럼 이단적이고 위험한 기행을 저지르고 있다고 느꼈을 터였다. 어쩌면 사람들이 노래를 부를 만한 이유가 생기는 것은 기아 수준으로 배를 곯았을 때뿐인지도 몰랐다.

"이제 돌아봐도 돼요." 줄리아가 말했다.

그는 뒤로 돌았고 잠시 동안 그녀를 알아보지 못할 뻔했다. 그는 그녀가 옷을 벗고 있으리라 예상했다. 하지만 그녀는 알몸이 아니었다. 그녀의 모습은 알몸인 상태보다 훨씬 더 놀라웠다. 그녀가 얼굴에 화장을 한 것이었다.

프롤레타리아 구역의 상점을 몰래 찾아 화장품 한 세트를 구입한 모양이었다. 입술은 짙은 빨강으로 물들어 있었고 뺨은 분홍빛으로 빛났으며 코에도 보송한 분이 칠해져 있었다. 심지어 눈 밑도 무언가를 발랐는지 한층 화사해 보였다. 그다지 능숙한 솜씨는 아니었지만 어차피 윈스턴은 화장에 대해 잘 알지 못했다. 그는 화장한 여성 당원의 모습을 본 적도 상상해 본 적도 없었다. 그녀의 변신은 놀라웠다. 적당한 위치에 몇 가지 색을 입혔을 뿐인데 훨씬 아름다워졌을 뿐만 아니라 여성스러운 분위기도 물씬 풍겼다. 그녀의 짧은 머리와 보이시한 작업복이 오히려 여성스러움을 돋보이게 했다. 그녀를 품에 안자 그의 콧속에 제비꽃 향기가 훅 끼쳤다. 그러자 어두침침한 지하 주방과 매춘부의 동굴 같은 입이 떠올랐다. 그녀에게서도 같은 향이 났었다. 하지만 지금 이 순간 그런 것은 중요하지 않게 느껴졌다.

"향수까지 뿌렸군요!"

"맞아요. 향수도 뿌렸지요. 그리고 이 다음에는 뭘 할 건지 알아요? 여자들이 입는 진짜 드레스를 구해서 이 빌어먹을 바지 대신 입을 생각이에요. 실크 스타킹과 하이힐도 신을 거고요! 이 방 안에서 저는 당 동지가 아니라 여자가 될 거예요."

그들은 옷을 벗어던지고 거대한 마호가니 침대 위로 올라갔다. 윈스턴이 그녀 앞에서 옷을 다 벗은 것은 이번이 처음이었다. 지금까지 그는 종아리에 붉거져 나온 정맥과 발목 위에 있는 칙칙한 반점이 도드라져 보이는 자신의 창백하고 빈약한 몸이 너무 부끄러웠다. 침대 시트는 없었지만 그들이 깔고 누운 담요는 올이 다 드러날 정도로 낡고 부드러웠다. 두 사람은 침대의 크기와 탄력에 감탄했다. "분명 벌레가 득실거리겠지만 무슨 상관이겠어요?" 줄리아가 말했다. 요즘에는 프롤들의 집이 아니고선 더블 침대를 보기 힘들었다. 윈스턴은 어렸을 때나마 그런 집에 살아 본 적이 있었지만 줄리아는 그녀가 기억하는 한 그런 집에서 산 적이 없었다.

두 사람은 잠시 잠에 들었다. 윈스턴이 잠에서 깨어났을 때 느릿느릿 움직이는 시곗바늘이 거의 9시에 가까워져 있었다. 그는 꼼짝도 하지 않았다. 줄리아가 그의 팔을 벤 채 잠들어 있었다. 그녀의 화장은 그의 얼굴과 베개 받침에 쓸려 거의 지워져 있었지만, 그녀의 아름다운 광대 부분에 볼연지가 아직 연하게 남아 있었다. 지는 태양의 노란빛이 침대 발치에 떨어져 벽난로를 밝혔다. 벽난로 안에 놓인 냄비 안의 물이 빠르게 끓고 있었다. 마당 아래에서 들리던 여자의 노랫소리는 멈췄지만 골목에서부터 울려 퍼지는 아이들의 함성이 희미하게 들려왔다. 사라진 옛 시대에는 한여름 저녁 발가벗은 남녀가 침대에 누워 원할 때 사랑을 나누고 원하는 주제로 이야기하는 것이, 일어나야 한다는 압박을 느끼지 않고 창밖에서 들려오는 평화로운 소리를 들으며 하릴없이 누워 있는 것이 평범한 일상이었을지 궁금해졌다. 이런 삶이 평범했던 시절이 정말 없었던 걸까? 줄리아가 잠에서 깨어나 눈을 비비며 팔꿈치로 몸을 일으켜 석유난로를 바라보았다.

"물이 절반은 끓어 없어졌네요." 그녀가 말했다. "일어나서 바로 커피를 만들게요. 한 시간 정도 더 있을 수 있어요. 당신이 사는 건물은 소등 시간이 몇 시예요?"

"23시 30분이요."

"제가 사는 호스텔은 23시예요. 하지만 그보다 일찍 도착해야 해요. 왜냐하면… 어머나! 썩 꺼져 이 더러운 짐승!"

그녀는 갑자기 침대 위에서 몸을 비틀어 바닥에 있는 신발을 집어 들더니 돌팔매질하는 소년처럼 구석으로 던졌다. 2분 증오가 있던 날 아침 골드스타인에게 사전을 던질 때도 똑같은 모습이었다.

"뭐예요?" 깜짝 놀란 윈스턴이 물었다.

"쥐예요. 벽에 더러운 주둥이를 갖다 대더라고요. 저기 구멍이 있네요. 어쨌든 겁은 좀 준 것 같아요."

"쥐라니!" 윈스턴이 웅얼거렸다. "이 방에!"

"쥐는 어디에나 있죠." 줄리아가 다시 몸을 눕히며 무심하게 말했다. "호스텔 주방에서도 몇 마리 잡았어요. 런던에 어떤 지역은 쥐가 우글우글해요. 저것들이 애들까지 공격하는 거 알아요? 진짜라니까요. 그런 동네에 사는 엄마들은 아기를 단 2분도 혼자 못 둔대요. 그런 짓을 하는 건 항상 커다란 갈색 쥐들이에요. 더 역겨운 건 쥐새끼들이 항상…."

"제발 그만!" 윈스턴이 눈을 꼭 감으며 말했다.

"내 사랑! 얼굴이 창백해요. 무슨 일이에요? 쥐 때문에 속이 안 좋은 거예요?"

"세상에 많고 많은 끔찍한 것들 중에 하필 쥐라니!"

그녀는 자신의 온기로 그를 안심시키려는 듯 그에게 딱 달라붙어 팔다리로 그를 휘감았다. 그는 바로 눈을 뜨지 않았다. 가끔 되풀이되며 평생 그를 괴롭히던 악몽 속으로 다시 빨려 들어가는 것 같은 느낌이 몇 분 동안 계속되었다. 꿈은 늘 똑같았다. 그는 어둠의 벽 앞에 서 있었고, 벽 반대편에는 마주하기에 너무 두려운, 견딜 수 없는 무언가가 있었다. 꿈에서 그가 가장 깊이 느끼는 감정은 늘 자기기만이었다. 왜냐하면 꿈속의 그는 사실 어둠의 벽 뒤에 무엇이 있는지 알고 있기 때문이다. 뇌에서 한 조각을 떼어 내듯 지독하게 노력하면 벽 뒤에 있는 물건을 밖으로 끌어낼 수도 있었다. 그는 항상 벽 뒤에 무엇이 있는지 깨닫지 못한 채 잠에서 깼다. 하지만 어쩐지 벽 뒤에 있는 무언가가 그가 말을 끊기 전 줄리아가 하던 말과 연관이 있는 것 같았다.

"미안합니다." 그가 말했다. "아무것도 아니에요. 쥐를 싫어해서요."

"걱정 말아요, 내 사랑. 이 방 안에 쥐가 들어올 일은 없을 거예요. 두꺼운 천을 조금 잘라서 구멍을 막아 버릴게요. 다음번에 여기 올 때는 구멍을 제대로 막을 수 있게 회반죽을 좀 가져와야겠어요."

눈앞이 캄캄했던 공포는 이미 반쯤 잊혔다. 그는 약간 창피함을 느끼며 침대 머리맡에 앉았다. 줄리아는 침대에서 일어나 작업복을 입고 커피를 만들었다. 냄비에서 올라오는 냄새가 너무 강렬하고 자극적이어서 밖에 있는 누군가가 눈치채고 의문을 품지 않도록 두 사람은 창문을 닫았다. 커피의 맛보다 더 황홀한 것은 설탕이 주는 부드러움이었다. 몇 년 동안 사카린만 먹어온 윈스턴이 거의 잊어버렸던 맛이었다. 줄리아는 한 손을 주머니에 넣은 채 다른 손에는 잼을 바른 빵 한 조각을 들고 방 안을 돌아다녔다. 그녀는 무심하게 책장을 바라보기도 하고, 접이식 테이블을 고치는 가장 좋은 방법을 설명하기도 하고, 낡은 안락의자에 몸을 묻어 얼마나 편안한지를 확인하기도 하고, 12시까지만 표시된 우스꽝스러운 시계를 참고 봐주겠다는 태도로 흥미롭게 살피기도 했다. 그녀는 유리 문진을 침대로 들고 와 밝은 빛 아래서 자세히 들여다봤다. 그는 언제나처럼 빗물처럼 매끄러운 유리 덩어리에 매료되어 그녀의 손에서 문진을 빼앗았다.

"이게 뭘까요?" 줄리아가 말했다.

"아무것도요. 그러니까, 용도가 없었던 것 같다는 뜻이에요. 그래서 좋아하고요. 잊어버리고 미처 바꾸지 못한 역사의 작은 조각이랄까요. 백 년 전으로부터 온 메시지이기도 하고요. 어떻게 읽는지만 안다면."

"그리고 저 그림도요." 그녀는 반대쪽 벽을 향해 고갯짓을 했다. "저것도 백 년쯤 되었을까요?"

"아마 더 됐을 거예요. 정확히는 알 수 없죠. 요즘은 뭐가 얼마나 오래됐는지 알기가 쉽지 않잖아요."

그녀는 그림을 가까이 보기 위해 다가갔다. "쥐새끼가 기웃거린 자리가 여기예요." 그림 바로 아래쪽 벽의 사각 몰드를 발로 툭툭 치며 그녀가 말했다. "이 장소는 어딜까요? 전에 본 적이 있어요."

"교회예요. 아니, 교회였었죠. 이름은 세인트 클레멘트 데인즈이고요." 채링턴 씨가 그에게 알려 준 동요가 떠오르자 그는 반쯤 향수에 젖은 채 덧붙였다. "오렌지야 레몬아, 세인트 클레멘트의 종소리를 울려라!"

줄리아가 그 뒤 가사를 읊자 윈스턴은 깜짝 놀랐다.

내게 3파딩을 빚졌으니, 세인트 마틴의 종소리를 울려라,

내게 진 빚을 언제 갚을 테냐? 올드베일리의 종소리를 울려라

"그 다음부터는 몰라요. 하지만 마지막이 '침대에 데려가줄 촛불이 오네. 머리를 날려 버릴 도끼가 오네'로 끝나는 건 알아요."

마치 암호를 주고받는 것 같은 느낌이었다. 하지만 '올드베일리의 종소리' 다음에 오는 가사가 분명 더 있을 것이었다. 윈스턴이 잘만 자극하면 채링턴 씨의 기억에서 나머지 가사를 끄집어낼 수도 있을 것 같았다.

"누가 가르쳐 줬습니까?" 윈스턴이 물었다.

"할아버지요. 어릴 때 불러 주시곤 했죠. 제가 여덟 살 때 증발되셨어요. 그게 아니었더라도 어쨌든 사라지셨죠. 레몬이 뭔지 궁금하네요." 그녀가 뜬금없이 덧붙였다. "오렌지는 본 적 있어요. 껍질이 두꺼운 노란 과일이요."

"레몬이 뭔지 기억나요." 윈스턴이 말했다. "50년대에는 꽤 흔했어요. 너무 셔서 냄새만 맡아도 침샘이 아플 정도죠."

"그림 뒤에 분명 벌레가 잔뜩 있을 거예요." 줄리아가 말했다. "한번 떼어 내서 깨끗하게 닦아야겠어요. 이제 떠날 시간이 됐네요. 슬슬 화장을 지워야겠어요. 아, 지겨워! 당신 얼굴에 묻은 립스틱은 나 다 끝나면 닦아 줄게요."

윈스턴은 몇 분 더 누워 있었다. 방이 어두워지고 있었다. 그는 빛이 들어오는 쪽을 향해 돌아누워 유리 문진을 바라보았다. 보고 또 봐도 흥미로운 것은 안에 든 산호 조각보다 유리 덩어

리 내부 그 자체였다. 유리 내부는 한없이 깊어지는 것 같으면서
도 공기처럼 투명했다. 유리 표면이 마치 둥근 하늘처럼 문진 속
작은 세상의 공기를 에워싸고 있는 것 같았다. 그 세상으로 들어
갈 수 있을 것 같은 느낌이 들었고, 실제로 마호가니 침대와 접
이식 테이블, 시계와 금속 판화 그리고 문진 그 자체와 함께 그
안에 있는 기분이었다. 크리스털처럼 투명한 문진이 지금 이 방
이고, 그 중심에 영원히 고정된 산호는 줄리아와 그 자신의 생명
이었다.

5장

사임이 사라졌다. 아침이 되었는데 그는 직장에 나타나지 않았다. 생각 없는 몇몇 사람들은 그가 보이지 않는다며 수군거렸다. 다음 날에는 아무도 그를 언급하지 않았다. 사흘째 되는 날 윈스턴은 기록부 현관에서 게시판을 보았다. 공지 중 하나에 사임이 속해 있던 체스 위원회의 위원 목록이 인쇄되어 있었다. 이전과 별다를 게 없었다. 줄이 그어진 이름은 없었지만 이름 하나가 사라져 있었다. 그걸로 충분했다. 사임은 더 이상 존재하지 않았다. 아니, 존재한 적이 없었다.

날씨는 찌는 듯 더웠다. 창문이 없는 미로 같은 진리부 건물 안은 에어컨이 가동되어 정상 온도를 유지했지만, 바깥 거리는 발바닥을 델 정도로 뜨거웠고, 출퇴근 시간 지하철 냄새는 공포 그 자체였다. 증오 주간 준비가 한창이어서 각 부처 직원들은 야근하는 일이 잦았다. 행진, 회의, 군사행진, 강연, 밀랍 모형, 전시, 영화, 텔레스크린 프로그램 등을 모두 준비해야 했다. 그러기 위해 연단을 세우고, 조각상을 만들고, 슬로건을 제작하고, 노래를 작곡하고, 소문을 유포하고, 사진을 조작했다. 창작부 소속인 줄리아의 부서는 소설 제작을 중단하고 적군의 잔혹 행위를 담은 소책자들을 제작하는 데 매진하고 있었다. 윈스턴은 정규 업무 외에도 매일 『타임스』의 지난 호들을 점검하고 연설에서 인용할 뉴스거리를 수정하고 윤색하는 데 시간을 쏟았다. 떠들썩한 프롤 무리들이 거리를 배회하기 시작하는 늦은 밤에는 도시에 묘하게 열기가 더해졌다. 그 어느 때보다 로켓 미사일의 폭격이 잦아졌고, 먼 곳에서 엄청난 폭격음이 들렸지만 아무도 이에 대해 설명하지 못했고, 다만 흉흉한 소문만이 돌 뿐이었다.

증오 주간의 주제가가 될 신곡(이른바 '증오의 노래')은 이미 완성되어 텔레스크린에서 내내 흘러나오고 있었다. 증오의 노래는 딱히 음악이라 할 수 없는 야만적이고 짐승이 울부짖는 듯한 리듬이었고, 마치 북소리같이 들렸다. 행진하는 발소리에 맞춰 울려 퍼지는 수백 명의 함성을 듣고 있으면 소름이 끼쳤다. 프롤들은 그 노래를 좋아해, 한밤중 거리에서는 아직 인기가 식지 않은 「그건 단지 덧없는 꿈이었네」와 함께 인기 순위를 다투었다. 파슨스네 아이들은 빗과 화장지를 들고 더는 듣고 있기 힘들 때까지 종일 그 노래를 연주해 댔다. 윈스턴의 저녁 시간은 그 어느 때보다 바빴다. 파슨스가 조직한 자원봉사자 모임에서는 증오 주간을 위해 거리를 단장하고, 현수막을 달고 포스터를 칠하고, 지붕에 깃대를 세웠고, 위험을 무릅쓰고 거리를 가로질러 깃발을 달기 위한 철사를 걸었다. 파슨스는 400미터짜리 휘장이 달리는 곳은 빅토리 맨션 하나뿐이라며, 자신에게 꼭 맞는 자리를 찾은 듯 행복에 겨워했다. 더위 속에 육체노동까지 하며 명분을 얻게 된 그는 저녁이 되면 작업복 대신 반바지를 입고 셔츠를 풀어헤치고 다녔다. 그가 온갖 곳을 다니며 밀고, 당기고, 톱질하고, 망치질하고, 임시변통으로 사고를 처리하면서 동지애적 충고로 모두를 격려하는 동안 그의 몸에서는 주름마다 코를 찌르는 시큼한 땀 냄새가 끝도 없이 났다.

갑자기 런던 전역에 새로운 포스터가 붙었다. 아무런 문구도 없이 유라시아 군인의 괴물 같은 모습만 그려진 3, 4미터 높이의 포스터였는데, 몽골인처럼 생긴 표정이 없는 군인이 거대한 군화를 신고 엉덩이 높이에서 기관단총을 겨누며 앞으로 돌진하는 모습이 그려져 있었다. 어떤 각도에서 보더라도 원근법에 의해 커다랗게 확대된 총구는 포스터를 보는 이를 정면으로 겨누는 듯했다. 포스터는 벽에 보이는 빈자리마다 도배를 한 탓에 심지어 빅브라더의 초상화보다 더 많이 보였다. 평소 전쟁에 무관심한 프롤들마저 주기적으로 불타오르는 애국심에 취해 격분을 토해 냈다. 그러한 분위기에 호응이라도 하듯 로켓 미사일 폭격은 평소보다 사람들을 더 많이 죽였다. 미사일 중 하나가 사람들로 가득 찬 스테프니의 영화관에 떨어지는 바람에 수백 명이 잔해에 묻히기도 했다. 동네 주민 모두가 장례식에 참석했는데, 이 장례식은 몇 시간 동안 이어지며 사실상 분노의 집회가 되었다. 또 다른 폭탄은 놀이터 역할을 하던 폐허가 된 공터에 떨어져 어린이 수십 명을 산산이 조각냈다. 분노에 찬 시위가 계속해서 일어났고, 골드스타인의 조각상은 불에 탔다. 유라시아 군인 포스터 수백 장이 찢기고 불길에 던져졌으며 혼란 속에서 수많은 상점이 약탈당했다. 그 후 간첩들이 무선 전파를 이용해 로켓 미사일을 조종하고 있다는 소문이 돌았고, 외국에서 온 것으로 의심을 받던 노부부가 자신의 집에 불을 지르고 그 안에서 질식사했다는 소식이 들렸다.

줄리아와 윈스턴은 채링턴 씨 가게에 딸린 방에 방문할 때면 창문을 열고 커버가 씌워지지 않은 침대 위에 알몸으로 나란히 누워 더위를 식히곤 했다. 쥐는 다시 보이지 않았지만, 공기가 더워지면서 벌레들이 끔찍할 정도로 늘었다. 하지만 아무래도 상관없었다. 더럽든 깨끗하든 그 방은 천국이었다. 그들은 방에 도착하자마자 모든 물건에 암시장에서 구한 후추를 뿌려 벌레를 쫓은 다음 옷을 벗어던지고 땀에 젖은 몸으로 사랑을 나눴다. 잠깐 잠이 들었다가 깨어나 보면 반격이라도 하듯 벌레들이 다시 모여 있었다.

두 사람은 6월 한 달 동안 네다섯 번, 혹은 예닐곱 번쯤 만났다. 윈스턴은 하루종일 진을 마시던 습관을 버렸다. 그럴 필요가 없어진 것 같았다. 몸에 점점 살이 붙었고, 정맥류 궤양도 발목 위쪽 피부에 갈색 얼룩만 남긴 채 가라앉았으며, 이른 아침이면 늘 찾아오던 발작적인 기침도 멈췄다. 참을 수 없던 일과가 견딜 만해졌고, 텔레스크린을 향해 얼굴을 찌푸리거나 목소리를 높여 욕을 하고 싶은 충동도 느끼지 않게 되었다. 이제 두 사람에게는 거의 집이라 할 수 있는 안전한 은신처가 있었고, 가끔 두세 시간밖에 만나지 못하는 것조차 힘들게 느껴지지 않았다. 중요한 것은 고물상 위에 그들만의 공간이 존재한다는 사실이었다. 아무도 모르는 둘만의 방을 생각하는 것만으로도 이미 방 안에 있는 듯한 기분을 느낄 수 있었다. 그 방은 멸종된 생물들이 걸어 다닐 수 있는 세계이자 과거가 담긴 주머니였다. 윈스턴이 보기에 채링턴 씨 역시 멸종 동물이었다. 그는 위층으로 올라가기 전 채링턴 씨와 몇 분간 이야기를 나누곤 했다. 노인은 집 밖에 나가는 일이 거의, 아니 전혀 없는 것 같았고, 손님도 거의 없었다. 그는 작고 어두침침한 가게와 그가 식사를 준비하는 그보다 더 작은 부엌방 사이만 왔다 갔다 하는 유령 같은 존재였다. 부엌방에는 거대한 뿔이 달린 믿을 수 없을 정도로 오래된 축음기가 놓여 있었는데, 그의 삶과 어딘가 닮은 데가 있었다. 그는 이야기할 기회가 있어 기쁜 듯했다. 긴 코에 두꺼운 안경을 쓰고 굽은 어깨 위에 벨벳 재킷을 걸친 채 쓸모없는 물건들 사이를 배회하는 그의 모습은 어쩐지 상인이라기보다는 수집가 같은 느낌을 희미하게 주었다. 그는 사그라든 열정으로 도자기 병마개, 부러진 코담뱃갑의 채색된 뚜껑, 오래전에 죽은 아기의 머리카락이 들어 있는 금색동 로켓 목걸이 같은 잡동사니들을 만지작거리곤 했는데, 윈스턴에게 그러한 물건들을 존중해야 한다고 이야기할 뿐, 사라고 요구하지는 않았다. 그와 대화할 때면 낡은 오르골이 딸랑거리는 소리를 듣는 기분이 들었다. 그는 기억 속 저 구석에서 잊혀 있던 동요의 조각들을 더 끄집어냈다. 지빠귀 스물네 마리에 대한 노래가 하나 있었고 삐뚤어진 뿔을 가진 소에 대한 노래, 또 하나는 가엾게 죽은 붉은 가슴 울새에 대한 노래였다. "손님이 관심이 있으실 것 같아서요." 그는 새로운 동요를 기억해 낼 때마다 자조적인 웃음을 작게 터뜨리며 이렇게 말했다. 하지만 그는 어떤 가사도 몇 줄 이상은 기억해 내지 못했다.

두 사람 모두 지금 일어나고 있는 일들이 오래 지속될 수 없다는 사실을 잘 알았고, 그 사실을 늘 염두에 두고 있었다. 죽음이 임박했다는 사실이 그들이 몸을 누이는 침대만큼이나 명백하게 보일 때면 그들은 시계종이 울리기 5분 전 마지막 즐거움을 만끽하려는 저주받은 영혼들처럼 일종의 절망적인 욕정으로 서로를 탐했다. 어떤 때는 자신들이 안전한 상태에 있으며 이 상황이 영원히 지속될 수 있으리라는 환상을 가지기도 했다. 그럴 때면 그 방에 있는 한 누구도 자신들에게 해를 끼칠 수 없을 것 같다는 느낌이 들었다. 방까지 가는 길은 힘들고 위험하지만 방자체는 성역이나 다름없었다. 마치 유리 문진의 중심을 들여다볼 때 그 유리 속 세상으로 들어갈 수 있을 것 같은, 안으로 들어가면 시간이 멈출 것 같은 느낌이 드는 것과 비슷했다. 종종 그들은 달아나는 상상을 하기도 했다. 그러면 그들의 행운이 언제까지나 지속되어 삶이 다할 때까지 지금처럼 은밀한 관계를 유지할 수 있을 것만 같았다. 혹시 캐서린이 죽고 적절히 손을 쓴다면 윈스턴과 줄리아는 결혼할 수 있을지도 모른다. 아니면 함께 자살할 수도 있을 터였다. 어쩌면 두 사람이 함께 아무도 몰래 자취를 감추고, 누구도 알아보지 못하게 변장한 다음 프롤레타리아식 억양으로 말하는 법을 배워 공장에서 일자리를 얻으면 들키지 않고 뒷골목에서 살아갈 수도 있을지도 모를 일이었다. 물론 두 사람 모두 이러한 상상이 터무니없다는 사실을 알았다. 현실에서 탈출구는 없었다. 유일하게 실행할 수 있는 계획인 자살조차도 두 사람은 실행할 생각이 없었다. 매일, 매주 이어지는 현재를 계속해서 살아가는 것은 공기가 있는 한 언제까지나 다음 숨을 준비하는 폐처럼 어찌할 수 없는 인간의 본능이었다.

때때로 그들은 적극적으로 당에 저항하는 반란에 참여하겠다고 이야기했지만, 어디서부터 시작해야 하는지 전혀 알지 못했다. 혹 전설의 형제단이 실제 존재한다 해도 그들을 찾아야 하는 어려움은 남는다. 그는 줄리아에게 자신과 오브라이언 사이에 묘한 친밀감이 존재했거나 존재하는 것 같은 느낌이 든 적이 있었고, 그에게 성큼성큼 걸어가 자신이 당에 반감을 품고 있다고 선언하고 그의 도움을 청하고 싶은 충동도 느꼈다고 이야기했다. 흥미롭게도 그녀는 그의 충동이 말도 안 된다거나 경솔하다고는 여기지 않았다. 사람을 생김새로 판단하는 데 익숙한 그녀는 윈스턴이 딱 한 번 주고받은 눈빛만으로 오브라이언을 신뢰할 만하다고 믿는 것을 당연하다고 생각했다. 더욱이 그녀는 모든 사람들, 또는 거의 모든 사람들이 속으로는 당을 혐오하고 있으며, 각자 안전하다고 생각하는 범위 내에서 규칙을 어기고 있으리라고 확신했다. 하지만 그녀는 광범위하고 조직적으로 당에 반대하는 이들이 존재하거나 존재할 수 있다고 믿지는 않았다. 그녀는 골드스타인과 그의 지하 조직에 관한 이야기는 당이 그들의 목적을 달성하기 위해 지어낸 헛소리에 불과하며, 그저 믿는 척해야 할 뿐이라고 이야기했다. 그녀는 당 대회나 자발적인 시위에 수없이 참가해 이름도 들어 본 적 없고, 범죄를 저질렀다고 의심조차 하지 않는 사람들을 처형하라고 큰 소리로 외치곤 했다. 공개재판이 열리는 날이면 그녀는 아침부터 저녁까지 재판소 주변을 지키는 청년동맹 파견대에 참여해 '반역자들에게 죽음을!'이라는 구호를 연신 외쳤다. 2분 증오 동안에는 누구보다 앞장서서 골드스타인을 욕했지만 그녀는 골드스타인이 누구인지, 그가 어떤 원칙을 설파하는지에 대해서는 별로아는 것이 없었다. 혁명 이후 성장기를 보낸 그녀는 너무 어려서 50년대와 60년대에 있었던 이념 투쟁을 기억하지 못했다. 독립적인 정치 운동 같은 움직임은 그녀의 상상 범위 밖에 있었고 어쨌거나 당은 무적이라 믿었다. 당은 언제까지나 존재할 것이고, 영원불변일 것이다. 그들에게 저항하는 방법은 은밀하게 규칙을 위반하거나 기껏해야 누군가를 죽이거나 무언가를 폭파하는 등 개별적으로 무력 행동을 하는 것뿐이었다.

어떤 면에서 그녀는 윈스턴보다 훨씬 더 예리했고 당의 선전에 훨씬 덜 영향을 받았다. 언젠가 윈스턴이 우연히 유라시아와의 전쟁에 대해 언급했을 때, 그녀는 아무렇지 않게 전쟁이 일어나고 있는 것 같지 않다고 이야기해 그를 놀라게 했다. 또한 그녀는 런던에 매일 떨어지는 로켓 미사일도 오세아니아 정부가

'사람들을 겁주기 위해' 떨어뜨렸을 것이라고 했다. 윈스턴은 정말이지 단 한 번도 해 본 적 없는 생각이었다. 그녀가 2분 증오에서 터져 나오는 웃음을 참는 게 가장 힘들다고 했을 때 윈스턴은 질투심마저 생겼다. 하지만 당의 가르침이 어떤 식으로든 자신의 삶에 영향을 미칠 때는 그녀도 의문을 가졌다. 그녀는 당에서 공식적으로 배포하는 신화를 거리낌 없이 받아들이기도 했는데, 진실인지 거짓인지가 중요하다고 생각하지 않았기 때문이다. 한 예로 그녀는 학교에서 배운 대로 당이 비행기를 발명했다고 믿었다. (윈스턴이 기억하기로, 그가 학창시절을 보낸 50년대 후반에 당이 발명했다고 주장한 물건은 헬리콥터뿐이었다. 12년 후 줄리아가 학교에 다닐 무렵에는 비행기도 발명했다고 주장했고, 한 세대가 더 지나면 아마 증기 기관까지 발명했다고 주장할 것이다.) 윈스턴이 태어나기 전, 그리고 혁명이 일어나기 한참 전에도 비행기가 존재했다는 말을 듣고도 그녀는 전혀 흥미로워하지 않았다. 사실 누가 비행기를 발명했던 그게 무슨 상관이란 말인가? 윈스턴은 이야기를 하다가 오세아니아가 4년 전까지 동아시아와 전쟁을 벌이고 유라시아와는 평화 상태였다는 사실을 그녀가 기억하지 못한다는 사실을 알고서 훨씬 큰 충격을 받았다. 그녀는 전쟁 자체가 가짜라고 여기면서도 전쟁 상대가 바뀌었다는 사실은 전혀 눈치채지 못한 듯했다. "난 우리가 늘 유라시아와 전쟁 중이라고 생각했어요" 그녀가 멍한 목소리로 말했다. 그는 조금 두려워졌다. 비행기야 그녀가 태어나기 훨씬 전에 발명되었다지만, 전쟁 상대가 바뀐 것은 그녀가 성인이 되고도 한참이 지난, 불과

4년 전에 일어난 일이었다. 그는 그 문제로 거의 15분 동안 그녀와 말씨름을 하다시피 했다. 결국 그는 그녀가 유라시아가 아니라 동아시아와 전쟁을 했던 때가 있었다는 사실을 어렴풋하게나마 떠올리게 하는 데 성공했다. 하지만 그 문제는 여전히 그녀에게 중요하지 않아 보였다. "무슨 상관이에요?" 그녀는 짜증을 내며 말했다. "어차피 전쟁은 늘 계속되고, 뉴스가 순 거짓말이라는 건 누구나 다 알아요."

그는 때때로 그녀에게 기록부에 대해, 그리고 그곳에서 자신이 저지르는 뻔뻔스러운 조작 행위에 대해 이야기했다. 그녀는 그런 일들에도 놀라는 것 같지 않았다. 거짓이 진실이 될 수 있다는 생각에도 발밑에 심연이 열리는 기분을 느끼지 못했다. 그는 그녀에게 존스, 애런슨, 러더퍼드에 대한 이야기와 한때 그의 손에 들어왔던 중요한 종이쪽지에 대한 이야기도 들려주었다. 그 이야기 역시 그녀에게 큰 인상을 남기지 못했다. 사실 처음에 그녀는 이야기의 요점이 무엇인지조차 파악하지 못했다.

"당신 친구들이었나요?" 그녀가 말했다.

"아니요. 모르는 사람들이에요. 내부당원들이었죠. 게다가 나보다 훨씬 나이도 많고요. 혁명 전부터 살았던 옛날 사람들이에요. 얼굴도 잘 모르는."

"그럼 걱정을 왜 하는 거죠? 사람들은 항상 죽어 나가는데. 안 그래요?"

그는 그녀를 이해시키려고 노력했다. "하지만 경우가 다르죠. 단순히 누군가가 살해당하는 문제가 아니에요. 어제부터의 모든 과거가 파괴되었다는 걸 알겠어요? 만약 과거가 어디에든 남아 있다면, 아무런 글자도 적히지 않은 물건 몇 개들일 거예요. 저기 있는 유리덩어리처럼요. 이미 우리는 혁명에 대해서, 혁명 이전의 시대가 어땠는지에 대해서도 문자 그대로 아무것도 몰라요. 모든 기록은 파기되거나 위조되었고, 모든 책은 재집필되었으니까요. 그림들은 다시 그려졌고, 모든 동상과 거리와 건물의 이름은 바뀌었고, 모든 날짜도 수정되었죠. 그리고 그 과정이 매일, 매분 계속되고 있다고요. 역사가 멈춘 거죠. 영원한 현재 외에는 아무것도 존재하지 않고, 그 속에서 당은 항상 옳아요. 물론 나는 과거가 위조되었다는 사실을 알지만, 위조 행위를 한 장본인인 나조차도 그것을 증명하기는 불가능할 겁니다. 일단 위조가 끝나고 나면 어떤 증거도 남지 않으니까요. 유일한 증거는 내 머릿속에만 있고, 내 기억을 공유하는 다른 인간이 있을지는 확실하지 않아요. 그런데 그때, 내 평생 딱 한 번, 실제적이고 구체적인 증거를 갖게 된 거예요. 물론 사건이 있고 몇 년 지나서였지만."

"그래서 무슨 소용이 있었죠?"

"없었죠. 몇 분 후에 그 쪽지를 버렸으니까. 하지만 같은 일이 오늘 일어난다면 난 쪽지를 간직할 겁니다."

"음, 전 아니에요." 줄리아가 말했다. "나는 위험을 감수할 준비가 됐지만, 옛날 신문 기사 따위가 아닌 더 가치 있는 무언가를 위해 하고 싶어요. 그걸 간직한다고 뭘 할 수 있는데요?"

"딱히 없겠죠. 하지만 증거잖아요. 누군가에게 보여 줄 용기가 있다면 사람들 마음에 의심의 씨앗은 뿌릴 수 있을 거예요. 나는 우리가 평생 뭔가를 바꿀 수 있을 거라고는 생각하지 않아요. 하지만 여기저기서 저항의 싹이 솟아나도록 할 수는 있다고 생각해요. 사람들이 몇 명씩이라도 뭉쳐서 점점 규모를 키우고 심지어 몇 개의 기록이라도 남길 수 있다면 우리가 떠나더라도 다음 세대가 뜻을 이어 갈 수 있을 거예요."

"난 다음 세대에는 관심 없어요. 내가 관심 있는 건 우리뿐이에요."

"당신은 참 허리 아래로만 반항적이라니까." 윈스턴이 말했다.

그의 말이 정말 재치 있다고 생각한 그녀는 즐거움에 취해 그를 껴안았다.

그녀는 당의 교리가 미치는 영향에 대해서는 조금도 관심을 갖지 않았다. 그가 영사의 신조와 이중사고에 대해 이야기하거나 당에서 과거를 수정하고 객관적인 현실을 부정한다는 이야기를 하며 새말 단어를 사용하기 시작하면 그녀는 지루해하고 혼란스러워하면서 그런 문제에 관심을 기울여 본 적이 한번도 없다고 말했다. 모두 헛소리라는 것을 알면서 왜 사서 걱정이냐는 투였다. 그녀는 언제 환호하고 언제 야유할지 알았고, 그거면 족했다. 그가 그런 주제로 계속 이야기하면, 그녀는 당황스럽게도 곧바로 잠들어 버리곤 했다. 그녀는 언제, 어떤 자세로든 잠을 잘 수 있는 사람이었다. 그녀와 이야기를 나눌 때면 정통성의 의미를 전혀 이해하지 못하면서 정통을 모방하기가 얼마나 쉬운지 깨닫곤 했다. 어떤 면에서 당의 세계관은 그것을 이해하지 못하는 사람들에게 가장 성공적으로 주입되었다. 그들은 가장 노골적인 현실 왜곡도 받아들일 수 있었는데 그 이유는 당이 자신들에게 얼마나 막중한 요구를 하는지 전혀 이해하지 못하고, 공적인 사건에 관심도 없어서 세상이 어떻게 돌아가는지 알아차리지도 못했기 때문이다. 따라서 이해가 부족한 덕분에 그들은 온전한 정신을 유지할 수 있었다. 그저 모든 것들을 있는 그대로 삼켰고, 그들이 삼킨 것들은 그들에게 아무런 해도 끼치지 않았다. 소화되지 않은 옥수수 낱알이 새의 몸을 빠져나가듯, 그들 몸 안에 아무 흔적도 남기지 않기 때문이다.

6장

마침내 그 일이 일어났다. 예상했던 메시지가 도착했다. 평생 이 순간이 오기만을 기다리고 있었던 것 같은 기분이었다.

그는 진리부의 긴 복도를 걷고 있었고 줄리아가 자신의 손에 쪽지를 쥐어 주었던 장소 즈음에서 자신보다 덩치가 큰 누군가가 자신을 따라오는 듯한 기척을 느꼈다. 누구인지 몰라도 그 사람이 뒤에서 작게 기침 소리를 내는데, 이야기를 하자는 신호인 게 분명했다. 윈스턴은 문득 걸음을 멈추고 뒤를 돌아보았다. 오브라이언이었다.

결국 두 사람은 마주보고 섰는데, 그의 머릿속에는 그 자리에서 도망치고 싶은 마음만 간절했다. 심장이 미친 듯이 뛰었다. 입을 열 수조차 없었다. 하지만 오브라이언은 윈스턴 쪽으로 계속 다가오더니 윈스턴의 팔에 다정하게 손을 올리며 나란히 걸음을 맞추어 걸었다. 그는 대부분의 내부당원과는 달리 정중하게 말을 하기 시작했다.

"당신과 이야기할 기회가 있었으면 했습니다." 그가 말했다. "요전날 『타임스』에서 당신이 쓴 새말 기사를 읽었지 뭡니까. 새말에 학구적인 관심이 많으신 것 같더군요."

윈스턴은 곧 어느 정도 냉정을 되찾았다. "학구적이진 않습니다." 그가 말했다. "아직 아마추어일 뿐입니다. 잘 아는 분야도 아니고요. 실제 새말이 어떻게 구축되는지에 대해서는 아무것도 아는 게 없지요."

"하지만 글에서 품격이 넘치더군요." 오브라이언이 말했다. "저만 이렇게 생각하는 게 아닙니다. 최근에 전문가인 당신 친구와도 이야기를 나눴지요. 지금은 이름이 생각나지 않습니다만."

윈스턴의 심장이 다시 한번 요동쳤다. 그는 틀림없이 사임에 대해 이야기하고 있는 것이다. 하지만 사임은 죽었을 뿐만 아니라 소멸해 비인간이 되었다. 그에 관한 이야기를 이토록 대놓고 하는 것은 매우 위험한 일이었다. 오브라이언의 말은 어떤 신호나 암호가 분명했다. 오브라이언은 작은 사상범죄에 그를 끌어들임으로써 자신을 공범으로 만들었다. 그들은 계속해서 천천히 복도를 따라 걷다가 이번에는 오브라이언이 갑자기 멈춰 섰다. 그는 사람을 무장해제시키는 미묘하고 친근한 몸짓으로 콧대에 걸친 안경을 고쳐 썼다. 그리고 계속 말을 이었다.

"그러니까 내가 하려던 말은 당신이 기사에서 구어가 된 단어 두 개를 사용했더라는 겁니다. 아주 최근에 구어가 된 단어들이지만요. 새말 사전 10판을 본 적이 있습니까?"

"아니요." 윈스턴이 말했다. "아직 출판이 안 된 걸로 압니다. 기록부에서는 아직 9판을 사용하고 있습니다."

"10판이 나오려면 아마 몇 달은 더 걸릴 겁니다. 하지만 먼저 인쇄된 견본이 돌아다니고 있지요. 나도 하나 가지고 있습니다. 관심이 있으십니까?"

"물론입니다." 그의 말뜻을 알아챈 윈스턴이 대번에 답했다.

"새로운 내용 중에 상당히 독창적인 부분이 있습니다. 동사의 수가 줄었지요. 그 점에 흥미를 느끼시리라 생각합니다. 어디 보자, 인편에 사전을 보내도 될까요? 그런데 제가 그런 약속을 잘 잊는 편입니다. 혹시 편하신 시간에 저희 집에서 가져가시겠습니까? 잠시 기다리세요. 주소를 알려드리지요."

두 사람은 텔레스크린 앞에 서 있었다. 오브라이언은 무심코 양쪽 주머니를 더듬더니 작은 가죽 공책과 금장 잉크 펜을 꺼냈다. 텔레스크린 바로 아래, 기기 반대편에 누가 있든 자신이 적은 내용을 읽을 수 있는 위치에서 공책에 주소를 휘갈겨 쓴 뒤 페이지를 찢어 윈스턴에게 건넸다.

"저녁 때는 보통 집에 있습니다." 그가 말했다. "제가 집에 없으면 저희 집 하인이 사전을 내어드릴 겁니다."

오브라이언이 멀어졌고 윈스턴은 이번에는 숨길 필요가 없는 쪽지를 손에 쥐고 있었다. 그럼에도 불구하고 그는 종이에 적힌 내용을 꼼꼼하게 암기한 다음, 몇 시간 후 다른 문서 뭉치들과 함께 기억 구멍에 던졌다.

그들이 이야기를 나눈 시간은 기껏해야 몇 분이었다. 두 사람의 만남이 의미하는 것은 하나뿐이었다. 윈스턴에게 자신의 주소를 알리기 위해 오브라이언이 생각해 낸 방책이 틀림없었다. 직접 문의하지 않는 이상 누군가의 주소를 알아낼 수는 없을 테니 어쩔 수 없었을 것이다. 주소록 같은 것은 존재하지 않았다. 오브라이언은 '나를 만나고 싶으면 여기로 오라'고 이야기하고 있었다. 아마도 사전 어딘가에 메시지가 숨겨져 있을지도 모른다. 하지만 어쨌든 한 가지는 확실했다. 그가 상상했던 음모가 실제로 존재하며 자신이 그 음모의 가장자리에 도착했다는 것이었다.

그는 조만간 자신이 오브라이언의 부름에 응답하리라는 사실을 알았다. 그때가 내일일지 시간이 한참 흐른 뒤일지는 확신할 수 없었다. 지금 일어나고 있는 일은 단지 몇 년 전에 시작된 변화의 과정 중에 수행해야 하는 작업일 뿐이었다. 첫 번째 단계는 비밀스럽고 무의식적인 생각이었고, 두 번째 단계는 일기장을 여는 것이었다. 그는 생각을 글로 옮겼고, 이제는 글을 행동으로 옮기는 중이었다. 마지막 단계는 자애부에서 일어날 예정이었다. 그는 그 사실을 진즉 받아들이고 있었다. 시작부터 끝은 정해져 있었다. 그래도 그는 두려웠다. 더 정확히 말하면 죽음을 미리 맛보는 기분, 생명력이 옅어진 기분이었다. 오브라이언과 대화하는 동안에도 그의 말에 어떤 의미가 있는지를 이해하고 나자 싸늘한 전율이 온몸을 타고 흘렀었다. 마치 축축한 무덤 속으로 걸어 들어가는 듯한 느낌이었다. 무덤이 자신을 기다리고 있다는 사실을 늘 염두에 두고 살았다 해도 더 나아지는 건 없었다.

7장

윈스턴은 눈물을 글썽이며 잠에서 깼다. 아직 잠에 취해 있는 줄리아가 그를 향해 몸을 틀며 웅얼거렸다. "무슨 일이에요?"

"꿈을 꿨는데…." 그는 말을 하려다 이내 입을 닫았다. 말로 설명하기에 너무 복잡한 꿈이었다. 꿈도 꿈이지만 깨어난 후 몇 초 동안 꿈과 관련된 기억이 그의 머릿속을 어지럽혔다.

그는 여전히 꿈 속 분위기를 느끼며 눈을 감은 채 누워 있었다. 광활하고 빛나는 꿈이었다. 그의 삶 전체가 마치 비 온 뒤 여름날 저녁의 풍경처럼 눈앞에 펼쳐져 있었다. 모든 일은 유리 문진 안에서 일어나고 있었다. 유리 표면이 돔처럼 하늘을 덮고 있었고, 깨끗하고 부드러운 빛이 돔 안쪽에 있는 모든 것을 비춰 아주 먼 곳까지 볼 수 있었다. 꿈은 그의 어머니의 팔 동작, 그리고 30년 후 전쟁 영화에 등장한 유대인 여성이 헬리콥터에 산산이 조각나기 전 어린 아들을 총알로부터 보호하기 위해 끌어안던 그 동작으로 이해되는 꿈이었다. 어떻게 보면 그 꿈은 그런 동작들로 이루어져 있었다.

"지금까지 내가 어머니를 죽였다고 생각했어요." 그가 말했다.

"어머니를 왜 죽였는데요?" 줄리아가 잠결에 말했다.

"실제로 내가 죽였다는 게 아니에요."

꿈속에서 그는 어머니의 마지막 모습을 보았고, 잠에서 깨어나는 몇 분 동안 어머니의 마지막 순간에 일어났던 사건들이 모두 세세하게 다시 떠올랐다. 그가 수년에 걸쳐 일부러 의식 밖으로 밀어낸 기억이 틀림없었다. 정확한 날짜는 알 수 없었지만 그 일이 일어났을 때 그는 열 살이나 열두 살보다 어리지는 않았던 것 같았다.

그의 아버지는 그 일이 일어나기 얼마 전 이미 사라졌는데, 정확히 얼마나 전이었는지는 기억나지 않았다. 그보다는 소란스럽고 불안했던 당시 상황이 더 잘 기억났다. 공습이 시작될지도 모른다는 주기적인 공포와 지하철 대피소, 거리 곳곳에 쌓인 잔해, 길모퉁이에 붙은 이해할 수 없는 선언문, 같은 색 셔츠를 맞춰 입은 젊은이들 무리, 빵집 밖으로 끝없이 늘어선 줄, 먼 곳에서부터 간헐적으로 울려 퍼지는 기관총 소리, 그리고 무엇보다 뚜렷하게 기억나는 건 먹을 것이 충분했던 적이 없었다는 사실이었다. 그는 다른 소년들과 함께 쓰레기통과 잔해 더미를 뒤지며 긴 오후를 보내곤 했었다. 그들은 줄기만 앙상하게 남은 양배춧잎, 감자 껍질 등을 주워 모았고, 가끔 재만 털어내면 꽤 먹을 만한 말라비틀어진 빵 껍질을 발견하기도 했다. 트럭들이 자주 보이는 길목에서 가축 사료를 운반하는 트럭을 기다리기도 했다. 운이 좋으면 도로의 움푹 팬 부분을 덜컹거리며 지나는 트럭이 흘린 깻묵 덩이들을 얻을 수 있었기 때문이다.

아버지가 사라졌을 때 어머니는 크게 놀라지도, 그리 심하게 슬퍼하지도 않았지만 그 후 영 다른 사람이 되었다. 마치 넋이 나간 사람 같았다. 윈스턴의 눈에도 어머니는 분명 일어날 수밖에 없는 어떤 일을 기다리고 있는 것 같았다. 요리하고, 빨래하고, 옷을 깁고, 침대를 정리하고, 바닥을 닦고, 벽난로의 먼지를 털어 내는 등 필요한 일을 아주 천천히, 그리고 신기할 정도로 불필요한 움직임이 없이 해냈는데, 마치 화가가 쓰는 인체 모형이 저절로 움직이는 것 같은 모습이었다. 그러다가도 크고 균형 잡힌 어머니의 몸은 곧 자연스럽게 움직임을 멈췄다. 어머니는 침대 위에 앉아 거의 몇 시간 동안 꼼짝도 하지 않고 윈스턴의 어린 여동생을 간호하기도 했다. 어린 여동생은 작고 병약하고 말수가 적은 두세 살 정도 된 아이였고, 늘 원숭이처럼 삐쩍 마른 얼굴을 하고 있었다. 어머니는 아주 가끔씩 한참 동안 말없이 윈스턴을 품에 꼭 안고 있기도 했다. 윈스턴은 아직 자기밖에 모르는 아이였음에도 어머니의 그런 행동이 곧 일어날, 결코 입 밖으로 꺼내지지 않을 어떤 일과 연관되어 있음을 느낄 수 있었다.

그는 그의 가족이 살았던 방, 흰 침대보가 씌워진 침대가 반을 차지했던 어둡고 텁텁한 냄새가 나던 방을 기억했다. 벽난로 난로망 안쪽에 가스 가열판이 있었고, 음식을 보관하는 선반이 있었고, 바깥 층계참에는 다른 방 사람들과 공동으로 사용하는 갈색 도기 개수대가 있었다. 그는 냄비에 담긴 무언가를 젓기 위해 가열판 위로 몸을 숙이던 어머니의 조각상 같은 몸을 기억했다. 무엇보다도 그는 채워지지 않던 허기와 식사 시간마다 벌여야 했던 치열하고 지저분한 싸움을 기억했다. 그는 어머니에게 왜 음식이 더 없냐며 몇 번이고 따져 물었고, 악을 쓰며 그녀에게 달려들기도 했다(심지어 변성기가 일찍 찾아와 때때로 기이하게 굵어지던 자신의 목소리도 기억했다). 그렇지 않은 날에는 정해진 몫보다 더 많은 음식을 얻을 수 있도록 불쌍한 척을 하며 칭얼거리기도 했다. 어머니는 그에게 기꺼이 원래 몫보다 더 많은 양을 주었다. 그녀는 '남자아이'인 윈스턴이 당연히 가장 많이 먹어야 한다고 생각했다. 그러나 어머니가 얼마나 많이 주든 그는 여전히 더 많은 양을 요구했다. 식사 때마다 그녀는 그에게 이기적으로 굴지 말라고, 아픈 동생도 좀 먹어야지 않냐고 애원하다시피 말했지만 소용없는 일이었다. 어머니가 국자를 내려놓으면 그는 화를 내며 고래고래 소리를 질렀고, 어머니 손에서 냄비와 숟가락을 빼앗으려고 발악하거나 동생 접시에 담긴 음식에 손을 대곤 했다. 그는 자신 때문에 다른 두 사람이 굶주리고 있다는 걸 알았지만 어쩔 수 없었다. 그는 심지어 자신에게 그럴 권리가 있다고까지 생각했다. 그의 뱃속에서 우렁차게 울리는 꼬르륵 소리가 그의 행동을 정당화시켜 주는 것 같았다. 어머니가 계속 지켜보고 있지 않으면 밥 때 사이에 선반에 보관된 음식들을 훔쳤다.

초콜릿이 배급된 날이었다. 지난 몇 주, 몇 달 동안 없던 일이었다. 그는 그날 받았던 작고 귀중한 초콜릿 한 조각을 아주 또렷이 기억했다. 세 사람분으로 초콜릿 2온스(당시에는 여전히 온스로 무게를 쟀다)가 나왔다. 당연히 세 조각으로 나눠야 마땅했다. 윈스턴은 자기도 모르게 갑자기 자기가 초콜릿을 다 먹어야 한다고 쩌렁쩌렁 울리는 목소리로 우기고 있었다. 어머니는 그에게 욕심을 부리지 말라고 타일렀다. 그는 악을 쓰고, 징징거리고, 눈물을 쏟고, 투덜거리고 흥정하기를 반복하며 한참 동안 어머니와 말씨름을 했다. 어린 동생은 아기 원숭이처럼 두 손으로 어머니에게 매달려서는 크고 슬픈 눈망울로 그를 돌아보았다. 결국 그의 어머니는 초콜릿의 4분의 3을 윈스턴에게 주고 나머지를 여동생에게 건넸다. 어린 동생은 자신이 손에 든 물건이 무엇인지 모르는 듯 초콜릿 조각을 멍하니 바라보기만 했다. 윈스턴은 잠시 동생을 지켜보고 서 있다가 여동생의 손에서 재빠르게 초콜릿 조각을 낚아채 문을 향해 달아났다.

"윈스턴, 윈스턴!" 어머니가 그의 등 뒤에서 소리쳤다. "당장 돌아와! 동생한테 초콜릿을 돌려줘야지!"

그는 멈췄지만 돌아가지는 않았다. 어머니는 불안한 눈빛으로 그의 얼굴을 빤히 바라보았다. 그는 지금도 당시 자신이 곧 일어나게 될 그 일이 무엇인지 알지 못했다는 생각을 하고 있었다. 그의 여동생은 뭔가를 빼앗겼다는 사실을 깨닫고 기운 없는 울음을 터뜨렸다. 어머니는 여동생을 팔로 감싸안고 가슴팍에 여동생의 얼굴을 갖다 댔다. 어머니의 몸짓은 그에게 여동생이 죽어 가고 있다고 이야기하는 것 같았다. 그는 손에 녹아 끈적거리기 시작하는 초콜릿을 쥔 채 돌아서서 계단 아래로 달아났다.

그는 다시는 어머니를 보지 못했다. 초콜릿을 다 먹고 나자 부끄러운 생각이 든 그는 몇 시간 동안 거리를 배회하다 결국 허기에 이끌려 집으로 돌아갔다. 그가 집으로 돌아갔을 때 어머니는 사라지고 없었다. 그 당시에는 이미 흔한 일이었다. 어머니와 여동생이 사라졌을 뿐, 방은 자신이 나갈 때 그대로였다. 그들은 옷 한 벌도 챙겨가지 않았고, 심지어 어머니의 외투도 그대로였다. 오늘날까지 그는 그의 어머니가 죽었는지 확신할 수 없었다. 그녀가 강제 노동 수용소로 보내졌을 가능성도 충분했다. 여동생의 경우 윈스턴 자신처럼 시민전쟁 이후 규모가 커진 노숙 아동 거주 구역(교화 센터라고 불렸다)으로 보내졌을 수도 있고, 어머니와 함께 노동 수용소에 끌려갔을 수도, 그저 어딘가에 버려져 죽었을 수도 있었다.

그 꿈은 여전히 그의 머릿속에 생생히 남아 있었고, 특히 무언가를 보호하듯 감싸안는 어머니의 팔 동작은 더욱 또렷이 기억났다. 거기에 꿈의 모든 의미가 담겨 있는 듯했다. 그는 두 달 전 꿨던 다른 꿈을 떠올렸다. 꿈속에서 어머니는 매달리듯 안긴 여동생을 감싸안고 흰색 누빔 침대보 위에 앉아 있던 모습 그대로 그가 서 있는 곳보다 훨씬 아래에서 점점 더 깊은 곳으로 가라앉는 배에 앉아 어두워져 가는 물 너머로 그를 올려다보고 있었다.

그는 줄리아에게 어머니가 사라진 이야기를 들려주었다. 그녀는 눈도 뜨지 않은 채 몸을 굴려 좀 더 편안하게 자세를 고쳤다.

"당신 그 당시에는 돼지 새끼 같았나 보네요." 그녀는 몽롱하게 말했다. "애들은 다 돼지죠."

"맞아요. 하지만 내가 하려던 말은…."

숨소리로 보아 그녀는 다시 잠에 빠져들고 있었다. 그는 어머니에 대해 계속 이야기하고 싶었다. 기억을 더듬어 보면 어머니는 특이한 구석이 있거나 지적인 여성은 아니었다. 그럼에도 불구하고 어머니는 일종의 고귀함과 순수함 같은 게 있었는데, 그녀가 개인적인 기준에 따라 살았기 때문이었다. 그녀의 감정은 그녀 자신만의 것이었고, 외부의 요인으로는 변하지 않았다. 어머니는 실용적이지 않은 행동이라도 의미가 없다고는 생각하지 않았을 사람이었다. 누군가를 사랑한다면 그저 사랑하는 것이고, 더 이상 줄 것이 없을 때에도 여전히 사랑은 줄 수 있다고 믿었다. 마지막 초콜릿 조각이 사라졌을 때, 어머니는 동생을 품에 꼭 안았다. 아무 소용없는 행동이었다. 아무것도 바꿀 수 없고, 그렇다고 초콜릿이 더 생기는 것도 아니며, 아이의 죽음이나 자신의 죽음을 막을 수 있는 것도 아니었다. 하지만 그녀에게는 그렇게 하는 것이 당연한 듯했다. 배에 탄 난민 여성도 어린아이를 자신의 팔로 감쌌지만 총알을 막는 데는 종이 한 장만큼이나 쓸모가 없었다. 당이 저지른 정말 끔찍한 짓은 단순한 충동이나 감정이 아무 의미가 없다고 사람들을 세뇌시키면서도 물질세계에 대한 모든 권한을 빼앗아 간 것이다. 일단 당의 손아귀에 들어가고 나면, 감정을 느끼든 못 느끼든, 무슨 일을 하든 안 하든 말 그대로 아무런 차이가 없었다. 무슨 일이 벌어지든 누구나 증발

될 수 있고, 증발된 사람이나 그의 행동은 다시는 언급되지 않았다. 역사의 흐름에서 깨끗하게 삭제되는 것이었다. 그러나 불과 두 세대 전 사람들에게 그런 위협은 중요하지 않았을 터였다. 그들은 역사를 바꾸려고 시도하지 않았고, 의문을 가질 필요가 없는 사적인 충성심을 따랐기 때문이다. 중요한 것은 개인 간의 관계였고, 완전히 쓸모없는 몸짓, 포옹, 눈물, 죽어 가는 사람에게 하는 말도 그 자체로 가치를 지닐 수 있었다. 그는 문득 프롤들이 아직 그런 상태로 남아 있다는 생각을 했다. 그들은 어느 당파나 국가, 사상이 아니라 서로에게 충성했다. 난생처음으로 그는 프롤들을 경멸하는 마음을 거뒀고, 그들을 그저 언젠가는 다시 들고일어나 세상을 변화시킬 잠재세력쯤으로 여기지도 않았다. 프롤들은 여전히 인간으로 남아 있었다. 그들의 내면은 아직 굳어 있지 않았다. 그들은 윈스턴 자신이 의식적인 노력을 통해 다시 배워야 했던 원초적인 감정들을 꼭 쥔 채 살아왔다. 그는 이런 생각을 하다가 뜬금없이 몇 주 전 자신이 도로 위에서 잘린 손을 발견했을 때 마치 그것이 양배추 줄기라도 되듯이 하수구로 걷어찼던 일이 떠올랐다.

"프롤들이야말로 인간이에요." 그가 큰 소리로 말했다. "우린 인간이 아니고요."

"왜 아니에요?" 다시 잠에서 깬 줄리아가 물었다.

그는 잠시 생각에 잠겼다. "너무 늦기 전에 여길 걸어 나가서 다시는 보지 않는 게 우리에게 최선이라는 생각해 본 적 있어요?" 그가 말했다.

"그럼요, 몇 번이나요. 하지만 그렇게 하지 않을 거예요."

"우린 여태 운이 좋았어요." 그가 말했다. "하지만 오래가진 못할 겁니다. 당신은 젊어요. 보통의 순수한 사람처럼 보여요. 나같은 사람을 멀리하면 50년은 더 살 수 있을 거예요."

"아뇨. 다 생각해 봤어요. 당신이 하는 일이면 나도 할 거예요. 그리고 너무 낙담하지 말아요. 난 살아남는 데는 도가 텄거든요."

"확실히는 몰라도 앞으로 6개월, 1년쯤은 함께할 수 있을 거예요. 그리고 결국에는 분명 헤어지게 되겠죠. 우리가 얼마나 처절하게 외로워질지 상상할 수 있나요? 일단 우리 중 누구라도 붙잡히면 상대방을 위해 할 수 있는 일은 정말이지 아무것도 없을 겁니다. 자백하면 총으로 쏠 것이고, 자백을 거부해도 마찬가지겠죠. 무슨 말이나 행동을 하더라도 혹은 입을 닫더라도 기껏해야 당신의 죽음을 5분 정도 지연시킬 수 있을 거예요. 상대방이 살았는지 죽었는지조차 알 수 없을 테고. 우리는 완전히 무력한 상태가 되겠죠. 중요한 것은 우리가 서로를 배반하지 않는 겁니다. 그래도 별 차이는 없겠지만요."

"자백을 말하는 거라면 아마 우리도 하게 될 거예요. 누구나 늘 자백을 해요. 어쩔 수가 없는 거죠. 고문을 하니까."

"자백을 말하는 게 아닙니다. 자백은 배반이 아니에요. 우리가 하는 말이나 행동은 중요하지 않아요. 감정이 중요하죠. 저들이 내가 당신을 사랑하는 것을 막을 수 있게 된다면, 그게 진짜 배반이지요."

그녀는 곰곰이 생각했다. "저들은 그럴 수 없어요." 그녀가 마침내 말했다. "당에서 할 수 없는 일 중 하나죠. 그들은 당신에게 어떤 말이든 하게 할 수 있지만 그 말을 믿게 만들 수는 없어요. 당신 머릿속으로 들어갈 수는 없는 거니까."

"그렇죠." 그가 전보다 약간은 희망이 섞인 목소리로 말했다. "그래요. 당신 말이 맞아요. 우리 머릿속에 들어올 수는 없죠. 인간으로 남아 있는 것이 가치가 있다는 사실을 느낄 수만 있다면 어떤 성과를 낼 수는 없더라도 그들을 이긴 거예요."

그는 늘 귀를 쫑긋 세우고 있는 텔레스크린을 생각했다. 그들은 밤낮으로 사람들을 감시할 수 있지만, 정신만 똑바로 차리면 여전히 그들을 따돌릴 수 있었다. 그들이 아무리 영리하다고 해도 다른 인간이 무슨 생각을 하고 있는지 알아내는 비법까지는 터득하지 못했다. 물론 그들에게 붙잡히고 나면 생각이 조금은 달라질 것이다. 자애부 안에서 무슨 일이 일어나는지는 알 수 없지만 추측은 할 수 있었다. 고문을 하고 약을 먹이고 신경 반응을 기록하는 정밀한 도구를 사용할 테고, 그러면 누구든 불면과 고독, 끈질긴 취조를 견디지 못해 점차 붕괴될 것이다. 어쨌거나 사실을 숨길 수는 없었다. 사실은 심문을 통해 추적되고 고문을 통해 자백을 끌어낼 수 있었다. 하지만 목적이 살아남길 바라는 게 아니라 인간으로 남는 것이라면 그게 무슨 상관이 있을까? 그들은 우리의 감정을 바꿀 수 없다. 감정이란 우리 스스로가 원한다 해도 바꿀 수 있는 것이 아니었다. 그들은 행동이나 말, 생각을 아주 세세한 부분까지 알아낼 수 있지만, 마음의 주인조차 들여다보기 힘든 저 깊은 속내까지는 침범할 수 없을 것이다.

8장

그들이 해냈다. 마침내 해내고 만 것이다!

그들은 은은한 조명이 켜진 길쭉한 방에 서 있었다. 텔레스크린 소음이 낮게 줄여져 있었다. 짙은 푸른색의 푹신한 카펫은 마치 벨벳 위를 걷는 듯한 느낌이었다. 오브라이언은 방 저 끝에 있는 녹색 램프 아래 테이블에 앉아 있었는데, 그의 양쪽에 종이 더미가 수북이 쌓여 있었다. 하인이 줄리아와 윈스턴을 안으로 안내했을 때 그는 고개도 들어 보이지 않았다.

윈스턴은 심장이 터질 듯 너무 세차게 뛰어서 말이나 제대로 할 수 있을지 의문이 들 정도였다. 그의 머릿속에는 마침내 해냈다는 생각뿐이었다. 여기 온 것 자체가 매우 경솔한 행동이었고, 더군다나 줄리아와 함께 온 것은 순전히 미친 짓이었다. 물론 서로 다른 길로 와서 오브라이언의 문 앞에서 만나기는 했다.

하지만 그런 곳에 들어가는 일은 엄청난 용기가 필요한 일이었다. 내부당원의 거주지 내부를 보는 것은 고사하고 그들이 사는 구역에 발을 들이는 것조차 거의 있을 수 없는 일이었다. 거대한 아파트 단지는 전체적으로 모든 것이 풍요롭고 여유 있어 보였고, 좋은 음식과 담배에서 풍기는 낯선 향기로 가득했다. 미끄러지듯 오르락내리락하는 믿을 수 없을 만큼 빠르고 조용한 엘리베이터와 흰 재킷을 입고 이리저리 분주하게 움직이는 하인들까지 모든 것에 주눅이 들었다. 그럴듯한 구실이 있기는 했지만, 모퉁이에서 갑자기 검은색 제복을 입은 경비병이 나타나 신원을 확인한 뒤 나가라고 명령할 것 같은 생각에 발걸음을 옮길 때마다 마음이 조마조마했다. 하지만 오브라이언의 하인은 아무런 의심 없이 두 사람을 안으로 안내했다. 검은 머리에 흰색 재킷을 입은 체구가 작은 남자는 표정을 읽을 수 없는 다이아몬드형 얼굴이 마치 중국인 같았다. 그가 안내해 준 복도 바닥에는 부드러운 카펫이 깔려 있고 크림색 벽에는 광이 날 정도로 깨끗한 흰색 벽판이 덧대어져 있었다. 이 또한 위압적이었다. 윈스턴은 태어나서 손때가 타 더러워지지 않은 복도는 본 적이 없었다.

오브라이언은 손에 든 종이를 열심히 읽고 있었다. 콧대만 보이도록 푹 고개를 숙인 채 진지한 표정을 짓고 있는 그는 지적이고 위엄 있어 보였다. 그는 거의 20초 동안 꼼짝도 하지 않고 앉아 있었다. 그러더니 스피크라이트를 끌어당겨 행정직 관료들이 사용하는 전문용어가 섞인 메시지를 읽었다.

항목 1 쉼표 5 쉼표 7 전체 승인됨 마침표 항목 6에 포함된 제안 터무니없는 사상범죄에 가까움 취소 마침표 기계 간접비 총 견적 미입수 건설 전체 비진행 마침표 메시지 끝.

오브라이언이 신중하게 의자에서 일어나더니 발자국 소리가 나지 않는 카펫을 지나 그들을 향해 다가왔다. 새말을 사용하지 않으니 사무적인 분위기가 조금 엷어진 듯했지만, 방해받은 것이 달갑지 않은지 그의 표정은 평소보다 더 엄했다. 윈스턴이 느끼고 있던 두려움은 갑자기 일반적인 당혹감으로 뒤바뀌었다. 그는 자신이 그냥 어리석은 실수를 했을 수도 있다는 생각이 들었다. 오브라이언이 어떤 식으로라도 정치적 공모자라 믿을 만한 증거가 있었나? 잠깐의 눈빛과 모호한 말 몇 마디, 그리고 자신의 꿈을 바탕으로 한 은밀한 상상이 전부였다. 그는 사전을 가지러 왔다는 핑계조차 댈 수 없었다. 그러기엔 줄리아와 함께 온 이유를 설명할 수 없었기 때문이다. 오브라이언은 텔레스크린을 앞을 지나며 문득 어떤 생각이 떠오른 듯했다. 그는 걸음을 멈추더니 옆으로 돌아 서서 벽에 있는 스위치를 눌렀다. 날카로운 딱 소리가 들렸고, 목소리가 멈췄다.

깜짝 놀란 줄리아가 끽끽거리는 듯한 작은 소리를 냈다. 어리둥절한 와중에도 윈스턴은 너무 당황한 나머지 입 밖으로 튀어나오는 말을 멈출 수 없었다.

"저걸 끌 수 있다니!" 그가 말했다.

"그럼요." 오브라이언이 말했다. "우리는 끌 수 있습니다. 우리가 가진 특권이지요."

그는 이제 두 사람의 맞은편에 서 있었다. 그의 탄탄한 몸이 두 사람을 내려다보며 우뚝 솟아 있었고, 그의 얼굴 표정은 여전히 읽기 어려웠다. 그는 짐짓 엄숙하게 윈스턴이 무슨 말을 하기를 기다리는 것도 같았다. 하지만 도대체 무슨 말을 해야 하는 것일까? 사실 그는 바쁜 와중에 방해를 받았다는 사실에 짜증이 난 것처럼 보였다. 아무도 입을 열지 않았다. 텔레스크린 소리가 멈춘 후 방은 지독한 정적이 흘렀다. 시간만 하염없이 흘렀다. 한참이 지났다. 윈스턴은 애써 오브라이언에게 눈을 떼지 않았다. 그러다 갑자기 오브라이언의 엄숙한 얼굴이 풀어지더니 미소라고 할 수 있을 만한 무언가가 슬며시 피어났다. 오브라이언은 특유의 몸짓으로 콧등 위의 안경을 고쳐 썼다.

"제가 말할까요? 아니면 먼저 하시겠습니까?" 그가 말했다.

"제가 하지요." 윈스턴이 즉시 대답했다. "저거 정말 꺼진 게 맞나요?"

"네. 모두 꺼져 있습니다. 우리뿐입니다."

"우리가 여기 온 이유는…."

그는 자신이 그를 찾은 이유가 모호하다는 사실을 깨닫고 잠시 말을 멈췄다. 사실 그는 자신이 오브라이언에게 어떤 도움을 기대하는지 몰랐기 때문에 그가 이곳을 찾은 이유가 무엇인지 말하기 쉽지 않았다. 그는 자신이 말하는 내용이 설득력이 없고 거창하게 들릴 수 있다는 생각을 하면서 말을 이었다.

"우리는 당에 반대하는 어떤 음모 또는 비밀조직이 존재하며 당신이 그중 한 명이라고 믿습니다. 우리도 그 조직의 일부가 되어 돕고 싶습니다. 우리는 당의 적입니다. 우리는 영사의 신조를 믿지 않아요. 우리는 사상범이며 간통자들입니다. 이 말을 하는 이유는 우리를 당신 처분에 맡기고 싶기 때문입니다. 우리가 다른 식으로 저질렀으면 하는 죄가 있으시다면 준비는 되어 있습니다."

그는 문이 열리는 기척에 말을 멈추고 어깨 너머로 뒤를 돌아보았다. 아니나 다를까, 노란 얼굴의 작은 하인이 노크도 없이 들어와 있었다. 하인은 디캔터와 유리잔이 놓인 쟁반을 들고 있었다.

"마틴도 우리 쪽 사람입니다." 오브라이언이 무심하게 말했다. "술 이리 가져와요, 마틴. 원탁 위에 올려 두지. 의자는 충분한가? 그렇다면 편하게 앉아 이야기를 나누도록 하죠. 마틴도 앉을 의자를 가져오지. 일 이야기요. 앞으로 10분 동안 하인 노릇은 안 해도 됩니다."

남자는 편안히 앉았지만 하인 같은 분위기는 여전히 떨쳐지지 않아서 그저 특권을 누리는 하인 같은 모습이었다. 윈스턴은 곁눈질로 그를 바라보았다. 그 남자는 평생 이 역할을 맡아 왔으며, 잠시라도 자신이 맡은 역할을 잊었다간 위험해지리라고 생각하는 것 같았다. 오브라이언은 디캔터의 목을 잡고 잔에 진붉은색 액체를 채웠다. 윈스턴은 그 모습을 보고 희미한 기억을 떠올렸다. 오래전에 벽인지 광고판인지에서 전구들로 이루어진 거대한 병 모양 구조물이 내용물을 유리잔에 붓듯 위아래로 오르락내리락하는 모습을 본 적이 있었다. 병에 든 액체는 위에서 보면 거의 검은색이었지만, 디캔터 안에서는 루비처럼 빛났다. 새콤달콤한 향기도 났다. 줄리아는 잔을 들고 호기심을 감추지 않은 채 냄새를 맡았다.

오브라이언은 희미한 미소를 지으며 말했다. "와인이라는 겁니다. 분명 책에서만 읽어 봤을 겁니다. 외부당원들에게는 보급되지 않으니까." 그의 표정이 다시 진중해졌고, 그는 잔을 들어 올렸다. "우선 건배를 들며 시작하는 것이 좋겠네요. 우리의 지도자, 이매뉴얼 골드스타인을 위하여."

윈스턴은 열정적으로 잔을 들었다. 와인은 책으로만 보았던 꿈의 술이었다. 유리 문진이나 채링턴 씨가 가사를 잃어버린 동요처럼 사라진 옛 시절, 그가 남몰래 낭만적인 과거라고 부르곤 했던 시절에 속한 것이었다. 이유는 알 수 없지만 그는 늘 와인이 블랙베리 잼처럼 굉장히 달 거라고, 마시자마자 금세 취할 거라고 생각해 왔다. 하지만 실제로 와인 한 모금을 삼킨 뒤 그는 꽤 실망하고 말았다. 수 년간 진을 마셔 와서 그런지 와인의 맛도 거의 느끼지 못했다. 그는 빈 잔을 내려놓았다.

"그럼 골드스타인이라는 사람이 정말 존재하는 겁니까?" 그가 물었다.

"네. 존재하고 또 살아 있습니다. 어디 있는지는 모르지만요."

"그 음모… 그러니까, 조직은요? 진짜입니까? 사상경찰이 만들어 낸 게 아닌가요?"

"아뇨. 사실입니다. 우린 형제단이라고 부르지요. 그런 조직이 존재하고 당신이 거기 속한다는 것 이상으로는 더 많이 알 수 없을 겁니다. 곧 다시 이야기하죠." 그는 그의 손목시계를 내려다보았다. "내부당원이라도 텔레스크린을 30분 이상 꺼두는 것은 별로 바람직하지 않습니다. 여러분은 여기에 함께 와서는 안 됐습니다. 나갈 때는 각자 나가셔야 할 겁니다." 그는 줄리아를 향해 고개를 숙였다. "동무가 먼저 떠나시지요. 우리에게 시간은 약 20분 정도 있어요. 우선 몇 가지 질문을 드려야 하는 점 이해해 주시기 바랍니다. 일반적으로 동무들께서 하기로 마음먹은 일이 무엇이지요?"

"할 수 있는 일은 다요." 윈스턴이 말했다.

오브라이언은 윈스턴을 바라볼 수 있도록 의자에서 몸을 틀었다. 그는 윈스턴이 당연히 대신 답할 수 있다는 듯 줄리아를 거의 보지도 않았다. 잠시 동안 그는 눈을 내리깔았다. 마치 늘 하는 교리문답인 것처럼 낮고 무표정한 목소리로 질문을 하기 시작했는데, 윈스턴의 답을 이미 알고 있는 듯했다.

"목숨을 바칠 준비가 되었습니까?"

"예."

"사람을 죽일 수도 있습니까?"

"예."

"무고한 수백 명의 목숨을 앗아갈 수 있는 파괴 공작도?"

"예."

"외부 세력에 조국을 팔 준비는?"

"되었습니다."

"사기, 위조, 협박을 하고 아이들의 정신을 타락시키고 중독성 있는 마약을 퍼뜨리고 매춘을 장려하고 성병을 퍼뜨리는 등 당의 사기를 저하시키고 당의 힘을 약화시킬 수 있는 일이면 무엇이든 할 수 있습니까?"

"예."

"만약, 예를 들어, 어린아이의 얼굴에 황산을 뿌리는 것이 우리에게 이득이 된다면 그렇게 할 수 있습니까?"

"예."

"당신의 신분을 버리고 여생을 종업원이나 부두 노동자로 살 준비가 되어 있습니까?"

"예."

"조직의 상부의 명령에 따라 당신 스스로 목숨을 끊을 준비가 되어 있습니까?"

"예."

"동지들은 서로 헤어져 다시는 안 볼 준비가 되어 있습니까?"

"아뇨!" 줄리아가 끼어들었다.

대답하기 전까지 시간이 한참 지났다는 사실을 윈스턴 자신도 알고 있었다. 잠시 동안 그는 말하는 법을 잊어버린 것 같았다. 그의 혀는 소리 없이 움직이며 예 또는 아니요라는 대답의 첫 음절을 발음할 준비를 거듭했다. 그는 입 밖으로 대답을 하기 전까지 자신이 어떤 말을 할지 몰랐다. "아니요." 그가 마침내 내뱉은 답이었다.

"솔직히 말해 주니 좋군요." 오브라이언이 말했다. "하나도 빠짐없이 알아야 하니까요."

그는 줄리아에게 시선을 돌려 좀 더 감정이 실린 목소리로 덧붙였다.

"그가 살아남는다고 해도 다른 사람이 될 수 있다는 사실을 이해하십니까? 그는 새로운 신분으로 살게 될 겁니다. 그의 얼굴, 움직임, 손 모양, 머리 색, 심지어 목소리도 달라질 수 있습니다. 동지 역시 다른 사람이 될 수 있습니다. 우리 쪽 의사는 생김새를 완전히 바꾸어 놓을 수 있거든요, 그렇게 해야만 할 때가 있습니다. 때로는 멀쩡한 사지를 절단하기도 하고요."

윈스턴은 마틴의 표정 없는 얼굴을 훔쳐보지 않을 수 없었다. 상처는 보이지 않았다. 줄리아는 주근깨가 눈에 확 띌 정도로 안색이 창백해졌지만, 대담한 눈빛으로 오브라이언을 마주보았다. 그녀는 동의하는 듯한 몇 마디 말을 중얼거렸다.

"좋아요. 그럼 다 된 걸로 하죠."

테이블 위에 은색 담뱃갑이 놓여 있었다. 오브라이언은 다소 멍한 표정으로 두 사람 쪽으로 담뱃갑을 민 다음 그중 한 개비를 꺼냈고, 마치 서 있어야 생각을 더 잘할 수 있다는 듯 일어서서 왔다 갔다 하기 시작했다. 담배는 품질 좋은 잎이 꽉 들어차 말려 있었다. 잎을 만 종이는 비단처럼 부드러웠는데, 좀처럼 볼 수 없는 고급 담배였다. 오브라이언은 다시 손목시계를 확인했다.

"마틴은 식료품 저장실로 돌아가는 게 좋겠군요." 그가 말했다. "15분 후에 텔레스크린을 켜겠습니다. 가기 전에 이 동지들의 얼굴을 잘 살피세요. 다시 보게 될 겁니다. 나는 볼 일이 없겠지만."

　현관에서 그랬듯, 작은 남자의 검은 눈은 그들의 얼굴을 빤히 살피며 깜박였다. 그의 태도에 호의적인 느낌 같은 건 전혀 없었다. 그들의 모습을 머릿속에 저장할 뿐 그들에게 아무런 관심도 없거나 아무것도 느끼지 못하는 것 같았다. 인공적으로 만든 얼굴이라면 표정을 바꿀 수 없다는 생각이 윈스턴에게 스쳤다. 마틴은 아무 말도 없이 인사도 생략한 채 조용히 문을 닫고 나갔다. 오브라이언은 한 손은 검은 작업복 주머니에 넣고 다른 손에는 담배를 든 채 이쪽저쪽으로 왔다갔다했다.

　"여러분은 어둠 속에서 싸우게 되는 겁니다. 늘 어둠 속에 있게 될 거예요. 명령을 받으면 이유도 모른 채 복종해야 합니다. 나중에 우리가 살고 있는 사회의 본질과 우리가 이 사회를 파괴할 전략을 배울 수 있는 책을 보내드리지요. 그 책을 읽고 나면 진정한 형제단원이 될 겁니다. 하지만 우리가 달성하려는 전반적인 목표와 당면 과제들에 대해서는 절대 알 수 없을 겁니다. 형제단이 존재한다고는 확인해 줄 수는 있지만 단원이 수백인지 수천만인지는 알려 줄 수 없습니다. 개인적 경험 내에서 조직원이 열 명 이상 존재하는지 절대 알 방법이 없을 겁니다. 서너 명의 연락책이 있을 것이고 그들이 사라지면 또 새로운 연락책이 기다리고 있을 겁니다. 내가 당신의 첫 번째 연락책이었고 앞으로도 이건 유지될 거예요. 명령을 받게 되면 내게서 받게 될 겁니다. 연락이 필요한 경우 마틴을 통해서 하겠습니다. 잡히면 자백을 하게 되겠죠. 피할 수 없습니다. 하지만 어차피 자백할 거리도 없을 겁니다. 중요하지 않은 인물 몇몇을 빼고는 배신할 사람도 없을 테고요. 아마 나를 넘기지도 못할 겁니다. 그때가 되면 나는 죽었거나 다른 얼굴을 한 다른 사람이 되어 있을 테니까요."

그는 계속해서 부드러운 카펫 위를 이리저리 걸었다. 큰 덩치에도 불구하고 그의 움직임은 놀랄 만큼 우아했다. 주머니에 손을 찔러 넣는 동작, 담배를 피우는 동작에서도 기품이 느껴졌다. 그는 강인하다기보다는 자신감과 아이러니를 이해하는 분별력을 지닌 사람 같아 보였다. 그가 열정을 담아 이야기할 때에도 광신자들 같은 외골수적인 분위기는 전혀 느껴지지 않았다. 살인, 자살, 성병, 사지 절단, 성형에 관해 이야기할 때 그에게서는 희미하게나마 익살스러움이 느껴졌다. "피할 수 없는 일입니다." 그의 목소리는 이렇게 말하는 듯했다. '우리는 굴하지 않고 할 일을 해내야 합니다. 그러나 살 만한 세상을 되찾고 나면 이런 일은 하지 않아도 될 겁니다.' 윈스턴은 오브라이언을 향해 거의 숭배에 가까운 감탄을 쏟아 내고 있었다. 그 순간 그는 골드스타인의 그림자 같은 모습을 잊었다. 오브라이언의 탄탄한 어깨와 그의 투박하고 못생겼지만 교양 있는 얼굴을 보고 있으면 그가 패배하는 모습은 상상조차 할 수 없었다. 그가 쓰지 못할 책략도, 예측하지 못할 위험도 없을 것 같았다. 심지어 줄리아조차 감동을 받은 것 같았다. 그녀는 담배까지 끄고 그의 말을 경청하고 있었다. 오브라이언이 말을 이었다.

"형제단의 존재에 대한 소문을 들어 보셨을 겁니다. 당연히 혼자서 그 모습을 상상해 봤겠지요. 아마도 지하 창고에서 비밀리에 모임을 가지고, 벽에 낙서처럼 보이는 메시지를 남기고, 암호나 특별한 손동작으로 서로를 알아보는 공모자들로 이루어진 거대한 지하 조직을 상상했을 겁니다. 하지만 그런 건 존재하지 않습니다. 형제단의 조직원들은 서로를 알아볼 방법이 없고, 조직원 한 명이 손에 꼽을 수 있는 것 이상으로 많은 조직원의 정체를 아는 경우도 없습니다. 골드스타인 본인이 사상경찰의 손에 넘어간다 해도 그들에게 전체 조직원 명단이라든지 그목록을 캐내는 데 실마리가 될 정보를 제공할 수 없습니다. 그런 명단은 존재하지 않으니까요. 형제단은 일반적인 의미의 조직이 아니기 때문에 제거될 수도 없습니다. 이 조직을 하나로 묶는 것은 오로지 파괴할 수 없는 이념뿐입니다. 당신 역시 이념만으로 당신 자신을 지탱해야 할 거예요. 동료애나 격려를 기대해서도 안 됩니다. 마침내 저들에게 잡히더라도 아무런 도움도 받을 수 없습니다. 우리는 결코 조직원들을 돕지 않습니다. 기껏해야 입을 단속시켜야만 하는 사람이 있을 때 감방에 면도날을 몰래 들여보내는 정도이지요. 성과도, 희망도 없는 삶에 익숙해져야 할 겁니다. 한동안 조직을 위해 일하다 잡히고, 자백을 하고, 죽게 될 겁니다. 이것이 당신이 보게 될 유일한 결과입니다. 우리가 죽을 때까지 눈에 띄는 변화가 일어날 가능성은 없어요. 우리는 이미 죽은 자들입니다. 우리의 진정한 삶은 미래에 있습니다. 우리는 한 줌의 먼지와 뼛조각으로 그 미래에 살게 될 것입니다. 하지만 그 미래가 얼마나 멀리 있는지는 아무도 모릅니다.

천년이 걸릴 수도 있겠지요. 현재로서는 정신적인 영역을 조금씩 확장하는 것 말고는 할 수 있는 일이 아무것도 없습니다. 우리는 집단행동을 할 수 없습니다. 우리의 지식을 개인에서 개인으로, 세대에서 세대로 전파할 수 있을 뿐입니다. 사상경찰이 있는 한 다른 방법은 없습니다."

그는 말을 멈추고 손목시계를 세 번째로 확인했다.

"동지, 이제 가서야 할 시간이군요." 그는 줄리아에게 말했다. "잠시만요. 와인이 아직 반이나 남았네요."

그는 잔들을 채운 뒤 자기 잔의 목 부분을 잡고 들어 올렸다.

"이번엔 뭘 위해 건배할까요?" 이번에도 희미하게 반어적인 어조로 그가 말했다. "사상경찰의 혼돈을 위해? 빅브라더의 죽음을 위해? 인류를 위해? 미래를 위해?"

"과거를 위해서로 하죠." 윈스턴이 말했다.

"과거야말로 더 중요하죠." 오브라이언이 진지하게 동의했다.

그들은 잔을 비웠고 잠시 후 줄리아가 일어서서 나갈 채비를 했다. 오브라이언은 서랍장 맨 위 칸에서 작은 상자를 꺼낸 다음 납작한 흰 정제를 그녀에게 건네며 혀 위에 얹으라고 말했다. 엘리베이터 직원들의 관찰력이 매우 뛰어나기 때문에 밖에 나가서 와인 냄새를 풍기지 않으려면 반드시 그렇게 해야 한다고 그는 말했다. 줄리아가 문을 닫고 나가자마자 그는 그녀의 존재를 머릿속에서 지운 듯 보였다. 그는 한두 걸음 쯤 왔다 갔다 하더니 걸음을 멈췄다.

"세부적인 부분을 명확하게 해 둘 필요가 있겠군요." 그가 말했다. "은신처가 있으실 것 같은데요?"

윈스턴은 채링턴 씨의 가게 위층에 있는 방에 관해 설명했다.

"당분간만 사용하십시오. 곧 다른 장소를 알아봐 드리겠습니다. 은신처를 자주 바꿔야 합니다. 최대한 빨리 당신도 알고 계실 골드스타인의 그 책을 한 권 보내드리지요." 오브라이언조차 그 단어를 강조해 발음한다는 사실을 윈스턴은 알아챘다. "구하기까지 며칠이 걸릴 수도 있습니다. 예상하시겠지만 인쇄본이 많이 없어서요. 우리가 책을 만드는 족족 사상경찰들이 찾아내 없애 버리거든요. 어차피 별 상관은 없습니다. 그 책은 파괴할 수 없으니까요. 마지막 인쇄본이 사라진다 해도 토씨 하나 틀리지 않고 다시 만들어 낼 수 있을 겁니다. 서류 가방은 들고 다닙니까?" 그가 물었다.

"예. 규정이니까요."

"어떻게 생겼지요?"

"끈 두 개짜리 아주 낡은 검정색 가방입니다."

"끈 두 개, 아주 낡은 검정색. 좋습니다. 언젠지 확실히 말씀드릴 수는 없지만 조만간 오전 업무 시간에 단어 하나가 잘못 인쇄된 메시지를 받게 되거든 다시 전송해 달라고 요청하십시오. 그리고 다음날 출근할 때는 가방을 집에 두고 가야 합니다. 그날 길에서 남자 한 명이 당신의 팔을 붙잡고 '가방을 떨어뜨리셨네요'라고 말할 겁니다. 그 남자가 건네는 가방 안에 골드스타인의 책이 들어 있을 테고요. 책은 14일 안에 반납하십시오."

방 안에 잠시 침묵이 흘렀다.

"몇 분 안에 떠나셔야 합니다." 오브라이언이 말했다. "다시 만나게 될 겁니다. 다시 만나게 된다면…."

윈스턴은 그를 올려다보았다. "어둠이 없는 곳에서?" 그가 망설이며 말했다.

오브라이언이 놀라는 기색 없이 고개를 끄덕였다. "어둠이 없는 곳에서 만납시다." 그 말이 무엇을 암시하는지 안다는 듯 그가 말했다. "가기 전에 하실 말 있으십니까? 메시지라든가, 질문이라든가."

윈스턴은 생각했다. 더는 묻고 싶은 질문이 없는 것 같았다. 일반론을 거창하게 늘어놓고 싶은 충동은 더더욱 들지 않았다. 그의 마음속에는 오브라이언이나 형제단과 직접적으로 관련된 무언가가 아니라 그의 어머니가 마지막 하루를 보냈던 어두운 침실과 채링턴 씨의 가게 위의 작은 방, 유리 문진, 자단나무 액자 틀에 끼워진 금속 판화가 겹쳐 떠올랐다. 그는 무심코 이렇게 말했다.

"'오렌지야 레몬아, 세인트 클레멘트의 종소리를 울려라'라는 가사로 시작하는 옛날 동요를 들어 본 적 있습니까?"

오브라이언은 이번에도 고개를 끄덕였다. 그는 자못 엄숙하게 예의를 차려 가사를 완성했다.

오렌지야 레몬아, 세인트 클레멘트의 종소리를 울려라,
내게 3파딩을 빚졌으니, 세인트 마틴의 종소리를 울려라,
내게 빚을 언제 갚을 테냐? 올드베일리의 종소리를 울려라,

내 주머니가 넉넉해지거든, 쇼디치의 종소리를 울려라

"마지막 가사를 아시는군요!" 윈스턴이 말했다.

"예. 마지막 가사를 압니다. 이제 가실 시간이군요. 하지만 잠시만요. 이 정제를 받아가셔야지요."

윈스턴이 일어서자 오브라이언이 손을 내밀었다. 그는 윈스턴의 손바닥뼈가 으스러지도록 손아귀에 힘을 주었다. 문가에서 윈스턴이 뒤를 돌았을 때 오브라이언은 이미 그를 자신의 머릿속에서 내보내고 있는 듯 보였다. 그는 텔레스크린 스위치에 손을 댄 채 기다리고 있었다. 그 너머에는 녹색 램프가 있는 필기용 테이블과 스피크라이트, 그리고 종이가 수북이 담긴 철망 바구니가 있었다. 그 날의 일은 끝이 났다. 오브라이언은 앞으로 30초 내에 당의 대리인으로 돌아가 잠시 손에서 놓았던 중요한 업무를 재개할 것이다.

9장

윈스턴은 피로로 몸이 흐물흐물한 젤리가 된 것 같았다. 젤리라는 말이 딱 어울렸다. 머릿속에 갑자기 떠오른 단어였다. 그의 몸은 젤리처럼 연약해지고 반투명해진 기분이었다. 손을 들어 올리면 그 손을 통해 빛을 볼 수 있을 것 같았다. 일을 너무 많이 한 탓에 혈액과 림프액이 모두 빠져나간 듯했고, 신경과 뼈, 피부도 너덜너덜하게 형체만 유지하고 있는 기분이었다. 감각기관은 모두 확장된 것 같았다. 작업복이 그의 어깨를 짓누르는 것 같았고, 포장도로에 발이 닿을 때마다 찌릿한 느낌이 들었으며, 심지어 손을 폈다 오므리는 동작에도 관절이 삐걱거렸다.

그는 지난 닷새 동안 90시간 넘게 일했다. 모든 부처의 직원들이 마찬가지였다. 이제 모든 작업은 끝났고 내일 아침까지는 당과 관련된 활동이나 할 일이 말 그대로 아무것도 없었다. 그는 은신처에서 여섯 시간을 보낼 수 있었고 그 후에도 침대에서 아홉 시간을 잘 수 있었다. 부드러운 오후의 햇살 속에서 그는 순찰대를 경계하며 채링턴 씨의 가게를 향해 누추한 거리를 천천히 걸어갔다. 하지만 그는 그날 오후에는 누구도 그를 방해하지 않으리라는 근거 없는 확신이 들었다. 발걸음을 옮길 때마다 손에 든 무거운 서류 가방이 무릎에 부딪히는 통에 다리의 살갗을 타고 찌릿한 느낌이 오르내렸다. 가방 안에는 그가 엿새 동안 가지고 다닌 '그 책'이 들어 있었는데, 아직 펼치기는커녕 꺼내 보지도 못한 상태였다.

증오 주간의 여섯째 날, 행진과 연설, 고함, 노래, 현수막, 포스터, 영화, 밀랍 모형, 둥둥거리는 북소리와 빽빽대는 나팔 소리, 쿵쿵 행진하는 발소리, 쇠가 갈리는 듯한 탱크 소리, 무리 지은 비행기에서 나는 소리, 요란한 총소리가 모두 끝이 났다. 엿새 동안 이 모든 것들이 이어지며 군중의 격한 희열은 절정에 이르렀고, 유라시아에 대한 전반적인 증오심도 무아지경으로 끓어오른 나머지, 만약 재판 마지막 날 공개 교수형을 당할 유라시아 전범 2,000명이 눈앞에 있다면 의심할 여지 없이 그들을 찢어 죽이리라고 상상할 수 있을 정도였다. 바로 그 순간 오세아니아의 전쟁 상대가 유라시아가 아니라는 공표가 있었다. 오세아니아는 동아시아와 전쟁 중이며 유라시아는 동맹국이라는 것이었다.

당연하게도, 변화를 인정하는 말은 전혀 없었다. 다만 유라시아가 아니라 동아시아가 적이라는 사실이 너무나 갑작스럽고 동시다발적으로 모든 곳에서 공표되었을 뿐이었다. 그 일이 일어났을 때 윈스턴은 런던 중앙 광장 중 한곳에서 시위에 참여하고 있었다. 밤이었고 하얀 얼굴과 주홍색 현수막이 조명을 받아 섬뜩하게 빛나고 있었다. 광장은 스파이단 제복을 입은 천여 명의 학생들을 포함해 수천 명의 사람들로 가득 차 있었다. 주홍빛 천이 드리워진 연단 위에는 팔이 지나치게 길고 큰 머리통에 곧은 생머리만 몇 가닥 남은 내부당 연설가가 군중들에게 장황한 연설을 늘어놓고 있었다. 작은 룸펠슈틸츠킨(독일 민화에 나오는 난쟁이 — 옮긴이)처럼 생긴 연설가는 증오로 얼굴을 잔뜩 일그러뜨린 채 한 손은 마이크의 목을 움켜쥐고 뼈만 남은 팔 끝에 달린 거대한 다른 손은 머리 위의 공기를 할퀴듯 위협적으로 흔들어 댔다. 앰프를 거쳐 날카롭게 변한 그의 목소리가 쩌렁쩌렁 울리며 잔혹행위, 학살, 추방, 약탈, 강간, 수감자 고문, 민간인 폭격, 거짓 선전, 부당한 침략, 조약 파기 같은 단어들을 뱉어 냈다. 그의 연설을 듣고 있으면 처음에는 확신을 가지게 되고 그 후에는 광분하지 않을 수 없는 듯했다. 매 순간마다 군중의 분노가 끓어올랐고, 연설자의 목소리는 수천 개의 목청에서 걷잡을 수 없이 터져 나오는 짐승 같은 포효에 묻혀 버렸다. 가장 야만적인 고함 소리는 학생들에게서 나왔다. 연설이 시작된 지 약 20분쯤 지났을 때 전령 한 명이 서둘러 단상으로 올라가더니 연설자의 손에 미끄러지듯 종이쪽지를 건넸다. 연설자는 말을 멈추지 않은 채 쪽지를 펴서 읽었다. 그의 목소리나 태도, 말하는 내용에는 전혀 변함이 없었지만 갑자기 연설 속에 등장하는 이름이 달라졌다. 어떤 설명도 없이 군중들은 점차 상황을 받아들이기 시작했다. 오세아니아는 동아시아와 전쟁 중이었다! 다음 순간 엄청난 소동이 벌어졌다. 광장을 장식한 현수막과 포스터가 모두 잘못되었던 것이다! 그중 절반에 엉뚱한 인물의 얼굴이 인쇄되어 있었다. 방해공작이 틀림없다! 골드스타인의 부하들 수작이다! 잠시 동안 폭동이라도 일어난 듯 포스터가 벽에서 뜯기고 현수막이 갈기갈기 찢기고 짓밟혔다. 스파이단 단원들은 지붕 위로 기어 올라가 굴뚝에서 펄럭이는 깃발을 자르는 등 눈부신 활약을 펼쳤다. 단 2, 3분 만에 모든 상황이 종료되었다. 연설가는 여전히 마이크 목을 붙잡고 어깨를 앞으로 구부린 채 한 손으로 허공을 가르며 연설을 이어 갔다. 그리고 1분이 더 지난 뒤 관중석에서는 다시 격렬한 분노의 함성이 터져 나왔다. 대상이 바뀐 점만 제외하면 조금도 달라지지 않은 증오 행사가 계속되었다.

지금 생각해 보면 윈스턴에게 깊은 인상을 준 것은 연설자가 잠시도 쉬지 않고, 어긋난 문법 하나 없이 읽고 있던 문장의 내용을 바꿨다는 것이었다. 그러나 그 순간, 그의 관심을 가로챈 다른 일이 벌어졌다. 포스터가 철거되던 소란스러운 순간, 한 남자가 그의 어깨를 툭 치며 "실례지만, 가방을 떨어뜨리셨군요"라고 말했다. 그는 남자의 얼굴도 제대로 보지 못한 채, 아무 말 없이 멍하니 서류 가방을 받아 들었다. 그는 가방 안을 들여다보기까지 며칠이 걸리리라는 것을 알고 있었다. 시위가 끝나자마자 그는 곧장 진리부로 향했다. 거의 23시가 가까워지고 있었다. 부처의 다른 직원들도 모두 사무실로 돌아왔다. 텔레스크린에서 그들을 각자의 자리로 소환하는 명령이 내려졌지만 사실상 필요 없는 명령이었다.

오세아니아는 동아시아와 전쟁 중이었다. 오세아니아는 항상 동아시아와 전쟁을 벌였다. 5년 동안 발행된 정치 문건 대부분이 이제 완전히 쓸모없게 되었다. 모든 종류의 보고서와 기록, 신문, 서적, 팸플릿, 영화, 배경음악, 사진 등 모든 자료가 빛의 속도로 수정되어야 했다. 아무런 지시도 내려지지 않았지만, 부서장들이 일주일 이내에 유라시아와의 전쟁 또는 동아시아와의 동맹에 대한 언급이 어디에도 남아 있지 않길 바란다는 사실은 누구나 다 알고 있었다. 작업량은 압도적으로 많았고, 작업을 처리하는 과정을 이름 그대로 부를 수 없어 더더욱 힘이 들었다. 기록부 직원들은 모두 두세 시간씩 쪽잠을 자며 24시간 중 18시간을 일했다. 지하실에서 가지고 올라온 매트리스들이 복도에 놓였다. 식사는 급식소 직원이 카트에 실어 나르는 샌드위치와 빅토리 커피로 때웠다. 윈스턴은 눈을 붙이기 위해 작업을 멈출 때마다 책상을 깨끗하게 치웠지만, 무거운 눈꺼풀을 간신히 뜨고 욱신거리는 몸을 이끌고 사무실로 올라가면 둘둘 말린 종이 쪽지들이 책상 위에 눈더미처럼 수북이 쌓여 있었다. 스피크라이트가 반쯤 묻힐 때까지 쌓인 쪽지들이 바닥까지 굴러 떨어져 있는 통에, 가장 먼저 할 일은 늘 쪽지를 반듯하게 쌓아 일할 공간을 확보하는 것이었다. 작업을 하며 가장 힘든 점은 일을 기계적으로만 처리할 수 없다는 점이었다. 가끔 이름을 바꾸기만 하면 되는 작업도 있었지만, 사건이 상세히 설명된 보고서를 작업하는 데는 집중력과 상상력이 필요했다. 전쟁 지역을 한 지역에서 다른 지역으로 옮기려면 필요한 지리적 지식도 엄청나게 광범위했다.

사흘째가 되자 눈이 참을 수 없을 정도로 아파졌고, 안경도 몇 분마다 닦아야 했다. 거절할 수 있지만 오기로라도 반드시 성취하고 싶은 힘든 육체적 과제와 씨름하는 기분이었다. 그가 기억하는 한에서, 스피크라이트에 대고 읊조린 모든 단어와 잉크펜으로 그은 모든 획이 고의적인 거짓말이었다는 사실이 괴롭지는 않았다. 부서의 다른 직원들과 마찬가지로 위조를 완벽하게 해내야 한다는 부담감이 있을 뿐이었다. 엿새째 아침에는 기송관이 쪽지를 전달하는 속도가 느려졌다. 기송관 하나는 거의 30분 동안 아무것도 내보내지 않았다. 곧 다른 기송관도 전달이 뜸해지더니 더 이상 전달되는 쪽지가 없게 되었다. 거의 동시에 모든 곳에서 작업이 마무리되었다. 부서 전체에서 깊고 은밀한 한숨 소리가 들려왔다. 결코 발설할 수 없는 대단한 작업이 마무리된 것이다. 이제 그 누구도 유라시아와 전쟁을 한 적이 있다는 사실을 뒷받침 할 문서 증거를 찾을 수 없게 되었다. 12시에 다음날 아침까지 모든 작업자에게 휴무를 제공한다는 뜻밖의 공고가 전달되었다. 윈스턴은 일하는 동안에는 다리 사이, 자는 동안에는 몸 밑에 깔고 자면서 계속 가지고 다니던 가방을 들고 집에 갔다. 면도를 하고 온기라고는 거의 없는 미적지근한 욕조에서 거의 잠이 들 뻔했다.

윈스턴은 삐걱거리는 무릎을 이끌고 채링턴 씨의 가게 위로 향하는 계단을 올랐다. 몸은 피곤했지만 더 이상 잠이 오지는 않았다. 그는 창문을 열고 때가 탄 작은 기름 난로에 불을 붙인 다음 냄비에 커피 마실 물을 올렸다. 줄리아가 곧 도착할 것이다. 그동안에 책을 읽기로 했다. 그는 더러운 안락의자에 앉아 서류 가방의 끈을 풀었다.

이름이나 제목이 없는 표지에 제본도 어딘가 엉성한 두꺼운 검은 책이 나왔다. 인쇄된 글자도 약간 삐뚤빼뚤해 보였다. 여러 사람의 손을 거친 듯 페이지 가장자리가 닳아 쉽게 부서졌다. 속 표지에 적힌 제명은 다음과 같았다.

과두적 집단주의의 이론과 실제
이매뉴얼 골드스타인 지음

윈스턴은 책을 읽기 시작했다.

1장
무지는 힘

유사 이래 신석기 시대 이후로 세상에는 늘 세 계층, 즉 상층, 중층, 하층이 존재했다. 그들은 여러 방식으로 세분화되었고 셀 수 없이 많은 이름이 붙었으며 서로에 대한 태도뿐 아니라 그 수도 상대적으로 시대에 따라 달라졌다. 그러나 사회의 본질적인 구조는 결코 변하지 않았다. 엄청난 격변과 돌이킬 수 없을 같은 변화가 있은 후에도, 어느 방향으로 밀어도 평형 상태로 돌아가는 자이로스코프처럼 언제나 동일한 양상이 반복되었다.

서로 다른 계층의 목표는 절대 양립할 수 없다….

윈스턴은 편안하고 안전한 상태에서 책을 읽는 기분을 만끽하기 위해 책을 내려놓았다. 그는 혼자였다. 텔레스크린도 없고, 열쇠 구멍에 귀를 대고 엿듣는 사람도 없었다. 흘끔흘끔 뒤를 살피거나 손으로 페이지를 가리고 싶은 충동도 들지 않았다. 달콤한 여름 공기가 그의 뺨에 닿았다. 저 멀리 어딘가에서 아이들이 떠드는 소리가 희미하게 들려왔다. 방 안에서 들리는 소리는 작게 째깍거리는 시계초침뿐이었다. 그는 안락의자에 더 깊숙이 몸을 묻고 벽난로 난로망 위에 발을 올렸다. 이 순간의 행복이 영원처럼 느껴졌다. 결국은 다 읽을 책이고 한 단어도 빠짐 없이 다시 읽을 책을 읽을 때 으레 그렇듯, 그는 책의 아무 곳이고 펼쳐 보았다. 제3장이었다. 그는 계속 읽어 나갔다.

3장
전쟁은 평화

세계가 세 개의 초국가로 분열되리라는 것은 20세기 중반 이전에 이미 예견될 수 있었고 실제로 예견된 일이었다. 러시아가 유럽을 흡수하고 미국이 대영제국을 흡수해 현존하는 3대 열강 중 두 개, 즉 유라시아와 오세아니아가 당시 이미 존재하게 되었다. 세 번째 국가인 동아시아는 그후 10년의 혼란스러운 전투를 더 거친 끝에 비로소 한 개의 국가로 자리매김했다. 세 초국가 사이의 국경은 임의로 조성되기도 하고 전쟁의 운명에 따라 달라지기도 했지만 일반적으로는 지리적 경계를 따랐다. 유라시아에는 포르투갈에서 베링해협까지 북부 유럽 및 아시아 대륙 전체가 속하게 되었다. 오세아니아에는 아메리카 대륙, 영국 제도를 포함한 대서양의 섬들과 오스트랄아시아 및 아프리카 남부 지역이 속했다. 다른 국가들보다 규모가 작고 서쪽 국경이 덜 분명한 동아시아는 중국과 그 남쪽 국가, 일본열도, 광활하지만 국경 변동이 심한 만주, 몽골, 티베트로 구성되었다.

세 초국가들은 상대를 바꿔 가며 계속해서 전쟁을 벌이고 있으며 지난 25년 동안 그래 왔다. 그러나 전쟁은 더 이상 20세기 초반 몇십 년처럼 극단적이고 파괴적인 투쟁이 아니다. 서로를 파괴할 수 없는 교전국 간의 목적이 한정된 싸움으로, 물질적인 명분이 없으며, 서로 분리될 만한 뚜렷한 이념적 차이도 없었다. 전쟁을 수행하는 방법이라든가 전쟁에 임하는 전반적인 태도가 덜 잔인해졌다거나 신사적이 되었다는 의미는 아니다. 반대로, 전쟁 히스테리는 모든 국가에서 보편적으로 지속되고 있으며, 강간, 약탈, 아동 학살이나 국민 전체를 노예로 삼는 행위, 심지어 죄수를 산 채로 삶거나 매장하는 보복 행위 등은 여전히 일반적인 것으로 간주된다. 더욱이 적군이 아닌 아군에게 이런 행위를 한 경우에는 더 가치 있는 업적으로 여겨지곤 한다. 하지만 물리적인 차원에서 전쟁에 참여하는 사람들은 주로 고도로 훈련된 매우 소수의 전문가들이며 사상자도 상대적으로 적어졌다. 전투가 벌어지는 장소도 일반 시민은 추측으로만 위치를 알 수 있는 모호한 국경이나 항로의 전략적 지점을 수비하는 해상 요새 주변이다. 문명의 중심에서 전쟁이란 만성적인 소비재 부족을 야기하고 간헐적인 로켓 미사일의 폭격으로 수십 명의 사망자를 발생시키는 사건쯤이 되었다. 실제로 전쟁의 성격에는 변화가 있었다. 정확하게는 전쟁이 벌어져야 할 명분들의 중요도가 달라졌다고 해야 할 것이다. 20세기 초의 대규모 전쟁에서 간간이 나타나던 동기가 이제는 지배적인 동기가 되어 의식적으로 인정되었을 뿐 아니라 그에 따라 양상의 변화가 일어난다.

현재 벌어지고 있는 전쟁의 본질을 이해하려면(몇 년에 한 번씩 상대가 바뀌기는 하지만 어차피 성격은 같다) 먼저 어떤 전쟁도 결정적인 싸움이 될 수 없다는 사실을 이해해야 한다. 세 초국가 중 두 국가가 동맹을 맺는다 해도 다른 한 국가를 완전히 정복할 수 없다. 세 국가는 서로 우열을 가리기 힘들고, 천연적 방어 조건도 강력하게 갖추고 있다. 유라시아는 광대한 영토를, 오세아니아는 넓디넓은 대서양과 태평양을, 동아시아는 높은 생식력과 근면한 국민성을 가졌다. 두 번째로 물질적인 의미에서는 더 이상 싸울 명분이 없다. 생산과 소비를 서로 조율할 수 있는 자족적인 경제가 확립되면서 과거 전쟁을 일으킨 주요 원인이었던 시장 쟁탈전이 필요 없게 되었고, 원자재 경쟁도 더 이상 치열하지 않게 되었다. 세 초국가는 어떤 경우에도 각자의 국경 안에서 필요한 재료 거의 대부분을 얻을 수 있을 만큼 광대하다. 경제와 직접적으로 연관된 목적이 있다면 바로 노동력 확보이다. 초국가의 국경 사이에는 누구도 영구적으로 소유하지 못한 탕헤르, 브라자빌, 다윈, 홍콩을 모서리로 하는 사변형 지역이 있고, 그 안에 전 세계 인구의 약 5분의 1이 거주하고 있다. 세 열강이 끊임없이 투쟁하는 이유는 인구 밀도가 높은 지역과 북부 만년설을 차지하기 위해서다. 사실 셋 중에서 분쟁 지역 전체를 장악했던 세력은 없다. 지역의 일부는 계속해서 주인이 바뀌는데, 갑작스러운 반격을 통해 이런저런 지역을 차지할 기회가 발생할 가능성에 따라 정치적인 동맹 관계가 끊임없이 변하기 때문이다.

모든 분쟁 지역은 귀중한 광물을 보유하고 있었고, 그중 일부는 추운 기후에서는 비교적 비용을 많이 들여 합성해야 하는 고무와 같은 중요한 식물성 제품을 생산한다. 무엇보다도 값싼 노동력을 무한하게 보유하고 있다. 적도 아프리카, 중동 국가, 인도 남부, 인도네시아 군도의 통제권을 가지면 낮은 임금으로 등골이 휘도록 열심히 일하는 수천, 수억 명의 노동력을 확보할 수 있는 셈이다. 이 지역의 주민들은 거의 공식적인 노예로 전락한 채 정복자가 계속 바뀌는 가운데 더 많은 군수품을 생산하고, 더 넓은 영토를 점령하고, 더 많은 노동력을 장악하기 위한 끝없는 경쟁에서 석탄이나 석유처럼 소비된다. 전투는 실제로는 분쟁 지역의 경계를 벗어나지 않는다는 점에 주목해야 한다. 유라시아의 국경은 콩고 분지와 지중해 북쪽 해안 사이에서 전진과 후퇴를 반복한다. 인도양과 태평양의 섬들은 오세아니아나 동아시아에 의해 번갈아 점령되고 탈환되기를 반복한다. 몽골 내 유라시아와 동아시아를 나누는 경계는 항상 가변적이다. 사람이 살지 않고 개척도 된 적 없는 극지방 주변의 거대한 지역은 세 열강 모두 자기네 영토라고 주장하고 있다. 하지만 권력의 균형은 늘 어느 정도 동등하게 유지되며 각 국가의 핵심 영토는 침략할 수 없는 상태로 남는다. 게다가 적도 부근에서 착취당하는 노동력은 실제로 세계 경제에 필요하지도 않다. 그들은 세상의 부에 어떤 기여도 하지 않는다. 왜냐하면 그들이 생산하는 물품은 모두 전쟁을 위해 사용되며, 전쟁을 벌이는 목적은 또 다른 전쟁을 벌이기 위해 적보다 유리한 고지를 점하는 것이기 때문이다. 노예 인구의 노동은 이 끊이지 않는 전쟁에 가속도를 붙인다. 하지만 노예가 존재하지 않았더라도 세계 사회의 구조와 사회가 유지되는 방식은 본질적으로 다르지 않았을 것이다.

현대 전쟁의 주요 목표(이중사고 원칙에 따라 이 목표는 내부당의 수뇌부에 의해 인식되지만 동시에 인식되지 않음)는 전반적인 삶의 수준을 높이지 않으면서 공산품을 소진하는 것이다. 19세기 말부터 이어진 산업사회에서 잉여 소비재를 어떻게 처리할 것인지는 끊이지 않는 문제였다. 먹을 것조차 충분치 않은 상황에서 이 문제는 시급하지 않으며 인위적인 소비재 파괴가 없다 하더라도 큰 문제는 아니다. 오늘날의 세계는 1914년 이전의 세계에 비하면 황량하고 굶주리고 황폐한 곳이며, 당대 사람들이 꿈꾸던 미래와 비교하면 더더욱 그렇다. 20세기 초, 글을 읽을 줄 아는 사람이라면 누구나 믿기 힘들 정도로 풍요롭고, 여유롭고, 질서 있고, 효율적인 미래 사회, 유리와 강철, 새하얗게 빛나는 콘크리트로 이루어진 깨끗한 세계를 소망했다. 과학과 기술

은 엄청난 속도로 발전하고 있었고, 당연히 이후에도 계속 발전
하리라고 가정했다. 하지만 그런 일은 일어나지 않았다. 부분적
으로는 계속되는 전쟁과 혁명으로 인한 빈곤 때문이었고, 또 부
분적으로는 과학과 기술의 진보란 것은 경험주의적 사고에 달
려 있지만 이 사고는 엄격하게 통제된 사회에서는 발전할 수 없
는 것이기 때문이었다. 전반적으로 오늘날의 세계는 50년 전
보다 더 퇴보했다. 낙후된 분야가 발전하기도 하고, 전쟁 및 경
찰 간첩 활동과 관련된 다양한 기기들이 개발되었지만 실험이
나 발명은 대부분 중단되었으며 1950년대 핵전쟁이 남긴 폐허
도 결코 완전히 복구되지 않았다. 그럼에도 불구하고 기계에 내
재된 위험은 여전히 존재한다. 기계가 처음 등장한 순간부터 지
식인들은 인간의 단순 노동은 불필요해질 것이며 따라서 인간
이 불평등하게 살아야 할 이유가 없어질 거라고 생각했다. 그러
한 목적으로 신중하게 기계를 사용한다면 기아, 과로, 오물, 문
맹, 질병도 몇 세대 안에 퇴치될 것이라고. 사실, 그러한 목적으
로 사용되지는 않았지만, 기계는 일종의 자동화 과정을 통해 분
배하지 않을 수 없는 부를 생산함으로써 19세기 말에서 20세기
초까지 약 50년에 걸쳐 인간의 전반적인 생활 수준을 크게 향상
시켰다.

　하지만 부의 전반적인 증가가 계층 사회의 파괴(사실 어떤 의
미에서는 진정한 파괴라 할 수 있다)를 위협했다는 것 역시 사실
이다. 모든 사람의 노동 시간이 짧아지고, 충분히 먹고, 욕실과
냉장고가 갖춰진 집에서 살고, 자동차나 심지어 비행기까지 소

유하는 세상이라면, 가장 명백하고 어쩌면 가장 중요한 불평등의 형태는 이미 사라진 셈이다. 일단 부가 보편화된다면, 그것은 어떤 차이도 만들지 않을 것이다. 개인 소유와 사치라는 맥락에서의 부는 고르게 분배되지만 권력은 소수의 특권 계층의 손에 남아 있는 사회를 상상하는 것도 어렵지 않다. 그러나 실제로 그러한 사회는 오랫동안 안정적으로 유지될 수 없다. 모두가 똑같이 여가를 즐기고 안전을 보장받는다면 가난 때문에 정신적 마비 상태로 살던 수많은 사람들이 글을 읽고 스스로 생각하는 법을 배울 수 있게 되기 때문이다. 그렇게 되고 나면 그들은 곧 특권을 지닌 소수가 사회에서 아무런 역할도 하지 않는다는 사실을 깨닫고 그들을 쓸어버릴 것이다. 결국 멀리 내다보았을 때 계급 사회는 가난과 무지를 바탕으로 했을 때에만 유지될 수 있었다. 20세기 초 일부 사상가들은 농업 사회로 돌아가자는 해결책을 내놓았지만 이는 실현 가능하지 않았다. 전 세계에서 거의 본능적으로 일어나고 있던 기계화를 향한 물결과 상충하는 데다 산업적으로 후진적인 국가는 군사적으로 무력해질 수밖에 없어 더 발전된 경쟁국가에 의해 직간접적으로 지배를 받게 될 것이 뻔하기 때문이었다.

상품 생산량을 제한하여 대중을 빈곤에 시달리도록 만드는 해결책 역시 바람직하지 않았다. 이러한 상황은 1920년에서 1940년 사이 자본주의의 마지막 단계에서 대규모로 일어났다. 이때 많은 국가의 경제가 침체되었고, 토지는 경작되지 않았으며, 주요 설비도 보충되지 않았고, 인구의 상당 부분은 일도 구하지 못한 채 국가의 보조로 근근이 살게 되었다. 그러나 이러한 사회 역시 군사력 약화를 초래했으며, 정책의 일환으로 발생한 궁핍은 명백히 불필요한 것이었기에 저항은 불가피했다. 문제는 세계의 실질적인 부를 늘리지 않으면서 산업의 바퀴를 계속 돌게 할 방법을 강구하는 것이었다. 그러려면 재화 생산은 계속되어야 하지만 유통되어서는 안 됐다. 그리고 실제로 이를 달성하는 유일한 방법은 지속적인 전쟁뿐이었다.

전쟁의 본질적인 행위는 파괴, 인간의 생명이 아닌 인간 노동의 산물을 파괴하는 것이다. 대중의 삶을 너무 편안하게 만들어서 결국에는 대중을 너무 똑똑하게 만들 수 있는 물건들을 전쟁을 통해 산산조각 내거나 성층권 밖으로 날려 버리거나 바다 깊은 곳으로 가라앉힐 수 있다. 전쟁 무기가 파괴되지 않더라도 그것들을 만들면 소비재를 생산하지 않아도 편리하게 노동력을 소비할 수 있다. 예를 들어, 해상 요새에는 수백 척의 화물선을 건조하는 데 필요한 노동력이 묶여 있다. 해상 요새가 누구에게도 물질적 이익을 가져다주지 못한 채 구식 요새로 전락해 버리면 더욱 막대한 노동력을 들여 또 다른 해상 요새를 건설한다. 원칙적으로 전쟁에 쓰이는 노력은 언제나 국민의 필요를 최소한으로 충족시키고 남은 잉여 노동력을 소진하기 위해 계획된다. 실제로 국민들의 필요는 늘 과소평가되며, 그 결과 생활필수품의 절반은 만성적 부족 상태다. 하지만 이런 현상은 장점으로 간주된다. 전반적인 결핍 상태에서는 하찮은 특권을 더 돋보이게 만들어 계층 간의 차이를 벌릴 수 있기 때문에 특권층조차도 의도적으로 곤궁의 경계선상에 둔다. 20세기 초반을 기준으로 놓고 보면 내부당원조차 검소하고 힘든 생활을 하고 있다. 그럼에도 불구하고 그들은 넓고 잘 갖춰진 아파트, 질이 더 좋은 옷, 더 좋은 품질의 음식과 음료, 담배, 하인 두세 명, 개인 자동차나 헬리콥터 등의 사치를 누리며 외부당원과는 다른 세계에 살고, 외부당원은 우리가 '프롤'이라고 부르는 최하층의 대중과 비교할 때 비슷한 이점을 누린다. 사회의 분위기는 마치 포위된 도시 같아서, 말고기 한 덩이를 소유하느냐에 따라 부와 가난이 갈린다. 동시에 국가가 전쟁 중이며 따라서 위험에 처해 있다는 인식은 소수 계급에 모든 권력을 넘기는 것이 자연스러울 뿐만 아니라 생존을 위해 피할 수 없는 조건인 것처럼 보이게 만든다.

전쟁은 필요한 파괴를 수행할 뿐 아니라, 그러한 파괴를 사람들이 심리적으로 받아들이도록 만든다. 원칙적으로 잉여 노동력을 낭비하는 방법은 아주 간단하다. 사원과 피라미드를 짓거나, 구덩이를 파고 다시 채우거나, 심지어 막대한 양의 상품을 생산한 다음 불을 지를 수도 있다. 그러나 이는 계층적 사회를 유지할 경제적 기반만을 제공할 뿐 감정적 기반은 제공하지 않는다. 여기에서는 대중의 사기가 아니라 당의 사기를 생각해 보아야 한다. 대중을 지속적으로 노동에 묶어 두는 이상 그들의 의견은 중요하지 않다. 반면 가장 말단 당원이라도 유능하고 근면하며 어느 정도는 지적이어야 하는 동시에 언제나 두려움과 증오에 지배당하며 아첨하고, 승리에 광적으로 도취되는, 무지하고 잘 속아 넘어가는 광신자이기도 해야 한다. 즉 전쟁 상태에 적합

한 사고방식을 갖추어야 한다는 뜻이다. 실제로 전쟁이 일어나고 있는지는 중요하지 않으며, 결정적인 승리가 불가능한 이상 전쟁의 경과도 중요하지 않다. 전쟁 상태가 계속되기만 하면 그만이다. 당은 당원들에게 지적 분열을 기대하는데, 이는 전쟁 분위기 속에서 더 쉽게 달성할 수 있으며 이제는 거의 모두에게서 보편적으로 나타나지만 계급이 올라갈수록 더욱더 뚜렷하게 나타난다. 전쟁 히스테리와 적에 대한 증오가 가장 강한 곳은 바로 내부당이다. 행정 관료로서 내부당의 구성원은 이런저런 전쟁 소식이 거짓이라는 사실을 알아야 하는 경우가 많으며, 전쟁 자체가 허위이고 현재 일어나고 있지 않거나 선언된 것과는 전혀 다른 목적을 위해 수행되고 있다는 사실을 인지하기도 한다. 그러나 그러한 지식은 이중사고에 의해 쉽게 무력화되고 만다. 따라서 내부당원들은 누구나 전쟁이 실제로 일어나고 있으며 오세아니아가 전쟁에서 승리해 모두가 인정하는 전 세계의 주인이 되리라는 모호한 믿음을 한 순간도 잃지 않는다.

내부당의 모든 구성원은 종교의 교리를 따르듯 이러한 정복이 곧 실현되리라고 믿는다. 점차 더 많은 영토를 획득하여 압도적으로 우세한 권력을 거머쥐거나, 대항할 수 없는 신무기 발명을 통해 이를 실현할 수 있다고 믿는 것이다. 새로운 무기를 개발하기 위한 탐색은 끊임없이 계속되고 있으며, 이는 창의적이거나 호기심 많은 사람들이 재능을 쏟아부을 수 있는 몇 안 남은 활동 중 하나다. 현재 오세아니아에서는 옛 시대와 같은 의미의 과학은 거의 존재하지 않는다. 새말에는 '과학'이라는 단어가 아예 존재하지 않는다. 과거에 일궈 낸 모든 과학적 성취의 기반이 되었던 경험적 사고방식은 영사의 가장 근본적인 교리에 반한다. 심지어 기술적 진보는 그 결과물이 어떤 방식으로든 인간의 자유를 축소하는 데 사용될 수 있을 때만 발생한다. 실용적 기술만 놓고 보면 세상은 멈춰 있거나 퇴보하고 있다. 밭은 말이 끄는 쟁기로 경작하지만 책은 기계로 집필한다. 그러나 사활이 걸린 문제(즉, 전쟁과 경찰의 첩보 활동)에는 경험적 접근 방식이 여전히 권장되거나 적어도 용인된다. 당의 두 가지 목표는 지구상의 모든 영토를 정복하는 것과 개인이 독립적인 사고를 전혀 할 수 없게 만드는 것이다. 여기에서 당이 해결해야 할 중대한 문제가 두 가지 있다. 하나는 생각하는 주체의 의지에 반하여 그들이 무슨 생각을 하는지 알아내야 한다는 것이고 다른 하나는 사전에 공격의 낌새를 들키지 않고 수 초 내에 수억 명의 사람을 죽이는 방법에 대한 것이다. 과학 연구가 계속되는 한, 이두 과제가 그 목적이 될 것이다. 오늘날 과학자의 역할은 심리학자와 심문관의 역할을 합친 것으로 이들은 얼굴 표정, 몸짓, 어조의 의미를 통상적이고 면밀하게 연구하고 약물, 충격 요법, 최면 및 신체적 고문이 진실을 끌어내는 데 얼마나 효과적인지 시험한다. 어쩌면 이들을 생명을 앗아 가는 방법과 관련된 주제에만 관심을 갖는 화학자, 물리학자 또는 생물학자로 볼 수도 있을 것이다. 평화부의 거대한 실험실과 브라질의 숲, 호주의 사막, 남극의 고도에 숨겨진 실험 기지에서 전문가로 구성된 팀이 쉬지 않고 연구에 매진하고 있다. 단순히 미래 전쟁의 병참 계획에만 몰두하는 사람들이 있는가 하면 더 큰 로켓 미사일과 더 강력한 폭발물, 더 튼튼한 장갑 강철판을 고안하는 사람들도 있다. 더 치명적인 새로운 가스를 찾거나, 대륙 전체의 식물을 파괴할 수 있는 양으로 생산 가능한 수용성 독극물을 찾거나, 가능한 모든 항체에 면역이 있는 병원균종을 찾기도 하며 물속의 잠수함처럼 땅속을 다닐 수 있는 탈것을 만들거나, 범선처럼 기지에 의존하지 않는 비행기를 만들기 위해 노력하는 사람들도 있다. 그런가 하면 수천 킬로미터 떨어진 우주에 설치된 렌즈를 통해 태양 광선의 초점을 맞추는 방법을 연구하거나 지구 중심의 열을 자극해 인공 지진과 해일을 생성하는 등 훨씬 희박한 가능성을 탐구하는 사람들도 있다.

그러나 이 중 실현 가능성이 있는 프로젝트는 거의 없으며, 세 초국가 중 다른 국가보다 월등하게 우위에 있는 국가도 없다. 더 주목할 만한 점은 세 초국가가 모두 현재 진행 중인 연구를 통해 발명할 가능성이 있는 어떤 결과물보다 훨씬 더 뛰어난 무기인 원자폭탄을 이미 보유하고 있다는 사실이다. 당은 관행대로 자신들의 발명품이라 주장하지만, 원자폭탄이 처음 등장한 때는 1940년대였고, 그로부터 약 10년 후 처음 대규모로 사용되기 시작했다. 당시 주로 유럽, 러시아, 서유럽, 북아메리카의 산업 중심지에 수백 개의 폭탄이 투하되었다. 그 후 모든 국가의 지배 집단은 원자폭탄이 몇 개만 더 터지면 조직화된 사회가 완전히 종말할 수 있고, 그렇게 되면 자신들의 권력도 끝을 맞이하게 되리라는 것을 깨달았다. 그 후 공식적인 합의가 이루어지지도 않았고 합의를 하자는 암시도 없었지만, 더 이상 원자폭탄은 떨어지지 않았다. 세 초국가가 모두 조만간 찾아오리라고 믿는 결정적인 기회에 대비해 계속해서 원자폭탄을 생산하고 비축할 뿐이다. 그러는 동안 전쟁 기술은 30~40년 동안 거의 정체된 상태로 유지되었다. 이전보다 헬리콥터가 더 많이 사용되고, 폭격기는 대부분 자가 추진 발사체로 대체되었으며, 취약도 높은 전함은 침몰 가능성이 거의 없는 해상 요새에 자리를 내주긴 했지만 그 외에는 거의 발전이 없었다. 탱크, 잠수함, 어뢰, 기관총, 심지어 소총과 수류탄이 여전히 사용되고 있다. 언론과 텔레스크린에서 학살이 자행되었다는 소식이 끊임없이 들려오기는 하지만, 몇 주 만에 수십만 또는 수백만 명의 사람들의 목숨을 앗아가곤 했던 과거의 처절한 전투는 이제 벌어지지 않는다.

　세 초국가 중 어느 곳도 치명적인 패배를 야기할 수 있는 작전은 절대 시도하지 않는다. 대규모 작전은 일반적으로 동맹국을 기습 공격할 때만 수행된다. 세 초국가가 모두가 따르는, 혹은 따르는 체하는 전략은 동일하다. 전투을 벌이고 협상하고 시기적절한 때에 배신하여 경쟁 국가 중 하나를 완전히 포위할 수 있는 기지들을 점령한 다음, 적국과 우호조약을 체결하는 것이다. 그 후에는 서로간의 의심이 잠잠해질 때까지 수년 동안 평화로운 관계를 유지한다. 그동안 모든 전략적 거점에서 원자폭탄을 탑재한 로켓을 생산한다. 이 폭탄들을 모두 동시에 발사하면 보복이 불가능할 정도로 파괴적인 공격을 감행할 수 있다. 그러고는 또 다른 공격을 준비하기 위해 나머지 초국가와 우호조

약을 체결한다. 이 전략은 두말할 것도 없이 실현할 수 없는 백일몽에 불과하다. 더욱이 적도와 극지방 주변의 분쟁 지역을 제외하고 전투는 일어나지 않으며, 적의 영토를 침범하는 일도 일어나지 않는다. 이는 일부 지역에서 초국가 간의 국경이 임의적인 이유를 설명해 준다. 예를 들어 유라시아는 지리적으로 유럽의 일부인 영국 제도를 쉽게 정복할 수 있고, 오세아니아는 라인강이나 심지어 비스툴라강까지 국경을 확장할 수 있다. 그러나 그렇게 되면 공식적으로 인정되지는 않지만 모두가 따르고 있는 문화적 고결성 원칙을 위반하게 된다. 오세아니아가 한때 프랑스와 독일이었던 지역을 정복하려면 그 주민들을 몰살하거나 ─ 이는 물리적으로 몹시 어려운 과업이다 ─ 기술 수준에 있어서 오세아니아와 비슷할 1억 명에 달하는 인구를 동화시켜야 할 것이다. 이는 세 초국가 모두가 직면하고 있는 문제다. 체제 유지를 위해 자국민이 전쟁 포로와 유색 인종 노예라는 제한된 범위의 사람들을 제외한 외국인과는 접촉하지 못하게 해야 하기 때문이다. 심지어 공식적으로 동맹을 맺은 국가조차 항상 불신 가득한 눈으로 주시한다. 오세아니아의 일반 시민은 전쟁 포로를 제외한 유라시아 시민이나 동아시아 시민을 볼 수 없으며 외국어를 배우는 것은 금지되어 있다. 만일 시민들이 외국인과 접촉할 수 있게 된다면 외국인이 자신과 비슷한 생명체이며 그들에 관해 알려진 사실 대부분이 거짓이라는 사실을 알게 될 것이다. 그러면 그들이 살고 있던 폐쇄된 세계가 깨지고, 그들의 사기를 뒷받침하던 두려움, 증오, 독선은 명분을 잃게 될 것이다. 따라서 세 국가 모두 페르시아, 이집트, 자바, 실론의 주인이 얼마나 자주 바뀌든, 폭탄 외에는 어떤 것도 주요 국경을 넘어올 수 없어야 한다는 인식을 공유한다.

이러한 거짓말의 기저에는 결코 공식적으로 언급되지 않지만 암묵적으로 받아들여져 지침으로 작용하는 사실이 하나 있다. 바로 세 초국가에서 삶의 조건이 거의 동일하다는 사실이다. 오세아니아 국가의 지배 철학은 영사라고 하고, 유라시아에서는 신볼셰비즘이라고 한다. 동아시아의 철학은 일반적으로 '죽음 숭배'로 번역되지만 '자아 말소'가 더 적절할 것이다. 오세아니아 국민은 다른 두 철학의 이상에 대해 아무것도 알 수 없지만, 도덕과 상식에 대해 야만적으로 모욕하고 비난하도록 교육받는다. 실제로 세 원리는 구별할 수 없을 정도로 동일하며, 그들이 지지하는 사회 체제 역시 별 차이가 없다. 세 국가의 사회는 모두 피라미드 구조로 구성되며 신격화된 지도자를 숭배한다. 경제는 지속적인 전쟁에 의해, 전쟁을 위해 돌아간다. 따라서 세 초국가는 서로를 정복할 수 없을 뿐만 아니라 그렇게 해서 얻는 이점도 없다. 반대로 갈등상태에 있는 한 그들은 세 개의 짚단처럼 서로를 받쳐 세운다. 그리고 늘 그렇듯 세 국가 지배 집단은 자신들이 무엇을 하고 있는지 의식하면서 동시에 의식하지 않는다. 그들은 세계 정복을 위해 일생을 바치지만, 전쟁이 승리 없이 영원히 계속되어야 한다는 사실 또한 안다. 영사와 그 경쟁 사상 체계의 특징이기도 한 현실 부정은 이렇게 정복당할 위험이 없다는 사실 덕분에 가능해진다. 이 대목에서 지속적인 전쟁으로 인해 전쟁의 성격이 근본적으로 바뀌었다는 앞에서 언급한 이야기를 다시 한번 살펴볼 필요가 있다.

이전 시대에 전쟁은 언젠가 끝이 나는 것이 당연했고, 끝이 날 때는 승리했는지 패배했는지를 뚜렷하게 알 수 있었다. 또한 당시의 전쟁은 인간 사회가 물리적 현실을 계속 깨닫도록 하는 주요한 수단 중 하나였다. 모든 시대의 통치자들은 자신의 백성들에게 거짓 세계관을 주입하기 위해 노력했지만 군사적 효율성까지 손상시킬 수 있는 환상을 조장할 여유는 없었다. 전쟁에서 패배했을 때 자주성을 잃거나 전반적으로 바람직하지 않은 결말을 맞이하게 될 가능성이 있었으므로 패배에 철저히 대비해야 했다. 이처럼 물리적인 사실은 간과될 수 없었다. 철학이나 종교, 윤리, 정치에서는 2 더하기 2가 5가 될 수 있지만, 총이나 비행기를 설계할 때 2 더하기 2는 반드시 4여야 했다. 비효율적인 국가는 머지않아 어김없이 정복되었고, 효율성을 위한 싸움은 환상을 유지하는 데 도움이 되지 않았다. 게다가 효율성을 높이려면 과거로부터 배울 수 있어야 했고 그러려면 과거에 무슨 일이 일어났는지를 정확한 관점에서 파악해야 했다. 물론 신문과 역사책은 늘 편향적이고 편견으로 물들어 있었지만 오늘날 자행되는 것과 같은 위조는 불가능했다. 전쟁은 제정신을 지키는 확실한 안전 장치였고, 지배 계급에게는 모든 안전 장치 중에서 가장 중요한 수단이었을 것이다. 전쟁에 승리와 패배가 있는 한 지배 계급은 언제나 책임질 것이 있었다.

그러나 전쟁이 문자 그대로 끝도 없이 지속되면 이러한 위험은 사라진다. 전쟁이 지속되는 동안에는 군사적인 필요라는 것을 잊게 된다. 기술 발전은 중단될 수 있으며 뚜렷한 사실이라도 부인되거나 간과될 수 있다. 앞서 이야기했듯 소위 과학이라고 불리는 연구가 전쟁을 위해 여전히 수행되고 있기는 하지만, 이러한 연구는 본질적으로 일종의 공상일 뿐이며 결과를 내지 못하더라도 아무런 문제가 되지 않는다. 효율성, 심지어 군사적 효율성도 더 이상 필요가 없어진다. 오세아니아에서는 사상경찰 외에는 그 무엇도 효율적이지 못하다. 서로 정복할 수 없는 세 초국가는 사실상 어떤 사상 왜곡도 안전하게 실현될 수 있는 별개의 우주다. 현실의 압박을 받는 경우는 일상생활에 필요한 것들 — 먹고 마시고, 주거지와 의복을 구하고, 독을 삼키거나 꼭대기 층 창밖으로 몸을 던지지 않는 일 등 — 이 있을 때뿐이다. 삶과 죽음, 육체적 쾌락과 고통 사이에는 여전히 차이가 있지만 그뿐이다. 외부 세계, 그리고 과거와의 접촉이 단절된 오세아니아 시민은 어느 방향이 위이고 어느 방향이 아래인지 알 방법이 없는 우주 공간에 사는 것과 마찬가지다. 이러한 국가의 통치자는 파라오나 카이사르도 누릴 수 없었던 절대적인 권력을 가진다. 그들은 추종자들이 곤란할 정도로 많이 굶어 죽는 것을 방지할 의무가 있으며, 경쟁 국가와 동일한 낮은 수준의 군사 기술을 유지해야 한다. 하지만 일단 그 최소 조건만 유지하면 자신이 원하는 어떤 형태로든 현실을 왜곡할 수 있다.

그러므로 이전 시대의 전쟁을 기준으로 판단한다면 오늘날의 전쟁은 그저 사기일 뿐이다. 마치 뿔이 이상한 각도로 나서 서로를 다치게 할 수 없는 반추동물의 힘겨루기와 같다. 그러나 비현실적이라 할지라도 의미가 없는 것은 아니다. 전쟁을 통해 잉여 소비재를 소비하고, 계급 사회를 유지하는 데 필요한 정서를 보존할 수 있기 때문이다. 이와 같이 전쟁은 순전히 국가 내부의 문제다. 과거에는 모든 국가의 지배 집단이 공동의 이익을 인식하여 전쟁의 파괴력을 제한했지만, 그들은 여전히 서로 싸웠으며 승자는 항상 패자를 약탈했다. 우리 시대에 국가들은 절대 서로 싸우지 않는다. 전쟁은 각 지배 집단이 자국민을 상대로 벌이는 것으로, 전쟁의 목적은 영토를 정복하거나 지키는 것이 아니라 사회 구조를 그대로 유지하는 데 있다. 그러므로 '전쟁'이라는 단어 자체에 오해의 소지가 생기게 되었다. 아마도 전쟁이 계속되다 결국은 존재하지 않게 되었다고 말하는 것이 정확할지 모르겠다. 신석기 시대부터 20세기 초까지 인류가 감내해야 했던 전쟁의 압박이 사라지고 전혀 다른 것으로 대체된 것이다. 세 초국가가 서로 싸우는 대신 각자의 경계 내에서 침범할 수 없는 영원한 평화 속에 살기로 합의한다고 해도 어차피 결과는 같을 것이다. 그 경우에도 각 국가는 경각심을 일깨우는 외부의 위험으로부터 영원히 해방된 독립된 우주가 되기 때문이다. 따라서 진정으로 영구적인 평화는 영구적인 전쟁과 같은 의미인 셈이다. 비록 당원 대다수가 피상적으로만 이해하고 있지만, 전쟁은 평화라는 당 슬로건이 품은 진정한 의미는 바로 이것이다.

윈스턴은 잠시 책 읽기를 멈췄다. 저 멀리 어딘가에서 로켓 미사일이 폭발하는 소리가 천둥처럼 울렸다. 하지만 텔레스크린도 없는 방에서 금지된 책과 단둘이 있는 황홀한 기분은 사그라지지 않았다. 고독하면서도 안전한 느낌이 육신의 피로, 의자의 푹신함과 창문에서 불어와 뺨을 스치는 희미한 바람의 감촉과 설명할 수 없는 방식으로 뒤섞여 마치 물리적 감각인 것처럼 느껴졌다. 그는 책에 매혹되었다. 더 정확하게는 안심이 되었다. 어떤 의미에서 보면 그에게 새로운 가르침을 주지는 않았지만 그런 점 역시 책의 매력 중 하나였다. 책에는 흩어진 생각을 정리할 수 있었다면 그 자신이 이야기했을 내용이 적혀 있었다. 책은 자신의 생각과 비슷하면서 훨씬 더 강력하고 체계적이며 대담한 정신을 가진 누군가가 만들어 낸 결과물이었다. 최고의 책은 읽는 이가 이미 알고 있는 것을 알려 주는 책이 아닌가 그는 생각했다. 그가 막 1장을 다시 펼쳤을 때 계단을 오르는 줄리아의 발소리가 들렸고, 그는 그녀를 맞이하기 위해 의자에서 일어났다. 그녀는 갈색 공구 가방을 바닥에 내팽개치고 그의 품에 안겼다. 두 사람이 만난 지 벌써 일주일이 넘었다.

"그 책을 받았어요." 그녀에게서 몸을 떼며 그가 말했다.

"받았어요? 잘됐네요." 그녀는 대수롭지 않다는 투로 대꾸한 뒤 곧장 석유난로 옆에 무릎을 꿇고 커피 만들 준비를 했다.

그들은 침대에 몸을 누일 때까지 30분 동안 그 이야기를 다시 꺼내지 않았다. 저녁 공기가 선선해져 어느덧 담요를 끌어당겨 덮어야 할 정도였다. 창문 아래에서 익숙한 노랫소리와 함께 돌바닥을 끄는 신발 소리가 들렸다. 윈스턴이 이 방에 처음 왔을 때 보았던 붉은 팔뚝을 가진 건장한 여자는 마당 붙박이나 마찬가지였다. 그녀는 해가 떠 있는 동안에는 어김없이 입에 빨래집게를 문 채 빨래통과 빨랫줄 사이를 오가며 열정적으로 노래를 불렀다. 줄리아는 옆으로 누워서 벌써 잠에 들려는 듯 보였다. 그는 바닥에 놓여 있던 책에 손을 뻗어 침대 머리맡에 앉았다.

"우리 이 책을 읽어야 해요." 그가 말했다. "당신도요. 형제단원이라면 누구나 읽어야 한대요."

"당신이 읽어요." 그녀는 눈을 감으며 말했다. "나한테 소리 내어 읽어 주면 되잖아요. 그게 제일 좋네요. 읽으면서 무슨 뜻인지 설명도 해 줘요."

시곗바늘이 6을 가리키고 있었다. 18시가 되었다는 의미였다. 앞으로 서너 시간 정도 여유가 있었다. 그는 책을 무릎에 올려놓고 읽기 시작했다.

1장
무지는 힘

유사 이래 신석기 시대 이후로 세상에는 늘 세 계층, 즉 상층, 중층, 하층이 존재했다. 그들은 여러 방식으로 세분화되었고 셀 수 없이 많은 이름이 붙었으며 서로에 대한 태도뿐 아니라 그 수도 상대적으로 시대에 따라 달라졌다. 그러나 사회의 본질적인 구조는 결코 변하지 않았다. 엄청난 격변과 돌이킬 수 없을 같은 변화가 있은 후에도, 어느 방향으로 밀어도 평형 상태로 돌아가는 자이로스코프처럼 언제나 동일한 양상이 반복되었다.

"줄리아, 깨어 있어요?" 윈스턴이 말했다.

"응, 자기, 듣고 있어요. 계속해요. 정말 멋진 이야기네요."

그는 다시 읽기 시작했다.

서로 다른 계층의 목표는 절대 양립할 수 없다. 상류 계층의 목적은 자신들의 위치를 고수하는 것이다. 중류 계층의 목적은 자신보다 높은 계층과 자리를 바꾸는 것이다. 만약 하류 계층이 목표라는 것을 가진다면 ─ 하류 계층의 특성상 고역에 시달리느라 일상생활 밖의 일에 대해서는 간헐적으로만 의식할 수 있었으므로 ─ 그들의 목표는 모든 구별을 폐지하고 모든 사람이 평등한 하나의 세계를 창조하는 것이다. 따라서 역사 전반에 걸쳐 핵심 요점이 동일한 투쟁이 반복해서 나타난다. 상류 계층이 오랫동안 안정적으로 권력을 유지하는 듯 보이더라도 그들이 자신에 대한 믿음이나 효율적으로 통치할 수 있는 능력 중 하나 또는 둘 다를 잃는 순간이 곧 닥치게 되어 있다. 이때 중류 계층은 자유와 정의를 위해 싸우는 체하며 하류 계층을 자신의 편으로 끌어들여 상류 계층을 끌어내린다. 중류 계층은 목표를 달성하자마자 하류 계층을 예전의 노예 상태로 되돌려 놓고 상류 계층의 자리를 차지한다. 이제 다른 두 그룹 중 하나 또는 양쪽에서 떨어져 나온 사람들이 새로운 중류 계층이 되고 투쟁은 다시 시작된다. 세 집단 중 잠시도 자신들의 목표를 달성할 수 없는 유일한 집단은 하류 계층이다. 역사 속에서 물질적인 진보가 이루어지지 않았다고 말한다면 그것은 과장일 것이다. 퇴보의 시대인 오늘날의 인류조차 몇 세기 전의 인류보다 육체적으로 더 나은 삶을 살고 있다. 그러나 그 어떤 부의 증진도, 관습의 완화도, 개혁이나 혁명도 인간이 평등한 삶을 누리는 데 눈곱만큼도 보탬이 되지 못했다. 하류 계층의 관점에서 볼 때, 역사적 변화보다는 자신들의 주인이 누가 되는지가 더 중요했다.

19세기 후반에 이르러 많은 이들이 이러한 패턴을 명백하게 보게 되었다. 그 후 역사를 순환적 과정으로 해석하고 인간 삶에서 불평등은 변하지 않는 법칙이라고 주장하는 사상가 집단이 생겨났다. 물론 이 원칙을 지지하는 사람들은 늘 있었지만, 원칙이 적용되는 방식에서 중요한 변화가 있었다. 과거에는 사회에 계층적 구조가 필요하다는 원칙을 고수하려는 집단이 상류 계층이었다. 왕과 귀족, 그리고 이들에 기대어 삶을 유지하는 성직자, 변호사 등은 일반적으로 죽음 이후 상상의 세계에서 보상을 받으리라고 약속하는 사탕발림을 통해 원칙을 설파했다. 중류 계층은 권력을 놓고 투쟁할 때마다 항상 자유, 정의, 박애 같은 용어를 사용해 왔다. 그러나 인간적인 형제애라는 개념은 아직 지배적인 세력은 아니나 곧 그렇게 되기를 희망하는 이들에 의해 공격받기 시작했다. 과거에는 중류 계층이 평등이라는 이름으로 혁명을 일으켰고, 이전 정권이 무너지자마자 새로운 폭정을 확립했다. 사실상 새로운 중류 계층은 자신들의 폭정을 사전에 선포한 셈이었다. 19세기 초에 등장한 사회주의는 고대 노예 반란에서부터 이어진 일련의 사상의 마지막 연결 고리였으며, 여전히 지난 시대의 유토피아주의에 깊이 영향받고 있었다. 그러나 1900년경부터 등장한 사회주의 변형들에서 자유와 평등을 확립하려는 목표는 점점 더 공공연하게 버려졌다. 20세기 중반에 등장한 새로운 원칙, 즉 오세아니아의 영사, 유라시아의 신볼셰비즘, 동아시아의 '죽음 숭배'라 불리는 원칙은 비자유와 불평등을 영속시키려는 의식적인 목표를 가지고 있었다. 물론 이러한 새로운 움직임은 기존의 원칙을 바탕으로 발전했으며 그들의 명성을 유지하면서 말로만 그들의 이념을 인정하는 경향이 있었다. 그러나 이러한 원칙들의 목적은 진보를 저지하고 역사를 특정한 순간에 멈추는 것이었다. 익숙한 진자 운동을 한 번만 더 일으킨 다음 멈추겠다는 의미였다. 원래대로라면 상류 계층은 중류 계층에 의해 축출되고, 중류 계층이 상류 계층 자리를 차지한다. 하지만 이번에는 신중한 전략을 통해 상류 계층이 그들의 지위를 영구적으로 유지할 수 있게 될 것이었다.

새로운 원칙이 생겨난 것은 부분적으로는 역사적 지식이 축적되는 한편 19세기 이전에는 거의 존재하지 않았던 역사의식이 성장했기 때문이었다. 이제 역사의 순환 운동을 이해하거나 이해할 수 있으리라고 기대할 수 있게 되었고, 이해할 수 있다면 바꿀 수도 있을 것이었다. 하지만 가장 근본적인 원인은 이미 20세기 초에 인간의 평등은 기술적으로 가능해졌기 때문이었다. 인간의 타고난 재능은 평등하지 않으며 역할의 특화가 누군가에게 더 나은 방식으로 이루어져야 한다는 사실은 변함없었지만 더 이상 계급을 나누거나 부에 차등을 두어야 할 필요가 사라지게 되었다. 이전 시대에는 계급적인 차별이 불가피할 뿐만 아니라 바람직했다. 불평등은 문명의 대가였다. 그러나 기계

생산이 발달하면서 상황이 달라졌다. 인간은 여전히 다양한 종류의 일을 해야 했지만, 더 이상 서로 다른 사회적, 경제적 수준에서 살 필요가 없게 된 것이다. 따라서 권력을 장악하려는 새로운 집단의 관점에서 인간 평등은 더 이상 추구해야 할 이상이 아니라 피해야 할 위험이 되었다. 정의롭고 평화로운 사회를 이룩하는 것이 불가능했던 원시적인 시대에서는 인간 평등이라는 가치를 믿기가 꽤 쉬웠다. 법이나 가혹한 노동 없이 형제애만으로 더불어 살아가는 지상낙원에 대한 이상은 수천 년 동안 인간의 상상력을 사로잡았다. 그리고 이러한 비전은 역사적 변화가 있을 때마다 이득을 본 계층에도 구속력이 있었다. 프랑스, 영국, 미국 혁명의 계승자들은 인간의 권리, 언론의 자유, 법 앞의 평등 등을 자신들만의 방식으로 부분적으로나마 믿었으며, 심지어 이러한 목표로부터 어느 정도 영향을 받기도 했다. 그러나 1940년대 들어 정치사상의 모든 주요 흐름이 권위주의적으로 바뀌었다. 지상낙원에 대한 믿음은 그것을 실현할 수 있게 된 순간 사라졌다. 새로운 정치 이론은 어떤 이름으로 불리든 어김없이 위계질서와 통제사회로 귀결되었다. 그리고 1930년경 전반적인 경화 국면 속에서 재판 없는 투옥, 전쟁 포로의 노예화, 공개 처형, 자백을 끌어내기 위한 고문, 인질 이용, 전 인구의 강제 추방 등 거의 수백 년 가까이 폐기되었던 관행들이 다시 보편화되었을 뿐 아니라, 스스로를 계몽되고 진보적이라고 생각하는 사람들조차도 이를 용인하고 심지어 옹호하기까지 했다.

　영사와 그 경쟁 사상들이 완전한 정치 이론으로 등장한 것은 세계 각지에서 10년에 걸쳐 전쟁, 내전, 혁명 및 반혁명이 일어난 후였다. 그러나 그것들은 20세기 초에 등장해 전체주의라고 불리던 다양한 체제들에 의해 이미 예고된 바였고 혼란스러운 정국 속에서 만들어질 세계의 주요 윤곽은 오래전부터 명백하게 그려져 있었다. 어떤 부류의 인간들이 세상을 지배할 것인지 역시 뻔했다. 새로운 귀족은 대부분 관료, 과학자, 기술자, 노동조합 조직가, 홍보 전문가, 사회학자, 교사, 언론인, 전문 정치인으로 구성되었다. 급여를 받는 중산층과 노동계층의 상위 계급 출신인 이들은 독점산업이 만연하고 중앙집권적 정부가 다스리는 불모의 세계에서 형성되고 결집되었다. 과거 시대의 같은 계층과 비교해 그들은 덜 탐욕스럽고, 덜 사치스러웠지만 순수 권력에는 더 굶주려 있었고, 무엇보다 자신들의 행동을 더 명확히 인지했으며 반대자들을 탄압하려는 의지도 더 컸다. 이 마지막 차이점이 매우 중요했다. 오늘날 존재하는 것과 비교하면 과거의 모든 폭정은 미적지근하고 비효율적이었다. 지배 집단은 늘 자유주의 사상에 어느 정도 물들어 있었고, 모든 면에서 일을 대충 마무리했으며, 눈에 보이는 행위에만 집중했고, 국민들이 무슨 생각을 하는지 관심이 없었다. 중세 가톨릭교회조차도 현대 기준에서 보면 관용적이었다고 할 수 있다. 그 이유 중 하나는 과거에는 어떤 정부도 시민들을 지속적으로 감시할 힘이 없었기 때문이었다. 그러나 인쇄술의 발명으로 여론 조작이 쉬워졌고, 영화와 라디오로 인해 그 과정이 한층 더 용이해졌다. 텔레비전의 발달과 함께 송수신이 장치 하나에서 가능하게 되는 기술의 발전으로 사생활은 마침내 종말을 맞이했다. 모든 시민, 또는 적어도 감시할 만한 가치가 있는 주요 인물들은 하루 24시간 경찰의 감시하에 다른 의사소통 수단은 모두 차단된 상태로 공식 선전만을 듣게 하는 것이 가능해졌다. 국민을 국가의 의지에 완전히 복종하게 할 뿐만 아니라 모든 주제에 대한 국민의 의견을 완벽히 통일시킬 수 있는 가능성이 처음으로 생긴 것이다.

50년대와 60년대의 혁명기를 거쳐 사회는 언제나 그랬듯 상류, 중류, 하류 계층으로 재편성되었다. 그러나 새로운 상위 계층은 선조들과 달리 자신들의 지위를 지키기 위해 본능에 따라 행동하는 대신 무엇을 해야 하는지 알고 있었다. 과두정치의 가장 확실한 토대는 집단주의뿐이라는 생각은 오랫동안 진리로 여겨진 바였다. 부와 특권을 가장 쉽게 보호하는 방법은 공동으로 소유하는 것이었다. 20세기 중반에 일어난 소위 '사유재산 폐지' 운동은 사실상 이전보다 훨씬 적은 인구에 재산이 집중되도록 한다는 뜻이었다. 새롭게 재산을 차지하게 된 이들은 다수의 개인이 아닌 하나의 집단이었다. 당원은 개인적으로 사소한 개인 소지품을 제외하고는 아무것도 소유하지 않는다. 당이 오세아니아의 모든 것을 소유한다. 집단으로서 모든 것을 통제하고 생산품을 뜻대로 처분할 수 있기 때문이다. 혁명 이후 몇 년 동안 이루어진 일련의 과정이 집단화에 해당했기 때문에 당은 거의 아무런 저항 없이 이러한 지위를 획득할 수 있었다. 자본가 계급이 몰수당하면 사회주의가 따라오리라는 것은 당연히 예상되는 바였고, 자본가들은 여지없이 재산을 몰수당했다. 이들은 공장, 광산, 토지, 주택, 교통수단 등 모든 것을 빼앗겼다. 더 이상 사유재산이 아니게 된 것들은 당연히 공공 재산이 되어야 했다. 초기 사회주의 운동에서 성장하여 그 언어를 물려받은 영사는 실제로 사회주의 강령의 주요 항목을 수행했다. 그 결과, 이미 예견되었던 대로, 그리고 당에서 의도했던 대로 경제적 불평등은 영구히 고착되었다.

그러나 계급 사회의 영속화 문제는 이보다 더 복잡하다. 지배 집단이 권력을 잃는 방법은 네 가지뿐이다. 외부로부터 정복당하거나, 아주 비효율적으로 통치하여 대중이 반란을 일으키거나, 불만에 찬 강력한 중류 계층이 탄생하도록 허용하거나, 스스로 자기 신뢰와 통치 의지를 잃는 것이다. 이러한 요인들은 단독으로 작용하지 않으며 일반적으로 네 가지 요인 모두가 어느 정도 함께 작용한다. 이들 모두를 방어할 수 있는 지배계급은 영구적으로 권력을 유지할 수 있다. 그러므로 결정적인 요인은 지배계급체의 정신 자세인 셈이다.

금세기 중반 이후 실질적으로 첫 번째 위험은 사라졌다. 현재 세계를 나누어 차지하고 있는 세 권력은 사실상 정복될 수 없다. 정복할 수 있는 유일한 방법은 점진적인 인구 변화뿐인데, 광범위한 권력을 가진 정부는 이 위험을 쉽게 피할 수 있다. 두 번째 위험 역시 이론적인 위험일 뿐이다. 대중은 결코 자발적으로 반란을 일으키지 않으며, 단순히 억압을 받는다는 이유만으로 반란을 일으키지도 않는다. 실제로 비교할 기준이 제공되지 않는 한 그들은 자신들이 억압받고 있다는 사실조차 인지하지 못한다. 과거에 반복적으로 발생하던 경제 위기는 완전히 불필요해졌고, 지금은 발생이 허용되지도 않지만 그에 못지않게 중대한 다른 혼란이 일어나기는 한다. 하지만 이 혼란이 정치적으로 영향을 끼치지 않는데, 이는 대중이 불만을 표출할 방법이 없기 때문이다. 기계기술이 발달한 이후 우리 사회에 잠재하는 과잉생산의 문제는 연속적인 전쟁이라는 수단으로 해결하는데(3장 참조), 이는 국민의 사기를 진작하는 데에도 유용하다. 현 시대 통치자들의 관점에서 볼 때 유일한 진짜 위험은 유능하지만 비고용 상태이면서 권력에 굶주린 이들이 새로운 집단으로 분리되고, 그들 사이에서 자유주의와 회의주의가 성장하는 것이다. 즉, 문제는 교육이며 지배 집단과 그 바로 아래에 있는 더 많은 숫자의 관리 집단의 의식을 지속적으로, 거푸집에서 찍어 내듯 형성할 수 있느냐의 문제다. 반면 대중의 의식은 부정적인 쪽으로 영향을 받도록 하기만 하면 충분하다.

이러한 배경을 고려한다면 여태 몰랐더라도 오세아니아 사회의 일반적인 구조를 유추할 수 있을 것이다. 피라미드의 정점에는 빅브라더가 있다. 빅브라더는 결코 틀리는 법이 없고 전능한 존재다. 성공, 성취, 승리, 과학적 발견, 지식, 지혜, 행복, 미덕은 모두 그의 리더십과 영감에서 직접적으로 나오는 것으로 간주된다. 빅브라더를 본 사람은 아무도 없다. 그는 광고판 속의 얼굴이고, 텔레스크린에서 나오는 목소리다. 우리는 그가 결코 죽지 않으리라고 합리적으로 확신할 수 있으며, 그가 언제 태어났는지는 매우 불확실하다. 빅브라더는 당이 어떤 모습으로 자신들을 세상에 드러내고자 하는지를 대변한다. 그는 사람들이 조직보다 개인에게 더 쉽게 느끼는 사랑, 두려움, 경외의 감정을 모으는 초점 역할을 한다. 빅브라더 아래에는 내부당이 있다. 그 수는 600만 명, 즉 오세아니아 인구의 2퍼센트 미만으로 제한되어 있다. 내부당 아래에는 외부당이 있는데, 내부당을 국가의 두뇌로 묘사한다면 외부당은 당연히 손에 비유할 수 있을 것이다. 그 아래에는 우리가 습관적으로 '프롤'이라고 부르는 우매한 대중이 있는데, 전체 인구의 약 85퍼센트에 해당한다. 이전 세대의 분류 기준으로 보면 프롤들이 하층 계급에 해당한다. 한 정복자에서 다른 정복자의 손으로 끊임없이 넘어가는 적도 지역의 노예들이 존재하기는 하지만 그들은 사회 구조에서 영구적이거나 필요한 부분이 아니다.

원칙적으로 이 세 그룹의 구성원 자격은 세습되지 않는다. 내부당 부모의 자녀라고 해서 내부당원인 것은 아니다. 당의 각 지부에 이름을 올리기 위해서는 16세가 되었을 때 시험을 치러야 한다. 인종차별도 없고, 특정 지역 출신이 다른 지역 출신보다 더 우대받지도 않는다. 당 최고위층에는 유대인, 흑인, 순수 원주민 혈통의 남미인이 포함되어 있으며, 지역 행정관은 항상 그 지역 주민들에 의해 선출된다. 오세아니아의 어떤 지역에서도 주민들은 자신들이 먼 수도의 직접적인 통치를 받는 식민지 주민이라고 느끼지 않는다. 오세아니아에는 수도가 없고, 유명무실한 국가의 수장은 어디에 존재하지도 모르는 인물이다. 다만 영어가 공통어이고 새말이 공식 언어라는 점을 제외하고는 어떤 방식으로도 중앙 집중화되어 있지 않다. 지배자들을 한데 묶는 건 혈연이 아니라 공통된 신조에 대한 충성심이다. 우리 사회가 언뜻 보기에 세습 등에 의해 매우 엄격하게 계층화되어 있다는 것은 사실이다. 자본주의 시대나 심지어 산업화 이전 시대에 비해 서로 다른 집단 사이의 왕래는 훨씬 적어졌다. 당 내 두 집단 사이에는 어느 정도의 교류가 있지만, 약한 사람들이 내부당에서 제외되고 야심찬 외부당원들에게 그 자리로 올라설 기회를 제공해 이들이 악감정을 품지 않도록 할 수 있을 만큼의 교류가 허용될 뿐이다. 실제로 프롤들은 당에 적을 올리는 것조차 허용되지 않는다. 불만을 표출할 구심점이 될 가능성이 있는 재능이 뛰어난 프롤들은 사상경찰의 표적이 되어 제거된다. 그러나 이러한 상황이 반드시 영구적인 것은 아니며 원칙의 문제도 아니다. 당은 옛 의미의 계급이 아니다. 당원들은 자신의 아이들에게 권력을 물려주는 것을 목표로 하지 않는다. 정상의 자리에 가장 유능한 사람들을 유지할 다른 방법이 없다면 기꺼이 프롤 계층에서 새로운 세대 전체를 충원할 수도 있을 것이다. 당이 세습으로 유지되는 조직이 아니라는 사실은 결정적인 순간에 반대파를 무력화하는 데 큰 역할을 했다. '계급 특권'이라는 권리에 맞서 싸우도록 훈련받은 구식 사회주의자들은 세습되지 않는 것은 영구적일 수 없다고 생각했다. 그들은 과두정치의 지속성이 물리적일 필요가 없다는 걸 생각할 수 없었고, 세습 귀족 사회는 수명이 짧았지만 가톨릭교회와 같은 선출된 사람들로 이루어진 조직은 수백 년 또는 수천 년 동안 지속되었다는 사실을 생각하지 못했다. 과두제 통치의 본질은 아버지에서 아들로 이어지는 상속이 아니라, 죽은 자가 산 자에게 심어 준 특정 세계관과 생활방식의 지속 가능성이다. 집권집단은 후임자를 지명할 수 있는 한 집권집단이다. 당이 영원히 유지하고자 하는 것은 그들의 피가 아니라 당 그 자체다. 계층 구조가 항상 동일하게 유지되는 이상 누가 권력을 휘두르느냐는 중요하지 않다.

우리 시대를 특징짓는 모든 신념, 습관, 취향, 감정, 정신적 태도는 실제로 당의 신비주의를 유지하고 현대 사회의 진정한 본질을 아무도 눈치채지 못하도록 고안되었다. 현재로서는 물리적인 반란을 일으킬 수도, 반란을 모의할 수도 없다. 프롤레타리아 계급은 두려워해야 할 이유가 없다. 그대로 내버려두기만 하면 그들은 반발하려는 충동을 느끼긴커녕 세상이 그들이 아는 세상과 다를 수 있다는 사실을 눈치채지도 못한 채 한 세기에서 다음 세기까지 세대를 이어 일하고 번식하다 죽을 것이다. 그들이 위험해질 수 있는 경우는 산업 기술이 발전해 그들을 더 높은 수준으로 교육해야 할 필요가 생길 때뿐이다. 그러나 군사적, 상업적 경쟁이 더 이상 중요하지 않게 된 이상 대중의 교육 수준은 실제로 낮아지고 있다. 대중이 어떤 의견을 갖고 있는지, 혹은 갖고 있지 않은지는 관심을 가지지 않아도 될 문제로 치부된다. 그들은 지성이 없기 때문에 지적 자유가 허용된다. 반면 당원이라면 가장 사소한 문제에 대한 아주 하찮은 의견의 일탈도 용납되지 않는다.

당원은 태어나서 죽을 때까지 사상경찰의 감시 아래 살아간다. 혼자 있을 때에도 결코 자신이 혼자라고 확신할 수 없다. 자고 있든 깨어 있든, 일하고 있든 쉬고 있든, 욕조에 있든 침대에 있든, 그는 어디에 있든지 감시받고 있다는 사실을 알지 못한 채 예고 없이 감시를 당할 수 있다. 그가 하는 일은 무엇이든 당의 관심 영역 안에 있다. 친구 관계, 휴식, 아내와 아이들에 대한 태도, 혼자 있을 때의 표정, 잠꼬대, 심지어 그의 특징적인 몸동작까지 모두 면밀히 조사된다. 실제로 저지른 사소한 범죄들뿐만 아니라 평범하지 않은 어떠한 행동이나 습관의 변화, 내적 갈등의 증상일 수 있는 초조해하는 버릇들은 예외 없이 감지된다. 당원에게는 어떤 측면에서도 선택의 자유가 없다. 반면 그의 행동은 법이나 명확하게 공식화된 행동 강령에 의해 규제되지 않는다. 오세아니아에는 법이 없다. 발각되었을 때 사형이 확실한 생각이나 행동도 형식적으로는 금지되어 있지 않으며, 끝없는 숙청, 체포, 고문, 투옥, 증발은 실제로 자행된 범죄에 대한 처벌이 아니라 미래의 어느 시점에 범죄를 저지를 수도 있는 사람들을 세상에서 지워 버리는 과정일 뿐이다. 당원에게는 올바른 의견뿐만 아니라 올바른 본능도 요구된다. 그에게 요구되는 많은 신념과 태도는 결코 명확하게 언급되지 않으며 영사에 내재된 모순을 드러내지 않고는 언급될 수도 없다. 만일 어떤 당원이 본질적으로 정통적인 사람(새말에서는 좋은생각가)이라면 그는 어떤 상황에서도 의심 없이 참된 믿음이나 바람직한 감정이 무엇인지 알 수 있다. 하지만 어쨌거나 어린 시절부터 죄중단, 흑백, 이중사고라는 새말 단어를 중심으로 분류되는 정교한 정신 교육 덕분에 그는 어떤 주제에 대해서도 깊이 생각할 의지나 능력이 없다.

당원은 사적인 감정이 없고 끊임없이 열정적이어야 한다. 그는 외국의 적들과 내부 반역자들에 대한 증오, 승리에 대한 환호, 당의 권력과 지혜를 치켜세우기 위한 자기 비하의 끊임없는 광란 속에서 살아가야 한다. 그의 불만족스럽고 궁핍한 삶에서 생긴 불평은 2분 증오와 같은 장치에 의해 외부로 발산되어 소멸되며, 회의적이거나 반항적인 태도를 유발할 수 있는 견해는 그가 일찍이 습득한 내적 훈련을 통해 미리 제거된다. 규율의 첫 단계이자 어린아이들에게도 가르칠 수 있는 가장 간단한 단계를 새말에서는 죄중단이라고 한다. 죄중단은 위험한 생각이 들기 직전에 본능적으로 멈추는 능력을 의미한다. 여기에는 비유를 이해하지 못하는 능력, 논리적 오류를 인지하지 못하는 능력, 영사에게 적대적이라면 아주 단순한 주장이라도 오해하는 능력, 이단적인 방향으로 이끌 수 있는 모든 사상을 지루해하거나 혐오하는 능력이 포함된다. 간단히 말해 죄중단은 방어적인 어리석음을 의미한다. 그러나 어리석음만으로는 충분하지 않다. 오히려 온전한 의미의 정통을 유지하려면 곡예사가 자신의 신체를 통제하는 것과 마찬가지로 자신의 사고 과정을 완벽하게 통제할 수 있어야 한다. 오세아니아 사회는 궁극적으로 빅브라더가 전능하고 당은 오류를 범하지 않는다는 믿음을 기반으로 한다. 그러나 실제로 빅브라더는 전능하지 않으며 당은 오류를 범하기 때문에 사실을 받아들일 때는 지속적으로 순간순간의 유연성을 발휘해야 한다. 여기서 핵심은 흑백이다. 많은 새말 단어와 마찬가지로 이 단어 역시 서로 모순되는 두 가지 의미로 이루어져 있다. 적에게 적용하면 사실에 반하여 뻔뻔스럽게 검은색을 흰색이라고 주장하는 습성을 의미한다. 당원에게 적용하면 당 규율이 요구하는 한 검은색을 흰색이라고 말하는 충성심을 의미한다. 그러나 이 말은 또한 검은색이 흰색이라고 믿는 능력, 더 나아가 검은색이 흰색이라는 사실을 알고, 그 반대를 믿었던 적이 있다는 사실을 잊는 능력을 의미하기도 한다. 이렇게 하려면 과거를 지속적으로 변경할 수 있어야 하는데, 나머지 모든 것을 진실로 포용하는 사고 체계, 새말로는 이중사고라는 체계 덕분에 가능해졌다.

과거를 변경해야 하는 이유는 두 가지로, 그중 하나는 부수적, 말하자면 예방적이라 할 수 있다. 우선 부수적인 이유를 설명하자면, 당원이 현재의 생활환경을 받아들이는 것은 프롤레타리아와 마찬가지로 그들 역시 비교할 기준이 없기 때문이다. 당원은 외국과 단절되어야 하는 것처럼 과거로부터도 단절되어야 한다. 왜냐하면 자신이 조상보다 더 잘 살고 있으며 물질적으로 편안한 정도가 점점 상승하고 있다고 믿어야 하기 때문이다. 하지만 과거를 재조정하는 훨씬 더 중요한 이유는 당은 오류를 범할 수 없다는 명제를 보호해야 하기 때문이다. 어떤 경우에도 당의 예측이 옳았다는 것을 보여 주기 위해서는 연설, 통계, 모든 종류의 기록을 지속적으로 업데이트해야 할 뿐만 아니라 신조나 정치적 성향의 변화를 결코 용납해서는 안 된다. 사고방식이나 정책을 바꾸는 것은 나약함을 고백하는 것이나 마찬가지기 때문이다. 예를 들어 유라시아나 동아시아 둘 중 한 쪽이 오늘날의 적이라면 그 국가는 지금까지 언제나 적이었어야 한다. 만약 사실이 다르다면 사실이 바뀌어야 한다. 역사는 이렇게 끊임없이 고쳐진다. 진리부의 이러한 일상적인 과거 왜곡은 자애부의 탄압 및 첩보 활동만큼이나 정권을 안정적으로 유지하는 데 필요하다.

과거의 가변성은 영사의 핵심 교리다. 과거의 사건은 객관적으로 존재하지 않으며 오직 글로 쓰인 기록과 인간의 기억 속에서만 살아남을 수 있다고 여겨진다. 기록과 기억이 일치하면 과거가 되는 셈이다. 모든 기록은 물론 당원들의 마음까지 완전히 통제할 수 있으므로 과거는 당에서 선택하는 대로 만들어진다. 또한 과거는 변할 수 있지만 어떤 특별한 경우에 변경되는 것은 아니다. 현재 필요한 대로 어떤 형태로든 재창조되고 나면 새로운 버전이 과거이고 다른 과거는 존재할 수 없기 때문이다. 이는 흔히 있는 일이긴 한데, 같은 사건이 1년 동안 여러 번 알아볼 수도 없게 변경되어야 하는 경우에도 마찬가지다. 당은 언제나 절대적인 진실만을 이야기하며, 절대적인 진실은 결코 현재 알려진 진실과 달랐던 적이 없다. 과거를 통제하는 능력은 무엇보다도 기억 훈련에 달려 있다. 모든 서면 기록이 당시의 정통성과 일치하는지 확인하는 것은 단지 기계적인 행위일 뿐이다. 그러나 사건이 원하는 방식으로 발생했다는 사실 또한 기억해야 한다. 그리고 기억을 재정비하거나 기록된 기록을 조작해야 할 때, 그런 일을 했다는 사실을 잊어야 한다. 이를 수행하는 비결은 다른 정신적 기술과 마찬가지로 배울 수 있다. 당원 대부분은 물론이고, 정통적인 지성인 모두가 이 기술을 배운다. 옛말에서는 이 기술을 꽤 솔직한 말로 '현실 통제'라 불렀다. 새말에서는 이중사고라고 부르는데, 이중사고라는 단어에는 다른 여러 의미가 포함되어 있다.

이중사고는 서로 모순되는 두 가지 신념을 동시에 마음속에 품고 두 가지를 모두 받아들이는 능력을 의미한다. 당 지식인은 자신의 기억을 어떻게 바꿔야 하는지 알고 있으므로 자신이 현실을 속이고 있다는 것 또한 안다. 그러나 이중사고를 수행함으로써 현실이 훼손되지 않았다고 여기고 그 사실에 만족하게 된다. 이 과정은 의식적이어야 하며, 그렇지 않으면 정확하게 수행될 수 없다. 그러나 이는 또한 무의식적이어야 하며, 그렇지 않으면 기만을 의식하게 되어 그에 따른 죄책감을 느끼게 된다. 이중사고는 영사의 핵심이다. 당의 본질적인 행위는 완전한 정직성을 바탕으로 확고한 목적을 유지하는 한편, 의식적인 속임수를 사용하는 것이기 때문이다. 진심으로 믿으면서 고의적인 거짓말을 하는 것, 불편한 사실을 잊어버리는 것, 그리고 필요할 때 다시 필요한 만큼 망각에서 끌어내는 것, 객관적인 현실의 존재를 부정하는 동시에 부정하고 있는 현실을 고려하는 것, 이 모든 기술이 반드시 필요하다. 이중사고라는 단어를 사용할 때에조차 이중사고를 실천해야 한다. 왜냐하면 이 단어를 사용한다는 것은 현실을 훼손하고 있음을 인정한다는 뜻이기 때문이다. 이중사고를 통해 이러한 인식은 지워지고 이 과정이 무한히 계속되면 거짓말은 항상 진실보다 한 단계 앞서게 된다. 당은 이중사고를 통해 본질적으로 역사의 흐름을 정지시켰고, 우리가 아는 한 앞으로 수천 년 동안 계속 그렇게 할 수 있을 것이다.

과거의 모든 과두정치는 너무 경직되거나 너무 물러지면서 권력을 잃었다. 어리석고 오만해진 나머지 변화하는 환경에 적응하지 못한 채 전복되었다. 혹은 자유분방하고 비겁해져서 무력을 행사해야 할 때 타협했기 때문에 전복되었다. 의식적으로 혹은 무의식적으로 무너진 셈이다. 두 가지 조건이 동시에 존재할 수 있는 사상체계를 만들어 낸 것은 당의 성과라 할 수 있다. 다른 어떤 지적 기반으로도 당의 지배를 영구화할 수는 없었을 것이다. 통치를 계속하려면 현실감각을 혼란에 빠뜨릴 수 있어야 한다. 통치의 비결은 그들이 오류를 범할 수 없다는 믿음과 과거의 실수로부터 배우는 능력을 결합하는 것이다.

이중사고를 가장 교묘하게 실천하는 이들은 말할 필요도 없이 이중사고를 발명한 이들이며, 그들은 그것이 광범위한 정신적 속임수를 저지를 수 있는 체계라는 사실을 알고 있다. 우리 사회에서 무슨 일이 일어나고 있는지 가장 잘 아는 사람은 세상을 가장 제대로 보지 못하는 사람이기도 하다. 일반적으로 깊이 이해할수록 망상도 커진다. 똑똑할수록 더 제정신이 아니다. 이를 가장 명확하게 보여 주는 예시는 사회적 계급이 높을수록 전쟁 히스테리를 느끼는 강도가 커진다는 사실이다. 전쟁에 대한 태도가 가장 이성적인 사람들은 분쟁 지역에 사는 피지배 민족들이다. 이들에게 전쟁은 조류(潮流)처럼 그들 몸을 이쪽저쪽으로 휩

쓸고 지나가는 끊임없는 재난일 뿐이다. 어느 쪽이 승리하느냐는 그들의 관심 밖이다. 지배층이 변하더라도 자신들은 새로운 주인을 위해 이전과 같은 일을 하게 될 것이며, 새로운 주인은 옛 주인과 같은 방식으로 자신들을 취급하리라는 사실을 알고 있기 때문이다. 우리가 '프롤'이라고 부르는, 노예들보다 약간 더 유리한 위치에 있는 노동자들은 간헐적으로밖에 전쟁을 의식하지 못한다. 필요하면 그들을 공포와 증오의 광란에 빠뜨릴 수 있지만, 그대로 내버려두면 그들은 전쟁이 일어나고 있다는 사실조차 오랫동안 잊어버리기도 한다. 전쟁에 대한 열정이 가장 뜨거운 집단은 당, 특히 내부당이다. 세계 정복이 불가능하다는 사실을 아는 사람들이 가장 확고하게 세계 정복을 믿는 셈이다. 지식과 무지, 냉소주의와 광신주의 등 반대되는 것들의 기이한 결합은 오세아니아 사회의 주요 특징 중 하나다. 공식 이념은 실리적인 이유가 없음에도 불구하고 모순으로 가득 차 있다. 따라서 당은 사회주의 운동이 원래 지지했던 모든 원칙을 거부하고 비방하는 한편, 사회주의의 이름으로 그렇게 한다. 당은 지난 수 세기 동안 전례가 없던 노동계급에 대한 멸시를 설교하면서 한때 육체노동자만 입을 수 있었고 육체노동을 이유로 선택된 제복을 당원들에게 입힌다. 가족의 결속력을 체계적으로 약화시키는 한편 가족의 충성심을 직접적으로 호소하는 명칭으로 지도자를 부른다. 심지어 통치 부처 네 곳의 이름조차 뻔뻔하게 사실을 고의로 뒤집고 있다. 평화부는 전쟁을, 진리부는 거짓을, 자애부는 고문을, 풍요부는 굶주림을 위해 일한다. 이러한 모순은 우연이 아니며 평범한 위선의 결과도 아니다. 의도적으로 이 중사고가 적용된 사례들이다. 왜냐하면 권력을 무기한으로 유지하기 위해서는 모순을 받아들여야만 하기 때문이다. 다른 방법으로는 고대부터 이어져 내려온 순환의 고리를 깨뜨릴 수 없다. 인간이 영원히 평등하지 못하도록 하려면, 상류 계층이라고 불리는 이들이 그 자리를 영원히 유지하려면 사람들의 일반적인 정신 상태는 통제된 광기여야 한다.

그러나 지금까지 우리가 거의 무시해 온 질문이 하나 있다. 바로 인간 평등을 왜 피해야 하느냐다. 이제까지 인간 평등을 막기 위한 과정의 메커니즘을 올바르게 설명했다고 한다면, 특정 시점에 역사의 흐름을 멈추려는 이 거대하고 조직적인 노력의 동기는 무엇인가?

여기서 우리는 가장 핵심적인 비밀에 도달한다. 이제까지 보았듯, 당의 비밀, 무엇보다도 내부당의 신화는 이중사고에 달렸다. 그러나 이보다 더 깊은 곳에는 원래의 동기, 즉 권력을 장악하게 한 다음 이중사고, 사상경찰, 지속적인 전쟁과 같은 모든 필요한 장치를 존재하게 만든 누구도 의심하지 않는 본능이 존재한다. 이 동기를 구성하는 요소는….

윈스턴은 새로운 소리가 날 때 그것을 인식하게 되는 것처럼 주위의 고요를 인식했다. 줄리아가 한동안 움직이지 않고 있었다. 허리 위쪽으로 아무것도 걸치지 않은 줄리아는 뺨 밑에 손을 괸 채 옆으로 누워 있었고 검은 머리카락 한 올이 눈을 가로질러 흘러내려와 있었다. 그녀의 가슴팍이 규칙적으로 천천히 오르락내리락했다.

"줄리아."

답이 없었다.

"줄리아, 깨어 있어요?"

답이 없었다. 그녀는 잠들었다. 그는 책을 덮고 조심스럽게 바닥에 내려놓은 다음 자리에 누워 자신과 그녀의 몸 위로 담요를 끌어올렸다.

그는 자신이 여전히 궁극적인 비밀을 알아내지 못했다고 생각했다. 방법은 이해했지만 이유를 이해하지 못한 것이다. 1장도 3장과 마찬가지로 그가 몰랐던 내용을 알려 주지는 않았고, 그가 이미 알고 있던 사실을 체계적으로 정리했을 뿐이었다. 하지만 책을 읽은 후 그는 자신이 미치지 않았다는 확신이 그 어느 때보다 강해졌다. 소수가 된다고 해서, 심지어 단 한 명뿐인 소수에 속한다고 해서 미친 것은 아니다. 세상에는 진실도 있고 거짓도 있으며, 온 세상에 맞서 진실을 고수하는 것이 미친 것은 아니다. 지는 태양의 금빛 광선이 창문으로 비스듬히 들어와 베개 위로 떨어졌다. 그는 눈을 감았다. 그의 얼굴에 비치는 햇빛과 몸에 닿은 줄리아의 매끈한 몸 때문에 그는 나른하면서도 강렬한 자신감에 휩싸였다. 그는 안전한 곳에 있었고 모든 것이 만족스러웠다. 그는 잠이 들면서 '온전한 정신은 통계 수치가 아니다'라고 중얼거렸고, 이 말에 심오한 지혜가 담겼다고 생각했다.

10장

한참 잔 것 같은 느낌으로 잠에서 깼지만, 구식 시계를 보니 겨우 20시 30분을 지나고 있었다. 그는 한동안 나른한 상태로 가만히 있었다. 곧 아래층 마당에서 언제나처럼 가슴 깊은 곳에서 우러나오는 듯한 노래가 울려 퍼졌다.

희망이 없는 환상일 뿐이었네
4월의 어느 날처럼 지나갔지만
한 번의 눈빛과 한마디의 말, 그리고 그들이 깨운 꿈
내 마음은 그들의 것이 되었다네!

그 허접한 노래가 여전히 인기를 끌고 있는 모양이었다. 아직도 여기저기에서 그 노래가 들려왔다. 그 노래는 「증오의 노래」

보다 더 오래 살아남았다. 줄리아는 노랫소리에 잠에서 깨 나른하게 기지개를 편 다음 침대에서 일어났다.

"배고파요." 그녀가 말했다. "커피를 더 만들어야겠어요. 젠장! 화롯불이 꺼져서 물이 다 식었네요." 그녀는 화로를 집어 든 다음 흔들었다. "기름이 다 떨어졌어요."

"채링턴 씨에게서 좀 얻을 수 있을 거예요."

"분명 꽉 차 있었는데 이상하네요, 옷을 입을게요." 그녀가 덧붙였다. "날이 추워진 것 같아요."

윈스턴 역시 몸을 일으켜 옷을 입었다. 지치지 않는 목소리가 노래를 이어 나갔다.

시간이 모든 것을 해결한다고 했지
언제든 잊을 수 있다고 했지
하지만 세월이 흘러도 그 미소와 눈물은
여전히 내 심장을 쥐고 있다네!

그는 작업복의 벨트를 채우면서 창가로 걸어갔다. 해는 집 뒤편으로 모습을 감춰 더는 마당을 비추고 있지 않았다. 길가의 판석은 방금 닦은 듯 젖어 있었고, 어쩐지 하늘도 씻긴 것 같았다. 굴뚝 사이로 보이는 푸른색이 너무나 맑고 청명했다. 여자는 지칠 줄 모르고 왔다 갔다 하면서 입에 빨래집게를 물었다가 놓았다가 하며 노래를 했고, 그러는 동안 빨랫줄에 기저귀를 넣고, 넣고 또 넣었다. 그는 그녀가 빨래로 돈을 버는지, 아니면 단지 손주 스무 명이나 서른 명의 기저귀 빨래를 하느라 마당에 몸이 묶인 여인인지 궁금해졌다. 줄리아가 그의 곁으로 다가왔다. 두 사람은 건장한 여인의 모습에 매혹된 채 창밖을 내다보았다. 그는 여자 특유의 몸짓, 빨랫줄을 향해 뻗은 두꺼운 팔, 암말처럼 탄탄하고 불룩 튀어나온 궁둥이를 보면서 처음으로 아름답다는 생각을 했다. 아이를 낳은 후 체격이 어마어마하게 불어난 데다 고된 노동으로 단단하고 울퉁불퉁해져 너무 익은 순무처럼 거칠어진 50대 여성의 몸이 아름다울 수 있다는 생각은 이제껏 한 번도 해 본 적이 없었다. 하지만 그녀의 몸은 아름다웠고, 그는 마침내 아름답지 않을 이유가 무엇인지 생각하게 되었다. 화강암처럼 단단하고 굴곡이 없는 몸과 거칠고 붉은 피부를 아가씨의 몸과 비교하는 것은 장미나무 열매를 장미에 비교하는 것과 마찬가지였다. 열매가 꽃보다 열등하다 여겨질 이유가 있을까?

"아름답네요." 그가 중얼거렸다.

"엉덩이 둘레가 족히 1미터는 되겠는데요." 줄리아가 말했다.

"그녀만의 아름다움이지요." 윈스턴이 답했다.

그는 한 팔로 줄리아의 유연한 허리를 폭 감싸 안았다. 엉덩이부터 무릎까지 그녀의 옆구리가 그의 몸에 밀착되었다. 두 사람의 몸에서는 어떤 아이도 태어나지 않을 것이다. 그들이 결코 할 수 없는 일 중 하나였다. 그들은 오직 입에서 입으로만, 마음에서 마음으로만 비밀을 전달할 수 있었다. 아래층 마당에 있는 여자는 지성은 없지만 강한 팔과 따뜻한 마음, 아이를 밸 수 있는 배를 가지고 있었다. 그는 그녀가 자녀를 몇 명이나 낳았는지 궁금했다. 족히 열다섯은 될 것 같았다. 그녀는 아마 일 년쯤 들장미 같은 아름다움을 꽃피웠다가 갑자기 수정된 열매처럼 부풀어 올라 단단하고 붉어지고 거칠어졌을 것이다. 그 후 그녀는 처음엔 자기 자식들을 위해 다음엔 손주들을 위해 30년 넘는 세월 동안 빨래를 하고, 그릇을 닦고, 구멍 난 양말을 깁고, 요리하고, 바닥을 쓸고, 윤을 내고, 옷을 수선하고, 그릇을 닦고, 빨래를 했을 것이다. 그녀는 여전히 노래를 부르고 있었다. 그가 그녀에게 느낀 묘한 존경심이 굴뚝 뒤편으로 끝없이 펼쳐져 있는 구름 한 점 없는 창백한 하늘의 모습과 뒤섞였다. 이곳뿐만 아니라 유라시아나 동아시아 어느 곳에서 누구나 똑같은 하늘을 바라보리라는 생각이 신기하게 느껴졌다. 하늘 아래 사람들도 마찬가지였다. 서로의 존재도 모른 채 증오와 거짓의 벽으로 분리되어 있지만, 전 세계 수십억의 사람들은 생각하는 법은 배우지 못했을지언정 언젠가 세상을 뒤집을 힘을 가슴과 내장과 근육에 쌓고 있을 것이었다. 희망이 있다면 프롤들에게서 찾을 수 있을 것이다! 그 책을 끝까지 읽지 않고도 그는 그것이 틀림없이 골드스타인의 마지막 메시지이리라는 확신이 들었다. 미래는 프롤들의 것이다. 그렇다면 때가 왔을 때, 그들이 세운 세계가 당의 세계만큼 윈스턴 스미스 그 자신에게 낯설지 않으리라고 확신할 수 있을까? 그렇다. 적어도 그 세상은 온전한 세상일 것이기 때문이다. 평등이 있는 곳이라면 온전한 정신이 있을 수 있을 것이다. 조만간 그런 일이 일어나고 나면 힘은 의식에 자리를 내어 줄 것이다. 프롤들은 불멸의 존재였고, 마당에 있는 용맹한 여인을 보면 확신할 수 있었다. 결국 그들은 각성하게 될 것이다. 그리고 비록 천 년이 걸릴지라도 그날이 올 때까지 그들은 모든 역경을 견디며 새들처럼 살아남아 당이 부여한 적 없고 제거할 수도 없는 생명력을 몸에서 몸으로 전할 것이다.

"우리가 만난 첫날 숲 가장자리에서 우리에게 노래를 불러 주던 지빠귀 기억해요?" 그가 말했다.

"그 새는 우리를 위해 노래한 게 아니에요." 줄리아가 말했다. "자기 흥에 겨워 노래를 했을 뿐이죠. 아마 그것도 아닐지도 몰라요. 그냥 노래했던 거겠죠."

새들은 노래하고 프롤들도 노래를 한다. 당은 노래하지 않는다. 런던과 뉴욕, 아프리카와 브라질, 그리고 국경 너머 신비롭고 금지된 땅, 파리와 베를린의 거리, 광활한 러시아 평야의 마을, 중국과 일본의 상점 등 모든 곳에서 정복할 수 없는 굳건한 이들은 노동과 출산으로 외모가 추하게 변하면서도, 태어나서 죽을 때까지 고생을 면치 못하면서도 여전히 노래할 것이다. 언젠가는 그 단단한 아랫배에서 의식을 지닌 존재들이 태어날 것이다. 우리는 죽은 자이고, 그들이 미래다. 그러나 그들이 살아 있는 육체를 지키고 있듯이 살아 있는 정신을 지켜서 2 더하기 2는 4라는 비밀 원칙을 전수할 수 있다면 그 미래의 일부가 될 수 있을 것이다.

"우리는 죽은 목숨이에요." 그가 말했다.

"우리는 죽은 목숨이에요." 줄리아가 그의 말을 그대로 반복했다.

"너희는 죽은 목숨이다." 뒤에서 금속성 목소리가 들려왔다.

두 사람은 용수철처럼 서로에게서 튕겨져 나갔다. 윈스턴은 내장이 얼어붙은 것 같았다. 홍채 주변의 흰자가 보일 만큼 눈이 휘둥그레진 줄리아가 보였다. 그녀의 얼굴은 핏기가 가시며 누렇게 변했다. 양쪽 광대뼈에 아직 남아 있는 붉은색 화장 얼룩이 마치 피부 위에 둥둥 떠 있는 것처럼 선명하게 도드라져 보였다.

"너희는 죽은 목숨이다." 냉혹한 목소리가 다시 한번 말했다.

"그림 뒤에서 나는 소리예요." 줄리아가 속삭이듯 말했다.

"그림 뒤에서 나는 소리다." 의문의 목소리가 말했다. "그 자리에서 움직이지 마. 명령이 떨어질 때까지 이동하지 말도록."

시작되었다. 드디어 시작됐다! 그들은 자리에 서서 서로의 눈을 바라보는 것 말고는 아무것도 할 수 없었다. 목숨을 걸고 도망쳐야 한다거나 더 늦기 전에 밖으로 나가야 한다는 생각 따위는 전혀 들지 않았다. 벽에서 들려오는 냉혹한 목소리를 거역한다는 것은 상상할 수도 없는 일이었다. 자물쇠가 풀리는 듯한 찰칵 소리가 나더니 유리가 깨지는 소리가 들렸다. 그림이 바닥에 떨어지자 그 뒤에 덮여 있던 텔레스크린이 모습을 드러냈다.

"이제 우리를 볼 수 있겠네요." 줄리아가 말했다.

"이제 너희들을 볼 수 있다." 목소리가 말했다. "방 중앙에 가서 선다. 등을 맞대고 서서 머리 뒤로 손깍지를 끼도록. 서로 몸이 닿지 않게 해."

서로의 몸이 닿지 않았는데도 줄리아의 몸이 떨리는 것을 느낄 수 있었다. 어쩌면 윈스턴 자신의 몸이 떨리는 것일 수도 있었다. 이가 딱딱 부딪히는 것은 간신히 멈췄지만 무릎은 어쩔 수 없었다. 아래층 안팎에서 바닥을 구르는 장화굽 소리가 들렸다. 마당은 남자들로 가득 차 있는 듯했다. 돌 위로 무언가가 질질 끌리는 소리가 들렸다. 여자의 노랫소리가 갑자기 멈췄다. 빨래 통이 마당을 가로질러 던져졌는지 무언가가 구르며 덜거덕거리 는 소리가 길게 이어졌고, 곧 분노의 비명들이 터지다가 마지막 에는 고통스러운 외침이 되어 끝이 났다.

"집이 포위됐군요." 윈스턴이 말했다.

"집은 포위되었다." 목소리가 말했다.

줄리아의 이가 부딪히는 소리가 들렸다. "작별 인사를 하는 게 좋겠네요." 그녀가 말했다.

"작별 인사를 해도 좋다." 목소리가 말했다. 그리고 윈스턴이 전에 들어 본 적 있는 것 같은 좀 더 얇고 교양 있는 목소리가 이 렇게 말했다. "그리고, 지금 상황에 잘 어울릴 것 같군요. '침대로 안내할 촛불이 오고 있네. 머리를 날려 버릴 도끼가 오고 있네!'"

윈스턴의 등 뒤에 있는 침대에 무언가가 부딪혔다. 사다리 꼭 대기가 창문을 뚫고 창틀 안으로 쳐들어왔다. 누군가 창문을 통 해 기어오르고 있었다. 장화신은 발들이 계단 위로 밀려들고 있 었다. 방은 검은색 제복 차림에 쇠 장식이 달린 장화를 신고 곤 봉을 든 건장한 남자들로 가득 찼다.

윈스턴은 더 이상 떨지 않았다. 심지어 눈도 거의 움직이지 않 았다. 중요한 것은 한 가지뿐이었다. 가만히 있는 것, 맞을 구실 을 주지 않도록 가만히 있어야 했다! 작게 금을 그은 것 같은 입

매에 매끈한 프로 권투 선수의 턱을 가진 남자가 골똘히 생각에 잠긴 듯한 표정으로 그의 맞은편에 멈춰 서서 엄지와 검지로 곤봉을 잡고 균형을 맞추고 있었다. 윈스턴은 그와 눈을 마주쳤다. 머리 뒤에 손을 얹은 채 얼굴과 몸을 모두 드러내고 있으니 마치 벌거벗고 있는 듯한 참기 힘든 수치심이 느껴졌다. 남자는 하얀 혀끝을 내밀어 입술이 있어야 할 자리를 핥았다. 다시 한번 쿵 소리가 들렸다. 누군가가 탁자 위에 있는 유리 문진을 벽난로의 바닥 돌 위에 집어던져 산산조각을 낸 것이었다.

케이크를 장식하는 설탕 장미 봉오리 같은 작고 주름진 분홍색 산호 조각이 카펫 위에 데굴데굴 굴렀다. 산호 조각이 언제나 저렇게나 작았던가! 윈스턴은 생각했다. 뒤에서 숨을 헐떡거리는 소리와 쿵 소리가 들렸고, 발목을 세게 차인 그는 거의 균형을 잃고 넘어질 뻔했다. 남자들 중 한 명이 줄리아의 명치에 주먹을 꽂았고, 줄리아는 휴대용 자처럼 반으로 접혔다. 그녀는 숨을 쉬기 위해 바닥에서 몸부림쳤다. 윈스턴은 고개를 단 1밀리미터도 돌릴 수 없었지만 검푸르게 변해 헐떡거리는 그녀의 얼굴이 얼핏 시야에 들어왔다. 공포 속에서도 그녀가 느끼고 있는 고통이 고스란히 느껴지는 듯했다. 치명적인 고통이었지만 숨을 쉬기 위한 몸부림보다는 괴롭지 않을 것이었다. 그는 그녀가 무엇을 느낄지 알고 있었다. 이미 몸 안에 존재하는 끔찍하고 고통스러운 통증은 일단 숨을 쉴 수 있기 전까지는 느껴지지 않을 것이었다. 곧 남자 두 명이 줄리아의 무릎과 어깨를 잡고 자루를 옮기듯 그녀를 방 밖으로 들고 나갔다. 윈스턴은 고개가 꺾여 거꾸로 보이는 줄리아의 얼굴을 흘깃 보았다. 일그러진 채 누렇게 뜬 얼굴에 눈은 감겨 있었고, 양쪽 뺨에는 여전히 붉은 연지가 묻어 있었다. 그리고 그것이 그가 본 그녀의 마지막 모습이었다.

그는 가만히 서 있었다. 아직 그를 때리는 사람은 아무도 없었다. 전혀 흥미롭지 않은 생각들이 그의 머릿속에 제멋대로 스쳐 지나기 시작했다. 그는 그들이 채링턴 씨를 체포했는지 궁금했다. 그들이 마당에 있는 여자에게 무슨 짓을 했는지도 궁금했다. 그는 몹시 소변이 마렵다는 사실을 깨닫고 약간 놀랐는데, 불과 두세 시간 전 소변을 봤기 때문이었다. 그는 벽난로 위의 시계가 21시를 의미하는 9를 가리키고 있다는 것을 알아차렸다. 하지만 그러기엔 햇빛이 너무 강한 듯했다. 8월 저녁 21시면 빛이 희미해져야 하지 않던가? 그는 그와 줄리아가 시계를 잘못 봤었는지 궁금해졌다. 시계가 한 바퀴를 더 돌 때까지 잠을 자는 바람에 20시 30분이라고 생각했던 시간이 아침 8시 30분이 아니었을까 생각했다. 그러나 더는 생각을 이어 가지 않았다. 그 생각에 집중할 수도 없었다.

복도에서 이번에는 가벼운 발걸음 소리가 들려왔다. 채링턴 씨가 방으로 들어왔다. 검은 제복을 입은 남자들의 태도가 갑자기 부드러워졌다. 채링턴 씨의 외모도 어쩐지 달라져 있었다. 그의 시선이 유리 문진 조각에 쏠렸다.

"조각들을 줍게." 그가 날카롭게 말했다.

한 남자가 그의 말에 복종하기 위해 몸을 굽혔다. 런던 사투리가 더는 들리지 않았다. 윈스턴은 갑자기 조금 전 텔레스크린에서 들었던 목소리가 누구의 것이었는지 깨달았다. 채링턴 씨는 여전히 낡은 벨벳 재킷을 입고 있었지만, 거의 흰색이었던 그의 머리카락은 검게 변해 있었다. 안경도 쓰고 있지 않았다. 그는 윈스턴의 신원을 확인하려는 듯 날카로운 눈빛으로 그를 한 번 쳐다본 다음 더는 그에게 관심을 기울이지 않았다. 외모는 여전히 채링턴 씨 같은 구석이 있었지만 그는 더 이상 같은 사람이 아니었다. 등이 곧게 펴지자 덩치도 더 커진 것 같았다. 아주 조금 달라졌을 뿐인데 완전히 다른 사람처럼 보였다. 검은 눈썹은 덜 덥수룩했고, 주름도 사라졌으며, 얼굴의 전체적인 윤곽도 달라진 것 같았다. 심지어 코도 더 짧아 보였다. 35세쯤 된 빈틈없고 냉철한 남자의 얼굴이었다. 윈스턴은 난생처음으로 정체를 드러낸 사상경찰을 만났다는 생각이 들었다.

3부

1장

그는 자신이 어디에 있는지 가늠할 수 없었다. 아마도 자애부 건물 안이겠지만, 확실하지 않았다. 그는 천장이 높고 반짝이는 도자기 벽으로 둘러싸인 창문 하나 없는 방에 있었다. 보이지 않는 전등에선 차가운 빛이 쏟아졌고 낮게 웅웅거리는 소리가 끊임없이 들려왔는데, 아마도 공기 공급과 관련이 있는 것일 테다. 겨우 앉을 수 있을 정도의 벤치 또는 선반이 문이 나 있는 부분만 빼고 벽을 빙 둘러 설치되어 있었고, 문 맞은편에는 나무 시트도 없는 변기가 놓여 있었다. 벽마다 하나씩 네 대의 텔레스크린이 달려 있었다.

배에 둔한 통증이 느껴졌다. 그들이 그를 묶어 화물차 짐칸에 실어 나를 때부터 시작된 통증이었다. 그러면서 배가 고프기도 했는데, 배 속을 갉아먹는 듯한 엄청난 허기였다. 마지막으로 식사를 한 지 24시간, 아니 36시간이 되었을 수도 있었다. 그들이 그를 체포한 시간이 아침인지 저녁인지 아직도 헷갈렸고 어쩌면 앞으로도 영영 알 수 없을 것이다. 그는 체포된 이후로 음식을 먹지 못했다.

그는 무릎 위에 두 손을 얹은 채 좁은 벤치에 최대한 가만히 앉아 있었다. 벌써 가만히 앉아 있는 법을 터득한 듯했다. 예상치 못한 움직임을 보이면 텔레스크린에서 고함이 터져 나왔다. 하지만 음식에 대한 갈망이 점점 커져 갔다. 무엇보다 빵 한 조각이 간절했다. 그는 작업복 주머니에 빵 부스러기가 들어 있을 수도 있다는 생각을 했다. 심지어 가능한 일이었다. 이따금 다리에 간지러운 느낌이 드는 것을 보니 어쩌면 꽤 큰 빵 조각이 들어 있을 수도 있었다. 결국 확인해 보고 싶은 유혹이 두려움을 넘어섰다. 그는 주머니에 손을 넣었다.

"스미스!" 텔레스크린의 목소리가 외쳤다. "6079 스미스 W! 감방 안에서는 주머니에 손을 넣지 않는다!"

그는 다시 가만히 앉아 두 손을 무릎 위에 얹었다. 그는 여기로 오기 전 다른 곳으로 이송되었었는데, 아마도 일반 감옥이거나 순찰대가 사용하는 임시 감옥이었던 것 같다. 그곳에 얼마나 오랫동안 있었는지는 알 수 없었다. 어쨌든 몇 시간은 될 테지만 시계도 없고 볕도 들지 않는 곳에서 시간을 가늠하기란 어려웠다. 시끄럽고 악취가 나는 곳이었다. 그가 갇혀 있던 방은 지금 있는 곳과 비슷했지만, 끔찍할 만큼 더럽고 늘 열 명에서 열다섯 명의 사람들이 수감되어 있어 발 디딜 틈 없었다. 대부분은 일반

범죄자였지만, 개중에는 정치범도 섞여 있었다. 그는 꾀죄죄한 몸통들에 떠밀려 벽에 기대어 조용히 앉아 있었다. 배에 느껴지는 고통과 두려움 때문에 주변에 관심을 기울일 여유가 없었는데도 불구하고 당원 출신 수감자와 다른 수감자의 태도에 엄청난 차이가 있다는 사실을 알아차렸다. 당원이었던 수감자들은 늘 조용하고 겁에 질려 있었지만 일반 범죄자들은 누구의 눈치도 보지 않는 듯했다. 교도관에게 욕설을 퍼붓는가 하면 소지품이 압수됐을 때는 격하게 반발했으며 바닥에 외설적인 낙서를 하고, 옷 속 깊은 곳에 숨겨 두었던 음식을 먹고, 텔레스크린이 기강을 잡으려 하면 더 큰 소리를 질러 명령을 묻어 버렸다. 반면에 그들 중 몇몇은 교도관들과 친분이 있는 것처럼 그들을 별명으로 부르면서 문에 난 구멍을 통해 담배를 얻어 내려 애썼다. 교도관들 역시 일반 수감자들에게는 늘 어느 정도 관용을 베푸는 편이었다. 심지어 거칠게 다뤄야 하는 순간에도 말이다. 대부분의 수감자들이 보내질 예정인 강제 노동 수용소에 관해 많은 이야기가 오갔다. 그들은 좋은 인맥과 요령만 있으면 수용소도 '지낼 만하다'고 했다. 그곳에서는 뇌물이 오가고 불공정한 특혜가 주어지고 각종 공갈 행위가 벌어졌고, 동성애와 매춘이 성행하며 심지어 감자로 증류한 밀주도 판매된다고 했다. 중책은 일반 수감자들, 그중에서도 폭력배와 살인자들이 주로 맡았고 이들은 이를테면 수용소 귀족 계층이 되는 셈이었다. 지저분한 일은 모두 정치범들의 몫이었다.

　감옥에는 마약상, 도둑, 강도, 암거래상, 술주정꾼, 매춘부 등

온갖 종류의 수감자들이 끊임없이 드나들었다. 술에 취한 사람들 중에는 다른 수감자들이 힘을 합쳐 진압해야 할 정도로 폭력적인 사람도 있었다. 이미 엉망진창이 되어 감방 안으로 들어오면서 떡진 흰 머리칼을 휘날리고 가슴이 출렁거리도록 난동을 피우던 예순쯤 된 여성은 네 명의 교도관에게 팔다리를 붙잡힌 뒤에야 발길질과 고함을 멈췄다. 그들은 자신들을 향해 발길질을 해 대던 그녀의 다리에서 장화를 벗겨 낸 다음 윈스턴의 다리 위로 그녀를 던져 버렸고, 윈스턴은 허벅지 뼈가 부러진 듯한 통증을 느꼈다. 여자는 몸을 일으키더니 교도관의 뒤통수를 향해 "빌어먹을 놈의 후레자식들!" 하고 소리쳤다. 그러고는 엉덩이가 배겼는지 윈스턴의 무릎에서 미끄러져 내려가 벤치에 앉았다.

"미안하게 됐수, 젊은 양반." 그녀가 말했다. "당신 무릎에 앉으려고 한 게 아니라 다 저놈 자식들 때문이라우. 숙녀를 대하는 방법도 모르는 치들 같으니." 그녀는 잠시 말을 멈추고 가슴을 두드리더니 트림을 했다. "아이구 실례. 내가 지금 온전치가 않아서리."

그러고는 몸을 앞으로 기울이더니 바닥에 한 무더기 토를 했다.

"훨씬 낫구먼." 그녀가 눈을 감은 채 벽에 등을 기대며 말했다. "절대 그냥 삼키면 안 돼. 배 속에서 상해 버리기 전에 뱉어야 된다니까."

그녀는 좀 살 만해졌는지 고개를 돌려 윈스턴을 다시 한번 살폈고, 그가 마음에 든 듯했다. 그녀는 그의 어깨에 두꺼운 팔을

두르고 그를 끌어당기더니 맥주와 토사물 냄새가 섞인 숨을 뱉
으며 말했다.

"젊은 양반은 이름이 뭐유?" 그녀가 말했다.

"스미스입니다." 윈스턴이 말했다.

"스미스?" 그녀가 되물었다. "재밌구려. 내 이름도 스미슨데!"
갑자기 감상에 젖은 그녀는 이렇게 덧붙였다. "내가 젊은이 엄마
일 수도 있겠구먼!"

정말로 그녀가 자신의 어머니일 수도 있다고 윈스턴은 생각
했다. 나이와 체형도 얼추 비슷했고 강제 수용소에서 20년을 지
내고 나면 사람이 꽤 달라질 수도 있을 것 같았다.

다른 누구도 그에게 말을 걸지 않았다. 놀랍게도 일반 범죄자
들은 당원인 수감자들을 무시했다. 그들은 무관심한 태도로 약
간의 경멸을 담아 당원 출신 수감자들을 '정치범'이라고 불렀다.
당원 출신 수감자들은 말하는 것 자체를 두려워하는 것 같았고,
무엇보다도 같은 당원끼리 말하는 것을 꺼렸다. 딱 한 번, 벤치
에 꼭 붙어 앉은 여성 당원 두 명이 시끄러운 틈을 타 급하게 속
삭이는 말 몇 마디를 우연히 들었을 뿐이었다. 그중에 그가 이해
하지 못한 내용이 있었는데, '101번 방'이라는 곳에 대한 이야기
였다.

그들이 그를 여기로 데려온 지 두세 시간쯤 지났을 때였다. 배
의 둔한 통증은 여전히 계속되고 있었다. 통증은 때때로 괜찮아
졌다가 다시 심해지기를 반복했고, 그동안 그의 생각도 확장되
거나 축소되었다. 통증이 심해지면 그는 고통 그 자체와 음식에

대한 갈망만을 생각했다. 통증이 덜해지면 공황 상태에 빠졌다. 그럴 때면 자신에게 일어날 일들이 현실적으로 다가오면서 심장이 뛰고 숨이 막혔다. 팔꿈치를 때리는 경찰봉과 정강이에 닿는 징 박힌 구두가 느껴지는 듯했다. 바닥을 기며 부러진 이빨 사이로 자비를 구하는 자신의 모습이 보였다. 그는 줄리아에 대해 거의 생각하지 않았다. 그녀에게 집중할 수가 없었다. 그는 그녀를 사랑했고 그녀를 배신하지 않을 것이었다. 하지만 그것은 그가 사칙연산처럼 알고 있는 사실일 뿐이었다. 그는 그녀에 대한 사랑을 느낄 수 없었고, 그녀에게 무슨 일이 일어나고 있는지 궁금하지도 않았다. 오히려 한 줌의 희망을 가지고 오브라이언을 생각한 적이 더 많았다. 오브라이언은 자신이 체포되었다는 사실을 알고 있을지도 모른다는 생각이 들었다. 그는 형제단이 단원을 구한 적이 없다고 했다. 하지만 감옥으로 면도날을 보낸 적은 있다고 했었다. 그들이 마음만 먹는다면 면도날을 보내 줄 수 있을 것이다. 교도관이 감방 안으로 돌진하기까지 5초 정도 여유는 있을 것이다. 칼날은 타는 듯한 냉기로 그의 살 속으로 파고들 테고, 그것을 쥐고 있던 손가락조차 뼈째 잘릴 것이다. 하잘것없는 고통에도 덜덜 떨며 움츠러든 그의 병든 몸에 모든 것이 생생하게 다가왔다. 그는 기회가 온다 해도 면도날을 사용할 수 있을지 확신이 서지 않았다. 그 끝에 고문이 기다리는 것이 확실하더라도 자신에게 남은 10분의 삶을 받아들이며 순간순간 존재하는 것이 더 자연스럽게 느껴졌다.

때때로 그는 감방 벽에 있는 도자기 타일이 몇 개인지 세어 보려고 했다. 쉬워 보였지만 매번 중간에 숫자를 틀리곤 했다. 그보다 더 자주 그는 자신이 어디에 있는지, 지금이 몇 시인지 궁금해했다. 밖이 환한 대낮일 것 같다는 확신이 들다가도 다음 순간에는 칠흑 같은 어둠이 내렸을 것 같은 확신이 들기도 했다. 자신이 있는 방의 전등이 절대 꺼지지 않으리라는 것을 그는 본능적으로 알고 있었다. 어둠이 없는 곳이었다. 그는 이제야 오브라이언이 그 암시를 이해한 듯 보였던 이유를 알 수 있었다. 자애부에는 창문이 없었다. 그의 감방은 건물 한가운데 있을 수도 있고 건물 바깥쪽에 붙어 있을 수도 있었다. 지하 10층일 수도, 지상 30층일 수도 있었다. 그는 머릿속으로 건물 이곳저곳을 옮겨 다니며 몸의 감각으로 자신이 공중에 높이 떠있는지 아니면 지하 깊은 곳에 묻혀 있는지 느껴 보려고 노력했다.

밖에서 복도를 걸어오는 장화굽 소리가 들렸다. 철컥 소리와 함께 철문이 열렸다. 광택이 나는 가죽으로 된 검은 제복을 단정하게 입은 젊은 장교가 밀랍 마스크처럼 창백하고 굳은 얼굴을 하고 민첩하게 문 안으로 들어왔다. 그는 밖에 있는 교도관들에게 그들이 데려온 죄수를 안으로 들이라고 손짓했다. 시인 앰플포스가 비틀거리며 감방 안으로 들어왔다. 문이 다시 닫혔다.

앰플포스는 마치 나가는 문이 따로 있을 거라고 생각이나 한 듯, 머뭇머뭇 좌우로 한두 걸음을 옮기다가 이내 감방 안을 왔다 갔다하기 시작했다. 그는 아직 윈스턴의 존재를 알아채지 못하고 있었다. 불안한 그의 눈은 윈스턴의 머리보다 1미터쯤 위에 있는 벽을 바라보고 있었다. 그는 신발도 신지 않고 있었다. 커다랗고 더러운 발가락들이 구멍 난 양말 밖으로 튀어나와 있었다. 며칠 동안 면도도 하지 못한 듯했다. 광대뼈를 덮은 덥수룩한 수염 때문에 무법자 같아 보이는 얼굴이, 키만 클 뿐 실지로는 연약하기만 한 몸과 초조한 몸짓과는 좀처럼 어울리지 않는 느낌이었다.

윈스턴은 아득하던 정신을 최대한 가다듬었다. 텔레스크린의 호통을 각오하고라도 앰플포스와 이야기를 나눠야 했다. 어쩌면 앰플포스가 면도날을 전달하는 임무를 수행하고 있을 수도 있었다.

"앰플포스." 윈스턴이 말했다.

텔레스크린에서는 아무 소리도 들리지 않았다. 앰플포스는 약간 놀란 듯 움직임을 멈췄다. 그의 시선이 윈스턴에게로 서서히 집중되었다.

"아, 스미스!" 그가 말했다. "자네도 왔군!"

"어쩌다 여길 왔는가?"

"사실은⋯." 그가 윈스턴의 맞은편 벤치에 어색하게 앉았다.

"이유는 하나뿐이지. 아닌가?" 그가 말했다.

"자네는 그 죄를 저질렀고?"

"물론이라네."

그는 한 손으로 이마를 짚더니 뭔가를 기억해 내려는 듯 잠시 관자놀이를 지그시 눌렀다.

"이런 일이 일어나곤 하지." 그는 멍하니 입을 열었다. "내가 떠올릴 수 있는 가능한 경우는 하나뿐이네. 의심할 여지 없이 경솔한 행동 탓이겠지. 우리는 키플링 시집의 결정판을 제작하고 있었다네. 마지막 줄 끝에 '신'이라는 단어를 고치지 않고 그대로 뒀는데, 어쩔 수 없었단 말일세!" 그는 거의 화를 내다시피 하며 고개를 들어 윈스턴을 바라보았다. "그 구절을 바꿀 수는 없었어. 운을 맞춰야 했단 말일세. 운을 맞출 수 있는 단어가 우리 언어에서 열두 개뿐이었고. 며칠 동안 머리를 쥐어짰는데도 맞는 단어가 없었지."

그의 표정이 바뀌었다. 괴로움이 사라지고 잠시 동안 기쁨이 스쳐 지나갔다. 지식인 특유의 열정이랄까, 쓸모없는 사실을 밝혀낸 현학자의 얼굴에 피어난 기쁨이 꾀죄죄하고 헝클어진 수염 사이로 드러났다.

"각운을 맞추기가 힘들다는 영어의 특성이 영시의 역사를 좌지우지했다고 생각한 적이 자네도 있는가?"

없었다. 윈스턴은 그런 특이한 생각을 해 본 적이 없었다. 설사 그렇다고 하더라도 상황이 상황인지라 중요하거나 흥미롭게 느껴지지도 않았다.

"지금이 몇 시인지 혹시 알고 있나?" 그가 말했다.

앰플포스는 다시 한번 놀란 듯 보였다. "나는 그런 게 궁금했던 적이 없는 것 같군. 저들이 나를 체포한 게 이틀 전쯤, 아니, 사흘쯤 됐으려나." 그는 어딘가에 창문이 달려 있길 기대하듯 벽을 따라 눈을 이리저리 굴렸다. "이 안에선 밤이나 낮이나 다를 게 없지. 시간을 어떻게 재는지 모르겠군."

그들은 몇 분 동안 띄엄띄엄 이야기를 나누다가 뚜렷한 이유도 없이 텔레스크린에서 고함 소리가 들리자 입을 닫았다. 윈스턴은 조용히 앉아 팔짱을 꼈다. 좁은 벤치에 편안하게 앉기에 덩치가 너무 컸던 앰플포스는 이쪽저쪽으로 몸을 뒤척이다가 여리여리한 손을 모아 한쪽 무릎을 먼저 감싸고 곧 다른 쪽 무릎을 감싸 안았다. 텔레스크린은 그에게 가만히 있으라고 소리쳤다. 시간이 흘렀다. 20분, 혹은 1시간일 수도 있다. 밖에서 장화굽 소리가 들렸다. 윈스턴의 심장이 조여 왔다. 장화굽 소리는 곧, 아주 곧, 5분 안에, 어쩌면 지금 당장 그의 차례가 왔다는 의미일 수도 있다.

문이 열렸다. 냉혹한 표정의 장교가 방 안으로 들어왔다. 그는 간결한 손동작으로 앰플포스를 가리켰다.

"101번 방."

앰플포스는 허둥거리며 두 교도관 사이를 걸어갔다. 어리둥절하지만 무슨 뜻인지 알 수 없는 표정이었다.

오랜 시간이 흐른 것 같았다. 윈스턴의 배가 다시 아파 왔다. 그의 생각은 계속해서 같은 슬롯에 떨어지는 공처럼 같은 착각에 빠지고 있었다. 그의 머릿속에는 여섯 가지 생각뿐이었다. 배에 느껴지는 통증, 빵 한 조각, 피와 비명, 오브라이언, 줄리아, 면도날. 그의 내장에 또 다른 경련이 일었고, 무거운 발자국 소리가 다가오고 있었다. 문이 열리자 문이 만들어 낸 공기의 파동에 강렬한 식은땀 냄새가 전해졌다. 파슨스가 감방으로 들어왔다. 그는 카키색 반바지와 반팔티를 입고 있었다.

윈스턴은 자기 처지도 잊고 화들짝 놀랐다.

"자네가 여길 오다니!" 그가 말했다.

파슨스는 관심을 보이지도, 놀라지도 않은 채 오직 절망만이 담긴 눈빛으로 그를 흘긋 보았다. 그는 도저히 가만히 있을 수가 없는지 갑자기 이리저리 걷기 시작했다. 그가 통통한 무릎을 쭉 펼 때마다 분명한 떨림이 보였다. 그는 마치 허공에 있는 무언가에 홀리기라도 한 듯 눈을 크게 뜨고 한곳을 응시하고 있었다.

"자네는 왜 여기에 왔나?" 윈스턴이 말했다.

"사상범죄라네!" 파슨스가 거의 울 듯이 이야기했다. 그의 목소리 톤에는 자신의 죄에 대한 완전한 인정과 함께 자신에게 그러한 죄목이 씌워졌다는 데 대한 믿을 수 없는 공포가 담겨 있었다. 그는 윈스턴 맞은편에 멈춰 서서 그에게 열심히 호소하기 시작했다. "여보게, 저들이 나를 쏠 것 같지는 않지? 아무 짓도 하지 않았다면 총살까지는 하지 않을 테지. 생각은 어쩔 수 없지 않나? 항변할 기회를 충분히 준다고 알고 있네. 그런 쪽으로는 믿을 수 있을 걸세! 내가 여태까지 한 일들을 참작해 주겠지? 내가 어떤 사람인지는 자네도 잘 알지. 나쁘게 살지는 않았잖나. 물론 똑똑하지는 않지만 뭐든 열심히 했지. 나는 당을 위해 최선을 다하려고 노력했어. 그렇지 않나? 5년만 있으면 내보내 주겠지? 아니면 10년? 나 같은 놈은 수용소에서도 꽤 쓸모가 있을 텐데 말이야. 한 번 탈선했다고 나를 쏴 죽이지는 않겠지?"

"자네는 유죄인가?" 윈스턴이 말했다.

"당연히 난 유죄야!" 파슨스는 비굴한 눈빛으로 텔레스크린을 바라보며 외쳤다. "당이 무고한 사람을 체포할 거라고 생각하나?" 개구리 같은 얼굴이 점점 차분해지며 경건한 표정을 지어 보였다. "이보게, 사상범죄는 무서운 일이야." 그가 딱딱하게 말했다. "교활한 일이지. 자기도 모르게 빠질 수 있는 걸세. 내가 어떻게 죄를 지었는지 아나? 꿈에서였네! 그래, 사실일세. 나는 내 몫의 할 일을 하려고 노력했고, 마음속에 나쁜 생각이 있으리라고는 상상조차 못 했지. 그런데 잠꼬대를 했던 거야. 내가 무슨 말을 했는지 아나?"

그는 의학적인 이유로 외설적인 말을 해야 하는 사람처럼 목소리를 내리깔았다.

"'빅브라더를 타도하라!' 그래, 그렇게 말했다네! 계속해서 말한 것 같아. 자네니까 하는 말인데, 이보게, 일이 더 커지기 전에 잡혀 와서 다행이야. 법정에서 그들에게 무슨 말을 할 생각인지 아나? '감사합니다, 더 늦기 전에 구해 주셔서 감사합니다'라고 말할 생각이야."

"자네를 누가 고발했지?" 윈스턴이 말했다.

"우리 딸." 파슨스의 목소리에 슬픔과 자긍심이 섞여 있었다. "열쇠 구멍에 귀를 대고 엿들었다네. 내 잠꼬대를 듣고 바로 다음날 순찰대로 갔지. 일곱 살짜리 꼬마치고 똑똑하지 않나? 나는 딸아이를 원망하지 않아. 사실 자랑스럽다네. 어쨌든 내가 딸에게 올바른 정신을 심어 줬다는 증거 아니겠나."

그는 변기를 한 번 애타는 시선으로 바라보더니 이리저리 몇 걸음을 옮겼다. 그러다 갑자기 반바지를 벗어던졌다.

"이보게, 미안하네." 그가 말했다. "참을 수가 없군. 기다리는 시간이 너무 길었어."

그는 커다란 엉덩이로 변기를 깔고 앉았다. 윈스턴은 두 손으로 얼굴을 가렸다.

"스미스!" 텔레스크린이 외쳤다. "6079번 스미스 W! 얼굴에서 손을 뗀다. 방 안에서는 얼굴을 가리지 않는다."

윈스턴은 얼굴에서 손을 치웠다. 파슨스는 요란한 소리를 내며 변기를 사용했다. 안타깝게도 변기 레버가 고장 난 바람에 그 후 몇 시간 동안 방에서 구역질나는 악취가 가시지 않았다.

파슨스는 방을 나갔다. 다른 수감자들이 계속 수수께끼처럼 들어오고 나갔다. 한 여성은 '101번 방'에 배정되자 몸이 잔뜩 움츠러들더니 얼굴색까지 변했다. 그가 아침에 이 방에 끌려왔다면, 지금쯤 오후가 되었을 것이었다. 오후에 끌려왔다면 자정쯤 되었을 것 같았다. 감방 안에 남자와 여자를 합쳐 모두 여섯 명의 죄수가 있었다. 모두 아주 가만히 앉아 있었다. 윈스턴 반대편에는 턱이 짧고 커다란 이가 툭 튀어 나온, 크고 무해한 설치류처럼 생긴 남자가 앉아 있었다. 아랫부분이 주머니처럼 늘어진 뚱뚱하고 얼룩덜룩한 볼에 음식이 조금이라도 숨겨져 있을 것 같은 생각이 들었다. 그는 옅은 회색 눈으로 소심하게 방 안에 있는 얼굴들을 살피다가 누군가와 눈이 마주치면 재빨리 시선을 거뒀다.

문이 열리면서 또 다른 죄수가 들어왔는데, 윈스턴은 그 죄수를 보고 순간 소름이 끼쳤다. 그는 엔지니어나 기술자였을 것 같은 분위기의 평범하고 비열해 보이는 사람이었다. 윈스턴이 놀란 이유는 야윈 그의 얼굴 때문이었다. 그는 마치 해골 같았다. 너무 말라서 입과 눈이 기형적으로 커 보였는데, 눈빛에 어떤 인물 또는 사물에 대한 살인적이고 억제할 수 없는 증오가 가득 차 있는 것 같았다.

남자는 윈스턴과 조금 떨어진 자리에 앉았다. 윈스턴은 그를 다시 쳐다보지 않았지만, 고뇌에 찬 해골 같은 얼굴이 아직도 그의 눈앞에 있는 것처럼 생생하게 어른거렸다. 윈스턴은 그 남자가 그렇게 된 이유를 깨달았다. 그 남자는 굶어 죽어 가고 있었다. 감방에 있는 모든 사람이 그와 같은 생각을 하고 있는 것 같았다. 벤치에 앉은 사람들 사이에 아주 희미한 동요가 일었다. 턱이 짧은 남자는 계속해서 해골 같은 얼굴을 한 남자를 힐끔거리다가 이내 죄책감을 느끼며 시선을 거뒀다가 거부할 수 없는 힘에 이끌려 다시 그 남자를 쳐다보았다. 이제 그는 자리에서 안절부절하기 시작했다. 마침내 그는 일어서서 어설프게 뒤뚱거리며 감방을 가로질렀고, 작업복 주머니를 뒤지더니 무안한 표정으로 해골 같은 얼굴의 남자에게 더러운 빵 조각을 내밀었다.

텔레스크린에서 귀청이 터질 듯한 사나운 고함이 울려 퍼졌다. 턱이 없는 남자가 깜짝 놀라 펄쩍 뛰었다. 해골 같은 얼굴의 남자는 그의 호의를 거부한다는 것을 온 세상에 보여 주기로 작정한 듯 재빨리 손을 등 뒤에 감췄다.

"범스테드!" 목소리가 으르렁거렸다. "2713번 범스테드 J! 빵 조각을 바닥에 내려놓는다!"

무턱의 남자가 바닥에 빵 조각을 떨어뜨렸다.

"그 자리에 그대로 서 있도록." 목소리가 말했다. "문을 바라보고 서. 움직이지 마."

턱이 짧은 남자는 고분고분 명령에 따랐다. 커다란 주머니 같은 그의 뺨이 걷잡을 수 없이 떨리고 있었다. 문이 철컥 소리를 내며 열렸다. 젊은 장교가 들어와 문 옆에 섰고, 그 뒤로 우람한 팔뚝과 어깨를 가진 땅딸막한 교도관이 나타났다. 그는 턱이 짧은 남자 반대편에 서더니 장교의 신호에 따라 온몸의 무게를 실어 턱 없는 남자의 입에 주먹을 날렸다. 어찌나 세게 쳤는지 턱이 짧은 남자가 바닥에서 붕 뜨다시피 했다. 감방 저편으로 내동댕이쳐진 그는 변기 위에 떨어졌다. 잠시 동안 그는 입과 코에서 검은 피를 흘리며 정신이 나간 듯 누워 있었다. 훌쩍거리는 소리인지 낑낑대는 소리인지 모를 소리가 무의식적으로 흘러나왔다. 그러다 그는 몸을 굴려 손과 무릎으로 땅을 짚고 비틀거리며 몸을 일으켰다. 그의 입에서 흐르는 피와 침 사이로 반으로 쪼개진 의치가 툭 떨어졌다.

죄수들은 무릎 위에 손을 얹은 채 꼼짝도 하지 않고 앉아 있었다. 턱이 짧은 남자는 다시 자기 자리에 앉았다. 그의 한쪽 얼굴의 뺨 아래쪽이 거무죽죽하게 변하고 있었다. 입은 부어올라 가운데 검은 구멍이 뚫린 뭉개진 체리색 덩어리처럼 보였다.

이따금 그의 작업복 가슴팍에 핏방울이 뚝뚝 떨어졌다. 그의 회색 눈은 전보다 더 주눅이 든 채 여전히 사람들을 훑고 있었다. 마치 사람들이 그가 굴욕을 당하는 모습을 보고 자신을 얼마나 경멸하는지 알아내기라도 하려는 듯이.

문이 열렸다. 장교는 보일 듯 말 듯한 손짓으로 해골 같은 얼굴의 남자를 가리켰다.

"101번 방." 그가 말했다.

윈스턴이 앉아 있던 쪽에서 헉 하는 소리와 함께 소란이 일었다. 그 남자가 바닥에 몸을 던져 무릎을 꿇고 두 손을 맞잡은 채 말했다.

"동지! 장교 동지!" 그가 울부짖었다. "거기까지 가야 한단 말입니까! 모든 걸 다 말씀드렸지 않습니까? 더 아시고 싶은 게 있으신가요? 제가 자백하지 못할 것은 아무것도 없습니다! 말씀만 해 주시면 바로 털어놓겠습니다. 글로 써 주시면 서명도 하겠습니다. 뭐든지요! 101번 방만은 안 됩니다!"

이미 하얗게 질린 남자의 얼굴이 윈스턴이 상상도 못했던 색으로 변했다. 그건 분명, 녹색이었다.

"뭐든 시켜 주십시오!" 그가 외쳤다. "몇 주 동안 굶겼잖습니까. 그만 죽게 해 주십시오. 총으로 쏴 주십시오. 25년형을 내려 주십시오. 다른 이름을 더 댈까요? 원하시는 이름을 말만 하세요. 그게 누구든, 무얼 하실 계획이든 상관없습니다. 제게는 아내와 세 아이가 있습니다. 제일 큰 아이가 이제 여섯 살도 채 되지 않았습니다. 그들을 데려다 제 눈앞에서 목을 치시더라도 눈 하나 깜짝하지 않고 지켜보겠습니다. 하지만 제발 101번 방만은!"

"101번 방." 장교가 말했다.

그 남자는 자기 대신 다른 희생자를 찾을 수 있겠다고 생각했는지 미친 듯이 다른 죄수들을 둘러보았다. 그의 시선이 턱이 없는 남자의 만신창이가 된 얼굴에 고정되었다. 그는 가느다란 팔을 내밀었다.

"데려가야 할 사람은 내가 아니라 이 사람이요!" 그가 소리쳤다. "얼굴을 맞고 나서 이 자가 무슨 말을 했는지 듣지 못하셨을 겁니다. 기회를 주시면 전부 다 말씀 드리겠습니다. 당에 반발하는 사람은 제가 아니라 저자입니다." 교도관들이 앞으로 나섰다. 남자의 목소리는 거의 비명을 지르듯 높아졌다. "저자의 말을 듣지 못하셨군요!" 그가 다시 한번 말했다. "텔레스크린이 고장났나 봅니다. 데려갈 사람은 저자입니다. 저 말고 저자를 데려가십시오!"

건장한 교도관 두 명이 그의 팔을 잡으려고 몸을 굽혔다. 하지만 바로 그때, 남자가 튀어 오르듯 바닥을 가로질러 벤치를 지탱하는 쇠다리 중 하나를 붙잡았다. 그는 동물처럼 말없이 울부짖었다. 경비병들이 그를 붙잡아 벤치에서 떼어 내려고 했지만 그는 놀라운 힘으로 버텨냈다. 그들은 거의 20초 동안 그를 붙잡고 있었다. 죄수들은 조용히 앉아 무릎 위에 손을 얹고 앞만 똑바로 바라볼 뿐이었다. 울부짖는 소리가 멈췄다. 그 남자는 매달려 있느라 소리를 낼 여력도 없는 듯했다. 그러다 다른 종류의 울음소리가 들려왔다. 교도관의 장화 신은 발에 걷어차이는 바람에 그의 한쪽 손가락이 부러진 것이었다. 그들은 그의 발을 잡아 끌고 나갔다.

"101번 방으로." 장교가 말했다.

남자는 머리를 푹 숙이고 으스러진 손을 쓰다듬며 투지라고는 하나도 남아 있지 않은 듯 비틀비틀거리며 끌려 나갔다.

오랜 시간이 흘렀다. 해골 같은 얼굴의 남자가 잡혀갔을 때가 한밤중이었다면 지금은 아침쯤일 것 같았고, 그때가 아침이었다면 오후가 됐을 시간이었다. 윈스턴은 몇 시간 동안 혼자 있었다. 좁은 벤치에 앉아 있기가 너무 고통스러워서 그는 텔레스크린의 질책에도 아랑곳하지 않고 자주 일어나 걸어 다녔다. 빵 조각은 턱이 짧은 남자가 떨어뜨린 자리에 아직도 놓여 있었다. 처음에는 쳐다보지 않기 위해 노력해야 했지만, 이제 배고픔은 갈증에 자리를 내준 상태였다. 입에서 텁텁하고 지독한 냄새가 났다. 윙윙거리는 소리와 흐트러짐 없는 백색광 때문에 머릿속이 어지럽고 텅 비는 듯했다. 뼈마디가 더 이상 참을 수 없이 욱신거리자 그는 자리에서 일어났다가 서 있기가 너무 어지러워 거의 바로 다시 앉았다. 육체적 감각이 어느 정도 통제되고 나면 다시 공포가 찾아왔다. 때때로 그는 꺼져 가는 희망을 붙잡으며 오브라이언과 면도날을 떠올렸다. 혹시라도 음식을 제공받는다면 면도날이 그 안에 숨겨져 전달될 수도 있을 것 같았다. 줄리아에 대한 생각은 더 희미해졌다. 그녀는 어딘가에서 훨씬 더 심한 고통을 받고 있을지도 모른다. 지금 이 순간 고통에 찬 비명을 지르고 있을지도 모를 일이었다. 그는 자신이 받는 고통을 두 배로 늘려 줄리아를 구할 수 있다면 그렇게 할 것인지 생각했고, 그러겠다고 생각했다. 하지만 그것은 그렇게 해야 한다는 사실을 알고 있기 때문에 내린 지적인 결단일 뿐이었다. 마음에서 우러나서는 아니었다. 이곳에서는 지금 느끼는 고통과 앞으로 다가올 고통 외에는 아무것도 느낄 수 없었다. 게다가, 이미 고통을 겪고 있는 상황에서 어떤 이유로든 고통이 더 커지기를 바랄 수 있을까? 하지만 그 질문에는 아직 대답할 수 없었다.

장화굽 소리가 다시 들렸다. 문이 열렸다. 오브라이언이 들어왔다.

윈스턴은 자리에서 벌떡 일어섰다. 그의 모습을 보자 너무 충격을 받은 나머지 조심성이 모두 증발한 듯했다. 몇 년 만에 처음으로 그는 텔레스크린의 존재조차 잊어버렸다.

"당신도 잡혀 왔군요!" 그가 외쳤다.

"나는 오래전에 잡혔소." 오브라이언이 유감스럽다는 듯이 부드럽고 반어적인 말투로 이야기했다. 그는 옆으로 비켜섰다. 그의 뒤에서 가슴팍이 넓은 교도관이 길다란 경찰봉을 든 채 나타났다.

"윈스턴, 당신은 알고 있었어." 오브라이언이 말했다. "자신을 속이지 마시오. 당신은 알고 있었어요. 언제나 알고 있었지."

그랬다. 이제 보니 그는 늘 알고 있었다. 하지만 그런 생각을 할 여유가 없었다. 교도관의 손에 들린 곤봉만이 눈에 들어올 뿐이었다. 곤봉은 어디든 때릴 수 있었다. 정수리, 귓방망이, 팔뚝, 팔꿈치….

팔꿈치였다! 그는 몸이 거의 마비된 채 무릎을 꿇고 다른 손으로 다친 팔꿈치를 붙잡았다. 모든 것이 노란빛으로 폭발했다. 고작 한 대를 맞고 그러한 고통이 느껴질 수 있으리라고는 상상조차 하지 못했다. 노란빛이 사라지자 자신을 내려다보고 있는 두 사람이 보였다. 그들은 고통스러워하는 그를 보며 웃고 있었다. 어쨌든 한 가지 질문에는 답을 할 수 있게 되었다. 지구상의 어떤 명분으로도 고통이 더 커지기를 바랄 수는 없다. 고통에 대해 바랄 수 있는 것은 단 하나, 고통이 멈추는 것이다. 세상에 육체적 고통만큼 나쁜 것은 없다. 다친 왼팔을 맥없이 움켜쥔 채 바닥을 구르는 동안 그는 고통 앞에 장사는 없다고, 있을 수가 없는 거라고 생각하고 또 생각했다.

2장

    그가 누워 있는 곳은 야전침대와 비슷했다. 바닥에서 좀 더 높은 곳에 있고 움직이지 못하도록 몸이 묶여 있다는 점만 빼면. 평소보다 더 밝은 강한 빛이 얼굴에 쏟아지고 있었다. 오브라이언이 그의 옆에 서서 그를 빤히 보고 있었다. 다른 쪽에는 흰 가운을 입은 남자가 피하 주사기를 들고 서 있었다.

    눈을 뜬 후에도 주변을 파악하기까지는 시간이 걸렸다. 그는 전혀 다른 세계, 훨씬 아래에 있는 수중 세계 어딘가에서 이 방으로 헤엄쳐 올라온 듯한 느낌이 들었다. 거기에 얼마나 오랫동안 있었는지 알 수 없었다. 그들에게 잡혀 온 순간부터 그는 밤도 낮도 보지 못했다. 게다가 기억도 연속적이지 않았다. 잠잘 때도 유지되는 종류의 의식조차도 죽은 듯이 멈췄다가 잠시 후 다시 이어지곤 했다. 하지만 그 간격이 며칠인지, 몇 주인지, 아니면 단 몇 초인지는 알 길이 없었다.

　팔꿈치를 처음 맞았을 때부터 악몽이 시작되었다. 나중에야 그는 그때 일어난 모든 일이 거의 모든 수감자들이 으레 거치는 예비 심문에 불과하다는 것을 알았다. 간첩이든 공작원이든 수감자는 모두 아주 광범위한 범죄를 자백해야 했다. 자백은 형식적이었지만 고문은 진짜였다. 그는 얼마나 오랫동안 몇 번이나 구타를 당했는지 기억하지 못했다. 그의 옆에는 늘 검은색 제복을 입은 남자 대여섯 명이 있었다. 주먹, 곤봉, 쇠막대기가 날아들 때도, 장홧발로 짓밟힐 때도 있었다. 그는 발길질을 피하기 위해 수치심 따위는 잊은 채 끊임없이 절망적으로 몸을 이리저리 비틀었지만, 그럴수록 갈비뼈와 배, 팔꿈치, 정강이, 사타구니, 고환, 척추 뼈를 파고드는 발길질은 더욱 거세질 뿐이었다. 고문이 계속되자 잔인하고 사악하고 용서할 수 없는 것은 그를 계속 구타하는 간수들이 아니라 의식을 잃지 못하는 자신이라는 생각이 들었다. 구타가 시작되기 전부터 목청을 높여 자비를 구할 정도로 이성을 잃을 때도 있었고, 일격을 날리기 위해 한껏 치켜든 주먹을 보는 것만으로도 실제 저지른 범죄와 꾸며 낸 범죄를 토해 내기에 충분했던 때도 있었다. 아무것도 고백하지 않겠다는 다짐으로 시작할 때가 있는가 하면, 고통으로 헐떡거리는 숨 사이에 모든 이야기를 억지로 뱉어 내야 할 때도 있었고, '자백하겠지만 아직은 아니다. 고통을 참을 수 없을 때까지는 버틸 것이다. 발길질을 조금만 더, 두 번만 더 참아 보자. 그러고 나면 원하는 말을 해 주자'라고 스스로에게 말하며 미약한 타협을 시도할 때도 있었다. 서 있지 못할 지경이 될 때까지 구타를 당한 뒤 감방 돌바닥에 감자 포대처럼 내동댕이쳐졌다가 회복될 때까지 몇 시간 동안 방치되었고, 곧 다시 꺼내져 구타를 당하기도 했다. 회복하는 데 긴 시간이 주어지기도 했는데 대체로 잠을 자거나 혼수상태에 빠져 있느라 그 시간 동안 무슨 일이 벌어졌는지는 또렷이 기억나지 않았다. 그는 판자 침대가 놓인 감방, 벽에서 튀어 나와 있는 선반, 양철 세면대, 뜨거운 수프와 빵, 때로는 커피가 나오던 식사를 기억했다. 수염을 깎고 머리를 잘라 주러 들르는 무뚝뚝한 이발사와, 맥박과 반사 신경을 확인하고, 눈꺼풀을 뒤집어 보고, 거친 손길로 몸을 더듬어 뼈가 부러졌는지 확인하고, 그를 잠들게 하기 위해 팔에 주삿바늘을 꽂던 사무적이고 동정심 없는 흰 가운을 입은 남자들도 기억했다.

구타를 당하는 날은 점점 뜸해졌고, 대신 그의 답이 만족스럽지 못할 경우 언제든 다시 같은 일을 당할 수 있다는 협박으로 바뀌었다. 그를 심문하는 이들은 이제 검은 옷을 입은 깡패 같은 교도관이 아니라 번쩍이는 안경을 쓰고 민첩하게 움직이는 작고 통통한 당 지식인들이었다. 그들은 차례로 들어와 윈스턴을 심문했다. 심문은 매번 열 시간 혹은 열두 시간 가까이 이어졌다. 새로운 심문관들도 그에게 계속해서 약간의 고통을 가하기는 했지만, 그들이 주로 의존한 것은 고통이 아니었다. 얼굴을 때리고, 귀를 비틀고, 머리채를 잡아당기는가 하면 한쪽 다리로 서게 하거나 소변을 보지 못하게 하고, 눈에서 눈물이 줄줄 흐를 때까지 얼굴에 눈부신 조명을 비추기도 했는데, 이런 괴롭힘은 그에게 모욕감을 주어서 그의 논쟁과 추론 능력을 파괴하기 위함이었다. 그들의 진짜 무기는 몇 시간 동안 끝없이 무자비하게 이어지는 질문이었다. 그들은 실수를 하게 만들고, 함정을 놓고, 모든 진술을 왜곡하고, 대답에서 거짓말과 자기모순이 발견된다고 몰아붙임으로써 결국 그가 수치심뿐 아니라 정신적 피로로 눈물을 터뜨릴 때까지 죄를 물었다. 한 차례 심문을 받는 동안 대여섯 번 우는 날도 있었다. 그들은 그가 말을 주저할 때마다 그에게 욕설을 퍼붓고 그를 다시 교도관들에게 넘기겠다고 위협했다. 가끔 그들은 갑자기 태도를 바꾸어 그를 동지라고 부르고, 영사와 빅브라더의 이름을 호소하면서 그가 저지른 악행을 되돌리고 싶을 만큼 여전히 당에 충성하지 않느냐며 애잔하게 묻기도 했다. 몇 시간 동안 심문을 받은 후 신경이 너덜너덜해지면 그는 이러한 호소에도 훌쩍거리며 눈물을 터뜨렸다. 결국 그들의 끈질긴 목소리는 교도관의 장화굽과 주먹보다 더 완벽하게 그를 무너뜨렸다. 그는 그들이 요구하는 모든 것을 말하고, 서명했다. 그의 유일한 관심사는 그들이 그에게 무엇을 자백하길 바라는지 알아내어 고문이 다시 시작되기 전에 빨리 털어놓는 것이었다. 그는 저명한 당원을 암살하고, 선동적인 전단지를 배포하고, 공공자금을 횡령하고, 군사기밀을 팔아넘기고, 그밖의 모든 종류의 방해 행위를 저질렀다고 자백했다. 그는 자신이 1968년까지 동아시아 정부의 스파이였다고도 자백했다. 그는 자신이 종교를 믿는 신자이자 자본주의의 숭배자이며 변태 성욕자라고 자백했다. 그의 아내가 아직 살아 있다는 건 그 자신도 알고, 심문관들도 알았을 것이 분명했음에도 그는 아내를 살해했다고 자백했다. 그는 수년 동안 골드스타인과 개인적으로 접촉해 왔으며 그가 알고 지낸 거의 모든 사람들이 가입되어 있는 지하 조직의 일원이었다고 자백했다. 모든 것을 털어놓고 모두를 연루시키기는 쉬웠다. 게다가 어떻게 보면 사실이기도 했다. 그가 당에 반대한 것은 사실이었고 당의 관점에서 보면 생각만 하는 것과 행동으로 옮기는 것에 별 차이가 없었다.

다른 종류의 기억도 있었다. 그 장면들은 검은 테두리로 둘러싸인 그림처럼 그의 마음속에 단편적으로 남아 있었다.

그는 어두울 수도, 밝을 수도 있는 감방에 있었다. 그가 볼 수 있는 것은 눈 한 쌍뿐이었기에 알기 어려웠다. 어떤 악기 하나가 가까운 곳에서 천천히 규칙적으로 똑딱거리고 있었다. 눈은 점점 커지며 더 강렬한 빛을 내뿜었다. 갑자기 그의 몸이 둥둥 뜨더니 그 눈 속으로 빨려 들어갔다.

그는 눈부신 조명 아래 계기판으로 둘러싸인 의자에 묶여 있었다. 흰 가운을 입은 남자가 계기판을 읽고 있었다. 밖에서 묵직한 발소리가 들렸다. 문이 철컥 열렸다. 밀랍처럼 흰 얼굴을 한 장교가 교도관 두 명을 거느리고 들어왔다.

"101번 방으로." 장교가 말했다.

흰 가운을 입은 남자는 돌아보지 않았다. 윈스턴을 쳐다보지도 않았다. 계기판만 보고 있을 뿐이었다.

그는 휘황찬란한 금색 빛으로 가득 찬 1킬로미터 너비의 거대한 복도를 굴러 내려가면서 웃음을 터뜨리며 큰 소리로 자백하고 있었다. 그는 모든 것을 자백했다. 고문을 당할 때도 말하지 않았던 이야기들까지도 털어놓았다. 그는 이미 그 내용을 아는 청중에게 이제까지 자신의 삶을 전부 이야기하고 있었다. 그와 함께 교도관, 심문관, 흰 가운을 입은 남자, 오브라이언, 줄리아, 채링턴 씨가 모두 함께 복도를 굴러 내려가며 웃었다. 미래에 잠재되어 있던 어떤 끔찍한 일이 일어나지 않고 건너뛰어진 것 같았다. 아무것도 거리낄 것이 없었고, 더 이상 고통도 없었다. 그의 삶에서 벌어졌던 모든 일이 세세하게 밝혀졌고, 이해되었고, 용서되었다.

그는 어렴풋이 오브라이언의 목소리가 들린 것 같아 판자 침대에서 몸을 일으켰다. 심문을 받는 내내 그를 본 적은 없었지만, 눈에 보이지 않아도 그의 팔꿈치 옆에 오브라이언이 있는 듯한 느낌이 들었다. 모든 것을 감독한 사람은 오브라이언이었다. 윈스턴에게 교도관을 보낸 것도, 그를 죽이지 못하도록 막은 것도 그였다. 윈스턴이 언제 고통으로 비명을 지를지, 언제 휴식을 취할지, 언제 음식을 먹을지, 언제 잠을 자야 할지, 언제 팔에 약을 맞아야 할지를 결정한 사람도 바로 그였다. 심문을 하고 답을 제시한 사람도 바로 그였다. 그는 고문관이었고, 보호자였고, 심문관이었고, 친구였다. 약물에 취해 잠든 것인지, 잘 때가 되어 잤던 것인지, 심지어 깨어 있을 때인지 기억할 수 없었지만 언젠가 한 번 누군가 그의 귀에 대고 중얼거렸다. "걱정 마십시오. 윈스턴. 당신은 내가 지키고 있습니다. 나는 7년 동안 당신을 지켜보았습니다. 이제 전환점을 맞이한 겁니다. 당신을 구원해 드리죠. 당신을 완전하게 할 것입니다." 그는 그 목소리가 오브라이언의 것인지 확신할 수 없었다. 하지만 그 목소리는 7년 전 또 다른 꿈에서 '어둠이 없는 곳에서 만나세'라고 말하던 바로 그 목소리였다.

그는 심문이 어떻게 끝났는지 전혀 기억하지 못했다. 깜깜한 시간이 지난 뒤 그가 누워 있는 방인지 감방인지 모를 곳과 그의 주변이 서서히 모습을 드러냈다. 그는 누운 채로 꼼짝도 할 수 없었다. 그의 몸의 모든 주요 부위가 결박되어 있었다. 심지어 머리 뒤쪽도 무언가에 묶여 있었다. 오브라이언은 심각하고 상당히 슬픈 얼굴로 그를 내려다보고 있었다. 아래에서 보니 그의 얼굴은 눈 밑이 축 쳐지고 코에서 턱까지 팔자주름이 내려와 거칠고 피곤해 보였다. 그는 윈스턴이 생각했던 것보다 나이가 많아 보였다. 마흔여덟이나 쉰 살쯤 된 것 같았다. 그는 위에 레버가 달리고 화면을 빙 둘러 숫자가 적힌 계기판에 손을 올리고 있었다.

"말씀드렸지요." 오브라이언이 말했다. "우리가 이곳에서 다시 만나게 될 거라고."

"그렇군요." 윈스턴이 말했다.

오브라이언의 손이 살짝 움직인 것 말고는 어떤 사전 경고도 없이, 고통의 파도가 그를 덮쳤다. 무슨 일이 일어나고 있는지 볼 수 없어 고통은 더 두렵게 느껴졌고, 그는 자신의 몸이 치명적인 타격을 입고 있다는 사실을 느낄 수 있었다. 그는 자신에게 일어나고 있는 일이 실제인지, 아니면 전기적으로 만들어진 환상인지 알 수 없었다. 어쨌든 그의 몸은 뒤틀리고 있었고, 관절이 서서히 분리되는 느낌이 들었다. 통증으로 이마에 땀이 흘렀지만 무엇보다 가장 괴로운 것은 척추가 부러질지도 모른다는 두려움이었다. 그는 이를 악물고 코로 숨을 거칠게 쉬며 가능한 한 오랫동안 소리를 내지 않으려고 노력했다.

오브라이언은 그의 얼굴을 바라보며 말했다. "당장이라도 어딘가 부러질까 봐 두렵군요. 특히 당신의 척추 말입니다. 척추가 부러지고 척수액이 흘러나오는 모습을 생생하게 그리고 있네요. 당신이 상상하는 장면이 맞지요? 그렇지 않습니까, 윈스턴?"

윈스턴은 대답하지 않았다. 오브라이언은 계기판의 레버를 뒤로 당겼다. 고통의 파도가 올 때처럼 빠르게 사라졌다.

"방금은 40이었습니다." 오브라이언이 말했다. "계기판에는 최대 100까지 표시되어 있습니다. 우리가 대화하는 동안 언제라도 내가 원하는 정도까지 당신에게 고통을 가할 수 있다는 것을 기억하십시오. 만약 당신이 거짓말을 하거나, 어떤 식으로든 얼버무리거나, 혹은 평소의 지식수준에 못 미치는 이야기를 하면 즉시 고통에 몸부림치게 될 겁니다. 이해하시나요?"

"예." 윈스턴이 말했다.

오브라이언의 태도가 누그러졌다. 그는 조심스럽게 안경을 고쳐 쓰고 한두 걸음 왔다 갔다 했다. 말을 할 때 그의 목소리는 부드럽고 인내심이 가득했다. 그는 벌을 주기보다는 설명하고 설득하고 싶어 하는 의사나 교사, 심지어는 신부 같았다.

"윈스턴, 내가 수고를 자처하는 건 말이죠." 그가 말했다. "당신은 그럴 만한 가치가 있기 때문이에요. 당신은 자신의 문제가 무엇인지 아주 잘 알고 있습니다. 부인하려고 애썼지만 수년 동안 알고 있었지요. 당신은 정신적으로 이상합니다. 기억력에 문제가 있지요. 실제 일어난 사건은 기억하지 못하고 일어나지도 않은 다른 사건을 기억한다고 우기죠. 다행히 치료할 수 있습니다. 당신이 자신을 치료하지 못한 이유는 그러기로 마음을 먹지 않았기 때문입니다. 약간의 의지가 필요했는데, 당신은 노력할 준비가 되어 있지 않았던 겁니다. 지금도 당신이 질병을 미덕으로 여기며 거기에 매달리고 있다는 사실을 잘 알고 있습니다. 예를 들어 보지요. 지금 오세아니아는 어느 세력과 전쟁을 벌이고 있습니까?"

"제가 체포될 때에 오세아니아는 동아시아와 전쟁 중이었습니다."

"동아시아와 말이지요. 좋습니다. 그럼 오세아니아는 늘 동아시아와 전쟁을 해 왔나요?"

윈스턴은 숨을 한 번 골랐다. 그는 말을 하려고 입을 열었다가 아무 말도 하지 못했다. 그는 계기판에서 눈을 뗄 수 없었다.

"진실을 말하십시오, 윈스턴. '당신의' 진실 말입니다. 기억하는 걸 말하십시오."

"제가 체포되기 전 주까지도 우리는 동아시아와 전쟁하고 있지 않았습니다. 그들과는 동맹관계였지요. 우리는 유라시아와 전쟁 중이었습니다. 4년 동안 계속되었지요. 그 전에는…."

오브라이언이 손짓으로 그의 말을 멈췄다.

"다른 예를 들어 봅시다." 그가 말했다. "당신은 몇 년 전 굉장히 심각한 착란을 일으켰지요. 한때 당원이었다가 반역 및 공작 행위와 그 밖의 모든 범죄를 자백하고 처형된 세 사람, 그러니까 존스, 애런슨, 러더퍼드가 기소된 범죄에 대해 무죄라고 믿었습니다. 당신은 그들의 자백이 거짓이라는 사실을 뒷받침할 확실한 증거를 목격했다고 생각했지요. 당신이 봤다고 생각한 특정한 사진이 있었습니다. 실제로 그것을 당신의 손에 쥐었었다고 믿었고요. 이런 사진이었죠."

오브라이언의 손가락 사이에 직사각형의 신문 조각이 들려 있었다. 사진은 약 5초쯤 윈스턴의 시야에 머물렀다. 그의 손에 들린 사진 한 장이 무엇인지는 의심할 필요가 없었다. 바로 그 사진이었다. 존스, 애런슨, 러더퍼드가 뉴욕에서 열린 당 행사에 참석한 사진으로 11년 전에 그가 우연히 발견했던 사진과 같은 것이었다. 사진은 아주 잠깐 그의 눈앞에 있다가 곧 사라졌다. 하지만 그는 사진을 보았고, 그 사실에는 의문을 품을 수 없었다! 그는 절망적이고 필사적으로 상체를 움직여 보려고 노력했다. 어느 방향으로도 단 1센티미터도 움직일 수 없었다. 그 순간 그는 계기판조차 잊고 있었다. 그는 그저 자신의 손으로 사진을 다시 잡아보고 싶었고, 적어도 사진을 다시 볼 수 있길 바랐다.

"존재하는군요!"

"아니요." 오브라이언이 말했다.

그는 방을 가로질러 걸었다. 반대편 벽에 기억 구멍이 있었다. 오브라이언이 격자 뚜껑을 들어올렸다. 보이지는 않지만 연약한 종이쪽지는 따뜻한 공기의 흐름을 타고 소용돌이치고 있을 것이고 곧 불꽃 속에서 사라질 것이다. 오브라이언이 벽에서 등을 돌렸다.

"한 줌 재일 뿐입니다." 그가 말했다. "재로도 남지 않을 겁니다. 먼지라고 해 두지요. 존재하지 않는. 존재한 적이 없는."

"하지만 존재했지 않습니까? 존재한다고요. 제 기억 속에는 분명히 존재합니다. 저도 기억하고 당신도 기억한다고요."

"저는 기억이 나질 않는데요." 오브라이언이 말했다.

윈스턴의 심장이 쿵 내려앉았다. 이중사고였다. 그는 끔찍한 무력감을 느꼈다. 오브라이언이 거짓말을 하고 있다고 확신할 수 있다면 아무 문제가 되지 않았을 터였다. 그러나 오브라이언이 그 사진을 정말로 잊어버렸을 가능성은 얼마든지 있었다. 만약 그렇다면 그는 이미 사진을 기억하기를 거부하는 것조차 잊어버렸을 테고, 그것을 잊었다는 사실조차 잊었을 것이다. 그것을 어떻게 단순한 속임수라고 말할 수 있을까? 아마도 그의 머릿속에서는 실제로 기억이 붕괴되고 있는지도 몰랐다. 이러한 생각을 하자 윈스턴은 무력해졌다.

오브라이언은 생각에 잠긴 눈으로 그를 내려다보았다. 그는 그 어느 때보다 말썽꾸러기지만 영특한 학생을 가르치기 위해 인내심을 발휘하는 선생님처럼 보였다.

"과거를 어떻게 통제할지에 관한 당의 슬로건이 있습니다." 오브라이언이 말했다. "괜찮으면 읊어 보십시오."

"과거를 통제하는 자가 미래를 통제한다. 현재를 통제하는 자가 과거를 통제한다." 윈스턴이 순순히 슬로건을 읊었다.

"현재를 통제하는 자가 과거를 통제한다." 오브라이언이 느긋하게 그의 답을 인정하며 고개를 끄덕였다. "윈스턴 동지, 과거가 실제로 존재한다고 생각합니까?"

윈스턴은 다시 한번 무력감에 휩싸였다. 그는 계기판을 바라보았다. '예'나 '아니요'로 답해서 고통에서 벗어날 수 있을지 알 수 없었을 뿐만 아니라 자신이 진실이라고 믿었던 답이 어느 것인지조차 기억나지 않았다.

오브라이언이 희미하게 웃었다. "윈스턴 동지, 당신은 형이상학자가 아닙니다." 그가 말했다. "지금까지 당신은 존재한다는 것이 무슨 의미인지 생각해 본 적이 없었습니다. 좀 더 정확하게 말씀드리지요. 우주에 분명한 과거가 존재합니까? 여전히 과거가 일어나는 객관적이고 분명한 세계가 어딘가에 있습니까?"

"아니요."

"그럼 과거가 존재한다면 어디에 존재할까요?"

"기록 속에요. 글로 쓰여 있지요."

"기록이라. 그리고요?"

"마음속에요. 인간의 기억 속에요."

"기억이라. 좋습니다. 우리, 그러니까 당에서는 모든 기록과 기억을 통제합니다. 그러니 우리가 과거를 통제하는 겁니다. 아닙니까?"

"하지만 사람들이 기억하는 것을 어떻게 막습니까?" 윈스턴이 다시 한번 계기판의 존재도 잊고 울부짖었다. "자기 의지가 아닙니다. 자기 능력 밖이라고요. 기억을 어떻게 통제합니까? 제 기억은 통제되지 못했는데요!"

오브라이언은 다시 냉정하게 변했다. 그는 계기판에 손을 얹었다.

"그 반대지요." 오브라이언이 말했다. "그걸 통제하지 않은 것은 당신입니다. 그래서 이 방에 오게 된 것이고요. 당신은 겸손하지 못했고 자기 훈련에 실패했기 때문에 여기에 왔습니다. 정신이 온전하려면 복종해야 하는데 당신은 그러지 않았지요. 당신은 미치광이, 비주류가 되기를 원했습니다. 윈스턴 동지, 통제가 잘된 정신만이 현실을 볼 수 있는 법입니다. 당신은 현실이 그 자체로 존재하는 객관적이고 외부적인 어떤 것이라고 믿죠. 또한 현실의 본질은 자명하다고 믿고요. 당신이 무엇을 본다고 착각할 때, 다른 사람들도 같은 것을 본다고 여깁니다. 하지만 윈스턴 동지, 현실은 외부에 있지 않다고 말씀드리고 싶군요. 현실은 인간의 마음속에 존재할 뿐 다른 어디에도 존재하지 않습니다. 실수를 저지를 수 있고 언제든 무너질 수 있는 개인의 마음속이 아니라 집단적이고 불멸인 당의 정신 속에만 있습니다. 당이 진실이라고 주장한다면 그것은 진실입니다. 당의 눈으로 보지 않으면 현실을 볼 수 없습니다. 이것이 바로 당신이 다시 배워야 할 사실입니다, 윈스턴 동지. 그러기 위해서는 자기 파괴와 의지력의 행사가 필요합니다. 제정신이 되려면 먼저 자신을 낮추어야 하지요."

그는 자신의 말을 이해할 시간을 주듯 잠시 말을 멈췄다.

"기억하십니까?" 그가 말을 이었다. "일기장에 '2 더하기 2가 4라는 것을 자유롭게 말할 수 있는 게 자유다'라고 쓰셨던데요."

"네." 윈스턴이 말했다.

오브라이언이 손가락을 쫙 펴고 엄지만 접은 채 손등이 윈스턴 쪽으로 향하도록 들어 올렸다.

"윈스턴 동지, 내가 손가락 몇 개를 펴고 있지요?"

"네 개입니다."

"당에서 정답이 네 개가 아니라 다섯 개라고 한다면, 몇 개입니까?"

"네 개입니다."

그는 고통스럽게 헐떡거리며 말을 마쳤다. 계기판의 바늘이 55에 닿아 있었다. 윈스턴의 몸 전체에 땀이 흥건하게 흘렀다. 그는 폐를 찢을 듯한 소리를 내며 숨을 들이켰고 다시 한번 깊은 신음소리가 흘러나왔다. 이를 악물어도 멈출 수가 없었다. 오브라이언은 여전히 네 손가락을 펼친 채 그를 지켜보고 있었다. 그는 레버를 뒤로 당겼다. 통증이 완전히 가시지는 않았지만 약간 덜해졌다.

"윈스턴 동지, 손가락이 몇 개 입니까?"

"네 개요."

바늘이 60에 닿았다.

"윈스턴 동지, 손가락이 몇 개 입니까?"

"네 개요! 네 개! 무슨 답을 더 할 수 있습니까? 네 개라고요!"

바늘이 다시 움직였을 테지만 그는 바늘을 쳐다보지 않았다.

진지하고 엄숙한 얼굴과 손가락 네 개가 그의 시야를 가득 채웠다. 손가락들이 진동하는 거대한 기둥처럼 그의 눈앞에 어른거렸다. 흐릿했지만 손가락은 틀림없이 네 개였다.

"윈스턴 동지, 손가락이 몇 개 입니까?"

"네 개요! 그만! 멈춰요! 얼마나 더 해야 합니까? 네 개요! 넷!"

"윈스턴 동지, 손가락이 몇 개 입니까?"

"다섯 개요, 다섯 개, 다섯이요!"

"아니죠. 윈스턴 동지, 그걸로는 안 됩니다. 거짓말을 하고 있잖아요. 아직도 넷이라고 생각하고 있죠? 자, 손가락이 몇 개 입니까?"

"네 개! 다섯 개! 네 개요! 원하는 대로 말할게요. 멈춰요, 제발. 그만해!"

갑자기 오브라이언은 윈스턴의 어깨를 팔로 감싸 일으켜 앉혔다. 몇 초 동안 의식을 잃었던 모양이다. 그의 몸을 묶고 있던 장치들이 풀려 있었다. 너무 추워서 통제할 수 없을 정도로 몸이 덜덜 떨리고 이빨이 딱딱 부딪혔고, 뺨에는 눈물이 흘러내리고 있었다. 잠시 그는 자신의 어깨를 감싸고 있는 팔의 무게에 묘하게 안정감을 느끼며 아기처럼 오브라이언을 꼭 붙들었다. 마치 오브라이언이 그의 보호자이고, 고통은 외부에서 혹은 다른 원인에서 비롯된 것이며, 그 고통으로부터 자신을 구해 줄 사람이 오브라이언인 것 같은 느낌이 들었다.

"배움이 늦된 편이군, 윈스턴 동지." 오브라이언이 부드럽게 말했다.

"어쩌란 말입니까?" 그가 울먹이며 말했다. "눈앞에 있는 것을 어찌 안 볼 수 있단 말입니까? 2 더하기 2는 4인걸요."

"윈스턴 동지, 가끔은 말이지요, 정답이 다섯일 때가 있습니다. 셋일 때도 있지요. 다섯과 셋 모두가 답이 될 수도 있습니다. 더 노력하셔야겠군요. 제정신이 되기란 쉽지 않은 법입니다."

그는 윈스턴을 침대 위에 눕혔다. 팔다리가 다시 꽉 묶였지만 고통은 잦아들고 떨림도 멈췄다. 단지 기운이 없고 추울 뿐이었다. 오브라이언은 내내 꼼짝 않고 서 있던 흰 가운을 입은 남자에게 고갯짓을 했다. 흰 가운을 입은 남자는 허리를 굽혀 윈스턴의 눈을 자세히 들여다보고 그의 맥박을 확인하고 가슴에 귀를 대보고 몸 여기저기를 두드린 다음 오브라이언을 향해 고개를 끄덕였다.

"다시 해 보죠." 오브라이언이 말했다.

윈스턴의 몸에 고통이 전해졌다. 바늘이 70이나 75에 닿은 듯했다. 윈스턴은 이번에는 눈을 감고 있었다. 그는 아직 오브라이언의 손가락이 그 자리에 있으며 여전히 네 개가 펼쳐져 있다는 사실을 알고 있었다. 중요한 것은 경련이 끝날 때까지 살아남는 것이었다. 그는 더 이상 자신이 소리를 지르고 있는지 아닌지도 알 수 없었다. 고통이 다시 잦아들었다. 그는 눈을 떴다. 오브라이언이 레버를 뒤로 당겼다.

"윈스턴 동지, 손가락이 몇 개죠?"

"네 개요. 네 개인 것 같아요. 할 수 있다면 다섯 개를 보고 싶어요. 다섯 개를 보려고 노력 중입니다."

"원하는 게 뭐요? 당신이 다섯 개를 보고 있다고 나를 설득하는 거? 아니면 정말로 다섯 개를 보고 싶은 거?"

"정말 다섯 개를 보고 싶습니다."

"다시 해 보죠." 오브라이언이 말했다.

바늘이 80, 90쯤에 닿은 것 같았다. 윈스턴은 문득문득 자신이 왜 고통을 겪고 있는지 기억나지 않았다. 잔뜩 찡그린 눈꺼풀 너머에 손가락 숲이 이리저리 사라졌다가 다시 나타나기도 하며 춤을 추듯 움직였다. 그는 숫자를 세려고 했지만 왜 그러려고 했는지 기억할 수 없었다. 그가 아는 것은 자신이 숫자를 셀 수 없다는 사실이었고, 그 이유는 5와 4의 차이가 어쩐지 모호하게 느껴졌기 때문이었다. 고통이 다시 사라졌다. 그가 눈을 떴을 때 그의 눈에는 여전히 같은 광경이 펼쳐지고 있었다. 움직이는 나무처럼 수많은 손가락들이 아직도 서로 겹치고 또 겹치며 그의 눈앞을 이리저리 지나가고 있었다. 그는 다시 눈을 감았다.

"윈스턴 동지, 제가 손가락 몇 개를 펼치고 있습니까?"

"모르겠습니다. 모르겠어요. 한 번만 더 하면 죽을 것 같아요. 넷인지 다섯인지 여섯인지 솔직히 정말 모르겠습니다."

"전보다 낫군요." 오브라이언이 말했다.

윈스턴의 팔에 주사바늘이 꽂혔다. 거의 동시에 그의 몸을 어루만지는 듯한 따뜻한 온기가 몸 전체에 퍼졌다. 통증은 이미 기억에서 잊히고 있었다. 그는 눈을 뜨고 감사하는 마음으로 오브라이언을 바라보았다. 너무나 추하고 너무나 지적인, 엄격하고 주름진 얼굴이 눈에 들어오자 심장이 다시 뛰는 것 같았다. 만일 움직일 수 있었다면 손을 뻗어 오브라이언의 팔을 잡았을 것이다. 이 순간만큼 오브라이언을 깊이 사랑한 적은 없었다. 단지 그가 고통을 멈춰 주어서만은 아니었다. 그는 오브라이언이 친구인지 적인지는 근본적으로 중요하지 않다는 예전에 느꼈던 감상에 다시 젖었다. 오브라이언은 대화가 가능한 사람이었다. 어쩌면 사람은 사랑받기보다 이해받는 걸 더 원하는지도 모른다. 오브라이언은 그를 미치기 직전까지 고문했고, 분명 머지않아 그의 목숨을 앗아 갈 터였다. 달라지는 건 없었다. 어떤 의미에서 그들 관계는 우정보다 더 깊고 친밀했다. 두 사람이 실제로 말을 하지는 않겠지만 어딘가에서 만나 이야기를 할 수 있을지도 몰랐다. 오브라이언은 윈스턴과 똑같은 생각을 하고 있는 듯한 얼굴로 그를 내려다보았다. 그는 가볍고 스스럼없는 어조로 말문을 열었다.

"윈스턴 동지, 여기가 어딘지 알겠어요?" 그가 말했다.

"모릅니다. 짐작은 갑니다. 자애부 어딘가겠지요."

"여기에 얼마나 있었는지 압니까?"

"모르겠습니다. 며칠, 몇 주, 몇 달? 몇 달은 된 것 같은데요."

"그럼 우리가 사람들을 여기로 데려오는 이유가 뭐라고 생각하죠?"

"자백을 받으려고요."

"아니요. 틀렸습니다. 다시 생각해 보세요."

"벌주려고요."

"아닙니다!" 오브라이언이 외쳤다. 그의 목소리는 놀라울 정도로 우렁찼고 갑자기 바뀐 표정 역시 단호하면서도 기운이 넘쳐 보였다. "아니요! 단지 자백을 받아 내거나 벌을 주려고 이러는 게 아닙니다. 우리가 당신을 여기에 왜 데려왔는지 말해 줘요? 당신을 치료하기 위해서입니다! 제정신으로 만들기 위해서! 우리가 데려온 사람들 중 치료가 되지 않은 상태로 이곳을 떠난 사람은 없습니다. 윈스턴 동지, 이해하겠습니까? 우리는 당신이 저지른 하찮은 범죄에는 관심이 없습니다. 당은 겉으로 드러난 범죄에는 관심이 없거든. 우리가 중요하게 여기는 것은 바로 생각이요. 우리는 단순히 우리의 적을 파괴하지 않고 그들을 바꿔 놓지. 무슨 뜻인지 알겠습니까?"

그는 윈스턴 쪽으로 몸을 숙였다. 거리가 가까워지며 아주 거대해진 그의 얼굴은 아래쪽에서 보니 흉측할 정도로 추했다. 게다가 그의 얼굴에는 일종의 의기양양함과 광적인 맹렬함이 서려 있었다. 윈스턴의 심장은 다시 쪼그라들었다. 가능하다면 침대 속 더 깊은 곳으로 파고들고 싶었다. 그는 오브라이언이 곧 별 이유도 없이 계기판을 돌릴 거라고 확신했다. 하지만 그 순간 오브라이언이 등을 돌렸다. 그는 자리에서 한두 걸음쯤 걷더니 전보다는 덜 격정적인 어조로 말을 이었다.

"먼저, 이곳에서 순교자란 있을 수 없다는 사실을 이해해야 합니다. 과거에 있었던 종교 박해에 관해 읽어 봤을 겁니다. 중세에는 종교재판이라는 것이 존재했죠. 실패했지요. 이단을 근절하려고 시작했는데 결국은 이단을 영원하게 만들었으니. 이단자 하나가 화형에 처해질 때마다 수천 명의 다른 이단자가 생겨났습니다. 왜일까요? 종교재판소가 아직 회개하지 않은 적들을 공개적으로 죽였기 때문이죠. 그들이 회개하지 않았다고 죽인 겁니다. 사람들은 자신의 진실된 믿음을 버리지 않는다는 이유로 죽어 갔습니다. 당연히 희생자가 모든 영광을 차지했고 그를 불태운 심문관에게 남은 것은 수치뿐이었습니다. 그 후 20세기에는 전체주의자라고 불리는 이들이 등장했어요. 독일의 나치와 러시아의 공산주의자들 말입니다. 러시아에서는 종교재판보다 더 잔인하게 이단을 박해했죠. 그리고 과거의 실수로부터 교훈을 얻었다고 착각했지요. 어쨌든 그들은 적을 순교자로 만들어서는 안 된다는 것까지는 알고 있었습니다. 그래서 희생자를 공개재판에 회부하기 전에 계획적으로 그들의 존엄성을 훼손하려고 했지요. 고문하고 고립시켜서 그들을 바닥까지 끌어내려 비루해지도록 만들었습니다. 사람들은 몸을 움츠리며 이리저리 비틀고, 하지 않은 일까지 자백하고, 자기 자신을 욕보이고, 서로를 비난하고 방패 삼으며 살려 달라고 애원했지요. 하지만 몇 년이 지나고 나면 또 똑같은 일이 반복되었습니다. 죽은 사람들은 순교자가 되었고 그들의 타락은 잊혔습니다. 이번에는 또 왜 그랬던 걸까요? 우선, 사실이 아닌 자백을 억지로 끌어냈기 때문입니다. 우리는 그런 실수는 하지 않죠. 여기서 나오는 자백은 모두 사실이지요. 우리는 자백을 진실로 만듭니다. 무엇보다 우리는 죽은 자들이 우리에게 반기를 들도록 허용하지 않습니다. 윈스턴 동지, 후손들이 당신의 편에 서 주리라는 상상은 그만둬요. 후손은 당신의 이름조차 알 수 없을 겁니다. 역사에서 깨끗하게 사라질 테니까. 우리는 당신을 연기로 만들어 성층권 너머로 보낼 겁니다. 당신과 관련된 그 무엇도 남지 않게 될 거요. 명부에 이름 한 줄도 남지 않을 거고 살아 있는 사람들의 머릿속에 기억으로도 남지 않을 겁니다. 과거의 당신도 미래의 당신도 소멸하는 거죠. 존재한 적이 없는 것처럼."

　그렇다면 굳이 고문을 하는 이유는 무엇일까? 윈스턴은 잠시 씁쓸함을 느끼며 생각했다. 오브라이언은 윈스턴의 생각을 듣기라도 한 것처럼 발걸음을 멈췄다. 눈을 가늘게 뜬 오브라이언이 크고 못생긴 얼굴을 윈스턴 가까이 들이밀었다.

　"지금 이런 생각을 하고 있지요." 그가 말했다. "우리가 당신을 궁극적으로 파괴할 것이라면 어떤 말이나 행동을 하더라도 달라질 게 없다고. 그런데 굳이 당신을 심문하는 이유가 뭐냐고 생각하고 있지 않습니까?"

　"네." 윈스턴이 말했다.

　오브라이언이 희미하게 웃었다. "윈스턴 동지, 당신은 패턴에 난 흠집 같아요. 지워야 할 얼룩이지요. 우리가 과거의 박해자들과 다르다고 방금 말하지 않았습니까? 우리는 소극적인 복종에는 만족하지 않습니다. 얼마나 비굴하게 복종하든 간에 말이지요. 당신이 우리에게 항복한다면 그것은 당신의 자유 의지여야 합니다. 우리가 이단자들을 파멸시키는 이유는 그들이 우리에게 저항해서가 아닙니다. 그들이 우리에게 저항하는 한 우리는 그들을 결코 파멸시키지 않습니다. 그들을 개조하고 그들의 내면을 사로잡아 재구성합니다. 그들이 지닌 모든 악과 환상을 불태우지요. 우리는 겉모습뿐만 아니라 진심에서 우러난 마음과 영혼을 우리 편으로 만듭니다. 죽이기 전에 우리 중 하나가 되도록 만드는 것이지요. 얼마나 은밀하고 무력한 것이든지 잘못된 사상이 이 세상 어딘가에 존재한다는 사실을 우리는 용납할 수 없거든요. 죽는 순간에도 일탈은 허락할 수 없습니다. 과거의 이단자들은 여전히 이단자로서 화형대로 걸어가면서 의기양양하게 자신의 이단을 공표했습니다. 러시아 대숙청의 희생자들 역시 총알을 기다리며 총살장으로 걸어가는 동안까지도 머릿속에 반란을 생각할 수 있었습니다. 하지만 우리는 머리를 날려 버리기 전에 머릿속을 완벽하게 정돈합니다. 과거 전제정치의 명령은 '하지 말라'였죠. 전체주의자들은 '하라'였어요. 우리의 명령은 되어라입니다. 우리가 이곳으로 데려오는 그 어떤 사람도 우리에게 맞서 버티지 못했죠. 모두 깨끗이 정화됩니다. 당신이 한때 결백하다고 믿었던 세 명의 비참한 배신자 존스, 애런슨, 러더퍼드도 결국 우리에게 무너졌습니다. 내가 그들의 심문에 직접 참여했었지요. 그들은 점점 지쳐서 흐느끼고 바닥을 뒹굴고 울기도 했는데 그것은 고통이나 두려움이 아닌 참회의 몸부림이었습니다. 심문이 끝났을 때 그들은 인간의 껍데기에 불과했습니다. 그들의 마음속에 남은 거라곤 자신이 행한 일에 대한 애석함과 빅브라더에 대한 사랑뿐이었죠. 빅브라더에 대한 그들의 애정을 보고 있자니 얼마나 감동적이던지. 그들은 정신이 맑은 상태에서 죽을 수 있도록 어서 총을 쏴 달라고 간청했습니다."

마치 꿈을 꾸는 듯한 목소리였다. 그의 얼굴에는 여전히 광적인 열정과 희열이 남아 있었다. 저건 믿는 체하는 것이 아니다. 윈스턴은 생각했다. 그는 위선자가 아니며, 자신이 하는 모든 말을 믿는 것이 틀림없었다. 그를 가장 무겁게 짓누른 것은 자신이 오브라이언에 비해 지적으로 열등하다는 사실이었다. 그는 시야 안팎을 이리저리 돌아다니는 육중하면서도 우아한 형체를 지켜보았다. 오브라이언은 모든 면에서 자신보다 더 큰 존재였다. 윈스턴이 생각한 것 중에 오브라이언이 먼저 알고, 알아보고, 거부하지 않은 것은 없었다. 그의 정신은 윈스턴의 정신을 담을 수 있었다. 그렇다면 어떻게 오브라이언이 미칠 수 있다는 말인가? 미친 사람은 윈스턴 자신이 분명했다. 오브라이언은 자리에 멈춰 그를 내려다보았다. 그의 목소리는 다시 단호해졌다.

"윈스턴, 우리에게 얼마나 완전히 굴복하든 살아남을 수 있으리라고는 생각도 하지 마십시오. 한 번 길을 잃은 사람은 누구도 용서받을 수 없습니다. 우리가 당신이 천수를 누리도록 허락하더라도 당신은 결코 우리에게서 벗어날 수 없어요. 여기서 당신에게 일어난 일은 영원히 남을 겁니다. 그걸 알아 두길 바랍니다. 우리는 당신이 다시는 회복할 수 없을 때까지 짓밟을 거요. 천년을 살아도 극복할 수 없는 경험을 하게 되는 거지. 다시는 평범한 인간의 감정을 가질 수 없을 겁니다. 내면은 완전히 죽을 테니까. 다시는 사랑도, 우정도, 삶의 기쁨도, 웃음도, 호기심도, 용기도 자존감도 가질 수 없을 겁니다. 그저 텅 빈 존재가 되는 거예요. 우리가 당신을 전부 짜낸 다음에 우리로 빈자리를 채울 거거든."

그는 잠시 말을 멈추고 흰 가운을 입은 남자에게 신호를 보냈다. 윈스턴은 머리 뒤쪽으로 무거운 장치가 가까워지고 있음을 느꼈다. 오브라이언은 윈스턴의 얼굴과 높이를 맞추어 침대 옆에 앉았다.

"3천." 그가 윈스턴의 머리 너머로 흰 가운을 입은 남자에게 말했다.

약간 축축한 부드러운 패드 두 장이 윈스턴의 관자놀이에 고정되었다. 윈스턴은 움찔했다. 곧 새로운 종류의 고통이 찾아올 것이다. 오브라이언은 안심시키듯 짐짓 다정하게 윈스턴의 손 위에 자신의 손을 포갰다.

"이번에는 아프지 않을 겁니다." 그가 말했다. "내 눈을 계속 보면 됩니다."

그리고 곧 엄청난 폭발 같은 것이 일어났는데, 폭발음이 들렸는지 아닌지는 확실하지 않았다. 눈부신 빛의 섬광을 본 것만은 확실했다. 윈스턴은 아프지는 않았지만 몸을 가눌 수 없었다. 분명 폭발이 있기 전부터 반듯이 누워 있었는데도 마치 넘어지는 바람에 침대 위에 뻗어 있게 된 것 같은 이상한 기분이었다. 고통 없는 엄청난 일격에 완전히 떡이 된 것 같았다. 그리고 그의 머릿속에서 어떤 일이 일어났다. 시선의 초점을 되찾았을 때 그는 자신이 누구인지, 어디에 있는지 기억했고, 자신을 바라보고 있는 얼굴을 알아보았다. 하지만 그의 뇌에서 한 조각이 빠져나간 듯 커다란 공허함이 밀려왔다.

"그 느낌은 곧 사라질 겁니다." 오브라이언이 말했다. "제 눈을 보십시오. 오세아니아는 어느 나라와 전쟁하고 있습니까?"

윈스턴은 생각했다. 그는 오세아니아라는 단어가 무슨 뜻인지 알았고 자신이 오세아니아 시민이라는 것도 알고 있었다. 그는 또한 유라시아와 동아시아도 기억했다. 하지만 누가 누구와 전쟁 중인지는 알지 못했다. 사실 전쟁이 일어나고 있는지조차 전혀 기억하지 못했다.

"기억이 안 납니다."

"오세아니아는 동아시아와 전쟁 중입니다. 이제는 기억하십니까?"

"네."

"오세아니아는 언제나 동아시아와 전쟁 중이었습니다. 당신이 태어난 이래로, 당이 시작된 이래로, 역사가 시작된 이래로 전쟁은 쉬지 않고 계속되었으며, 상대는 늘 같았습니다. 기억하십니까?"

"네."

"11년 전 당신은 반역죄로 사형을 선고받은 세 남자에 대한 전설을 꾸며냈습니다. 그들의 결백을 증명하는 종이 한 장을 봤다고 상상했지요. 그런 종이는 존재한 적이 없습니다. 당신은 이야기를 꾸며 냈고 나중에는 그 이야기를 믿게 되었습니다. 당신은 당신이 그 이야기를 처음 꾸며 낸 순간을 기억합니다. 기억하십니까?"

"네."

"조금 전에 제가 손가락을 펴 보였습니다. 손가락 다섯 개를 보셨지요. 기억하십니까?"

"네."

오브라이언이 왼손 엄지 손가락을 접은 채 나머지 손가락을 펴 보였다.

"손가락 다섯 개가 있습니다, 손가락 다섯 개가 보이십니까?"

"네."

그리고 그는 마음이 바뀌기 전 아주 짧은 찰나에 다섯 손가락을 보았다. 손가락은 다섯 개였고 이상한 점은 없었다. 그러다 모든 것이 다시 정상으로 돌아왔고, 이전에 느꼈던 두려움, 증오, 혼란이 다시 밀려왔다. 하지만 오브라이언의 새로운 제안 하나하나가 머릿속의 공허함을 채우고 절대적인 진실이 되었던, 필요하다면 2 더하기 2가 3이나 5가 될 수 있다는 확신이 빛을 발하던 순간이 분명 있었다. 그 순간이 얼마나 지속되었는지는 모르지만 적어도 30초는 될 것 같았다. 그 순간은 비록 오브라이언이 손을 내리기 전에 이미 희미해졌고 스스로 되돌릴 수도 없었지만 기억할 수는 있었다. 마치 자신이 사실상 다른 사람이었던 인생의 어느 시절에 겪은 생생한 경험을 머릿속에 떠올리는 기분이었다.

"이제 아시겠군요." 오브라이언이 말했다. "이게 가능하다는 사실을요."

"네." 윈스턴이 말했다.

오브라이언은 만족스러운 표정으로 일어섰다. 윈스턴은 흰 가운을 입은 남자가 자신의 왼쪽에서 앰플 뚜껑을 따서 내용물을 주사기로 빨아들이는 모습을 보았다. 오브라이언은 미소를 지으며 윈스턴을 바라보고 있었다. 그는 예전과 같은 방식으로 안경을 고쳐 썼다.

"내가 적어도 당신을 이해하고 대화할 수 있는 사람이어서 친구든 적이든 상관없다고 일기장에 쓴 것을 기억하십니까? 당신이 맞았어요. 나는 당신과 이야기하는 게 좋습니다. 당신의 정신은 매력적입니다. 미쳤다는 점을 제외하면 내 정신과 비슷하지요. 이번 시간을 마치기 전에 질문이 있으시면 하셔도 됩니다."

"어떤 질문이든 말입니까?"

"무엇이든지요." 그는 계기판을 향하고 있는 윈스턴의 눈을 바라보았다. "꺼져 있습니다. 첫 번째 질문은 뭐죠?"

"줄리아에게는 무슨 짓을 했죠?" 윈스턴이 물었다.

오브라이언이 다시 미소 지었다. "윈스턴 동지, 그녀는 당신을 배신했어요. 조금도 망설이지 않고 곧바로 말이지요. 그렇게 빨리 넘어온 사람은 거의 없었습니다. 이제 다시 만난다 한들 그녀를 못 알아볼걸요? 그녀의 반항기와 계교, 어리석음, 음탕한 마음 같은 모든 것들은 이제 다 사라졌거든요. 교과서에 실릴 만한 완벽한 전향이었습니다."

"고문했나요?"

오브라이언은 그 질문에 답하지 않았다. "다음 질문 하시죠." 그가 말했다.

"빅브라더는 존재합니까?"

"물론 존재합니다. 당이 존재하는 것처럼요. 빅브라더는 당의 현신입니다."

"빅브라더는 내가 존재하는 것처럼 존재합니까?"

"당신은 존재하지 않습니다." 오브라이언이 말했다.

윈스턴은 다시 한번 무력감에 휩싸였다. 그는 자신이 존재하지 않는다는 사실을 증명할 논리를 알 것 같았고, 상상해 낼 수도 있었다. 하지만 그 논리는 허튼소리, 말장난에 불과했다. '당신은 존재하지 않는다'라는 말 자체가 논리적으로 터무니없지 않은가? 하지만 그렇게 말한들 무슨 소용이 있을까? 오브라이언이 대꾸조차 할 수 없는 미친 주장을 펼쳐 자신을 무너뜨리리라고 생각하니 그의 마음은 한껏 움츠러들었다.

"나는 내가 존재하는 것 같은데요." 그가 힘없이 말했다. "나는 내가 주체적인 존재임을 의식합니다. 나는 태어났고 죽을 테지요. 나는 팔과 다리가 있습니다. 나는 공간의 한 부분을 차지하고 있고요. 어떤 물체도 내가 차지하고 있는 이 지점을 동시에 점할 수 없습니다. 빅브라더도 이런 의미에서 존재합니까?"

"그런 것은 중요하지 않아요. 빅브라더는 존재합니다."

"빅브라더도 죽습니까?"

"물론 죽지 않지. 어떻게 죽겠습니까? 다음 질문."

"형제단은 존재하나요?"

"윈스턴 동지, 당신은 절대 알 수 없겠죠. 우리가 모든 절차를 마친 후 당신을 풀어 주고 당신이 90세까지 산다 하더라도 그 질문의 답이 예인지 아니오인지는 절대 알 수 없을 거예요. 살아 있는 동안 그 질문은 풀리지 않는 수수께끼로 남아 있겠지."

윈스턴은 말없이 누워 있었다. 그의 가슴이 오르락내리락하는 속도가 빨라졌다. 그는 맨 처음에 마음속에 떠오른 질문은 아직 하지 않았다. 질문을 해야 하는데 혀가 그 말을 밖으로 내뱉기를 거부하는 것 같았다. 오브라이언의 얼굴에는 즐거운 기색이 역력했다. 그의 안경에 반사되는 빛조차도 빈정거리는 것처럼 보였다. 알고 있구나, 내가 무엇을 물어볼지. 그 생각이 불현듯 윈스턴의 머릿속을 스쳤다! 그 생각을 하자마자 그의 입에서 말이 터져 나왔다.

"101번 방이 뭐죠?"

오브라이언의 표정은 변하지 않았다. 그가 건조하게 말했다.

"윈스턴 동지, 101번 방이 뭔지 이미 알지 않습니까. 101번 방을 모르는 사람은 없어요."

그는 흰 가운을 입은 남자에게 손가락을 들어 보였다. 심문이 끝난 모양이었다. 윈스턴의 팔에 주사바늘이 꽂혔다. 그는 바로 깊은 잠에 빠졌다.

3장

"당신의 재통합 과정은 세 단계로 진행됩니다." 오브라이언이 말했다. "학습, 이해, 수용이죠. 이제 두 번째 단계를 시작할 때입니다."

언제나 그렇듯 윈스턴은 등을 대고 누워 있었다. 그러나 최근 들어 결박이 느슨해졌다. 여전히 침대에 묶여 있기는 했지만 무릎을 조금 움직이거나 고개를 좌우로 돌릴 수 있었고 팔꿈치 아래로는 팔을 올릴 수도 있었다. 계기판도 덜 공포스러워졌다. 기지를 발휘한다면 고통을 피할 수도 있었다. 오브라이언은 그가 말귀를 못 알아들을 때만 레버를 당겼다. 계기판을 사용하지 않고 심문을 마칠 때도 있었다. 그는 얼마나 많이 심문에 불려 왔는지 기억이 나지 않았다. 재통합 과정은 아주 오래 — 아마도 몇 주는 — 계속된 것 같았다. 그 간격은 며칠일 때도 있었고 한

두 시간일 때도 있었다.

　"거기 누워 있으면서 당신은 종종 왜 자애부가 당신에게 그토록 많은 시간과 수고를 쏟아야 하는지 궁금해했을 겁니다. 내게 질문을 하기도 했고. 그리고 당신은 혼자 있는 동안에도 근본적으로 동일한 의문을 가졌죠. 당신이 살고 있는 사회의 역학은 파악할 수 있지만, 근본적인 동기를 파악할 수 없었던 겁니다. 일기장에 '방법은 이해하지만 이유는 이해하지 못한다'라고 적었던 것을 기억합니까? '이유'를 생각했을 때가 바로 자신이 제정신인지 의심하게 된 땝니다. 당신은 골드스타인이 지은 그 책의 적어도 일부를 읽었지요. 당신이 이미 몰랐던 사실을 알려 주던가요?"

　"당신도 읽었습니까?" 윈스턴이 말했다.

　"내가 그 책을 썼소. 그러니까, 그 책을 쓰는 데 참여했습니다. 아시다시피 개인이 책을 출판할 수는 없으니까."

　"책 내용은 사실인가요?"

　"설명 자체는 그렇죠. 책이 제시하는 계획은 말도 안 되지만요. 사람들이 비밀스럽게 지식을 축적하면 점진적으로 계몽된 사상이 확산하고, 궁극적으로는 프롤레타리아가 반란을 일으켜 당이 전복될 거라니요. 당신은 그 책에 그런 내용이 담겨 있으리라고 예상했습니다. 전부 말도 안 되는 일입니다. 프롤레타리아 계급은 천 년, 만 년이 지나도 결코 반란을 일으키지 않을 겁니다. 그럴 수가 없거든요. 이유는 이미 알고 계실 테니 굳이 말씀드리지 않아도 되겠지요. 폭력적인 반란을 꿈꿨다면, 그 꿈은 버리십시오. 당이 전복될 방법은 없습니다. 당의 통치는 영원합니다. 그 사실을 생각의 출발점으로 삼으세요."

오브라이언이 침대 가까이 다가왔다. "영원하다고요!" 그가 다시 한번 말했다. "이제 방법과 이유로 돌아가 보죠. 당신은 당이 권력을 유지하는 방법을 충분히 이해하고 있습니다. 이제 우리가 왜 권력에 집착하는지 말해 보십시오. 우리의 동기가 무엇일까요? 우리는 왜 권력을 원할까요? 어서요, 말해 보십시오." 윈스턴이 침묵을 지키자 그가 마지막 말을 덧붙였다.

그럼에도 불구하고 윈스턴은 한동안 말을 하지 않았다. 피로가 그를 짓눌렀다. 오브라이언의 얼굴에 희미하게 광적인 열정이 되돌아왔다. 그는 오브라이언이 무슨 말을 할지 이미 알고 있었다. 당이 권력을 추구하는 이유는 당의 이익을 위해서가 아닌, 다수의 이익을 위해서다. 또한 대중은 자유를 견딜 수도, 진실을 직면할 수도 없는 연약하고 비겁한 존재들이어서 자신들보다 강한 자들에게 지배되고 체계적으로 기만당해야 하는 법이다. 인류는 자유와 행복 중 하나를 선택할 수 있는데, 대다수 인류에게는 행복이 더 낫다. 당은 약자의 영원한 수호자이고 선이 올 수 있도록 악을 행하고 타인의 행복을 위해 자신의 행복을 희생하는 헌신적인 집단이다. 끔찍한 점은, 그러니까 정말이지 끔찍한 점은 오브라이언이 이런 이야기를 하면 자신이 그것을 믿게 되리라는 것이었다. 오브라이언의 표정을 보면 알 수 있었다. 오브라이언은 모르는 것이 없었다. 그는 세상이 어떤 곳인지, 대중이 어떤 타락 속에서 살고 있는지, 그리고 당이 어떤 거짓말과

야만성으로 대중을 그런 세상에 가두는지 윈스턴보다 천 배는 더 잘 알고 있었다. 그는 모든 것을 이해했고, 모든 것들을 다 견주어 보았지만, 달라지는 것은 없었다. 모든 것은 궁극적인 목적에 의해 정당화되었다. 자신보다 똑똑한 미치광이에 맞서 무엇을 할 수 있을까? 자신의 주장을 공정히 들어 주면서도 계속해서 본인의 광기를 고집하는 사람인데.

"당은 우리를 위해 통치합니다." 그가 힘없는 목소리로 말했다. "인류가 자신을 직접 다스리기엔 무리가 있고, 그래서…."

그의 말은 곧 울부짖음으로 바뀌었다. 찌르는 듯한 고통이 온몸을 통과했다. 오브라이언이 계기판 레버를 밀자 바늘이 35에 닿았다.

"윈스턴 동지, 어리석은 답이군요. 어리석어요!" 그가 말했다. "그보다는 더 나은 답을 할 수 있을 텐데요."

그가 레버를 당기며 말을 이었다.

"이제 내 질문에 대한 답을 알려 드리죠. 들어 보세요. 당은 전적으로 그 자신의 이익을 위해 권력을 추구합니다. 우리는 타인의 이익에는 관심이 없습니다. 우리는 오직 권력에만 관심이 있을 뿐, 부나 사치, 장수나 행복에는 관심이 없다 이겁니다. 원하는 건 오직 권력, 순수한 권력뿐이죠. 순수한 권력이 무엇을 의미하는지는 곧 이해하게 될 겁니다. 우리는 우리가 무엇을 하고 있는지 안다는 점에서 과거의 모든 과두정치와 다릅니다. 그들은, 심지어 우리와 닮았던 이들조차도 모두 겁쟁이에 위선자였죠. 독일 나치와 러시아 공산주의자들은 우리와 매우 비슷한 방식을 사용했지만 자신들의 동기를 인정할 용기가 없었습니다. 그들은 어쩔 수 없이 제한된 시간 동안만 권력을 잡는 것이며 머지않아 모든 인류가 자유롭고 평등하게 살 수 있는 낙원이 도 래할 것을 믿는 것처럼 굴었습니다. 어쩌면 진짜 그렇게 믿었을 지도 모르지만요. 우리는 그렇지 않습니다. 우리는 손에서 놓을 생각으로 권력을 쥐는 사람은 없다는 사실을 알고 있습니다. 권 력은 수단이 아니라 목표입니다. 혁명의 수호자가 되기 위해 독 재의 기반을 다지는 사람은 없어요. 박해의 목적은 박해입니다. 고문의 목적은 고문이고요. 권력의 목적은 권력이지요. 이제 이 해가 좀 갑니까?"

윈스턴은 오브라이언의 얼굴에 비친 권태를 보고 전처럼 충 격을 받았다. 살집이 많고 인정사정없어 보이는 그의 강인한 얼 굴에는 지성미와 통제된 열정이 넘쳐흘러서 그 앞에 있으면 무 력감이 느껴졌지만 그는 피곤해 보였다. 눈 밑이 주머니처럼 축 늘어져 있었고, 광대뼈 아래쪽 피부도 처져 있었다. 오브라이언 은 몸을 숙여 지친 얼굴을 윈스턴에게 더 가까이 들이밀었다.

"내 얼굴이 늙고 피곤해 보인다고 생각하고 있군요. 권력에 대해 일장연설을 늘어놓으면서 정작 내 몸이 늙어 가는 것은 막 지 못한다고 생각하네요. 윈스턴, 개인은 단지 세포일 뿐이라는 사실을 모르겠소? 세포가 지친다는 것은 유기체가 활력이 있다 는 뜻입니다. 손톱을 깎는다고 사람이 죽습니까?"

그는 침대에서 등을 돌려 한 손을 주머니에 꽂은 채 방 안을 돌아다녔다.

"우리는 권력의 사제입니다." 그가 말했다. "신은 권력이지요. 그러나 지금 당신이 생각하기에 권력은 단지 단어 하나에 불과합니다. 이제 권력이 무슨 의미인지에 대해 고민을 좀 해 봅시다. 우선 가장 먼저 깨달아야 할 것은 권력은 집단적이라는 겁니다. 개인은 개인이기를 포기해야만 권력을 가집니다. '자유는 속박'이라는 당의 슬로건은 잘 알고 있지요. 이 말이 반대로도 적용된다고 생각해 본 적 없습니까? 속박은 자유라고. 혼자 자유로운 인간은 언제나 패배합니다. 모든 인간은 실패 중 가장 큰 실패인 죽음을 맞이하게 되어 있기 때문이죠. 그러나 만약 인간이 완전하고 궁극적으로 복종할 수 있다면, 만약 자신의 정체성에서 벗어날 수 있다면, 만약 당에 합류하여 당 그 자체가 될 수 있다면, 전능한 불멸의 존재가 될 수 있습니다. 두 번째로 깨달아야 할 것은 권력이란 인간에 대한 권력이라는 겁니다. 인간의 신체에, 그러나 무엇보다도 정신에 미치는 것이지요. 물질적인 세계에 대한 권력, 즉 외부 현실을 지배하는 힘은 중요하지 않습니다. 이미 물질의 세계에 대한 우리의 통제는 절대적이니까요."

윈스턴은 잠시 계기판을 잊었다. 그는 몸을 일으켜 앉기 위해 격렬하게 움직였지만 그저 몸을 비트는 고통만 있을 뿐이었다.

"그런데 물질적인 세계를 어떻게 통제한단 말입니까?" 그가 갑작스럽게 외쳤다. "기후나 중력 법칙은 통제할 수 없잖습니까. 게다가 질병, 고통, 죽음은⋯."

오브라이언은 손을 움직여 그를 조용히 시켰다. "정신을 통제함으로써 물질을 통제하는 겁니다. 현실은 두개골 안에 있거든요. 차차 배우게 될 겁니다, 윈스턴 동지. 우리가 못 하는 일은 없습니다. 투명해질 수도 있고, 공중부양도 할 수 있고 무엇이든 가능합니다. 원한다면 지금 비눗방울처럼 바닥에서 떠오를 수도 있습니다. 하지만 당이 그걸 원하지 않기 때문에 나도 원하지 않는 겁니다. 당신은 19세기 자연법칙에 대한 관념을 잊어야 해요. 자연법칙도 우리가 만드는 겁니다."

"하지만 아니잖아! 당신들이 이 행성의 주인도 아니잖아요. 유라시아와 동아시아는요? 아직 그들도 정복하지 못했으면서."

"그건 중요하지 않아요. 적당한 때 정복할 겁니다. 그러지 않는다고 뭐 달라지는 게 있나요? 존재에서 지워 버리면 되는 것을. 오세아니아가 곧 세계가 되는 거죠."

"하지만 세계도 먼지 한 점에 불과합니다. 인간은 아주 작고, 무력한 존재일 뿐이고요. 인간이 존재한 지 얼마나 되었나요? 수백만 년 동안 지구에 살지도 않았었죠."

"말도 안 되는 소리. 지구는 우리만큼 나이를 먹었을 뿐 우리보다 오래되지 않았소. 어떻게 지구가 인간보다 오래 되었을 수 있지? 인간이 의식하지 않으면 아무것도 존재하지 않는데."

"하지만 암석에는 멸종된 동물의 뼈가 가득하잖아요. 인간이 존재하기 오래전부터 이 땅에 살았던 매머드와 마스토돈 그리고 거대한 파충류들의 뼈 말입니다."

"윈스턴 동지, 그 뼈들을 본 적이 있습니까? 물론 없겠지요. 19세기 생물학자들이 발명한 겁니다. 인간이 존재하기 이전에는 아무것도 없었어요. 인간이 종말을 맞이한다면 그 후에는 아무것도 없을 겁니다. 인간 없이는 무엇도 존재하지 않으니까요."

"하지만 저 밖에는 우주가 펼쳐져 있잖아요. 별을 보세요! 그 중에는 백만 광년 떨어진 별도 있습니다. 영원히 우리의 손이 닿지 않는 곳에 존재하는 거죠."

"별이 뭐죠?" 오브라이언이 무심하게 말했다. "수 킬로미터 떨어진 곳에 있는 불덩어리입니다. 원한다면 거기에 닿을 수 있을 겁니다. 아니면 지워 버릴 수도 있고. 지구는 우주의 중심입니다. 태양과 별들이 그 주위를 돌지요."

윈스턴이 또 격렬히 몸을 뒤척였다. 이번에 그는 아무 말도 하지 않았다. 오브라이언은 마치 그가 반대 의견을 말한 것처럼 대꾸했다.

"물론 특정한 목적하에서 이는 사실이 아닐 때도 있어요. 바다를 항해하거나 일식을 예측할 때는 지구가 태양 주위를 돌고 별들이 수백만 킬로미터 떨어져 있다고 가정하는 것이 편리하니까. 근데 그게 뭐 어떻습니까? 천문학에서 이중 체계를 만드는 것이 우리의 능력 밖이라고 생각합니까? 별은 우리의 필요에 따라 가까이 있을 수도 있고 멀리 있을 수도 있습니다. 우리 수학자들이 그럴 능력이 없을까요? 이중사고를 잊은 겁니까?"

윈스턴은 침대 위에 털썩 누웠다. 무슨 말을 하든 신속하게 돌아오는 대답은 곤봉처럼 그를 두드려 팼다. 그럼에도 불구하고 그는 자신이 옳다는 사실을 알았다. 자신의 정신 밖에는 아무것도 존재하지 않는다는 믿음이 거짓임을 증명할 수 있는 방법이 분명 있지 않을까? 그 생각은 이미 오래전에 오류로 밝혀지지 않았던가? 그 오류를 부르는 이름도 있었는데, 기억나지 않았다. 그를 내려다보는 오브라이언의 입가가 씰룩거리며 희미한 미소가 번졌다.

"윈스턴 동지, 말씀드렸지요." 그가 말했다. "형이상학은 당신의 장기가 아니라니까요. 당신이 생각해 내려는 단어는 유아론(唯我論)입니다. 하지만 착각하고 있는 거예요. 이건 유아론이 아닙니다. 집단적 유아론이라고 할 수도 있겠습니다만 그것과는 또 다르죠. 사실은 그 반대이지요. 얘기가 옆길로 샜네요." 오브라이언이 달라진 어조로 덧붙였다. "진짜 권력, 우리가 밤낮으로 쟁취하기 위해 싸우는 권력은 물질에 대한 권력이 아니라 인간에 대한 겁니다." 그는 말을 멈췄고, 똘똘한 학생에게 질문하는 교장 선생님 같은 모습을 되찾았다. "윈스턴 동지, 한 사람이 다른 사람에게 어떻게 권력을 행사합니까?"

윈스턴은 생각했다. "고통을 주면서요." 그가 말했다.

"바로 그렇지요. 고통을 주면서죠. 복종은 충분하지 않습니다. 상대가 고통을 받지 않으면 그가 자신의 의지가 아니라 당신의 의지에 복종하고 있는지 어떻게 확신할 수 있겠습니까? 권력은 고통과 굴욕을 가하는 데서 나옵니다. 권력은 인간의 마음을 조각조각 찢고 자신이 선택한 형태로 다시 조립하는 데서 나오죠. 이제 우리가 만드는 세상이 어떤 건지 보입니까? 그 세상은 옛 개혁가들이 상상했던 어리석은 쾌락주의적 유토피아와는 정반대입니다. 공포와 배반과 고통의 세계, 짓밟고 짓밟히는 세계, 정제될수록 더욱 무자비해지는 세계. 우리 세상의 진보는 더 많은 고통을 향한 진보를 말하죠. 옛 문명은 자신들이 애정이나 정의에 기반을 두고 있다고 주장했었지요. 우리는 증오를 기반으로 합니다. 우리 세상에는 두려움, 분노, 승리, 자기비하 외에는 어떤 감정도 없어요. 그 밖의 모든 것은 우리가 다 파괴할 겁니다. 전부 말이지요. 이미 우리는 혁명 이전부터 이어져 온 사고 방식을 무너뜨리고 있습니다. 우리는 자녀와 부모, 남자와 남자, 남자와 여자 사이의 관계를 단절시켰죠. 더 이상 누구도 아내나 자녀, 친구를 믿을 수 없게 되었지요. 그러나 앞으로는 아내나 친구가 아예 존재하지도 않을 겁니다. 암탉에게서 알을 빼오듯, 아이들이 태어나면 그 어미에게서 떼어 낼 계획이니까요. 성 본능은 근절될 겁니다. 생식은 배급 카드를 갱신하는 것과 같은 연례행사가 될 거고요. 우리는 오르가슴도 철폐할 생각입니다. 당의 신경학자들이 현재 방법을 연구 중이죠. 당에 대한 충성 외에는 어떠한 충성도 없게 될 거예요. 빅브라더에 대한 사랑이 아닌 사랑은 존재하지 않는 거죠. 적을 패배시킨 후 짓는 승리의 웃음 외에는 웃음도 없을 겁니다. 예술도, 문학도, 과학도 없을 거고. 우리가 전능해지면 더 이상 과학이 필요하지 않게 될 테니까요. 아름다움과 추함의 구별도 없어질 겁니다. 삶의 과정에 대해 호기심을 가지거나 즐거움을 느끼지도 못할 거고, 노력해서 얻어야 하는 모든 즐거움은 파괴될 겁니다. 하지만 윈스턴 동지, 잊지 마십시오. 권력에 대한 도취는 언제나 존재할 것이며, 끊임없이 증가하고 점점 더 교묘해질 겁니다. 무력한 적을 짓밟는 승리의 설렘도 늘, 매 순간 존재할 테고요. 미래의 모습을 그리고 싶거든 인간의 얼굴을 짓밟는 장홧발을 상상하면 됩니다. 영원히 말이죠."

그는 윈스턴이 무슨 말을 하리라고 기대한 듯 잠시 말을 멈췄다. 윈스턴은 다시 침대 깊숙한 곳에 몸을 묻기 위해 노력했다. 그는 아무 말도 할 수 없었다. 가슴이 얼어붙은 것 같았다. 오브라이언은 계속 말을 이었다.

"그리고 그러한 미래가 영원하다는 사실을 기억하십시오. 그 얼굴은 늘 짓밟혀 있을 겁니다. 사회의 적인 이단자는 언제나 존재할 테니 또 다시 패배하고 굴욕을 당하겠지요. 당신이 우리 손아귀에 들어온 이후로 겪은 모든 일은 앞으로도 계속될 거고 갈수록 심해질 겁니다. 간첩 활동, 배신, 체포, 고문, 처형, 실종은 결코 사라지지 않을 테죠. 그 세계는 승리의 세계인 동시에 공포의 세계가 될 겁니다. 당은 강력해질수록 무자비해질 거고, 반대파가 약할수록 폭정은 더 엄격해질 겁니다. 골드스타인과 그의 이단은 영원할 거예요. 그리고 매일, 매 순간 패배하고, 의심당하고, 조롱과 모욕을 당할 테지만 살아남을 겁니다. 내가 7년 동안 당신들과 만든 이 드라마는 세대를 거쳐 정교하게 반복되며 계속 이어질 겁니다. 우리는 언제나 이단자를 여기에 데려와 고통으로 비명 지르게 하고, 몸을 부러뜨리고, 멸시하면서 결국 자신의 의지로 완전히 회개하고, 구원받고, 우리 발아래에서 기어다니게 할 겁니다. 그것이 바로 우리가 준비하고 있는 세상입니다, 윈스턴 동지. 승리에 승리를 거듭하는 세계, 승리의 환희가 거듭되고 권력 중추에 압박, 그리고 또 다른 압박이 이어지는 세계가 되겠죠. 그 세상이 어떤 것인지 이제 좀 깨닫기 시작하는 것 같군요. 하지만 결국 당신은 이해 그 이상의 것을 하게 될 겁니다. 당신은 그 세상을 받아들이고, 환영하고, 그 일부가 될 거거든."

윈스턴은 말을 할 수 있을 만큼 충분히 기력을 회복했다. "그럴 수 없을 겁니다!" 그가 힘없이 말했다.

"윈스턴 동지, 그 말이 무슨 뜻이지요?"

"방금 말씀하셨던 그런 세상을 만들 수 없을 겁니다. 그저 꿈일 뿐이지요. 불가능한 세상입니다."

"왜죠?"

"두려움과 증오와 잔인함 위에 문명을 세울 수는 없으니까요. 그런 세상은 절대 오래갈 수 없습니다."

"왜 세울 수 없다는 거죠?"

"생명력이 없을 테니까요. 그런 세계는 붕괴될 겁니다. 자멸하겠지요."

"말도 안 되는군요. 당신은 증오가 사랑보다 더 소모적이라고 생각하고 있습니다. 왜 그래야만 하죠? 만약 그렇다 하더라도 뭐가 달라집니까? 우리가 우리 몸을 더 빨리 써 버리기로 했다고 가정해 봅시다. 서른 살에 노망이 날 정도로 삶의 속도를 빠르게 한다고 했을 때 그렇게 해서 뭐가 달라집니까? 개인의 죽음은 죽음이 아니라는 것을 이해하지 못하겠습니까? 당은 불멸이라니까요."

늘 그렇듯 그의 목소리에 윈스턴은 무력해졌다. 게다가 그와 다른 의견을 계속 고집했다가 오브라이언이 계기판에 다시 손을 댈까 두렵기도 했다. 그럼에도 불구하고 그는 침묵할 수 없었다. 오브라이언이 한 말에 대한 형언할 수 없는 공포 외에는 그어떤 근거도 없이, 그는 주장이랄 것도 없는 미약한 공격에 다시나섰다.

"잘 모르겠습니다. 상관없어요. 당신들은 어쨌든 실패할 거예요. 무언가에 의해 패배하게 되겠죠. 당신들은 삶에 굴복하게 될겁니다."

"삶을 통제하는 것도 우리입니다, 윈스턴 동지. 당신은 우리가 하는 일에 분노하며 우리에게 맞설 인간의 본성이란 게 존재한다고 상상하고 있군요. 그러나 인간의 본성은 우리가 창조합니다. 인간은 어떻게든 만들 수 있는 존재거든. 프롤레타리아나노예 계급이 들고일어나 우리를 전복시키리라는 오래된 발상을간직하고 있나 본데, 그 생각은 마음에서 버리시오. 그들은 동물만큼 무력한 존재입니다. 당이 곧 인류입니다. 나머지는 바깥의,상관없는 존재들이지요."

"상관없습니다. 결국 그들은 당신들을 굴복시킬 테니까. 조만간 그들은 당신들의 실체를 깨닫고 당신들을 갈기갈기 찢어 놓을 거예요."

"그렇게 된다는 증거라도 있습니까? 혹은 그렇게 되어야 하는이유라도 있나요?"

"아니요. 그렇게 믿는 겁니다. 나는 당신들이 실패하리라는 것을 압니다. 나도 잘 모르지만 우주에는 당신들이 절대 극복할 수 없는 어떤 정신이랄까, 자연의 법칙 같은 것이 존재합니다."

"윈스턴 동지, 신을 믿습니까?"

"아니요."

"그렇다면 우리를 굴복시킬 그 법칙이란 게 뭐지?"

"모릅니다. 인간의 정신이랄까요."

"당신은 스스로 인간이라 생각하시오?"

"그럼요."

"윈스턴 동지, 당신이 인간이라면 마지막 인간이겠군요. 당신 같은 인간은 멸종되었습니다. 우리가 그 자리를 이어받았고요. 당신이 혼자라는 사실을 이해하겠습니까? 당신은 역사 밖에 있고 존재하지 않아요." 오브라이언의 태도가 바뀌고 말투도 더욱 가혹해졌다. "잔인하고 거짓을 말하는 우리보다 당신이 도덕적으로 우월하다고 생각합니까?"

"네. 제가 우월하다고 생각합니다."

오브라이언은 아무 말도 하지 않았다. 다른 두 사람이 말하는 소리가 들렸다. 잠시 후 윈스턴은 그중 하나가 자신의 목소리라는 사실을 깨달았다. 그가 형제단에 입단하던 날 밤, 오브라이언과 나눈 대화의 녹음본이었다. 그는 거짓을 말하고, 도둑질을 하고, 위조하고, 살인하고, 마약과 매춘을 조장하고, 성병을 퍼뜨리고, 어린아이의 얼굴에 황산을 뿌리겠다고 약속하는 자신의 목소리를 들었다. 오브라이언은 마치 녹음본을 들을 가치도 없다는 듯 짜증스럽게 손짓을 했다. 그가 스위치를 끄자 목소리가 멈췄다.

"침대에서 일어나시오." 그가 말했다.

결박이 저절로 느슨해졌다. 윈스턴은 바닥으로 내려가서 비틀거리며 일어섰다.

"당신은 마지막 인간입니다." 오브라이언이 말했다. "당신은 인간 정신의 수호자입니다. 자신을 있는 그대로 보게 해 드리지요. 옷을 벗어요."

윈스턴은 작업복을 묶고 있던 끈을 풀었다. 옷에 달린 지퍼는 뜯긴 지 오래였다. 체포된 이후 옷을 홀딱 벗은 적이 있는지 기억이 나지 않았다. 작업복 아래 그의 몸은 한때 속옷이었다는 사실을 간신히 알아볼 수 있을 정도로 누리끼리하고 더러운 누더기로 감겨 있었다. 옷가지를 땅바닥으로 밀어냈을 때, 방 저편 끝에 삼면거울이 보였다. 그는 거울에 다가가다가 갑자기 멈췄다. 그러고는 자신도 모르게 울음을 터뜨렸다.

"계속 가십시오." 오브라이언이 말했다. "거울 가운데에 서요. 옆모습도 봐야 하니까."

그가 멈춘 이유는 겁이 나서였다. 구부정한 회색 해골 같은 형체가 그를 향해 다가오고 있었다. 그 형체가 자신이라는 사실을 깨달았기 때문이 아니라 단지 그 모습 자체만으로도 공포스러웠다. 그는 거울에 더 가까이 다가갔다. 거울 속 형체는 구부정한 자세 때문에 얼굴이 튀어나온 것처럼 보였다. 횅한 정수리로 이어지는 미끈한 이마, 구부러진 코, 뭉개진 광대뼈와 그 위로 보이는 사납고 경계하는 듯한 눈을 한 황망한 얼굴이었다. 볼에는 꿰맨 흉터 자국이 있고 입은 움푹 들어가 있었다. 자신의 얼굴이 분명했지만, 그의 내면보다 더 많이 변한 것 같은 모습이었다. 그 얼굴에 나타나는 감정은 그가 느끼고 있는 감정과 다른 것 같았다. 그는 부분 부분 머리가 벗어져 있었다. 처음에 그는 흰머리가 났다고 생각했지만 회색으로 변한 것은 그의 두피였다. 손과 둥근 얼굴을 제외하면 그의 몸 전체는 케케묵은 먼지가 가득 덮인 회색이었다. 먼지 밑으로 여기저기에 붉은 상처 자국이 보였고, 발목 근처에 있던 정맥류 궤양은 표피가 떨어져 나간 염증 덩어리가 되어 있었다. 하지만 정말 공포스러운 점은 수척해진 몸통이었다. 갈비뼈 통이 해골만큼 좁아져 있었고, 다리 살도 빠져 무릎이 허벅지보다 두꺼웠다. 그제야 그는 오브라이언이 왜 옆모습을 보라고 했는지 알았다. 그의 척추는 놀랄 만큼 굽어 있었다. 얇은 어깨도 가슴이 움푹 들어가 보일 정도로 휘어 있었고, 앙상한 목덜미는 두개골을 지탱하느라 갑절은 더 구부러진 것처럼 보였다. 자신의 몸이라는 사실을 모르고 봤다면 죽을병에 걸린 60대 노인의 몸이라고 짐작했을 것이었다.

"당신은 가끔 내부당원인 내 얼굴이 늙고 지쳐 보인다고 생각했었죠. 당신 얼굴을 보니 어떤가요?" 오브라이언이 물었다.

그는 윈스턴의 어깨를 붙잡아 자신과 마주 보게 돌려세웠다.

"당신 상태를 한번 보시오!" 오브라이언이 말했다. "당신 몸 전체를 덮은 이 때를 좀 보라고. 발가락 사이의 때 하며, 다리에 생긴 역겨운 종기는 또 어떻고. 당신한테서 염소 냄새가 난다는 걸 압니까? 아마 이제 맡지도 못하겠지. 수척한 꼴을 좀 봐요. 보이십니까? 엄지와 검지로 팔뚝을 잡을 수도 있을 정도라고요.

당신 목을 당근 부러뜨리듯 분지를 수도 있어요. 이곳에 들어온 이후 살이 25킬로그램이나 빠졌다는 사실을 알고 있습니까? 머리카락도 한 줌씩 뽑히는군요. 봐요!" 그는 윈스턴의 머리카락 한 뭉치를 움켜쥐어 뽑았다. "입을 벌려 봐요. 치아는 아홉 개나 열 개, 혹은 열한 개쯤 남았을 겁니다. 여기에 왔을 때 몇 개가 있었죠? 그나마 몇 개 안 남은 것도 빠지는 중이고요. 이것 보십시오!"

그는 엄지와 검지로 윈스턴의 남은 앞니 중 하나를 꽉 잡았다. 윈스턴의 턱에 통증이 전해졌다. 오브라이언은 헐거워진 치아를 뿌리째 뽑아 방 저편으로 던졌다.

"당신은 썩어 가고 있소." 오브라이언이 말했다. "산산이 조각나고 있지. 지금 당신은 뭡니까? 오물 덩어리나 다름없지. 이제 돌아서서 다시 거울을 봐요. 당신 앞에 선 저 형체가 보입니까? 마지막 인간의 모습이군요. 당신이 인간이라면 저게 바로 인간의 모습입니다. 이제 다시 옷을 입으세요."

윈스턴은 뻣뻣한 동작으로 느릿느릿 옷을 입기 시작했다. 지금까지 그는 자신이 얼마나 마르고 약해졌는지 깨닫지 못했었다. 이제 그의 머릿속에는 오직 한 가지 생각 — 자신이 생각했던 것보다 훨씬 더 오랫동안 이곳에 있었다는 것이었다. 그는 자신의 몸을 감싼 초라한 누더기를 매만지다가 갑자기 자신의 망가진 몸에 대한 연민에 사로잡혔다. 그는 자신도 모르게 침대 옆에 놓인 작은 의자에 쓰러져 눈물을 터뜨렸다. 자신의 모습이 가차 없는 백색등 아래 앉아 더러운 속옷을 걸친 채 울고 있는 추하고 볼품없는 해골 같으리라는 사실을 알면서도 울음을 그칠 수 없었다. 오브라이언은 친절하다고까지 할 만한 손길로 그의 어깨에 손을 얹었다.

"영원히 이렇지는 않을 겁니다." 그가 말했다. "원하면 언제든 벗어날 수 있어요. 모든 것은 자신에게 달려 있습니다."

"당신이 그랬잖습니까!" 윈스턴이 흐느꼈다. "당신이 나를 이렇게 만들었어."

"아니요. 윈스턴. 당신이 스스로 그렇게 만든 겁니다. 당에 반기를 들었을 때 이미 이런 상황을 받아들인 셈이지요. 모든 것은 당신이 처음 행동할 때부터 정해져 있었습니다. 당신이 예상하지 못한 일은 일어나지 않았어요."

그는 잠시 멈췄다가 곧 다시 말을 이었다.

"윈스턴 동지, 우리가 당신을 이겼습니다. 우리는 당신을 허물어뜨렸습니다. 당신 몸이 어떤지 보셨지 않습니까. 당신 마음도 같은 상태입니다. 당신에게 자긍심이 남아 있을 거라곤 생각하지 않아요. 당신은 발로 차이고 매 맞고 모욕을 당하면서 고통으로 비명을 지르고 피를 흘리고 바닥에 뒹굴며 토했습니다. 자비를 구하며 모든 사람과 세상만사를 배신했죠. 당신이 아직 겪지 않은 수모가 있다고 생각합니까?"

윈스턴은 울음은 그쳤지만 눈에 아직 눈물이 그렁그렁 맺혀 있었다. 그는 오브라이언을 올려다보았다.

"나는 줄리아를 배신하지 않았습니다." 그가 말했다.

오브라이언은 생각에 잠긴 얼굴로 그를 내려다보았다. "그렇지요." 그가 말했다. "그렇습니다. 그건 분명 사실이네요. 줄리아를 배신하지 않았군요."

그 무엇도 파괴할 수 없을 것 같았던 오브라이언에 대한 특별한 존경심이 다시 윈스턴의 마음을 사로잡았다. 그는 얼마나 똑똑한가! 윈스턴은 생각했다. 오브라이언은 그가 한 말을 이해하지 못한 적이 없었다. 지구상의 어떤 사람이라도 단번에 그가 줄리아를 배신했다고 답했을 터였다. 고문을 통해 그에게서 빼내지 못한 것이 무엇이 있겠는가? 그는 줄리아의 습관, 성격, 과거 등 자신이 아는 모든 것을 이야기했다. 두 사람이 만나서 했던 모든 일, 그와 그녀가 서로에게 했던 말들, 암시장에서 구한 음식, 두 사람의 정사, 당에 반대하며 꾀한 막연한 음모 등 모든 사소한 내용까지 낱낱이 자백했다. 그러나 그가 생각하는 의미에서 그는 그녀를 배신하지 않았다. 그는 그녀를 사랑하기를 멈추지 않았다. 그녀에 대한 그의 감정은 변함이 없었다. 오브라이언은 설명할 필요도 없이 그의 말을 이해한 것이다.

"알려 주세요." 그가 말했다. "곧 총살당하나요?"

"그건 아주 먼 훗날의 일일 겁니다." 오브라이언이 말했다. "당신은 까다로운 케이스입니다. 하지만 희망을 잃지 마세요. 누구든 언제가 되었든 전부 낫게 되니까. 마지막에는 결국 총살이겠지요."

4장

    그는 훨씬 살 만해졌다. 날짜를 셀 수 있다는 가정하에 이야기하면, 날이 갈수록 살이 붙고 힘이 생겼다.

    환한 백색등과 웅웅거리는 소리는 여전했지만 지금 그의 방은 이제까지 사용했던 방들보다 약간 더 안락한 편이었다. 판자 침대 위에 베개와 매트리스가 놓여 있었고, 앉을 수 있는 의자도 있었다. 목욕을 할 수 있게 되었고 양철 세면대에서 씻을 수 있는 시간도 자주 주어졌다. 심지어 씻을 때는 따뜻한 물도 제공되었다. 속옷과 깨끗한 작업복도 주어졌다. 정맥류 궤양에는 연고를 발라 주었고 남은 치아를 뽑아내고 새로운 틀니까지 맞춰 주었다.

    몇 주, 아니 몇 달이 흘렀을 것이다. 규칙적으로 식사가 제공되었기 때문에 마음만 먹으면 시간의 흐름을 잴 수도 있을 터였다. 그는 자신이 24시간 동안 세 끼의 식사를 하고 있다고 판단했다. 음식을 밤에 받는지 낮에 받는지 어렴풋이 궁금할 때도 있었다. 식사는 세 번에 한 번 꼴로 고기가 포함된 놀라울 정도로 훌륭한 식단이었다. 담배 한 갑이 함께 들어온 적도 있었다. 그에게는 성냥이 없었지만 음식을 가져온 무뚝뚝한 교도관이 불을 붙여 주었다. 처음 담배를 피우려고 했을 때는 속이 메스꺼웠지만 견뎌냈고, 식사를 마칠 때마다 담배를 반 개비씩 태우며 오랫동안 한 갑을 만끽했다.

모서리에 몽당연필 한 자루가 묶인 흰색 석판도 제공받았다. 처음에는 사용할 일이 없었다. 깨어 있을 때조차 전혀 기력이 없었기 때문이었다. 식사와 식사 사이에 거의 꼼짝도 하지 않고 누워 있을 때도 있었고, 잠을 잘 때도 있었다. 때로는 눈을 뜨는 것조차 버거워 멍하니 생각에 잠겨 있기도 했다. 그는 환한 조명 아래서 잠을 자는 데 익숙해졌다. 꿈이 더 논리적이라는 점을 제외하면 잠을 자나 깨어 있으나 별 차이가 없었다. 그는 그 시간 동안 여러 가지 꿈을 꾸었는데 언제나 행복한 꿈이었다. 꿈속에서 그는 황금의 나라에 있거나 햇빛이 비치는 거대하고 찬란한 폐허 속에 앉아 어머니, 줄리아, 오브라이언과 함께 햇빛 아래에서 아무것도 하지 않고 평화롭게 대화를 나눴다. 깨어 있을 때는 대부분 꿈에 관해 생각했다. 고통이라는 자극이 없어지자 그는 지적인 노력을 할 힘을 잃어버린 듯했다. 그는 지루하지 않았고, 대화나 다른 무언가를 하고 싶은 욕구도 들지 않았다. 그저 혼자, 맞거나 심문을 받지 않고, 먹을 것이 충분하고, 몸이 깨끗하다는 것만으로 충분했다.

　점차 잠자는 시간이 줄었지만 여전히 침대에서 일어나고 싶은 생각은 들지 않았다. 그의 관심사는 오직 조용히 누워서 몸에 돌아오는 힘을 느끼는 것뿐이었다. 그는 근육이 붙고 피부가 더 팽팽해지는 느낌이 착각이 아닌지 확인하려고 몸 이곳저곳을 더듬거렸다. 그는 마침내 자신의 몸에 살이 붙고 있다고 확신하게 되었다. 이제 그의 허벅지는 무릎보다 확실히 두꺼워졌다. 그 후에는 마지못해 규칙적으로 운동을 시작했다. 얼마 지나지 않아 감방 안에서 충분히 걸을 수 있게 되었고 보폭으로 추측한 결과 3킬로미터 정도는 될 것 같았다. 굽었던 어깨도 점점 펴졌다. 그는 더욱 복잡한 운동을 시도했지만 자신이 할 수 없는 동작들을 발견하고는 당황하며 굴욕감을 느꼈다. 그는 걷는 것 이상으로 속도를 낼 수 없었고, 의자를 든 상태로 팔을 앞으로 뻗을 수도 없었으며, 한쪽 다리로 서서 넘어지지 않고 버틸 수도 없었다. 그는 발뒤꿈치에 무게 중심을 두고 쪼그려 앉았다가 허벅지와 종아리에 심한 통증이 느껴져서 한계를 깨닫고 일어설 수밖에 없었다. 배를 대고 엎드려서 팔굽혀펴기를 시도해 봤다. 절망적이게도 몸을 1센티미터도 들어 올리지 못했다. 하지만 며칠이 더 지나고 몇 번 더 식사를 하고 나서, 결국 팔굽혀펴기에 성공했다. 곧 여섯 번 연속으로 몸을 들어 올릴 수 있게 되었다. 그는 이제 자신의 몸에 대해 진짜 자부심을 느끼기 시작했고, 때때로 얼굴도 원래만큼 회복되고 있으리라는 확신을 품기 시작했다. 상처투성이에 피폐했던 거울 속 자신의 얼굴이 다시 떠오른 것은 어쩌다 휑한 머리에 손을 얹게 되었을 때뿐이었다.

그의 마음은 점점 활기를 되찾았다. 그는 판자 침대에 앉아 벽에 등을 댄 채 석판을 무릎에 올려놓고 찬찬히 자신의 교양을 되살리기 시작했다.

그는 항복했고, 그건 스스로도 인정한 바였다. 사실 지금 와서 생각해 보면 그는 결정을 내리기 오래전부터 항복할 준비가 되어 있었다. 그가 자애부의 손아귀에 들어온 순간부터, 그리고 심지어 그와 줄리아가 금속성 목소리로 명령을 내리는 텔레스크린 앞에 무력하게 서 있던 순간에도 그는 당의 권력에 대항하려 했던 자신이 얼마나 경솔하고 경박했는지 깨닫고 있었다. 그는 이제 사상경찰이 7년 동안 돋보기로 딱정벌레를 관찰하듯 그를 지켜봤다는 사실을 알았다. 그의 행동이나 입 밖으로 낸 말 중에 그들이 알아차리지 못한 것은 없었고, 그들이 추론해 내지 못한 생각도 없었다. 그들은 윈스턴이 일기장의 표지에 올려놓았던 흰 먼지 한 점까지도 조심스럽게 원래대로 돌려놓았다. 그들은 그에게 녹음을 들려주고 사진도 보여 주었다. 그중에는 줄리아와 윈스턴 자신의 사진도 있었다. 심지어… 그는 더 이상 당에 맞서 싸울 수 없었다. 게다가 당은 옳았다. 그럴 수밖에 없었다. 어떻게 불사의 집단 두뇌가 실수를 할 수 있단 말인가? 외부의 어떤 기준이 당의 판단을 검증할 수 있단 말인가? 제정신이란 건 산수와 마찬가지였다. 당이 생각하는 대로 생각하는 법을 배우기만 하면 되는 문제였다. 단지 ―!

그는 손가락 사이에 쥔 연필이 두껍고 어색하게 느껴졌다. 그는 머릿속에 떠오르는 생각을 적기 시작했다. 우선 크고 서투른 대문자로 이렇게 썼다.

자유는 속박

그리고 잠시도 멈추지 않고 그 아랫줄에 이렇게 썼다.

2 더하기 2는 5다

그러다 그는 잠시 멈칫했다. 무언가를 회피하듯 정신을 집중할 수 없었다. 다음에 어떤 글귀를 적어야 할지 자신이 알고 있다는 사실을 알았지만 지금은 기억나지 않았다. 그가 그 문장을 기억해 냈을 때는 저절로 떠오른 것이 아니라 무엇을 떠올려야 하는지 의식적으로 판단한 결과였다. 그는 이렇게 썼다.

신은 권력

그는 모든 것을 받아들였다. 과거는 바뀔 수 있었다. 하지만 과거는 결코 바뀌지 않았다. 오세아니아는 동아시아와 전쟁 중이었다. 오세아니아는 늘 동아시아와 전쟁을 벌였다. 존스, 애런슨, 러더퍼드는 기소된 범죄에 대해 유죄였다. 그는 그들의 죄를 입증하는 사진을 본 적이 없었다. 그런 사진은 존재한 적이 없었고, 그가 꾸며 낸 적은 있었다. 그는 반대되는 것들을 기억한 적이 있지만 그것은 잘못된 기억이자 자기기만의 결과물이었다. 얼마나 쉬운가! 항복을 하고 나니 나머지는 저절로 따라왔다. 아무리 애써도 자신을 뒤로 밀어내는 조류에 맞서 헤엄치다가 갑자기 방향을 바꿔 조류에 몸을 맡기기로 한 것 같은 느낌이었다. 그 자신의 태도 말고는 아무것도 변한 것이 없었다. 어쨌든 일어날 일은 일어난다. 그는 자신이 애초에 왜 반기를 들었는지도 기억하기 어려웠다. 모든 것이 쉬웠다, 단 —!

　무엇이든 진실일 수 있다. 자연법칙이라 불리는 것들은 허무맹랑한 소리였다. 중력의 법칙은 말도 안 되는 헛소리였다. 오브라이언은 '원한다면 비눗방울처럼 바닥에서 떠오를 수 있다'고 했었다. 그리고 윈스턴은 그 말을 이해했다. '그가 바닥에서 떠 있다고 생각하고, 동시에 그 사람을 보고 있다고 생각하면 그 일은 일어난다.' 물에 잠겼던 좌초된 배의 잔해가 수면을 깨뜨리듯 불쑥 이런 생각이 들었다. '사실 그런 일은 일어나지 않는다. 우리의 상상이다. 환상일 뿐이다.' 그는 즉시 그 생각을 억눌렀다. 명백한 오류였다. 그 생각은 자신 밖의 어딘가에 '진짜' 사건들이 일어나는 '진짜' 세계가 있다는 전제를 바탕으로 했다. 하지만 어떻게 그런 세상이 있겠는가? 우리가 아는 모든 지식은 우리 자신의 마음을 통해서만 얻을 수 있지 않던가? 모든 일은 마음속에서 일어난다. 모든 사람의 마음속에서 일어나는 일이 바로 실제로 일어나는 일이다.

　그는 어렵지 않게 오류를 처리했고 오류에 넘어갈 위험도 없었다. 그럼에도 불구하고 그는 결코 그런 일이 일어나서는 안 된다는 사실을 생각했다. 위험한 생각이 떠오를 때마다 마음의 사각지대를 넓혀야 했다. 그리고 그 과정은 자동적이고 본능적이어야 했다. 새말로는 그 과정을 죄중단이라고 불렀다.

그는 죄중단 연습을 시작했다. 그는 '당에서는 지구가 평평하다고 한다', '당에서는 얼음이 물보다 무겁다고 한다'라는 명제를 떠올렸고, 그 주장과 모순되는 주장을 보지도 이해하지도 못하도록 스스로 훈련했다. 쉽지 않았다. 죄중단을 위해서는 추론 능력과 임기응변이 필요했다. 산술적인 문제가 발생하기도 하는데, 예를 들어, '2 더하기 2는 5'와 같은 진술을 그의 지식으로는 이해할 수 없었다. 또한 일종의 정신적인 민첩성, 즉 논리를 가장 섬세하게 사용하다가도 곧 조잡하기 짝이 없는 논리적 오류를 인식하지 못하는 능력도 필요했다. 지능만큼이나 어리석음 또한 필요했고, 그런 능력을 얻기가 쉽지는 않았다.

그동안 그의 마음 한구석에는 그들이 얼마나 빨리 자신을 총살할지에 대한 호기심이 고개를 들었다. 오브라이언은 '모든 것은 자신에게 달려 있다'라고 했었다. 그러나 그는 의식적인 행동으로 그 과정을 더 빠르게 만들 수는 없다는 사실을 알고 있었다. 앞으로 10분이 걸릴 수도, 10년이 걸릴 수도 있다. 이제껏 종종 그랬던 것처럼 그들은 그를 수년 동안 독방에 가둘 수도 있고, 강제 노동 수용소에 보낼 수도, 한동안 풀어 줄 수도 있다. 총살을 당하기 전 체포에서 심문까지의 연극이 처음부터 다시 시작될 가능성도 충분했다. 한 가지 확실한 것은 죽음의 순간을 결코 예상할 수 없으리라는 것이었다. 암묵적인 전통에 따르면,

총은 항상 뒤에서 날아왔다. 직접 들은 적은 없지만 다들 그렇게 알고 있었다. 총알은 늘 감방에서 감방으로 이어지는 복도를 걸어갈 때 경고 없이 머리 뒤쪽에서 날아왔다.

어느 날, 하지만 어쩌면 한밤중일 수도 있으니 '어느 날'은 올바른 표현이 아닐지도 모른다. 이상하고 더없이 행복한 공상에 빠진 적이 있었다. 그는 총알을 기다리며 복도를 걷고 있었다. 당장이라도 총알이 다가오리라는 것을 알고 있었다. 모든 것이 결정되고, 해결되고, 받아들여졌다. 더 이상 의심도, 논쟁도, 고통도, 두려움도 없었다. 그의 몸은 건강하고 튼튼했다. 그는 햇빛 속에서 몸을 움직이는 기쁨을 만끽하며 가볍게 발걸음을 옮겼다. 그는 이제 자애부의 좁고 하얀 복도가 아니라 폭이 1킬로미터는 될 것 같은 볕이 잘 드는 통로에 있었고, 걷는 동안 그는 마치 마약에 취해 환각 속을 걷고 있는 것 같은 기분이 들었다. 그는 황금의 나라에서 토끼가 뜯어먹은 자국이 듬성듬성한 초원을 가로지르는 발자국을 따라 걷고 있었다. 발밑의 짧고 푹신한 잔디와 얼굴에 닿는 부드러운 햇빛을 느낄 수 있었다. 들판 가장자리에는 느릅나무가 희미하게 흔들리고 있었고, 그 너머에는 버드나무 아래 황어가 헤엄치는 푸른 웅덩이가 있는 냇가가 있었다.

그는 갑자기 공포에 휩싸여 벌떡 일어났다. 등줄기를 타고 땀이 흘러내렸다. 자신이 큰 소리로 "줄리아! 줄리아! 줄리아, 내 사랑! 줄리아!" 하고 외치는 소리를 들었던 것이다.

잠시 동안 그는 줄리아가 그곳에 있는 것 같은 저항할 수 없는 환상에 사로잡혔다. 그녀는 단지 그와 함께 있는 것이 아니라 그의 안에 들어와 있는 것 같았다. 마치 그녀가 그의 피부 밑으로 들어온 것 같았다. 그 순간 그는 자애부에 붙잡혀 오기 전 그들이 함께할 때보다 훨씬 더 그녀를 사랑했다. 그리고 그는 줄리아가 어딘가에 아직 살아 있으며 그의 도움이 필요하다는 사실을 알고 있었다.

그는 침대에 누워 마음을 진정시키려고 애썼다. 그가 무슨 짓을 한 것일까? 잠시 나약해진 마음 때문에 징역 생활이 몇 년이나 늘어날까? 곧 그는 밖에서 들려오는 장화굽 소리를 듣게 될 것이다. 감정을 분출한 죄를 그들이 처벌하지 않고 내버려둘 리 없었다. 여태 몰랐더라도 그들은 이제 그가 그들과 맺은 합의를 깨뜨렸다는 사실을 알게 되었을 것이다. 그는 당에 복종했지만 여전히 당을 미워하고 있었다. 옛날의 그는 겉으로는 복종하는 체하면서 이단적인 마음을 숨겼다. 이제 그는 한 걸음 더 물러나 마음으로도 항복했다. 하지만 마음 더 깊숙한 곳만큼은 침해받지 않기를 바라고 있었다. 그는 자신이 틀렸다는 것을 알았지만 오히려 틀리고 싶어했다. 그들은, 오브라이언은 그를 이해할 터였다. 그는 어리석은 외침 한 번으로 모든 것을 고백한 셈이다.

모든 것을 처음부터 다시 시작해야 할지도 모른다. 몇 년이 걸릴 수도 있다. 그는 새로운 얼굴에 익숙해지려고 손으로 얼굴을 더듬었다. 뺨에는 깊이 팬 상처가 있었고, 광대뼈는 날카롭게 튀어 나왔으며 코는 납작해져 있었다. 게다가 마지막으로 거울을 본 이후 그는 새로운 틀니까지 받았다. 자신의 얼굴이 어떻게 생겼는지 모르면서 헤아릴 수 없는 표정을 지을 수는 없었다. 단순히 기능을 통제하는 것만으로는 충분하지 않았다. 비밀을 지키려면 그것을 자신에게도 숨겨야 한다는 사실을 그는 처음으로 깨달았다. 자신이 비밀을 간직하고 있다는 사실을 항상 알고 있어야 하지만, 그 비밀이 필요하기 전까지 이름을 붙일 수 있는 어떤 형태로든 의식에 드러내서는 안 된다. 이제부터 그는 옳은 생각을 해야 할 뿐만 아니라 옳은 감각을 느끼고, 옳은 꿈을 꿔야 했다. 그리고 그동안 자신의 증오심을 신체의 일부이지만 나머지 신체와는 연결되지 않은 일종의 낭종처럼 자신 안에 가두어야 했다.

어느 날 그들은 그를 쏘기로 결정할 것이다. 언제일지는 알 수 없지만 몇 초 전에는 눈치를 챌 수 있을 것이다. 언제나 뒤에서, 복도를 걷고 있을 때다. 10초면 충분하다. 그 순간 그의 내면세계를 뒤집을 것이다. 그러다 갑자기, 아무 말도 하지 않고, 발걸음을 멈추지도 않고, 얼굴에 주름 하나 질 새도 없이, 갑자기 위장을 벗은 다음 펑! 하며 그의 증오들을 터뜨릴 것이다. 증오는 마치 활활 타오르는 거대한 불꽃처럼 그를 가득 채울 것이다. 그리고 거의 동시에 탕! 총알은 너무 늦게 또는 너무 일찍 날아올 것이다. 그들은 그의 뇌를 되돌리기 전에 산산조각 낼 테고 이단적인 사상은 처벌도 받지 않고 포기된 적도 없이 영원히 그들의 힘이 닿지 않는 곳에 머무를 것이다. 그들은 제 손으로 그들의 완벽함에 구멍을 뚫게 되겠지. 그들을 증오하며 죽는 것, 그것이 자유였다.

그는 눈을 감았다. 지적 통제를 받아들이는 것보다 더 어려운 문제였다. 자신을 비하하고 훼손해야 했기 때문이었다. 그는 가장 더러운 오물 속으로 뛰어들어야만 했다. 가장 끔찍하고 역겨운 일은 무엇인가? 그는 빅브라더를 생각했다. 그의 거대한 얼굴(늘 포스터에서만 본 그의 얼굴은 실제로도 1미터쯤 될 것 같았다), 검고 짙은 콧수염, 보는 이를 이리저리 따라다니는 눈동자가 그의 마음속에 저절로 떠올랐다. 빅브라더를 향한 그의 진심은 무엇일까?

복도에서 무거운 장화 발자국 소리가 들렸다. 찰칵 소리와 함께 철문이 열렸다. 오브라이언이 감방으로 걸어 들어왔다. 그 뒤에는 밀랍처럼 창백한 얼굴의 장교와 검은 제복을 입은 교도관들이 서 있었다.

"일어나시오." 오브라이언이 말했다. "이쪽으로 와요."

윈스턴은 그의 앞에 섰다. 오브라이언은 단단한 손으로 윈스턴의 어깨를 잡고 그를 뚫어져라 바라보았다.

"나를 속이는 상상을 했군요." 그가 말했다. "어리석은 짓입니다. 똑바로 서요. 내 얼굴을 봐요."

그는 잠시 멈췄다가 부드러운 음조로 다시 입을 열었다.

"당신은 점점 나아지는 중입니다. 지적으로는 잘못된 점이 거의 없어요. 진전이 보이지 않는 쪽은 당신의 감정입니다. 윈스턴 동지, 말해 봐요. 거짓말은 하지 마시고. 아시다시피 나는 언제든 거짓말을 알아차릴 수 있으니까. 빅브라더를 향한 당신의 진짜 감정은 뭡니까?"

"그가 싫습니다."

"그를 싫어하는군요. 좋습니다. 그렇다면 이제 마지막 단계로 넘어가 보죠. 당신은 빅브라더를 사랑해야 합니다. 그에게 복종하는 것만으로는 부족합니다. 사랑해야만 하지요."

그는 윈스턴의 어깨에서 손을 내려놓고 교도관을 향해 살짝 밀며 말했다.

"101번 방으로."

5장

수감되어 있는 단계마다 그는 자신이 있는 방이 창문 없는 건물의 어디쯤인지 알았다. 아니, 알 것 같았다. 기압에 약간의 차이가 있는 것 같기도 했다. 교도관에게 맞았던 방들은 지하였다. 오브라이언에게 심문을 받은 방은 지붕 가까이에 있었다. 지금 그가 있는 방은 지하 수 미터 아래, 도달할 수 있는 가장 낮은 곳에 있었다.

지금 있는 방은 그동안 머물렀던 어떤 방보다 넓었다. 하지만 주변을 거의 알아볼 수 없었다. 보이는 거라곤 앞에 놓인 녹색 모직 천이 덮인 작은 테이블 두 개뿐이었다. 하나는 그에게서 불과 1, 2미터 앞에 떨어져 있었고, 다른 하나는 더 멀리, 문 근처에 있었다. 그는 의자에 똑바로 앉은 채 결박되어 있었는데, 몸은커녕 고개도 돌릴 수 없을 정도로 단단히 묶여 있었다. 패드 같은 것이 머리를 받치고 있어서 어쩔 수 없이 앞을 볼 수밖에 없었다.

잠시 혼자 있자니 곧 문이 열리고 오브라이언이 들어왔다.

"언젠가 물었었지요." 오브라이언이 말했다. "101번 방이 뭐냐고요. 나는 당신이 이미 답을 알고 있다고 말했습니다. 모두가 알아요. 101번 방 안에는 세상에서 가장 끔찍한 게 있지요."

문이 다시 열렸다. 교도관이 철사로 만든 상자 같기도 하고 바구니 같기도 한 물건 하나를 들고 들어왔다. 그는 먼 쪽에 있는 테이블에 물건을 올렸다. 오브라이언이 가리고 있어서 윈스턴이 앉은 자리에서는 안에 든 물건이 무엇인지 보이지 않았다.

"세상에서 가장 끔찍한 것이란 —" 오브라이언이 말했다. "사람마다 제각각이죠. 어떤 사람에겐 생매장이 될 수도 있고, 불에 타 죽는 거나 물에 빠져 죽는 것, 말뚝에 찔려 죽는 게 될 수도 있고, 그 밖에 죽는 방법에 대해 말하자면 쉰 가지는 넘게 있을 거예요. 어떤 때는 치명적이기는커녕 아주 사소한 것일 때도 있습니다."

그는 윈스턴이 테이블 위에 있는 물건을 잘 볼 수 있도록 한쪽으로 약간 물러났다. 운반하기 편하도록 위쪽에 손잡이가 달린 직사각형 철창이었다. 철창 앞이 움푹 들어가 있었는데, 오목한 면이 바깥쪽으로 향해 있는 펜싱 마스크 같은 모양이었다. 그에게서 3, 4미터 떨어져 있었지만 철창이 세로로 두 칸으로 나누어져 있고 각 칸에는 어떤 동물이 들어 있다는 것을 알 수 있었다. 쥐었다.

"당신의 경우에는 세상에서 가장 끔찍한 것이 쥐더군요." 오브라이언이 말했다.

철창을 보자마자 정체를 알 수 없는 공포, 일종의 예고와도 같은 떨림이 윈스턴을 스쳐 지나갔다. 그러나 그 순간, 윈스턴은 문득 철창에 붙은 가면 같은 물체가 무얼 의미하는지를 깨달았다. 그의 오장육부가 철렁 내려앉는 것 같았다.

"안 됩니다!" 그가 갈라진 목소리로 목청껏 소리쳤다. "그럴 순 없어요. 안 돼요! 절대 안 됩니다."

"기억하십니까." 오브라이언이 말했다. "당신의 꿈속에 등장하던 공포의 순간을 말입니다. 당신 앞에는 시커먼 벽이 있고 귓가에는 그르렁거리는 소리가 들렸죠. 벽 너머에 무언가 끔찍한 게 있었고요. 그것이 무엇인지 알면서도 감히 밖으로 나오게 할 용기가 없었어요. 벽 너머에 있던 건 쥐였습니다."

"오브라이언!" 윈스턴은 자신의 목소리를 통제하려고 애쓰며 말했다. "굳이 이럴 필요 없잖아요. 제가 뭘 하면 될까요?"

오브라이언은 직접 답하지 않았다. 그가 입을 열었을 때, 그는 예의 그 교장 선생님 같은 말투로 이야기했다. 그는 마치 윈스턴 등 뒤에 있는 청중에게 연설이라도 하듯 생각에 잠긴 얼굴로 먼 곳을 바라보았다.

"고통 그 자체만으로는 충분하지 않습니다." 오브라이언이 말했다. "인간은 때로 죽음에 이를 때까지 고통에 맞서기도 하니까요. 하지만 모든 사람에게는 견딜 수 없는 것, 생각조차 하고 싶지 않은 게 있습니다. 용기와 비겁함과는 관련이 없는 거죠. 높은 곳에서 떨어질 때 밧줄을 잡는 게 비겁한 일은 아니듯이요. 깊은 물에서 수면 위로 올라왔을 때 폐에 공기를 채우는 것도 비겁한 일이 아니죠. 없앨 수 없는 본능일 뿐이지요. 쥐도 마찬가지입니다. 당신에게는 참을 수 없는 존재인 거예요. 아무리 참아 보려고 해도 참을 수 없는 고통 같은 존재랄까요. 당신은 결국 해야 하는 일을 하게 될 거예요."

"뭘 해야 하죠? 뭡니까? 뭔지도 모르는데 어떻게 한다는 말입니까?"

오브라이언은 철창을 들어 더 가까운 테이블로 가져왔다. 그리고 녹색 천 위에 조심스럽게 내려놓았다. 윈스턴의 귓가에 맥박이 뛰는 소리가 들렸다. 완전한 고립 속에 홀로 앉아 있는 것 같은 기분이었다. 그는 광활하고 텅 빈 들판, 햇빛을 가득 머금은 평평한 사막 한가운데에 있었고, 모든 소리는 아득히 먼 곳에서 들려왔다. 하지만 쥐가 있는 철창은 그와 2미터도 채 떨어지지 않은 곳에 있었다. 거대한 쥐였다. 주둥이가 뭉툭하게 사나워지고 회색이던 털이 갈색으로 변할 만큼 자라 있었다.

"저 쥐는 말입니다." 오브라이언은 여전히 보이지 않는 청중에게 말하는 듯했다. "설치류이지만 육식성 동물입니다. 그건 당신도 알 겁니다. 이 도시의 빈민가에서 일어나는 일들에 대해 들어 봤을 테지요. 아기를 단 5분도 집에 혼자 둘 수 없다더군요. 쥐들이 아기들을 공격하거든요. 아이는 눈 깜짝할 새에 뼈만 남고 사라진답니다. 쥐들은 아프거나 죽어 가는 사람들을 공격하기도 하지요. 이놈들은 인간이 무력할 때를 알아채는 놀라운 지능을 가졌지 뭡니까."

철창에서 끽끽거리는 소리가 터져 나왔다. 저 먼 곳에서 들려오는 것 같았다. 쥐들은 서로 잡아먹을 듯 싸우고 있었다. 그의 귓가에 깊은 절망의 신음 소리가 들렸다. 그 소리 역시 먼 곳에서 들려오는 것 같았다.

오브라이언이 철창을 들자 뭔가가 눌렸는지 날카로운 딸깍 소리가 났다. 윈스턴은 의자에서 벗어나려고 필사적으로 몸부림쳤다. 결과는 절망적이었다. 그의 몸의 모든 부분, 심지어 머리까지도 움직이지 못하도록 묶여 있었다. 오브라이언이 철창을 더 가까이 들이댔다. 철창은 윈스턴의 얼굴에서 1미터도 채 안 되는 거리에 있었다.

"첫 번째 레버를 눌렀습니다." 오브라이언이 말했다. "이 철창의 구조를 이해하고 계실 겁니다. 마스크는 얼굴에 딱 맞게 되어 있습니다. 빠져나갈 곳은 없어요. 다른 레버를 누르면 철창문이 위로 미끄러져 올라갑니다. 그럼 굶주린 짐승들이 총알처럼 튀어나오겠지요. 쥐가 공중으로 뛰어오르는 모습을 본 적 있으십니까? 놈들은 당신 얼굴로 뛰어올라 곧장 살점을 뜯기 시작할 거예요. 어떤 때는 눈부터, 또 어떤 때는 뺨으로 파고들어 혓바닥부터 먹어 치웁니다."

철창은 더 가까워졌다. 윈스턴은 그의 머리 위쪽 허공에서 나는 것 같은 날카로운 비명을 들었다. 그러나 그는 공포에 맞서 맹렬히 싸웠다. 생각하고, 생각하고, 심지어 찰나의 순간이 남았을 때에도 생각하는 것만이 그의 유일한 희망이었다. 갑자기 역겹고 퀴퀴한 짐승의 냄새가 코를 찔렀다. 그의 배 속에서 메스꺼움을 동반한 격렬한 경련이 일었고 그는 거의 의식을 잃을 뻔했다. 눈앞이 캄캄해졌다. 그 순간 그는 미친 듯이 울부짖는 동물이 되었다. 그러나 그는 이성의 끈을 붙잡고 암흑 속을 빠져 나왔다. 자신을 구할 방법은 하나뿐이었다. 쥐들이 자신에게 더 가까이 오기 전에 다른 누군가로 막아야 했다.

마스크의 둥근 반경이 가까워지며 다른 것들은 시야에서 사라지게 되었다. 철창문은 손을 뻗으면 닿을 거리에 있었다. 쥐들은 곧 무슨 일이 일어날지 알고 있었다. 한 마리는 위아래로 펄쩍거리고 있었고, 하수구의 터줏대감인 듯한 다른 한 마리는 분홍색 앞발로 창살을 붙잡고 일어서서 맹렬하게 킁킁대고 있었다. 윈스턴의 눈에 놈의 수염과 노란 이빨이 들어왔다. 다시 한번 눈앞이 캄캄해지는 공황이 찾아왔다. 아무것도 볼 수 없고, 몸을 움직일 수도, 생각할 수도 없었다.

"고대 중국에서는 흔히 행해지던 형벌입니다." 오브라이언이 그 어느 때보다 설교하듯 말했다.

마스크가 얼굴에 가까워졌다. 그의 뺨에 철사가 느껴졌다. 그리고 그가 느낀 감정은 안도감이 아니라 단지 희망, 아주 작은 희망의 조각이었다. 하지만 너무 늦어 버렸다. 아마도 너무 늦었을 것이다. 그러나 그는 갑자기 이 세상에 자신의 형벌을 대신 받을, 자신과 쥐들 사이에 대신 들어갈 사람이 한 명 있다는 사실을 깨달았다. 그리고 그는 미친 듯이 소리를 질렀다.

"줄리아한테 해요! 줄리아요! 나 말고 줄리아요! 줄리아한테 뭘 하든 상관없어요. 얼굴은 찢어발기고 뼈를 발라요. 나는 말고요, 줄리아한테 하세요! 난 안 됩니다!"

그는 쥐들로부터 벗어나 엄청난 심연으로 추락하고 있었다. 여전히 의자에 묶인 채 바닥을 뚫고, 건물 벽을 뚫고, 땅 밑으로, 바다 밑으로, 대기를 뚫고, 우주 공간을 뚫고, 별들 사이의 심연 속으로 떨어졌다. 멀리, 쥐들로부터 멀리. 몇 광년은 떨어진 것 같은 느낌이었지만 오브라이언은 여전히 그의 옆에 서 있었다. 뺨에는 여전히 차가운 철사의 감촉이 남아 있었다. 하지만 그를 둘러싼 어둠 속에서 금속이 찰칵하는 소리가 다시 한번 들렸고, 그는 철창문이 열리는 소리가 아니라 닫히는 소리라는 것을 알았다.

6장

밤나무 카페는 휑하게 비어 있었다. 창문으로 햇볕 한 줄기가 비스듬히 들어와 먼지 쌓인 탁자 위에 떨어졌다. 한산한 15시였다. 텔레스크린에서 날카로운 금속성 음악이 흘러나왔다.

윈스턴은 평소처럼 구석에 앉아 빈 잔을 물끄러미 바라보고 있었다. 이따금 그는 반대쪽 벽에서 그를 바라보고 있는 커다란 얼굴을 올려다보았다. 빅브라더가 지켜보고 있다는 문구가 보였다. 부른 적이 없는데도 웨이터가 와서 그의 잔에 빅토리 진을 채운 다음 코르크에 대롱이 꽂힌 다른 병을 흔들어 진이 든 잔에 몇 방울을 떨어뜨렸다. 카페의 특별 메뉴인 정향 향이 나는 사카린이었다.

윈스턴은 텔레스크린에서 나오는 소리를 듣고 있었다. 지금은 음악만 나오고 있지만, 언제라도 평화부에서 특보가 나올 수 있었다. 아프리카 전선에서 극도로 불안한 소식이 들리고 있었다. 그는 문득문득 그 소식을 걱정했다. 유라시아 군대(오세아니아는 유라시아와 전쟁 중이었다. 오세아니아는 늘 유라시아와 전쟁을 벌여 왔다)는 무서운 속도로 남쪽으로 이동하고 있었다. 정오 뉴스 단신에서는 구체적인 지역이 언급되지 않았지만 이미 콩고강 입구가 쑥대밭이 되었을 터였다. 브라자빌과 레오폴드빌도 위험 지역이었다. 그 뉴스가 무엇을 의미하는지는 지도를 보지 않아도 알 수 있었다. 이번 전쟁은 단지 중앙아프리카를 잃는 문제가 아니었다. 이제까지의 모든 전쟁을 통틀어 처음으로 오세아니아 영토 자체가 위협받고 있었다.

공포라기보다는 흥분과 구별할 수 없는 어떤 격렬한 감정이 마음속에서 끓어올랐다가 사라졌다. 그는 전쟁에 관한 생각을 멈췄다. 요즘 그는 한 주제에 몇 분 이상 집중할 수 없었다. 그는 잔을 들어 단숨에 비웠다. 늘 그렇듯 진을 마시면 몸이 떨리고 구역질이 났다. 끔찍한 술이었다. 정향과 사카린은 그 자체만으로 이미 역겨운데 김빠진 진의 기름 맛을 감출 수 있을 리가 없었다. 무엇보다 최악인 것은 밤낮으로 속에서 올라오는 진 냄새가 그의 마음속에서 '그' 냄새와 구분할 수 없이 뒤섞인다는 것이었다.

그는 생각 속에서도 그 이름을 말하지 않았고 가능한 한 떠올리지도 않았다. 그 냄새는 그가 어렴풋이 알고 있는, 얼굴 가까이에 맴돌며 콧구멍에 밴 냄새였다. 위장에서 진이 올라오자 그는 보라색 입술 사이로 트림을 뱉었다. 풀려난 이후 그는 몸에 살이 붙고 예전의 혈색도 되찾았다. 실제로는 되찾은 것 그 이상이었다. 이목구비가 뚜렷해지고 코와 광대뼈의 피부가 거칠게 붉어졌고, 벗겨진 두피는 짙은 분홍빛을 띠게 되었다. 웨이터는 이번에도 역시 부탁하지도 않았는데 체스 문제가 실린 페이지가 나오게 펼친 『타임스』 최신호와 체스판을 가져다주었다. 그러다가 윈스턴의 잔이 비어 있는 것을 보더니 진 병을 가져와 빈 잔을 채웠다. 주문을 할 필요도 없었다. 그들은 이미 그의 습관을 알았다. 그가 앉는 구석 테이블과 체스판은 언제나 준비되어 있었다. 자리가 꽉 찼을 때에도 그는 테이블을 혼자 차지했다. 누구도 그와 가까이 앉아 있는 모습을 보이고 싶어 하지 않았기 때문이었다. 그는 심지어 자신이 술을 몇 잔이나 마셨는지도 신경 쓰지 않았다. 간혹 계산서라며 꾀죄죄한 종이쪽지를 건네 받기도 했지만 늘 금액이 너무 적게 나온 것 같은 기분이 들었다. 만약 반대였더라도 별 차이는 없었을 터였다. 요즘 그의 지갑은 늘 두둑했다. 한직이지만 전보다 더 보수가 좋은 곳에서 일하게 되었기 때문이다.

텔레스크린의 음악이 멈추고 목소리가 흘러나왔다. 윈스턴은 고개를 들어 귀를 기울였다. 그러나 전선에서 온 뉴스 단신은 없었다. 풍요부에서 전하는 간략한 공지였다. 지난 분기에 제10차 3개년 계획에 할당된 신발끈 생산량이 98퍼센트 초과 달성되었다는 소식이었다.

그는 체스 문제를 잘 읽고 말을 놓기 시작했다. 마지막에 나이트를 두어 번 움직여야 하는 까다로운 문제였다. '백말이 두 수 만에 체크메이트.' 윈스턴은 빅브라더의 초상화를 올려다보았다. 늘 백말이 승리하지, 그는 알 수 없는 신비감을 느끼며 생각했다. 결말은 예외 없이 그렇게 정해져 있었다. 세상이 창조된 이래 체스 문제에서 흑말이 승리한 적은 단 한 번도 없었다. 악에 대한 선의 영원하고 변함없는 승리를 상징하는 것이 아닐까? 거대한 얼굴이 차분하고 힘 있는 눈빛으로 그를 바라보고 있었다. 언제나 백말이 승리한다.

텔레스크린의 목소리가 잠시 멈추더니 훨씬 더 엄숙한 어조로 말을 이었다. "15시 30분에 중대한 발표가 있을 때까지 대기하라는 경고입니다. 15시 30분! 가장 중요한 소식입니다. 놓치지 않도록 주의하십시오. 15시 30분!" 딸랑거리는 음악이 다시 울려 퍼졌다.

윈스턴의 심장이 떨렸다. 그것은 전선에서 온 단신이 틀림없을 터였다. 본능적으로 곧 나쁜 소식이 들려오리라는 생각이 들었다. 하루 종일 아프리카에서 참패하지 않았을까 하는 생각은 그의 마음속을 들락거리며 그를 흥분시켰다. 그의 눈앞에 개미 떼 같은 유라시아 군대가 한 번도 무너진 적 없었던 국경을 가로질러 아프리카 대륙 끝으로 쏟아져 내리는 장면이 펼쳐지는 것 같았다. 그들의 허를 찌를 수는 없었을까? 그의 머릿속에는 서아프리카 해안의 윤곽이 생생하게 떠올랐다. 그는 백나이트 말을 들어 체스판을 가로질렀다. 적절한 수가 떠올랐다. 그는 검은 부대가 남쪽으로 돌진하는 모습을 떠올리면서 그동안 비밀스럽게 집결하여 그들의 후방에 갑자기 나타나 육로와 해상의 통신을 차단하는 또 다른 군대를 생각했다. 그가 그렇게 함으로써 다른 세력이 존재할 수 있게 된 것 같았다. 하지만 빠르게 움직여야 했다. 만약 그들이 아프리카 전체를 통제하고 케이프에 비행장과 잠수함 기지를 가지게 된다면 오세아니아는 둘로 나뉘게 될 터였다. 그렇게 되면 무슨 일이든 벌어질 수 있을 것이다. 패배, 몰락, 세계의 재분할 심지어 당의 파괴까지도! 그는 심호흡을 했다. 감정이 복잡하게 뒤섞여 그의 내면에서 충돌하고 있었다. 엄밀히 말하자면 감정들이 뒤섞여 있다기보다 겹겹이 쌓여 있다고 할까. 어느 층이 가장 밑바닥에 깔린 감정인지 더 이상 알 수 없도록.

발작적으로 떠오르던 감정이 사라졌다. 그는 백나이트를 다시 제자리에 놓았지만 도저히 마음을 가라앉히고 체스 문제에 집중할 수 없었다. 생각들이 다시 머릿속을 배회했다. 거의 무의식적으로 그는 테이블 위의 먼지를 따라 손가락을 움직이며 이렇게 썼다.

2 더하기 2는 5다

"그들이 당신 머릿속에 들어갈 수는 없을 테니까." 그녀는 말했었다. 하지만 그들은 누구의 머릿속이라도 들어갈 수 있었다. "여기서 당신에게 일어나는 일은 영원히 계속될 겁니다." 오브라이언은 말했었다. 진짜였다. 결코 되돌릴 수 없는 일들과 자신의 행동이 있는 법이다. 가슴 속에서 무언가가 죽어 버렸다. 불타고 마비되어 사라졌다.

그는 그녀를 본 적이 있었고 심지어 이야기를 나누기도 했다. 이제는 전혀 위험하지 않았다. 자신이 무엇을 하든 그들이 거의 관심을 두지 않는다는 사실을 그는 본능적으로 알 수 있었다. 둘 중 한 사람이라도 원했다면 그녀를 다시 만날 수도 있었다. 사실 두 사람이 만난 것은 우연이었다. 두 사람은 살을 에듯 혹독한 추위가 몰아치던 3월의 어느 날 공원에서 마주쳤다. 땅은 쇠처럼 단단하게 굳어 있었고 모든 풀은 죽은 듯했으며, 고개를 내밀었다가 칼바람에 꺾여 버린 크로커스 몇 송이 외에는 꽃봉오리 하나 보이지 않았다. 손이 꽁꽁 얼고 눈에는 눈물이 가득 고인 채 서둘러 걷던 그는 10미터도 채 안 되는 거리에 서 있는 그녀를 발견했다. 말할 수 없이 달라진 그녀의 모습에 그는 충격을 받았다. 두 사람은 아는 체도 하지 않고 서로를 지나쳤다가, 그는 별로 내키지 않는 발걸음을 돌려 그녀를 따라갔다. 그는 자신의 행동이 전혀 위험하지 않으며 누구도 그에게 관심을 갖지 않으리라는 사실을 알았다. 그녀는 아무 말도 하지 않았다. 그녀는 그를 따돌리려는 듯 잔디밭을 가로질러 비스듬히 걸어가다가 마음을 바꿔 그를 내버려두기로 한 것 같았다. 두 사람은 몸을 숨기거나 바람을 피하는 데 별 도움이 되지 못할, 잎이 거의 없는 초라한 관목 수풀 사이에 있었다. 그들은 걸음을 멈췄다. 혹독하게 추운 날이었다. 바람이 잔가지 사이로 윙윙 불면서 듬성듬성 피어 있는 꼬질한 크로커스들을 흔들었다. 그는 그녀의 허리에 팔을 둘렀다.

텔레스크린은 없었지만 분명 어딘가에 마이크가 숨겨져 있을 터였다. 게다가 누군가에게 목격될 수도 있었다. 그런 것은 중요하지 않았다. 무엇도 중요하지 않았다. 그들이 원했다면 땅에 누워서 그것을 할 수도 있었다. 그 생각을 떠올리자마자 그의 몸은 공포로 얼어붙었다. 그녀는 그에게 몸을 붙잡히고도 아무 반응도 하지 않았고 심지어 벗어나려고도 하지 않았다. 이제 그는 그녀가 어떻게 변했는지 볼 수 있었다. 그녀는 안색이 더 나빠졌고, 이마를 가로질러 관자놀이까지 난 긴 흉터가 머리칼에 가려져 있었다. 그러나 그것은 변화라고 할 수 없었다. 진짜 변한 것은 놀라울 정도로 뻣뻣해진 그녀의 굵은 허리였다. 로켓 미사일이 터진 후 폐허에서 시체를 끌어내는 일을 도왔을 때가 떠올랐다. 그는 시체가 믿을 수 없을 만큼 무겁고 살이라기보다 돌에 가까울 정도로 단단하고 다루기 힘들어서 놀랐던 기억이 있다. 그녀의 몸이 딱 그런 느낌이었다. 문득, 그녀의 피붓결도 예전과는 많이 달라졌으리라는 생각이 들었다.

그는 그녀에게 키스를 하려 하거나 말을 걸지도 않았다. 다시 잔디를 가로질러 걸어 나오면서, 그녀는 처음으로 그를 똑바로 쳐다보았다. 아주 잠깐이었지만 경멸과 혐오로 가득 찬 시선이었다. 그는 그 시선이 순전히 과거에서 비롯된 것인지 아니면 부은 얼굴과 바람 때문에 계속 흘러내리는 눈물에 대한 반응이 섞여 있던 건지 궁금했다. 그들은 철제 의자 두 개에 나란히 앉았지만 서로 적당한 거리를 유지했다. 그녀는 무슨 말을 하려는 것 같더니, 투박한 신발을 몇 센티미터쯤 움직여 일부러 나뭇가지를 으스러뜨렸다. 발도 좀 펑퍼짐해졌구나, 윈스턴은 생각했다.

"나 당신을 배신했어요." 그녀가 단도직입적으로 말했다.

"나도 당신을 배신했습니다." 그가 말했다.

그녀는 다시 한번 경멸에 찬 시선으로 그를 보았다.

"때때로." 그녀가 말했다. "그들은 참을 수 없고 생각조차 하고 싶지 않은 걸로 협박을 해요. 그럼 '내가 아니라 다른 사람 누구누구한테 하라'고 말하죠. 나중에 그건 단지 속임수일 뿐이었고, 그들을 멈추려고 한 말이지 진심이 아니었다고 자신을 속일 수는 있겠죠. 하지만 사실이 아니에요. 그 일이 일어난 순간에는 진심이니까. 자신을 구원할 다른 방법이 없다고 생각하지만 그런 식으로 자신을 구원할 준비가 되어 있었던 셈이죠. 그런 일이 다른 사람에게 일어나기를 원하면서요. 그들이 고통받든 말든 상관없어요. 머릿속엔 자기 생각뿐이니까."

"머릿속엔 자기 생각뿐이죠." 그가 마지막 말을 따라했다.

"그러고 나면 다른 사람에 대한 감정이 예전 같지 않게 돼요."

더 이상 할 말이 없을 것 같았다. 바람 때문에 얇은 작업복이 몸에 감겼다. 그 순간, 말없이 앉아 있는 것이 창피하게 느껴졌다. 게다가 너무 추워서 가만히 있을 수도 없었다. 그녀는 지하철을 타야 한다며 자리에서 일어나 떠날 채비를 했다.

"다시 만납시다." 그가 말했다.

"네." 그녀가 말했다. "다시 만나요."

그는 그녀와 반걸음 정도 간격을 두고 주춤거리며 그녀를 따라 얼마간 걸었다. 두 사람은 다시 말을 하지 않았다. 그녀는 그를 따돌리려고 하지는 않았지만 나란히 걸을 수 없을 정도로 빠르게 걸었다. 그는 지하철역까지 그녀를 바래다주려고 마음 먹었지만 갑자기 추위 속에서 그녀를 따라 걷는 것이 무의미하고 견딜 수 없게 느껴졌다. 줄리아에게서 벗어나고 싶다기보다는 밤나무 카페로 돌아가고 싶은 욕망이 솟구쳤다. 지금처럼 밤나무 카페가 매력적으로 느껴진 적이 없는 것 같았다. 그는 신문과 체스판, 끊임없이 채워지는 진이 놓인 구석 테이블이 간절했다. 무엇보다도 그곳은 따뜻할 터였다. 다음 순간, 완전히 우연이라고만은 할 수 없이 그는 한 무리의 사람들에 휩쓸려 그녀를 놓치고 말았다. 그는 그녀를 따라잡으려는 시늉을 하다가 곧 걸음을 늦추고 돌아서서 반대 방향으로 걷기 시작했다. 50미터쯤 가다가 그는 뒤를 돌아보았다. 거리는 붐비지 않았지만 이미 그녀의 모습은 보이지 않았다. 서둘러 달려가는 사람 중 하나가 그녀일 수도 있었다. 어쩌면 그녀의 두껍고 뻣뻣해진 뒷모습을 더 이상 알아볼 수 없게 되었는지도 몰랐다.

"그 일이 일어난 순간에는 진심이니까." 그녀는 말했다. 그는 진심이었다. 단지 말뿐만이 아니라 그렇게 되기를 바랐다. 자신이 아니라 그녀가 '그곳'으로 가게 되기를 ─

텔레스크린에서 흘러나오던 음악이 달라졌다. 갈라지고 조롱하는 듯한, 선정적인 음이었다. 그리고 그때 ─ 아마 현실이 아닐 수도, 단지 소리를 닮은 기억이었을 수도 있지만 ─ 노래하는 목소리가 들려왔다.

아름드리 밤나무 아래

나는 너를 팔고 너는 나를 팔았네….

그의 눈에 눈물이 고였다. 지나가던 웨이터가 잔이 비어 있는 것을 발견하고 진 병을 가지고 돌아왔다.

그는 잔을 들고 냄새를 맡았다. 한 입 마실 때마다 진 맛은 점점 더 끔찍해졌다. 그러나 그는 그 맛에 빠져 있었다. 진은 그의 삶이자 죽음이자 부활이었다. 매일 밤 그를 인사불성으로 만드는 것도 매일 아침 그를 깨우는 것도 진이었다. 아주 간혹 11시가 되기 전에 일어나면 눈꺼풀은 달라붙고, 입은 바짝 타들어 가고, 등은 부러진 것 같이 아팠다. 그의 침대 옆에 진 병과 찻잔이 없다면 자리에서 일어나는 것조차 할 수 없었다. 낮 시간 동안 그는 멍한 얼굴로 병을 들고 앉아서 텔레스크린을 들었다. 15시부터 가게가 문을 닫을 때까지 그는 밤나무 카페에 죽을 치고 앉아 있었다. 그가 무엇을 하든 더는 아무도 관심을 두지 않았고, 그를 깨우는 호각 소리도, 그를 훈계하는 텔레스크린 소리도 없었다. 이따금씩, 아마도 일주일에 두 번씩, 그는 진리부의 존재감 없고 먼지 쌓인 사무실로 가서 작업, 혹은 작업이라고 불리는 일을 조금 했다. 그는 새말 사전의 제11판 편집에서 발생한 사소한 문제를 다루는 수많은 위원회 중 하나에 포함된 소위원회의 하위위원회 위원으로 임명되었다. 여기서 하는 일은 중간 보고서라는 것을 작성하는 것인데, 무엇에 대한 보고인지 그는 확실히 알지 못했다. 그들은 쉼표를 괄호 안에 둘 것인지, 밖에 둘 것인지 같은 문제를 논의했다. 위원회에는 네 명이 더 있었는데, 모두 그와 비슷한 사람들이었다. 작업을 하러 모였다가 별로 할 일이 없다고 솔직하게 인정하고 곧바로 다시 흩어지는 날도 있었다. 하지만 꽤 열성적으로 업무에 착수하여 회의록을 작성하거나 단어의 정의에 대한 미묘한 논쟁, 길고 긴 여담, 말다툼, 심지어는 상급 기관에 고발하겠다는 위협이 이어지며 점점 복잡하고 난해해져 결코 마무리되지 않을 긴 보고서의 초안을 작성하는 거대한 쇼를 펼치는 날도 있었다. 그러다 갑자기 활기가 사그라들면 마치 수탉이 울면 사라지는 유령처럼 퀭한 눈으로 테이블에 앉아 있는 서로를 바라보곤 했다.

텔레스크린이 잠시 조용해졌다. 윈스턴은 다시 고개를 들었다. 뉴스 단신이다! 하지만 아니었다. 단지 음악이 바뀌는 것뿐이었다. 그의 눈앞에 아프리카 지도가 그려졌다. 이동하는 군부대가 다이어그램으로 나타났다. 검은색 화살표는 곧장 남쪽으로 향했고, 흰색 화살표는 첫 번째 화살표의 꼬리를 자르며 수평으로 동쪽을 향해 갔다. 마음을 진정하기 위해 그는 초상화 속의 침착한 얼굴을 올려다보았다. 두 번째 화살표가 존재하지 않을 수도 있을까?

그의 관심이 다시 시들해졌다. 그는 진을 한 모금 더 마신 다음 백나이트를 집어 들고 시험 삼아 한번 옮겨 보았다. 체크메이트. 하지만 그것은 분명 올바른 수가 아니었다. 왜냐하면 —

애쓰지 않았는데도 그의 마음속에 기억 하나가 떠올랐다. 흰 커버가 씌워진 거대한 침대가 놓인, 촛불이 켜진 방에, 아홉 살이나 열 살쯤 된 자신이 바닥에 앉아 주사위통을 흔들며 신나게 웃고 있었다. 그의 어머니도 그의 맞은편에 앉아 웃고 있었다.

그녀가 사라지기 한 달쯤 전이었을 것이다. 그칠 줄 모르던 배고픔이 잊히고 잠깐이나마 어머니에 대한 애정이 이전만큼 되살아난 화해의 순간이었다. 그는 그날을 또렷이 기억했다. 비가 퍼붓는 축축한 날이었다. 빗물이 유리창을 타고 흘러내렸고 실내등은 너무 어두워서 책도 읽을 수 없었다. 어둡고 비좁은 침실에서 두 아이는 이루 말할 수 없이 지루해졌다. 윈스턴은 징징거리고 보채며 먹을 것을 달라는 소용없는 요구를 했다. 이웃들이 조용히 하라며 벽을 쾅쾅 칠 때까지 그는 방 안의 모든 것을 어지럽히고 벽을 발로 차며 떼를 썼고, 그동안 그의 어린 동생은 간헐적으로 자지러지게 울었다. 결국 그의 어머니는 "착하게 굴면 장난감을 사 주마. 멋진 장난감이야. 분명 마음에 들걸"이라며 그를 타일렀다. 그러더니 비를 뚫고 밖으로 나가 그때까지도 이따금씩 문을 열던 작은 잡화점에 가서 뱀사다리 게임이 들어 있는 종이 상자를 사 들고 돌아왔다. 그는 아직도 그 상자의 축축한 판지 냄새를 기억했다. 장난감의 겉모습은 볼품없었다. 보드에는 금이 가 있었고 작은 나무 주사위들은 잘못 다듬어져서 제대로 서지도 않았다. 윈스턴은 뚱한 얼굴로 무관심하게 장난감을 바라보았다. 그러자 그의 어머니가 촛불을 켜더니 바닥에 앉아 게임을 할 준비를 했다. 그는 곧 말이 사다리 위로 올라갔다가 뱀을 타고 미끄러져 내려와 다시 출발점에 가까워지는 모습을 보며 신이 나서 큰 소리로 깔깔거렸다. 그들은 게임을 여덟

번 했고, 각각 네 번씩 이겼다. 너무 어려서 게임 규칙을 이해하지 못하는 작은 여동생은 받침대에 기대어 앉아 그와 어머니가 웃는 모습을 보며 따라 웃었다. 오후 내내 그들은 어린 시절처럼 다 같이 행복했다.

그는 그 장면을 마음속에서 밀어냈다. 잘못된 기억이었다. 그는 때때로 잘못된 기억 때문에 괴로웠다. 그런 기억들이 무엇인지 알기만 한다면 문제될 건 없었다. 그런 일이 일어났을 수도 일어나지 않았을 수도 있다. 그는 다시 체스판에 집중하며 백나이트를 집어 들었다. 바로 그 순간 말이 요란한 소리를 내며 체스판에 떨어졌다. 그는 바늘에 찔리기라도 한 듯 깜짝 놀랐다.

날카로운 트럼펫 소리가 사방에 울려 퍼진 것이다. 속보다! 승리다! 뉴스가 나오기 전 나팔 소리가 울리면 승리했다는 뜻이었다. 카페에 있는 모든 사람들이 전기에 감전된 듯 펄쩍 뛰었다. 웨이터들도 깜짝 놀라며 뉴스 단신에 귀를 쫑긋 세웠다.

나팔 소리는 엄청난 굉음을 내며 울려 퍼졌다. 텔레스크린에서 나오는 목소리는 한껏 들떠 있었는데, 그나마도 뉴스의 시작과 함께 바깥의 함성 소리에 묻혀 거의 들리지 않았다. 뉴스는 마법처럼 거리를 휩쓸었다. 텔레스크린에서 들리는 이야기를 충분히 들을 수 있게 되자 그는 모든 일이 자신이 예상했던 대로 일어났다는 것을 깨달았다. 하얀 화살표가 검은 화살표의 꼬리를 가로질렀던 것처럼 거대한 해상 함대가 적의 후방을 기습적으로 공격했다고 했다. 소음을 뚫고 승전보의 조각조각이 귓가에 들어왔다. '전략적이고 대대적인 기동 작전, 완벽한 합동

작전, 완패, 포로 50만 명, 완전한 사기 저하, 아프리카 전체 통제권, 코앞으로 다가온 전쟁 종식, 승리, 인류 역사상 가장 큰 승리, 승리, 승리, 승리!'

테이블 아래에서 윈스턴의 발이 발작적으로 떨렸다. 그는 자리에서 움직이지는 않았지만 마음속으로는 빠르게 달리며 밖에 있는 군중들과 함께 귀가 먹을 정도로 환호하고 있었다. 그는 빅 브라더의 초상화를 다시 올려다보았다. 세계를 재패한 위인! 아시아 군대의 돌진을 막아 낸 든든한 지도자! 10분 전, 불과 10분 전만 해도, 전선에서 들려오는 소식이 승리가 될지 패배가 될지 자신이 불안해하고 있었다고 그는 생각했다. 아아, 소멸된 것은 유라시아 군대만이 아니었다! 자애부에서의 첫날 이후로 그에게 많은 변화가 있었지만, 궁극적이고 필수적인 치유의 변화는 지금까지 일어난 적이 없었다.

텔레스크린의 목소리는 여전히 포로와 전리품, 학살에 대한 이야기를 떠들어 대고 있었지만, 바깥에서 들려오던 함성 소리는 약간 잦아들었다. 웨이터들은 다시 자기 일로 돌아갔다. 그중 한 명이 진 병을 들고 다가왔다. 행복한 꿈에 젖어 있던 윈스턴은 잔이 다 채워지도록 그에게 눈길 한번 주지 않았다. 그는 더 이상 뛰거나 환호하지 않았다. 그는 모든 것을 용서받고 영혼이 눈처럼 하얗게 씻긴 채 자애부에 돌아와 있었다. 그는 피고석에 서서 모든 것을 자백하고 모든 사람을 고발했다. 그는 햇빛 속을 걷는 듯한 기분으로 흰 타일이 깔린 복도를 걸었고, 그 뒤를 무장한 교도관들이 따랐다. 오랫동안 기다렸던 총알이 그의 머리에 와서 박혔다.

　그는 거대한 얼굴을 올려다보았다. 그 검은 콧수염 밑에 숨겨진 미소를 이해하는 데 40년이 걸렸다. 오, 잔혹하고 불필요한 오해여! 오, 자애로운 가슴을 가진 완고하고 고집스러운 망명자여! 진 향이 밴 눈물 두 방울이 그의 코 양옆으로 흘러내렸다. 하지만 괜찮다, 다 괜찮다. 투쟁은 끝났다. 그는 자신과의 싸움에서 승리를 거뒀다. 그는 빅브라더를 사랑했다.

부록

새말의 원리

새말은 오세아니아의 공식 언어로 영사 또는 영국 사회주의의 이념적 필요에 따라 고안되었다. 1984년까지 말하거나 쓰면서 새말을 유일한 의사소통 수단으로 사용하는 사람은 아직 없었다. 『타임스』의 주요 기사는 새말로 작성되었지만 이는 전문가들만 발휘할 수 있는 재주였다. 약 2050년까지 새말은 옛말(또는 우리가 부르는 말로 표준 영어)을 완전히 대체할 것으로 예상되었다. 한편 모든 당원들이 일상생활에서 새말 단어와 문법 구조를 최대한 자주 사용하면서 새말은 꾸준히 기반을 다졌다. 1984년에 사용되던 형태는 새말 사전의 제9판과 제10판을 통해 추측할 수 있는데, 이는 임시 판본으로 나중에 제거된 불필요한 단어와 고전적인 형태를 다수 포함하고 있다. 여기에서 다루는 내용은 사전 제11판에 실린 최종적이고 완성된 버전이다.

새말의 목적은 영사의 추종자들에게 고유한 세계관과 사고 습관에 필요한 표현 수단을 제공하는 것뿐만 아니라 다른 모든 사고방식을 불가능하게 만드는 데 있다. 최종적으로 새말이 채택되고 옛말이 잊히도록 한 것은 적어도 생각이 말을 기반으로 하는 한, 이단적인 생각, 즉 영사의 신조에서 벗어나는 생각은 할 수 없도록 만들기 위함이다. 새말의 어휘는 다른 모든 의미를 배제하는 것은 물론 간접적인 방식으로 다른 의미를 가질 수 있는 가능성을 완전히 차단하면서 당원이 적절하게 표현하고자 하는 어떠한 의미라도 정확하고 종종 매우 미묘하게 표현하도록 고안되었다. 이를 위해 새로운 단어를 창조하기도 했지만 주로 바람직하지 않은 단어를 제거하고 비정통적인 의미가 있는 단어와 단어들의 부차적 의미를 가능한 한 모두 제거함으로써 이루어졌다. 다음은 한 가지 예다. 자유라는 단어는 여전히 새말에 존재하지만 '이 개(dog)는 이(lice)에서 자유롭다' 또는 '이 들판은 잡초로부터 자유롭다' 같은 문장에만 사용할 수 있다. 정치적, 지적 자유는 더 이상 개념으로도 존재하지 않으며, 이름이 없기 때문에 필연적으로 '정치적 자유' 또는 '지적 자유'라는 옛 의미로 사용될 수 없다. 이단성이 확실한 단어를 금지하는 것과는 별개로, 어휘의 축소는 그 자체로 목적으로 간주되었고, 생략할 수 있는 단어는 예외 없이 삭제되었다. 새말은 생각의 범위를 확장하는 것이 아니라 축소하기 위해 고안되었으며, 이를 달성하는 데 선택할 수 있는 단어를 최소한으로 줄이는 계획이 간접적으로 도움이 되었다.

새말은 현재 우리가 아는 영어를 기반으로 만들어졌지만 새로 만들어진 단어가 포함되어 있지 않더라도 우리 시대의 영어 사용자는 거의 이해할 수 없는 새말 문장이 많을 것이다. 새말 단어는 A, B(복합어라고도 함), C라는 세 범주로 구분된다. 간단하게 각 범주를 개별적으로 논의하겠지만 언어의 문법적 특성은 동일한 규칙이 세 범주 모두에 적용되므로 A 범주를 다루는 부분에서 다룰 예정이다.

A 범주 어휘. A 범주 어휘는 먹고, 마시고, 일하고, 옷을 입고, 계단을 오르내리고, 교통수단을 이용하고, 정원을 가꾸고, 요리하는 등의 일상생활에서 필요한 어휘들이 포함되어 있다. 이 범주는 치다, 뛰다, 개, 나무, 설탕, 집, 들판 등 이미 기존 영어가 보유하고 있는 단어들로 대부분 구성되어 있지만, 오늘날의 어휘와 비교하면 그 수가 극히 적고 의미는 훨씬 더 엄격하게 제한된다. 모호하거나 암시적인 의미는 모두 제거되었다. 이 범주의 새말 단어는 달성할 수 있는 한, 명확하게 이해되는 개념 하나만을 단순하게 표현하는 단음이라 볼 수 있다. 문학적 목적이나 정치적, 철학적 논의를 위해 A 범주 어휘를 사용하는 것은 전혀 불가능할 것이다. 이는 일반적으로 구체적인 대상이나 신체적 행동과 관련된 단순하고 목적이 있는 생각을 표현하기 위한 것이기 때문이다.

새말의 문법에는 두드러지는 특징이 두 가지 있다. 첫 번째는 서로 다른 품사를 거의 완전하게 교환해서 쓸 수 있다는 것이다. 새말의 모든 단어(원칙적으로 만약 또는 ~할 때와 같은 매우 추상적인 단어에도 적용됨)는 동사, 명사, 형용사 또는 부사로 사용될 수 있다. 동사와 명사는 어근이 같을 경우 어떤 변화도 없으며, 이 규칙만으로도 고대의 어휘 형태가 엄청나게 파괴되었다. 예를 들어, 생각(think)이라는 단어는 새말에 존재하지 않는다. 이 단어는 명사와 동사로 동시에 쓰일 수 있는 사고(thought)로 대체되었다. 여기에는 어떤 어원적 원칙도 적용되지 않는다. 원래 명사였던 단어가 보존되는 경우도 있고 동사가 보존되는 경우도 있다. 유사한 의미를 지닌 명사와 동사가 어원적으로 연결되지 않은 경우에도 둘 중 하나가 생략되는 경우가 많았다. 예를 들어 자르다(cut)라는 단어는 존재하지 않으며 그 의미를 포괄하는 명사 칼(knife)로 대신하게 되었다. 명사-동사에 접미사 '-한'을 붙여서 형용사를 만들고, '-하게'를 붙여서 부사를 만든다. 예를 들어 속도한(speedful)은 '빠르다'는 의미고 속도하게(speedwise)는 '빠르게'를 의미한다. 좋은, 강한, 큰, 까만, 부드러운처럼 현재 사용하는 형용사가 그대로 유지된 경우도 있지만 그 수는 매우 적다. 명사-동사에 '-한'을 추가하면 거의 모든 형용사 의미를 얻을 수 있기 때문에 이러한 단어들이 필요하지 않기 때문이다. 이미 '-하게'로 끝나는 부사 몇 개를 제외하고 현재 존재하는 부사 중에서 유지된 것은 없다. '-하게' 어미는 예외 없이 적용된다. 예를 들어 잘(well)이라는 단어는 좋게(goodwise)로 대체되었다.

게다가, 모든 단어(이 원칙은 새말의 모든 단어에 다시 적용됨)는 접사 안(un-)을 추가하여 부정할 수도 있고, 접사 더(plus-)를 추가하여 강화할 수도 있고, 더더(doubleplus-)를 붙여 훨씬 더 강조할 수 있다. 따라서 예를 들어 안추운(uncold)은 따뜻한(warm)을 의미하고 더추운(pluscold)과 더더추운(doublepluscold)은 각각 '매우 추운'과 '최고로 추운'을 의미한다. 현대 영어에서처럼 앞(ante-), 뒤(post-), 위(up-), 아래(down-) 등과 같은 전치사 접사를 사용하여 거의 모든 단어의 의미를 나타낼 수도 있는데, 이러한 방식을 통해 어휘 수를 대폭 줄일 수 있었다. 예를 들어 좋다(good)라는 단어가 주어지면 나쁘다(bad)라는 단어는 필요하지 않게 된다. 왜냐하면 필요한 의미를 안좋다(ungood)라는 단어로 똑같이, 실제로 더 잘 표현할 수 있기 때문이다. 두 단어가 자연스러운 반대 쌍을 형성하는 경우에는 둘 중 어느 단어를 제거할지 결정하면 된다. 예를 들어, 어느 쪽을 선호하느냐에 따라 어둡다(dark)를 안밝다(unlight)로 대체할 수도, 밝다(light)를 안어둡다(undark)로 대체할 수도 있다.

새말 문법의 두 번째 특징은 규칙성이다. 아래에 언급할 몇 가지 예외를 제외하고 모든 어형 변화는 동일한 규칙을 따른다. 모든 동사의 과거형과 과거분사형은 동일하게 '-ed'로 끝난다. 훔치다(steal)의 과거형은 'stealed', 생각하다(think)의 과거형은 'thinked' 등 언어 전반에 걸쳐 수영했다(swam), 줬다(gave), 가져왔다(brought), 말했다(spoke), 가져갔다(taken)와 같은 형태의 과거형은 사라졌다. 모든 복수형은 때에 따라 '-s' 또는 '-es'를 더하여 만든다. 사람(man), 황소(ox), 삶(life)의 복수형은 'mans,' 'oxes,' 'lifes'가 되었다. 형용사의 비교급은 예외 없이 '-er', '-est'(good, gooder, goodest)를 더해 만들고, 불규칙 비교급과 'more', 'most'

를 더하여 만드는 비교급 또한 사라졌다.

여전히 불규칙 변형이 허용되는 유일한 품사는 대명사, 관계사, 지시 형용사 및 조동사다. 이 품사는 과거의 용법을 따르는데, 'whom'은 불필요하다고 판단되어 삭제되었고 'shall', 'should'와 같은 시제 역시 사라졌으며 'will'과 'would'가 이러한 단어의 쓰임을 대신했다. 또한 빠르고 쉽게 말할 수 있도록 하기 위해 단어 형성 과정에서 특정한 불규칙성이 생기기도 했다. 말하기 어렵거나 잘못 듣기 쉬운 단어는 그 사실만으로도 나쁜 단어로 간주되었다. 따라서 음운에 변화를 주기 위해 단어에 추가 문자를 삽입하거나 고어 형식을 유지하는 경우가 발생했다. 그러나 이러한 필요성은 주로 B 범주 어휘에서 나타난다. 발음을 쉽게 하는 것이 어째서 그토록 중요한지는 이 글 후반부에서 명백히 밝힐 예정이다.

B 범주 어휘. B 범주 어휘는 정치적 목적을 위해 인위적으로 만든 단어로 구성되었다. 즉, 언제나 정치적 함의를 가질 뿐만 아니라 이를 사용하는 사람이 바람직한 정신적 태도를 가지도록 하려는 의도를 가진 단어들이다. 영사의 원리를 완전히 이해하지 못하면 이 범주의 단어를 올바르게 사용하기는 어렵다. 옛말로 번역되거나 심지어 A 범주 어휘에서 가져온 단어로 번역될 수 있는 경우도 있지만, 일반적으로 긴 의역이 필요하며 그 과정에서 함축된 의미가 손상될 수밖에 없다. B 범주 단어는 구두 속기라고 볼 수 있으며 개념의 전체 범위를 단 몇 개의 음절에 포괄하는 동시에 일반 언어보다 더 정확하고 강력한 경우가 많다.

B 범주 단어는 언제나 복합어다. [물론 A 범주 어휘에도 스피크라이트(speakwrite)와 같은 복합어가 있지만 이는 단지 편리성을 위한 약어일 뿐 특별히 이념적 색채는 띠고 있지 않다.] 이러한 단어는 두 개 이상의 단어 또는 단어의 일부로 구성되어 발음하기 쉬운 형태로 결합된다. 이렇게 만들어진 합성어는 언제나 명사형 동사이며 일반적인 규칙에 따라 어형이 변한다. 한 가지 예를 들어 보자. 좋은생각(goodthink)이라는 단어는 대략적으로 '정통'(orthodoxy)을 의미하며, 동사로 활용하는 경우 '정통적인 방식으로 생각하다'라는 의미가 된다. 이 단어는 다음과 같이 활용된다. 명사형 동사 — 좋은생각/하다(goodthink), 과거 및 과거분사 — 좋은생각했다(goodthinked), 현재분사 — 좋은생각하다(good-thinking), 형용사 — 좋은생각한(goodthinkful), 부사 — 좋은생각하게(goodthinkwise), 동명사 — 좋은생각하기(goodthinker).

B 범주 단어는 어원학적 계획에 따라 구성된 단어가 아니다. 이 범주 단어를 구성하는 단어는 품사의 어떤 부분이라도 될 수 있으며, 어떤 순서로든 배치될 수 있고, 어원을 드러내면서 발음하기 쉬운 어떤 방식으로든 변형될 수 있다. 예를 들어, 사상범죄(crimethink, thoughtcrime)라는 단어에서는 'think'가 뒤로, 사상경찰(thinkpol, Thought Police)에서는 'think'가 앞에 오는 대신 'police'의 두 번째 음절이 삭제되었다. 음조를 듣기 좋게 만들기가 어렵다는 점 때문에 A 범주 어휘보다 B 범주 어휘에서 불규칙 형태가 더 흔하게 발견된다. 예를 들어, 진실부(minitrue), 평화부(minipax) 및 자애부(miniluv)의 형용사 형태는 각각 minitruthful, minipeaceful, 및 minilovely이다. 이렇게 된 이유는 '-trueful', '-paxful' 및 '-loveful'의 발음이 약간 어색하기 때문이다. 그러나 원칙적으로 모든 B 범주 단어의 어형은 변할 수 있으며 모두 같은 방식으로 변형된다.

B 범주 단어에는 의미가 매우 미묘해서 언어 전체를 완전히 익히지 않고는 거의 이해할 수 없는 단어들이 있다. 예를 들어, 『타임스』의 주요 기사에서 등장하는 '옛사상가 영사를 안속공감하다'(oldthinkers unbellyfeel INGSOC)와 같은 전형적인 문장을 떠올려 보자. 이 문장을 옛말로 가장 짧게 번역하면 다음과 같다. '혁명 이전에 사상이 형성된 사람들은 영국 사회주의의 원칙을 완전히 감정적으로 이해할 수 없다.' 하지만 이 번역은 정확하지 않다. 우선, 위에 인용된 새말 문장의 전체 의미를 파악하려면 영사가 어떤 의미인지 명확하게 이해해야 한다. 또한 영사에 철저하게 기반을 두고 있는 사람만이 오늘날에는 상상할 수 없는 맹목적이고 열정적인 수용을 의미하는 속공감(bellyfeel)이라는 단어가 가진 힘을 온전히 이해할 수 있다. 사악함과 타락이라는 개념이 복잡하게 뒤섞인 옛사상(oldthink)이라는 단어 역시 마찬가지다. 새말에는 의미를 표현하는 것이 아니라 파괴하는 특수한 기능을 하는 특정 단어들이 있는데, 옛사상은 그러한 단어 중 하나다. 물론 이 단어들은 그 수가 매우 적지만 그 의미가 확장되어 단어에 수많은 단어를 포함할 수 있게 되었으며, 하나의 포괄적인 용어로 충분히 의미를 전달할 수 있게 된 단어들은 폐기되고 잊혔다. 새말 사전 편찬자들이 직면한 가장 큰 어려움은 새

로운 단어를 만들어 내는 것이 아니라, 단어의 의미가 무엇인지 확실히 하는 것이었다. 즉 그러한 단어들이 존재함으로써 사라지는 단어의 범위를 확정하는 것이다.

우리가 자유라는 단어에서 이미 보았듯이, 한때 이단적인 의미를 지녔던 단어들이 편의를 위해 유지되는 경우에도 바람직하지 않은 의미는 제거되었다. 명예, 정의, 도덕성, 국제주의, 민주주의, 과학, 종교와 같은 수많은 단어는 더 이상 존재하지 않게 되었다. 몇 마디의 완충어가 그것들을 대체했고, 대체된 단어들은 폐지되었다. 예를 들어 자유와 평등이라는 개념을 중심으로 묶을 수 있는 모든 단어는 사상범죄라는 단어 하나에 포함되었고, 객관성과 합리주의라는 개념을 중심으로 묶을 수 있는 모든 단어는 옛사상이라는 단어 하나에 포함되었다. 이보다 정밀하게 표현하는 것은 위험한 일이었다. 당원들은 별다른 지식을 가지지 못한 상태로 자기 나라 밖의 모든 민족이 '가짜 신'을 숭배한다고 믿었던 고대 히브리인과 비슷한 사고방식을 가져야 했다. 히브리인들은 다른 민족의 신들의 이름이 바알, 오시리스, 몰록, 아스다롯 등이라는 사실을 알 필요가 없었다. 아는 것이 적을수록 정통성을 유지하는 데 더 유리할 것이기 때문이었다. 대신 여호와와 여호와의 계명을 알았다. 따라서 다른 이름이나 속성을 가진 신들은 모두 가짜라는 걸 알 수 있는 것이다. 이와 비슷한 방식으로, 당원은 무엇이 올바른 행동인지 알며, 어떤 종류의 이탈이 가능한지는 매우 모호하고 일반화된 용어로만 설명할 수 있었다. 예를 들어, 당원의 성생활을 표현하는 단어는 성범죄(sexcrime; 성적부도덕)와 좋은성(goodsex; 순결)이라는 새말 단어로 완전히 규제되었다. 모든 성적 비행은 성범죄라는 단어에 포함되었다. 이 단어에는 음행, 간음, 동성애 및 기타 변태적인 성향이 포함되었으며, 그에 더해 성교 그 자체를 위해 행해지는 정상적인 성교도 포함되었다. 그것들은 모두 하나하나 따로 나열할 필요가 없는, 똑같이 유죄이고 원칙적으로 모두 사형에 처해질 수 있는 비행이었다. 과학적이고 기술적인 단어로 구성된 C 범주 어휘에서는 특정 성적 일탈에 고유한 이름을 부여해야 할 필요가 있을 수도 있지만 일반 시민에게는 그런 명칭이 필요하지 않았다. 당원은 좋은성이 무엇을 의미하는지 알았다. 이는 여성의 육체적 쾌락 없이 자녀를 잉태하는 유일한 목적으로 이루어지는 남자와 여자 사이의 일반적인 성관계를 뜻했고, 그 밖의 모든 것은 성범죄로 간주되었다. 새말에서는 어떤 단어가 이단적이라고 인식하는 것 이상으로 이단적인 생각을 하는 것은 어려우며, 이를 넘어서기 위해 필요한 단어들은 존재하지 않는다.

B 범주 어휘에는 중립적인 이념을 가진 단어가 하나도 없다. 대부분은 완곡한 표현이다. 예를 들어, 기쁨수용소(joycamp: 강제노동 수용소) 또는 평부(MINIPAX: 평화부, 즉, 전쟁부)와 같은 단어는 겉으로 보이는 것과 정반대를 의미를 가진다. 반면 오세아니아 사회의 본질에 대한 솔직하고 경멸적인 이해를 보여 주는 단어도 있다. 예를 들어 프롤먹이(prolefeed)라는 단어는 당이 대중에게 퍼뜨리는 쓰레기 같은 오락 거리와 가짜 뉴스를 의미한다. 당에 적용될 때는 '좋은'이라는 뜻으로, 적들에게 적용될 때

는 '나쁜'이라는 뜻으로 쓰이는 양가적인 단어들도 있다. 또한 언뜻 보기에 단순한 축약어처럼 보이는, 의미가 아니라 구조에서 이데올로기적 색채를 드러나는 단어도 많다.

정치적 중요성을 가졌거나 가질 수 있다고 여겨질 수 있는 모든 단어는 B 범주 어휘에 포함된다. 모든 조직, 단체, 교리, 국가, 기관, 공공건물의 이름은 어김없이 친숙한 모양으로 축약되었다. 즉, 원래의 어원을 보존할 수 있고 최소한의 음절 수를 가진 쉽게 발음되는 단일 단어가 되었다. 예를 들어, 진실부에서는 윈스턴 스미스가 근무했던 기록부를 기부(recdep), 소설부를 소부(ficdep), 텔레프로그램 부서를 텔부(teldep) 등으로 불렀다. 단지 시간을 절약하기 위해서가 아니었다. 20세기 초 몇십 년 동안에도 축약된 단어와 문구는 정치적 언어의 특징 중 하나였다. 그리고 이런 종류의 축약어를 사용하는 경향은 전체주의 국가와 전체주의 조직에서 가장 뚜렷하게 나타났다. 예를 들면 나치, 게슈타포, 코민테른, 인프레코, 아지프로 같은 단어 등이 있다. 처음에는 이러한 관행이 자연적으로 채택되었지만 새말에서는 의식적인 목적으로 사용되었다. 이렇게 명칭을 축약함으로써 이름과 연관될 수 있는 대부분의 연상어들을 제거하여 그 의미를 좁히고 미묘하게 변경할 수 있다는 사실을 깨달았기 때문이다. 예를 들어 국제 공산당(communist international)이라는 단어는 인류의 보편적인 형제애, 붉은 깃발, 바리케이드, 칼 마르크스, 파리 코뮌이 합성된 이미지를 떠올리게 한다. 반면 코민테른이라는 단어는 긴밀하게 결합된 조직과 잘 정의된 교리 체계만을 떠올리게 한다. 이 단어는 의자나 테이블처럼 쉽게 인식할 수 있으며 목적이 제한된 어떤 대상을 의미한다. 코민테른은 거의 생각하지 않고도 말할 수 있는 단어인 반면, 국제 공산당은 말하기 전 잠시나마 머뭇거려야 하는 표현이다. 마찬가지로, 진부와 같은 단어가 불러일으키는 이미지는 진리부가 불러일으키는 이미지보다 적고 통제하기 쉽다. 가능한 한 축약할 뿐만 아니라 모든 단어를 쉽게 발음할 수 있도록 만드는 데 지나칠 정도로 신경을 쓰는 이유가 바로 이것이다.

새말에서는 의미가 정확한가를 제외하면 어휘의 다른 어떤 특성보다 듣기 편한지가 중요하다. 필요한 경우 문법의 규칙성조차 무시할 수 있다. 무엇보다도 정치적 목적을 위해 요구되는 단어는 의미가 달라질 여지가 없고 짧게 축약된 말이어서 이런 예외가 적용되는 것이 당연한 일이다. 이러한 단어는 빠르게 말할 수 있으며 화자의 마음에 최소한의 반향만 일으킨다. B 범주 어휘는 거의 모든 단어가 매우 유사하다는 장점이 있다. 좋은생각, 평부, 프롤먹이, 성적범죄, 기쁨수용소, 영사, 속공감, 사상경찰 등 두세 음절로 이루어진 단어가 셀 수 없이 많으며 강세는 첫 음절과 마지막 음절에 똑같이 배분된다. 이런 단어를 사용하면서 날카롭고 단조로우며 빠른 말투가 권장되었다. 그리고 이것이 바로 새말의 목표였다. 새말은 특히 이념적으로 중립적이지 않은 주제에 대한 연설을 가능한 한 의식과 독립적으로 만들고자 했다. 일상생활에서는 말하기 전에 반드시 생각해야 하거나 생각할 필요가 있을 때가 있지만, 정치적 또는 윤리적 판단을 내려야 하는 당원이라면 총알을 쏘는 기관총처럼 자동적으로 올바른 의견을 내놓을 수 있어야 했다. 당원은 훈련을 통해 그렇게 할 수 있었고, 새말은 거의 완벽한 도구를 제공했는데, 소리가 거칠고 의도적으로 추하게 만들어진 단어들 — 이는 영사의 정신과 일치한다 — 은 그 과정을 촉진시켰다.

　선택할 수 있는 단어가 거의 없다는 사실 역시 마찬가지였다. 우리가 사용하는 어휘에 비해 새말 어휘는 매우 적으며, 어휘 수를 줄이는 새로운 방법이 지속적으로 고안되었다. 실제로 새말은 어휘가 매년 늘어나지 않고 줄어든다는 점에서 대부분의 다른 언어와 다르다. 선택의 폭이 좁아질수록 생각하고 싶은 충동이 작아지기 때문에 어휘가 감소하는 것은 이득이었다. 궁극적으로 고차원적인 뇌 중추에 도달하지 않고 후두에서 나오는 대로 또박또박 말하는 것이 바람직하게 여겨졌다. 이 목표는 '오리처럼 꽥꽥거리다'를 의미하는 새말 단어 오리말(duckspeak)에서 여실히 드러난다. B 범주 어휘의 다른 여러 단어와 마찬가지로 오리말도 양면적인 의미를 가진다. 꽥꽥거리며 나온 의견이 정통적이라면 이 단어는 칭찬일 뿐이며, 『타임스』가 당의 연설가 중 한 사람을 더더좋은 오리말꾼(doubleplusgood duckspeaker)이라고 언급했을 때는 따뜻하고 진심 어린 칭찬이다.

　C 범주 어휘. C 범주 어휘는 다른 어휘를 보충하기 위해 쓰이며 전적으로 과학적이고 기술적인 용어로 구성된다. 오늘날 사용되는 과학 용어와 유사하고 동일한 뿌리를 바탕으로 구성되지만 정의가 엄격하게 제한되었고 다른 범주의 어휘들과 마찬

가지로 바람직하지 않은 의미를 제거하기 위한 노력을 기울였다. 이 범주의 어휘 역시 다른 두 어휘의 단어와 동일한 문법 규칙을 따른다. C 범주 어휘 중 일상 연설이나 정치적 연설에서 쓰이는 단어는 거의 없다. 과학 연구원이나 기술자는 자신의 전문 분야에 해당하는 목록에서는 필요한 단어가 무엇이든 찾을 수 있지만, 다른 목록에서는 극히 일부만 찾을 수 있다. 모든 분야에 공통적으로 사용되는 단어는 극소수에 불과하며 특정 분야에 속하지 않고 사고 습관이나 방식으로서의 과학 기능을 표현하는 어휘도 없다. 실제로 '과학'이라는 단어는 존재하지 않는다. 이 단어가 가지는 의미는 이미 영사라는 단어로 충분히 표현될 수 있기 때문이다.

　앞의 설명에서 볼 수 있듯 새말에서는 아주 낮은 수준 이상으로 비정통적인 의견을 표현할 수 없다. 물론 아주 조잡한 방식으로 이단적이거나 신성 모독적인 발언을 할 수는 있다. 예를 들어 빅브라더는 안좋다라는 말을 입 밖에 낼 수는 있을 것이다. 하지만 정통적인 당원의 귀에는 자명한 모순으로만 들릴 이 문장은 필수적인 단어를 사용할 수 없기 때문에 합리적인 논증으로 뒷받침될 수 없을 것이다. 영사에 적대적인 사상은 모호하고 말로 표현할 수 없는 형태로만 품을 수 있으며 이단 집단들을 정의하지 않고 뭉뚱그려서 비난하는 넓은 범주의 용어로만 명명된다. 사실 일부 새말 단어를 부적절하게 옛말로 번역하여 비정통적인 목적으로 사용할 수는 있다. 예를 들어, 모든 인간은 동등하다라는 문장은 새말로도 쓰일 수 있지만 모든 인간은 머리가 붉다라는 옛말 문장이 가질 수 있는 만큼의 의미만 가진다. 해당 문장은 문법적인 오류는 없지만 눈에 띄는 허위를 표현한다. 모든 남성이 키, 체중, 힘이 동일하다는 의미로 쓰인 문장인 것이다. 정치적 평등이라는 개념은 더 이상 존재하지 않으며, 따라서 동등이라는 단어에서 이러한 부차적 의미는 제거되었다. 일반적인 의사소통 수단으로 여전히 옛말을 사용하던 1984년에는 이론적으로 새말 단어를 사용할 때 원래 의미를 기억할 위험이 존재했다. 실제로 이중사고에 기반을 둔 사람이라면 어렵지 않게 그런 위험을 피할 수 있었지만, 몇 세대 안에 그러한 실수를 할 가능성조차 사라지게 될 것이었다. 새말을 유일한 언어로 사용하며 성장한 사람은 체스라는 게임을 들어 본 적 없는 사람이 퀸과 루크에 어떤 부차적 의미가 있는지 모르는 것처럼 동등이라는 단어가 한때 '정치적으로 평등하다'는 부차적 의미를 가졌었다는 사실이나 자유라는 단어가 한때 '지적 자유'를 의미했다는 사실을 알지 못할 것이다. 이름이 없으므로 상상할 수도 없고, 따라서 많은 범죄와 실수들은 그의 능력 밖에 있게 된다. 시간이 지남에 따라 새말의 고유한 특징은 점점 더 뚜렷해질 것으로 예상된다. 단어 수가 점점 줄고, 의미가 점점 더 엄격해지고, 부적절하게 사용될 가능성이 계속 줄어드는 것이다.

옛말이 완전히 대체되고 나면 과거와의 마지막 연결고리도 끊어지게 될 터였다. 역사는 이미 다시 쓰였지만 검열이 완벽하게 되지 않은 과거 문헌의 단편들이 여기저기 남아 있고, 옛말에 대한 지식이 남아 있는 한 그러한 문헌을 읽을 수도 있었다.

미래에는 그러한 조각들이 우연히 살아남는다 해도 아무도 이해할 수 없고 번역할 수도 없을 것이다. 어떤 기술적인 과정이나 매우 간단한 일상적인 행동이나 이미 정통적인(새말로는 좋은생각한으로 표현될 것이다) 경향이 있는 구절이 아닌 한 어떤 옛말 구절도 새말로 번역할 수 없을 것이다. 사실상 이 말은 어림잡아 1960년 이전에 쓰인 어떤 책도 번역할 수 없다는 의미다. 혁명 이전의 문학은 이념적으로만 번역될 수 있었다. 즉 언어뿐 아니라 의미도 변한다는 뜻이다. 독립선언서의 잘 알려진 구절을 예시로 살펴보자.

우리는 다음과 같은 진리를 자명한 것으로 간주한다. 모든 사람은 평등하게 창조되었으며, 창조주로부터 양도할 수 없는 특별한 권리를 부여받았다. 생명, 자유, 행복을 추구할 권리가 이에 포함된다. 이 권리를 보존하기 위해 인류는 정부를 설립했으며 그 정당한 권리는 국민의 동의로부터 나온다. 어떤 형태의 정부든 이러한 목적을 파괴할 시 정부의 변화를 꾀하거나 정부를 폐지하고 새로운 정부를 설립하는 것이 국민의 권리이다….

원본의 의미를 유지하면서 이 구절을 새말로 번역하는 것은 불가능하다 해야 할 것이다. 번역할 수 있는 가장 가까운 방법은 죄사고(crimethink)라는 단어 하나로 전문을 대체하는 일일 것이다. 구절 전체를 번역하려면 이념적으로 번역할 수밖에 없으며, 그에 따라 제퍼슨의 선언문은 절대 정부에 대한 찬사로 바뀔 것이다.

실제로 과거의 문학 중 상당수가 이미 이런 방식으로 변형되고 있다. 특정 역사적 인물의 명성을 고려하면 이러한 인물들을 기리고 그들의 업적을 영사의 철학과 일치시키는 것이 바람직한 경우도 있었다. 이런 이유로 셰익스피어, 밀턴, 스위프트, 바이런, 디킨스 등과 같은 다양한 작가들의 작품이 번역되고 있었다. 작업이 완료되면 그들의 원작과 과거 문학에서 살아남은 모든 작품들은 파괴될 것이다. 이러한 번역 작업은 더디고 고된 과제여서 21세기의 첫 번째 또는 두 번째 10년 이전에 마무리되기는 어려울 예정이다. 또한 같은 작업을 거쳐야 할 필수적인 기술 설명서 등과 같은 단순 실용 서적 또한 많다. 새말이 2050년이라는 다소 늦은 시기에나 최종적으로 적용될 수 있으리라고 예상하는 이유는 이러한 번역에 필요한 준비 작업에 드는 시간을 충분히 확보하기 위해서다.

도슨트 고병권이 선택한 그림
이중섭, 「두 아이와 물고기와 게」, 1950년대 전반

1951년 이중섭의 가족은 제주에서 피난민으로 지냈습니다. 그런데 그는 물고기와 꽃게로만 배를 채워야 했던 힘든 시절을 행복하게 추억합니다. 이 작품에서 물고기와 꽃게, 아이들은 하나의 줄로 연결되어 있습니다. 생명의 줄이지만 놀이의 줄이기도 합니다. 모두가 실뜨기 놀이를 하는 듯 보이기도 하고, 연주에 맞춰 노래하고 춤을 추는 것 같기도 합니다.

오웰은 나무, 물고기, 나비, 두꺼비 등에 대한 어린 시절의 애정을 소중히 간직해야 한다고 했습니다. 전체주의에 맞설 힘을 우리 안의 어린아이가 가지고 있다고 보았습니다. 「1984」의 주인공이 체포되기 전 깨달은 것도 마찬가지입니다. 당은 노래하지 않습니다. 그러나 새들은 노래하고, 물고기는 헤엄칠 것이며, 가난한 아이들의 웃음소리도 그치지 않을 겁니다. 어떤 권력도 그것을 막을 수는 없습니다.

조지 오웰의 고전과 현재 읽는

『1984』

그린비 도스트 세계문학 05

1984

초판1쇄 펴냄 2024년 7월 10일

지은이 조지 오웰
옮긴이 배지혜
해설 고병권
펴낸이 유재건
펴낸곳 (주)그린비출판사
주소 서울시 마포구 와우산로 180, 4층
대표전화 02-702-2717 | **팩스** 02-703-0272
홈페이지 www.greenbee.co.kr
원고투고 및 문의 editor@greenbee.co.kr

편집 이진희, 구세주, 정미리, 민승환, 임유진 | **디자인** 이은솔, 박예은
물류유통 류경희 | **경영관리** 이선희

ISBN 978-89-7682-868-2 03840

독자의 학문사변행學問思辨行을 돕는 든든한 가이드 _(주)그린비출판사

도슨트 고병권과 함께 읽는 『1984』

노래는 영원하고
아이는 계속 태어난다

그린비

차례

도슨트 고병권과 함께 읽는
『1984』

조지 오웰의 『1984』는 사람들의 말과 행동, 심지어
는 표정까지 감시하는 끔찍한 전체주의 사회를 그리
고 있습니다. 그런데 전체주의가 무서운 것은 단순
히 사람들을 감시하고 통제하기 때문이 아닙니다. 전
체주의의 진정한 무서움은 사람들에게 생각하는 힘,
판단하는 힘을 빼앗는다는 데에 있습니다. 살아 있지
만 생각하지 않고 순응하는 사람들을 만들어 내죠.
『1984』를 통해 오웰은 현대사회의 전체주의의 조짐
을 경고하려 했습니다. 뿐만 아니라 이것을 막을 수
있는 힘이 어디에 있는지도 보여 주려고 했습니다. 어
떤 권력도 끝낼 수 없는 자유의 원천, 어떤 겨울도 막
을 수 없는 봄의 신호가 있다는 것을 보여 주려 했지
요. 그는 우리가 그것을 알아보고 소중히 간직하기를
바랐습니다. 그것은 과연 무엇일까요.

노래는 영원하고
아이는 계속 태어난다

1. 병실의 낚싯대

'빅브라더가 지켜보고 있다'.『1984』는 사람들의 모든 행동을 감시하고 통제하는 미래 사회를 배경으로 합니다. 1984년이면 우리에게는 오랜 과거지만, 오웰이 이 작품을 완성한 것이 1948년이라는 점을 생각하면 제법 먼 미래라고 할 수 있습니다. 이 작품이 그리는 미래는 매우 어둡습니다. 생활 수준이 과거보다 퇴보했습니다. 먹는 것이나 입는 것은 물론이고 전기나 연료도 충분치 않습니다. 그런데 감시 기술만은 크게 발전했습니다. 사람들이 내는 작은 소리, 심지어 얼굴 표정까지 감지할 수 있습니다. 끔찍한 통제사회지요. 독자들을 더욱 암울하게 만드는 것은 작품의 결말입니다. 이 체제에 저항하던 주인공이 결국 죽습니

다. 그것도 권력자인 '빅브라더'를 찬양하면서 말이지요.

오웰은 어떤 심정으로 이 작품을 썼을까요. 글을 쓴다는 것은 그 일을 정신적으로 겪는 것과 같습니다. 『1984』를 쓰는 동안 오웰 역시 작품 속 세상을 정신적으로 겪어야 했을 겁니다. 이토록 암울한 미래를 전망한 사람의 삶은 어땠을까요? 『1984』가 출간된 이듬해 오웰은 병원에서 피를 토하며 죽었습니다. 폐결핵을 앓고 있었습니다. 그는 폐가 좋을 수 없는 삶을 살았습니다. 폐결핵으로 요양 중일 때조차 담배를 손에서 놓지 않았습니다. 게다가 당시 런던의 대기는 최악이었습니다(1952년 런던 스모그 사태로 1만 명 이상이 사망했을 정도니까요). 몸만이 아니었습니다. 그에게는 정신적으로도 힘든 일이 많았습니다. 1943년에 어머니, 1945년에 아내, 1946년에 누이를 차례로 잃었습니다. 이렇게만 보면 『1984』를 쓰던 때 오웰의 삶은 주인공인 윈스턴의 삶만큼이나 암울해 보입니다.

그런데 우리가 놓치고 있는 게 있습니다. 그가 숨진 병실 구석에는 낚싯대가 세워져 있었습니다. 어린 시절부터 그는 곧잘 낚시를 다녔습니다. 치료를 마치면 스위스에서 요양을 하며 낚시도 할 생각이었다고 합니다. 그는 죽기 두 달 전에 재혼을 했습니다. 『1984』가 성공을 거두자 개인용 비행기를 빌려 아내와 여행을 떠날 생각이었던 것이지요.

어떤가요, 말년이 완전히 달라 보이지 않습니까? 어머니, 아내, 누이의 죽음, 각혈만을 나열했을 때는 한없이 어두워 보이던 삶이 낚싯대, 재혼, 여행을 놓으니 매우 희망차 보입니다. 실제

로 그는 『1984』를 쓰는 동안 외딴 섬에 들어가 나무를 심고 정원을 가꾸는 데 열심이었으며, 입양한 어린 아들과도 즐거운 시간을 보냈습니다. 그리고 인간의 욕망과 쾌락을 옹호하는 글들도 썼습니다.

『1984』를 어떻게 읽을 것인가. 분명 이 작품 전체에는 암울한 빛이 감돕니다. 곳곳에 감시장치와 사상경찰이 있고 권력자가 사람들의 사생활은 물론이고 의식까지 지배하는 사회를 배경으로 하고 있으니까요. 그런데 우리가 무언가를 놓치고 있는 건 아닐까요. 오웰이 병실 구석에 세워 둔 낚싯대 같은 것 말입니다. 많은 사람들이 이 작품에서 아무런 희망도 발견할 수 없다고 하는데요. 그것은 희망이 없어서라기보다 희망의 요소들, 작가인 리베카 솔닛이 오웰에 대한 에세이에서 '희망의 몸짓'이라고 부른 이 낚싯대 같은 요소들을 보지 못했기 때문은 아닐까요.* (말이 나온 김에 덧붙이자면 '오웰'이라는 이름은 그가 낚시를 가곤 했던 강의 이름입니다. 그의 본명은 에릭 아서 블레어(Eric Arthur Blair)인데요. 1933년 첫 번째 책 『파리와 런던의 밑바닥 생활』을 출간할 때부터 '조지 오웰'이라는 필명을 썼습니다.)

병실 구석에 세워 둔 낚싯대라니, 너무 엉뚱하다고 느낄지도 모르겠습니다. 그런데 오웰은 「나는 왜 쓰는가」(1946)라는 글에서 이런 말을 했습니다. "내 작품을 주의 깊게 읽은 사람이라면

---

* 리베카 솔닛, 『오웰의 장미』, 최애리 옮김, 반비, 2022, 351쪽.

누구든지 알아차릴 것이다. 내 글은 노골적인 프로파간다일 때도 본격 정치인이 본다면 엉뚱하다고 여길 만한 내용을 많이 담고 있다는 것을 말이다."*여기서 그가 말한 엉뚱한 내용이란 어린 시절의 일들, 어떤 사물들, 별 쓸모도 없어 보이는 정보 조각 같은 것들입니다. 글의 전체 줄거리와는 무관해 보이는 이런 엉뚱한 것들이 사실은 꽤나 중요한 것들임을 알 수 있습니다.

과연 이런 것들이 저 끔찍한 전체주의 사회에서의 희망과 어떤 관계가 있을까요. 오웰은 1946년 사회정치주간지인 『트리뷴』에 게재한 짧은 글에서 이렇게 말했습니다. "나는 나무나 물고기나 나비나 (내 경우 첫 대상인) 두꺼비에 대한 어린 시절의 애정을 간직함으로써 평화롭고 상식적인 미래를 만들 수 있다고 생각"하며, 이것들을 잃어버린 세계, 그래서 "강철과 콘크리트 말고 찬양할 게 없는" 그런 이념이 지배하는 곳에서 "인류는 증오와 지도자 숭배" 외에는 출구를 찾지 못할 것이라고요.†

오웰은 나무, 물고기, 나비, 두꺼비 같은 구체적인 사물들에 대한 감각과 애정에 기초한 세계관을 전체주의 반대편에 두고 있습니다. 전체주의에 맞서 평화롭고 상식적인 미래를 만들 힘의 원천이 여기에 있는 것처럼 말하고 있습니다. 그가 "어린 시

---

* 조지 오웰, 「나는 왜 쓰는가」, 『나는 왜 쓰는가』, 이한중 옮김, 한겨레출판, 2010, 297쪽.

† 오웰, 「두꺼비 단상」(같은 책, 281쪽).

절에 습득"했다고 말한‡ 세계관의 기초를 이루는 두꺼비, 물고기, 나비 등의 자연 사물들은 『1984』에 등장하는 거대한 건물들, 이를테면 '진리부'의 건물과 대비됩니다. 피라미드 모양의 거대한 콘크리트 건축물인데요, 이 건축물은 이 사회가 지향하는 추상적인 이념을 표현합니다. 몸이 아니라 머리를 통해 형성된 세계관을 표현하고 있지요.

오웰에 따르면 주로 머리를 통해 형성된 세계관을 가진 사람들, 그러니까 구체적 감각보다는 숫자와 논리, 이념에 따라 사물을 인식하는 사람들은 전체주의에 취약합니다. 지식인들이 그렇습니다. 오웰은 나치가 프랑스를 점령했을 때 지식인 변절자가 놀라울 정도로 많았던 점을 언급합니다.§ 몸이 아니라 머리로만 세상을 아는 사람들은 파시즘에 격렬히 반대하다가도 상황이 어려워지면 금세 패배주의에 빠져듭니다. 승부에 대한 계산이 빠릅니다. 희망을 빨리 포기해 버리죠. 그래서 권력자의 매수에도 잘 넘어갑니다. 반면 몸으로 아는 사람들, 이를테면 가난한 노동자들은 파시즘의 헛된 약속에 쉽게 넘어갑니다만 그것이 실현될 수 없음을 느낄 때는 강하게 저항합니다. 권력자가 아무리 숫자나 논리, 이념을 들먹여도 잘 통하지 않습니다.

몸으로 형성한 세계관은 고귀함에 대한 이야기일 수도 있습

---

‡ 오웰, 「나는 왜 쓰는가」(같은 책, 297쪽).

§ 오웰, 「스페인내전을 돌이켜본다」(같은 책, 152쪽).

니다. 오웰은 "스페인에서는 파시즘이라고 해도 상대적으로 느슨하고 견딜 만한 형태가 될 것이라는 희망을 가지게 된다"고 했는데요.* 스페인내전에 참전했을 때를 회고하며 한 말입니다. 통일노동자당이 불법화되고 동지들이 대거 체포되었을 때 오웰은 동지의 구명을 위해 육군성의 한 장교를 만났는데요. 해당 장교는 당장 그를 체포해도 이상할 것이 없는 상황에서도 오웰이 전달한 편지를 접수해 주며 헤어질 때는 '잠시 망설였지만' 그래도 손을 내밀어 악수를 청합니다. 그것이 사람에 대한 예의라고 생각했기 때문일 겁니다.

스페인 경찰이 오웰 아내의 방을 수색했을 때도 마찬가지입니다. 경찰은 방을 철저히 뒤지면서도 아내가 누워 있는 침대는 수색하지 않습니다. 스페인인들에게 여자를 침대에서 끌어내는 것은 너무나 '무도한 행위'였기 때문입니다. 스페인 경찰은 나치나 소련의 비밀경찰과 달랐습니다. 오웰은 스페인인들을 "20세기에 속하지 않는 고귀한 종족"이라고 불렀는데요†. 스페인 경찰의 행동은 스페인인들의 몸에 배어 있는 품성입니다. 오웰이 인용했던 밀턴의 표현을 쓰자면 '예로부터 만들어진 자유'(ancient liberty)라고 할 수 있습니다.‡ 이것은 갑자기 파시즘 정권이 들어

---

* 오웰, 『카탈로니아 찬가』, 정영목 옮김, 민음사, 2001, 285쪽.
† 오웰, 같은 책, 같은 쪽.
‡ 오웰, 「오웰의 서문」, 『동물농장』, 안경환 옮김, 홍익출판사, 2013, 188쪽.

섰다고 해서 사라지는 것이 아닙니다. 몸에 배어 있어서 이념이 바뀐다고 바로 바뀌는 게 아니죠. 오웰에 따르면 스페인에서는 기차도 제시간에 운행하지 않지만 전체주의도 제대로 작동하지 않습니다.

『1984』와 관련해서 제가 하려는 이야기는 이겁니다. 우리가 어떤 요소들에 주목하느냐에 따라 이야기의 색조가 달라집니다. 『1984』는 한편으로 과거의 전제정치와는 완전히 다른, 새로운 통치체제로서 전체주의에 대한 뛰어난 통찰을 보여 준 작품입니다. 특히 전체주의 권력이 증식해 가는 양상을 탁월하게 보여 줍니다. 하지만 『1984』는 이러한 권력의 증식 운동에 맞설 수 있는 힘의 원천이 어디에 있는지, 이것을 제어하는 안전장치는 어떤 것이고 어떻게 작동하는지에 대해서도 보여 줍니다. 오웰은 "잉글랜드은행 주변의 좁고 음침한 길들"에도 "봄은 이런저런 신호로 자신을 알리며 찾아온다"고 썼습니다. 그리고 "도시에 경찰이 어슬렁거리고, 확성기에 거짓말이 넘쳐흐른다 해도" 이 봄을 막을 수는 없다고 했습니다.[§] 관건은 음침한 겨울 골목길에서 우리가 '봄의 신호'를 읽어 낼 수 있느냐입니다. 많은 사람들이 긴 겨울에 절망할 때도 세상에는 봄의 신호를 알아보는 사람들이 있습니다. 오웰이 병실 구석에 가져다 놓은 낚싯대 같은 것을 말입니다.

---

§ 오웰, 「두꺼비 단상」(『나는 왜 쓰는가』, 279, 282쪽).

그럼 이제부터 권력의 감시장치가 곳곳에서 작동하는 『1984』의 '좁고 음침한 길들'을 걸어 볼까요. 그리고 거기에 '봄의 신호'가 스며들어 있는지 찾아 볼까요.

2. 빅브라더가 지켜보고 있다

『1984』는 '오세아니아'의 도시 런던을 배경으로 합니다. 오세아니아는 세계를 분할하고 있는 세 나라 중 하나입니다. 오세아니아 외에도 유라시아와 동아시아가 있습니다. 오세아니아는 미국이 대영제국을 합병하면서 만들어진 나라로 아메리카 대륙, 대서양의 섬들과 오스트레일리아, 아프리카 남부 지역을 다스립니다. 유라시아는 소련[러시아]이 유럽을 통합하면서 생겨난 나라로 북유럽과 아시아 대륙을 다스리고요. 중국과 일본 등 아시아 다른 지역들이 합쳐져 생겨난 나라가 동아시아입니다.

전체주의 국가인 오세아니아는 피라미드형 사회입니다. 꼭대기에는 "완전무결하고 전지전능한 존재"인 '빅브라더'가 있습니다. 나라 곳곳에 그의 얼굴 포스터가 붙어 있고 언제나 그의 목소리가 방송에서 흘러나옵니다. 빅브라더 아래에는 '당'이 있습니다. 당은 '내부당'과 '외부당'으로 나뉘는데요. 내부당이 핵심입니다. 내부당원들이 통치와 관련된 주요 결정을 내립니다. 외부당원들은 그것을 실행하는 사람들입니다. 그 아래에는 하층계급인 '프롤'이 있습니다. '프롤레타리아'의 줄임말입니다. 생산에 종사하는 사람들로 전체 인구의 85%를 차지합니다.

오세아니아의 이념은 '영사'입니다. 앞서 '프롤'도 그렇지만

'영사'도 줄임말입니다. '영국사회주의'를 줄여서 만든 단어입니다. 오웰은 민주적 사회주의자를 자처했던 사람입니다. 그는 1936년 이후 진지하게 쓴 작품들의 모든 행이 "전체주의에 '맞서고' […] 민주적 사회주의를 '지지하는' 것들"이라고 말할 정도였습니다.* 사회주의자인 오웰이 자신이 맞서 싸우는 전체주의 국가의 이념으로 '사회주의'를 쓰다니 의외죠?

그런데 이것은 전체주의 국가인 오세아니아의 언어 사용법에 잘 맞습니다. 오세아니아에서는 이름과 실체가 반대인 경우가 많습니다. 정부의 주요 부처로는 진리부, 평화부, 자애부, 풍요부가 있는데요. 진리부는 거짓을 만들어 내는 곳이고('진부'라는 줄임말로 부릅니다), 평화부는 전쟁을 준비하는 곳이며, 자애부는 고문을 하는 곳이고, 풍요부는 굶주림을 유지하는 곳입니다. 평화가 전쟁을 준비하는 부서의 이름이라면 오웰이 사회주의를 오세아니아의 이념으로 삼는 것도 이해할 수 있습니다. 그리고 오웰은 소련의 스탈린 체제가 그렇다고 보았습니다. 사회주의를 표방하지만 실상은 전체주의 국가였다는 거죠. 그래서 오웰은 "사회주의 운동을 도모하려면 먼저" 사회주의 국가인 "소비에트 신화를 파괴해야 한다는 확신"이 들었다고 말하기도 했습니다.†

---

* 오웰, 「나는 왜 쓰는가」(같은 책, 297쪽).
† 오웰, 「우크라이나어판 저자 서문」(『동물농장』, 196쪽).

　　오세아니아의 언어 용례에 대해 말했는데요. 오세아니아는 '새말'이라고 부르는 독특한 언어를 사용합니다(오웰은 『1984』의 부록에 '새말의 원리'를 따로 소개해 두었습니다. 그만큼 전체주의에서 언어의 역할에 신경을 많이 썼습니다). 일단 '영사'나 '프롤' 같은 말에서 보듯 이 나라에서는 단어를 줄임말로 많이 씁니다. 뿐만 아니라 전체 단어의 숫자를 줄입니다. 꾸밈말인 형용사를 많이 없앱니다. 꾸미는 말이 없으니 명사들이 흑백 세상의 사물처럼 단조롭습니다. 동사도 그렇습니다. 명령을 수행하는 데 필요한 말들 빼고는 거의 남겨 두지 않습니다. 마치 군대에서 사용하는 동사들이 별로 없는 것처럼요. 비슷한 말을 여러 개 둘 필요 없다며 동의어들도 없애고 반대말도 굳이 따로 둘 필요가 없다고 봅니다. '좋다'(good)의 반대말은 '안 좋다'(ungood)로 족하다는 겁니다. 굳이 '나쁘다'(bad)라는 말을 별도로 남겨 둘 필요가 없다는 거죠.

　　하지만 '새말'의 진정한 목적은 간결성이나 효율성에 있지 않습니다. 전체 어휘 숫자를 줄여 가는 근본적 이유는 생각의 통제에 있습니다. 생각을 떠올릴 때도, 표현할 때도, 우리는 말에 의지합니다. 새말 사전 편찬을 담당하고 있는 인물인 사임은 이렇게 말합니다. "새말이 영사이고 영사가 새말일세." 언어가 사상이고 사상이 언어라는 겁니다. 언어가 없다면 사상도 있을 수 없다는 거죠. 그리고 사상이 없어지면 사상을 감시할 필요도 없어집니다. '자유'라는 말이 없다면 '자유'를 요구하는 투쟁이 없을 테고 그렇다면 억압할 필요도 없겠죠. 억압조차 없는 지배, 이것

이 완전한 지배입니다. 사상의 언어들을 없애 가면서 사상을 없애 가는 것, 궁극적으로는 생각을 없애 가는 것, 이것이 새말의 목적입니다.

『1984』는 전체주의 사회의 여러 면모들을 보여 주는데요. 사회 전체가 작은 부분 기계들로 이루어진 거대 기계 같습니다. 사람도 업무를 수행하는 순간에는 하나의 부분 기계로서 움직입니다. 이를테면 주인공인 윈스턴은 진리부의 기록국에서 과거 신문 기사 등을 수정하는 일을 맡고 있는데요. 과거 기록을 제작(조작)하는 장치의 일부라고 할 수 있습니다. 윈스턴이 자리에 앉으면 왼쪽 관에서 과거 신문 뭉치가 떨어지고 오른쪽 관에서 지시 사항이 적힌 종이가 떨어집니다. 지시에 따라 수정을 끝내면 윈스턴은 자료들을 기억구멍이라고 부르는 폐기 구멍에 넣습니다. 건물 전체에는 이런 구멍이 수만 개가 있고 서로 연결되어 있습니다. 건물 전체가 하나의 기계입니다. 윈스턴의 연인인 줄리아의 모습은 더 직접적입니다. 윈스턴이 과거 기록을 생산하는 기계장치라면, 줄리아는 소설을 생산하는 기계장치의 일부입니다. 창작국의 소설 제작부에 근무하는 그녀는 "기름 묻은 손에 스패너를 들고" 일합니다. 오세아니아에서는 역사도, 문학도 기계가 생산하는 겁니다.

오세아니아에서 가장 눈에 띄는 장치는 텔레스크린입니다. 직사각형의 금속판인데요. 거의 모든 건물과 방에 부착되어 있습니다. 모든 소리를 낱낱이 포착할 뿐만 아니라 행동, 심지어는 표정까지 감지합니다. 수신과 송신이 동시에 가능합니다. 감시

만 하는 게 아니라 사람들에게 당의 입장을 주입하고 선전하는 역할도 하지요. 그런데 텔레스크린에는 독특한 점이 있습니다. 텔레스크린은 송수신이 가능하지만 권력자의 눈과 귀로서 그리고 입으로서만 기능합니다. 상호소통장치가 아니라 일방통제장치입니다. 중요한 것은 감시받는 자가 감시하는 자를 전혀 볼 수 없다는 점입니다. 감시하는 자는 언제든 모든 것을 볼 수 있지만 감시받는 자는 누가 언제 감시하는지 알 수 없습니다. 이렇게 되면 감시받는 자는 자신의 행동에 계속 신경을 쓸 수밖에 없습니다. 미셸 푸코가 파놉티콘(panopticon)에 대해서 말한 것처럼,* 감시받는 자가 자기 자신에 대한 감시장치가 되는 거죠.

텔레스크린만이 아닙니다. 집안의 아이들까지 감시장치로 기능합니다. 텔레스크린이 벽에 부착된 고정형 감시장치라면 아이들은 이동형 감시장치라고 할 수 있습니다. 부모의 행동이나 대화에서 위험한 말이 감지되면 아이들은 부모를 사상경찰에 고발합니다. 그러면 아이들은 '꼬마 영웅' 칭호를 받습니다. 윈스턴의 이웃인 톰을 그의 아이들이 사상경찰에 고발했지요.

사상경찰에 체포된 사람은 갑자기 사라집니다. 체포한 뒤 기소되어 재판을 받는 게 아닙니다. 그냥 사라집니다. 오세아니아에서는 저항을 절대로 용납하지 않습니다. 저항하면 처벌하겠다는 말이 아니라 저항 자체가 존재해서는 안 된다는 뜻입니다.

---

* 미셸 푸코, 『감시와 처벌』, 오생근 옮김, 나남출판, 1994, 297쪽.

사상범을 가두고 처벌하는 것으로는 부족합니다. 애초에 사상범이 없었던 것처럼 만들어야죠. 오세아니아에서 사상범은 주민등록부에서 이름이 삭제됨은 물론이고 그와 연관된 기록들이 일제히 말소됩니다. 말 그대로 사람이 '증발'합니다.

증발만 하는 게 아닙니다. 오세아니아에서는 없던 사람이 생겨나기도 합니다. 살아 있는 사람을 만들 수는 없지만 존재하지 않는 사람을 존재했던 사람으로 만들 수는 있습니다. 가공의 인물을 역사적 인물로 만드는 거지요. 필요하다면 헌신적인 영웅한 사람쯤 만들어 내는 것은 일도 아닙니다. 그러면 로마 황제 카이사르처럼 그도 역사적으로 존재하는 게 됩니다.

공상과학 영화가 아닌 한 우리는 과거로 돌아갈 수 없습니다. 과거는 우리에게 주어진 것입니다. 발견할 수는 있어도 만들 수는 없습니다. 그런데 오세아니아에서는 그것이 가능합니다. 이와 관련해서 당의 슬로건이 의미심장합니다. "과거를 통제하는 자가 미래를 통제한다. 현재를 통제하는 자가 과거를 통제한다." 역사를 잊은 민족에게는 미래가 없다고 했던가요. 그렇다면 역사를 만들어 내는 민족은 미래도 만들어 내는 셈이겠죠. 과거가 미래를 규정하고 현재가 과거를 만들어 낸다면, 결국에 존재하는 것은 현재뿐입니다. 현재만이 영원하죠. 지금 옳은 것이 과거에도 옳았고 미래에도 옳을 것입니다. 아니 '옳을 것'이라는 말도 틀렸습니다. 미래에도 '옳습니다'.

마치 신의 말과 같습니다. 신은 기억하지도 않고 예언하지도 않습니다. 신은 과거나 미래에 대해서 말할 때 마치 지금 보는

것처럼 말합니다. 신은 항상 현재 시제로 말합니다. '나는 나였다'도 아니고 '나는 나일 것이다'도 아닙니다. '나는 나다.' 이것이 신의 말입니다. 전체주의에서는 지도자의 말이 그렇습니다. 오웰은 전체주의 국가를 일종의 '신정국가'라고 불렀는데요.* 역사가 더 이상 흐르지 않기 때문에 한 말입니다.

　물론 과거라는 게 공식 기록만으로 존재하는 것은 아닙니다. 사람들도 저마다 작은 기억장치들을 가지고 있습니다. 개인들도 기억합니다. 그리고 개인 기억들은 집단적인 것이 될 수도 있고 세대에서 세대로 이어질 수도 있습니다. 전체주의 사회라고 해도 기억의 개별적 생성까지 막을 수는 없습니다. 그런데 오세아니아 사람들은 생성된 기억을 스스로 지우려고 합니다. 기억을 가지고 있으면 그것이 말이나 행동으로 표출될 것이고 그러면 위험에 처할 테니까요.

　기억은 내가 선택해서 받아들일 수 있는 것이 아니고 내 신체에 새겨지는 것이기에, 그렇게 새겨진 기억을 지우기 위해서는 대단한 훈련이 필요합니다. 오세아니아에서는 어렸을 때부터 "죄중단, 흑백, 이중사고" 같은 말로 표현되는 "정교한 정신 교육"을 받습니다. 첫 단계 훈련은 '죄중단'이라는 겁니다. "위험한 생각이 들기 직전에 본능적으로 멈추는 훈련"입니다. 뭔가 위험하겠다 싶으면 곧바로 생각을 멈추도록 훈련합니다. 지도자의

---

* 　오웰, 「문학 예방」(『나는 왜 쓰는가』, 228쪽).

말을 듣고 고개를 갸웃하지 않도록 논리적 오류를 인지할 능력 자체를 없애는 훈련, 그리고 국가의 이념에 맞지 않는 사상을 본능적으로 미워하는 훈련, 그것도 아니라면 최소한 그런 사상을 지루해하는 능력을 기릅니다. 무능력을 기른다니 좀 이상한 말인데요. 위험에 빠지지 않도록 스스로를 지키고자 하는 일종의 "방어적인 어리석음"입니다.

다음 단계는 '흑백'이라고 하는 것입니다. 지도자 말을 전적으로 믿고 있음을 공격적으로 표출하는 훈련입니다. 상대방에 대해서는 명백히 '흑'임에도 '백'이라고 우길 수 있는 뻔뻔함을 보이고, 당이 말하면 '흑'이었던 것도 '백'이라고 믿는 충성심을 보이는 훈련입니다.

이 모든 것을 종합한 훈련이 '이중사고'입니다. '흑'이었던 것을 당의 요구에 따라 '백'이라고 믿으려면, 이전에는 '흑'이었다는 기억을 잊어야 합니다. 과거의 사실을 새로 고쳤으면, 이전의 사실을 잊어야 하고, 더 나아가 '고쳤다'는 사실까지 잊어야 합니다. 이 일을 정확히 해내려면 의식을 가져야 합니다만, 의식을 가지면 과거를 날조했다는 것까지 기억할 테니 무의식적이기도 해야 합니다. 이상하게 들리겠지만, 고의로 거짓말을 하면서 그것을 진심으로 믿어야 하는 겁니다.

도대체 이런 게 어떻게 가능할까요. 어떻게 상반된 신념을 함께 갖는데도 탈이 나지 않을까요. 이를 위해 필요한 것은 딱 하나입니다. 바로 '생각없음'이죠. 판단하지 않는 겁니다. 판단은 지도자가 하는 것이고 나머지 사람들은 그냥 순응만 하면 됩니

다. 마치 "소화되지 않은 옥수수 낱알이 새의 몸을 빠져나가듯", 어떤 생각이 판단을 거치지 않고 그대로 나오면 됩니다.

오웰은 조너선 스위프트의 『걸리버 여행기』에 나오는 휴이넘 족이 그렇다고 했습니다. 이 사회에는 '의견'이라는 게 없다고 요.* 주어진 것을 그대로 받아들이기만 하면 됩니다. 설령 오늘의 진리가 내일 거부된다고 해도 그냥 받아들이는 것, 진심으로 받아들이되 믿지 않으며, 믿지 않되 진심으로 받아들이면 됩니다. 이것이 성립하려면, 거듭 말하지만, 판단을 하지 않아야 합니다.†

이것이 전체주의의 무서움입니다. 오웰은 "전체주의가 진짜 무서운 것은 그것이 '가혹행위'를 자행한다는 것이 아니라 객관적 진실 개념을 공격한다는 점 때문"이라고 했는데요.‡ 사람들을 진실에 무관심하게 만드는 겁니다. 판단하지 않고 사유하지 않고 그저 순응하는 것, 다수의 사람들이 이러고 있다면 그것만큼 무서운 게 있을까요.

오웰은 전체주의를 '죽음에 대한 갈망'이 지배하는 사회라고도 했습니다. 역시 『걸리버 여행기』 속 휴이넘족에 대해 한 말입

---

* 오웰, 「정치 대 문학: 『걸리버 여행기』에 대하여」(『나는 왜 쓰는가』, 318쪽).
† 오웰, 「문학 예방」(같은 책, 235쪽).
‡ George Orwell, "As I Please", *Tribune*, February 4, 1944(솔닛, 『오웰의 장미』, 198쪽에서 재인용).

니다. 휴이넘족에게 매력을 느낄 수 없는 것은 그들이 잔인하기 때문이 아니라 아무런 감정도 없기 때문입니다. 휴이넘족의 대화에는 의견의 차이라는 것이 없으며, 꼭 필요한 말 아니면 하지도 않습니다. 섹스도 오직 자녀를 낳기 위해서만 합니다. 오웰의 표현을 빌리자면 "생명은 유지하되 가능한 시체처럼 살아가는" 사회라고 할 수 있습니다.[§]

휴이넘족의 모습은 오세아니아 사람들의 모습이기도 합니다. 윈스턴이 아내인 캐서린에게 받은 느낌이 그렇습니다. 그녀에게도 섹스는 '아이를 만드는 일'이자 '당에 대한 의무'였을 뿐입니다. 욕망을 품는 것, 쾌락을 느끼는 것은 죄악시됩니다. 전체주의 사회에서 생각의 제거, 판단의 제거는 욕망의 제거, 쾌락의 제거로 이어지고 그 최종 귀결은 생명력의 제거입니다. 사람들이 살아 있는데도 시체처럼 보입니다. 죽은 채로 살아가는 것이라고 할 수 있지요. 윈스턴은 몰래 일기를 썼는데요. 그는 처음 일기를 쓰면서 자신이 사상죄를 범했으니 이제 '이미 죽은 목숨'이라고 생각합니다. 결국 발각되고 처형될 테니까요. 그래도 발각될 때까지 그의 삶에는 긴장감이 흐릅니다. 이상한 말이지만 '이미 죽은 목숨'이라고 생각하는 그에게는 활기가 있습니다. 반면 체제에 완전히 순응하며 사는 사람들은 목숨이 안전한데도 이미 죽은 사람들로 보입니다.

---

§ 오웰, 「정치 대 문학: 『걸리버 여행기』에 대하여」(『나는 왜 쓰는가』, 321쪽).

3. 권력의 목적은 권력이다

윈스턴은 결국 '101번방'에 끌려갑니다. 사람을 개조하는 고문실이죠. 그는 여기서 내부당의 핵심 인물인 오브라이언과 대면합니다. 오브라이언은 전체주의 권력에 관한 흥미로운 이야기를 들려줍니다. 그에 따르면 과거의 지배자들은 이단자나 저항자들을 모욕하고 처형했지만 죽은 자들이 순교자로 살아나는 것을 막지는 못했습니다. 죽은 자가 순교자가 되면 산 자에게 힘을 줄 수 있습니다. 그의 억울함을 마음에 간직하고서 체제에 저항하려는 사람들이 생겨날 수 있지요. 그런데 오세아니아에서는 죽은 자들이 죽는 순간 억울함을 갖지 않게 합니다. 죽이기 전에 인간을 개조합니다. 그러면 죽을 때도 지도자를 찬양하면서 죽겠지요. 육신을 죽이기 전에 정신을 죽이는 겁니다. 이상한 말이지만 죽는 사람은 죽기 전에 죽습니다. 사실은 살아 있는 사람도 마찬가지입니다. 전체주의에서 사람들은 '죽은 채로 살아간다'고 했는데요. 이미 그 정신이 죽어 있습니다. 그리고 이런 사람들이 많을수록 권력은 그만큼 더 절대적이 됩니다.

그런데 윈스턴에게는 풀리지 않은 의문이 있었습니다. 그는 당이 사회를 지배하는 방법은 압니다. 그런데 왜 그렇게까지 하는지 이유를 알 수가 없습니다. 권력을 그렇게까지 늘려 가는 이유, 지배를 그렇게까지 절대화하는 이유 말입니다. 앞서 전체주의 사회는 전체가 하나의 거대 기계와 같다고 했는데요. 이 기계 장치를 움직이는 동력은 무엇일까요?

권력자들의 탐욕과 사치를 위해서일까요? 예전의 전제정치에

서는 그랬는지 모르겠습니다. 왕과 귀족들이 사치를 부리고 탐욕을 채우기 위해서는 백성들을 억눌러야 했을 테고 그러려면 더 큰 권력이 필요했겠지요. 그런데 전체주의 국가의 지도자들은 과거 왕들에 비하면 그렇게 사치를 부리는 것도 아닙니다. 과거의 폭군들에 비하면 탐욕도 덜하고 사치도 덜합니다. 전체주의 권력의 크기, 지배의 절대성에 비하면 그렇다는 겁니다. 그렇다면 권력을 늘려 가고 지배를 절대화하는 이 기계장치를 돌아가게 하는 힘은 무엇일까요. 이 기계장치가 원하는 것은 무엇일까요.

윈스턴을 고문하던 중 오브라이언이 묻습니다. "이제 우리가 왜 권력에 집착하는지 말해 보십시오. 우리의 동기가 무엇일까요? 우리는 왜 권력을 원할까요?" 고문을 받다 지친 윈스턴은 자기 생각에 오브라이언이 원할 것 같은 대답을 합니다. "당이 권력을 추구하는 것은 당의 이익이 아닌 다수의 이익을 위해서다." "당은 우리를 위해 통치합니다."

그런데 아니었습니다. 오브라이언은 고문 강도를 높입니다. 원하는 대답이 아니었으니까요. 그러면서 뜻밖의 말을 합니다. "당은 전적으로 그 자신의 이익을 위해 권력을 추구합니다. 우리는 타인의 이익에는 관심이 없습니다. 우리는 오직 권력에만 관심이 있을 뿐, 부나 사치, 장수나 행복에는 관심이 없다 이겁니다. 원하는 건 오직 권력, 순수한 권력뿐이죠. 순수한 권력이 무엇을 의미하는지는 곧 이해하게 될 겁니다."

그러니까 당이 권력을 추구하는 이유는 무언가를 위해서가

아닙니다. 부를 위해서도 행복을 위해서도 아닙니다. 권력은 다른 무언가를 얻기 위한 수단이 아닙니다. 권력이 목표하는 것은 권력 자체입니다. "권력은 수단이 아니라 목표입니다. […] 박해의 목적은 박해입니다. 고문의 목적은 고문이고요. 권력의 목적은 권력이지요." 이것이 오브라이언이 말한 권력 증식의 동기이자 이유입니다. 권력은 다른 무엇이 아니라 권력을 원합니다.

그런데 권력의 목표가 권력이라는 것은 권력이 수단이면서 목표라는 말입니다. 오브라이언이 권력은 수단이 아니라고 말한 건 권력이 다른 무언가를 얻기 위한 수단이 아니라는 뜻에서 한 말입니다. 권력이 권력의 수단이고 권력이 권력의 목표라는 거죠. 이것은 마르크스가 『자본』에서 말한 자본의 증식 운동과 닮았습니다. 마르크스에 따르면 자본이란 더 많은 가치를 얻기 위해 투자된 가치입니다. 말하자면 돈을 벌기 위해 투자된 돈이죠. 돈이 수단이면서 목표입니다. 그런데 수단이 목표라면 목표가 다시 수단이 될 수 있겠지요. 100억 원을 투자해서 110억 원을 벌었다면, 다시 110억 원을 121억 원을 벌기 위해 투자할 수 있습니다. 수단이 목표가 되었다가 목표가 다시 수단이 되는 거죠. 도달점이 다시 출발점이 되는 겁니다. 이 운동은 원리상 무한입니다.* 운동을 멈춰야 할 내적인 이유가 없습니다. 권력의

---

* 칼 마르크스, 『자본』 I-1, 강신준 옮김, 길, 2008, 231쪽; 고병권, 『고병권의 『자본』 강의』, 천년의 상상, 2021, 253쪽.

목표가 권력이라는 것은 그래서 무서운 말입니다. 권력의 증식 운동이 무한하다는 뜻이니까요. 권력은 절대 지배라는 이데아를 향해 무한히 다가갑니다.

마르크스는 초기 자본가들, 그러니까 무슨 역사적 소명이라도 부여받은 것처럼 금욕적으로 살면서 돈을 악착같이 모으는 사람들에 대해서 이런 말을 한 적이 있습니다. "고전파 경제학에서 프롤레타리아가 단지 잉여가치를 생산하는 기계로 간주된다면, 자본가 또한 이 잉여가치를 추가자본으로 전환시키기 위한 기계로서 간주될 뿐이다."[†] 프롤레타리아들만큼이나 자본가들도 자본의 증식과 축적을 위한 기계 부품에 지나지 않는다는 거죠.

오웰은 전체주의 사회의 권력자들에 대해서 이와 비슷한 생각을 가졌던 것 같습니다. 이들 역시 권력의 증식과 축적을 위한 기계의 부품에 지나지 않는다고요. 내부당의 핵심 인물인 오브라이언이 바로 그렇게 말하고 있습니다. 자신은 늙어 가지만 하나의 '세포'에 불과하며, 한 세포가 죽는다는 것은 그만큼 유기체 전체는 활력이 있다는 뜻이라고요. 자신은 전체 유기체의 활력을 떠받치는 하나의 세포, 작은 장치일 뿐이라는 것이죠. 그는 이렇게 말합니다. "우리는 권력의 사제입니다. 신은 권력이지요." 권력자는 권력을 섬기는 사제에 불과하다는 말이 인상적입니다. 권력이 절대화되는 것은 권력자조차 그것에 속박될 때입

---

† 마르크스, 『자본』, I-1, 815쪽.

니다. 피라미드의 꼭대기에 있는 것, 아니 이 피라미드의 꼭대기가 가리키고 있는 태양은 권력자 즉 사람이 아니라 신, 즉 권력입니다.

최고 지도자인 빅브라더가 그런 존재입니다. 빅브라더는 사람이라기보다 권력의 인격화라고 할 수 있습니다. 권력에 사람의 탈을 씌워 놓은 것뿐이죠. 그러니 빅브라더는 실존하는 인물일 필요가 없습니다. 오히려 실존하는 인물이 아니어야 합니다. 실존하는 인물은 유한한 존재로서 여러 한계를 보일 테니까요. 골드스타인이 집필했다는 책에는 빅브라더란 당이 자신을 세상에 드러내는 '겉모습'에 불과하다며, 빅브라더는 일종의 '가공인물'이라고까지 쓰여 있습니다. 어떤 점에서는 반란 지도자라고 하는 골드스타인마저 실재하는 인물인지 확실하지 않습니다. 그 역시도 전체주의 장치가 작동하는 데 필요한 하나의 부품 같다는 인상을 줍니다. 사람들에게 공포를 주입하거나 사람들의 감정을 해소할 필요가 있을 때 골드스타인이라는 존재를 이용하니까요.

이 점에서 『1984』는 확실히 『동물농장』보다 더 나아갔습니다. 『1984』의 빅브라더는 『동물농장』의 나폴레옹처럼 최고 지도자로 불립니다만 나폴레옹과 달리 한 번도 직접 등장하지 않습니다. 빅브라더는 구체적인 인물이 아닙니다. 권력자라기보다 권력의 인격화에 가깝고 권력이 무한히 이르고자 하는 어떤 극점에 가깝습니다. 그것은 하나의 이념으로서 현실을 지배할 수만 있으면 됩니다.

4. 경종을 울리기 위하여

오웰은 정말로 이런 사회가 도래할 것이라고 믿었을까요? 1984년은 이미 과거입니다. 그럼 그의 이야기는 틀렸을까요. 『1984』를 예언서로 읽으면 그렇게 말할 수도 있겠지요. 하지만 이 책은 미래에 대한 예언이 아닙니다. 미래와 무관한 것은 아니지만 이 책은 철저히 현재를 읽고 있습니다. 굳이 말하면 이 작품에서 나타나는 미래는 현재 작동하고 있는 무엇과 관계된 것입니다. 현재를 미래를 읽는 기호로서 활용하고 있다고 할까요.

기호란 사물이나 사건, 문자, 문양 등을 통해 무언가를 나타내는 것입니다. 우리는 현재의 어떤 것을 과거, 현재, 미래 등과 관련지어 해석할 수 있습니다.* 이를테면 이집트의 거대한 피라미드는 과거 어느 왕의 힘을 나타내는 기호가 될 수 있습니다. 눈앞에 있는 피라미드를 통해 과거의 무언가를 읽어 내는 것입니다. 또 깃발이 나부끼는 것을 보면 지금 바람이 분다고 알 수 있습니다. 그렇다면 '나부끼는 깃발'은 '바람이 부는' 현재를 나타내는 기호가 될 수 있습니다. 미래에 대해서도 마찬가지입니다. 먹구름은 조금 뒤 비가 내릴 것임을 나타내는 기호가 될 수 있습니다. 『1984』의 이야기들은 세 번째 기호에 가깝습니다. 이런 기호를 보통 '징후', '증상', '조짐', '신호' 같은 말로 부릅니다.

---

* 임마누엘 칸트, 『실용적 관점에서의 인간학』, 백종현 옮김, 아카넷, 2014, 193~194쪽.

그런데 중요한 점은 '징후'가 미래와 관련된 기호이기는 하지만 엄연히 현재 작동하고 있는 무언가에 대한 해석이라는 사실입니다. 현재의 일을 미래와 관련지어 해석한 것이지요. 이 일은 미래에 일어나지 않을 수도 있습니다. 먹구름이 몰려왔다고 해도, 다시 말해 작은 물방울들이 공기 중에 가득하다고 해도 비는 내리지 않을 수 있습니다.

『1984』에서 말하는 전체주의 사회도 그렇습니다. 이런 사회는 도래하지 않을 수 있습니다. 다만 오웰은 전체주의의 작은 장치들이 대기 중의 물방울처럼 도처에 퍼져 있는 것을 봅니다. 이 작은 장치들이 파괴되거나 억제된다면 우리 사회는 전체주의로 나아가지 않을 겁니다. 하지만 이 경우에도 이런 장치들이 무엇을 지향하는지는 분명합니다. 아주 짧은 시간, 아주 작은 범위에서 작동하더라도 이것들은 전체주의를 지향합니다. 오웰은 이런 장치들이 사회에 퍼져 나가는 것에 두려움을 느낍니다.

오웰은 『동물농장』에 대한 특별한 서문을 썼는데요(이 서문은 사후에 발견되었습니다). 당시의 우려할 만한 현상들을 적은 뒤 "경종을 울리기 위해서" 이런 글을 쓴다고 했습니다.* 이것은 『1984』를 쓴 이유이기도 할 것입니다. 그는 '미래는 이렇게 될 수밖에 없어'가 아니라 '미래가 이렇게 되어서는 안 돼'라고 말하고 싶었던 겁니다. 현재의 일들을 이대로 방치해서는 안 된다고

---

* 오웰, 「오웰의 서문」(『동물농장』, 189쪽)

말하고 싶었던 거죠. 그러므로 이 책은 미래에 대한 예언이 아니라 현재에 대한 개입이라고 할 수 있습니다.

실제로 『1984』에 등장하는 이야기들 대부분은 오웰이 살았던 때의 사건들과 관련이 있습니다. 이를테면 세 개의 나라가 세계를 분할 통치한다는 설정은 오웰이 원자탄을 목격하고 나서 전후 국제 질서를 전망한 가운데 나온 것입니다.† 너도나도 원자탄을 개발하면 강대국도 약소국을 함부로 하지 못할 것이라고 전망하는 사람도 있었지만 오웰은 그 반대가 될 것이라고 했습니다. 원자탄처럼 복잡하고 돈이 많이 드는 무기는 강자를 더 강하게 하고 약자를 더 약하게 할 것이라고, 그래서 소수의 열강이 세계를 관리하는 체제가 성립할 것이라고 전망했습니다.

작품 속 오세아니아에서 일어나는 일들 또한 당시 소련에서 일어난 일들을 모티프로 한 것입니다. 『1984』의 빅브라더와 골드스타인이 스탈린과 트로츠키를 모델로 하고 있다는 것은 잘 알려진 사실입니다. 통계조작도 그렇습니다. 오세아니아의 풍요부는 물자 생산량 수치를 조작하는데요. 삶의 질은 갈수록 떨어지는데 당에서는 계속 생산량이 늘었다고 발표합니다. 그런데 당시 소련에서는 이런 일이 있었습니다. 국가통계국이 공포정치로 인구가 줄고 있음을 보여 주자 스탈린이 통계국 직원을 총살하라고 명령했답니다.* 이런 분위기에서는 국가통계국에서 언

---

† 오웰, 「당신과 원자탄」(『나는 왜 쓰는가』, 213쪽).

제나 사회가 발전한다는 통계 수치를 발표하는 것도 이상한 일이 아니었겠죠.

모두가 아는 과거의 기록을 날조하거나 역사적 인물을 증발시키는 일도 실제 있었습니다. 이를테면 존 리드(J. Reed)의 유명한 책 『세계를 뒤흔든 열흘』과 관련해서 이런 일이 있었습니다. 저자인 리드가 죽은 후 저작권이 영국 공산당에 넘어간 모양입니다. 그런데 영국 공산당은 책의 초판본을 모두 폐기하고 트로츠키와 관련된 부분을 삭제한 후 개정판을 펴냈습니다. 트로츠키가 혁명에서 어떤 역할을 했는지 많은 사람들이 알고 있는데 마치 그런 일이 없었던 것처럼 수정한 겁니다. 스탈린 정권이 트로츠키파를 반혁명세력으로 몰아갔을 때니까요. 오웰은 경악했습니다. 영국에서도 이런 일이 버젓이 일어났고 급진파 지식인들조차 입을 다물었으니까요.† 교묘한 조작도 아니고 노골적인 삭제였습니다. 그런데도 항의가 없었습니다.

『1984』에 나오는 소소한 일들도 마찬가지입니다. 이를테면 윈스턴의 이웃인 톰이 사상경찰에 체포되었는데요. 그의 아이들이 고발했지요. 그런데 실제로 그런 사건이 있었습니다. 1932년 우랄 지방의 소년 파블리크 모로조프가 아버지를 당국에 고발함으로써 영웅 칭호를 받았고 소련의 아동단체인 '어린 선구자

---

* 솔닛, 『오웰의 장미』, 191쪽.

† 오웰, 「오웰의 서문」(『동물농장』, 187쪽).

들'의 여러 분과에 그의 이름이 붙었다고 합니다.[‡]

이 작품에 등장하는 이상한 수식 '2+2=5'도 그렇습니다. 이 수식은 1931년에 소련에 붙어 있던 포스터에서 따온 것입니다. 경제발전 5개년 계획을 4년 만에 완수하자는 뜻에서 '2+2=5'라는 공식을 건물에 붙인 것이죠. 노동자들이 열심히 일한다면 못할 것이 없다는 뜻에서, 그리고 당이 결심하면 역사는 물론이고 자연법칙 같은 것도 바꿀 수 있을 것처럼 강변하는 말입니다. 실제로 작품 속 오브라이언이 그렇게 말을 합니다. "우리가 못 하는 일은 없습니다. […] 자연법칙도 우리가 만드는 겁니다."

아마도 『1984』의 가장 끔찍한 장면은 체제에 저항했던 이들이 권력자를 찬양하며 자신들이 범하지도 않았던 죄를 뉘우치는 장면일 텐데요. 이것 역시 1936~1938년에 소련에서 일어난 숙청 사건을 다룬 것입니다. 1936년의 공개재판은 특히 끔찍했습니다. 과거 혁명을 이끌었던 지도자들이 재판에서 자신이 범하지 않은 죄를 자백하고 자신을 처벌하는 당을 찬양했거든요.

거듭 말하지만 이것들은 모두 당대에 벌어진 일입니다. 미래인 1984년에 벌어질 일이 아니라 당대인 1930~1940년에 일어난 일들이지요. 그리고 소련에서만 벌어진 일도, 공산당만 행했던 일도 아닙니다. 오웰은 1936년 말에 스페인내전에 참전했는데요. 그는 영국 언론이 스페인내전에서 일어난 일들을 어떻게

[‡] 솔닛, 『오웰의 장미』, 300쪽.

소개하는지 유심히 보았습니다. 그러고는 지인에게 이렇게 말했다고 합니다. "역사는 1936년에 멎었다."* 앞서 전체주의에서는 역사가 흐르지 않는다는 말을 했는데요. 그가 그것을 떠올린 계기들 중 하나가 영국 언론의 스페인내전 보도였던 겁니다. 신문들은 존재하지도 않았던 싸움을 대단한 전투로 만들어 내는가 하면 수백 명이 죽은 일에는 침묵했습니다. 이해관계에 따라 거짓을 옮겨 적기도 하고 살을 붙여 과장하기도 했습니다. 오웰은 여기서 "역사가 실제로 일어난 대로가 아니라 이런저런 '당의 노선'에 따라 일어났어야 하는 대로 기록"되는 것을 봅니다.† 신문들은 스페인 사람 수백만 명은 물론이고 전쟁에 참여한 수천 명의 외국인들이 있는데도 뻔한 거짓말을 보도했습니다.

　오웰은 이렇게 적었습니다. "나로서는 대단히 두렵다. 객관적 진실이라는 개념 자체가 사라져 간다는 느낌이 들곤 하기 때문이다."‡ 예전에는 모두 진실만을 기록했다는 뜻은 아닙니다. 역사의 기록들에는 주관성이나 허구가 끼어들기 마련이죠. 그런데 오웰은 "우리 시대의 특이한 점은 역사가 진실하게 기록될 '수도' 있다는 개념 자체를 포기"한다는 것에 있다고 했습니다.§

---

* 　오웰, 「스페인내전을 돌이켜본다」(『나는 왜 쓰는가』, 146쪽).

† 　오웰, 같은 글, 같은 쪽.

‡ 　오웰, 같은 글, 147쪽.

§ 　오웰, 같은 글, 148쪽.

진실을 알아내려는 노력을 포기하고 더 나아가 진실 자체에 무
관심해진다는 거죠. 사람들이 더 이상 그런 것을 판단하지 않으
려 한다는 것, 여기서 그는 전체주의를 예감합니다.

『1984』에서 언급한 '흑백'이나 '이중사고' 같은 것의 징후를 오
웰은 곳곳에서 목격했습니다. 이를테면 영국 공산당이 발간하
던 주간지 『워커스 위클리』에는 편집자가 책을 소개하는 코너
가 있었는데요. 편집자가 셰익스피어에 관한 이야기를 연재하
자 한 독자가 셰익스피어 같은 부르주아 작가들의 이야기를 읽
고 싶지 않다고 항의 편지를 보냈다고 합니다. 그러자 편집자가
셰익스피어는 마르크스가 『자본』에서 여러 차례 언급한 작가라
고 답합니다. 흥미로운 점은 단지 그렇게 말하는 것만으로도 항
의를 잠재울 수 있었다는 점입니다. 마르크스가 축복했다는 사
실이 알려지자 셰익스피어가 존경할 만한 인물로 돌변한 것이
죠. 오웰은 이런 독자들의 존재가 사회주의를 위한 길이 아니라
고 했습니다.[¶] 사회주의가 아니라 전체주의로 가는 길이지요.

앞서 여러 차례 말한 것처럼 『1984』의 많은 내용들은 1984년
이 아니라 당대의 이야기들입니다. 많은 부분이 스탈린 체제에
서 일어난 일을 모티프로 한 것이지만 소련만의 문제도 아니었
고요. 오히려 솔닛의 말처럼 『1984』의 이야기가 "런던을 배경으
로 하고 있다는 사실"에 유의할 필요가 있습니다. 오웰 자신도

¶ 오웰, 『위건 부두로 가는 길』, 이한중 옮김, 한겨레출판, 2010, 300쪽.

"전체주의로 타락하기 위해 꼭 전체주의 국가에 살아야 하는 것은 아니"라고 했지요.*

스탈린 체제에서 드러난 거대한 전체주의 기계장치는 영국에서 작동하고 있는 작은 장치들과 본질적으로 다르지 않습니다. 어떤 점에서 영국이나 미국 같은 자본주의 국가들에서 발전된 기술들은 대중 통제를 더 쉽게 합니다. 오웰은 이 작품에서 "인쇄술의 발달로 여론 조작이 쉬워졌고, 영화나 라디오로 인해 그 과정이 한층 용이해졌다"고 말했습니다. 요즘에는 더 그렇지요. 소셜 네트워크 기술을 이용하면 여론을 조작하기가 더 쉽습니다. 사람들의 성향, 생활 패턴을 파악하고 그에 맞춰 상품도 팔고 여론도 만들고 감시도 할 수 있지요.

사실 오웰은 스탈린 체제의 관료주의만큼이나 미국 기업인 디즈니에서도 전체주의 기계장치를 떠올렸습니다. "디즈니의 영화는 본질적으로 공장식 생산과정을 통해 제작되고 있다. [...] 라디오 연재물은 대개 주제와 취급방식이 이미 정해진 상태에서 고용된 글쟁이들이 대본을 쓴다. 게다가 그들이 쓰는 것은 일종의 원재료에 불과하며, 프로듀서와 검열관이 이러저리 잘라 모양을 만든다." 그러면서 이렇게 덧붙였습니다. "전체주의 사회에서 문학은 아마도 이런 식으로 생산될 것이다. 글쓰기 과정에서 상상력은 (어쩌면 의식도) 없어지고 말 것이다. 책은 [...] 조립

---

* 솔닛, 『오웰의 장미』, 303쪽.

라인 끝에 나오는 포드 자동차와 마찬가지로 어느 한 개인의 작품이랄 수 없을 것이다."[†] 오세아니아의 소설 제작부에서 일하던 줄리아가 스패너를 손에 들고 있었던 것은 소련의 문학 관료들만이 아니라 미국의 디즈니, 영국의 라디오 방송국에 대한 이야기이기도 했던 것입니다.

오웰의 '경종을 울리기 위해서'라는 말을 다시 떠올려 볼 필요가 있겠습니다. 그는 우리에게 지금 무슨 일이 일어나고 있는지를 말하고 싶었던 겁니다. 1943년 오웰은 이렇게 말했습니다. "이런 전망이 내게는 폭탄보다 훨씬 두렵다. 그리고 지난 몇 해 동안 우리가 겪은 일들을 생각해 볼 때 그건 경솔한 표현이 아니다."[‡]

5. 진실과 야생

전체주의가 우리에게 예정된 운명이 아니라 우리가 그 실현을 저지해야 할 전망이라면, 우리는 저항의 원천을 어디서 찾아야 할까요. 『1984』에서 그것을 찾아볼 수 있을까요. 작품의 마지막 장면을 보면 그런 것은 도저히 있을 수 없을 것 같습니다. 윈스턴은 철저히 파괴됩니다. 고문 후 그는 자신의 기억과 기록, 자연법칙의 진실성을 믿지 않게 되었으며 사랑하는 연인조차 배

[†] 오웰, 「문학 예방」(『나는 왜 쓰는가』, 237쪽).
[‡] 오웰, 「스페인내전을 돌이켜본다」(같은 책, 148쪽).

신합니다.

특히 마지막 고문은 너무나 끔찍했지요. 참고로 이 고문은 프로이트의 강박신경증 환자였던 '쥐 인간' 사례를 떠올리게 합니다.* 그 환자는 군대에서 들었던 고대 중국의 형벌, 즉 죄수 엉덩이에 굶주린 쥐가 들어 있는 항아리를 붙여서 쥐가 항문을 파고 들어 창자를 먹어 치우게 하는 형벌에 대한 이야기를 들은 후 공포에 시달립니다. 그는 권력자인 아버지에 대한 복종과 연인에 대한 신의를 지키는 것 사이에서 갈등하던 인물이죠. 아마도 오웰은 이 이야기를 잘 알고 있었을 겁니다. 작품 속에서 오브라이언은 '쥐 인간'이 두려워했던 환상을 이용해서 윈스턴을 고문합니다. 너무 고통스러웠던 윈스턴은 연인에 대한 신의를 배반하고 고통을 그녀에게 떠넘기려고 하지요.

오웰은 이 순간을 이렇게 묘사합니다. 윈스턴은 쥐로부터는 벗어났으나 나락으로 떨어져 버렸다고. 줄리아에 대한 배신은 줄리아 개인에 대한 배신이 아닙니다. 윈스턴이 줄리아에 대해 품었던 감정은 사람이 사람에게 갖는 긍정적 감정의 최후 보루 같은 것이었습니다. 사람이 사람에게 공감하고 헌신하며 기뻐하는 감정, 그것을 하나로 묶은 것이 줄리아에 대한 사랑이었으니까요. 권력자에 대한 믿음과 헌신만을 남겨 두는 사회에서 마

---

* 지크문트 프로이트, 「쥐 인간: 강박 신경증에 관하여」, 『늑대 인간』, 김명희 옮김, 열린책들, 2003.

지막에 제거하는 것이 이것입니다. 여기가 고문의 끝입니다. 권력자 이외에는 누구에게도, 무엇에게도 기댈 수 없는 존재가 된 것이죠. 마침내 윈스턴은 빅브라더에게만 사랑을 느낍니다. 그리고 죽음을 맞지요.

결국 오웰은 전체주의에서 저항은 불가능하며 쓸모없다는 걸 말하고자 했던 걸까요. 윈스턴에 대한 고문과 처형 장면만을 생각한다면 그럴 수도 있을 겁니다. 죽는 장면만 놓고 삶 전체를 평가한다면 틀림없이 실패한 인생이죠. 그런데 이런 결말은 윈스턴이 저항하는 삶을 살기로 한 순간 예정되어 있던 것입니다. 그는 일기 쓰기를 시작하면서 이미 스스로를 죽은 사람이라고 생각했습니다.

하지만 정말로 죽기 전까지 그는 '죽은·채로 살아가던' 사람들과는 다른 삶을 살았습니다. 그는 긴장감 속에서 진실을 기록하고 사랑을 나누었습니다. 그가 사적인 방에서 줄리아와 사랑을 나누고, 창밖에서 들려오는 프롤 여성의 노래를 들을 때, 그리고 무엇보다 프롤에게 미래가 있다는 것을 깨달았을 때, 그의 삶은 절정에 이릅니다. 이때 사상경찰들이 들이닥쳤습니다. 그러나 그들은 늦었습니다. 그는 이미 삶의 커다란 기쁨을 체험했습니다. 체제에 순응하며 살아가는 사람들, 사실상 죽은 채로 지내는 사람들이 결코 느끼지 못할 기쁨을 말입니다.

과연 윈스턴의 삶은 실패한 것일까요. 그가 더 오래 살 수 없었던 것은 사실입니다. 하지만 그가 살아 있는 동안 느낀 긴장과 기쁨들은 전체주의 권력도 어찌할 수 없었던 것들입니다. 이 글

을 시작하면서 오웰의 병실에 대한 이야기를 했는데요. 과연 오웰이 피를 흘리며 죽었다는 사실과 그 병실에 낚싯대를 세워 두었다는 사실 중, 오웰의 삶에 대해 더 잘 말해 주는 것은 어떤 것일까요.

전체주의가 윈스턴을 얼마나 철저히 파괴했는지가 아니라 윈스턴이 전체주의로부터 어떻게 자신의 삶을 방어했으며, 죄의식에서 벗어나 어떻게 자신의 욕망을 긍정하게 되는지, 그리고 무엇보다 전체주의에 맞설 저항의 원천, 전체주의적 미래와는 다른 미래를 열어 줄 힘의 원천을 어떻게 깨닫는지의 관점에서 『1984』를 읽어 볼 필요가 있습니다. 이 작품에는 감시와 억압, 통제만이 있는 것이 아닙니다. 전체주의 기계의 작동이 미치지 않거나 그것의 작동을 막는 요소들도 많이 있습니다.

오웰은 1943년에 쓴 어느 글에서 전체주의적 미래에 대한 암울한 전망을 제어할 장치는 두 가지뿐이라고 말한 바 있습니다.[*] 하나는 진실이 그 힘을 잃지 않게 하는 것이고, 다른 하나는 지구상의 일부가 정복되지 않은 채로 남는 것이라고 했습니다. 파시즘으로부터 이 두 가지 조건을 지켜야 한다고 했지요. 이 두 가지를 '진실'과 '야생'이라는 말로 불러도 좋지 않을까 싶습니다. 이것들은 전체주의 기계장치의 작동을 방해하거나 그것이 미치지 못하는 요소들입니다. 바꾸어 말하면 전체주의 기계장

---

[*] 오웰, 「스페인내전을 돌이켜본다」(『나는 왜 쓰는가』, 150쪽).

치가 탄압하거나 정복하려고 하는 것들이지요.

1) 돌은 단단하고 물은 축축하다

전체주의적 미래에 대한 전망을 제어하는 요소들이 이 작품 어디에 있을까요. 그것들은 우선 전체주의 권력이 탄압하는 것들, 윈스턴이 지키고자 했던 것들에 있습니다. 진실의 힘을 지키는 것과 관련해서 가장 먼저 눈에 띄는 것은 윈스턴의 노트입니다. 이 노트는 사적인 기록장치이면서 다른 한편으로 그 자체가 과거의 유물이기도 합니다. 과거를 기록할 수 있는 장치이면서, 과거에는 개인들의 기록이 존재했음을 일깨워 주는, 그런 기억을 간직한 사물입니다. 윈스턴은 여기에 기억을 적기도 하지만 생각을 적기도 합니다. 이 노트는 비록 사적인 차원에서이기는 하지만 개인을 역사가이자 문학가로 만들어 주는 장치입니다. 개인들은 글쓰기를 통해 기억하고 상상합니다. 한마디로 생각하는 존재가 됩니다. 전체주의의 생각 없애기에 맞서는 실천이죠. 윈스턴의 저항이 이런 사적인 글쓰기를 통해서 시작되었다는 점은 아주 의미심장합니다.

윈스턴이 노트를 구입한 고물상도 눈길을 끕니다. 고물상은 과거의 물건들이 있는 곳입니다. 그러나 박물관과는 다릅니다. 박물관에 있는 유물들은 현시대가 높이 평가하는 과거의 사물들입니다. 말하자면 공식적 역사 보관소이죠. 하지만 고물상은 별 쓸모가 없는 자질구레한 사물들을 파는 곳입니다. 박물관에 있을 수 있는 물건들이 아닙니다. 그런데 공식적으로는 쓸모도

없고 가치도 없는 물건들이 어떤 개인에게는 그렇지 않을 수 있습니다.

실제로 오웰은 고물상을 곧잘 방문했습니다. 『1984』를 쓰던 때에 「고물상의 매력」이라는 글도 썼는데요. 이 글에서 그는 고물상에서 "첫눈에 띄지 않는" "진귀한 보물"을 찾는 즐거움에 대해 말했습니다.* 고물상은 공식적인 가치평가와 개인적 가치평가의 차이, 다시 말해 의견과 평가가 존재하는 곳입니다. 공식적으로는 쓸모없고 무가치하지만 누군가는 그것을 진귀한 보물로 봅니다. 공식적 역사에 들어가지 못한 비역사적 과거가 모여 있는 곳이라고 할까요. 오웰은 글쓰기에서도 이런 것이 중요하다고 말한 바 있습니다. 앞서도 말했지만 그는 자기 글에 "엉뚱하다고 여길 만한 내용"이 많이 담겨 있으며, 자신은 "구체적인 대상들과 쓸모없는 정보 조각들에서 즐거움 얻기를 계속할 것"이라고 했습니다. 이 쓸모없어 보이는 조각들이 "내 안에 깊이 자리한 좋고 싫음", 말하자면 내밀한 취향을 형성하고 이것이 없다면 좋은 글은 불가능합니다.†

윈스턴이 고물상에서 구입한 '문진'이 그렇습니다. 문진은 개

---

* 오웰, 「골동품상의 매력」(솔닛, 『오웰의 장미』, 320쪽에서 재인용). '쓸모없는' 물건들이어야 조지 오웰이 말하고자 하는 바에 더 가깝다고 생각해, 본문에서는 제목을 「고물상의 매력」으로 바꾸어 적었다.

† 오웰, 「나는 왜 쓰는가」(『나는 왜 쓰는가』, 297쪽).

인들 안에 깊이 자리한 세계, 전체주의로부터 지켜 나가야 할 세계의 상징입니다. 세상과는 다른 공기로 감싸인 반구형 유리로 덮인 작은 공간. 윈스턴은 자신과 줄리아 그리고 쓸모를 잃은 옛 물건들이 모두 문진 속 세상에 있다는 느낌을 받습니다. 줄리아와 밀회를 나누는 방 전체가 문진이라고도 할 수 있습니다. 그 방이 고물상 2층에 있다는 것도, 그리고 그 고물상을 오브라이언이 지키고 있다는 것도 의미심장하지요. 그만큼 그곳이 전체주의 권력에는 위험한 곳이라는 뜻이겠죠. 오웰은 실제로 고물상에서 문진을 산 적이 있습니다. 이 작품 속 문진 즉 "유리 속에 산호 한 조각이 들어 있는 문진"이었습니다. 그리고 이것을 '진귀한 보물'이라고 부르며 소중히 간직했지요.‡

윈스턴이 지키고자 하는 내면세계는 겹겹이 싸여 있습니다. 가장 안쪽에 문진이 있습니다. 그리고 문진은 밀회를 나누는 방 안에 있지요. 방은 고물상에 있고, 고물상은 프롤들의 거주지에 있습니다. 그런데 윈스턴이 문진이 있는 곳 즉 고물상을 찾아가는 방식이 흥미롭습니다. 그는 냄새를 따라갑니다. 감각을 따르는 거지요. 그는 커피 냄새를 맡았습니다. 그 냄새 때문에 당의 모임에도 빠지고 당원이라면 가서는 안 되는 길에 접어듭니다. 냄새는 그를 프롤들의 거주지로, 또 유년 시절의 기억으로 인도합니다. 오브라이언이 이념을 따르는 것과 대비가 되지요. 윈스

---

‡ 오웰, 「골동품상의 매력」(『오웰의 장미』, 320쪽).

턴은 이념이 아니라 감각이 이끄는 길, 머리가 아니라 몸이 기억하는 길을 따른 겁니다.

"당에서는 눈과 귀로 얻은 증거를 거부하라"고 합니다. 그에 맞서 윈스턴은 "명백하고 단순하고 진실한 것들을 옹호"합니다. "돌은 단단하고 물은 축축하며, 아무런 지지가 없는 물체는 지구 중심을 향해 떨어진다." 단단한 돌과 축축한 물, 중력의 법칙, 이것이 전체주의에 대한 윈스턴의 저항입니다. 앞서 나무, 물고기, 나비, 두꺼비 같은 사물들에 대한 구체적인 감각이 전체주의에 맞서는 힘의 원천이라고 했는데요. 어떤 점에서 몸은 진실의 노트이기도 합니다. 감각의 글자들로 새겨진 노트. 당에서 눈과 귀로 얻은 증거를 거부하라고 말하는 것은 몸을 믿지 말라는 이야기입니다. 이는 전체주의에 맞서는 진실이 적혀 있는 곳, 진실의 힘이 보관된 곳이 몸이라는 이야기이기도 하겠지요.

몸의 힘은 정말 강합니다. 제아무리 강한 이념으로 무장한 사람도 금세 무장해제시킬 수 있습니다. 윈스턴과 줄리아가 처음으로 숲에서 만나는 장면이 있는데요. 두 사람은 나무나 풀들에 도청 마이크가 숨겨져 있을 것을 우려해 목소리를 낮춥니다. 그때 윈스턴은 생각합니다. 자신들이 숨죽여 내는 소리는 포착하지 못하겠지만 저 지빠귀 소리는 들을 수 있을 것이라고, 그러다 보면 마이크 반대편에 있는 "딱정벌레처럼 생긴 작은 남자"도 열심히 새소리에 귀를 기울일지 모른다고요. 새소리에 홀려 감시자라는 본분을 잊는 겁니다. 몸이 느끼고 매혹되는 것을 머리가 막을 수는 없습니다.

그래서 전체주의는 끊임없이 몸의 활력을 떨어뜨리려고 합니다. 민감도를 떨어뜨리는 거죠. 쾌락을 느낄 수 없게 만듭니다. 윈스턴의 아내 캐서린이 그랬습니다. 몸의 즐거움을 철저히 배격했습니다. 그녀에게 섹스는 아이를 만드는 노동이자 당에 대한 의무였습니다. 그래서 섹스할 때마다 몸이 돌덩이처럼 딱딱해집니다. 몸의 활력이 죽은 거죠.

이 점에서 줄리아는 캐서린의 반대입니다. 줄리아는 몸의 즐거움을 위해서라면 기꺼이 당의 규칙을 깨뜨립니다. 그녀는 윈스턴과도 다릅니다. 그녀는 과거의 진실이나 미래에 대한 전망에는 관심이 없습니다. 오직 현재의 쾌락에 충실할 뿐입니다. 그런데 이것이 전체주의에 대한 줄리아의 저항이기도 합니다. 몸에 충실한 것 말입니다. "우린 죽은 목숨이에요"라고 말하는 윈스턴에게 그녀는 이렇게 말합니다. "아직 죽지 않았어요." 죽은 몸이 아니라는 겁니다. 그리고 몸이 살아 있다는 것, 살아 있는 몸을 갖고 있다는 것은 그 자체로 저항입니다.

사실 몸의 저항은 오세아니아 권력의 내부에서도 일어납니다. 전체주의는 몸을 완전히 통제할 수 없습니다. 반란이 일어나는 건 아니지만 부패가 시작되지요. 줄리아는 당원들, 심지어 당의 핵심인 내부당원들마저 겉보기처럼 금욕주의적이지 않다고 말합니다. "하지만 기회가 있으면 하려는 사람은 넘쳐 나죠." 당의 중심까지도 썩은 겁니다. 전체주의 권력이 사회 곳곳에 통제의 촉수를 뻗고 있는 것만큼이나 몸의 쾌락도 전체주의 핵심에까지 촉수를 뻗고 있습니다. 본능이나 욕망의 힘은 이만큼이나 강력

한 것입니다. 윈스턴의 말처럼 "동물적 본능, 단순하고 무분별한 욕망이야말로 당을 산산조각 낼 수 있는 힘"을 갖고 있습니다.

어떤 점에서 몸은 진실의 장소입니다. 윈스턴의 기록이 역사적 진실이라면 줄리아의 감각과 욕망은 생물학적이고 심리학적인 진실입니다. 인간에게 몸이 있는 한 이런 욕망을 제거할 수는 없습니다. 우리가 순간적인 쾌락에 맡기며 살아야 한다는 것은 아닙니다. 다만 이런 욕망을 우리 삶의 일부로서, 더 나아가 우리 생명력의 발현으로서 긍정해야 한다는 것이죠.

오웰이 간디를 존경하면서도 지지하지 않았던 이유가 여기에 있습니다. 오웰에 따르면 간디는 중앙집권주의와 국가폭력에 반대했지만 '반인본주의 성향'을 가진 사람입니다. 반인본주의라고 말한 것은 현실의 인간을 긍정하지 않는다는 뜻에서 한 말입니다. 오웰이 보기에 간디는 이념적 인간, 완벽한 인간을 상정하고 지향합니다. 그가 제시한 규율에 따르면 육식도, 성욕도, 특정한 개인들에 대한 사랑도 불가능합니다. 간디가 추구하는 성인(聖人)은 순결을 지키며 인류만을 사랑하는 사람입니다. 그런데 "이러한 태도는 고귀한 것일지 모르지만 […] 비인간적"입니다.* 인간적이라고 하는 것은 비록 좀 불완전하더라도 이 세계의 것들, 소소한 것들을 적절히 즐기며 사는 것이죠.

인간에게 더러운 것을 제거하고 오직 순결한 것만을 추구하

---

* 오웰, 「간디에 대한 소견」(『나는 왜 쓰는가』, 455쪽).

려는 태도는 전체주의로 흐르기 쉽습니다. 이런 점에서 어린아이에게는 배울 점이 있습니다. 오웰에 따르면 "어린아이는 유아기를 지나도 세상을 여전히 새로운 눈으로 보며, 경이로움 못지않게 혐오스러움에도 마음이 움직"입니다. "이를테면 코딱지와 침, 인도에 싸 놓은 개똥, 구더기가 가득한 채로 죽어 가는 두꺼비, 어른의 땀 냄새, 대머리에 주먹코인 노인의 흉한 몰골이 주는 혐오감에도 크게 끌리"니까요.[†]

오웰이 작가로서 셰익스피어를 높이 평가하는 이유도 이와 무관치 않습니다. 셰익스피어가 훌륭한 이유는 아이러니하게도 그가 "썩 훌륭한 인간은 아니었다"는 점에 있습니다.[‡] 그는 종교적 신념이 강한 인간도 아니었고 성인군자가 되고자 했던 인간도 아니었습니다. 부자와 권력자에게 인정받고 싶어 비굴하게 아첨도 했고, 사회비판적 견해를 밝히고 싶을 때는 어릿광대나 광인의 입을 빌리는 식으로 위장했습니다. 오웰에 따르면 그는 정말로 '폭넓은 사고력'을 가진 사람입니다. 오웰은 특히 그가 인생을 사랑하고 현세를 사랑했다는 점을 높이 평가했습니다. 고통스러운 순간에도 냉소하지 않고 독자들에게 즐거움을 주고 웃음을 터뜨리게 했지요.

윈스턴이 꿈을 꾸다가 깨어나면서 난데없이 "셰익스피어"라

[†] 오웰, 「정치 대 문학: 『걸리버 여행기』에 대하여」(같은 책, 328쪽).
[‡] 오웰, 「리어, 톨스토이 그리고 어릿광대」(같은 책, 366쪽).

고 중얼거리는 장면은 매우 인상적입니다. 줄리아가 자기 앞에서 옷을 벗어던지는 꿈이었는데요. 이 꿈을 꾸고서 윈스턴은 도덕적 속박, 더 좁혀서 말하면 오랫동안 짓눌렸던 죄책감에서 풀려납니다.

사실 윈스턴은 두 개의 꿈을 연속해서 꾸었습니다. 첫 번째 꿈은 여동생을 안은 어머니가 "우물 바닥이나 깊은 무덤 같은 땅속"으로 껴져 가는 꿈이었습니다. 꿈에서 어머니와 여동생은 윈스턴을 살리기 위해 자신들은 죽어야 한다는 것을 받아들이는 표정을 짓고 있습니다. 그들은 아무것도 바라지 않는 표정을 지었지만 윈스턴에게는 죄의식을 남기는 희생이었지요.

그런데 그 다음에 이어진 줄리아에 대한 꿈은 달랐습니다. 기쁨과 자유의 감정을 일깨웠죠. 햇볕이 쏟아지고 토끼가 풀을 뜯고 물속에서는 물고기들이 헤엄치며 나무의 잔가지들이 바람에 몸을 떱니다. 그리고 검은 머리의 여자가 걸어옵니다. 나중에 만날 줄리아의 모습이죠. "그녀는 단번에 옷을 벗고는 무심하게 옆에 내던졌다." 윈스턴은 그녀의 벗은 몸이 아니라 그 거침없는 동작에 압도됩니다. 자유의 몸짓이죠. "그녀의 우아하고 무심한 몸짓은 문화 전체, 사고 체계 전체를 소멸시킬 수 있을 것 같았다. 그 팔을 한 번 휘두르면 빅브라더와 당과 사상경찰을 소탕할 수 있을 것 같았다." 이런 자각과 함께 내뱉은 소리가 "셰익스피어"였습니다.

죄책감은 도덕적으로 올바른 것일 때조차 우리 삶을 옭아맵니다. 윈스턴은 어린 시절 여동생 몫의 초콜릿을 들고 도망쳤습

니다. 도망치면서 돌아본 어머니와 여동생의 모습이 마지막이 되었지요. 어머니는 여동생을 꼭 껴안고 있었습니다. 이것이 첫 번째 꿈으로 재생되었던 거죠. 그런데 두 번째 꿈이 그를 죄의식에서 벗어나게 해 주었습니다. 과연 배고픈 아이가 초콜릿을 들고 도망친 것으로 죄책감에 시달려야 할까요(책임을 추궁한다면 아이를 그런 상황에 몰아넣은 당에 대해 해야겠죠). 꿈에서 깨어난 윈스턴은 "지금까지는 내가 어머니를 죽였다고 생각"했지만, "실제로는 내가 죽이지 않았"다고 말합니다. 그는 이제 죄책감이 아니라 어머니의 사랑을 느낍니다. 죽음이 불가피한 상황에서도 자식을 껴안아 주는 어머니의 사랑, 당이라면 '쓸모없는 짓'이라고 교육했을 그런 사랑의 가치를 깨닫습니다.

윈스턴에게 일어난 변화를 보여 주는 상징적인 장면이 있는데요. 그는 체포된 후 감옥에서 어머니를 닮은 늙은 여인을 만납니다. 어머니와 나이도, 몸매도 비슷합니다. 스미스라는 성도 같습니다. 심지어 그녀는 윈스턴에게 "내가 젊은이 엄마일 수도 있겠구먼!"이라는 말까지 하지요. 그런데 그녀는 아주 괄괄합니다. 간수들에게 욕설도 거침없이 퍼붓습니다. 당당한 투사 같습니다. 그는 어머니가 죽었다고 생각했지만 강제 노동 수용소에 끌려와 있었는지도 모르겠다고, 또 사람은 얼마든지 변할 수 있으니 이 여인이 어머니일지도 모르겠다고 말합니다. 물론 그녀가 어머니라는 보장은 없습니다. 사실 그것은 중요하지 않습니다. 중요한 것은 어머니가 아니라 윈스턴입니다. 윈스턴에게 어머니는 이제 강한 여인입니다. 윈스턴이 어머니를 이렇게 생각할

수 있다는 것은 그가 변했다는 뜻입니다. 당은 그를 고문하고 처형했지만 그가 깨달은 진실, 그가 느낀 기쁨 중 어떤 것도 무효로 만들 수 없습니다.

2) 희망은 프롤에게 있다

전체주의 아래서 윈스턴은 어떻게 이런 삶을 살 수 있었을까요. 그에 대한 자극과 매혹, 그가 갖게 된 기쁨과 용기의 원천은 무엇일까요. 이제 오웰이 말한 전체주의 전망을 제어할 두 번째 조건에 초점을 맞추어 볼까 합니다. 권력에 정복되지 않은 채로 남은 땅 즉 야생에 대한 이야기입니다. 오웰은 "인간은 자기 삶에서 너른 빈터를 충분히 남겨 두어야만 인간일 수 있"다는 말을 한 적이 있습니다.* 행락지나 유원지 개발을 비판하며 쓴 글인데요. 별 쓸모도 없고 개발의 가치가 없는 미개간지나 황야가 삶의 기계화가 초래한 인간 정신의 약화를 막아 줄 원천인 듯 말하고 있습니다.

　『1984』에서 권력의 감시와 통제가 미치지 않는 곳, 즉 텔레스크린이 설치되지 않은 곳이 두 곳 있습니다. 하나는 자연(숲)이고 다른 하나는 프롤의 거주지입니다. 권력의 감시를 벗어나 서로 사랑을 나누기 위해 줄리아가 윈스턴을 안내한 곳이 자연이라면, 윈스턴이 둘만의 사랑을 위해 빌린 방은 프롤 거주지에 있

---

*　오웰, 「행락지」(같은 책, 248쪽).

습니다. 자연이 개간하지 않은 땅이라면 프롤은 관리하지 않는
인구집단입니다. 당이 특별히 관리할 필요를 느끼지 못하거나
사실상 관리할 수 없어서 방치한 대상들입니다.

　권력이란 인간을 감시하고 통제하는 힘입니다(이 작품에서는
그렇습니다). 오세아니아의 도시 런던에 있을 때 윈스턴은 행동
은 물론이고 표정까지 조심해야 했습니다. 눈짓이나 억양만 이
상해도 사상경찰의 의심을 받았습니다. 하지만 사상경찰은 새
나 물고기, 바람, 햇볕 등을 감시하지는 않습니다. 그런데 이것
들이 사람들에게 영향을 미칩니다. 지빠귀의 지저귀는 소리는
감시하는 사상경찰마저 주의력을 잃게 합니다. 오웰은 권력이
사람을 만드는 만큼이나 자연도 사람을 만든다는 사실(이 점에
서는 자연도 정치적이라는 사실)을 잘 알고 있었습니다. 앞서 말
한 것처럼 그는 "나무나 물고기나 나비나 두꺼비에 대한 어린
시절의 애정"이 "증오와 지도자 숭배"의 전체주의를 막고 더 평
화롭고 상식적인 미래를 만들게 해 준다고 했습니다.

　권력은 사람을 통제할 뿐입니다. 태양이 뜨고 지는 것조차 지
도자 덕분인 것처럼 의식을 조작할 수 있을지는 모르지만 태양
의 운동 자체를 통제할 수는 없습니다. 사람들이 그렇게 믿으면
그만이라고 할 수도 있지만 어떻든 자연 자체를 통제할 수는 없
습니다. 그리고 자연을 통제할 수 없다는 것은 자연이 인간에게
미치는 영향도 미리 차단할 수 없다는 뜻입니다. 오웰은 이렇게
말했습니다. "봄은 여전히 봄인 것이다. 공장엔 원자탄이 쌓여
가고, 도시엔 경찰이 어슬렁거리고 확성기에는 거짓말이 넘쳐

흐른다 해도, 지구는 여전히 태양 주변을 돌고 있다. 그리고 그런 사실이 아무리 못마땅한들, 독재자도 관료도 그것을 막을 수는 없다."*

 그리고 이런 자연에 가까운 집단이 프롤입니다. 오웰은 프롤을 야생의 인구처럼 그리고 있습니다. '프롤과 짐승은 자유롭다'는 게 당의 슬로건일 정도입니다. 실제로 당은 프롤을 짐승처럼 대합니다. "초원의 방목된 소"처럼 내버려두죠. 그러면 스스로 알아서 풀을 뜯어먹고 산다는 겁니다. 물건과 아이를 생산하는 일, 즉 노동과 출산에만 문제 없으면 됩니다. 그래서 프롤의 집에는 텔레스크린도 없습니다. 당의 이데올로기를 가르치지도 않습니다. 무지하기 때문에 정치의식을 주입하기도 어렵지만 정치의식을 고양시키는 것 자체가 바람직하지 않다고 보기 때문입니다. 그래서 프롤들은 정치 바깥에 있습니다. 사상경찰들은 그저 프롤들 사이에 선동가가 있는지만 신경씁니다. 그런 존재만 제거하면 아무런 문제가 없다고 보는 거죠.

 그런데 윈스턴도, 골드스타인도 "희망이 있다면, 그것은 프롤들에게 있다"고 씁니다. 윈스턴이 체포되기 직전 깨달은 것도 "미래는 프롤들에게 있다"는 점이었습니다. 왜 프롤들에게 희망이 있다는 걸까요. 일단은 프롤들이 권력의 통제 바깥에 있다는 점 때문일 것입니다. 그 규모도 매우 큽니다. 오세아니아 인구의

---

* 오웰, 「두꺼비 단상」(같은 책, 282쪽).

85%를 차지하지요. 당원들에게는 음모는커녕 눈짓 교환조차 위험한 일이지만, 프롤들은 따로 음모를 꾸밀 필요조차 없습니다. "자신의 힘을 의식할 수만 있다면", "말이 갈기에서 파리를 털어내듯 그저 일어서서 한 번 움찔하는 것만으로" 하루아침에 당을 부술 수 있습니다.

실제로 오웰은 『동물농장』 우크라이나어판 서문에서 비슷한 말을 했습니다. 그는 스페인에서 돌아온 뒤 소련에 대한 신화를 벗기는 이야기를 써야겠다고 생각하던 차에 이런 일을 목격했다고 합니다. 한 소년이 거대한 짐마차를 몰고 있었는데 방향을 잡으려 할 때마다 말에게 채찍을 휘둘렀다고 합니다. 그때 불현듯 "이 동물들이 자신의 힘을 자각하는 날에는 우리 힘으로는 통제가 불가능할 것"이라는 생각이 들었답니다.[†] 그는 부자들이 프롤레타리아를 착취하는 것과 인간이 동물을 착취하는 것의 유사성을 보았습니다. 그래서 마르크스 이론을 동물 관점에서 전개한 작품을 쓸 생각을 했다고 합니다.

그러나 동물도, 동물처럼 다루어지는 프롤들도 혁명을 성공시키기는 쉽지 않아 보입니다. 『동물농장』에서 가장 힘이 센 말이었던 복서는 그 힘을 저항에 쓰지 않았습니다. 그저 열심히 일하고 복종했을 뿐이죠. 너무나 순진합니다. 프롤들이 과연 미래가 될 수 있을까요? 『1984』의 윈스턴 역시 현실적으로 그런 일

---

† 오웰, 「우크라이나어판 저자 서문」(『동물농장』, 197쪽).

이 일어나기 어렵다는 것을 알고 있습니다. 프롤들은 육체노동과 가사와 양육, 이웃과의 말다툼, 영화, 축구, 맥주에만 관심이 있으니까요. 그런데도 윈스턴은 프롤들에게 매달립니다. 처음에는 막연한 소망 내지 신념처럼 보입니다. 스스로도 그렇게 말합니다. 희망이 프롤들에게만 있다는 것, "이 문구를 글로 적으면 그럴듯해 보였지만 인도를 걸어가는 사람들을 바라보면 이 말은 믿음을 요한다"고요. 아직 이 말의 진실성을 체감하지는 못한 겁니다.

   하지만 결국에 윈스턴은 이 말의 의미를 깨닫습니다. 그것은 그들이 언젠가 혁명을 일으켜 줄 것이라는 생각과는 조금 다릅니다. 프롤들에게 미래가 달린 이유는 그들이 저장소이기 때문입니다. 세상이 재건되어야 할 때 필요한 자원이 그들에게 있습니다. 이렇게 말해도 좋다면, 프롤들은 세상의 멸종식물, 멸종동물들이 살아 있는 원시림 같은 것입니다. 참고로 윈스턴은 프롤의 거주지에 있던 방을 그렇게 불렀습니다. "멸종된 생물들이 걸어 다닐 수 있는 세계이자 과거가 담긴 주머니"라고요.

   프롤들은 어떤 의미에서 미래의 저장소일까요. 먼저 프롤들은 과거 언어의 저장소입니다. 당은 새말을 만들고 어휘를 줄이는 식으로 사고능력을 박탈했는데요. 이것이 프롤들에게는 적용되지 않습니다. 새말 사전을 편찬하던 사임은 옛말들은 모두 사라지고 미래에는 이런 대화를 이해할 수 있는 인간도 없어질 것이라고 했습니다. 하지만 그는 프롤을 의식합니다. 그래서 덧붙입니다. "프롤은 인간이 아니지." 이는 공식적으로 아무리 말

들을 제거해도 프롤들의 언어생활에서 그것들이 보존될 수 있음을 시사합니다.

프롤들은 감정들의 저장소이기도 합니다. 그들은 쓸모없어 보이는 감정들을 유지하고 있습니다. 마치 총탄이 쏟아지는 가운데, "종이 한 장 만큼이나 쓸모가 없는데도" 아이를 지키기 위해 몸을 감싸는 어머니 같은 일을 합니다. 윈스턴의 어머니도 그랬습니다. 지적인 여성이 아니었지만 외부에 휘둘리지 않는 고상한 감정들을 가졌습니다. "완전히 쓸모없는 몸짓, 포옹, 눈물, 죽어 가는 사람에게 하는 말도" 프롤들에게는 의미가 있었습니다. 그런데 이 쓸모없는 것들이 남아 있기에 프롤의 내면은 경직되지 않습니다. 윈스턴은 프롤들이 가진 이 "원초적 감정들"을 자신은 다시 배워야 한다고 말합니다.

'다시 배워야 한다'고 했지만 '다시 일깨워야 한다'고 해도 좋을 겁니다. 아니, 어쩌면 우리 안의 원초적 감정들은 아주 깊은 곳에 그대로 남아 있을 겁니다. 그리고 어느 순간 무의식적으로 뛰쳐나올 수 있습니다. 프롤들이 오세아니아 전체 인구의 85%라고 했는데요, 어쩌면 그것은 우리의 의식과 무의식의 비중일지도 모르겠습니다. 숫자로 표현할 수 있는 것은 아니겠지만 아마도 무의식의 비중은 의식보다 훨씬 더 클 겁니다. 당은 무의식까지 지배한다고 하지만 의식적 노력으로 무의식을 지배하는 데는 한계가 있습니다. 그 대표적인 예가 윈스턴의 이웃인 톰입니다. 톰은 '빅브라더를 타도하자'는 잠꼬대를 했다는 이유로 체포되었습니다. 톰은 그런 생각을 해 본 적도 없는 사람이지만 무

의식은 다릅니다. 그리고 무의식을 의식으로 어떻게 할 수는 없습니다.

윈스턴이 삶의 절정인 순간에 깨달은 것이 이것입니다. 그는 창밖에서 건장한 중년의 프롤 여성이 기저귀 빨래를 너는 것을 봅니다. 무슨 기저귀 빨래가 그렇게 많은지 모릅니다. "손주가 스무 명이나 서른 명"은 되는 것 같습니다. 그녀는 계속 노래를 흥얼거립니다. 철지난 유행가입니다. 머리가 아니라 몸에 배어 있는 노래지요. 이유가 없습니다. 그냥 일을 하면서 몸 어딘가에 자동 스위치가 켜진 것처럼 노래를 부릅니다. 누군가 통제할 수 있는 게 아닙니다.

윈스턴은 처음으로 그녀가 아름답다는 생각을 합니다. "두꺼운 팔, 암말처럼 탄탄하고 불룩 튀어나온 궁둥이", "아이를 낳은 후 체격이 어마어마하게 불어난 데다 고된 노동으로 단단하고 울퉁불퉁해져 너무 익은 순무처럼 거칠어진 50대 여성의 몸". 분명 이 몸은 아가씨의 몸처럼 예쁜 것은 아닙니다. 그녀의 몸은 비유컨대 '장미꽃'보다는 '장미 열매'에 가깝습니다. 하지만 "열매가 꽃보다 열등하다고 여겨져야 할 이유가 있을까?" 이 몸은 다른 의미에서 아름답습니다. 그것은 어떤 아름다움일까요.

열매에는 어떤 영원성이 들어 있습니다. 열매는 생식을 뜻하지요. 사실은 '프롤'이라는 말이 그렇습니다. 라틴어 '프롤레스'(proles)는 '자손'이라는 뜻입니다. 고대 로마의 최하층 계급을 '프롤레타리우스'(proletarius)라고 불렀는데요, 자식을 낳는 것 말고는 나라에 기여하는 바가 없는 자들이라는 뜻에서 한 말입

니다. 윈스턴은 여기서 어떤 영원성을 봅니다. 기저귀를 널고 있는 여인, 손주가 스무 명 혹은 서른 명은 되는 것 같아 보이는 여인에게서 프롤의 생명력을 봅니다. 게다가 그녀는 고달픈 삶에도 불구하고 노래를 합니다. 그녀가 영원하다면 그 노래도 영원하겠지요.

정말 영원한 것은 권력이 아니라 프롤이고, 프롤이 부르는 노래다, 이것이 윈스턴의 깨달음입니다. "프롤들은 불멸의 존재였고, 마당에 있는 용맹한 여인을 보면 확신할 수 있었다. 결국 그들은 각성하게 될 것이다. 그리고 비록 천 년이 걸릴지라도 그날이 올 때까지 그들은 모든 역경을 견디며 새들처럼 살아남아 당이 부여한 적 없고 제거할 수도 없는 생명력을 몸에서 몸으로 전할 것이다." 천년만년이 지나도 새는 노래할 것이고 여인도 노래할 것입니다. "새들은 노래하고 프롤들도 노래를 한다. 당은 노래하지 않는다." 불멸하는 것은 당이 아니라 새이고, 여인이고, 자연이고, 프롤입니다. 사상경찰이 윈스턴을 덮쳤지만 바꿀 수 있는 것은 아무것도 없습니다. 윈스턴에게는 죽음이 기다리고 있었지만 그는 영원성의 기쁨을 이미 체험했으니까요. 그리고 어떤 권력도 끝낼 수 없는 자유의 원천을 발견하고 말았으니까요. 당은 그가 거둔 승리를 빼앗지 못했습니다.

6. 봄의 신호를 읽기 위하여

『1984』가 출간되었을 때 반응이 무척 뜨거웠습니다. 사회주의자들, 특히 소련을 지지했던 이들이 크게 반발했습니다. 이 작품이

소련과 영국 노동당 정부를 비판한다고 보았기 때문입니다. 반면 보수주의자들은 크게 환호했습니다. 이유는 같았습니다. 오웰이 자신들의 편에 섰다고 본 것이지요. 하지만 오웰의 말은 달랐습니다. 그는 사회주의를 비판하기 위해 『1984』를 쓴 게 아니라고 했습니다. 오히려 그는 작품 무대가 영국(런던)인 점을 환기시켰습니다. 그는 전체주의가 어디서든 번창할 수 있음을 강조하기 위해서 그렇게 했다고 했습니다.*

앞서도 말한 것처럼 『1984』는 예언이라기보다는 경고입니다. 미래와 관련해서 현재를 징후로서 읽어 낸 것이지요. 미래가 아니라 지금 작동하고 있는 전체주의 장치들을 고발한 것입니다. 그런 장치들이 구현하고자 하는 세계가 어떤 것인지를 그려 냈습니다. 그런 점에서 이 작품은 어둡습니다. 하지만 오웰은 전체주의를 제어할 조건들, 말하자면 전체주의의 등장을 막기 위해 우리가 지키고 가꾸어야 할 것들에 대해서도 말했습니다. 이를테면 그는 빅브라더의 음성만이 아니라 숲에서 지저귀는 새소리와 빨래를 너는 프롤 여인의 노래에 대해서도 말했습니다. 새들이 있고, 물고기가 있고, 나뭇잎을 살랑이는 바람이 있고, 햇볕이 있고, 그 햇볕에 아이들의 기저귀를 말리는 여인이 있고, 그 여인이 부르는 노래가 있습니다. 그런 만큼 이 작품은 매우 밝기도 합니다.

---

* 솔닛, 『오웰의 장미』, 350쪽.

『1984』를 어떻게 읽을까. 오웰이 심어 놓은 희망의 기호들을 부디 놓치지 않기를 바랍니다. 병실에 낚싯대를 세워 둔 것처럼 오웰은 희망을 놓지 않았던 사람입니다. 그는 내전에 참전하기 위해 스페인으로 떠나기 전 정원에 장미를 심었습니다. 죽음을 각오한 때에 장미를 심은 겁니다. 장미가 얼마나 오래 사는지는 몰랐지만 "아무튼 살아 있는 동안 내내", 봄이 되면 어김없이 장미가 꽃을 피울 것입니다.[†] 그는 봄에 대한 믿음이 있었고 봄의 신호를 놓치지 않는 자연에 대한 믿음이 있었습니다. 봄은 종달새와 앵초에게도 오고 두꺼비에게도 옵니다. "아무리 지저분한 길거리라 해도 봄은 이런저런 신호로 자신을 알리며 찾아온다."[‡] 어떤 권력자도 이것을 막을 수는 없습니다.

중요한 것은 봄의 신호를 읽고 봄의 즐거움을 나누는 일입니다. 그런데 이것은 의외로 쉽습니다. 봄은 어디에나 그리고 누구에게나 오고 그 즐거움은 공짜니까요.[§] 게다가 봄을 알리는 꽃과 나무는 비싸지 않습니다. 그의 집 울타리 절반을 차지한 장미의 묘목은 6페니에 지나지 않았습니다. 그에게 더욱 큰 기쁨을 준 것은 장미가 꼬리표에 적혀 있는 대로 피어나지 않았다는 사실입니다. 노란 장미라고 적힌 묘목에서는 붉은 장미가 피

[†] 오웰, 「나 좋을 대로」(『나는 왜 쓰는가』, 177쪽).
[‡] 오웰, 「두꺼비 단상」(같은 책, 279쪽).
[§] 오웰, 같은 책, 같은 곳.

어났죠. 그리고 이 장미들은 모두가 잘 자랐습니다.* 저렴하고, 예측 불가능하며, 잘 자라나는 장미. 전체주의에 맞서는 수단으로, 전체주의에 맞서는 기쁨으로 이만한 것이 있을까요. 역사가 멎은 것처럼 보였던 1936년에 장미를 심었던 마음으로 오웰은 『1984』도 썼던 게 아닐까, 그런 생각을 해 봅니다.

---

* 오웰, 「나 좋을 대로」(같은 책, 175~177쪽).